Tierno Monénembo est né en Guinée en 1947. Son œuvre, comprenant une dizaine d'ouvrages principalement ancrés dans l'histoire du pays peul, est une des plus importantes de la littérature africaine d'aujourd'hui. Il a reçu le prix Renaudot pour son roman *Le Roi de Kahel* (2008).

DU MÊME AUTEUR

Les Crapauds-brousse
Seuil, 1979
et « Points », n° P2318

Les Écailles du ciel
Grand Prix de l'Afrique noire
Mention spéciale de la fondation L. S. Senghor
Seuil, 1986
et « Points », n° P343

Un rêve utile
Seuil, 1991

Un attiéké pour Elgass
Seuil, 1993

Pelourinho
Seuil, 1995

Cinéma
Seuil, 1997

L'Aîné des orphelins
Seuil, 2000
et « Points », n° P1312

La Tribu des gonzesses
théâtre
Cauris-Acoria, 2006

Le Roi de Kahel
prix Renaudot
Seuil, 2008
et « Points », n° P2204

Le Terroriste noir
Seuil, 2012
et « Points », n° P3077

Tierno Monénembo

PEULS

ROMAN

Éditions du Seuil

ISBN 978-2-7578-1464-2
(ISBN 2-02-025148-5, 1ʳᵉ édition brochée)

© Éditions du Seuil, avril 2004

Voici le misérable étranger. Il ne demeure pas au même endroit, ses pieds cheminent sans trêve. Depuis l'époque d'Horus, il combat, il n'a pas la victoire, il n'est pas vaincu.

Tablette égyptienne
citée par Martin Buber (Moïse).

Les Peuls sont un surprenant mélange. Fleuve blanc au pays des eaux noires ; fleuve noir au pays des eaux blanches, énigmatique peuplement que de capricieux tourbillons ont amené du soleil levant et répandu de l'est à l'ouest presque partout. En pays noir, les voici semblables à des fourmis destructrices de fruits mûrs, s'installant sans permission, décampant sans dire adieu, race de voltigeurs volubiles sans cesse en train d'arriver ou de partir au gré des points d'eau ou des pâturages...

Raillerie bambara, citée par Hampâté Bâ.

Le Peul se connaît.
Proverbe bambara.

Le Peul est le parasite du bœuf.
Gilbert Vieillard

La documentation étant à la portée du pre-mier venu, l'écrivain est libre de s'en servir si cela lui plaît. Elle ne présente aucun inté-rêt en elle-même, et ne vaut que par l'inter-prétation qu'on lui donne. Tout roman, si « objectif » soit-il en apparence, est le por-trait de son auteur, et n'obéit qu'aux lois de l'univers intérieur de l'écrivain.

Zoé Oldenbourg

Pour Mangoné Niang.
À la mémoire de Siradiou Diallo,
de Hampâté Bâ,
de William Sassine,
de Oncle Macka,
de Abou « Pop'lation » Camara.
Pour ces idiots de Sérères.

Au commencement, la vache.

Guéno, l'Éternel, créa d'abord la vache. Puis il créa la femme, ensuite seulement, le Peul. Il mit la femme derrière la vache. Il mit le Peul derrière la femme. C'est ce que dit la genèse du bouvier, c'est ce qui fait la sainte trinité du pasteur. Gloire au Créateur de toute chose – le chaos et la lumière ; l'œuf plein et le grand vide ! De la goutte de lait, il a extrait l'univers ; du trayon, il a fait jaillir la parole.

Parole nomade, longue rivière de lait qui multiplie les méandres entre les déserts et les forêts pour dire et redire l'incroyable aventure des Peuls.

Cela commence dans la nuit des temps, au pays béni de Héli et Yôyo[1] entre le fleuve Milia et la mer de la Félicité[2]. C'est là-bas, dans les fournaises de l'est, sur les terres immémoriales des pharaons que l'Hébreu

1. En vérité, à force de migrer, les Peuls ont oublié le véritable nom du pays de leurs origines. Héli et Yôyo sont des onomatopées qui reviennent comme un leitmotiv dans leurs moments de détresse : « Mi héli yô, mi boni yô », ce qui veut dire « Je suis cassé ô, je suis brisé ô », sous-entendu « depuis que j'ai quitté le pays de mes ancêtres ».
2. Les Peuls appellent le Nil, Milia, et la mer Rouge, la mer de la Félicité.

Bouïtôring[1] *rencontra Bâ Diou Mangou. Le Blanc vit que la Noire était belle, la Noire vit que le Blanc était bon. Celui-ci demanda la main de celle-là. Guéno voulut et accepta. Naquirent Hellêré, Mangaye, Sorfoye, Eli-Bâna, Agna et Tôli-Maga*[2]*. Selon l'antique formule des Égyptiens, la démence et le mal sacré*[3] *épargnèrent les six garçons. Sekhmet, la dame de Réhésou, les protégea de la guerre, et Anouksis, la déesse de la première cataracte, les garda de la noyade. Ils survécurent, tous les six. Ils grandirent, ils procréèrent. C'est de leur vénérable descendance qu'est issu cet être frêle et belliqueux, sibyllin et acariâtre, goûtant à la solitude et pétri d'orgueil, cette âme insaisissable qui ne fait jamais rien comme les autres : toi, âne bâté de Peul !*

Cela commence dans la nuit des temps. L'Homme était encore tout neuf sur terre, les montagnes à l'état de pousses et les roches à peine aussi fermes que le beurre de karité.

Cela commence dans la nuit des temps, cela ne finira jamais.

*

Le Peul dit : « La vache est supérieure par les services qu'elle rend à toutes les œuvres de la création.

1. Littéralement Bou-iw-Tôr-ing : l'homme-venu-du-Tôr-lointain. Les Peuls seraient nés d'un métissage entre des Noires d'Égypte et des Hébreux de la tribu des Fout qui, avant de pénétrer l'Égypte, avaient longtemps séjourné à Tôr dans le Sinaï. Certaines sources affirment qu'ils étaient au nombre de quarante. Bouïtôring ne serait donc pas un individu mais une figure mythologique.

2. Voir A. H. Bâ, *La Genèse de l'homme selon la tradition peule* et *De la culture des Peuls du Mali.* Les références complètes des ouvrages se trouvent en Bibliographie, p. 383.

3. L'épilepsie, maladie fort redoutée des Égyptiens anciens.

La vache est magique, plus magique que les fées ! Elle apparaît, le désert refleurit. Elle mugit, le reg s'adoucit. Elle s'ébroue, la caverne s'illumine. Elle nourrit, elle protège, elle guide. Elle trace le chemin. Elle ouvre les portes du destin. »

Le Peul dit :

« Dieu a l'univers tout entier, le Peul a des vaches,
La savane a des éléphants, le Peul a des vaches,
La falaise a des singes, le Peul a des vaches,
La lande a des biches, le Peul a des vaches,
La mer a des vagues, le Peul a des vaches... »

*

C'est toi, Peul, qui le dis, moi, je ne fais que répéter. Tu as le droit de délirer, personne n'est tenu de te croire, infâme vagabond, voleur de royaumes et de poules ! Soit ! nous sommes cousins puisque les légendes le disent. Du même sang peut-être, de la même étoffe, non ! Toi, l'ignoble berger, moi, le noble Sérère ! À toi les sinistres pastourelles et les déplorables églogues ; à moi, les hymnes virils des chasseurs. À toi l'écuelle à traire et la corde aux neuf nœuds ; à moi, la houe du semeur de mil. À toi la calebasse de lait, à moi la gourde de vin de palme... Les ancêtres nous ont donné tous les droits, sauf le droit à la guerre. Nous pouvons chahuter à loisir et vomir les injures qui nous plaisent. Entre nous, toutes les grossièretés sont permises. Au village, ils ont un mot pour ça : la parenté à plaisanteries. Alors ôte de ma vue tes misérables hardes et tes oreilles de pipistrelle ! Je ne te dirai rien. Passe ton chemin, petit Peul, adresse-toi à un autre, singe malingre et rouge ! Ressuscite les scribes si tu veux savoir, invoque les mânes de tes aïeux ! Ton histoire est une histoire de bœufs. Comment veux-tu que je m'y retrouve ? L'Homme occupe le centre de tout pour *les gens normaux. Pour toi, l'idiot, la vache est l'astre qui éclaire le monde. Ta mère nourricière ? La vache. Ton histoire ? Ses empreintes. Ton pays ? Les terres qu'elle foule. Pour elle, tu écumes le désert et la brousse. Pour elle, tu te résignes ou tues. Le glaive et la poudre, c'est pour soumettre les royaumes et amasser fortune. Mais toi, quand tu lèves les armes, c'est pour un tas de foin, quelques arpents d'herbage. Le Sérère a raison : « Si tu veux trouver le Peul, cherche du côté du fumier ! »...*

*

Disparais de ma vue, pâtre nauséabond ! Ton itinéraire ? Un horrible brouillamini. Ta vie ? Rien qu'un sac de nœuds. J'ai beau me creuser la tête, je ne vois pas par où commencer. Sa-saye, vagabond ! Ligoter un courant d'air serait plus aisé que de raconter ton histoire. Tu erres depuis l'époque d'Horus, sans bagages, sans repères, sans autre boussole que le sabot qui piétine sous tes yeux. Tu campes et décampes au rythme des saisons, au gré de tes délires, comme si une bestiole te rongeait la cervelle, comme si tu avais le feu au cul.

*

Qui es-tu ? D'où viens-tu ? Quand ta peuplade de vachers a-t-elle jailli du néant pour s'échouer sur les berges du Sénégal ? Au VIe, au VIIe, au VIIIe siècle ? Bien malin celui qui pourrait le dire !

Il reste qu'on ne s'attendait pas à ce que tu t'éternises par là. On pensait que tu ne faisais que passer, que sitôt repu de notre mil et lassé de nos femmes tu t'en retournerais chez toi, vers les contrées inimaginables des démons et des fous, les seules qui soient dignes de tes étranges allures. Eh bien, non, maudite engeance ! Tu ne nous as plus quittés. Tu n'as plus arrêté de souiller nos rivières, de dévaster nos champs ; de hanter nos villages et nos nuits. Sans rien demander, tu as planté ta hutte et démoli le paysage. Il était déjà trop tard quand on a ouvert les yeux. De passant, tu étais devenu voisin puis convive puis gendre puis pur autochtone. Tout cela, en un clin d'œil.

Ah, malheur !

*

Comment, diable, es-tu monté de l'état de chien errant à celui de bâtisseur d'empires ; de paillard impur à celui de fanatique musulman ? Je n'ai pas la tête suffisamment large pour résoudre une telle énigme. Tes premières traces, tu les as laissées dans le Tékrour[1], voilà tout ce que je sais. Le Tékrour, c'est cet État fondé par la dynastie des Dia-Ôgo[2] peu après ton irruption dans la vallée du Sénégal. Il regorgeait de bétail et de chevaux, il ruisselait d'ambre et d'or. Un coin de paradis qui attira vite les convoitises. Au XIe siècle, il s'allia aux Almoravides et versa nombre de ses princes et soldats dans les batailles d'Andalousie. Il rivalisa longtemps avec le Ghana, le vieil empire des Soninkés, jusqu'à son occupation par le Mali au XIIIe siècle.

La domination mandingue sonna le début d'une longue éclipse. Ton peuple de bohémiens connut le supplice du bâton et du fer. Il erra sans but d'un bout à l'autre des pays des trois fleuves, abandonné par le

1. Tékrour est un mot d'origine arabo-berbère. Le nom peul du pays était Niâmirandi, le pays de l'abondance.
2. Les Dia-Ôgo (les maîtres du fer en langue peule) ont régné sur le Tékrour jusque vers le XIe siècle.

17

sort, pourchassé par les tondjon, *ces cruels merce-*
naires au service des empereurs du Mali.

La délivrance ne viendra que tard : au XVIᵉ siècle
seulement. Telle une pépite dérivée de la gangue, un
sauveur émergea de ta nuit. Son nom : Koly Tenguéla,
un Peul du clan des Bâ, de l'invivable tribu des
Yalalbé qui marquera de ses exploits et de ses déchire-
ments quatre siècles de ta sinueuse histoire. En 1512, il
se débarrassa du joug malien et se tailla un immense
État sur les décombres du Tékrour : le redoutable
empire des Dényankôbé. L'empire des Dényankôbé,
c'est le centre de ta mémoire, le pivot de ton remuant
passé. Il durera jusqu'en 1776, résistant tant bien que
mal aux chrétiens et aux musulmans. Surtout, il servira
de tremplin aux fameuses hégémonies peules d'ins-
piration musulmane qui, à partir du XVIIIᵉ siècle, défer-
leront de la Mauritanie au lac Tchad et qui ne
s'achèveront qu'avec la colonisation européenne à la
fin du XIXᵉ siècle.

C'est à peu près cela. C'est ainsi qu'on devrait la
narrer, ton improbable histoire. Sauf que chez toi, rien
n'est jamais simple. Ton identité déroute, tes pays sont
trop nombreux. Ton chemin déborde de blancs et de
zones d'ombre, de croisements alambiqués et de sur-
prenantes dérivations, nomade invétéré !

*

L'empire des Dényankôbé n'était pas encore né au
moment où ce récit commence. À part quelques pro-
vinces du Tékrour où des suzerains continuaient de
régner, tes pouilleux d'ancêtres vivaient sans État, à la
merci des chefs sédentaires. Avant Koly Tenguéla, ils
avaient bien tenté de se soulever mais à chaque fois, ils
avaient subi une magistrale correction. En particulier,
le XVᵉ siècle avait vu des flots de leurs guerriers se for-

mer puis s'effondrer sous le poids de l'ennemi, sous l'effet de leurs propres chicanes. Les chicanes, vous ne connaissez que ça, bande de mauvais coucheurs ! Vous vivez de chicanes et d'errances. C'était déjà ainsi bien avant votre séjour dans le Hoggar et le Tassili, bien avant votre traversée du Fezzan, bien avant votre départ du pays mythique de Héli et Yôyo...

Parlons-en de ce pays mythique de Héli et Yôyo ! À te croire, c'était un pays de cocagne dont le trône supporta le fessier de vingt-deux rois peuls. Vingt-deux, pas un de plus, pas un de moins. Le premier s'appelait Ilo Yalâdi. Il était contemporain du roi Salomon et, comme lui, élevait des autruches ! Un pays septénaire selon tes scabreuses légendes : sept montagnes, sept lacs, sept mines d'or, sept variétés de céréales, sept raisons d'y naître et d'y vivre heureux...

Ouf, déjà, ma mémoire s'embrouille, la salive me manque, ma langue s'affale au fond de ma gorge comme un vieux lézard assoupi. Je n'aurai jamais assez de force, tu me demandes l'impossible ! Laisse-moi tranquille, petit Peul ! Va le demander à un autre !

*

Eh bien, puisque tu insistes, mon petit chenapan, puisque tu t'es adressé à moi, homme importun et têtu comme tous ceux de ta race, il convient que je t'en dise ce que je sais. Et si quelqu'un se montrait plus avisé que moi en la matière, je me rangerais derrière lui[1].

Mais tu dois mériter que j'ouvre ma bouche, espèce de pleure-misère ! Du tabac, de la kola ! Donne-moi aussi un taureau de sept ans et je te dirai qui tu es !

1. Voir S. M. Ndongo, *Le Fantang*.

Pour le lait
et pour la gloire

1400-1510

Vers l'an 1400 des Nazaréens, errait donc dans le Bakhounou une horde de Peuls-rouges, vivant de rapines, de graminées sauvages et de gorgées de lait aigre. Leur *ardo*, l'équivalent du mot « prince » dans ta langue de pie, s'appelait Yogo Sâdio – un grand escogriffe chevelu couvert de perles et de plumes d'autruche, féru de bagarres, de bonnes femmes et d'hydromel – répondant au nom clanique des Diallo. Yogo Sâdio Diallo incarnait la figure parfaite de l'*ardo* : intrépide, rusé, cruel, juste ; belle épouse, beau profil, grande gueule, gros bétail. Ses troupeaux étaient innombrables : ils broutaient, entre matin et soir, l'herbe de sept vallées et de trois plaines. Sa femme se dénommait Wéla-Hôré, la nymphe porteuse de chance. Quand elle s'approchait d'un campement, les gens se dépêchaient d'enfouir les lingots d'or, l'éclat de sa beauté étant censé ternir à jamais le précieux métal.

Un jour, Yogo Sâdio se confia à ses deux frères, Maga et Diâdié, comme lui excellents bergers, excellents cavaliers, excellents maraudeurs, excellents détrousseurs de jolies filles :

– J'ai vu en rêve le vautour aux ailes noires et l'hyène tachetée. À mon réveil, j'ai observé les éclairs et les formes des nuages : Guéno ne suggère aucune obole, il m'exaspère, le dieu ! Ce pays est bien sombre pour nous. J'ai compté : deux fausses couches, trois morts soudaines, un cas de lèpre ; les troupeaux ne vont pas mieux : les taurillons sont rongés par les tiques, le coup de sang épuise les laitières, je n'ai jamais vu autant de veaux mort-nés et j'entends dire que la peste sévit à deux journées d'ici. Nous ferions mieux de nous en aller !

– Partir ? s'étonna Diâdié. La terre est partout la même : partout les *tondjon*, la disette et les scorpions !

– C'est bien ce que je dis, Guéno ne nous facilite pas la tâche…

– Moi, je comprends les réticences du dieu : le monde s'égare, plus personne ne mérite d'être sauvé.

– C'est ton avis à toi aussi, Maga ?

– Interroge tes sujets, Yogo Sâdio ! Ils te répondront que ce serait pure folie que de transhumer en ce moment. Les provinces sont en feu, les tribus, en effervescence. Depuis la mort de *mansa* Souleymane, l'empire du Mali craquelle de partout.

– Ah, vous avez raison, va ! La vie du berger est un calvaire, n'importe où qu'il se trouve. Nous devons néanmoins partir, ce pays me sort de la tête !

– Tu es notre aîné, de Maga comme de moi-même. Décide, nous obéirons ! Nous respecterons le *poulâkou*[1] ! Mais de grâce, avant toute chose, consulte le devin, et puis confie-toi à l'*aga*[2] !

Le devin s'amena avec ses crânes de tortues, ses cornes d'antilopes et ses vieux canaris. Il confirma : l'avenir paraissait plus amer qu'un breuvage d'aloès, plus noir que la couleur du ricin. Un sacrifice s'imposait.

– La Cendrée-aux-épaules-blanches, ta vache préférée !, voilà ce qu'exige le dieu.

Yogo Sâdio frémit de colère.

1. L'éthique peule.
2. Le maître berger, le gardien des secrets de l'élevage.

– Ma Cendrée-aux-épaules-blanches ? Qu'il me maudisse plutôt le dieu !

Une semaine plus tard, il convoqua ses frères, l'*aga*, le devin et tous les anciens du clan. On pensa qu'il était revenu à de meilleurs sentiments. Mais on dut reconnaître que quelque chose s'était définitivement fêlé en lui quand il ouvrit la bouche :

– Vous pensez tous que j'ai changé d'avis, n'est-ce pas ? Eh bien, non ! Je maintiens ce que j'ai dit : nous partons et je garde la Cendrée-aux-épaules-blanches ! J'ai exprimé mes intentions, que le dieu en fasse de même !… Vite, préparez les chevaux et les taureaux ! Porteurs, réveillez la marmaille, détachez les troupeaux ! ordonna-t-il pour couper court aux objections.

Après quoi, il fit venir ses frères auprès de lui et leur chuchota :

– S'il m'arrive quelque chose, ma femme Wéla-Hôré reviendra à Diâdié, et la Cendrée-aux-épaules-blanches à toi, Maga.

Il s'engouffra dans la brousse, avança au jugé en direction du sud. Son clan lui emboîta le pas, mécontent mais résigné.

Une semaine plus tard, il mourut d'une piqûre de guêpe alors qu'ils campaient près d'un jujubier.

*

Couronné *ardo*, Diâdié, le plus âgé, convoqua, à son tour, le devin et l'*aga* ainsi que l'ensemble des anciens.

– Je m'en remets à votre sagesse. Que devons-nous faire : tenter l'aventure ou bien rester ici malgré les *tondjon*, la malaria et la lèpre ?

– Guéno a lui-même réglé la question en choisissant son obole. Nous devons rester sur cette terre du Bakhounou. C'est ici que le dieu a versé le sang de Yogo Sâdio, c'est ici qu'il nous accordera ses faveurs.

Les vieillards acquiescèrent, marmonnèrent quelques sortilèges dans leurs barbes blanches et tout rentra dans l'ordre.

> *Mi héli yô ! Mi boni yô !*
> *Guéno allège les souffrances du Peul !*
> *Guide-le vers la bonne fortune*
> *Accorde-lui ta lumière et ta grâce !...*

La tribu reprit le rythme de ses errances en poussant ses bœufs faméliques et ses coutumières supplications. Elle renoua avec les querelles mortelles qui l'opposaient quotidiennement aux colporteurs sarakolés et aux paysans mandingues. Ces derniers reprochaient à ta vile race de vider leurs greniers, de dépouiller les marchands de la kola et du vin de palme qu'ils ramenaient du Gâbou ; de laisser ses bêtes saccager leurs champs, de profaner leurs mares et leurs bois sacrés. Les Peuls, quant à eux, se plaignaient qu'on abattait leurs troupeaux, qu'on brûlait leurs campements, que les chefs de terre exigeaient un droit de cuissage sur leurs femmes avant de leur permettre d'accéder aux pâturages. Les coups de couteaux et les bastonnades, les jets de pierres et les tirs à l'arc ponctuaient le quotidien du Bakhounou avec la même régularité que la lumière des astres ou l'écoulement des fleuves.

Partout où passe ta famélique silhouette, les rochers dégringolent, les familles se brouillent, la brousse prend feu. Infâme provocateur, rougeâtre vacher, misérable semeur de troubles !...

Ce fut comme si la colère du dieu persistait malgré tout, comme si une odeur de malédiction et de guigne poursuivait obstinément le clan. Les deux frères se disputèrent la main de Wéla-Hôré. Ils brandirent les lances et aiguisèrent les couteaux. Le meurtre fut évité de peu. Sous la pression des anciens, ils choisirent de se séparer pour éviter l'irréparable.

Dégoûtée, Wéla-Hôré retourna au Gâbou où nomadisaient ses parents.

Maga et ses partisans allèrent droit devant eux vers l'est et forcèrent le passage à travers le cœur du Mali. Ils continuèrent jusqu'à la boucle du Niger que, jusque-là, seuls quelques rares téméraires avaient réussi à atteindre. Ce fut le premier *fergo*[1], le premier des nombreux et sinueux exodes que ton peuple de vadrouillards ne finira plus de commettre dans les pays des trois fleuves. Il sera à l'origine, quelques siècles plus tard, du fameux empire du Mâcina.

Diâdié eut moins de chance. Il s'orienta vers l'ouest. En cours de route, nombre de ses partisans l'abandonnèrent à cause de sa poisse et de son sale caractère ; ils se fixèrent parmi les Mandingues, adoptant leur langue et leurs usages.

Il continua seul jusqu'au Gadiâga où il se mêla à une nouvelle horde de Peuls dont il épousa le patronyme. C'est de ceux-là qu'est issue la dynastie des Tenguéla.

*

Ces Peuls-là ressortissaient au clan des Bâ, au sous-clan des Yalalbé. Mais sais-tu ce que revêt chez vous l'importance du clan ?

Le Peul dit : « Guéno, l'Éternel, se révèle dans l'unicité, les cornes de la vache se dressent par paires, les Peuls vont par quatre. »

Sache que les quatre clans de ta race d'incongrus correspondent aux quatre points cardinaux, aux quatre

---

1. Exode. Les exodes peuls furent d'excellents moyens d'intimidation et souvent sources de profonds bouleversements historiques.

éléments primordiaux, aux quatre couleurs naturelles, aux quatre fourches du bâton sacré qui sert à baratter le lait.

Les Diallo, les aînés, tiennent de l'est, arborent le jaune et se réclament de l'air.

Les Bâ, cadets fougueux et guerriers, se vouent à l'ouest, au rouge sang et au feu.

Les Sow, ces grands initiateurs, s'identifient au sud, au noir rempli d'énigmes et à la terre pourvoyeuse de pâturin.

Les Barry, qui sont les benjamins mais aussi les plus nobles, sont associés au nord, au blanc laiteux et à l'eau…

Les Yalalbé relevaient donc du clan des Bâ, c'est-à-dire du signe de la puissance et de la rage. De redoutables sauvages, ces gens-là, encore plus sauvages que toutes vos autres hordes ! Les chiens se terraient, les villages se dépeuplaient à leur approche. Ivrognes et bagarreurs, rougeâtres de teint, habillés de peaux de bêtes et de larges tuniques ocre, coiffés de tresses ornées de perles, de cauris et de plumes d'autruche, ils faisaient penser à des démons tout droit sortis des ténèbres. On les disait beaux comme des anges, intelligents comme le bon Dieu et méchants comme le diable. Armés de flèches, de sagaies et de javelots, ils poussaient leurs bœufs d'un pays à un autre, se colletant avec les fauves, pillant les greniers et les canaris à or, violant les jeunes filles, coupant les oreilles des enfants. Après avoir écumé le Bakhounou, le Gadiâga, le Brakhna et l'Aoukher, une quantité de saisons, ils descendirent vagabonder dans le Tékrour, le pays aux huit variétés de sol où l'herbe était toujours verte et l'or aussi commun que la poussière.

Les Yalalbé se composaient d'une trentaine de lignages liés par le sang ou par de lointains pactes d'allégeance et éparpillés du delta au lit moyen du Sénégal. Ils se retrouvaient une fois l'an à l'occasion du *worso*, la fastueuse cérémonie qui rassemblait l'ensemble des campements pour échanger les nouvelles, apaiser les conflits, célébrer les naissances et les mariages, initier les jeunes gens ; bénir le bétail, renouveler sa ration de natron. Persuadé de son ascendance sur les autres, chacun de ces clans transhumait de son côté, le reste du temps, et entretenait en son sein la méfiance et la jalousie. Ce goût de la rancœur était si usuel qu'avant de mourir on prenait soin de le transmettre en legs en même temps que les gris-gris, le cheptel et les bijoux. En ces temps-là, un homme que l'on disait raisonnable et bon parce qu'un peu moins buté que les autres, l'*ardo* Diâdié Sadiga, s'efforçait tant bien que mal de guider ce peuple turbulent et hétéroclite où se montrer acariâtre et rapide au couteau était plutôt perçu comme un mérite. Il savait faire preuve de douceur et de circonspection, n'usant de son autorité que dans les situations les plus extrêmes. Cela ne l'empêchait pas d'avoir maille à partir avec les *diom-wouro*, ces bourrus de chefs de campement qui, tout en lorgnant son trône, prenaient un malin plaisir à esquiver ses ordres.

Dôya Malal était de ceux-là, toujours à faire la moue, à protester, à claquer la porte ! Il était fier de son allure, de sa virilité et de son habileté de berger. Sa femme lui avait donné douze magnifiques enfants, dont sept athlétiques garçons. Vos saugrenues légendes affirment que c'est ainsi que commença le peuplement du monde : par sept garçons et cinq filles tous nés d'une même mère, Niâgara, et d'un même père, Kîkala. Ce qui lui faisait croire que Guéno en personne était descendu bénir sa paillasse. Ses fils aînés étaient jumeaux. Ils s'appelaient Birom et Birane.

Pour être né une demi-matinée avant Birane, Birom exigeait qu'on lui attribuât la place enviée de l'aîné, ce qui occasionnait d'interminables bagarres au gourdin.

Le droit d'aînesse n'est pas un vain mot chez vous autres abrutis de Peuls. Le *poulâkou* commande de privilégier le grand frère, de l'entourer de respect et de soins. À lui les morceaux de choix et les laits les plus crémeux. À lui de mener ses frères à la guerre et d'hériter du titre d'*aga*, d'*ardo* ou de *diom-wouro*. Seulement, cette fois-là, le sort avait été bien ambigu. Une demi-matinée, c'est suffisant pour apprendre à brailler, pas assez pour se faire un âge : Birom et Birane mesuraient la même taille et déployaient la même force, aux biceps comme aux jarrets. Ils couraient à la même vitesse, témoignaient du même mérite à la lutte, à la course à pied et au tir à l'arc. Ils s'égalaient en tout : en courage, en orgueil, en beauté et en roublardise.

N'en pouvant plus des querelles et des récriminations, Dôya s'adressa ainsi à ses enfants : « J'ai décidé de régler une fois pour toutes le problème de ma succession, leur dit-il. Birom et Birane, je vais vous mettre à l'épreuve. Celui qui gagne, celui-là sera l'aîné. Allez chez les Maures et capturez chacun dix magnifiques chamelles et dix robustes pur-sang ! » Ils allèrent chez les Maures, ils capturèrent chacun dix magnifiques chamelles et dix robustes pur-sang. « Allez dans la brousse, ligotez deux vigoureuses lionnes et ramenez-les-moi sans les blesser ni les endormir ! » Ce qui fut fait. « Voici deux corbeilles de rotin ! Que chacun remplisse la sienne de dix mille abeilles vivantes ! » Ce qui fut fait également. « Maintenant, vous connaissez mon goût pour la kola. Celui de vous deux qui m'en ramènera du Gâbou dix paniers portés par dix esclaves mâles capturés de ses propres mains, celui-là sera mon aîné. » Il multiplia les épreuves les plus terribles sans arriver à les départager…

C'est alors que l'idée lui vint de leur poser une devinette :

– Je suis un drôle de petit garçon. Si l'on m'envoie faire les commissions, je ne reviens pas. Qui suis-je ?

– Le filou, répondit Birom. On lui donne des cauris pour acheter les provisions, il disparaît avec la marchandise.

– La flèche, répondit Birane. Quand vous la tirez, elle ne revient pas, elle reste logée dans la proie.

– Birane, tu es le plus imaginatif, Birane, tu seras mon aîné ! trancha Dôya Malal. Quand je ne serai plus de ce monde, c'est à toi que reviendra l'hexagramme de coralline, l'insigne de notre clan.

*

L'hivernage suivant, Dôya décida de camper avec son petit monde sur les rives du Gorgol jusqu'à ce que les gros nuages du sud aient fini de crever. Mais Birane lui fit changer d'avis.

– Père, j'ai vérifié la grande outre.

– Alors ?

– Nous n'avons pas plus de trois jours de sel. Les canaris à mil sont à moitié vides, nos lanières sont tout effilochées et nos cotonnades dévorées par les termites…

– Va droit au but ! Qu'est-ce que tu me proposes ?

– Le marché de Diôwol est à une journée de marche d'ici.

– Ah, fils ! Je déteste avoir tort, mais ton idée, elle est imparable. Nous irons donc nous approvisionner à Diôwol et, ensuite, à nous les plaisirs du Gorgol !... Ton bon sens m'ôte mes derniers doutes, Birane : tu es bien mon aîné. Tu es le plus brave de tous, le plus futé aussi.

– Père, ce n'est pas juste. Il suffit que Birane ouvre la bouche pour que tu te ranges de son côté. Pourquoi un si grand détour ? Allons tout droit dans le Gorgol.

Une fois là-bas, nous n'aurons qu'à nous ravitailler auprès des colporteurs sarakolés.

– Je n'aime pas ton ton, Birom !… Allons, nous ferons comme Birane a dit ! C'est Birane, mon aîné ! Tu dois lui obéir si tu veux rester mon fils !

Il était loin de se douter que cette simple petite scène briserait sa lignée, en répandrait les morceaux dans les violentes convulsions qui, bien des années plus tard, allaient secouer les empires et les royaumes des trois fleuves…

*

Ils campèrent donc dans les environs de Diôwol, se présentèrent au marché à bestiaux aux premières lueurs de l'aube afin de profiter des meilleurs emplacements. Les biques, le lait, les tisanes tonifiantes, les décoctions vermifuges, les baumes et les cataplasmes… le tout fut écoulé avant que le soleil ne se hissât au milieu du ciel. Ils en eurent pour trois sacs de sel, une bonbonne de gnôle, deux gourdes de vin de palme, un panier de kola, des sandales et des cotonnades. Après quoi, les femmes s'éparpillèrent vers les marchands de bijoux et d'ustensiles. Les garçons se mêlèrent aux acrobates et aux musiciens. Les hommes se ruèrent dans les hangars à boisson. Ensuite le clan se regroupa sous les bois pour somnoler un peu avant d'entamer le long périple. C'est alors qu'un vacarme éclata du côté des carrières. Les Dôya accoururent, croyant trouver une belle bagarre où se dégourdir les membres et tester leurs bâtons neufs et leurs nouvelles frondes. Au lieu de cela, douze bonnes rangées de bouviers en guenilles entouraient un individu svelte, au torse nu et si efflanqué que l'on pouvait compter ses côtes sans les toucher du doigt. Il avait des pieds démesurés, gercés par la pierraille et le chiendent, qui dépassaient de ses sandales détrempées. Une série de bracelets d'ambre et de gris-gris de cuir incrustés de cauris lui enserraient les bras. Son chapeau de berger, retenu au cou par un cordon de sisal, lui couvrait la nuque et une bonne partie du dos, découvrant des cheveux noirs et longs réunis en de longues tresses couvertes de sable et de terre glaise. Il avait un visage anguleux avec un nez proéminent qui aurait dévoré toute la chair des pommettes et des joues. Il parlait comme doivent le faire les devins et les prophètes. Bien que de son physique émanât quelque chose de ridicule ou plutôt de pitoyable, Dôya Malal le regarda longuement et se dit : « Celui-là, ce qui le sauve, ce sont ses dents et rien d'autre ! » Il avait des dents longues, plutôt pointues mais régulièrement rangées et surtout d'un blanc nacré qui luisait presque au milieu de son teint rouge garance. Il toisait les gens, les désignait sciemment en martelant ses mots comme un champion de lutte dans l'arène ou un seigneur devant ses esclaves. Dôya Malal, qui avait horreur que l'on parlât plus fort que lui, s'emporta. Il empoigna son voisin de droite, le secoua vivement et dit :

– Hé, toi, bourricot, dis-moi qui est ce fantôme ! Dis-moi vite !

– Fantôme ? Tu es bien prétentieux, Peul ! L'homme que tu vois là n'est rien d'autre que Yala Tchôguel, le bras droit de Doulo Demba. Fantôme, hi hi ! C'est bien la première fois que j'entends dire ça de Yala Tchôguel !

– Qui c'est, Yala Tchôguel ? Qui c'est, Doulo Demba ?

– Tu vis où, toi ? Dans les nuages ou dans la profondeur des grottes ?

Cela amplifia sa colère, il lâcha néanmoins sa prise, intrigué qu'il était par l'orateur. Il écarta la foule, vint se poster au premier rang. Yala Tchôguel en avait maintenant fini avec ses supplices et ses colères de dieu vengeur. Il en était aux reproches et aux sermons.

Il fit état du mépris qui frappait les Peuls du Niôro, du supplice de ceux qui avaient été faits captifs dans le Gâbou, des mille et une taxes et vexations qui écrasaient ceux qui avaient eu l'audace de s'aventurer au Mâcina et au Fouta-Djalon. Il termina par ces mots qui firent sangloter dans le groupe des femmes et frissonner de honte dans celui des hommes :

– Comme tu es allé loin dans la déperdition, Peul ! À présent, plusieurs océans te séparent des règles du *poulâkou* ; plusieurs vies entre ce que tu es devenu et ce que tu fus hier !…

D'autres arrivaient par les sentes, les herbes hautes, les buissons de tamaris et de bambous. Ils attachaient leurs chevaux et leurs bœufs porteurs sur le tronc d'un kapokier ou sur une souche de balanites, avançaient bruyamment vers la foule, plantaient leurs sagaies dans la terre et formaient un nouveau cercle puis ouvraient leur sale bouche de Peuls pour ajouter à la cacophonie et à la discorde. Du cliquetis des poignards et des flèches ceints aux hanches ou portés en bandoulière, du grincement des corps éreintés par les longues marches, des murmures, des toux, des quolibets et des médisances, s'éleva une voix heurtée par la colère et l'impatience :

– Dis-nous alors ce qu'il faut faire, Yala Tchôguel ! Dis-le vite ! Nous n'avons pas que ça à faire, t'écouter pleurnicher sur les malheurs du Peul.

– On vous entend depuis le ruisseau des Singes, dit un homme surgi de la brousse sur une jument noire. Qu'est-ce qui vous réunit ici, Peuls ?

– Voilà des mois que je m'évertue à dire aux Peuls : « Levez-vous, armez-vous ! Les chefs de terre affament nos enfants ! Les chefs de terre assoiffent nos bœufs. Nous devons leur faire face, levez-vous ! » Hélas, personne ne m'écoute.

– Ainsi donc, c'est toi, Yala Tchôguel, le rabatteur de Doulo Demba ? J'ai bien entendu parler de ton maître. Il est célèbre dans la province du Tôro et presque un saint dans le Laaw. Seulement, je me demande bien pourquoi il n'a encore soumis aucune province, que je sache, et à voir son chef de guerre en chair et en os, il n'est pas près de le faire, je me trompe ?

– Doulo Demba répondra aux provocations après. Après avoir occis les chefs de terre, coupé les oreilles de leurs esclaves et de leurs enfants et saccagé leurs idoles et leurs forêts sacrées. Pour l'instant, il vous demande de vous rassembler dans les falaises de Magama dès la nouvelle lune.

– Des sornettes ! s'emporta quelqu'un. La semaine passée, dans le Djôlof, un *laamane*[1] a dévasté un campement de Peuls, égorgé les bœufs, conduit les femmes dans son harem et vendu les hommes aux Portugais. Où était ton Doulo Demba ?

– Le Djôlof, c'est trop loin ! renchérit un autre. Là, tout près de nous, à Guiraye, et pas plus tard qu'avant-hier, un groupe de *tondjon* échappé de Tambakara a égorgé un *ardo*, bastonné ses hommes et emporté ses troupeaux au Mali. À ma connaissance, aucun dénommé Doulo Demba n'a été signalé dans les parages.

Il s'ensuivit un long silence. Dôya en profita pour pousser davantage du coude et s'approcher de l'orateur qui, à présent dérouté, se tenait tête baissée sous l'œil inquisiteur de la foule.

– Hé, toi, Yala Tchôguel ! cria-t-il. Combien me paies-tu pour rejoindre tes armées ?

– Je ne paie pas ! Mieux, je te demande de verser ton sang !

– Tu ne paies pas, c'est vrai ? Alors moi, Dôya Malal, je n'ai plus rien à faire ici.

1. Chef de terre chez les Ouolofs.

*

Cependant, Dôya se montra nerveux à l'approche de la nouvelle lune. Un beau matin, alors que son petit monde s'apprêtait à conduire le bétail au pâturage, il commanda de seller les chevaux, de bâter les ânes et les bœufs porteurs, au grand dam de sa progéniture.

– Qu'on ramasse les calebasses, qu'on range les vanneries ! ordonna-t-il.

La colonne quitta la vallée du Gorgol et s'ébranla vers le nord.

– Où allons-nous, Dôya, fils de Malal ? demanda le griot Okorni.

– Que l'on se contente de me suivre sans un mot et sans une quinte de toux ! gronda la grosse brute.

– Dôya, fils de Malal, où nous mènes-tu ? Dis-le une fois pour toutes sinon je ne bouge plus d'ici ! menaça le griot.

– Tu as bien parlé, Okorni ! approuva l'*aga* Koïné.

– Tu as bien parlé, griot ! affirmèrent tous les autres.

– C'est bon, se résigna Dôya Malal. J'ai décidé de rejoindre Doulo Demba. J'ai décidé de combattre les *tondjon*.

*

Près d'une mare, ils tombèrent nez à nez sur Diâdié Sadiga qui hurla d'étonnement :

– Que fais-tu dans ces parages, Dôya Malal ?

– Quelle question ! Je réponds à l'appel de Doulo Demba, je vais combattre les chefs de terre.

– Tiens !

– J'y vais de mon plein gré pas parce qu'on me l'a demandé. Tout bien réfléchi, je n'ai pas envie que tous les Peuls de la vallée me prennent pour un couard.

– Devant Yala Tchôguel, tu as joué les orgueilleux pour masquer la peur qui te ronge. Les Peuls le racontent dans toute la vallée du fleuve. Et maintenant, tu as peur du qu'en-dira-t-on. C'est pour cela que tu viens, n'est-ce pas ?

– Estime-toi heureux de me trouver sous mon meilleur jour !

– Tes laitières, tes femmes, tes enfants… qui sont aussi les miens ?

– Tout va très bien tant que tu n'es pas là. Et toi, Tenguéla et Yalâdi, ils ont grandi ?

– Ils me dépassent tous d'une tête. Il doit en être de même pour Birom et Birane en ce qui te concerne… Ah, nous autres Yalalbé, nous naissons avec la force des lionceaux, nous poussons à la même hauteur que les bambous et nous mourons tous d'une mort sanglante et brusque… Permets que j'approche, mon frère, mes hommes et moi, nous avons soif et j'ai hâte d'étreindre ta progéniture.

– C'est pas souvent que tu demandes à les voir !

– Est-ce de ma faute si tu t'es isolé des Yalalbé ? Mon oncle Malal Bodéwal qui fut ton père ne cessait de le répéter : « Il n'y a rien que les querelles de famille pour attirer la malédiction. »

– Les Yalalbé, c'est moi ! C'est moi qui détiens l'hexagramme de coralline !

– Ah ! Nous en parlerons plus tard de l'hexagramme de coralline… Rejoins-nous, Dôya ! C'est parmi nous que se trouve ta place.

– Pas tant que toi, Diâdié Sadiga, tu seras *ardo*. La place me revenait de droit, tu le sais bien.

– Oublie ! Il y a maintenant des lustres que tout cela s'est passé.

– Très bien ! Pour le moment, allons combattre les *tondjon*. Seulement, je te le promets, quand la guerre sera finie, je te fendrai en deux et je reprendrai mon dû.

On s'embrassa malgré tout, échangea les nouvelles et les provisions. Une caravane unique fut formée vers les falaises de Magama. On avança en silence sur les chemins rougeâtres bordés d'épars épineux et de curieuses termitières. Puis le griot Okorni sortit son *hoddou*[1] et chanta d'une voix à peine plus haute que les autres bruits – les mugissements des veaux, les claquements des sabots, les coups de bâton pour calmer les broutards récalcitrants et le floc-flac régulier des guenilles mouillées contre les branchages et les pierres –, rien que pour lui, rien que pour soulager le poids de l'amertume qui écrasait son cœur :

> *Épervier, mon ami,*
> *à toi je confie le drame de Yogo Sâdio*
> *Ardo Yogo Sâdio a laissé une veuve,*
> *une belle, à ses deux frères*
> *Diâdié a dit, c'est pour lui*
> *Maga a dit, c'est pour lui*
> *Deux frères se brouillent et s'éloignent*
> *Comme deux chemins se séparent*
> *L'un au fin fond du Tékrour*
> *L'autre, dans les taupinières du Mâcina*
> *Et depuis, c'est ainsi chez les Peuls :*
> *celui qui est mon frère, je le fuis,*
> *celui qui porte mon sang, je le tue,*
> *Dis-moi, épervier, quel gri-gri il faut*
> *pour ces pauvres Yalalbé*
> *Ô Yalalbé, qu'avez-vous fait à Guéno,*
> *et moi, misérable Okorni, que puis-je*
>   *faire pour vous ?*

1. Guitare monocorde.

Doulo Demba réussit à surmonter les chicanes et les inimitiés, les méfiances ataviques ainsi que les rancunes multiséculaires, et il rallia à sa cause les tribus, clans et sous-clans peuls de toute la vallée du Sénégal. Doté d'une quantité impressionnante d'armes et de montures, il s'ébranla vers le sud. À Pété-Penda Ndiour, il scinda son armée en deux. Il en confia une partie à ses deux frères Hembi Demba et Nâwo Demba à qui il demanda de rester en arrière-garde dans la vallée pour diriger les principautés nouvellement conquises. Avec la seconde, il déferla sur la ville de Boutiol où une foule considérable de partisans le rejoignit. Embarqués sur des *almadie*[1], ses innombrables soldats réussirent à traverser le fleuve et à s'enfoncer dans les terres des Ouolofs qu'ils vainquirent facilement. La route du Sine-Saloum et de la Gambie était ouverte…

Les Peuls déferlèrent sur les pays des trois fleuves comme des nuées de sauterelles. Selon le Portugais André Alvares d'Almada qui, vers cette époque, vadrouillait dans le coin, ils avaient beaucoup de chevaux, beaucoup de vaches, de chameaux et d'ânes. Les cavaliers étaient nombreux, intrépides, armés de flèches et d'essaims d'abeilles. Il ajoute que, pour traverser le

1. Embarcations de fortune faites avec de la paille humide.

fleuve Gambie, il a suffi à chacun d'apporter une seule pierre : « On n'avait jamais vu une telle troupe parmi ces nations. Elle alla détruire et dévaster tout, passant par le territoire des Mandingues, des Cassangas, des Bagnoumes et des Bourames, soit plus de cent cinquante lieues[1]... » Son compatriote João de Barros affirme de son côté que « les Peuls étaient si nombreux qu'ils asséchaient tout fleuve qu'ils rencontraient ». Aussi leur *fergo* se résuma finalement en une simple démonstration de force. Au vu de leur nombre et de leur arsenal, beaucoup de rois renoncèrent à se battre, conviant leurs guerriers à aller au labour ou à la chasse et exhortant leurs griots à calmer les ardeurs de ces bandes de bergers surexcités. Le prestige des empereurs du Mali s'en trouva si fortement ébranlé que les Ouolofs en profitèrent pour se libérer aussi et occuper la rive droite de la Gambie.

Enhardie par ses nombreuses victoires, ta pouilleuse de race s'enfonça de plus en plus vers le sud avec ses hordes de bœufs, ses guerriers hirsutes, ses bergers d'un autre âge, ses cohortes de gamins dépenaillés et de femelles chichiteuses et narcissiques, pillant les richesses et soumettant les habitants au supplice du feu et du fer. Après la Gambie, elle traversa le *rio* Casamance, le *rio* Farin, le *rio* Guébé et le *rio* Grande, hurlant ses hymnes de guerre sans que rien l'arrêtât. Mais dans la mangrove, entre Kabo et Cacheu, Guignola et Bissau, elle rencontra les Béafadas.

Les Béafadas étaient peu nombreux, les Béafadas étaient mal armés. Cela n'empêcha pas ces braves petits hommes de la mangrove de mettre en pièces tes redoutables cavaliers, Peul ! Ils brisèrent tes colonnes d'archers et firent fuir tes dresseurs d'abeilles et tes

---

1. A. Alvares d'Almada, *Tratato Breve*, 1841, chapitre V, p. 33.

lanceurs de javelot. Ils décapitèrent Doulo Demba, offrirent sa tête en trophée à leur roi, se repurent de son sang, jetèrent ses restes aux crocodiles.

La défaite fut telle qu'il te fallut cinquante ans et plus pour reprendre tes esprits et reconstituer tes armées.

Bien fait, olibrius ! Broussard malingre et mal vêtu ! *Ô kinn a koop !* (Cela sonne mieux en sérère.)

Bien des années plus tard, une cavalerie peule débou-cha dans un marché du Bôwé[1], faisant voler en éclats les canaris et les gourdes, terrorisant les vendeuses et les chiens. Celui qui en semblait le chef s'immobilisa devant une jeune marchande de lait, se jucha sur le dos de sa monture, fit vibrer son sabre et dit :

– Tu as un lait magnifique, jeune fille ! Il est aussi blanc que tu es claire, aussi moelleux que ton corps est désirable ! Il est tout fait pour moi. Donne-m'en une bonne louche !

– Je le vends un cauri pour une louche, dix pour toute une calebasse, répondit la jeune fille tout en se curant les dents avec une tige d'acacia.

Le jeune homme éclata de rire et d'un mouvement brusque fit hennir son cheval noir avant de s'adresser à ses compagnons :

– Hé, amis, elle est jolie, propre, elle sent bon l'eau de rose et le henné mais elle est un peu effrontée, est-ce que je mens ? Elle veut nous vendre son lait, vous entendez ça ?

– Elle doit être trop jeune pour savoir qui on est et ce qui se passe dans le monde !

1. Cette région se trouve aujourd'hui dans l'actuelle Guinée-Bissau.

– Oui, Abi, oui ! Ce doit être ça, elle est encore trop jeune. Alors, explique-lui, peut-être qu'elle comprendra !

– Comment veux-tu que je lui explique ? Elle ne nous écoute pas, elle ne fait pas attention à nous. Elle se brosse les dents et elle regarde de l'autre côté, là où l'on vend les pintades et les ânes.

– Alors, toi, Sellou, essaie !

– À quoi bon ? Nous sommes dans un lieu perdu où personne ne sait que nous ne payons jamais rien dans les marchés.

– Jeune fille, tu as entendu, n'est-ce pas ? Nous sommes des gens d'une autre sorte : nous prenons ce qui nous plaît, nous ne payons jamais !

– Une louche, un cauri ; une calebasse entière, dix ! Le prix est le même pour tous.

– Elle est toute menue, toute jolie, mais elle ne sait pas parler aux gens, elle siffle comme un serpent !

– Le Peul est tombé bien bas depuis la guerre avec les Béafadas. Aujourd'hui, quand il monte à cheval, ce n'est plus pour guerroyer, c'est pour importuner les jeunes filles.

– Mais non, répondit celui qui s'appelait Sellou, c'est juste pour causer avec toi et boire de ce bon lait.

– Nous n'avons rien à nous dire. Passez votre chemin sinon j'appelle mes frères !

– Ha, ha, elle va appeler ses frères ! fit le dénommé Abi. Dis-moi, belle fille, comment ils s'appellent tes frères ?

– Je préfère ne pas les nommer, la moitié du marché s'en irait en courant…

Elle fut interrompue par l'arrivée infernale de deux jeunes cavaliers.

– Kouro, notre sœur, il paraît qu'on te veut du mal ? dirent-ils en chœur comme s'ils l'avaient longuement préparé.

– Ces étrangers veulent boire mon lait, sans me payer comme si j'étais une vulgaire paille, sans père, sans frère, sans personne pour me protéger.

– Allons vers la rivière ! tonna l'un des deux frères. Là-bas, la plaine est grande et vide. On ne risquera pas de casser un récipient ou de blesser une créature innocente et fragile. Nous serons entre hommes et, entre hommes, nous parlerons. Si vous revenez vivants, je vous offrirai et le lait et la main de ma sœur.

– Quoi ? s'alarma un vieillard couvert de rides arrivant de nulle part et qui tremblotait comme une feuille, assis à califourchon sur une mule. Qu'est-ce qui se passe ici ?… Descends de cheval, Birane, et viens t'expliquer ! Et tâche que tes propos soient intelligibles !

– Ce vacarme n'est pas de notre fait, père. Nous étions dans les collines en train de faire paître les troupeaux quand des passants nous ont alertés. Ces voyous ont voulu lui voler son lait.

– C'est vrai, Kouro, ma génisse ? C'est vrai ce que dit ton frère ?

La jeune fille acquiesça d'un bref mouvement de tête.

L'homme au cheval noir s'avança vers le vieillard sans descendre de sa monture.

– Si nous avons compris, tu es le père des jeunes gens que voici. Nous te devons le respect, honorable vieillard. C'est comme si tu étais notre père à nous aussi. Seulement, tes enfants nous ont lancé un défi, nous devons y répondre. C'est ainsi dans notre clan, quand on nous défie, on répond.

– Quel défi vous ont-ils lancé ? Et d'abord, quel est votre clan ?

– Nous sommes du clan des Bâ, du sous-clan des Yalalbé. Tes poussins, grand-père, nous ont conviés à nous battre près de la rivière. Nous allons leur montrer ce que cela coûte de se mesurer à des Yalalbé.

44

– Tais-toi, imposteur ! Des Yalalbé, il ne reste plus que nous. Tous les autres sont morts dans les marais des Béafadas, massacrés par ces sauvages ou dévorés par les crocodiles. Je suppose que leurs femmes et leurs enfants qui ont pu survivre errent de campement en campement, sous l'emprise de la famine et de la folie.

Le jeune homme au cheval noir jeta un regard amusé sur ses compagnons puis se tourna de nouveau vers le vieillard, le visage saisi par le fou rire et le doute.

– Tu dis ça pour rire, n'est-ce pas ? C'est nous, les derniers Yalalbé, les autres sont morts dans les lagons de Cacheu.

– Qu'en sais-tu, jeune homme ? Où étais-tu, ce jour-là ?

– Exactement de l'autre côté, dans les marais du Cogon, avec mon père, *ardo* Diâdié Sadiga.

– Dis-moi, mon fils, es-tu le dénommé Tenguéla ?… Alors, tu es Yalâdi, le second fils de mon frère Diâdié Sadiga.

– Oui, c'est bien moi, Yalâdi Diâdié, fils de Diâdié Sadiga, frère de Tenguéla Guédal Diâdié.

– Approche, Yalâdi ! Je suis ton oncle Dôya Malal !

*

Les yeux de Dôya Malal, jaunis et à demi refermés par les épreuves, pauvres sillons au milieu de son visage fripé et convulsif, se fixèrent un bon bout de temps sur le visage de Yalâdi, sans autre expression que la force de leur immobilité. Le vieil homme voulut dire quelque chose mais se contenta finalement d'ouvrir la bouche et de désigner son neveu d'un doigt fébrile. Yalâdi se précipita vers lui, l'aida à descendre de la mule.

– Ne restons pas là, fit le vieux, rentrons au campement !

Les femmes se mirent à pleurer, les enfants à demander ce qui se passait, qui étaient ces drôles d'étrangers venus du néant rien que pour endeuiller le campement.

L'on attendit la nuit pour se réunir autour d'un couscous au *folléré* et évoquer le passé, soupirer sur toutes ces années de querelles et de violences, de défaites et de haines. La nuit est vaste, obscure, profonde. Ses mystères peuvent contenir la douleur et l'indicible. Le jour est trop clair, trop évident, trop fragile. Il est interdit de conter, le jour ; de forniquer, le jour ; d'offrir des libations, le jour ; d'évoquer les morts, les sujets qui fâchent ou quoi que ce soit de pénible et de contrariant, le jour.

– Comment cela s'est-il passé, Yalâdi ?

– Mais quoi, père Dôya ?

– La mort de ton père. J'ai le droit de savoir. Nous ne nous sommes pas toujours bien compris, mais c'était mon frère. En apprenant le détail de sa mort, c'est comme si je lui donnais une sépulture. Je lui dois dans la mort ce que je n'ai pas pu lui offrir dans la vie. Ah !… Dans la forêt ou dans le lagon ?

– Dans la forêt ! Dans le lagon, c'est le griot Kessîri, l'*aga* Dian et les autres compagnons de mon père.

– Hélas, mon fils, le destin ne fut pas généreux de notre côté non plus ! En sortant du pays des Béafadas, je pensais qu'il ne me restait plus personne. J'étais tellement désespéré que j'y ai enterré mon *sassa*[1] et ma lance. Par chance, ma femme et les plus petits s'étaient réfugiés dans le Gâbou. Birom et Birane, nous les avons retrouvés bien plus tard : l'un dans le Bhoundou, blessé à la jambe, l'autre au Ferlo, rongé par les chiques et les fièvres. Nous comptions, comme la plupart, rejoindre le Nalou ou le Fouta-Djalon. Finalement, les choses

---

1. Besace dans laquelle les bergers peuls conservent aussi bien leurs provisions que leurs amulettes et leurs gris-gris.

s'étant calmées, nous nous sommes fixés ici. Et vous, orphelins d'*ardo* Diâdié Sadiga, par où cet épouvantable drame vous a-t-il projetés ?

– Nous avons trouvé refuge dans les montagnes du Fouta-Djalon.

– Où ça, donc ?

– Dans un lieu inaccessible : Guémé-Sangan.

– Quoi ? Ce Tenguéla dont tout le monde parle, s'agit-il du même : de ton frère, du fils aîné de mon frère Diâdié ?

– C'est exact, oncle Dôya ! Il s'agit bien de mon frère.

– On dit qu'il a construit une ville entourée d'une muraille de pierres, qu'il a constitué une armée et qu'il s'est proclamé roi.

– En effet, il a reçu là-bas l'allégeance de tous les clans peuls. Il a noué de solides alliances avec les Dialonkés, les Nalous, les Bagas, les Landoumas, les Soussous et les Mandingues. S'il n'est pas déjà roi, je crois qu'il ne va pas tarder à le devenir.

– Roi ! Cet oisillon de Tenguéla, roi !… Et vous vous prenez pour qui, engeance de Diâdié Sadiga ? C'est à nous que revient ce titre, c'est à nous l'hexagramme de coralline !

Il renversa une jarre d'eau en recherchant sa canne, sous l'emprise de la colère. Il fit quelques pas en direction de sa hutte puis se ravisa et revint s'asseoir, le front en sueur, vidé de ses forces en même temps que du venin de la rancœur et de la jalousie.

– Ah, soupira-t-il, j'ai passé ma vie à mal agir ! Pardonne-moi, mon fils Yalâdi ! C'est ma faute si ton père et moi nous ne nous sommes pas toujours compris… Ah, cette race des Yalalbé, épuisée par les querelles, minée par son mauvais caractère ! Il est temps que cela cesse… Tenguéla est devenu roi ? Eh bien, que Guéno bénisse son règne ! C'est dans les mains de votre lignée que le dieu a déposé le pouvoir… Ah, mon frère Diâdié, voici le temps des regrets ! Hélas, nul ne peut réparer les fautes d'antan…

Il remit quelque chose à Okorni qui se tourna vers Yalâdi.

– Fils de Diâdié Sadiga, cet hexagramme de coralline, objet de tant de discordes, cet éternel symbole du pouvoir des Yalalbé, Dôya le remet dans tes mains. Veille sur lui tout au long du chemin ! Que le sorcier ne le voie pas, que le malandrin ne le touche pas ! Garde-le jusqu'à Guémé-Sangan et remets-le dans les mains de Tenguéla ! Guéno bénisse le règne de Tenguéla !

– Dôya Malal, notre père ! gémit Birom.

– Père Dôya, que fais-tu là ? s'inquiéta Birane.

– Je remets la pépite à celui qui la mérite !

*

Et cette bataille du *rio* Grande, tu penses bien qu'aucun Peul ne l'avait oubliée. Elle restait dans la gorge de chacun des tiens comme un gros et brûlant morceau d'igname : impossible à avaler, impossible à recracher. Ta pouilleuse de race, tout en continuant de cheminer et de s'éparpiller, ruminait sa rancœur et rêvait de vengeance. Et voilà que soudain, changeant de visage, le destin se mettait à lui sourire. Véritable cadeau du Ciel, ce Tenguéla surgissait au cœur des événements violents, simultanés et rapides qui s'abattirent sur les pays des trois fleuves à la manière d'un projectile. En deux ou trois saisons, son nom devint aussi réputé que celui de la mystérieuse hyène blanche dont tout le monde parle mais que personne n'a jamais vue.

Il était nettement plus âgé que Birane et Birom. Ce n'était tout de même qu'un adolescent lors de la guerre du *rio* Grande. Ayant réchappé par miracle du champ de bataille, il s'était joint aux cohortes de blessés et d'affamés, de veufs et d'orphelins qui tentaient de s'abriter dans les contreforts du Fouta-Djalon. Là, il acheva de grandir et de mûrir. Là, il se distingua. Il commença par organiser les jeunes de sa classe d'âge en groupes d'autodéfense pour protéger les éleveurs contre les excès des autochtones soussous, dialonkés, malinkés, bagas, landoumas et nalous. Minuscules et dispersés au début, ces groupuscules se transformèrent rapidement en une puissante armée sans éveiller les soupçons des chefs de terre. Progressivement, son autorité s'imposa aussi bien aux Peuls qu'aux autres. Au faîte de sa puissance, il fit bâtir la ville fortifiée de Guémé-Sangan. De ce bastion inaccessible, il pouvait enfin songer à réaliser ses rêves de conquête.

Son déferlement se produisit vers 1510. Il se rua vers le Diâra, son fils Koly Tenguéla vers le Wouli. Et le cours de l'histoire changea de fond en comble aux pays des trois fleuves.

1512-1537

Sache, mon petit Peul, que, de toutes ces années-là, 1512 fut la plus néfaste. Ce fut une année mauvaise, aux mois longs, aux aurores semées d'incertitudes. Assurément, cette fois-ci, le courroux de Guéno avait dépassé les limites. Aux oboles et aux dévotions, l'Éternel était demeuré impassible. À désespérer les pythonisses et les cartomanciens ! La disette et la malaria, les pillages et les désertions ruinèrent aussi bien les basses prairies des fleuves que les hauts plateaux du Fouta-Djalon. L'hivernage précédent, les éléments déchaînés avaient frappé les troupeaux, emporté les récoltes et démoli pierre par pierre les greniers et les hauts-fourneaux. Et maintenant, la saison sèche, venue avec la soudaineté d'un poing et la cruauté d'une marâtre, asséchait les fondrières et les marais, calcinait les hautes herbes et tarissait le lait ! Dans les hautes terres, on vit des ventres creux se vendre comme esclaves pour une bouillie de mil, des hordes de lions brûlant de faim envahir les demeures, des lycaons et des hyènes s'étriper pour les os d'une charogne et des nuées d'oiseaux migrateurs s'effondrer au sol, épuisés par la soif.

Les pays des trois fleuves allaient mal. Partout l'exode et la guerre. Partout les démentiels effets de la famine, partout l'odeur bestiale de la mort. On se retrouvait en plein champ de bataille en allant faire ses courses au marché ; bâillonné et ligoté au milieu d'une caravane d'esclaves pour avoir été en brousse chercher du bois mort. D'où qu'on le regardait, le monde se préparait à cramer.

C'est dans ce simulacre de l'Apocalypse qu'une caravane de Peuls quitta le Bhoundou pour les berges un peu plus humides du Sénégal. Elle peinait depuis des semaines à traverser les plaines fossiles du Ferlo lorsque, au détour d'un chemin, celui qui marchait en tête poussa un petit cri et s'arrêta.

– Je vous ai alertés pour rien, s'excusa-t-il. Il ne s'agit ni d'un bataillon des Tenguéla ni d'une colonne d'esclavagistes. Ce ne sont que de paisibles lions en train de s'abreuver.

– Les armées de Tenguéla n'ont pas encore atteint ces lieux-ci, répondit l'*aga*. Quant aux chasseurs d'esclaves, ils ne s'aventurent que rarement si loin à l'intérieur des terres. Nous n'avons pas à nous inquiéter, mon *ardo*... Seulement, il y a longtemps que nous marchons ! Reposons-nous quelques jours autour de la providentielle source que voilà pour cogiter et reprendre un peu de forces.

– Bientôt, il n'y aura plus dans les landes que des épines et de la paille sèche. Buvons le peu de lait qui nous reste et laissons ruminer les bœufs. Nous reprendrons la marche sitôt qu'il fera un peu plus frais, voilà mon avis à moi !

Birane sortit son couteau pour tailler un épieu dans une branche d'acacia. Il s'interrompit après un moment et toisa de son regard d'aigle un homme qui lavait ses hardes avec un air si pénétré qu'il semblait n'avoir rien entendu de ce qui venait d'être dit.

– Qu'en pense Birom ?

– Birom n'a pas d'autre choix que de se ranger derrière son aîné, répondit celui-ci sans se détourner de son linge. Seulement, si le sort l'avait nommé *ardo*, il aurait déjà rebroussé chemin vers la verdure du Fouta-Djalon.

Birom, es-tu un vrai Peul ?

– Par la barbe et par le sein, tout comme toi !

– Alors tu dois comprendre que je préfère me retirer de ma charge d'*ardo* que de retirer ce que j'ai dit. Prends un autre chemin, si tu n'es pas content !

– Oublie ces vieilles histoires ! Père avait fini par pardonner. Pardonne, toi aussi !

– Jamais ! Tant que l'hexagramme de coralline sera dans les mains de Tenguéla. C'est à moi que revient la charge de grand *ardo*.

– Après notre départ du Bôwé, d'autres clans nous ont rejoints et tous t'ont fait allégeance. Cela devrait te suffire… Si tu tiens tant à ton hexagramme de coralline, c'est à Guémé-Sangan que tu aurais dû aller, en vérité. Aurais-tu peur de ceux de Guémé-Sangan ?

« Ils recommencent leurs enfantillages alors que la route est longue, que la faim poignarde, que la soif étouffe, que la mort rôde partout ! Moi, je n'en peux plus, mais toi, Guéno, veille sur la lignée des fils de Dôya ! » pria le vieux Koïné.

Les jours précédents, il avait tenté une réconciliation. Ils s'étaient esquivés avec des formules évasives et polies. Il avait compris qu'il était inutile d'insister. Il ne connaissait que trop le mauvais sang des Yalalbé qui avait si souvent divisé leur clan et disloqué leur lignée ! Petit, il avait vécu le règne de leur grand-père, Malal Bodéwal. Il avait appris à traire une vache et nouer une corde avec leur père, Dôya Malal, partagé l'ire qu'il n'avait cessé de nourrir contre son cousin, Diâdié Sadiga. Il l'avait accompagné se mesurer aux Maures, histoire de calmer ses nerfs, après son échec pour le titre d'*ardo*. Il y avait perdu dix chevaux et cinq de ses meilleurs lanciers. Et voilà que l'année dernière, alors que l'âge l'avait plié en deux, il s'était mis dans la tête de quitter le paisible pays du Bôwé pour s'aventurer dans les forêts du mont Badiar afin de piller les céréales des Coniaguis, ces petits hommes nus qui savent mieux que personne se fourrer dans les arbres avec leurs catapultes et leurs arcs. Il y reçut une flèche empoisonnée en plein cœur et mourut après une semaine d'atroces souffrances. Toutes ces haines et tous ces malheurs du passé auraient dû rapprocher les deux frères, pensait le vieux Koïné. Hélas, les soirs, autour des rares points d'eau rencontrés au hasard, ils évitaient de planter leurs tentes l'une à côté de l'autre, de plaisanter et même de manger dans la même écuelle le mil péniblement glané dans les marchés de fortune et les silos abandonnés. Il régnait depuis le début une atmosphère d'orage et de mort. Depuis que l'on avait quitté les steppes du Bhoundou (les armées de Tenguéla avaient investi ce pays-là aussi, multipliant les razzias, les famines et les exodes).

Certains avaient proposé le Fouta-Djalon : « Là-bas, aucun risque, le soleil a beau briller, les sources ne tarissent jamais, et puis Tenguéla n'a pas besoin d'y mener la guerre puisqu'il y règne déjà depuis des années. » Mais Birane avait décidé que l'on devait se diriger vers le Tékrour ; comme à son habitude, sans demander l'avis du devin et des anciens. Depuis la mort de Dôya Malal, c'était une vie bien pénible que celle du clan. L'*ardo* n'en faisait qu'à sa tête, sans consulter les patriarches, sans en référer aux usages. Il décidait de la date des mariages en ignorant le message des astres, répartissait les pâturages au mépris des règles de préséance, choisissait seul les mares pour le bain rituel du *lôtôri*[1] en foulant aux pieds les interdits.

1. Cérémonie de la lustration : c'est le Nouvel An peul.

L'*aga* Koïné en ressentait une profonde blessure mais se gardait bien de le montrer, de peur de s'humilier davantage devant ce morveux dont il avait partagé les jeux du père et assuré l'initiation dans les grottes sacrées. C'était lui l'*aga*, le maître des troupeaux, le détenteur des secrets. En d'autres temps, on l'aurait consulté pour la moindre transhumance. Hélas, les règles se délitaient depuis que Birane avait succédé à son père.

« Pourquoi donc avoir bravé cette bête de Dôya Malal pour se retrouver tout penaud devant son gamin ? » se demandait-il souvent, accablé de tristesse. À cause du serment, bien sûr : en sortant de la forêt des Coniaguis, une flèche dans le ventre, c'est dans ses bras à lui que Dôya Malal s'était effondré. Et quelques secondes avant de mourir, c'est dans ses oreilles à lui qu'il avait murmuré ses derniers mots : « Je te confie mon sang, Koïné, au nom de celui versé ensemble le jour où on nous a circoncis. Tu auras longue vie, toi ! Mes enfants, les enfants de mes enfants, protège-les des démons et des hommes. Surtout, protège-les d'eux-mêmes ! Nous naissons tous dingues, tu le sais bien !… Autre chose ! avait-il ajouté juste avant d'expirer. À la source du *rio* Farin, près de la grande termitière, c'est là que j'ai enterré mon *sassa* et ma lance. Quand toutes ces guerres seront finies, qu'ils s'y rendent pour les retirer. Ils verront, cela ramènera la paix de l'âme dans la famille. »

Bien sûr que Birom avait raison : le Fouta-Djalon était tout indiqué pour cette transhumance, là-bas l'eau ne manquait jamais et il y régnait la paix. Dans la vallée du Sénégal, en revanche, les points d'eau avaient diminué de moitié, les récoltes avaient été fort maigres et on y affûtait les armes depuis que Tenguéla avait conquis le Diâra. On y vivait de fonio et de baies sauvages, attendant, la peur au ventre, l'inéluctable irruption du conquérant peul dans les granges d'ordinaire si riches du Tékrour...

*

À la troisième semaine, ils quittèrent la latérite hérissée d'épineux du Ferlo pour les versants du *diéri*[1]. Ici, la sécheresse avait été moins rude. En cherchant un peu, on pouvait se désaltérer et rafraîchir les troupeaux. L'on pouvait cueillir des fruits de balanites et de jujubier et déterrer des graines de *cram-cram*[2], des bulbes de nénuphar ou des tiges de papyrus. Cela avait ramené un peu de joie dans les rangs. On avait pris la peine d'organiser une partie de lutte pour les jeunes, suivie, tard dans la nuit, d'une danse au clair de lune. « Les choses vont s'arranger ! » se dit le vieux Koïné. On approchait du fleuve. Encore cinq jours de marche et l'on serait au *walo*[3]. Et il faudrait être deux fois maudit pour ne pas y trouver un reste de pâturage malgré les excès du climat. Guéno, l'Éternel, devait toujours veiller sur le clan. Quand, sur les berges du fleuve, on se sera pleinement désaltéré, on aura remis les bœufs en forme et visité les marchés et les ports, tout s'apaisera.

Et un beau soir, un endroit paradisiaque comme ils ne pouvaient en rêver, eu égard aux plaines poussiéreuses et aux reliefs tiquetés de chiendent et de ficus qui avaient été leur lot jusque-là : un bois de tamariniers autour d'une rivière au lit certes desséché mais dont les gorges escarpées se refermaient sur une nappe d'eau

1. La zone des hautes terres, la partie non inondable d'une vallée fluviale.
2. Graminée sauvage courante dans les vallées du Sénégal et du Niger.
3. Zone inondable d'une vallée fluviale, le contraire du *diéri*.

large comme une mare et aussi limpide que celle d'une source par un bel hivernage. Hommes et bêtes s'y ruèrent dans le plus grand désordre. Cette fois, on libéra les veaux et déplia les peaux de chèvre et les nattes sans en référer à Birane. On se gava de fruits de tamariniers et dormit tout son soûl pour reprendre des forces. La nuit suivante, Birane convoqua le vieux Koïné et lui demanda de réunir tout le monde.

– Voilà ce que j'ai à vous dire ! Puisque cet endroit vous plaît, nous allons y rester quelques jours, le temps de réengraisser les vaches et d'allaiter les enfants. J'ai repéré les environs : derrière les termitières, la piste se sépare en deux et chacune de ses branches semble mener vers le *walo*.

– Que le devin fasse parler ses crânes de tortues pour savoir quelle est la piste la plus propice ! s'interposa Birom.

Birane foudroya du regard son jumeau et continua avec le même dédain :

– Il s'agit là bien sûr du côté nord… Là-bas, derrière les hauts-fourneaux en ruine, on aperçoit au loin une couronne de kapokiers d'où l'on entend quelque chose qui ressemble à des coups de pilon : c'est peut-être un village. De l'autre côté, vers les termitières, j'ai cru déceler des pas de gazelles ou d'antilopes. Si je me souviens bien, la dernière fois que nous avons mangé de la viande, c'était avant d'entamer le Ferlo. C'est l'occasion ou jamais de faire un vrai repas ! Diébou, tu es la doyenne ici ! Réunis-moi dix jeunes filles alertes. Que demain, elles aillent troquer du lait contre des céréales si c'est vraiment un village.

Il se tut un moment et reprit avec une voix lente, délibérément moqueuse :

– Toi, Birom, réunis-moi quelques jeunes gens de ton gabarit et allez, dès l'aube, vous mesurer avec le grand gibier. Moi, pendant ce temps, je visiterai les familles et verrai l'état des troupeaux. Après quoi, avec le vieux Koïné, nous fouillerons la brousse pour récolter des médicaments !

– Va donc toi-même à la chasse ! rétorqua Birom. Moi, je tiendrai compagnie au vieux Koïné. Cette écharde que j'ai chopée hier a définitivement fait enfler mon orteil.

– Vous avez entendu ? Mon frère ne peut pas aller à la chasse, il a un petit bobo au pied ! Quand je ne serai plus de ce monde et qu'il faudra vous conduire du Gâbou au Fouta-Djalon ou du Gadiâga au Mâcina sous les intempéries et à travers les territoires ennemis, qu'est-ce qu'il va donc prétexter ?

– Très bien ! Mon frère veut que j'aille à la chasse ? Eh bien, j'y vais ! Mais avant cela, que chacun regarde mon orteil pour voir si je mens !

– Tu n'en feras rien, Birom, fils de Dôya ! tonna le vieux Koïné. Qu'il y aille lui-même, s'il veut manger du gibier !… Ô Yalalbé, pardonnez à votre *aga* son excès de lâcheté. Il y a bien longtemps que j'aurais dû parler ainsi.

– Qu'il porte lui-même son *sassa* et qu'il lave ses propres hardes ! s'écria quelqu'un.

– Cet homme ne mérite plus d'être obéi, ajouta un autre. Qu'on lui coupe sa tresse d'*ardo* ! Qu'on lui enlève ses gris-gris, sa lance et son *sassa* !

– Personne ne dira que Birane fut destitué. Que les vrais Peuls me rejoignent sur la plaine : celui qui me vaincra au javelot, celui-là régnera après moi.

– Cet homme ne mérite pas une mort honorable. Rasons ses tresses ! Arrachons-lui sa lance ! Qu'il erre sans bœuf, sans griot et sans arme. Cet homme a enfreint les règles du *poulâkou*, il ne mérite plus le doux nom de Peul !

– J'acquiesce ! s'égosilla une femme. Qui sort du *poulâkou*, qu'il finisse dans le mépris et dans la solitude !

– Toi, l'*aga* Koïné, dis-nous ce qu'il faut faire ! implora Okorni.

– Laissons-lui la vie sauve, qu'il aille se faire oublier chez d'autres races ! Les usages sont clairs en ce qui concerne son cas : qu'on lui laisse une génisse et un taureau mais qu'on lui retire sa progéniture !

Birom fit signe à Koïné.

– Sauf ton respect, *aga*, moi j'approuve la proposition de mon frère. Les rois, c'est comme les troncs de balanites : on les abat, on ne les fait pas plier. Et n'oublie pas, *aga*, cet homme descend de Dôya Malal : Toute honte qui l'éclabousserait rejaillirait sur ma personne.

– On a assez discouru. Qu'est-ce que tu proposes ?

– Qu'on aille donc sur la plaine !

– Tu crois vraiment qu'il mérite encore de se battre ? Tu lui accorderais cet honneur ?

– J'ai une revanche à prendre. Et puisque mon frère aime jouer, eh bien, qu'on joue ! Et que, bon ou mauvais, celui qui supprime l'autre règne sur le clan. Ce sera la décision de Guéno.

Le lendemain matin, on fit un cercle au milieu de la plaine. On leur donna deux javelots de même taille et de même couleur. Ils se battirent jusqu'au coucher du soleil. Au zénith, Birane éborgna Birom. Au crépuscule, la chance changea de camp. Dans un sursaut de désespoir, Birom reprit le dessus. Son javelot vibra dans la gorge de son frère et le vida de son sang en une trombe brève et forte.

*

Birom pleura abondamment son jumeau. Il exigea des funérailles dignes de lui sous un grand tamarinier. C'est sous cet arbre-là que les rois se font couronner. Et c'est sous ses vénérables racines que Guéno reçoit leur âme. Après quoi, il repoussa poliment le bâton, la tresse unique symbole de la royauté, le grand *sassa* et tous les autres emblèmes.

– Pardonnez mon geste, ô Yalalbé ! Mais je ne pourrais vous infliger cette forfaiture-là : avoir pour éclaireur un borgne. Que Dieu vous garde ! Non, non, je ne vous abandonne pas, je vous débarrasse plutôt d'un fléau. Je ne mérite plus votre compagnie. Laissez-moi partir ! Laissez-moi à mon sort ! Et quel sort que celui des Yalalbé ! Nous risquons nos vies d'une guerre à une autre ou alors la mort nous fauche à notre plus bel âge. Voyez comment ma pauvre Bambi est morte d'une fausse couche après avoir perdu en bas âge ses trois enfants ! C'est à la fin de cette transhumance-ci que je comptais me remarier. Quant à mon frère Birane, il ne fut pas plus heureux en ménage. Son fils aîné Garga s'est enfui de la maison pour une vache égarée ; on ne sait pas s'il est mort ou s'il erre dans la brousse sous l'emprise des esprits. Dites-lui bien, à Garga, que c'est moi qui ai tué son père, et s'il veut me maudire que Dieu exauce ses vœux !

Apprends, mon petit Peul, que toutes les dynasties qui se sont succédé au Tékrour ont pris soin de fonder leur capitale au bord du fleuve. Toutes : les Dia-Ôgo, les Manna, les *tondjon*, les Lam-Taga, les Lam-Termès, sauf les Lam-Tôro. Ces derniers habitaient d'ailleurs en premier lieu à Diom-Galla, ensuite à Guédé-Ouro sur le lac Ganga. C'est un berger, aveugle et cartomancien à ses heures, qui leur recommanda de bâtir une ville autour du tamarinier sacré de Guédé. Ainsi la dynastie durerait mille ans et les Peuls autant que la vie des étoiles. Là, ils dressèrent le palais, le marché et la mosquée, s'installèrent pour régner et invoquer le pouvoir de Allah et de son prophète Mohamed. Ils asséchèrent les marais du nord et dirent aux potiers : « Vivez ici, maniez la faïence et le grès, nous voulons les jarres les plus luisantes, des bols raffinés, des canaris joliment ornés de figures et d'arabesques. » Ils investirent les éboulis du sud et dirent aux forgerons : « Installez vos fourneaux et vivez ici, domptez le vent, tordez le fer, il nous faut des lances capables de percer les caravelles des Portugais, des javelots incassables, des dards de deux coudées, des harpons par milliers, des sagaies à faire reculer une armée de démons. » Ensuite, ils convoquèrent tour à tour les bijoutiers et les orpailleurs, les tisserands et les cordonniers, les marchands, les puisatiers, ainsi qu'une ribambelle d'albinos et de diseurs de sorts. Aux pêcheurs, il fut alloué Thiéhel et les îlots lui faisant face. Aux bergers, tous les espaces herbeux hormis les pourtours du lac Ganga, réservés aux parcs à bœufs du roi. Le marché se tenait tous les vendredis. On y vendait la laine, le cuivre rouge, le laiton et la verroterie des Arabes ; les peausseries du Kharta et du Guidimaka, les cotonnades du Mali et les coquillages du Djôlof. Le miel et le lait y coulaient à flots et l'or y était si abondant qu'on en faisait des sandales et des pipes. Les caravanes de sel venues d'Alegh ou de Tidjilmassa croisaient les colporteurs mandingues surchargés de bonbonnes de vin de raphia et d'huile de palme, de ballots de tabac et de paniers de kola. On ne s'y rendait pas que pour le négoce. On y venait aussi jouer sa fortune, courtiser les belles, se mesurer au cheval et à la lutte, régler au couteau les affaires d'adultère et de dette, faire le saltimbanque et chanter les louanges du Prophète. On priait beaucoup à Guédé. On y buvait beaucoup aussi. Les rares musulmans se confinaient alors autour du palais et dans les quartiers commerçants. Ailleurs, les mœurs étaient légères, les jurons tonitruants, les sorcelleries fréquentes et les poisons fulgurants. À part quelques marabouts originaires de Tombouctou ou de Djenné (plus rarement d'Adrar ou de Marrakech), la plupart des *bismillâhi*[1] étaient illettrés et plutôt sommaires dans leur foi comme dans leurs dévotions.

Après avoir quitté les siens, Birom s'était d'abord réfugié dans une grotte, dans l'espoir que Guéno, dégoûté de sa personne, lui y enlevât la vie ou au moins l'esprit. Il y végéta cinq longs jours sans rien avaler, même pas le noyau d'une baie sauvage, puis il erra longtemps dans les landes avant d'échouer à

1. Musulmans, dans un sens péjoratif.

Guédé. Mendiant pour mendiant, mieux valait l'être aux yeux de ces pouilleux de *bismillâhi*. C'était moins honteux, moins pénible, de se voir déchoir ainsi. Pour les mahométans, tendre la main n'a rien de réprobateur, en effet. Au contraire, c'est un acte de repentir et de soumission devant la divinité, presque un statut d'élu. « Ô vous autres possédants, expiez, soyez humbles, donnez aux pauvres et aux orphelins et Dieu rétribuera chacun de vos gestes par mille journées au paradis ! » répétaient, nuit et jour, les muezzin et les prédicateurs. Cela réconfortait Birom de les entendre pérorer. Ainsi donc, il n'était pas un méprisable besogneux vivant aux crochets de mieux-né, de plus résolu, de plus altier que lui, mais le biais par lequel tous ces malheureux enturbannés accéderaient au salut rien qu'en lui jetant une pièce à leur sortie de la mosquée.

Les poches suffisamment garnies de rondelles de cuivre, de *dobras* portugais ou de grains de poudre d'or, il faisait une trotte jusqu'à Thiéhel, se mêlait aux hordes de pêcheurs gesticulant sur les quais et contemplait les embarcations des Sérères et des Lébous. Le soir, il rejoignait les ivrognes dans les sombres tavernes hâtivement dressées en torchis. Il s'empiffrait de gros mil et de sauces gluantes, se soûlait au vin de palme ou avec ce tord-boyaux nommé tafia que les marchands mandingues allaient chercher chez les Portugais du port de Jagrançura. À Guédé, tout s'endormait après la dernière prière du soir. À Thiéhel, la vie continuait jusqu'aux confins de l'aube. C'est paradoxalement par là qu'accostaient les marabouts venus de Boutlimit, de Chinguetti ou de Tombouctou. Mais la nouvelle religion avait du mal à y trouver sa place. La cité était essentiellement peuplée de fétichistes sérères, de bergers peuls et de pêcheurs lébous. Après le dur labeur de la journée, on se gobergeait au son des tambours et des vielles en compagnie des femmes de mauvaise vie et des jeunes veuves. Au petit matin, l'esprit brumeux et le corps sentant encore l'amour, Birom rejoignait la brousse pour somnoler dans un de ces affûts ou un de ces abris de fortune abandonnés par les chasseurs et les bergers. Le son d'une flûte le réveillait, le vacarme d'un troupeau fourrageant dans la broussaille emplissait son cœur d'une nostalgie insupportable. Il hurlait à se fendre les tympans et courait d'un arbre à l'autre comme une bête empoisonnée. « Ça y est, se disait-il, enfin je vais pouvoir devenir fou ! » Mais quand, à bout de souffle, il s'effondrait sous un cailcedrat, une à une, ses pensées se remettaient en place, son esprit s'illuminait d'une lumière éclatante et dure cyniquement projetée sur ce passé qu'il s'efforçait en vain d'anéantir. Alors, il marchait à petits pas vers le fleuve, humait son odeur de vase et de racines aromatiques, et pensait au néant et aux vides rivages du désert pour s'accrocher à l'oubli.

Au sud de Thiéhel, il y avait une aiguillade où une demi-couronne de rocs entourait un périmètre de sable blanc. Il aimait cet endroit. Là, il trouvait sans effort la quiétude à laquelle son âme aspirait si fortement. À part quelques aigles pêcheurs, ce lieu était toujours désert. Aussi, un jour, alors qu'il était couché sur le sable et fredonnait des pastourelles, fut-il étonné de voir une jeune femme s'avancer vers la berge. Elle portait un pagne indigo, des tresses décorées avec de grosses boules d'ambre, des boucles d'oreilles en or et des anneaux de cuivre aux chevilles. Un superbe pendentif en argent lui barrait la poitrine, dont le collier étincelait sublimement entre ses seins nus et dont la boucle aux motifs finement ciselés lui arrivait au nombril. Elle passa à sa hauteur sans le saluer, sans même toussoter. Elle posa sa corbeille de linge et se mit à frotter sans lui adresser un regard. Il arrêta de chanter et s'accouda pour l'observer. Elle termina sa lessive et, sans hésiter, ôta son pagne pour se baigner pendant que son linge étalé sur les rochers séchait au soleil. Quand elle eut fini, elle remonta sur la berge, toujours en silence. Puis soudain, elle grommela, mais de façon suffisamment audible pour que Birom dressât les oreilles :

– Je t'ai vu au marché. Je t'ai vu devant la mosquée aussi. Tendre la main aux *bismillâhi*, est-ce une manière de vivre ? Un Peul, un vrai, ne fait pas comme ça. Et pourquoi aller avec les gueuses et les poivrots du port ? Diâka a suffisamment à boire pour celui qui demande. Et Diâka n'est pas une mauvaise amante, bien des hommes le lui ont dit. Ma case se trouve près du grand kapokier. Demande aux brodeurs de la place ! Ils savent où se trouve Diâka, la femme sarakolée.

Quand elle eut disparu, Birom se frotta longuement les yeux. Les esprits malins avaient dû lui jouer un tour. Cette jeune femme devait être une sorcière. Il palpa ses gris-gris, en proie à un profond désarroi. Il ôta subitement ses habits et plongea dans les eaux pour se purifier et demander la protection de Koumène[1]. Il décida, ce soir-là, d'éviter les murailles de Guédé, de rejoindre directement les grottes et d'y dormir tout son soûl. À Guédé, il se sentirait envoûté par la beauté de cette femme, si c'en était une, ou par les pouvoirs maléfiques de ce diable, si c'en était un.

Seulement, quand il quitta le fleuve, c'est vers le hangar des brodeurs que ses pas le menèrent et non vers les tanneries d'où partait le chemin vers les grottes. Le soleil baissait, il lui fallait faire vite. Il tourna néanmoins trois fois autour des cinq hommes assis sous une hutte à la toiture affaissée avant d'oser s'asseoir à côté d'eux.

1. Dieu des pâturages. Son apparition est censée être très bénéfique.

– Que veux-tu, Peul ? demanda l'un d'eux.

– À vrai dire… bredouilla-t-il, confus. Je passais par là et…

– Je parie que cet homme cherche la maison de Diâka. Hein, Peul, je mens ? dit un autre.

– Tu cherches la maison de Diâka ? renchérit un troisième. Regarde sous le grand kapokier, celle dont la toiture est cernée d'une couronne en bambou ! C'est celle-là !

Cependant il resta là sans bouger jusqu'à ce que la nuit tombât. Il attendit que les brodeurs partent. Ensuite seulement, il s'orienta vers la case et en fit le tour une dizaine de fois avant d'oser entrer. Un feu de cuisine rougeoyait dans l'âtre et de temps en temps des toussotements et des vieux airs doucement fredonnés arguaient d'une présence humaine. Il poussa la porte en rotin et la trouva, à demi nue, assise par terre, adossée au lit. Elle lui tendit une écuelle de couscous de sorgho accompagné d'une sauce de feuilles de baobab dans laquelle flottaient quelques morceaux de gibier. Il dîna de bon appétit et but la moitié de la gourde de vin de palme qu'elle lui avait réservée. Puis il se glissa auprès d'elle et la prit sur le lit en terre dressé près de l'âtre.

Un mois plus tard, il décida de la fuir, de ne plus jamais la revoir. Elle était belle, elle était bonne amante. Cela la regardait si, de tous les hommes transitant par Guédé, elle n'avait trouvé qu'un borgne misérable et inconnu à un mois de marche alentour ! Seulement, il n'avait pas envie de vivre à ses crochets. Ce serait trop indigne.

Il songea à traverser le fleuve, à rejoindre le désert, ses canyons et ses mirages où, à coup sûr, il est plus facile de mourir ou de se laisser perdre par les dieux. Il gagna le marché sans le faire exprès. L'instinct l'y avait amené se goinfrer et boire un bon coup avant de décider de son sort. On était vendredi, jour de foire et de prière. Il s'engagea vers les étalages où les vendeuses exposaient les calebasses de couscous de mil, les gourdes de crème et de lait, les chaudrons de poissons et de volailles cuits, les outres difformes bavant le tafia et le vin de palme. Mais au moment où il dépassait le tamarinier sacré, une grande clameur s'éleva du côté du palais. Juché sur un âne, un Maure habillé d'une épaisse gandoura blanche rayée de noir soulevait la poussière, poursuivi par une ribambelle de petits curieux. Il faisait de grands gestes et vociférait comme un possédé :

– Ils ont tué le maudit ! Ils ont tué le maudit !

À la hauteur de Birom, il cria de plus belle :

– Ils ont tué le maudit ! Ils ont tué le maudit ! C'est ce qui pouvait arriver de mieux. C'est Dieu qui y aura pourvu. Louanges à Dieu et à son Prophète !

Birom l'empoigna par le collet et le fit descendre de son cheval.

– De quel maudit parles-tu, oiseau de malheur ?

– Ils ont tué Tenguéla, le maudit, le mécréant, celui que le diable a armé pour s'attaquer aux musulmans ! Cela s'est passé hier à Diâra.

Un enturbanné accourut de l'intérieur de la mosquée pour délivrer le Maure et le conduire dans la cour du *lam-tôro*[1]. Birom les regarda disparaître derrière les murailles du palais. Puis il toucha son front en sueur et s'effondra comme un mur.

*

Birom se réveilla dans le petit lit en terre, dans une forte odeur de basilic. Il écarquilla les yeux et distingua la silhouette de Diâka penchée sur un vieux chaudron posé sur les braises de l'âtre.

1. Roi de la province du Tôro.

– Les gens ont cru que tu étais mort. On a demandé si quelqu'un te connaissait. On t'a bien vu errer par-ci et dormir par-là mais personne ne sait qui tu es. Quelqu'un a proposé de t'enterrer dans les fouilles avant que ton âme de dépravé ne souille les lieux. Heureusement, Môdy, un des brodeurs de la place, passait par là.

– Mourir, c'est ce que je cherche depuis des mois !…

Elle lui fourra une louchée d'infusion de basilic dans la bouche pour l'empêcher de parler.

– Tu sais qui est ce Maure que tu as failli étrangler devant tout le monde ?… C'est le cheik Ibn Tahal Ben Habib Ben Omar. C'est l'imam de la mosquée et le cadi attitré de Eli-Bâna, le *lam-tôro*.

– Te voilà dans de beaux draps ! Tu n'avais qu'à leur dire que tu ne me connaissais pas.

– T'en fais pas, tout est arrangé. Le *lam-tôro* voulait te faire mettre à mort mais le Maure l'a supplié de n'en rien faire. Un des frères de Môdy est soldat au palais, c'est par lui que nous savons cela. La mort de ce Tencheniella l'a tellement bouleversé !

– Non, pas Tencheniella, Tenguéla !

– Pourquoi tu t'énerves ?

– Mais qui l'a tué, bon Dieu, qui l'a tué ? Et où se trouve cette maudite ville de Diâra ?

– Il faut traverser le fleuve, se diriger vers l'est et galoper plusieurs jours.

– Et ce fantôme d'enturbanné a raconté comment cela s'est passé ?

– C'est l'empereur du Songhaï, Askia Mohamed, qui l'a fait tuer pour le punir d'avoir occupé le Diâra, cette province qu'il avait lui-même arrachée au Mali. Il a envoyé son frère, le *koumfarin*[1] Amar Komdiago. Komdiago est venu depuis Tindirma[2], il a tué Ten-

1. Titre que portait le gouverneur songhaï de Tombouctou.
2. Dans l'actuelle région de Fada-Ngourma (Burkina-Faso).

guéla et il est reparti en emportant sa tête. Pourtant Tenguéla était dix fois mieux armé, n'est-ce pas cela, la volonté de Dieu ?

Birom effleura son œil droit, celui qui était mort. Il sauta par-dessus l'âtre, passa la porte en rotin, leva les bras vers le ciel et rugit :

– Puisque vous avez maudit les Yalalbé, les Yalalbé vous maudissent à leur tour ! Vous m'avez entendu, méprisables divinités ?

Diâka se précipita derrière lui pour tenter de le rattraper.

– Birom, ô mon Peul, ce n'est pas le moment de devenir fou, j'ai un enfant de toi dans le ventre !

Pendant que Birom se débattait dans les affres de la folie, la garde de Koly Tenguéla arrêtait un étrange suspect autour du lac Dény[1]. On l'avait surpris en train d'espionner dans une forêt environnante.

– Qui es-tu ? Que fais-tu ici ? lui demanda un soldat en le projetant par terre.

– Où as-tu volé ce cheval, mon coquin ? poursuivit un autre qui se mit à le ficeler.

– Tu travailles pour le compte de qui : pour le *mansa* du Mali ou pour ces usurpateurs songhaïs du Diâra ?

– Ce gamin m'a tout l'air d'un fugueur… Pourquoi as-tu quitté tes parents ?

– Je m'appelle Garga. Garga Birane, le fils de Birane Dôya. Je travaille dans les écuries de Guémé-Sangan.

À ces mots, tous abaissèrent leurs armes et, manifestement incrédules, s'approchèrent pour le scruter.

– Oui, poursuivit-il, Garga Birane, je suis du clan des Yalalbé, un proche parent de Koly Tenguéla.

– Proche parent de Koly ! Sa tête ne tient pas sur son cou, à ce gamin !

– Qu'est-ce qui t'amène ici ?

1. Le lac Dény (certaines sources font état de la mare Dény) était vraisemblablement situé dans la région actuelle de Rufisque, au Sénégal.

– Je viens m'engager dans les troupes et, dès que la guerre sera finie, j'irai venger mon père.

– Venger ton père ! Mais de quoi ?

– Quelqu'un l'a tué, mon père, je dois le tuer à mon tour. Mais cela, c'est mon affaire, cela ne vous regarde pas… Maintenant, conduisez-moi tout de suite à Koly !

– Te conduire à Koly, à Grand Taureau ? Rien que ça ?

– Sais-tu seulement qui est Grand Taureau, petit effronté ?

– C'est mon parent, je vous dis, nous sommes tous des Yalalbé !

Du coup, il cessa d'être amusant. Outrés par tant d'effronterie, les guerriers reprirent leurs airs hostiles.

– Mâdié, cria l'un d'eux, à vue d'œil, cet enfant se moque de nous ! Emmenons-le tout de suite chez le *diagâra*[1].

Un colosse ivre et à la peau couleur de ricin, avec des boucles d'oreilles et des dents élimées selon les rites des peuples de la mangrove, sortit du rang et planta sa sagaie entre les pieds de Mâdié et dit :

– Petit, si jamais c'étaient ces hyènes de Songhaïs, les assassins de Tenguéla, qui t'avaient fait venir ici, je te briserais la tête sans attendre l'avis du conseil. Je m'appelle Pendassa, Pendassa, le Landouma. Et tu ferais bien de retenir mon nom car chez nous, les Landoumas, on n'a qu'une seule manière de réduire une noix de coco en pièces : on la tient par les deux extrémités et on presse les mains dessus.

On le saisit par ses tresses et le traîna chez le *diagâra*.

– La nuit dernière, nous avons surpris ce jeune homme dans la forêt avec un cheval et des armes. Son cheval est dans les écuries du sud et ses armes, dans un coin de ma hutte. Je devais informer le *diagâra*.

1. Lieutenant.

71

– Avec des armes ? s'alarma le *diagâra*. Alors, l'affaire me dépasse. Allons tout de suite chez le *maoudho-tchieddo*[1] !

Ils arrivèrent dans la hutte d'un homme plutôt terne. Garga en ressentit une vive déception. Pour lui, un général de l'armée de Koly Tenguéla, ce devait être un superbe gaillard avec un visage de dieu et des armes impressionnantes. Or, celui-ci, s'il avait bien des traits peuls, était plutôt court sur pattes avec un air vieillissant, des traces de variole sur le bout du nez et accoutré comme les natifs de la mangrove. Ce devait être un de ces méprisables Foulakundas, ces Peuls de brousse qui avaient dévié du *poulâkou* en allant s'unir aux peuplades sans habits du mont Badiar. En plus, il avait les pieds nus et ne portait aucune arme sur lui. Mais le regard de l'enfant s'illumina d'admiration quand Pendassa leva sa lance pour saluer Dôya Badiar.

Dôya Badiar ! L'un des généraux les plus valeureux de Tenguéla ! Il avait participé au *fergo* de Doulo Demba. C'est là qu'il avait fait la connaissance d'un jeune lieutenant du nom de Tenguéla Diâdié. Depuis, ils ne s'étaient plus quittés. Il avait ensuite accumulé les titres de gloire dans de nombreuses expéditions : au Kôkoly, au Gâbou, au Solimana, au Diôladou, etc. Son nom était couvert de fleurs par tous les grands griots. Garga savait qu'il n'avait pas le droit mais il ne put empêcher sa langue de remuer dans sa bouche :

– Excusez-moi, grand-père, vous êtes bien le grand Dôya Badiar ?

Cela fit exploser de colère Pendassa qui déploya son nerf de bœuf pour lui botter les fesses.

– Ce gosse n'a aucune retenue ! Aucun respect pour les aînés même pour les plus valeureux ! Il pourrait entrer chaussé dans les sanctuaires et décoiffer les

1. Général.

prêtres et les grands rois pour se moquer de leur calvitie ! *Wouss ! Wass !*

– Range ton fouet, Pendassa, et dis-moi qui est ce jeune homme ! gronda Dôya Badiar. Qui es-tu, mon enfant ? Oui, dis-moi ce que tu fais là.

– Ce morveux se dit des Yalalbé et même proche parent du grand Koly. Oui, il dit ça ! Il dit qu'il vient tout droit de Guémé-Sangan, nous aider à faire la guerre ! Un gamin de quatorze ans venu tout seul de Guémé-Sangan nous aider à faire la guerre ! Avec un pur-sang et des armes de vrai *tcheddo*[1] !

– Qu'est-ce qui me prouve que tu viens de Guémé-Sangan ?

– Et ça ? exulta Garga en sortant de sa poche un curieux objet.

Dôya Badiar s'en saisit et n'en crut pas ses yeux. Il exhiba la chose avec une émotion impossible à contenir.

– Mon Dieu, l'hexagramme de coralline !… L'insigne des Yalalbé ! Pas plus tard que la semaine dernière, Koly m'en parlait lors de notre expédition dans le Sine-Saloum. Son père l'avait oublié à Guémé-Sangan en partant pour le Diâra.

*

Le lendemain, on le présenta à Koly Tenguéla qui piqua une colère noire dès qu'il le vit.

– As-tu demandé la permission avant de t'aventurer ici ?

– Non, grand frère[2] !

1. Soldat des Tenguéla et, par extension, tout homme rebelle à l'islam.
2. Chez les Peuls, tous les cousins du côté paternel sont considérés comme des frères.

– En quittant Guémé-Sangan pour le Wouli, à qui j'ai dit de rejoindre les écuries pour aider à soigner mes pouliches ?

– À moi, grand frère, à moi !

– Cela ne t'a pas suffi de fuir ton père après avoir égaré sa plus belle vache, il t'a fallu fuguer aussi des écuries de Guémé-Sangan ! Eh bien, ta faute est si grave que je ne vais ni te fouetter ni te brûler. Je vais te soumettre à une punition encore plus grave : demain dès l'aube, tu vas sauter sur ton cheval et retourner à Guémé-Sangan. Tu verras qu'on ne peut pas traverser deux fois ces pays de pillards et de fauves sans y laisser sa vie, surtout avec des pluies aussi violentes que celles de cette année. Tu as appris ce qui est arrivé à ton père ?

– J'étais sur le chemin de Guédé pour lui donner sa vengeance quand j'ai appris la mort de père Tenguéla. Alors, j'ai décidé de venir pour me battre à côté de toi. Ô, grand frère Koly, offre-moi cette chance ! Si je dois mourir que je ne meure pas victime d'un chacal ou d'une noyade ou d'un obscur pillard. Offre-moi de mourir sur le chemin du lait et de la gloire. Offre-moi de mourir près de toi !

– Tous les Yalalbé sont fous ; en général, cela leur vient avec l'âge, toi, c'est depuis le berceau… Ôte-moi ce garnement d'ici, Pendassa, et demain, rends-lui son cheval. Veille à lui procurer une ration. Pour une seule semaine, pas un jour de plus !

Grand Taureau se leva et se dirigea vers sa case. Contre toute attente, Pendassa se précipita à ses pieds.

– J'en appelle à ta vitalité, j'en appelle à ta force, ô Grand Taureau, ô fier aîné de Tenguéla ! Cet enfant est un fieffé menteur, il a les défauts du singe et la sale conduite de la musaraigne. Mais il me semble qu'il est brave, il me semble qu'il te voue l'affection que l'on doit au même-sang et le culte rendu aux grands guerriers. On ne fait pas le chemin qu'il a fait si on n'a pas le sens de l'idéal ou de la foi. Offre-lui ce qu'il te demande, donne-lui une petite chance !

Koly s'arrêta, hésita un bon moment, puis déclara :

– Soit, Pendassa ! Ton père Towl t'a offert à mon père dans les rizières du Nunez. Depuis, tu ne nous as ni volé ni trahi, tu ne nous as pas menti ; tu n'as pas gémi sur les chemins ni hésité au combat. À mon tour, je t'offre cet enfant. Circoncis-le, éduque-le, vois s'il a une étoffe de guerrier !

L'instant d'après, il les rappela pour dire une dernière chose à Garga :

– L'hexagramme de coralline, garde-le jusqu'à ce que je te le redemande ! Surtout, n'oublie pas : tu le perds, je te brise le cou.

Mendier, errer, se bagarrer et se goberger dans les tavernes du fleuve, Birom finit par s'en lasser au bout d'une année de séjour à Guédé. Pour survivre, il apprit l'art de la broderie et, les jours de marché, vendit de la kola et du sel pour arrondir le prix du *gombo*.

Un jour, alors qu'il tentait de persuader une bergère descendue du *diéri* de la qualité de son sel, un vacarme venu du coin de l'allée des orfèvres le fit sursauter. Une foule bruyante et intriguée se précipitait dans cette direction. Birom abandonna ses épices et ses oléagineux pour se précipiter derrière elle. Sa grande taille lui permit de distinguer un Maure et un Peul qui se tenaient au collet et s'invectivaient comme des chiffonniers au milieu d'un cercle de curieux plutôt ravis du spectacle. Birom se fraya un chemin jusqu'à eux et, au prix d'un immense effort, parvint à les séparer.

– Que se passe-t-il ici ? leur demanda-t-il.

– Il se passe que, le mois dernier, ce Peul m'a acheté un cheval contre une jarre de poudre d'or ; la moitié était remplie de débris de cuivre. Cet homme est un voleur ! Qu'on appelle le cadi, qu'on nous emmène chez le *lam-tôro* !

– Montre donc cet or et que chacun constate ! vociféra Birom avec un manifeste accent de parti pris.

– C'est que…

– C'est que ?

– Eh bien, notre caravane a été attaquée par des pillards au lieu-dit le Repos du Chacal. Ils nous ont tout pris : la monnaie, le cuivre, l'étain et le sel. Ils ne m'ont laissé qu'un chameau et un vieil esclave pour pouvoir continuer la route.

– Et où avais-tu mis ton sabre, Maure de malheur ?… Vous entendez ? Le Maure s'est fait voler ses richesses, ses chevaux et ses esclaves !… Ils sont bien généreux, tes pillards, de t'avoir laissé le turban et la barbe… Ce Maure essaie de nous gruger, ne le voyez-vous pas ?

– Allez au port de Thiéhel et demandez : tous ceux qui viennent du nord sont au courant de ma mésaventure ! Je suis prêt à le jurer sur le Coran.

– Le Coran, nous ne sommes pas nombreux à y croire ici. Nous te croirons si tu acceptes de lécher le feu du forgeron[1]… Non ?

– Non, le Coran, le saint Coran, pour l'amour du Ciel !

– Maintenant que ce chacal a fini de déblatérer, laissez-moi vous présenter ma vérité à moi. Cet homme m'a bien vendu un cheval et je l'ai payé de deux mesures de poudre d'or aussi lumineux et pur que la réserve du *lam-tôro*. Qui ne connaît pas les magouilles de ces gens du Brakhna ? Ils vous vendent une barre de sel pour dix coudées de cotonnade, un *sâ*[2] de cuivre pour deux vaches laitières et un cheval boiteux pour quinze jeunes esclaves. Ils prétendent guérir la lèpre et l'épilepsie avec un simple crachat sur votre crâne. Or, les amulettes qu'ils vous vendent ont encore moins d'effet qu'une tisane de *kinkéliba*. Sur la rive nord, personne

1. Vieille coutume africaine consistant à faire lécher le feu magique des forgerons par les suspects : seuls les coupables sont censés y laisser leur langue.
2. Unité maure qui servait à mesurer les céréales et l'or : 1 *sâ* équivaut à 11 poignées.

ne s'avise plus de commercer avec eux. Il n'y a qu'ici à Guédé…

– Que fait le *lam-tôro* ? hurla une voix anonyme.

– Le *lam-tôro* ? Il a abandonné les Peuls pour se mettre sous l'emprise des Maures.

– Que dis-tu là, âme égarée ? s'apitoya un vieillard affublé d'un volumineux turban. Au Tékrour, nous sommes peuls pour la plupart. Nous sommes plusieurs têtes mais nous avons le même nombril. Seulement n'oublions pas que la famille, la vraie, c'est celle d'Adam et Ève. Nous sommes tous frères et sœurs sous le ciel de Allah et sous la tente de son Prophète.

Une clameur d'approbation s'éleva d'un côté tandis qu'une véhémente protestation prenait forme, de l'autre.

– Vous, les Peuls enturbannés, vous êtes bien pires que les Maures !

– Oui, tu as bel et bien raison. Je préfère mille fois l'ennemi au frère qui m'a trahi.

– Ce sont de faux frères en effet. Ils souillent le lait, trahissent le sang de Ilo Sâdio, l'ancêtre des bergers, et accordent à d'autres divinités les prodiges de Guéno.

– Il n'y a de dieu que Dieu et Mohamed est son prophète !

– Nous sommes les fils de Guéno, certainement pas du dieu des Maures ! Ai-je raison ou non ?

– Allah est le plus grand ! Il n'a pas engendré, il n'a pas été engendré.

– Le *lam-tôro* prie le dieu des Maures. Le *lâm-tôro* est-il un Peul ?

– Qu'il s'estime heureux, l'hérétique du palais ! Tenguéla est tombé à Diâra, victime de la flèche d'un lâche, sinon il serait déjà dans les oasis en train de quémander une datte.

– Tenguéla est mort, mais, du lac Dény où il amasse des troupes, son fils se prépare à marcher sur le

Galam puis sur le Diâra avant de forcer les portes du Tékrour.

– Allah dressera des monstres crachant des flammes sur le chemin des mécréants !

– Et de la chair des *bismillâhi*, Koly nourrira pour un an les crocodiles du fleuve !

Aux invectives succéda bientôt une échauffourée générale où les protagonistes avaient bien du mal à distinguer leur camp. Puis une voix couvrit le bruit des injures et des coups :

– Attention, voilà les cavaliers du palais !

La plupart des belligérants réussirent à s'enfuir. Birom et quelques autres furent conduits au palais et présentés au cadi qui les condamna à subir une bastonnade de dix coups sur le torse nu et à verser dix methcals d'or ou cinq coudées de cotonnade ou cinq animaux de basse-cour ou une brebis en âge de subir son premier agnelage, à leur choix.

Cela s'était passé dans une grande salle mal éclairée, au plafond bas, soutenu par une dizaine de solives en bois et des piliers de cérame. On les avait fait asseoir au fond, sur des banquettes de terre. À l'autre bout, se tenait le cadi, sur un divan posé au milieu d'une nappe de tapis et de nattes. La faible flamme d'une lampe à huile luisait auprès de lui.

Quand arriva son tour de recevoir sa bastonnade, Birom fut étonné de voir les gardes l'épargner sur un signe du cadi.

– Alors, Peul, fit-il en poussant un rire cathartique, on ne reconnaît plus les amis ? Moi, je t'aurais reconnu même si tu t'étais déguisé en pèlerin sur une place de La Mecque. Tu vois, je ne te garde aucune rancune. Cependant, il y a trois choses dont tu devrais te méfier : l'odeur du basilic, le rôdeur au poil roux et les animaux qui rampent. Méfie-toi de ces trois choses-là, Peul, méfie-toi !

En sortant du palais, Birom tomba nez à nez avec Môdy.

– Où donc étais-tu, mon ami Birom ? Je t'ai cherché au marché et dans les tavernes. Diâka vient de s'accoucher et toi, tu ne songes qu'à vadrouiller.

*

C'était un garçon vif et joufflu, qui faisait plaisir à voir. Cependant il était né avec une grande tache en forme d'ailes de papillon sur le dos. Fatiguée de sillonner la région et de consulter les sorciers pour rien, Diâka décida d'aller voir le Maure.

– Où étais-tu, Diâka ? lui demanda Birom, fort anxieux.

– Je suis allée rencontrer le Maure !

– Quoi ?… Cet obscur cadi, ce charlatan du *lamtôro* ? Et pour quoi faire, Diâka, ma douce ?

– On m'a conseillé de le consulter au sujet de notre enfant. Ils sont nombreux maintenant à croire aux prodiges du cheik Ibn Tahal Ben Habib Ben Omar. Tu es l'un des rares à mépriser ce saint homme. Je ne t'ai pas prévenu parce que j'avais peur que tu m'empêches d'y aller.

– Diâka, es-tu devenue folle ?… Que t'a-t-il dit ?

– Il m'a dit : « Ô mystères divins ! Allah marque de son empreinte ses créatures préférées… Ceci n'est ni une maladie ni un mauvais présage, femme… Mais reviens avec ton mari ! Sans ton mari, je ne peux rien faire. » Jure-moi de m'accompagner, Birom, il s'agit de notre fils !

– Je nous préfère morts tous les trois que de subir un tel affront !

– Que lui reproches-tu ?

– Qu'il soit maure, je peux toujours pardonner, qu'il soit *bismillâhi*, jamais ! Et ne me parle plus de ça, Diâka, là-dessus, ma décision est faite.

Le lendemain, Birom fut victime d'une morsure de serpent, la semaine suivante, il chuta dans un vieux puits alors qu'il cueillait des feuilles de basilic. Moins d'un mois après cela, un chacal roux s'introduisit dans son échoppe en pleine journée, huma ses broderies et lécha longuement ses pieds avant de disparaître comme un mirage.

Le soir, Diâka remarqua tout de suite son désarroi.

– Mon homme, lui dit-elle, tu as le front d'une bête de somme et les yeux d'un naufragé.

– Rien ne me chagrine, ma douce Diâka. J'ai seulement l'air de quelqu'un qui a fait une trop longue sieste.

Les jours passèrent sans que son état changeât. Il avait l'air d'un étranger, « comme si on lui avait troqué son âme contre celle d'un autre », se lamenta Diâka. Et un soir, sans qu'elle s'y attendît, il lui demanda :

– Tu veux toujours aller voir ce… ? Comment s'appelle-t-il, déjà ?

– Tu es revenu sur ta décision, c'est vrai ?

– Pas si vite ! Je suis Birom, fils de Dôya. Je n'aime toujours ni les *bismillâhi* ni leurs alliés maures. Mais puisque tu veux voir ce cheik, eh bien, je t'accompagne. Il tient à ma présence, m'as-tu dit… Seulement…

– Seulement quoi ?

– Ce sera à toi de parler, moi, je n'ai rien à dire à un Maure.

– Mon homme, tu veux que moi, Diâka, j'ouvre la bouche devant l'assemblée des hommes ? Pour qui te prendraient-ils ?

– Je n'avais pas pensé à ça… Mais que vais-je lui raconter ?

– Ceci : « Cheik, protège-moi, protège ma femme, protège mon fils. » C'est simple et cela n'engage à rien.

– C'est simple dans ta bouche. Pour moi, ce sera aussi facile que de boire du feu.

*

Ils choisirent un samedi, le jour de la semaine où le cheik était le moins sollicité. Quand ils arrivèrent, il se fendit d'un grand sourire et leur indiqua une banquette à côté de lui comme s'il les attendait. Il écourta la visite d'une vieille mythomane et congédia les gardes.

– Alors, mon ami, exulta-t-il, on s'est enfin décidé ? Je savais bien qu'on finirait par s'entendre.

– Euh, bredouilla Birom, en vérité, ce n'est pas moi qui viens…

– C'est *haram* de se retrouver seul à seul avec une femme mariée… C'est pour cela que je t'ai demandé de l'accompagner.

– Évitons les malentendus, cheik ! Je suis un Peul qui croit aux pouvoirs illimités de Guéno, aux vertus du *poulâkou* et à la valeur sacrée du lait. Seulement, en ce moment, mon dieu a l'air de me bouder un peu, alors si ton Allah pouvait faire un petit quelque chose pour moi, ça ne ferait rien de lui dire merci mais de là à embrasser ta religion…

– Allah veille sur toutes ses créatures, même les adeptes de Guéno… Mais arrêtons là cette oiseuse discussion. Je n'ai nulle envie de te convertir, Peul, et même si j'en avais l'envie, où trouverais-je la force de convertir quelqu'un d'aussi têtu ?… Allons, laissons donc ces choses-là à Dieu et occupons-nous de ce qui vous amène. Il s'agit de votre enfant, n'est-ce pas ? Sa mère m'en avait parlé mais j'ai déjà tout oublié. J'ai une mémoire de poule, c'est terrible pour un homme de religion ! Donne-moi cet enfant, femme !

Il le dénuda, observa la forme de sa tête et les lignes de ses mains. Il le repassa à Diâka et dit :

– Rien de ce que Dieu fait n'est fortuit. Allah aligne les prodiges et les esprits simples s'étonnent. Cet enfant n'est ni un monstre, ni un infirme, ni un damné… Ah, Allah connaît les siens, il marque de son empreinte les êtres qu'il a choisis…

Il ferma les yeux et égrena longuement son chapelet, reprit l'enfant et cracha trois fois sur son dos.

– Je vais faire partir cette tache, comme ça, vous verrez par vous-mêmes de quoi je suis capable. Peut-être que je la remettrai plus tard, cela dépendra de mon bon vouloir. Ô Mohamed, ô prodiges !

La tache disparut et Birane poussa un cri lancinant et bref, comme si on lui avait arraché la peau ou les ongles des doigts.

– Je concède que tes pouvoirs sont énormes, cheik, fit Birom littéralement ébahi, mais ce n'est pas la première fois que j'assiste à de tels prodiges. Nous autres Peuls avons une connaissance étendue de la magie. Au Bhoundou, j'ai vu un vieillard transformer un lion menaçant en bourricot et un autre changer un voleur en végétal. C'est de la simple magie, où est ton Allah dans tout ça ?

– Vous, vous manipulez des grimoires, moi, je me contente de prier. En fait, je n'y suis pour rien, tout vient de la volonté de Dieu… Ah, tu es bien têtu, Peul, mais Dieu est encore plus têtu que toi.

– Ça, c'est sûr, il ne fait que me poursuivre, ton Allah. Je m'en suis suffisamment rendu compte, ces dernières semaines.

– Ah, ah, ah ! Je t'avais dit, Peul, je t'avais dit : « Méfie-toi de l'odeur du basilic, du rôdeur au poil roux et des animaux qui rampent ! »

– Pourquoi me faire ça à moi, s'il m'aime tant, ton Allah ?

– Ibn Tahal n'en sait rien. Dieu ne consulte pas ses misérables créatures. Il décide, c'est tout… Qui sait ? Peut-être qu'il veut te tester, Peul à la tête de mule.

– Restons-en là, Maure, concluons notre marché et que chacun adore ce pour quoi il est fait. Que veux-tu que je t'offre pour ce que tu viens de faire ?

– Du mil, des étoffes, de la kola ou de l'or. Comme tu veux.

– Je t'offre un taureau de sept ans, c'est bien le moins pour un Peul.

*

Diâka se dépêcha de présenter son nouveau fils (elle trouvait l'expression belle et fort appropriée en l'occurrence) aux voisines. Les bonnetiers, les marchands d'épices, les habitués des tavernes, tout le monde vint féliciter Birom et louer les pouvoirs du cheik.

– Oh, ce n'est qu'un pauvre illusionniste. S'il n'y avait pas toutes ces guerres, j'aurais conduit mon fils au Bhoundou, puisque les devins d'ici sont des incapables, et là-bas, le premier enchanteur venu aurait fait disparaître cette misérable tache.

On ne fit rien pour le contredire à cause de son esprit de chicane et de sa légendaire forfanterie. On remarqua cependant qu'il n'était plus tout à fait le même. À l'atelier de broderie, il interrompait soudain la conversation et plongeait dans de longues absences où il semblait ne plus voir ni entendre quoi que ce soit. On l'apercevait parfois, se promenant en ville les mains nouées dans le dos et le regard perdu au loin sans répondre au bonjour des passants et sans faire attention aux crottes des équidés et des chiens.

À la maison, ses attitudes bizarres semblaient émer-
veiller Diâka plus qu'elles ne l'intriguaient. Surmontant sa maladive timidité et passant outre l'atavique
irascibilité de son homme, elle essaya, un jour qu'ils
trompaient la faim d'une écuelle de couscous de mil,
d'en parler avec lui :

– Tu as peut-être raison de t'obstiner mais avoue que
les dons du cheik t'ont profondément bouleversé. Personne ne te reconnaît plus, même Diâka, ta femme. Je
me trompe ?

– Tais-toi ! lui avait-il répondu, fou de rage, renver-
sant d'un bestial coup de pied l'écuelle de couscous
de mil.

Aussi fut-elle étonnée le lendemain, en pleine nuit,
de le voir revêtir sa tunique, ses lanières et son bonnet.

– Où vas-tu, mon homme ?

Il avait répondu d'un ton si naturel qu'on aurait dit
que tous les soirs de sa vie, il n'avait jamais fait que ça :

– Je vais voir le cheik.

– À cette heure ?

Les gardes n'en crurent pas leurs yeux quand il se
présenta à eux.

– Le cheik est à la mosquée et il compte se rendre au
lit dès qu'il sera de retour. Alors nous te conseillons de
rentrer paisiblement chez toi et de profiter de cette
belle nuit étoilée auprès de ta femme. Deux fois, tu as
eu maille à partir avec nous. À la troisième fois, il
pourrait t'arriver malheur.

– Il faut que je lui parle !

– Nous, Peuls, sommes tous dédaigneux et têtus.
Mais toi, tu l'es encore plus que les autres. Dis-moi,
Peul, de quel clan es-tu ?

– Le Peul qui est devant vous est du clan des Bâ, du
sous-clan des Yalalbé.

– Je devrais te trancher la gorge, fils de Yalalbé !
C'est ton infirmité qui te sauve. On devrait traîner sur

un bûcher tous les gens de ta race. Vous avez soumis le Fouta-Djalon, pillé le Solimana, le Kôkoly, le Gâbou, le Bâgataye, le Diôladou, le Diâra et le Djôlof. La mort de Tenguéla ne vous a pas arrêtés, maintenant vous voici au Galam. Est-il vrai que ce Koly Tenguéla veut s'accaparer la terre bénie du Tékrour ?

– C'est ce que dit la rumeur. Il y a longtemps que j'ai quitté mon clan, je ne suis au courant de rien.

– Dites-vous bien, Yalalbé, que la terre du Tékrour appartient à Eli-Bâna, notre bienheureux *lam-tôro*. Si ton Koly Tenguéla est un Peul, Eli-Bâna l'est aussi. Si Koly est un Bâ, Eli-Bâna l'est davantage… Bon, que lui veux-tu au cheik, homme imprudent et borgne ?

– À part les oreilles du bon Dieu, cela ne concerne que nous deux.

– Alors, déguerpis avant que ma lance ne t'atteigne !

– Je ne bougerai pas d'ici avant d'avoir vu le cheik.

Les gardes le bousculèrent pour l'éloigner du portail. Il s'agrippa au grillage de bambou. Ils lui soulevèrent les pieds, le fouettèrent sur le dos, il ne lâcha pas prise. Sur ces entrefaites, le cheik déboucha de la rue de la mosquée, avec son escorte de courtisans et de disciples affublés de longs chapelets et chantant des psaumes enfiévrés.

– Par Dieu, s'alarma le cheik, que se passe-t-il ici ?

– Le borgne que vous voyez ne veut rien de moins que forcer les portes du palais. Il dit qu'il veut te voir.

– Eh bien, laissez-le me voir !

– Le *lam-tôro* nous loge, nous nourrit grassement. Il nous habille des plus belles cotonnades, il remplit nos poches de cauris, de rondelles de cuivre et de piécettes d'or : c'est pour empêcher de pareils énergumènes d'avilir sa grande demeure.

– Soit ! Mais à présent, ce n'est plus cet homme qui veut me voir, c'est moi qui l'invite à deviser sur mon divan.

Le cheik conduisit Birom à travers un dédale de courettes et de maisonnettes de pisé percées d'étroites lucarnes dans une vaste pièce ornée de tapis et de soie, embaumée d'encens et de myrrhe. Il lui offrit une tisane parfumée et des gâteaux au miel.

– Apprends-moi ton livre ! déclara Birom avant de prendre place et de toucher aux friandises.

C'était à cet instant-là qu'il devait dire cela. Plus tard, les mots se seraient échappés de sa bouche, ils auraient perdu leur effet.

Il fixa le Maure du regard, sûr de déceler sur son visage l'effet du choc. Mais celui-ci n'émit qu'un demi-sourire plus amusé que surpris et parla en caressant machinalement les poils du tapis du dos de sa main.

– Je t'attendais, Peul ! Ces gâteaux au miel, je les ai fait faire exprès pour toi. Allez, repose-toi, rassasie-toi, nous avons toute la nuit pour bavarder.

*

– Or donc, il faut savoir rompre le cou aux temps anciens, tirer un rideau pudique, poser un voile épais et noir sur les démons et les frasques de ses vies antérieures pour prétendre devenir musulman. Renoncer et se soumettre, voilà ce qu'exige la loi de Allah ! L'homme n'est qu'une pauvre chair enflée de vanité et de glaires, une bête cupide vivant dans l'ignorance et dans le péché. Avant l'islam, la nuit noire, avant le Prophète, la perdition. Le soleil brille pour tout le monde mais le soleil est une boule de leurres, qui aveugle et hallucine. Aux impies de se tromper de lumière, le sage sait à quelle source s'éclairer. Des étendues de ténèbres, des vallées de tourments et de larmes, un purgatoire de forêts et de dunes, voilà ce qu'est le monde, en vérité. Les hommes se torturent et s'égarent dans ce grotesque labyrinthe avant de sombrer dans les flammes de l'enfer. Rares seront les élus. La grâce divine se distribue au compte-gouttes. Elle est aussi rare, en vérité, que les pépites d'or dans la poche des gens communs. Ceux dont le front aura été nimbé par le rayon venu de la région la plus haute du ciel, ceux-là seront les bienheureux. Ceux-là aussi, d'ailleurs, devront se repentir jour et nuit et s'exercer à l'humilité avant d'accéder au savoir et aux fruits suaves du paradis…

Birom écouta le Maure jusqu'aux confins de l'aube. Il regagna son domicile, traversé d'une joie paisible et sereine. Diâka, qui, toute la nuit, l'avait attendu à la porte pour surmonter ses inquiétudes, l'accueillit avec ces mots :

– Je ne sais pas ce qui t'est arrivé au palais mais tu m'as l'air tout heureux.

Il revint chez le cheik le lendemain, le surlendemain et toutes les cinq ou dix nuits qui suivirent. Il l'écoutait lire le Coran, jongler avec les principes du droit pour rendre son jugement, prononcer ses angoissants sermons devant ses disciples. Et pourtant, malgré sa curiosité et son assiduité, le cheik lui avait pas encore ni appris une lettre de l'alphabet ni ne l'avait invité à fouler l'intérieur de la mosquée. Il s'en étonna auprès de son maître. Le vieux renard posa son auguste main sur sa tête et lui dit :

– Commence donc par te marier, Birom, fils de Dôya !

Il épousa Diâka dès qu'il put réunir suffisamment de richesses pour payer la dot, offrir de la kola et les étoffes (au cheik et à ses disciples chargés de le marier par les versets du Coran) et régaler les fidèles et les mendiants des mets les plus délicieux. Après quoi, il fit couper ses tresses de noble et adopta la mode du crâne luisant recouvert d'un bonnet ou d'un turban si cher aux *bismillâhi*. Il jeta ses amulettes et ses cauris et reçut du cheik une mixture plus épaisse et plus saumâtre encore que les décoctions d'aloès que, petit, sa mère lui faisait ingurgiter pour le purger des ténias qui grouillaient dans ses intestins. Elle était censée lui faire vomir l'alcool qu'il avait bu tout au long de sa vie, et nettoyer sa bouche des mensonges, des paillardises, des jurons et des blasphèmes que Satan avait mis sur le bout de sa malheureuse langue. Il l'accompagna, en pleine nuit, se lustrer dans les eaux du fleuve. Il fallait y débarrasser son corps des souillures du diable, de la trace des philtres impies et des péchés de l'adultère.

Il prononça le *chahada* le mercredi, reçut sa tablette de lecture et le nom de Abdallah le jeudi et, emmitouflé dans un ample boubou de cotonnade bleue, coiffé d'une chéchia et chaussé de babouches, fit son entrée, le vendredi, dans la grande mosquée de Guédé.

Quand il ressortit de là, le cheik l'attira dans un coin pour lui dire qu'ils venaient tous les deux de se rendre coupables d'un impardonnable oubli. Alors, Birom rassembla ses dernières économies, acheta un taureau et, de nouveau, de la kola, des vêtements et des victuailles pour faire baptiser son fils Birane.

– Un bon musulman doit baptiser son fils au septième jour, lui fit remarquer le cheik. Le tien le sera à huit mois, mieux vaut tard que jamais. Au fait, comment veux-tu que nous le nommions ?

– Tahal, mon cher maître, Tahal !

– Tahal ?… C'est un bien joli nom, remarque !

La mort de Tenguéla ne freina pas le fulgurant mouvement que l'histoire venait d'amorcer. Dans son repaire du lac Dény, son fils, Koly Tenguéla, continuait sereinement d'amasser des chevaux et des lances, de recruter de nouvelles légions de Peuls, de Mandingues, de Sérères, de Ouolofs et de Diôlas, guettant le meilleur moment pour attaquer. Aux premières décrues, ses armées jaillirent, aussi furieuses et irrésistibles que la lave d'un volcan. Elles se répandirent dans les bassins du Sénégal et de la Gambie. Coupant les têtes de la même manière que l'ouragan balaie les forêts, arrachant les couronnes, les trésors et les esclaves, il balaya les royaumes, fit trembler la terre jusque dans les fonds limoneux des estuaires…

Cinq siècles après, ses exploits sont relatés dans vos misérables chaumières avec la même ferveur et la même fraîcheur d'esprit que s'ils s'étaient déroulés la veille… *Sa-saye, faar-dia*, vilains Peuls, misérables bergers !…

Il ravagea le Galam, entra dans le Diâra dont il décapita le roi, Dâma Nguillé Mori Moussa. Il rougit les rivières et les mares du sang de ses ennemis, poursuivit les survivants jusqu'aux portes de Tombouctou, soumettant au passage toutes les contrées traversées. Son père vengé, il pouvait enfin entreprendre la conquête

du Tékrour, la patrie de ses lointains ancêtres. Il l'enva-
hit par l'est, en passant par le pays soninké du Gadiâga.
Il investit successivement Gourel-Haïré, Gawdé-Bôfé
et Fadiar dont il tua le roi Kokoren Faren. Il tua Farba
Eren à Tchilône, Boummoye Mbegnou Guilen Tasse à
Hôré-Fondé. Il dépeça Farba Ndioum à Tchew, pendit
Far-Mbâl Malal Sago à Mbâl et Farba Wâlaldé à
Sâloum-Fara. Il traversa les provinces du Damnga et
du Bosseya et poussa l'audace jusque dans les terres du
Tôro soumises à l'autorité du puissant *lam-tôro* Eli-
Bâna Bâ. Celui-ci le refoula à Padhalal. Il réapparut à
Hôré-Fondé où il fut repoussé de nouveau. Eli-Bâna
était un grand guerrier. Eli-Bâna était invincible. En
bon Peul perfide et roublard qu'il était, Koly Tenguéla
signa un pacte avec lui et jura de ne plus lui faire la
guerre : « Je me contenterai des provinces orientales du
Tékrour. Celles du centre et de l'ouest sont à toi. Je
n'en toucherai pas un arpent. » Pour preuve de sa sincérité, il épousa sa fille, Fayol Sall. Fayol Sall s'éprit
éperdument de Koly. L'amour lui fit tellement perdre
la tête qu'elle révéla à celui-ci le secret de son père :
« Il a un gri-gri caché dans les cheveux. Tant qu'il
porte ce gri-gri, rien ni personne ne pourra le vaincre. »
« Alors qu'attends-tu ? » se fâcha Grand Taureau. Elle
rendit aussitôt visite à son père et profita de son sommeil pour subtiliser le fétiche.

Koly Tenguéla attaqua le lendemain.

*

Jamais deux amants sains d'esprit dans le même lit
de femme ! Deux fauves mâles griffus et bien endentés
ne s'amusent pas à occuper le même antre ! Quand le
lion est vaincu, il doit cacher sa honte ailleurs ! Ainsi le
veut la règle des braves !… Eli-Bâna fit couper sa
tresse de noble. Il s'enfonça avec son dernier carré de

fidèles dans les profondeurs des pays de la côte. Ils se fondirent dans le peuple des Ouolofs dont ils adoptèrent les coutumes et la langue…

*

Tout cela, pour te dire, mon petit Peul, que Koly Tenguéla n'avait pas que le courage, il avait aussi la ruse. Le courage peut suffire à abattre les forteresses, pas à régner sur un peuple aussi retors et ombrageux que le tien. Les javelots et les flèches ne suffisent pas à faire perdurer un règne. Les pactes non plus. Seuls les liens du sang légitiment les conquêtes. Koly Tenguéla eut la lumineuse idée d'épouser les filles de tous les rois vaincus. Après Fayol Sall, il épousa Diêwo Far-Mbâl, la fille du roi de Mbâl dans le Bosseya ; Bambi Ardo Yéro Didi, fille de l'*ardo* de Guimi ; Tabâra Djassor, fille du *bourba*[1] du Djôlof, etc. Puis, pour bien marquer le sceau de son règne, Grand Taureau changea le nom du pays : le vieux Tékrour devint le Fouta-Tôro[2]. Il institua pour lui et pour ses descendants le titre nouveau et redoutable de *saltigui*[3]. Il transféra la capitale de Guédé à Anyam-Godo, dans la province du Bosseya. Il verrouilla les frontières du nord pour prévenir l'intrusion des Maures, établit des relais avec ses possessions du sud. Le Tékrour représentait une valeur

---

1. Titre du roi du Djôlof.
2. Manifestement, Koly a choisi ce nom pour évoquer la fameuse tribu des Fout. Il est intéressant de noter que toutes les terres conquises par les Peuls ont porté le nom de Fouta (pays des Fout) : Fouta-Kingui, Fouta-Bhoundou, Fouta-Termès, Fouta-Djalon, Fouta-Mâcina, Fouta-Sokoto, Fouta-Adamawa, etc.
3. Ce titre viendrait du mot sérère *saltigui* qui veut dire « chef de bande » ou peut-être du mot mandingue *silatigui* qui veut dire « le guide » (le maître du chemin).

symbolique pour lui, la terre de la mémoire et des aïeux, le foyer à partir duquel les Peuls s'étaient dispersés à partir du XIᵉ siècle. Après quoi, il s'infiltra dans les oasis, fit trembler le Trarza et le Brakhna, imposa son emblème et sa loi à toutes les tribus maures qui nomadisaient par là. En moins d'un an, son autorité s'étendit sur plusieurs royaumes, en enfilade de l'Atlantique au Haut-Sénégal et des dernières dunes de la Mauritanie aux plateaux du Fouta-Djalon. L'empire dényanko (l'empire des conjurés du lac Dény) était né, pour le plus grand malheur de ses voisins… Mon Dieu ! *Rô hô Yaal*, Peul, *ro hô Yaal !*

*

Dix années plus tard, un cavalier venu du fleuve et coiffé d'un chapeau de paille franchit la porte nord de Guédé. Il alla jusqu'aux fromagers. Là, la route se divisait en trois : celle de droite menait au quartier des orfèvres et des tisserands, celle du milieu conduisait vers la mosquée et l'ancien palais, passait devant le *bantan*[1] et le vieux tamarinier pour rejoindre le marché, celle de gauche sinuait vers l'atelier des brodeurs et le quartier des potiers et des cordonniers. Il ne connaissait pas Guédé. Il resta longtemps à hésiter, parvenant à peine à maîtriser la nervosité de sa monture. Attiré par les ébrouements du cheval qui trépignait d'impatience, un homme sortit du *sâré*[2] le plus proche :

– D'où vient le Peul ? demanda-t-il.

– De Gaol !

1. Place publique bien ombragée, caractéristique du Fouta-Tôro.
2. Concession de plusieurs habitations réunies en cercle autour d'une cour.

– Gaol, c'est tout à côté. Tu y serais né qu'on se serait déjà connus.

– J'y habite mais depuis peu.

– C'est bien ce que je me disais. Viens donc dans mon *sâré*, te désaltérer !

Ils se restaurèrent, partagèrent une bonne noix de kola.

– Dans quel pâturage as-tu vu le jour ?

– Je me suis éveillé à la vie au Bhoundou, j'ai grandi au Fouta-Djalon, j'ai écumé les chemins d'une dizaine d'autres pays sans assouvir ma soif de voyager et de connaître.

– Berger, négociant ?… Prédicateur, peut-être ?

– Rien de tout cela, mon ami. J'appartiens à cette catégorie de délurés qui n'a jamais songé à se doter d'un métier.

– Tu dis ça pour ne pas m'avouer ce que tu fais dans la vie… Tu es mon hôte, remarque : on n'oblige pas son hôte !…

La bière était fraîche, le couscous crémeux, fort agréable au palais.

– Je ne dis pas qu'à présent je te connais pour avoir partagé une écuelle de mil et papoté pendant des heures mais je t'ai regardé : tu caches quelque chose, un lourd secret. Ce n'est pas une mince affaire qui t'amène à Guédé. Est-ce que j'ai menti ?

– Le *poulâkou* veut qu'on ne mente pas à celui qui nous a offert le couvert et le gîte, seulement…

– Seulement ?

– Je préfère te cacher cela. Ce n'est pas une mince affaire, ce n'est pas une bonne intention non plus.

– Je vois !… Tu as fière allure… Prince, n'est-ce pas ? Je suis un prince moi aussi… Enfin, j'en étais un. Les choses ont changé. Et moi, j'étais dans le mauvais camp, cavalier dans l'armée du *lam-tôro*… Voici le temps des *saltigui*. Le soleil brille toujours, mais seulement pour les Tenguéla.

– Cavalier du *lam-tôro* !… Me voici devant un cavalier du *lam-tôro* dans une paisible case, causant avec lui et partageant sa noix comme s'il en avait été toujours ainsi. *Haye !* Dans quelle bataille étais-tu, cavalier, mon ami ?

– J'ai attaqué à Hayeré, j'ai défendu à Dounguel, j'ai brisé ma lance à Diôwol lorsque j'ai compris que tout était fini. *Haye ! Haye !*

– À Diôwol ?… Dis-moi, vers où t'étais-tu échappé : par Guiraye ou par Saadel ?

Pour toute réponse, l'hôte fredonna :

> *Où qu'ils fuyaient, on les rattrapait.*
> *Par Guiraye, ils furent pendus,*
> *Par Saadel, suspendus !*

Il s'abandonna dans une longue rêverie qui le rendit triste, presque méconnaissable. Puis il reprit tout naturellement son ton amical et badin :

– *Haye*, étranger ! C'est tout de même un drôle de cuisinier, ce Guéno : hier, le goût de la figue, aujourd'hui celui du ricin !… Je parie que tu étais à Diôwol toi aussi. Et tu aurais été cavalier de Eli-Bâna, le *lam-tôro*, je t'aurais reconnu. Il ne reste qu'une solution : tu étais du côté des Tenguéla, c'est ce que tu ne voulais pas dire, n'est-ce pas ?

– J'en ai honte. On m'invite chez le roi et moi, j'y étale mes poux. Je suis *tcheddo*, c'est vrai, et je fus bien présent à Diôwol. Je le concède volontiers, ami : tu me vaux cent fois en franchise et en honneur. Dis-moi tout de suite ton nom, que je le loue et le bénisse !

– Hamma Sall, neveu de Eli-Bâna par le père et ancien *diagârou* de sa royale cavalerie. Il faut croire que je ne suis pas bien futé : j'aperçois mon ennemi passer et qu'est-ce que je fais, je l'invite tout bonnement à manger. On comprend pourquoi vous avez gagné cette guerre. Si vite et si bien !

– Sall ! Il faudrait payer cher pour usurper un tel nom. On dit que la parenté qui lie les Peuls est aussi vaste que la savane mais que ceux-ci sont plus proches et solidaires que les molaires d'une jeune panthère. Les Sall sont des Bâ, comme nous autres Yalalbé. Donc, je suis ton cousin aussi, et surtout je suis ton ami. Serre la main de ton parent du Bhoundou !

Au moment de rejoindre les nattes étalées sous les kapokiers pour une sieste bien méritée, Hamma se tapota le front pour se punir de l'impardonnable étourderie qu'il venait de commettre.

– *Eye do !* Voilà qui est stupide : je n'ai même pas encore eu la politesse de demander à mon parent comment il s'appelle.

– Garga ! Garga, fils de Birane !

– Et qu'es-tu venu faire à Guédé ?

– Je suis venu tuer quelqu'un !

– Toi, tuer quelqu'un ?... Eh bien, c'est très bien, mon ami. Toi, au moins, tu sais faire rire !

*

Le lendemain, Garga abandonna son hôte et se perdit dans la ville à la recherche de Birom. Un berger rencontré quelques mois plus tôt à Wâlaldé lui avait, sans le vouloir, indiqué les traces de son oncle : « J'en ai connu moi, des gens du Bhoundou, dans mes nombreuses transhumances ! Tiens, j'en ai même vu un mendier devant la maison des *bismillâhi* à Guédé. Un Peul qui mendie, il faut bien qu'il soit devenu fou ! Et il a tout l'air d'un dément celui dont je te parle. On m'a dit qu'il causait aux chiens errants et qu'il dormait dans les grottes. Mais il y a des années de cela. Koly Tenguéla n'avait pas encore envahi le Galam. Mais quel

96

était donc le nom de cet énergumène, ô Guéno qui rappelle tout et qui fait tout oublier ?!… Ah oui, Birom, je crois bien qu'il s'appelait ainsi ! »

Une rage sourde s'était emparée de lui. Il n'en voulait pas seulement à son oncle d'avoir tué son père, à présent, il lui en voulait aussi d'avoir autant déchu. Un paysan ou un mendiant, il n'y en avait jamais eu dans sa lignée. Le premier qui apporterait cette honte-là devait mériter la mort. Une idée, une seule, trottait dans sa tête lorsqu'il quitta le vieux berger : se précipiter à Guédé, trancher la tête de Birom et la jeter aux charognards. Mais en ce temps-là, l'armée de Koly Tenguéla devait se démener aux quatre coins de l'empire pour installer les nouveaux chefs de province, contrôler le trafic sur le fleuve, discipliner les caravanes, neutraliser les pirates, faire revenir dans leurs foyers les bergers et les pêcheurs qui avaient fui la guerre, mater les insoumis et fournir de l'or, des bœufs, des esclaves, des semences et des chevaux pour constituer le trésor royal. Il ne fallait pas moins de dix ans pour mener à bien un travail aussi colossal. Heureusement que les légions étaient nombreuses, décidées et bien armées. Bientôt, tout redevint normal : les tribus soumises finirent par s'acquitter de leurs impôts, les *bismillâhi* se résignèrent à se cantonner dans les écoles coraniques et les mosquées ; la paix était telle que l'on pouvait circuler du désert au sud du Fouta-Djalon sans une égratignure. S'il l'avait voulu, Grand Taureau aurait pu régner les yeux fermés.

Garga, qui, depuis le lac Dény, n'avait cessé de courir et de ferrailler d'un pays à un autre, trouva enfin un moment de répit. On lui donna le commandement de la garnison de Gaol. C'était une double aubaine. Il allait enfin goûter au repos puisque son rôle consistait à protéger le trafic sur le fleuve et, plus discrètement, à surveiller les agissements des nostalgiques du *lam-tôro* et des *bismillâhi* pour prévenir toute mauvaise surprise. Surtout, il vivait non loin de cette fameuse ville de Guédé dont on lui avait tant parlé et où était censé se terrer l'homme qui avait tué son père. Tout cela, il s'était bien gardé de le confier à Hôla, la vieille femme qui après la guerre s'était accrochée à lui jusqu'à devenir comme une mère, à plus forte raison à son nouvel ami Hamma. Naturellement, depuis son arrivée, il n'avait cessé de regarder discrètement le visage des passants. Il n'était pas sûr de reconnaître son oncle Birom. Il n'était qu'un gamin quand il s'était enfui du foyer, il n'avait que dix ans, douze ans tout au plus. Il y avait maintenant plus de dix ans de cela mais il se souvenait parfaitement des raisons de sa fugue. Comme d'habitude, il avait passé la journée en brousse à garder les troupeaux de son père. Vers la mi-journée, des jeunes bergers l'avaient entraîné à boire de l'hydromel et à pousser la chansonnette. Une lionne en avait profité pour rafler La Sublime, la génisse pour laquelle Birane aurait troqué sans hésiter le reste de son troupeau et son honneur de Peul. En rentrant au campement le soir, il savait déjà mot pour mot ce qu'allait déclarer son père : « Rends-moi d'abord La Sublime, ensuite tu redeviendras mon fils. » Il savait qu'il était inutile d'insister. C'est ainsi qu'il partit sur les traces de Tenguéla, ce lointain parent dont la légende avait bercé sa plus tendre enfance…

Mais il se disait que personne n'avait le pouvoir de changer de but en blanc, même après des années de remords et de souffrances. Il se souvenait qu'il ressemblait à son père, Birane. Chez les Yalalbé, tout le monde se ressemblait, à plus forte raison les jumeaux. Tous avaient le front bombé, les jambes longilignes, le nez droit et ce teint rougeoyant qui faisait dire aux voisins coniaguis et mandingues qu'ils n'étaient pas sortis d'un ventre de femme mais d'une bassine d'huile de palme. Tous les traits du corps de Birane ne pouvaient tout de même pas s'être modifiés dans les marais de l'aventure ! De toute façon, il portait un signe distinctif puisque le berger de Wâlaldé avait confirmé ce que Garga avait entendu dire sur le chemin du lac Dény, à savoir que Birane avait eu le temps de l'éborgner avant d'expirer son dernier souffle.

Perdu dans ses pensées, il n'avait pas remarqué qu'il s'était éloigné du côté des fouilles, les carrières minières. Il aperçut un enfant qui gardait des biques et le héla :

– Es-tu de Guédé ?

– Non, je suis natif de Dioûdhé-Diâbi. Je suis arrivé ici il y a trois mois pour apprendre le Coran auprès du cheik Ibn Tahal Ben Habib Ben Omar.

– Depuis que tu es là, as-tu rencontré des gens du Bhoundou ?

– Mon ami Tahal est du Bhoundou. Il est né ici, à vrai dire. C'est son père qui est du Bhoundou.

– Comment s'appelle son père ?

– Abdallah ! C'est lui qui assiste le cheik pour enseigner le Coran, conseiller les fidèles à la mosquée et rendre la justice selon le saint Coran. Un grand érudit, le vieil Abdallah ! Il s'est formé ici auprès du cheik, puis il a été à Chinguetti, en Mauritanie, compléter ses connaissances auprès du grand maître Al Dahli.

– Abdallah, Abdallah ! Il n'a pas un autre nom, ce Abdallah ?

– Non, je ne lui connais pas d'autre nom.

– Comment est-il ?

– Il est très grand, très clair de teint…

– Il est borgne, n'est-ce pas ?

– Comment le sais-tu ?

L'école coranique se trouvait dans un endroit contigu à la mosquée. Entourée d'un côté par la muraille de celle-ci et, de l'autre, par une palissade hémisphérique de rotin et de bambou, elle se composait d'une case et d'une courette au milieu de laquelle trônait un monticule de cendres. Par beau temps, des diablotins au nez rempli de morve s'attroupaient dehors pour déchiffrer leurs versets à la lueur d'un grand feu. Ou alors, lorsque le ciel devenait menaçant, ils se précipitaient sur les sièges en banco aménagés sous la paille où, pour éviter tout incendie, ils allumaient des mottes de fumier et des lampes à huile de ricin. Garga se hissa sur ses pieds et observa par-dessus les lattes de rotin et de bambou, en retenant son souffle. Une haine viscérale, insupportable, lui brûlait le ventre, défigurait son visage, faisait trembler sa lèvre inférieure. Il voulait d'abord observer la silhouette de l'ennemi, jouir longuement du plaisir de sa fin proche et inéluctable. Il tenait à guigner de toute sa rancœur cette tête consanguine, semi-paternelle, où paraît-il la malédiction divine avait déjà commencé l'œuvre qu'il se devait d'accomplir ; s'en dégoûter à jamais. Il était bon qu'il sût dès le début la partie du corps qu'il conviendrait de châtier en premier lieu (le bon chasseur reluque longuement le gibier, suppute quels en sont les morceaux les plus comestibles avant de se jeter dessus). Sans doute commencerait-il par crever le seul œil qui lui restait ; qu'il cessât de bénéficier de la lumière de ce monde avant de sombrer dans les ténèbres éternelles ! Ensuite seulement, il frapperait le cœur d'un coup unique et sec, comme le lui avait appris Pendassa, le Landouma. Plus tard, naturellement, il lui trancherait la gorge, lui ouvrirait le ventre et jetterait ses tripes fumantes aux vautours et aux fourmis magnans. Ainsi faisait-on des chacals et des rats des moissons ; des porcs, des sangliers et des phacochères, de tout gibier impur et malodorant, impropre à la consommation aux yeux d'un noble Peul. Son couteau était fin prêt et à portée de main (glissé dans un fourreau de peau de crocodile, attaché à la ceinture).

Il se mit aux aguets derrière la palissade. Une centaine d'enfants se bousculaient, se tiraient les narines et les cheveux, grillaient des tubercules et des criquets dont ils se chipotaient les morceaux. Puis un bruyant raclement de gorge se fit entendre du côté de la mosquée. La pagaille cessa aussitôt. Chacun se dépêcha de retrouver sa tablette et de regagner sa place. Garga se jucha sur un tronc d'arbre qui traînait par là et écarquilla les yeux. Deux ombres hésitantes se dessinèrent sur un pan du mur. Un jeune garçon tenait par la main un vieillard arc-bouté à un bâton. Malgré son lamentable état, l'homme se mit à vociférer et à frapper les enfants avec une rage insoupçonnée.

– Taisez-vous, chenapans ! Reprenez vos tablettes, maudites petites termites ! Il suffit que j'aie le dos tourné pour que vous abandonniez la parole du bon Dieu et vous mettiez à chahuter !

Il abandonna subitement la main du garçon et se précipita vers le papayer pour y donner une série de coups en bavant d'hystérie.

– Toi, Diowel, hurlait-il, je sais que c'est toi qui es à l'origine de tout cela ! C'est toi qui les détournes de leurs planchettes ! C'est toi qui les excites !

– Mais il ne s'agit pas de Diowel, il s'agit du papayer.

L'élève avait beau essayer de le retenir, de le persuader de sa méprise, il hurlait quand même et frappait sans discontinuer. Le spectacle était insoutenable. Garga pleura à chaudes larmes. Il redescendit du tronc d'arbre où il s'était juché, hésita quelques secondes puis détacha le couteau de sa ceinture et le jeta dans les hautes herbes sans même prendre la peine de le sortir de son fourreau (un trophée pourtant arraché à la sanglante bataille de Makhana !).

Il prit congé de Hamma et regagna tout de suite Gaol.

> *La connaissance de l'heure est auprès de Allah ;*
> *et c'est Lui qui fait tomber la pluie salvatrice ;*
> *et Il sait ce qu'il y a dans les matrices. Et per-*
> *sonne ne sait ce qu'il acquerra demain, et*
> *personne ne sait dans quelle terre il mourra.*
> *Certes, Allah est Omniscient et parfaitement*
> *Connaisseur...*

Ainsi finit la sourate de Luqman. Dieu, pour le punir, a exilé l'homme sur cette terre où le diable nous inflige détresse et souffrances. À la fin, que le corps revienne à la terre ! Que chacun soit enterré sur le sol où il est tombé et que la terre l'enveloppe avant qu'il ne commence à pourrir ! Birom fut donc soumis à la loi de son Créateur. Il mourut à l'aube et fut enterré avant la tombée de la nuit.

Un mois plus tôt, il avait appris par Hamma l'étrange visite de Garga. C'était un vendredi, lors de la grande prière. Devant le cheik et tous les fidèles, il n'avait pu s'empêcher de verser des larmes avant de s'effondrer. Le cheik l'avait consolé avec des paroles de sagesse et de longs versets pleins d'extase et de réconfort. Puis il avait commandé une chaise à porteurs et désigné deux vigoureux fidèles pour le ramener chez lui.

Les guérisseurs l'avaient veillé toute la nuit dans la case exiguë de Diâka. Birom mourut à l'aube alors que les crapauds et les chacals s'étaient tus dans les ravins et que, dans les volières, les coqs prenaient le relais.

*

Le mois suivant, un cinq-mâts jeta l'ancre dans les eaux de Gaol. Hôla, qui profitait de la présence des

Portugais pour troquer de la cire contre des herbes, revint subitement du marché en versant des larmes de suppliciée.

– As-tu, comme moi, perdu quelqu'un qui t'est cher ? lui demanda Garga.

– Je n'aurais pas pleuré autant si j'avais perdu un fils : le deuil, on le surmonte, le mépris, c'est impossible.

– Ne sanglote plus, je suis là ! Reprends tes esprits et dis à Garga le nom de celui qui t'a fait du mal.

– Ces gens-là n'ont pas de nom. À vrai dire, ils n'ont même pas l'aspect humain. Des yeux multicolores, des cheveux gluants comme de la purée de gombo. On dirait des âmes errantes dans une enveloppe de brume blanche.

– Les Portugais, n'est-ce pas ?

– Ce sont eux ! chuchota-t-elle, l'air d'un enfant qui est arrivé à avouer sa faute.

– Comment il est, le mal-né qui t'a offensée ?

– C'est celui qui a un chapeau et une pipe. Impossible de te tromper : C'est le plus jeune de leur bande de diables, le plus effronté aussi. Il suffit de voir sa tête pour savoir que sa balance est trafiquée. D'ordinaire, je donne trois methcals de cire ou deux de gomme pour cinq coudées de serge. Avec lui, c'est le double.

Garga détacha son cheval et se précipita vers le marché. De la foire aux bestiaux, il aperçut le cinq-mâts, sa coque brunâtre, son gréement multicolore et ses marins blancs, noirs ou *lançados*[1] qui s'activaient sur le pont. Entre la rangée des épices et celle des cotonnades, il rencontra pas moins de cinq Portugais, proposant des liqueurs, de la verroterie, des horloges à eau et des cadrans solaires. Chacun avait un chapeau sur la tête mais personne ne fumait une pipe. Ce fut au milieu des

1. Les métis des Noirs et des Portugais.

peausseries qu'il découvrit le filou qui tentait d'échanger du papier écorné contre des passementeries en compagnie de trois autres rouquins.

– Montre-moi ta balance, maudit Blanc !

Évidemment, elle était trafiquée. Tout le monde fut ficelé et conduit chez le gouverneur. Les Portugais furent jetés en prison et leurs marchandises confisquées. Celui-ci, comme la plupart des chefs de province, était un homme du clan des Yalalbé, la branche cousine des Dényankôbé. C'étaient des gens fiers de leur ascendance et détenant des pouvoirs aussi illimités que leurs cousins de Anyam-Godo. Ils gouvernaient leur fief à leur guise, accaparant les bonnes terres, arrachant les meilleurs troupeaux, rançonnant les bateaux et les caravanes d'esclaves. Celui-ci, qui s'appelait Galo, était particulièrement vorace et nourrissait une grande animosité contre Garga. Dès le début, il avait vu d'un très mauvais œil sa présence à Gaol. « Ta place n'est pas ici, lui reprochait-il souvent. On aurait dû t'envoyer à l'intérieur des terres. C'est à nous que revient le fleuve, à nous, Yalalbé, ou alors à nos cousins Sabôyebé. » Et il se tuait vainement à lui expliquer : « Les Dényankôbé, les Yalalbé, les Sabôyebé et nous autres, les Malalbé, nous sommes tous issus du même sang, nous sommes tous des Yalalbé, en vérité ! Nous avons tous combattu pour le règne de Grand Taureau ! »

Quand Garga, à son tour, réussissait à amasser un peu d'ivoire ou de poudre d'or, il lui envoyait sa garde pour réclamer sa part. Un jour, apprenant que Garga avait prélevé sur une caravane maure cinquante chameaux, vingt esclaves et cent methcals de poudre d'or, il se présenta en personne chez lui pour réclamer son dû :

« Galo, fils de Siré, supplia le pauvre Garga, laisse-moi pour une fois profiter de mon butin. Je sais que pas plus tard que la semaine dernière tu t'es enrichi de deux canaris d'or sur les colporteurs du Gadiâga et d'un millier de bœufs sur les bergers du Ferlo. Je dois songer à bâtir une demeure et fonder une famille. J'ai passé la moitié de ma vie à courir derrière Koly Tenguéla et à entretenir les guerres comme le forgeron entretient le feu.

— Une part pour moi, une part pour Grand Taureau, et le reste pour toi. L'usage le veut ainsi !

— Je passe outre l'usage, cette fois-ci.

— Qui es-tu pour parler comme ça ?

— Un fils des Yalalbé et un soldat de Koly Tenguéla !

— Eh bien, tu ne le seras plus longtemps ! »

Une fois de plus, Galo dépêcha à Anyam-Godo un émissaire pour l'accabler et demander son arrestation, ou au moins sa destitution. Une fois de plus, Koly Tenguéla, qui se souvenait du jeune âge et de la bravoure de son lointain neveu, resta sourd à ses appels.

Aussi le gouverneur fut-il intéressé de voir Garga débarquer chez lui avec un équipage aussi impressionnant et une aussi grande cargaison. L'occasion paraissait vraiment belle, cette fois !

— C'est une affaire très grave, dit-il. Elle me dépasse. Je dois en référer à Grand Taureau. Qu'on emprisonne les hommes, que l'on confisque la marchandise jusqu'à ce que Grand Taureau indique ce qu'il convient de faire !

Trois jours plus tard, on trouva les portes des entrepôts fracturées ; la marchandise s'était évaporée.

Accusé de vol, Garga fut convoqué à Anyam-Godo.

— Garga, lui dit le griot de la cour, le prince héritier t'a convoqué pour t'exposer ses nombreux griefs. Depuis que tu as pris le commandement de Gaol, rien ne se passe comme cela se devrait. Les gens de l'amont du fleuve se plaignent : les chalands du delta n'arrivent plus jusqu'à eux. Comment vont-ils se procurer les poissons du Djôlof, le vin portugais, le cuivre de Turquie et les étoffes d'Inde ? Ce n'est pas tout : les impôts ne rentrent pas suffisamment dans la ville que Grand Taureau t'a confiée. On signale des désertions dans tes troupes. On t'accuse de détourner les impôts et de spolier les caravanes. Mais ce n'est rien, tout cela. Ton gouverneur nous apprend que tu as cambriolé toute une cargaison de marchandises après avoir abusivement fait arrêter des négociants portugais… Ce n'est pas la première fois que ton gouverneur se plaint. Seulement Koly Tenguéla n'en a jamais tenu compte en raison de vos liens de consanguinité et de ta bravoure sur les champs de bataille. Cette fois-ci, c'en est trop, personne ne peut rien pour toi.

Il fut enchaîné et jeté dans un cachot. Il y demeura six mois, sans nouvelles de Hôla et de Hamma. Puis, un beau jour, le gardien qui lui apportait son plat de fonio quotidien enleva le chapeau qui lui couvrait la moitié du visage et lui dit :

– N'aie pas peur, c'est moi, Dôya. Souviens-toi du lac Dény… Tu as du pot, la vieille Hôla est venue m'alerter. Ton gouverneur est un imposteur. C'est lui qui a subtilisé la cargaison de la caravelle et expulsé les Portugais vers Arguin pour les empêcher de témoigner. En ce moment même, son prévôt se trouve à Anyam-Godo. Il est prêt à tout avouer au prince héritier pour que celui-ci le transmette au grand Koly Tenguéla. Nous sommes tous avec toi : Mâdié, Dôya Badiar, le vieux Pendassa et moi-même. Tu te souviens de Mâdié, de Dôya Badiar et du vieux Pendassa ?

Cependant, il ne fallut pas moins de trois autres mois pour qu'il fût libéré. Pour le dédommager, on le nomma chef de la garnison de Guédé et prévôt de toutes les terres qui allaient de Donaye à Haïré.

*

Un jour, Dâye mena Garga chez Mâdié.

– Mâdié n'est pas un général comme un autre. C'est le confident du prince héritier, en outre, il est très apprécié de Grand Taureau. Il ne peut que t'être utile dans ton nouveau poste à Guédé. Il se souvient vaguement de toi au lac Dény. Il serait bon que tu ravives davantage ses souvenirs avant de gagner ton nouveau poste.

Ils s'adressèrent à un groupe de jeunes filles en train de piler du mil derrière la concession.

– Où se trouve le maître de cette demeure ? demanda Dâye.

– Je ne sais pas, répondit celle qui semblait la plus âgée et qui était coiffée de jolies petites cadenettes qui lui arrivaient jusqu'aux tempes.

– Ta mère non plus, tu ne sais pas où elle est ?

– Je crois qu'elle est au *lougan*[1], à sarcler le gombo et l'aubergine. Je vais aller l'appeler. En attendant, installez-vous sur les nattes que voici !

Elle revint quelques instants plus tard avec une femme ceinte d'un pagne lui allant du nombril aux genoux et tenant des bottes de taro et de raifort. Elle s'inclina pour saluer les deux hommes et s'avança vers le puits. Pendant qu'elle se lavait les mains, elle interpella la jeune fille qui avait rejoint ses amies attroupées autour du mortier dans un grand tumulte de chants et de coups de pilon, de moqueries et de rires :

– Sers du lait et des baies à nos hôtes, Inâni ! Tu devrais, à ton âge, savoir comment on reçoit des visiteurs. Je plains le pauvre qui te prendra pour épouse. C'est peu dire que Guéno ne m'a pas gâtée : j'attendais une petite fée et il m'a donné une grande oie. *Haye !*

– Ne te dérange donc pas, ma bonne Idi ! fit Dâye. Dis-nous plutôt où se trouve ton mari.

1. Potager jouxtant la concession.

– Il est parti à la chasse avec les garçons et avec ce notable venu du Cayor.

– C'est donc vrai ce que dit la rumeur, que le *damel*[1] du Cayor est ici ? demanda Garga.

– Oui, répondit Dâye. Il s'est révolté contre le *bourba* du Djôlof et il a trouvé refuge chez nous.

Malgré leurs protestations, les jeunes filles leur apportèrent des gourdes de lait, des écuelles de fonio et de riz, des pots de miel et de crème fraîche, des paniers de nérés, de jujubes et de figues. Puis elles s'éloignèrent timidement vers le mortier pour continuer leurs jacassements. La dénommée Inâni resta auprès d'eux pour leur laver les pieds, leur éponger le front, les aérer avec un éventail de plumes d'autruche et leur passer, selon les besoins, le sel, le séné ou la poudre de malaguette.

Elle allait sur ses treize ans, ses quatorze ans tout au plus. Cependant, à cet âge, son corps dégageait une féminité précoce dont l'innocente sensualité ne pouvait laisser aucun homme indifférent. Tous ceux qui passaient par là franchissaient le portail de lianes sous le prétexte de saluer Mâdié ou de s'enquérir de la santé de Idi. Celle-ci n'était pas dupe. Elle observait du coin de l'œil la gourmandise avec laquelle ils promenaient furtivement leurs regards sur sa fille, son visage ovale d'un marron parfait avec des yeux lumineux et gros, blancs comme des œufs d'outarde ; sur sa chevelure couleur de jais aussi longue et touffue que celle d'une femme adulte ; sur ses seins alertes et fermes battus par les colliers de perles, dressés sur sa poitrine comme deux juteuses papayes odorantes et mordorées. Elle feignait de ne rien remarquer et, pour faire diversion, orientait l'attention de ces pervers vers les crues du fleuve, les écuries de Koly Tenguéla ou le prochain championnat de course de pirogues ou de lutte. Elle

1. Titre du roi du Cayor.

s'était battue en vain pour dissuader sa fille de porter des parures. « Tu es le genre de fille à attirer les ennuis. Parée comme tu es, ce sont toutes les foudres du Ciel qui vont tomber sur cette maison, prévenait-elle. – Je suis devenue grande, mère ! Laisse-moi me parer comme le font les filles de mon âge ! Si ta fille se laissait aller comme une souillon, que dirait le village ? » répondait invariablement Inâni. Et elle continua de se maquiller de khôl, de beurre de karité et de poudre d'antimoine, comme elle l'avait toujours fait depuis l'âge de neuf ans. Malgré les récriminations de sa mère, elle ne cessa d'orner sa tête de coquillages et d'ambre ; ses pieds et ses mains, de jolies arabesques de henné. Elle ne manquait jamais de nouer de nombreux colliers de perles à ses hanches, qui tintaient à chacun de ses mouvements et débordaient ostensiblement au-dessus de son petit pagne. Son père et ses frères, absorbés par les troupeaux, la chasse et le métier des armes, ne remarquèrent même pas qu'elle avait grandi. Un jour, pour éviter tout danger, Idi annonça à Mâdié : « J'emmène la petite chez ma mère, dans le Bosseya, elle grandira mieux là-bas ! »

Mâdié, qui ne se doutait de rien, hésita un peu puis, à bout d'arguments, lâcha : « À condition qu'elle devienne une bonne bergère et qu'elle ne se marie pas là-bas, je la réserve à un de mes soldats. »

Seulement, quelques mois plus tard, la mère de Idi rendit l'âme. Ses frères ramenèrent la petite et exprimèrent à Idi leur désolation de ne pouvoir la garder : « Ta fille n'arrive pas à nous suivre dans nos transhumances. La ville lui a pourri l'esprit, elle ne comprend plus rien à la brousse. »

C'est ainsi que Inâni revint chez ses parents, plus mûre et plus aguicheuse qu'à son départ. « Très bien, soupira Idi, pourvu que Mâdié l'offre enfin à ce soldat, puisqu'elle est maintenant pubère. Sinon, cette maison sera couverte de scandale et de honte. Cela, je le sens, par Guéno, je le sens ! » Elle alerta Mâdié une dizaine de fois, mais celui-ci se contentait de nettoyer son sabre et ses flèches et de répondre évasivement : « Il faut déjà que je choisisse ce soldat, et puis on ne célèbre pas un mariage au milieu de l'hivernage. Attendons la prochaine saison des récoltes ! »

Ils avaient attendu, attendu… et chaque jour qui passait signifiait pour Idi – plus confiante en son sixième sens qu'aux apparences – que le danger était imminent. Aussi, ce jour-là, quand sa fille vint la trouver dans le *lougan* pour lui annoncer l'arrivée de deux visiteurs, son cœur battit si fort qu'elle crut qu'il allait bondir hors de sa poitrine. Elle vacilla, s'agrippa à la branche d'un tamarinier et saisit sa tête malmenée par le vertige et murmura sans que sa fille l'entendît : « Le maudit jour est arrivé. Je savais qu'il allait arriver. Oh, Guéno, mon maître, pourquoi tant de frayeurs et de tourments ? »

Dâye, elle le connaissait. Elle savait qu'il était le seul à poser un œil sain, presque amical et paternel, sur le corps de sa fille où Guéno avait logé toutes les tentations du diable. En se lavant derrière le buisson de *lablabs*, elle décida d'épier les réactions de l'inconnu. Elle vit ses gestes s'animer, ses yeux s'illuminer de désir. Elle le vit sourire et arranger ses tresses tandis que Inâni le servait et répondait timidement à ses blagues tout en détournant les yeux dans une pudeur feinte qui dénotait la passion enfouie du félin bien plus que le givre de l'indifférence. Aussi, quand elle observa que Garga se penchait vers Dâye au moment où ils retraversaient le portail de lianes, non seulement elle savait les sentiments qui s'agitaient dans sa tête mais exactement les mots qu'il allait prononcer.

« J'ai décidé de me marier, Dâye !

– Mais avec qui, idiot ?

– Avec Inâni. »

Et comme s'il pouvait ne pas avoir compris, il ajouta :

« La fille de Mâdié ! »

À l'instar du *lam-tôro*, Garga se fit construire un tata dans la périphérie de Guédé, au milieu des cahutes qu'habitaient ses soldats. Trois longues semaines furent nécessaires pour déménager ses troupeaux et ses écuries, ses tapis maures, ses précieuses nattes de rotin et de jonc, ses canaris, ses jarres et ses nombreuses pièces d'or. Puis il arriva à son tour, juché sur son meilleur destrier, accompagné de Hôla, de son fidèle Hamma et d'une dizaine des lieutenants qu'il avait choisis pour l'épauler dans sa nouvelle aventure.

À présent, cela faisait vingt ans que le sabre des Dényankôbé dictait sa loi sur le Fouta-Tôro. De temps à autre, des rébellions grondaient dans quelque lointaine province, dans quelque royaume suzerain, vite étouffées par les manigances des gouverneurs et la brutalité des soldats. Sinon, le cœur du pays connaissait un calme exceptionnel. Le règne de ces usurpateurs de Dényankôbé n'était pas du goût de tout le monde. Les propriétaires terriens voyaient d'un mauvais œil leur emprise sur le *walo*. Les maîtres de troupeaux enrageaient de devoir leur céder une partie de leur bétail, prélevée sous forme d'impôt. Les descendants des *lam-tôro*, quant à eux, ruminaient leur rancœur pour la forme. Ils savaient qu'ils n'avaient aucune chance de revenir au pouvoir depuis que, vaincu par les hordes

des usurpateurs, Eli-Bâna avait choisi de s'exiler dans le Djôlof. Ils se résignaient à l'idée que, après tout, c'étaient des Bâ qui avaient remplacé des Bâ et que, par la puissance de leurs armées et leur indéniable sens politique, les Dényankôbé avaient fait bien mieux qu'eux, l'influence peule s'exerçant dorénavant aussi bien sur le pays des Maures que sur toute la vallée du Sénégal. À l'instar de Hamma, ils se contentaient de brocarder ces hordes de broussards partis directement des bouges pour les tapis moelleux des palais.

L'armée n'avait plus à combattre mais à rassurer les loyaux et dissuader les aigris. Surveiller les *bismillâhi*, régler les conflits fonciers, réguler le déplacement des caravanes et des troupeaux, contrôler l'intense trafic du fleuve, c'est tout ce que Garga avait à faire.

La première idée qui lui vint à l'esprit fut de rendre visite à Tahal et à Diâka. Hamma et Hôla l'accompagnèrent dans cette pénible démarche.

– Diâka ! dit Hamma, après les salutations d'usage. Il y a de ces rencontres qui ont la force d'ébranler les âmes les plus solides tellement elles sont douloureuses. Tiens bon, mère de Tahal, cet homme qui est auprès de moi est le fils de Birane, le jumeau de ton mari Birom !

Diâka poussa un cri et s'évanouit tandis que le petit Birane-Tahal se frappait la poitrine pour éteindre l'espèce de boule de feu qui venait de s'y loger. On lui fit sentir des feuilles de basilic pour la ramener à elle. Ensuite, Hôla et Hamma allèrent s'asseoir dans l'atelier des brodeurs pour les laisser pleurer en toute intimité. À leur retour, elle leur servit du riz accompagné d'une sauce de feuilles de baobab cuite au beurre de karité et assaisonnée de *soumbara*[1], comme on sait le faire dans sa tribu des Sarakolés. Ils présentèrent les condoléances tout en mangeant, évoquèrent avec

1. Condiment à base de néré.

beaucoup de contrition les malheureux jumeaux, s'épanchèrent sur le destin mouvementé des Yalalbé, dissertèrent amèrement sur les exodes et les guerres, la dure condition sur terre des humbles créatures de Guéno.

– Maintenant que nous nous sommes retrouvés, nous devons redresser la lignée de Dôya Malal ! s'exclama Garga, en se lavant bruyamment les mains dans une solution de saponifère. Tahal et moi irons dès que possible à la recherche des autres membres du clan, fût-ce à l'autre bout du monde. Que plus rien ne nous sépare !

Diâka acquiesça en reniflant de chagrin puis elle se tourna vers le petit lit de terre où quelque chose s'agitait sous les couvertures de laine. Elle en sortit un nouveau-né pâle et frisotté qu'elle tendit cérémonieusement à Garga.

– C'est... C'est ton nouveau frère ! balbutia-t-elle dans un sourire mouillé de larmes.

*

Car au quarantième jour de la mort de Birom, le cheik Ibn Tahal Ben Habib Ben Omar était sorti de la mosquée d'un pas vigoureux en égrenant son chapelet. C'est en arrivant à la hauteur du tamarinier sacré, à une centaine de pas du portail du palais, qu'il avait eu la révélation qu'il devait épouser Diâka. Il s'était arrêté avec la même soudaineté qu'un cheval mordant sur le mors. « *Lâ ilâ ilallâh !* » avait-il répété à haute voix une douzaine de fois au moins. Puis, de nouveau, il avait fait crisser ses babouches sur les graviers du chemin et avait continué sans même jeter un coup d'œil au portail du palais, à la grande stupéfaction des fidèles qui marchaient derrière lui.

La porte de Diâka était ouverte. Quelques braises rougeoyaient au milieu de l'âtre, preuve qu'elle ne dormait pas encore.

« Diâka ! s'était-il écrié, sans prendre la peine d'entrer. J'ai décidé de t'épouser. En vérité, non, ce n'est pas moi qui ai décidé : cela vient de s'éclairer en moi comme un message de ton défunt mari ou comme une révélation divine. Ainsi, tu ne vivras plus seule, et moi, je vais enfin gagner une quatrième épouse, la plus bénie de toutes. *Yâ Allah yâ rabbi !*

Trois mois plus tard, il avait fait lire le Coran à la mosquée et égorgé un mouton. Le soir, des individus munis d'une chaise à porteurs étaient venus chercher Diâka que l'on avait emmitouflée sous un épais voile de serge, de sorte que l'on ne pouvait voir que le bout de ses chaussures incrustées d'émeraudes et ses chevilles ornées de henné et de pourpre. Guédé avait vu passer la crue et la décrue du fleuve, puis semé et récolté le mil, et le petit Hichem Ben Tahal Ben Habib Ben Omar était né au milieu de la saison chaude qui avait suivi.

Le même jour, la tache en forme d'ailes de papillon avait réapparu sur le corps de Tahal.

*

Une nuit, la vieille Hôla, qui depuis la guerre contre les Béafadas ne dormait plus que d'un œil, entendit quelque chose bouger et surprit Garga dans la cour du tata, en train de seller son cheval.

– Où vas-tu à cette heure, fils de Birane ?

– Je vais tuer le cheik, répondit-il d'un ton si calme qu'elle tressaillit de peur.

– Et pourquoi veux-tu tuer le cheik ?

– Diâka est ma mère, tu comprends ? Je ne veux pas qu'elle se laisse souiller par ce chameau de *bismillâhi*.

– Alors, écoute-moi bien, mon fils : avant de tuer qui que ce soit, tranche-moi d'abord la gorge, histoire d'aiguiser ton épée. Si, comme tu dis, Diâka est ta mère, c'est que ce cheik Bibn Mahtalbabib…

– Ibn Tahal Ben Habib !

– … est ton père, quoi qu'il s'appelle. Ton frère Tahal a atteint l'âge adulte. Il aurait pu s'opposer à ce remariage, au contraire cela le rend plutôt fier. Pourquoi est-ce toujours toi qui joues les écervelés ?

– Mon frère Tahal, la mosquée lui a fait perdre la tête. Les raisons ne me manquent pas de vouloir tuer le cheik : hormis le fait que sa simple vue me donne la nausée, je me dois de sauver l'honneur de Diâka et de rendre à Tahal sa véritable nature de Peul.

– Malheureux Yalalbé, soupira la vieille, quand Guéno consentira-t-il à mettre un tout petit peu de paix dans vos cœurs ?… Allez, va te recoucher et ne me parle plus jamais du cheik Bibn Mahtalbabib… !

Il renonça donc à mettre à exécution son sinistre projet mais usa de tous les subterfuges pour séparer le couple et chasser le Maure de la ville. Il demanda d'abord à Tahal de persuader sa mère, ensuite il parla à Diâka elle-même pour constater à son grand désespoir que l'islam avait définitivement aliéné leurs esprits. C'est alors qu'il se mit consciencieusement à user de son pouvoir pour persécuter le Maure. Il le surchargea d'impôts, lui interdit d'agrandir la mosquée, l'expulsa de la dépendance du palais des *lam-tôro* qui, bien avant l'arrivée au pouvoir des Dényankôbé, avait toujours été son domicile.

Constatant que tout cela ne parvenait pas à le faire fléchir, il monta un escadron spécial pour persécuter tous les *bismillâhi* de sa province. Il défendit aux caravanes maures de traverser la ville, à l'ensemble des musulmans de tuer le mouton lors de la fête de l'Aïd, aux pèlerins de se rendre à La Mecque et au muezzin de monter sur le minaret pour appeler à la prière de l'aube.

Au bout du troisième mois de cet insupportable calvaire, le cheik Ibn Tahal Ben Habib Ben Omar profita de la nouvelle lune pour s'enfuir. Accompagné de sa famille, dont Diâka et Tahal, et d'un carré de fidèles, il affréta une longue caravane, traversa le fleuve, le *walo* et le *diéri* et partit se faire oublier dans le désert de ses aïeux.

*

Une idée germa puis se fortifia dans la tête de Hôla au cours de ses nombreuses nuits d'insomnie. Elle s'en confia dès le lendemain à Hamma. En secret, ils puisèrent dans les greniers et les réserves d'or de Garga, ligotèrent une vingtaine de ses génisses, une dizaine de ses chevaux et se rendirent immédiatement dans la vallée du Gorgol. Ils s'en revinrent avec une jeune fille nommée Hari, habillée de blanc, couverte de la tête aux pieds de colliers, de bracelets et de pendeloques d'or, montée sur un cheval blanc, accompagnée d'une centaine de guerriers, d'une dizaine de griots et d'un millier de badauds attirés par les boulettes de viande et les piécettes d'or que l'on distribuait le long du chemin. Ils invitèrent la troupe du célèbre Lama-Hôré qui, avec ses tours de magie et ses virtuoses musiciens, bénéficiait d'une réputation bien ancrée aussi bien au Gâbou qu'au Djôlof, au Fouta-Tôro qu'au Fouta-Djalon.

Garga s'en retournait de l'intérieur des terres où il avait été régler un de ces innombrables conflits opposant quotidiennement éleveurs et sédentaires. Il eut du mal à trouver Hôla parmi la foule qui festoyait au son des flûtes et des tambourins depuis le campement des soldats jusqu'aux abords du marché.

– Qu'est-ce qui se passe ici ? On fête l'apparition de Koumène ou une nouvelle victoire du roi ?

117

– On ne fait pas cette tête-là, le jour de son mariage, Garga, fils de Birane ! Et puis, ne reste pas là, va te réfugier chez Hamma. Il t'attend en compagnie d'une vingtaine de jeunes gens. Ils t'accompagneront ici pour ta nuit de noces. Tu sais bien que l'homme ne doit pas rencontrer sa nouvelle épouse avant ce moment-là.

Elle le poussa gentiment vers son cheval et parla sans discontinuer pour qu'il ne puisse placer un mot.

– Tu verras, conclut-elle quand il fut assis sur sa selle, le mariage, c'est ce que Guéno a inventé de mieux pour tranquilliser un homme. Sans compter que la douce Hari te fera oublier plus vite que tu ne le crois cette diablesse de Anyam-Godo.

Quand la fête fut terminée, il se retira avec son épouse dans la chambre nuptiale où Hôla avait pris soin de disposer des draps de soie, des tapis touaregs, des cotonnades bleues du Saloum ainsi que de l'ambre parfumé et de la fumée d'encens. Au petit matin, Hôla, d'une tourelle du tata, exposa à la foule impatiente le pagne de virginité maculé en son centre par une rassurante tache de sang vermeil tandis que les femmes chantaient en frappant des mains et que les hommes tiraient des flèches et faisaient tournoyer leurs sabres en l'air pour exprimer leur joie.

Un mois plus tard, Hôla, radieuse, s'en alla trouver Garga dans les écuries où il apprêtait une monture.

– Je ne devrais pas te mêler à nos histoires de bonnes femmes mais je ne peux retenir davantage le secret qui bout en moi : dans huit mois, tu seras père. L'arbre des Malal va reverdir, Garga, fils de Birane !

Le soir même, on apprit que les troupes de Koly, voulant s'accaparer des placiers d'or du Bambouk, avaient été sévèrement battues par le Mali, fortement épaulé par les Portugais. Mâdié et de nombreux officiers de Grand Taureau y avaient perdu la vie. Garga

dut se rendre à Anyam-Godo pour présenter ses condoléances à la famille de son ancien chef de guerre.

L'apparition de Inâni réveilla en lui les feux du
démon que la présence de Hari avait réussi à éteindre.
La jeune fille avait soudainement mûri. Paradoxalement, le deuil l'avait rendue plus féminine, plus affrio-
lante encore.

Revenu à Guédé, il se précipita au domicile de Hamma.

– Ami, dit-il, Hôla me jettera sûrement au bûcher
mais toi, tu me comprendras : j'ai chargé Dôya de présenter la kola en mon nom, je demande la main de
Inâni !

– Cette fille causera ta perte. Ne viens pas me dire
après que je ne t'avais pas prévenu.

Ilo, le fils de Hari, naquit au moment où l'on semait
les arachides. Koly Tenguéla mourut à la récolte du mil.

1537-1600

Garga attendit que passent le deuil ainsi que les huit jours de fête pour l'intronisation du nouveau *saltigui*, Labba Tenguéla. Il épousa Inâni alors que s'amorçait la décrue du fleuve. Le lendemain des noces, il s'en alla, les yeux rougis par les larmes, trouver son ami Hamma.

– Le jour même où tu m'as dit son nom, ce jour même, j'ai eu le pressentiment qu'elle ne pouvait être vierge, s'indigna celui-ci.

Garga n'en était qu'à sa toute première mauvaise surprise. Un enchaînement inouï d'incidents et de désastres s'abattit sur son tata et avec une vitesse telle qu'on eût dit que la Providence s'était décidée à réaliser au plus vite le présage de Hamma et les sombres appréhensions de Hôla. Ce fut d'abord une épidémie de gourme qui emporta sept de ses meilleurs chevaux, ensuite une nuée de vautours qui décima son poulailler, ne laissant qu'un coq et quelques poussins. Cela ne suscita pas chez Garga de commotion particulière. Le Fouta-Tôro était coutumier des épidémies, des inondations, des invasions de rapaces et de criquets ainsi que des attaques de fauves et des feux de brousse meurtriers. Mais, quand par une paisible journée de saison sèche, un coup de vent emporta le toit des écuries et que la foudre s'abattit sur le kolatier, il offrit des oboles à Guéno. Il but une décoction d'écorces de cailcedrat et fit une fumigation de feuilles de *nguélôki* pour se protéger des mauvais esprits. Il hébergea une escouade de devins et de nécromanciens pour qu'ils lui lisent l'avenir en s'aidant de la forme des nuages, de la luminosité des étoiles, de crânes de tortues et de chassie d'yeux de chien. « Ne t'en fais pas, Garga, fils de Birane, lui dirent-ils, ta vie sera longue, longue et stupéfiante ! »

Hôla, à laquelle rien n'échappait, s'en vint se confier à lui une semaine après le départ des magiciens :

– Je n'ai nulle envie d'ajouter à tes soucis, Garga, mais il y a quelque chose qui m'inquiète. J'ai plusieurs fois surpris Inâni en train de se préparer des onguents et des cataplasmes de séné.

– Et alors ?

– Et alors, je pensais qu'elle souffrait d'hémorroïdes jusqu'à ce que je comprenne.

Elle fit claquer ses lèvres, regarda en l'air et posa les mains sur les hanches comme chaque fois qu'elle avait quelque chose d'important à dire. Puis elle entra dans un épais silence pour marquer la gravité du moment avant de reprendre :

– As-tu remarqué, Garga, fils de Birane, que ta nouvelle épouse ne se porte pas bien ?

– Non, répondit ingénument celui-ci, assis qu'il était près du puits en train de rafistoler de vieilles cordes.

– C'est bien ce que je pensais. Ce petit succube t'a tellement tourné l'esprit qu'il pourrait te faire manger de la crotte sans que tu t'en rendes compte… Donc tu n'as pas remarqué que Inâni était souvent prise de vertiges et de vomissements ?

– Impossible ! hurla-t-il en s'effondrant. Guéno ne peut pas me faire ça. Qu'il m'accorde un bossu, s'il le veut, mais pas un bâtard dans ma maison.

– Répudie-la ! assena Hamma.

– Tu n'aurais pas une meilleure idée ?

– Qu'est-ce que tu proposes, alors ? maugréa Hamma.

– Qu'elle aille accoucher chez sa mère et que l'enfant reste là-bas ! suggéra Hôla. Personne ne se doutera de rien.

– C'est bien la meilleure idée, Hôla ! s'exclama Garga, tout ragaillardi. C'est celle-là qu'il fallait trouver !

*

Lama-Hôré réapparut à Guédé deux ans plus tard. Quand il eut fini d'écumer la ville, les campements des bergers ainsi que les villages des potiers et des pêcheurs, Inâni subtilisa une partie du cuivre et de l'or et s'enfuit avec le flûtiste de Lama-Hôré.

L'attitude de Hôla fut toute de sérénité et de détachement, cette fois. Elle se contenta de dire : « Elle reviendra, le problème, c'est de savoir quand ! » Hamma, quant à lui, n'émit aucune remarque. Il continua de rendre visite à son ami et de le recevoir à son tour sans plus jamais évoquer la personne de Inâni et sa scandaleuse disparition. Pour le plus grand désarroi de Garga, rien ne transparaissait non plus de son regard et de ses gestes, rien : ni tristesse, ni colère, ni regret, ni compassion. Garga comprit qu'on avait décidé de le laisser tout seul dans le gouffre où il avait sombré. Mortifié par la gêne, il n'osa confier à ses proches son désarroi ni leur demander de l'aide. Il dut subir dans l'isolement les affres de la colère et de l'humiliation. Au prix d'un effort surhumain, il parvenait à exercer ses obligations de chef de garnison et de prévôt sans rien laisser voir du feu intérieur qui le rongeait. Il résistait plutôt bien aux regards sarcastiques teintés d'une pitié malsaine de ses soldats. Lors des interminables réunions qu'il tenait quotidiennement avec les dignitaires de la province pour juger les vols et les adultères ou procéder au partage des pâturages et des terres, une énergie insoupçonnable montait en lui pour soutenir son moral défaillant et rétablir son naturel sens de l'autorité ; de sorte que bon nombre de personnes se frottaient les yeux pour se convaincre que c'était bien lui qui venait de se faire cocufier par un bohémien de flûtiste et non un obscur marchand de kola tenant un triste étalage sous le grand tamarinier. Quand il se promenait à cheval, il prenait toujours soin de maintenir le buste droit et la tête haute, feignant de ne rien entendre des chansons et des quolibets que proféraient les gamins, les âniers et les lavandières.

C'était quand il revenait chez lui qu'il se sentait propulsé dans un vide sans fond. Il avalait rapidement son fonio et disparaissait dans le *lougan*, soi-disant pour voir comment poussaient les taros, les gombos, les niébés et les aubergines. En vérité, pour laisser transpirer sa rage. À Thiéhel, un jour qu'il prenait l'air le long du fleuve pour oublier un peu, il entendit quelqu'un l'appeler :

– Hé, toi, Peul, hé !

Il se retourna et aperçut un Blanc en redingote avec une grosse pipe. Il pensa à une méprise et continua de flâner.

– Hé, toi, Peul, c'est à toi que je m'adresse ! insista le Portugais.

– Que peux-tu bien me vouloir, pauvre Peau-blême ? ! Je ne dois rien aux gens de ta race. Je n'ai rien de commun avec eux, même pas la couleur du visage. Alors, passe ton chemin et laisse-moi passer le mien !

– Ne me dis pas que tu es toujours fâché ! Moi, j'ai déjà oublié. Enfin, l'incident, mais pas ton visage ! Dès que je t'ai aperçu, je me suis dit : « Celui-là, c'est lui qui m'avait fait jeter dans le cachot de Gaol et saisir ma marchandise. »

– On aurait dû t'y laisser moisir... Qu'as-tu fait de ta barbe, petit prétentieux ?

– J'ai pris des forces depuis, je n'ai plus besoin de barbe… J'ai ma caravelle à quai. Veux-tu monter boire un verre ?

C'est donc vrai que vous mangez les hommes ?

– Ho, ho ! Il court de drôles de légendes dans votre pays !

– C'est sérieux ! Nous savons maintenant que vous achetez des esclaves pour manger leur chair, pas pour les utiliser dans vos champs. Tous les Noirs qui ont l'imprudence de monter dans vos bateaux finissent dans vos casseroles. Je mens ?

– Soit ! Je vais descendre mes bouteilles et nous les boirons à terre. Là, je ne pourrais tout de même pas te dévorer au milieu de tous ces Peuls !

Ils se soûlèrent au vin et s'empiffrèrent de sardines et de biscuits tout au long de la journée. Cela fit du bien à Garga de parler à quelqu'un qui n'avait jamais entendu prononcer le mot Inâni.

Il titubait en partant de là et il montra de la peine à remonter sur son cheval. Le Portugais eut beaucoup de mal à comprendre ce que disait sa voix brisée par les hoquets :

– Je ne vous aime pas beaucoup, vous, les Blancs, mais puisque tu t'es montré hospitalier, je dois te rendre la pareille. La prochaine fois que tu passeras par Guédé, demande le tata de Garga… Quel est déjà ton nom ?

– João ! João Ferreira di Ganagoga !

*

Hari sevra Ilo et accoucha de sa fille, Penda. Puis un beau jour, par une pluie battante (la grêle faisait des bosses sur le front des passants et le vent tordait comme de la liane les papayers et les acacias), Ilo se précipita dans le grenier où Hôla triait le mil prévu pour les futures semences.

– Il y a des gens devant le portail de lianes qui veulent s'abriter.

– Fais-les entrer, idiot ! Installe-les autour de l'âtre !

Elle finit de trier le mil, songea qu'elle devait profiter de ce que l'averse empêchât toute activité dehors pour, comme elle se l'était moult fois promis, mettre un peu d'ordre dans le grenier. Elle rangea les canaris de sorgho et de mil, les sacs de riz du Gâbou, les paniers de patates douces et de taro, balaya le sol dans les moindres interstices, enleva les traces des punaises et les toiles d'araignée. Elle héla Hari qui somnolait près de l'âtre :

– Il serait bon que nous descendions voir l'état des courges, s'il se présentait une petite accalmie. Si ça se trouve, la grêle a déjà détruit tous les germes.

– C'est que je n'ai pas bien envie de bouger, mère Hôla. J'ai le corps tout endolori. Cette pluie m'a fait l'effet d'une bastonnade. Je suis tentée de dormir et de ne plus penser à rien.

– Encore heureux que nous soyons à l'abri. Mais ton mari, où peut-il bien se trouver par ce temps ? C'est bien aujourd'hui qu'il devait revenir de Gouddîri, non ?

– Il me semble bien… Qu'a-t-il déjà été faire si loin ?

– Cette brute de Mâal Thiam ! Il paraît qu'il est de retour, qu'il s'est remis à voler les troupeaux et à assassiner les gens. Alors, Grand Taureau a ordonné de l'éliminer ou de le mettre aux fers…

– C'est inquiétant, mère Hôla ! Ne me parle plus de ce brigand de Mâal Thiam : c'est comme la pluie, cela me donne envie de dormir, assise tout près de l'âtre.

– Alors, couvre-toi, il fait trop humide, tu pourrais attraper des courbatures !

En quittant le grenier, elle comptait rejoindre sa pièce pour filer du coton et rafistoler ses hardes. Mais en entendant Hari évoquer l'âtre, elle se rappela les passants que Ilo avait vus devant le portail de lianes, probablement des bergers peuls ou des colporteurs soninkés.

Il s'agissait d'une femme et de ses trois enfants, deux garçons et une fille. Elle devait avoir l'âge de Hari. Elle avait le dos tourné et tenait sur ses jambes le plus jeune de ses enfants. D'un coup d'œil, Hôla évalua leurs âges respectifs : « Quatre ans pour l'aîné, deux pour la seconde, et le petit dernier, il a largement dépassé les trois mois même s'il tète encore les seins de sa mère », se dit-elle. Elle prit le temps de les scruter devant la porte avant de s'annoncer par un raclement de gorge. La jeune femme se retourna, émit un large sourire et dit :

– La paix sur toi, mère Hôla !

– Mais qui c'est cette femme ? s'étonna Ilo.

– Ne parle pas comme un niais ! gronda Hôla. Approche et salue ta mère Inâni !

*

Ce fut presque tout. Inâni retrouva le lit de terre et les nattes de bambou où elle avait l'habitude de dormir. Hari l'aida à déballer le peu de linge qui lui restait. Elles se remirent à puiser de l'eau, à entretenir le *lougan*, à traire les vaches, à donner à manger aux biques et aux poules en plaisantant comme au bon vieux temps. La seule chose qui changea fut qu'elles ne pouvaient plus se permettre de jouer derrière l'îlot de bambous. Elles étaient devenues des femmes adultes, des mères respectables. C'était maintenant au tour de leurs enfants de chanter des comptines, de jouer aux figurines de terre et aux devinettes.

Inâni avait définitivement repris sa place dans le morne train-train de Guédé et les enfants s'étaient suffisamment habitués les uns aux autres, quand Garga fut de retour. L'élimination de Mâal Thiam s'était avérée plus difficile que prévu. Il avait fallu le pourchasser jusqu'au cœur du Djôlof où un soldat lui avait enfoncé une lance au travers de la gorge dans la tanière où on l'avait surpris.

Descendu de cheval, Garga avait ordonné aux soldats et aux esclaves de son escorte de rentrer chez eux pour lui permettre de se reposer.

– Il y a quelqu'un qui t'attend, lui dit Hôla, debout au seuil de la porte.

– Eh bien, qu'il attende ! maugréa-t-il. Je dois d'abord me débarrasser de cette boue et revêtir des habits secs. Il y a trois bons mois qu'il pleut sur ma tête… Où se trouve donc cette personne ?

– Dans la pièce où il y a le lit de terre, Garga, fils de Birane !

Il s'arrêta subitement de marcher, comme si on lui avait enfoncé une aiguille dans le dos. Il dévisagea Hôla d'un air énigmatique et leva les yeux vers la terrasse. Il s'avança vers l'escalier de terre, d'un pas lourd comme s'il se dirigeait vers une étrange cérémonie. Il vit Inâni assise sur le petit lit de terre, en train de pulvériser de l'antimoine. Il vit l'aîné avec son nez rempli de morve et l'arc de cheveux qui traversait de la nuque au front le milieu de son crâne rasé. Il vit la fille au torse nu qui tenait un épi de mil transfiguré en bébé pressé contre la poitrine ; et le dernier-né qui traînait par terre, un bulbe de nénuphar serré au coin de la bouche.

– Paix sur toi, Inâni ! fit-il d'une voix sombre.

– Toi aussi, Garga, que la paix soit sur toi ! répondit-elle sans oser le regarder.

*

Il ne lui demanda rien. De son côté, elle ne trouva pas nécessaire de s'expliquer. Ce fut un tête-à-tête insolite enveloppé dans un épais silence. Inâni tançait les enfants qui mangeaient de la terre ou jouaient avec des aiguilles et jetait de furtifs coups d'œil sur le visage terni, la bouche édentée, les bras ramollis et les cheveux blanchissants de Garga. Les yeux vides de celui-ci erraient tour à tour sur les enfants, l'intense fracas de la pluie au dehors et ce corps féroce et désirable qui l'avait tant fait rêver, se répétant inlassablement : « Mais oui, cinq ans, il y a bien cinq ans qu'elle est partie, peut-être bien six. » Toujours debout dans l'embrasure de la porte, il lissa machinalement la petite barbe en arc qu'il avait laissée pousser au milieu de son menton.

– Inâni, dit-il d'une voix douce mais qui retentit en écho dans le profond silence régnant dans la pièce, dis-moi comment s'appellent les enfants.

Il l'écouta énoncer leurs noms en montrant chacun de ses longs doigts aux ongles ornés de henné. Il réalisa que Ilo dépassait d'un an celui qui se nommait Téli et que l'âge de la petite Penda devait se situer entre celui de la dénommée Môro et celui qui s'appelait Tori. « Dans la vie qu'elle a eu à mener, elle n'a même pas eu la présence d'esprit de respecter les trois ans de sevrage qu'exige le *poulâkou*, constata-t-il amèrement. Elle n'en aurait eu que deux, elle aussi, si elle était restée. » Il la regarda longuement puis il pensa qu'il devait dire quelques mots pour alléger sa gêne :

– Tu as vu les enfants de Hari ?

Elle ne crut pas nécessaire de répondre. Cela tombait sous le sens qu'en vingt jours elle avait eu le temps de les connaître et de les observer ne serait-ce qu'un millier de fois. Il continua néanmoins :

129

– Elle en a deux : un garçon et une fille… Si tu étais restée, tes enfants, je les aurais baptisés autrement.

Elle toussota sans y faire attention, fouilla dans une corbeille et sortit une noix de kola qu'elle fendit en deux. Elle lui en tendit un morceau, mordilla dans l'autre et dit dans un sanglot qu'elle réussit à étouffer avant qu'il ne sorte de sa gorge :

– Ne m'en veux pas, Garga !

*

Il la prit cette nuit même. Hari, qui s'y était secrètement préparée, avait déjà sorti de la chambre de Garga ses corbeilles et ses malles ainsi que son coffret à bijoux et le miroir circulaire que João, souvent de passage comme négociant en cire et en peausseries, lui avait offert. Inâni attendit que les enfants commencent à ronfler puis elle se déshabilla dans le noir, enfila un pagne court et frêle, frotta d'onguents son visage, ses hanches et ses seins, parfuma ses aisselles et son cou d'eau de fleurs et de myrrhe. D'un pas feutré, elle traversa le couloir humide, poussa la porte de Garga sans qu'elle résonne en tournant sur ses gonds.

– Je t'attendais, susurra Garga avant de la renverser au milieu du lit.

Il avait gardé pour elle six ans de désirs inentamés où rien qu'en pensant à elle sa gorge se nouait, ses nerfs se tendaient, son souffle se coupait. Et voilà qu'elle était là, collée à son corps, odorante et nue comme le fruit interdit. Déjà que, gamine, elle savait affoler les hommes, experte et plantureuse comme elle était revenue, elle ne pouvait que les achever. Il la poursuivit de ses furieux assauts jusqu'à ce que la lumière du jour inondât leurs ébats.

Repu d'amour, assommé, flottant dans les airs, il fourra sa main dans ses cheveux et ne trouva rien d'autre à dire que ceci :

– Par Dieu, cette bande à Mâal Thiam n'est rien à côté de toi, ma fougueuse génisse !

Chez vous autres, idiots, la mère s'appelle laitière et la bien-aimée, génisse ! Ah oui, le Sérère a raison, mille fois raison : « Sa femme est la seconde vache du Peul. »

De nouvelles eaux descendirent du Fouta-Djalon pour nettoyer le fond du fleuve et alimenter d'autres cycles de semences et de récoltes. Les harmattans succédèrent aux averses ; les mécomptes aux résignations, les envies à la compassion, les brouilles aux excuses, les querelles aux réconciliations.

L'épisode de la fugue de Inâni fut rangé dans les strates souterraines du détail et de l'oubli. On ne savait pas trop quelle étonnante raison pouvait bien justifier cela : l'indulgence, la lassitude, l'insouciance ou la superstition ? Un accord aussi tacite qu'inexplicable s'établit entre les affligés du tata et les bavards invétérés de Guédé. On se contenta d'accueillir les enfants qu'elle avait ramenés et de se fier aux prénoms qu'elle leur avait donnés. Personne ne demanda dans quels lointains pays elle s'était aventurée ; si elle était tombée malade, si on l'avait correctement nourrie ; pourquoi finalement elle avait décidé de revenir après de si longues années. Il ne se trouva même pas quelque fieffé polisson pour remarquer en ricanant : « Au fait, on ne sait même pas comment il s'appelle, ce flûtiste ! »

*

– Ma vie avec Goursa n'aura duré qu'un an…

– Ah, Goursa ! C'est donc ainsi qu'il s'appelait, ce flûtiste, ânonna-t-il en mâchant difficilement un brûlant morceau de taro.

– Après Guédé, nous avons sillonné le Djôlof et le Sine-Saloum puis la troupe de Lama-Hôré est retournée au Gâbou à l'approche de l'hivernage. Quand il a su que j'étais enceinte, il m'a arraché mes bijoux et il est parti dans le Bâgataye avec une femme diôla. J'ai dû me louer comme bergère et même apprendre à cultiver ! Après la naissance de Téli, j'ai rencontré Galo que j'ai suivi au Fouta-Djalon. C'est de lui qu'est née ma petite Môro. Galo s'est fait tuer peu après dans un patelin dénommé Gâwal par une brute qui l'avait surpris avec sa femme. J'ai pris mes enfants et j'ai marché jusqu'au Bhoundou en suivant l'itinéraire que prenaient les bergers, les colporteurs et les brigands.

– Tu as vécu cette vie de proscrite alors que tu as ta mère à Anyam-Godo et que moi, je suis là ! Tu es impardonnable, Inâni, vraiment impardonnable !… Et comme ça, tu es arrivée au Bhoundou, alors ?

– Alors, au Bhoundou, je suis tombée dans les rets d'un *diom-wouro*, un Peul comme toi et moi, qui avait perdu la tête jusqu'à se faire *bismillâhi*. Il me battait et me forçait à prier. J'ai attendu que Tori vienne au monde et je me suis enfuie.

– Ce qui compte, c'est que tu es revenue.

– Je ne voulais pas revenir. Je voulais retourner dans la vallée du Gorgol, y rejoindre mes oncles. C'est en passant près de la source du Héron que j'ai changé d'avis.

*

De toute façon, les événements qui suivirent le retour de Inâni furent si graves et nombreux qu'ils effacèrent définitivement de la mémoire sa malencontreuse odyssée. Cela eut le même hygiénique effet que lorsque les premières trombes nettoyaient le *bantan* ou le grand tamarinier de la poussière de l'année précédente.

Cela commença par le départ tout à fait imprévu de Garga pour le Djôlof. Amorcée au moment où l'on intronisait Koly Tenguéla, la dislocation du pays de l'estuaire venait d'atteindre un stade manifestement irréversible. Rompant avec les hésitations de Koly, Labba accorda au *damel* du Cayor ce qu'il n'avait cessé de réclamer depuis qu'il s'était réfugié au Fouta-Tôro : à savoir, l'octroi d'une armée pour lui permettre de libérer le Cayor du Djôlof et de retrouver du même coup son trône. Le choix de Grand Taureau se porta sur Dâye pour commander les troupes devant accompagner le *damel*. Sitôt que celui-ci fut désigné, il dépêcha un messager à Garga : « Prépare-toi, ami, nous partons pour le Djôlof ! Je ne doute pas un instant que nous trouverons le même plaisir à faire fuir les soldats du pays de l'estuaire que nous le fîmes, jadis, pour les poltrons du Galam et du Diâra. Ce sera pour la prochaine décrue. En attendant, aiguise tes armes et, surtout, sélectionne les meilleurs de tes hommes ! »

« Bonne idée ! se dit Garga. Ma vue commence à baisser, mes cheveux virent au blanc kapok, mon corps bientôt ne m'obéira plus, ce sera sûrement ma dernière expédition. On ne boude pas ce genre de chose. » Aussitôt terminée cette ultime bataille, il reviendrait assister aux semailles et procéderait à la circoncision de Ilo et de Téli et les confierait à un myste pour leur initiation dans les grottes. Submergé par ses nombreuses charges, qui le conduisaient aux endroits les plus éloignés de sa province, et marri, quoi qu'il dît, par les tribulations de Inâni, il ne les avait pas vus grandir. Ils étaient sveltes comme lui, agiles comme lui, impétueux comme lui. Maintenant un duvet de moustache barrait la lèvre de chacun des deux et ils avaient atteint la maturité et la taille que lui-même devait avoir en arrivant pour la première fois à Gaol. Il était tombé des nues, ce jour où, revenu d'une longue tournée dans le Ferlo et ayant constaté leur absence du tata, il s'était entendu répondre par Inâni :

« Ilo et Téli ? Mais ils sont chez eux, mon itinérant époux ! Ils ont bâti leurs propres huttes parmi celles des soldats, pour recevoir leur classe d'âge et leurs fiancées d'honneur[1]. Leurs benjamins ne vont pas tarder à faire de même et tu ne t'en apercevras pas non plus, accaparé comme tu es. »

Ils étaient devenus des étrangers. Ils passaient irrégulièrement à la maison pour faire laver leur linge ou pour demander une boule de sorgho ou de mil qu'ils avalaient furtivement avant de disparaître de nouveau en devisant de leurs voix rauques (ce qui était tellement récent qu'on pensait qu'ils faisaient exprès de les assourdir pour paraître plus impressionnants). Cela agaçait Garga. Il trouvait cela insolite, prématuré, pour tout dire, dénué d'éducation. Hamma, au contraire, les encourageait à s'émanciper du giron du tata, à découvrir l'existence, à devenir des hommes à part entière. Il leur prêtait ses chevaux pour qu'ils aillent de l'autre côté du fleuve, participer à des *hirdé*, ces veillées populaires où l'on rivalisait de naissance et d'élégance en jetant de l'or et des cordes de bétail sur les griots pour qu'ils chantent le nom de la jeune fille que l'on voudrait courtiser. Il leur fit découvrir les plantes qu'on utilise pour se protéger contre les jeteurs de sorts, les

---

1. Jadis, à la puberté, les traditions peules accordaient à chaque jeune garçon une jeune fille, les deux devant vivre maritalement ; le garçon et son clan étant garants de la virginité de la jeune fille le jour de son (véritable) mariage, contracté obligatoirement avec un tiers.

mauvais esprits, la chaude-pisse et les morpions, les morsures de serpent et les violents coups de bâton que l'on reçoit dans le jeu de *soro*[1]. Il leur indiqua les sortilèges pour écarter les fauves et les mystérieux talismans pour attirer les faveurs des jeunes filles. Il les encouragea à sillonner le pays pour participer aux épreuves de lutte les plus prestigieuses et à se mêler aux soldats pour s'initier au maniement des armes. Quand, à leur tour, ils organisaient des *hirdé* pour les jeunes de leur classe d'âge, il leur prêtait son domicile après avoir pris soin d'y disposer des vivres pour une semaine de ripaille, au moins.

– Qu'ils vivent leur vie d'hommes ! Toi, les guerres ont détruit ta jeunesse, répondait-il quand Garga s'étonnait de tant de bombance et de libertinage.

– Ils ont grandi deux fois plus vite, ces derniers temps. J'ai décidé de les marier dès que je serai de retour.

Il était alors persuadé que l'expédition au Cayor serait terminée en même temps que la décrue. Il était loin de se douter que la campagne durerait sept longues années. En effet, il ne suffisait pas de repousser les guerriers du Djôlof (ce qui, du reste, fut relativement facile, l'armée de Grand Taureau étant devenue, depuis sa lointaine irruption du fort de Guémé-Sangan, la plus puissante des pays des trois fleuves). Il fallait aussi neutraliser les familles cousines et rivales, dissuader les grouillantes minorités des *bismillâhi* afin d'asseoir le pouvoir du *damel* et le soumettre à la suzeraineté du Fouta-Tôro après l'avoir aidé à sortir de celle du Djôlof.

1. Pratiqué aujourd'hui encore par les Peuls Bororos, le *soro* est un jeu où les jeunes gens, pour montrer leur bravoure, se font volontairement bastonner le torse nu tout en s'efforçant de garder le sourire devant les jeunes filles venues les admirer.

À son retour, il trouva que la foudre avait abattu une aile du palais du *lam-tôro*, qu'une caravelle de Portugais s'était ensablée entre Gaol et Thiéhel, qu'une terrible inondation avait emporté le quartier des tisserands, qu'il y avait longtemps que Môro et Penda avaient été mariées (la première au Fouta-Djalon, la seconde dans le Gâbou) et que Tori s'apprêtait à recevoir son initiation dans les grottes. Ce n'était pas le genre de catastrophe auquel il s'attendait. Dans son lointain exil, lorsque les accès de déprime et de nostalgie montaient en lui, il pensait plutôt à un incendie, à une épidémie de peste bovine ou à la mort de Hôla. Il l'imaginait broyée par un taureau, mordue par une vipère ou noyée dans le fleuve. Il crut que la vieille avait appris à lire dans ses pensées car sitôt qu'il eut posé ses bissacs, elle lui demanda :

– Tu croyais que j'étais morte, hein ?

– Comment ça, morte ? Tu n'as jamais été aussi bien portante !

– Ne te fie pas aux apparences. Nous mourrons tous en pleine forme, c'est ainsi dans ma lignée.

Deux jours plus tard, il lui demanda d'aller dans le *lougan*, lui déterrer des arachides. C'est à elle, et non à Hari ou à Inâni, qu'il avait l'habitude de s'adresser quand il voulait se faire dorloter : pour cueillir ses arachides, pour lui offrir des fruits, pour braiser son taro ou pour lui préparer un bain chaud. Cela lui rappelait leurs premiers moments à Gaol, où elle lui tressait les cheveux et lui lavait les pieds comme s'il était son propre enfant. Cela la remplissait de joie d'avoir à lui rendre ces menus services, cela prouvait qu'elle comptait encore pour lui malgré ses deux épouses et sa nombreuse famille. Elle prit une houe et disparut derrière les bambous en maugréant contre les fourmis magnans et la nuée de vautours qui planaient au-dessus de la volaille. Entre-temps, Hamma était arrivé avec des étoffes d'Inde destinées aux trois femmes du tata, que João, naviguant comme souvent entre Arguin et Anyam-Godo, venait de lui remettre.

– Tu tombes bien, ami ! lui dit Garga. Nous allons avoir des arachides fraîches comme nous les aimons… Elle a bien duré, Hôla… fit-il remarquer en se tournant vers Inâni. Tori, va dire à Hôla de se dépêcher, c'est maintenant qu'il nous les faut, ces délicieuses arachides !

On pensa à une émeute quand Tori poussa son cri. Garga fut le premier à arriver derrière les bambous. Il trouva la vieille étendue sur une plate-bande de niébés, les jambes écartées et le visage dans la boue.

Elle était morte sans émettre un signe avant-coureur.

Comme tous ceux de sa lignée.

*

Deux ans plus tard, Garga dit à Hamma :

– Jamais je n'aurais cru que je me serais si facilement habitué à la mort de Hôla. Le temps minimise les choses les plus terribles.

Ils se trouvaient dans le hangar du Bambara où ils buvaient de l'hydromel et regardaient passer les bergers en pérégrination et les caravanes d'esclaves.

Puis Hamma sortit de sa rêverie.

– N'est-ce pas aujourd'hui que l'on devait châtier cette vieille femme accusée de sorcellerie ?

– Si. Dès que le *lam-tôro* aura fini sa prière du crépuscule.

– Nous devons nous dépêcher si nous voulons y assister.

– Passons au tata. Je dois me changer d'abord.

Au tata, ils trouvèrent Ilo et Téli debout dans le *nguérou*, l'un en face de l'autre, le torse nu, un gourdin dans la main.

138

– Jetez-moi au feu plutôt que de vous battre ! gémit Garga. Au point où j'en suis, mieux vaut disparaître sous la cendre que de subir encore des embêtements.

– Tu te laisses facilement tromper, mon homme, ricana Inâni. Ces jeunes gens n'ont nullement envie de se battre, ils veulent simplement se mesurer au *soro*.

– Oui, ajouta Hari, Téli affirme qu'il est plus solide que Ilo malgré la petite année qui les sépare et Ilo dit que non. Ils se sont tiraillés là-dessus une bonne partie de la journée. Alors, ils ont parié chacun une jument pour jouer au jeu du *soro*.

– Qu'ils se dépêchent s'ils veulent aller voir brûler la sorcière !

Hamma présenta aux protagonistes ses deux poings fermés.

– Celui qui touche celle qui tient la rondelle de cuivre, ce sera à celui-là de commencer… À toi, Téli !

– J'offrirai au gagnant le droit d'accompagner le Portugais à Arguin pour sa prochaine tournée ! s'exclama Garga.

– Et moi, celui de me suivre à la chasse à l'éléphant, renchérit Hamma.

– Nous, nous offrirons aux deux un bon bouillon de poule assaisonné de poudre de malaguette, ironisa Hari.

On fit un cercle, Ilo se tint au milieu, les mains aux hanches, la tête fièrement relevée, un sourire large et narquois aux coins des lèvres. Téli brandit le gourdin et le frappa au torse. Les femmes applaudirent et chantèrent pour lui la chanson des preux : il avait reçu la bastonnade sans saigner, sans tressauter, sans verser une larme.

– À ton tour, Téli !

La catastrophe se produisit au cinquième coup. Non pas que celui-ci fût plus violent que les autres. Comme le veut la règle, Ilo s'était appliqué à frapper à chaque fois avec la même intensité. Une larme brilla au coin de l'œil de Téli, éclata sur sa joue et se répandit au menton et aux commissures des lèvres.

– L'âge a parlé ! s'exclama Inâni. Ilo est le plus fort ! Tu auras néanmoins droit à ta part de poule, mon fils Téli.

– Il a triché ! pleurnicha Téli qui courut vers le grenier pour s'emparer d'une machette.

Pressentant son intention, Ilo fonça dans les écuries et se saisit d'une fourche. Ils ferraillèrent entre le *lougan* et le puits, dévastèrent les melons et les aubergines, dégradèrent le buisson de bambous et la clôture de lianes sous les pleurs des femmes, les interjections désespérées de Hamma et le regard affolé de Garga. Il fallut le secours des voisins et l'intervention d'une escouade de soldats pour arriver à les séparer. On réussit à ramener le calme avec force blâmes, sermons et remontrances. On décida de tout oublier, d'aller voir cette sorcière que l'on se préparait à brûler sous le grand tamarinier avant de goûter à la poule quand Ilo cracha sur le visage de Téli et dit :

– Bâtard !

Le coup fut si violent, si indécent, si inattendu que le monde sombra dans un silence sans fond. On n'entendit plus le bruit des respirations, ni les serins dans les bambous, ni les gendarmes dans les papayers.

Devant l'assistance figée dans l'effroi, Téli se leva, détacha son cheval et partit. Personne ne pipa mot mais chacun était convaincu que c'était la toute dernière fois qu'il passait la clôture de lianes.

Puis l'on entendit la voix brisée de Garga :

– Va-t'en, toi aussi, Ilo, et surtout ne reviens plus !

*

Au plus grand étonnement de Garga, Hari tomba de nouveau enceinte. Il découvrit un beau jour que ses seins s'étaient arrondis, que son visage s'était empourpré et que son ventre avait pris du volume. Il entamait son cycle de vieillesse et il ne savait toujours rien des petits secrets des femmes. Et Hôla n'était plus là pour le mettre dans la confidence. Il avait bien remarqué le changement d'attitude de ses deux épouses : leurs clins d'œil et leurs chuchotements étaient devenus plus fréquents, leurs discussions plus inquiètes, leur complicité s'était accrue. Il avait pris pour de la malaria l'extrême lassitude de Hari et avait trouvé tout à fait normal que Inâni lui fît plusieurs fois par jour de la soupe à l'oseille et des décoctions de plantes contre le vertige et la nausée. L'idée d'un autre enfant était loin de hanter son esprit. Pour lui, ses épouses avaient dépassé l'âge de procréer. Aussi, quand il se rendit à l'évidence, il s'en alla chez Hamma, exprimer sa surprise.

– C'est normal ! répondit celui-ci. Tu as épousé ces deux femmes alors qu'elles étaient encore fillettes. Elles ont foulé ton domicile quand elles avaient quatorze ans et accouché de leurs premiers enfants quand elles en avaient quinze.

Ce fut une grossesse épuisante, qui métamorphosa définitivement la douce silhouette de Hari et transforma son agréable tempérament en un caractère revêche ; elle devint invivable aux yeux de ceux qui appréciaient le plus ses origines nobles et le charme de sa bonne éducation. Elle était prise de violents maux de tête, vomissait tout ce qu'elle avalait, s'écroulait d'étourdissements, noyée dans la sueur. Tout le monde était persuadé qu'elle ferait une fausse couche ou accoucherait d'un mort-né. Quand arriva la saison sèche, par une nuit de pleine lune, elle mit au monde, aidée par Inâni, un magnifique et robuste garçon que Garga, après un moment d'hésitation, s'enorgueillit de prénommer Birane.

– Il faut bien que, dans ma progéniture, il y eût quelqu'un pour me rappeler mon père, se crut-il obligé d'expliquer à Hamma. Birane est un nom qui n'est pas forcément néfaste.

Déjà méconnaissable durant son infernale grossesse, Hari ressemblait maintenant à une vieille statue de cire verdie par la mousse et boursouflée par l'humidité et dans laquelle des rapaces auraient dessiné des cratères et des sillons à coups de serre et de bec. Elle sentait des étouffements dans la poitrine, des élancements dans les membres, des brûlures dans le dos et dans l'estomac. Couvert de plaies phosphorescentes et de croûtes noirâtres grosses comme des noix, son corps ne servait plus à rien, ni à la corvée de l'amour ni aux travaux domestiques. Selon le temps qu'il faisait, elle restait étendue près de l'âtre ou – maintenant que le kolatier avait été abattu par la foudre – sous l'ombre des bambous, dévorée par les vers et par les mouches, nageant dans une perpétuelle atmosphère de gaz âcres et d'odeurs pestilentielles. Dans ce déchet humain en voie de putréfaction, bruyant de hoquets et de toux, de rots et de gargouillis, seul son visage gardait encore une apparence humaine. On aurait dit qu'une force occulte s'y était logée pour le protéger de la souffrance et de la laideur, de la saleté et de l'anéantissement. Il conservait la même fraîcheur, le même regard d'enfant ébahi, la même beauté secrète que le jour où on avait ramené Hari de la vallée du Gorgol, habillée de blanc, montée sur un cheval blanc, entourée de griots, d'esclaves et de guerriers habillés de blanc. Quand Garga se penchait vers elle pour la consoler avec cette juvénile maladresse qui ne le quitterait décidément jamais, il pouvait encore sentir l'odeur d'encens et de myrrhe dont elle se parfumait à l'époque.

– Surtout, ne te laisse pas abattre, s'efforçait-il de la convaincre, bientôt, tu seras guérie.

– Qui te dit que je suis malade ? répliquait-elle d'un air ingénu. C'est l'air pourri de Guédé. Qu'on me ramène dans la vallée du Gorgol, qu'on me ramène où l'on m'a prise !

Elle en était tellement convaincue qu'elle refusait obstinément les potions et les cataplasmes, les ventouses et les cautères des innombrables guérisseurs que son homme avait été chercher jusqu'au Saloum et au Djôlof. Elle recouvrait une énergie insoupçonnée quand on oubliait de veiller sur elle, ramassait ses canaris et ses bijoux et s'efforçait de partir pour le Gorgol. On la retrouvait, râlante et pleine de sang devant le portail de lianes.

On constata assez vite que son esprit aussi se détériorait. Elle reconnaissait encore Garga, Hamma, Inâni et la petite esclave qui lui servait de soignante, mais elle n'avait plus aucun souvenir de ses propres enfants. Le jour du baptême de Birane, intervenu comme il se doit sept jours après l'accouchement, elle passa la journée à carder du coton et s'étonna de voir tant de gens affluer.

– Qu'est-ce qui se passe ici ? demanda-t-elle. Vous venez pour la mort de Labba Tenguéla ?

– Nous venons pour une naissance, nous ne venons pas pour un décès, répondit-on, en réfrénant son rire. Labba Tenguéla se porte bien, c'est toi qui es victime de fièvres.

– S'il n'est pas encore mort, alors ce sera pour bientôt, conclut-elle d'une voix prophétique.

L'euphorie qui régnait, ce jour-là, ne permit pas de s'apercevoir qu'elle avait disparu dans le *lougan* pour déterrer le taro et les aubergines et tordre le cou aux poules et aux pintades.

Le griot annonça le nom de l'enfant. Le devin murmura dans l'oreille de Garga que rien de sombre ne couvait sur la lignée de ce petit. Hamma serra la main de son ami en soupirant de satisfaction.

– La bénédiction est de retour ! Garga, remercie le bon Dieu !

*

Le visage de Hari, qui jusque-là avait été épargné par les morsures du mal, se mit bientôt à pâlir et à se convulser, bien que, curieusement, il ne fut pas atteint de boutons ni de marques de gale. Son regard se durcit, prit une inquiétante expression de haine et d'impudeur. La bouche s'enlaidit et laissa passer sans trier toutes les insanités qui traversaient son esprit malade. Elle évoqua la honteuse escapade de Inâni, traita ses enfants de bâtards, Garga de dépravé, Hôla de vieille sorcière et Hamma de félon. Ses cris pouvaient s'entendre jusque dans les fouilles, jusqu'aux campements des bergers, jusque chez les pêcheurs de Thiéhel.

Heureusement qu'aucun des enfants n'était là pour voir ça : Penda et Môro étaient mariées, Tori, après sa sortie des grottes, s'était installé à Hôré-Fondé comme négociant en peausseries. Inâni éloignait les gamins curieux du voisinage avec ce calme de myste et cette impressionnante dignité que les horribles souffrances de l'errance et de l'amour avaient fini par inoculer en elle.

– Allez à la mare déterrer des bulbes de nénuphar, les enfants ! Ne répétez à personne ce qu'elle dit, vous voyez bien que ce n'est pas elle qui parle. La maladie l'a rendue folle.

Bien entendu, c'est elle qui avait posé sur la langue de Birane sa première goutte d'eau. C'est elle qui l'avait lavé et massé, lui avait appris à babiller et à marcher, à mâcher et à jouer. Elle s'était postée devant le portail de lianes pour faire barrage à l'affreuse nourrice que Garga avait été chercher dans le Wâlaldé.

– Mon petit ne passera pas cette limite à moins qu'on ne me tue ! Je l'allaiterai moi-même et personne d'autre !

– Épargne-nous d'inutiles esclandres ! se plaignit Garga. Tu sais bien que tu ne peux plus donner du lait.

– C'est bien ce qu'on verra ! fit-elle dans un péremptoire défi.

Elle prit le petit avec elle et lui donna le sein avec tant de conviction qu'un lait abondant gicla miraculeusement de ses tétons et qui se tarit seulement le jour où, ayant atteint ses trois ans, il devait être sevré. Hari, que la raison avait fini par déserter pour de bon, crut jusqu'à la fin de ses jours que Inâni avait accouché d'un quatrième enfant.

Birane, qui maintenant avait quatre ans, apprenait à nouer une corde sous le regard attentif de son père quand une épaisse fumée se dégagea vers l'est et que l'on entendit des cris. Le feu ravageait le quartier des potiers. Tout le monde s'empara de calebasses et de canaris pour aller éteindre l'incendie. Dans la précipitation, personne ne songea à rester auprès de Hari. Au retour, on trouva qu'elle avait brûlé les écuries puis s'était jetée dans le puits.

Cet après-midi même, pendant qu'on l'enterrait, les tabalas[1] résonnèrent dans les neuf provinces du royaume pour annoncer la mort de Labba Tenguéla.

1. Tambours royaux.

Samba Tenguéla succéda à Labba Tenguéla. Au moment de son intronisation, Birane avait atteint l'âge de s'occuper du petit cheptel. Sa mère Inâni l'avait confié à un *aga* de la tribu des Wolarbé qui avait son campement derrière les fouilles à une demi-matinée de marche. Elle le réveillait tôt, lorsque les fougères et les pourpiers éclataient de rosée, l'accompagnait au puits pour vérifier qu'il se lavait bien le visage et les mains. Ensuite, il revêtait son accoutrement de berger et buvait sa ration de lait tandis qu'elle lui enlevait les derniers restes de chassie et de morve qui encombraient encore ses narines et ses yeux malgré la toilette qu'il venait d'effectuer – en maugréant sur son manque de soins, son étourderie, sa propension à chasser les écureuils et les oiseaux au lieu de se consacrer entièrement aux enseignements de l'*aga*. Elle fourrait dans sa poche des tamarins et des dattes et l'aidait à se jucher sur son âne.

Bientôt, les visites de Hamma s'espacèrent elles aussi. À Garga, la sciatique et le lumbago, ainsi que les lentes et inexorables affres de la cécité ; à son fidèle compagnon, le poids écrasant et ignominieux de la hernie. Ni l'un ni l'autre n'avaient su préjuger des effets rapides et dévastateurs du temps – sa sournoise invisibilité, son écoulement corrosif, son leurre d'illusionniste qui vous empêche justement de le voir passer. Ils étaient parvenus au cœur des ténèbres qui annoncent la vieillesse et préfigurent la mort sans en mesurer la distance. Tout cela était arrivé d'un coup, comme une pierre s'écroulant sur leurs têtes. Il ne s'était jamais passé que quelques jours entre la première fois où ils s'étaient croisés à l'entrée de la ville, sous les kapokiers de Guédé, et ce matin de décrue, vicié par l'odeur des marais, où le regard de Garga ressentit ses premiers troubles. Ils s'étaient juré une amitié fidèle et loyale jusque dans la tombe. Et voilà que leurs liens s'étaient disjoints de leur vivant même, bien malgré eux. Ils flétrissaient et se disloquaient chacun dans son coin, ne pouvant plus se parler ni se voir, se contentant, chacun, de deviner l'autre, de deviner l'état de décrépitude physique et morale où, pour le peu de temps qui leur restait à vivre, ils s'enfonçaient jour après jour. Les épouses faisaient le pont pour décrire à l'un les agonies de l'autre, transmettre à l'autre les salutations de l'un, émises avec cet accent plein d'ironie et d'amertume, propre aux moribonds. Quand les courbatures et les vertiges les en empêchaient, elles confiaient cette tâche aux guérisseurs ou aux marchands d'étoffes, aux esclaves ou aux mendiants. Garga, auquel il restait encore un peu de force, ne manquait jamais de relever la tête et de s'appuyer sur un coude pour réitérer ses curieuses exigences :

– Dites-lui bien de m'attendre, nous devons mourir à deux. Et si telle n'est pas la volonté de Guéno, eh bien, que je meure en premier lieu. Les fièvres et la cécité, j'y suis habitué ; à la perte de mon ami, non !

Inâni affronta cette période de déchéance et de vide avec un courage paisible et obstiné, comme si elle avait enfin réussi à se débarrasser de la gangue de passions juvéniles et de desseins non maîtrisés – dans lesquels le sort, chaque fois, s'était montré si hésitant – qui avait jusque-là enserré son existence. Comme si elle avait relégué dans un poussiéreux imaginaire ses malheurs et ses errements pour se réfugier dans un monde sans remords où seul comptait désormais le désir tonifiant de se lever et de tout recommencer. Elle veilla comme si elle avait été un homme sur le *lougan* et les troupeaux, la volaille et les écuries, les terres à sorgho et les villages de serfs. Certes, le tata n'était pas aussi pimpant et bruyant de monde que quand Garga avait encore et l'atout incommensurable de la vigueur et l'oreille du roi. Avec le vieux palais des *lam-tôro*, il restait néanmoins l'étape obligée des prévôts, des riches colporteurs soninkés et des négociants portugais, Inâni s'étant jusqu'à la mort de son mari démenée pour lui garder sinon son prestige d'antan, du moins un aspect présentable. L'énergie qu'elle mit à soigner son homme, éduquer Birane et sauver ce qu'elle pouvait du domaine familial la rendit fréquentable et même digne de respect aux yeux de tous ceux qui, à Guédé, pouvaient, selon leur âge, se souvenir de ses frasques de jeunesse. Elle avait, le plus naturellement du monde, accédé au statut de vénérable grand-mère qui devait jouer les matrones dans les cérémonies d'excision, les égéries des jeunes pubères et les entremetteuses entre les clans dans le choix combien délicat des futurs époux. Ces occupations, fréquentes surtout durant la saison des récoltes, l'amenaient souvent loin de Guédé, parfois même dans la province du Dimat ou du Laaw. Elle confiait alors Birane et Garga à une vieille esclave et revenait en compagnie de nouveaux guérisseurs, convaincue que plus loin elle irait les chercher, plus leurs remèdes s'avéreraient efficaces. Seulement malgré les saignées et les fumigations, les breuvages magiques et les sinapismes, l'état de Garga déclinait à vue d'œil si bien que dans la même journée, entre le lever et le coucher du soleil, il n'était plus tout à fait le même.

L'ogre qui s'était logé en lui, pour parler comme les charlatans, avait dû manger un autre morceau de sa chair, de sorte que son corps avait l'air de flotter sous sa peau revêche et ridée, comme ces statues de terre affublées d'un déguisement trop ample que les Lébous dressaient aux proues de leurs barques pour infléchir le dieu de la pêche. À présent, les membres droits et le cou s'étaient figés à leur tour, donnant à l'ensemble du corps une allure de momie inaltérée dans l'épaisseur de sa glace. Le visage restait l'unique endroit animé de vie. La langue engourdie émettait des zézaiements que Inâni seule pouvait interpréter. Incapables de supporter ne serait-ce que la faible lueur d'une lampe à huile, les yeux, désormais, demeuraient clos la plupart du temps et ne s'ouvraient que dans les moments d'évanouissement, laissant apparaître deux petits globes sanguins perdus dans l'immensité des orbites. Garga quittait ce monde à petits pas, comme ceux de ces caravaniers maures qui s'arrêtaient devant le portail de lianes pour quémander à boire, longeaient les silos à grain et la case à palabres, passaient le tamarinier sacré, le *bantan* et le port de Thiéhel, traversaient le fleuve, puis regardaient une dernière fois les toitures hémisphériques de Guédé avant de disparaître dans les steppes du nord. Il s'éloignait inexorablement de son domicile et de ses proches. Il ne bougeait pas, il s'éloignait à sa manière, à portée de main et cependant lointain et méconnaissable ; détourné de l'agitation terrestre, happé par le gouffre de l'au-delà. Il fallait le laver et l'habiller, le gaver comme un oiselet, l'assister dans ses besoins et le rouler comme une bille pour l'installer sur le côté ou sur le dos.

Cette année-là, quand le Portugais se présenta devant le portail de lianes avec ses chevaux et ses mulets, ses ballots d'or et ses esclaves, Garga ne le reconnut pas.

– Garga, c'est João ! lui dit Inâni en essuyant sa bave. Tu te souviens bien de ton vieil ami João ?

– Je ne connais aucun João.

– Mais si, voyons ! João vient du Galam pour nous apporter de l'or et du bon séné d'Agadès. Il va rester avec nous quelques jours avant de s'en retourner à Arguin.

– À Arguin ? Alors, pourquoi n'est-il pas avec Téli ?

– Téli est en tournée dans le Djôlof, prétexta João (lui laisser ses illusions était la meilleure manière de préserver le peu de santé qui lui restait). Le trafic est intense en ce moment. Les bateaux arrivent par cinq dans le port d'Arguin, personne n'a le temps de souffler. Il me dit de te transmettre ses affectueuses salutations, mentit-il. Il viendra te voir dès la saison des pluies. Je te jure qu'il viendra !

– C'est vrai qu'il viendra ?… Avec Ilo alors et sans plus faire d'histoires.

– Sais-tu qu'il vient de se marier ? fit Inâni pour détourner son attention des tristes souvenirs du passé.

– Qui vient de se marier ? Birane vient de se marier ?

– Pas Birane, tout de même ! C'est ton ami João qui vient de se marier.

– Avec qui donc ?

– Avec une princesse dényanko !

– Une princesse des gens de Yâko ?… Je croyais que les Blancs ne se mariaient qu'avec des Blanches… Pourquoi ne nous a-t-il pas apporté du miel puisqu'il vient du Galam ?

– Ce n'est pas la saison, Garga, tu le sais bien, fit João.

– Ah bon, ce n'est pas la saison ?… Quelles nouvelles nous ramènes-tu alors ? Dans le temps, tu rapportais toujours avec une nouvelle quand tu revenais du Gâbou ou du Gadiâga.

– Son esprit s'éclaire, chuchota le Portugais. Tu devrais le faire parler plus souvent… La paix est revenue entre le Songhaï et le Mali depuis que Askya Daoud, le nouvel empereur songhaï, a épousé la fille du *mansa* du Mali, voilà ce qu'on raconte dans les marchés du Galam.

– Y vend-on toujours autant d'ânes ? Je suis passé par là avec les troupes du grand Koly pour aller combattre dans le Diâra et je n'ai jamais vu autant d'ânes. Elle s'appelle co… co…

Il voulait dire « elle s'appelle comment ta femme », avant que l'évanouissement ne l'étouffe. Inâni le ranima en lui faisant respirer des feuilles de basilic. João l'aida à le monter sur le lit de terre où il se mit à délirer en évoquant tour à tour Dôya Malal, les termitières du Diâra, les palefreniers de Koly Tenguéla, les prouesses du magicien Lama-Hôré et ses souvenirs d'enfance.

*

La semaine suivante, il imitait dans ses délires le bruit de l'hippopotame et le chant du coq quand un autre visiteur se présenta devant le portail de lianes.

– Est-ce bien ici que demeure le dénommé Garga Birane ? demanda-t-il à Birane.

– C'est ici. Tu veux de l'eau et des provisions, peut-être ? Dans ce cas, reste ici, je te les apporte de suite. Mon père est malade, je ne peux te laisser entrer.

– Je ne suis pas un mendiant, se contenta de répondre le jeune homme. Et je sais que ton père est malade, c'est pour cela justement que tu dois me laisser entrer.

– Veux-tu me faire croire qu'à ton âge tu es déjà un talentueux guérisseur ?

– Je ne suis ni devin ni guérisseur, tu dois me laisser passer quand même.

Joignant le geste à la parole, il poussa la porte et se dirigea vers le milieu de la cour où il déposa son baluchon, comme un vieil habitué des lieux. Décontenancé, Birane ne put que le suivre et lui présenter un siège où s'asseoir. Il resta quelques instants à regarder son turban de Maure et son air réservé mais décidé avant de disparaître dans le tata pour prévenir sa mère.

– Tu crois que c'est le moment de recevoir de la visite ? Si ton père doit mourir, eh bien, que ce ne soit pas au milieu des badauds.

– J'ai tout fait pour l'en empêcher, mère, mais ce jeune homme m'a l'air bien têtu. Et je n'ai pas l'impression que ce soit un étranger de passage. Je crois que c'est pour voir père qu'il est venu exprès à Guédé.

Le Portugais posa le chiffon humide avec lequel il épongeait Garga et sortit voir.

– Jeune homme, sais-tu que…

– Je le sais.

– Qui te l'a appris ?

– Personne ne me l'a appris. J'ai vu tout seul qu'oncle Garga s'apprêtait à quitter ce monde.

– Tu l'as vu comment ?

– En rêve.

– Tu es…

– Non, je n'ai aucun pouvoir magique. Seulement, je suis sûr de mes rêves.

– Qui es-tu ? D'où viens-tu ?

– Homme blanc, laisse-moi aller auprès de mon oncle. Je le lui raconterai quand il aura repris ses esprits à la tombée du crépuscule.

Le plus étonnant fut que tout se passa comme il l'avait annoncé. À la tombée du crépuscule, Garga cessa de baver et de transpirer. Son visage convulsif s'apaisa et rayonna d'une joie profonde et secrète. Il ouvrit aisément la bouche et ânonna de façon si intelligible que, cette fois, même Birane et le Portugais comprirent ce qu'il voulait dire :

– Je veux un pot entier de miel !

– Avec du lait ? s'empressa de demander Inâni avec un enthousiasme qu'on ne lui avait pas connu depuis des semaines.

– Non, seulement du miel ! Et sans abeilles mortes et sans morceaux de dards ! Et après, tu me feras du couscous de mil avec de la viande de bouc, il y a longtemps que je n'ai pas mangé de la viande de bouc.

Il mangea de bon appétit, ce soir-là, certes en mâchant ses aliments avec la même pitoyable difficulté que d'habitude mais sans roter et sans vomir sa bile comme il le faisait chaque fois que Inâni lui fourrait ses doigts dans la bouche. Il y avait belle lurette qu'il ne s'était porté aussi bien, qu'il n'avait semblé aussi lucide. Cependant, personne n'alla jusqu'à penser qu'il avait senti la présence du jeune visiteur qui était resté recroquevillé sur une natte dans un coin de la pièce. Ce fut quand il eut fini de manger, en mâchonnant sa traditionnelle noix de kola râpée, qu'il demanda à Inâni :

– Est-ce un fils de mon ami Hamma ?

– Non, oncle, répondit le jeune homme. Je suis votre neveu Diabâli, le fils de Birane, lui-même fils de votre oncle Birom.

La première réaction de Garga fut d'ouvrir les yeux et de pousser un reniflement puissant qui fit vibrer l'ensemble de son visage. On ne sut où il puisa la force de tourner le regard vers l'endroit d'où s'était fait entendre la voix de l'étranger. Il battit frénétiquement des paupières et se mit à scruter avec une précision telle qu'il serait devenu, par miracle, apte à discerner les choses à travers le voile épais de sa propre cécité. Alors, il soupira et dit :

– Je savais que vous reviendriez. Le sang n'est pas de la merde, tout de même, le sang ne se jette pas.

Il hoqueta trois fois de suite et soupira de nouveau, mais cette fois-ci longuement, et annonça d'une voix prophétique :

– Ah, Guéno, ce suprême joueur de tours !... Enfin !... Il a fini par reverdir, l'arbre des Dôya Malal, et cette fois, plus rien ne le fera tomber.

Il rendit l'âme le lendemain à l'aube, au moment où, dans les plaines alentour, l'on entendait les voix matinales des bergères s'en revenant des enclos.

Inâni repeignit les murs du tata, renforça la clôture de lianes, répara le plancher de la terrasse et les toitures des écuries. Elle habilla Birane de la tunique de guerre de Garga et l'installa dans la chambre du défunt. Elle lui remit ses gris-gris et son sabre ainsi que son meilleur destrier. « C'est toi l'homme ici, dorénavant. Tout doit te revenir, les terres et le cheptel, la gloire et l'amertume. Ton père a tracé son sillon, à ton tour d'imprimer ta marque », lui dit-elle avec une voix où la tendresse et l'affection avaient fait place à une autorité intransigeante et grave. Elle n'était plus la mère protectrice et douce mais la farouche gardienne d'un legs ancien miné par toutes sortes de périls et dont il fallait, à l'instant, sauver et fructifier ce qui en restait avant que l'anéantissement ne triomphât. La mort de Garga l'avait dopée au lieu de la vaincre. Elle s'estimait heureuse d'avoir non pas à le regretter et à le pleurer, mais à défendre bec et ongles tout ce qu'il avait laissé au bout d'une vie menée avec conviction et, somme toute, au gré des vents. Cela, elle se l'était juré dès l'instant où il s'était éteint. Comme elle s'était juré de jeter son dévolu sur le petit Birane afin de refonder une nouvelle généalogie pour venger celle de Dôya Malal entachée par les erreurs et les quiproquos, appauvrie par tant de branches mortes et de feuilles dispersées. Ce serait

Birane la source de la renaissance que Garga appelait de ses vœux et qu'elle se devait de couver comme un serpent vautré sur ses œufs.

Bien sûr, on arriva de Hôré-Fondé, du Gâbou et du Fouta-Djalon pour présenter les condoléances, apporter son cadeau et son conjoint, ses larmes et ses nouveau-nés. Comme cela ne s'était pas produit depuis des années, tout ce qui restait de la famille convergea vers le tata, pour la période du deuil. On partagea le fonio et le lait, on évoqua les mânes des disparus et on reçut les visites éplorées des dignitaires et des négociants, des soldats et des serfs. Cela dura quelques semaines, le temps de remettre à chacune des filles la génisse qui lui était due et de partager selon les règles, entre les mâles, les chevaux et les bœufs, les terres et les nombreux villages d'esclaves.

Diabâli, dont finalement personne ne connaissait l'existence, le parcours et les intentions, choisit de rester. Inâni étala une natte pour lui à côté de celle de Birane et s'assura simplement qu'il avait été initié et circoncis sans le questionner davantage. En faisant le rapprochement entre les épidémies, les guerres et les divers événements climatiques qui avaient entouré leur naissance, elle en déduisit qu'il devait avoir un ou deux ans de moins que Birane même si les deux garçons avaient la même vigueur et la même taille et naturellement ce teint zinzolin et ce visage allongé (transpirant la colère et la susceptibilité) qui caractérisaient la tumultueuse engeance de Dôya Malal. Elle lui fournit un âne, un *sassa* et une bonne tunique de berger (comme elle le fit pour Birane quand il sortit des grottes), et le présenta elle-même à l'*aga* des Wolarbé. « Revenir aux pâturages, c'est la meilleure manière de recommencer, expliqua-t-elle. Quand le Peul se sépare du bœuf, il s'expose à toutes les calamités. Guéno, il ne se soucie que des pâtres ; les autres, il ne les voit que d'un seul œil. J'espère que, vous deux, vous ne serez ni soldat, ni négociant, ni prévôt. J'espère surtout qu'il n'y aura plus de guerre. »

Longtemps, Garga s'était gardé de s'épancher sur son passé. C'est après la mort de la vieille Hôla, alors que Hari manifestait les premiers signes de sa folie et que lui-même entrait à petits pas dans le cercle sans retour de la décrépitude, qu'il s'était ouvert un peu à elle. Alors, il avait commencé à se confesser par bribes, par allusions, comme s'il avouait une faute, une trahison, une irréparable infamie. Depuis, elle savait l'histoire de l'hexagramme, le combat fratricide des jumeaux Birom et Birane, l'existence de Birane Birom, et celle du cheik Ibn Tahal Ben Habib Ben Omar. Seulement, elle n'avait jamais réussi à agencer tout cela, à en comprendre le sens, à retrouver la mystérieuse alchimie qui avait généré une tragédie aussi pathétique et dérisoire. Elle avait vite senti que le sujet n'avait pas fini de se consumer dans les entrailles de Garga et que, quoi qu'il eût dit, des pans entiers de cette mémoire resteraient opaques et parfaitement étrangers à sa mémoire à elle. Aussi se garda-t-elle de lui en demander plus, comme elle se garda bien de questionner Diabâli sur la vie de sa famille et sur les raisons de son voyage (au vu de tout le fourniment qu'il avait apporté, le désir de rencontrer son oncle avant qu'il ne décède était un argument fondé mais pas suffisant).

Ce fut Tori, avec son incomparable impertinence, qui creva l'abcès et posa la question que, sans oser, tout le monde voulait poser à ce cousin inconnu :

– Cet oncle Birane, où vit-il à présent ?

– À Chinguetti où je suis né, où sont nés mon frère Yéro, mes sœurs Sâra et Koumba ainsi que mon autre frère, Gando. Il a perdu l'usage d'une de ses jambes à la suite d'une chute de cheval. Heureusement, mère est encore valide, ses enfants dégourdis, et il y a oncle

Hichem pour s'occuper des choses les plus importantes. Il a quitté les mines de sel de Awlil pour vivre avec nous après la mort du cheik et celle de grand-mère.

– Ah ! s'exclama Tori. Nous avons donc un autre oncle en cette terre de Mauritanie et nous ne le savons même pas !

– Oncle Hichem est cet enfant que grand-mère avait eu avec le cheik.

– Comment s'appelle ta mère ? Serait-elle comme nous du Fouta-Tôro ?

– Elle s'appelle Diélo, ma mère, et elle n'est pas du Fouta-Tôro. Elle est du Fouta-Tichitt.

– Dis-moi, serais-tu devenu *bismillâhi*, toi aussi, comme oncle Birane ?

Diabâli réarrangea son turban et mordit dans un bulbe de nénuphar pour ne pas avoir à répondre. Il s'ensuivit un silence gêné de la part des adultes, ponctué par les moqueries des enfants. Tori détendit l'atmosphère en demandant :

– Est-il à toi, ce magnifique alezan qui paît du côté des figuiers ?

– C'est bien ça, il est à moi.

– Vous en avez des chevaux en Mauritanie ! Tu aurais dû nous en apporter, petit frère Diabâli !

– Je ne savais pas que mon oncle avait des enfants, des garçons, qui plus est.

– Tu as bien répondu. Maintenant que tu le sais, pense à nous satisfaire pour la prochaine fois. Au fait, quand est-ce que tu retournes en Mauritanie ?

– Euh !… Je ne compte pas retourner là-bas… Je viens de tuer un homme.

*

158

On était à la veille du grand départ. Inâni s'abstint d'en demander davantage, moins par pudeur que par superstition ; elle redoutait en se montrant curieuse de découvrir des choses encore plus abominables que ce qu'elle venait d'entendre. À vrai dire, elle reçut la nouvelle avec plus de placidité qu'elle s'en croyait capable, elle s'était habituée à la sombre saga des Yalalbé où les bouderies et les ruptures, les vieilles rancunes et les coups de couteau rythmaient les naissances et les morts, les transhumances et les initiations de façon aussi régulière que les changements de saison. Occupés à préparer leurs montures et leurs baluchons, les autres non plus ne s'y attardèrent pas, passé un moment d'effarement. Le lendemain, Tori revint quand même là-dessus pendant qu'on se disait au revoir à la sortie de la ville.

– Tu n'as pas besoin de retourner en Mauritanie, jeune frère. Tu es ici chez toi. Le tata t'appartient autant qu'il nous appartient… À bientôt, que Guéno veille sur toi ! Nous serons tous là à la saison des récoltes, pour le mariage de Birane. D'ici là, tâche de t'habituer aux lieux et de ne tuer personne. Nous avons tous le sang mauvais, nous autres Yalalbé.

Inâni détacha son cheval du *lougan* pour le loger dans les écuries. Elle porta ses mallettes et ses outres dans le grenier et lui remit l'âne, la tunique et le *sassa*. Après quoi, elle se dépêcha de trouver une fiancée pour Birane, une jeune fille de Matam, du nom de Rella.

– Toi, ta fiancée s'appelle Taï, lança-t-elle à Diabâli. Je l'ai déjà repérée. Seulement, tu te marieras un an après Birane. Pour moi, un an de différence d'âge, cela n'a pas beaucoup d'importance. Mais je dois respecter les règles du *poulâkou*. Dans tous les stades de l'existence, c'est le plus âgé qu'on honore d'abord.

Les ailes des premières cigognes labourèrent le ciel de l'est. Les assourdissants tonnerres de fin de saison de pluies fracassèrent les échos. Le fleuve amorça le long processus de sa décrue annuelle. Puis, par une belle journée de ciel opalin et de vent tiède, griots et soldats se répandirent dans les ruelles de Guédé, à pied, à cheval ou à dos de mulet, au son des fifres et des tambourins, des sagaies et des boucliers, pour annoncer l'avènement d'un nouveau roi. Le Fouta-Tôro porta le deuil de Samba Tenguéla avec une discrétion à la mesure de ses deux petites années de règne. Les huit jours de réjouissances marquant le couronnement de Guélâdio Bambi éclipsèrent et de loin les éloges funèbres et les larmes. Samba, tout comme Labba, n'était que le frère du grand Koly après tout, tandis que Guélâdio en était le fils, le double de soi, le trésor inestimable que l'on laisse sur terre pour prolonger son existence et surpasser ses mérites.

– Emmenez-moi à la fête ! implora Inâni avec une insistance et une soudaineté telles que Birane et Diabâli pensèrent qu'elle était devenue folle.

– Mange ta bouillie et monte te reposer ! lui recommanda Birane. Ce n'est plus de ton âge, les fêtes. Hier encore, tu te plaignais de maux de cœur et de vertiges. Tu risques de t'écrouler, au milieu de tout ce monde.

– L'enfant obtempère quand la mère ordonne. Emmenez-moi à la fête si vous voulez que je vous bénisse. Comment s'appelle-t-il déjà, ce roi ?

– Guélâdio ! affirma Diabâli, fier de montrer qu'il n'ignorait rien de la folle histoire de son peuple malgré son long séjour chez les Maures. Guélâdio Bambi, fils de Koly Tenguéla et de Bambi Ardo Yéro Didi, elle-même fille de l'*ardo* Diawbé de Guimi, le plus illustre des Peuls du Termès.

– Eh bien, soupira Inâni, ce Guélâdio Bambi, son règne sera le dernier que je verrai avant de sombrer dans le puits sans fond de Guéno.

– Demain j'irai à Danéol, chercher le guérisseur… se résigna Birane. Elle n'est pas dans un état normal. La maladie et la vieillesse commencent à la détraquer à son tour. Qu'en dis-tu, frère Diabâli ?

– Pourquoi donc ? Ils font appel à la médecine du diable, les guérisseurs, et après ils vous demandent les yeux de la tête. Un cabri pour la moindre pommade, une cotonnade *bassari* pour une saignée, un cheval, voire un chameau, pour une simple fumigation, et les maux recommencent de plus belle sitôt qu'ils ont tourné le dos. Alors qu'avec mes versets et rien qu'un œuf symbolique pour prix de ma peine…

– Pas dans cette maison, tu sais bien que cela ne se fait pas, l'interrompit gravement Birane.

– Arrêtez de chuchoter et de médire sur une vieille femme qui n'a plus pour se défendre que l'égard que lui confèrent ses cheveux blancs. Apportez-moi ma canne, que j'aille danser pour le nouveau roi puisque, je vous le dis, je ne connaîtrai pas le nom de son successeur ! Je vais mourir bientôt, plus tôt que vous ne le croyez.

Birane, cette fois, ne prêta aucune attention à ses divagations. Il la força à avaler sa bouillie et la conduisit au lit.

– Ouf, maintenant nous pouvons aller voir les acrobates et les courses de chevaux et en apprendre un bout sur le nouveau maître du pays.

Ils se rendirent sur la place du marché pour voir les soldats en état d'ébriété jongler avec leurs armes puis ils s'assirent sous le hangar du Bambara pour se désaltérer.

161

Mais un petit garçon accourut vers eux au moment où ils s'apprêtaient à quitter les lieux.

– Y a-t-il ici un Peul dénommé Birane ?

– Birane, c'est moi. Mais que me veux-tu ?

– Tu dois te rendre au *bantan*. C'est là-bas que ta mère se trouve, c'est là-bas qu'elle s'est évanouie.

*

On les aida à placer Inâni sur une chaise à porteurs et à la transporter jusqu'au tata tandis qu'elle gémissait sur son sort et adressait à Guéno des prières enfiévrées. « Personne ne nous avait dit qu'elle était malade, se justifia le voisinage, sinon, vous pensez bien, jamais on ne l'aurait laissée sortir toute seule. Comment vouliez-vous que l'on devine ? Pas plus tard qu'avant-hier, elle est allée jusqu'aux termitières de Lérâbé pour chercher des racines d'aloès et il ne lui est rien arrivé. Par Dieu, pourquoi laisser une vieille femme toute seule quand on sait que sa santé n'est pas bonne ? »

Elle se remit debout trois jours après et reprit ses corvées quotidiennes en plaisantant :

– Que croyez-vous, mes vieux coquins, que j'allais disparaître aussi subitement ? Ne vous en faites pas, ça ne va pas tarder. Seulement, le jour n'est pas encore arrivé. J'ai vu la foudre tomber sur le kolatier, j'ai survécu à la grande épidémie, j'ai vécu sous le règne de Koly, de Labba, de Samba et de Guélâdio Bambi, je ne verrai pas le suivant. Néanmoins, pour rien au monde, je ne mourrai avant d'avoir assisté au mariage de Birane, cela je le sais comme si Guéno en personne me l'avait soufflé à l'oreille… Et vous deux, vous feriez mieux d'aller à Donaye, prendre soin de vos troupeaux. Il me reste suffisamment de forces pour m'occuper toute seule du *lougan* et vous préparer du fonio à l'oseille pour ce soir.

Inâni passa les trois mois suivants à alterner les moments d'effort et ceux d'étouffement et de chagrin, les états d'euphorie et ceux d'abattement puis, quand les tubercules furent déterrés et le mil fauché et rangé, elle fit venir un devin afin de déterminer le jour le mieux indiqué pour célébrer un heureux mariage chez les Yalalbé.

*

Comme après le décès de Garga, Tori, Môro et Penda débarquèrent de nouveau, encombrant la cour et les recoins du tata de leurs bagages et de leurs progénitures et déployant dans une joyeuse rivalité les étoffes et les orfèvreries destinées à la mariée. Après les trois jours de festivités, alors que tous se préparaient à prendre le chemin du retour, Inâni se planta devant le portail et déploya un long fouet.

– Personne ne sortira d'ici avant que je ne sois morte ! Ne vous en faites pas. Vous n'aurez pas longtemps à attendre.

Son visage frémit, se teinta d'une triste expression de solitude et de nostalgie. Elle promena un regard circulaire sur le *lougan* et les écuries, les aubergines, les papayers, la clôture de lianes, la terrasse du tata ainsi qu'à l'emplacement du kolatier déchiqueté par la foudre alors que Tori tétait encore et que Téli et Ilo n'étaient pas circoncis. Un sourire furtif et désabusé effleura ses lèvres. Elle se râpa une noix de kola, la fourra dans sa bouche édentée qu'elle remua avec tant de rage qu'il fut impossible de savoir si elle mâchonnait ou si elle marmonnait pour elle des mots secrets et incompréhensibles. Il se passa un long moment de silence que personne n'osa troubler, pas même ses petits-fils en âge de marcher, pas même les imprévisibles petits cabris qui sautillaient entre les écuries et le puits.

163

– Donne-moi de l'eau, Rella, ma fille ! s'écria-t-elle subitement comme si elle surgissait d'une cavité ou d'un très long rêve.

Rella se traîna vers la grande jarre posée sur un trépied sous l'abri des lantaniers, remplit l'écuelle de bois et s'en revint s'agenouiller, comme le voulait la coutume, devant sa belle-mère, avec son pagne court, ses petits seins nus et son doigt dans la bouche – manie qu'elle n'abandonnerait qu'à son deuxième accouchement. Inâni but, reprit son souffle et pointa un doigt fébrile sur le ventre de la jeune fille.

– Celui-là non plus, je ne le verrai pas, fit-elle en éclatant de rire.

– Qui, mère ? s'inquiéta Môro. De qui parles-tu ? Il n'y a encore personne dans ce ventre-là. Rella est encore une toute jeune fille mariée. Il y a moins d'une semaine…

– Tu te trompes, répondit-elle d'un ton mou, parfaitement détaché. On ne le voit pas encore mais il est déjà là et bien là.

Le second lundi qui suivit, alors que l'on contait autour de l'âtre, elle s'allongea sur une peau de chèvre pour mieux se mettre à l'aise et s'endormit une fois pour toutes.

*

Môro et Penda demeurèrent jusqu'à la période des semences pour épauler Rella dans son tout nouveau rôle de mère de famille consacrée par sa défunte belle-mère à la régénérescence du clan. Comme pour confirmer les lugubres paroles de Inâni, à la stupéfaction de tous et d'abord de Birane lui-même, le ventre de la jeune femme montra ses premiers signes de grossesse juste avant les saisonniers et épouvantables coups de tonnerre précédant les premières averses de l'année.

Guédé connut une éclipse de lune, un éboulement dans les fouilles, un tragique naufrage entre le port de Thiéhel et l'Escale du Coq, un cas de folie, trois baptêmes ainsi que deux adultères meurtriers entre-temps.

Et puis, un beau jour, un marchand se présenta devant la clôture de lianes.

– Passe ton chemin, colporteur ! lui dit sèchement Môro, nous n'avons besoin de rien.

– Comment ça, vous n'avez besoin de rien ? riposta l'homme dans un ricanement, plus, à l'évidence, pour masquer son dépit que pour faire preuve de bonne humeur.

– Oh que si, mon amie Môro, moi j'ai bien besoin de deux noix de kola ! cria Penda depuis la terrasse.

– De la kola de si bonne heure, est-ce bien raisonnable ? Tu devrais ménager ton cœur, ma sœur…

– Ne t'inquiète pas, Môro ! Il n'y a rien de tel qu'une bonne noix de kola pour me requinquer !

Ce fut rapide et banal comme le temps d'un éternuement. On en serait resté là, rien de fâcheux ne serait arrivé : le camelot aurait repris ses sandales et ses ballots pour s'en aller vers d'autres chemins et le lourd vent du sud aurait soufflé comme avant sa tiède atmosphère de patience et de stagnation. Mais elles en avaient suffisamment dit pour que, encore une fois, le destin des Dôya Malal basculât dans le malheur et dans l'incertitude. Le marchand n'attendait que cela pour soulager son intarissable volubilité.

– Sais-tu, femme peule, qu'il n'y a pas que la kola, que je vends bien d'autres merveilles ?

– Nous n'avons besoin de rien d'autre. Juste un peu de kola pour la migraine de ma sœur !

– Regarde cette poudre blanche, c'est de la glaire d'escargot séchée. Cela soigne les infections et les hémorroïdes et, pour ne rien te cacher, cela protège la femme enceinte…

– Il n'y a pas de femme enceinte ici.

– Tu sais bien que si !

Elle resta quelques instants hébétée, à regarder tour à tour l'homme rangeant ses nauséabondes affaires et la kola ainsi que le fameux remède qu'il lui avait mis dans les mains, comme une petite fille que l'on venait de flouer. Quand il eut fini, il rechargea ses ballots sur son âne, fit quelques pas en direction du grand tamarinier puis revint brusquement vers le portail de lianes, comme s'il avait oublié quelque chose.

– Juste une dernière question, femme peule ! L'année dernière, j'ai connu au pays des Maures un jeune Peul fort sympathique. Comment s'appelait-il déjà ? Dialba... Dioulba... Diabâli ? Oui, oui, Diabâli !

– Que lui veux-tu, à ce Diabâli ?

– Moi, mais rien du tout, belle femme !... Regarde ce collier d'ambre et cette mantille de soie que j'ai troqués chez les Portugais d'Arguin contre un jeune esclave, cela fait des mois que je les ai. Au Mali, on m'a proposé cent methcals de poudre d'or ; au Gâbou, cinq dents d'éléphant. J'ai dit non, pour rien au monde, je ne céderai ce collier et cette mantille de soie, c'est pour mon ami Diabâli, pour le remercier de tous les bienfaits qu'il m'a prodigués lors de notre rencontre au pays des Maures.

– Diabâli, c'est mon frère. Il est parti mener paître les troupeaux. Mais si tu reviens ce soir au moment du crépuscule, c'est sûr que tu le trouveras ici.

– Merci, femme peule ! Que les dieux veillent sur toi et sur ta longue descendance !

*

Môro pensa que, de nouveau, la guerre avait éclaté, plus violente et meurtrière que toutes celles relatées par les griots, quand elle vit les cavaliers du *lam-tôro* entourer le tata dans un bruit impressionnant de chevaux et de lances. Elle ne comprit que plus tard au moment où, devant la foule rassemblée sous le grand tamarinier, le juge appela le colporteur pour lui demander « es-tu sûr que c'est lui ? » et que celui-ci répondit en désignant Diabâli (couché dans la poussière et ficelé comme un fagot de bois mort) :

– C'est bien lui qui a tué Guêto le Rouge dans les marais de l'Escale du Coq pour lui voler son or.

Il s'attarda un bon moment sur les longues et fastidieuses enquêtes qu'il avait dû mener ici et là pour retrouver sa trace puis il conclut d'un air triomphal, satisfait sans doute d'avoir déjà convaincu le jury :

– Il n'aurait pas fui, s'il n'avait rien fait de mal, n'est-ce pas ?

L'audience approuva bruyamment alors que, tout fier, le colporteur réajustait les pans de son boubou avant de se rasseoir.

– Alors, Diabâli, tonna le juge, tu ne peux plus nier après ça !

– Je n'ai tué personne, honorable juge, je ne suis jamais passé par l'Escale du Coq, je suis passé par l'Escale du Terrier Rouge.

– Ce colporteur, tu le reconnais tout de même, tu l'as déjà rencontré, n'est-ce pas ?

– Des colporteurs, j'en ai rencontré des milliers depuis que j'ai quitté le domicile paternel, je ne peux pas me souvenir de tous.

Ce dialogue de sourds dura plus d'une semaine. Tous les matins, dès que l'on avait fini de prier le soleil et de traire le lait, l'on accourait sous le grand tamarinier pour assister à ce drôle de spectacle dont les palpitants épisodes avaient fini par attirer aussi bien les pêcheurs de Thiéhel, les caravaniers de passage que les Portugais qui sillonnaient le fleuve à bord de leurs caravelles.

Cela dura jusqu'au neuvième jour, quand une voix surgit de l'anonymat de la foule pour s'adresser au juge :

– Faisons-leur boire de la résine de cailcedrat. La résine de cailcedrat ne ment jamais : le premier qui vomit, c'est bien celui-là le coupable.

– Et le feu du forgeron, alors ? protesta quelqu'un. Faisons-leur lécher le feu du forgeron. C'est bien plus efficace : celui dont la langue prend feu, c'est celui-là le coupable.

– L'épreuve du feu m'est insupportable depuis que, dans le Fouta-Djalon, j'ai vu un pauvre homme, la bouche en cendres, rendre son âme, ses excréments et son sang devant des femmes et des enfants, s'alarma un vieux berger. Sois raisonnable, le juge : la résine de cailcedrat, pas le feu du forgeron !

Le juge bougonna mais se laissa convaincre.

– Qu'on amène de la résine de cailcedrat ! hurla-t-il à la cantonade en plantant son bâton de magistrat dans le sol.

Diabâli vomit le premier. Il subit stoïquement les quolibets, les crachats et les projectiles de la foule.

Quand le calme se fit de nouveau, il dégagea sa figure de la poussière dans un effort surhumain et réussit à crier de tous ses poumons :

– Qui me dit que l'on n'a pas triché, qu'on n'a pas ensorcelé cette résine pour me faire vomir exprès ?

– Ah, aboya le colporteur, il pense qu'on l'a abusé, ce misérable chenapan ! Eh bien, je vais vous donner une preuve ! Guêto le Rouge avait un alezan avec une étoile au front et une verrue sur la queue. C'est sur cet alezan-là que le malfaiteur s'est enfui. Qu'on fouille donc les écuries du tata !

Les cavaliers dépêchés dans les écuries du tata ne tardèrent guère. Ils exhibèrent l'alezan dans le vacarme général, la fureur et l'indignation.

– Silence ! fit le grand diseur. Les preuves sont faites, maintenant, le juge va donner la peine que doit subir ce malheureux.

– Par le nom de Guélâdio Bambi, roi de ce pays et des provinces et royaumes lui devant respect et tribut ; par le *lam-tôro*, son représentant dans cette ville, je condamne le dénommé Diabâli Birane à être conduit dans la brousse lointaine et à être attaché à un tronc d'arbre jusqu'à ce que les bêtes féroces se repaissent de son corps. Justice est rendue, dispersez-vous !

À ce moment-là, un homme se leva du groupe des Portugais. Il était accoutré d'un ample *alchizel* de soie et portait un large chapeau emplumé.

– J'offre cinq pots d'eau-de-vie en échange de cet homme ! dit-il dans un mauvais peul qui irrita la foule et fit rire le juge.

– Qui a autorisé le Blanc à parler ? demanda le grand diseur.

– Toutes mes excuses à cette respectable assemblée, je sais que, selon les coutumes de ce pays, il n'est pas seyant de parler après la bouche du juge. Seulement…

– Seulement ?

– Seulement, grand diseur, ce serait bête de livrer cet homme aux lions alors que nous tentons de rejoindre le Gadjaga à la recherche d'esclaves par un temps où la cire fond toute seule tellement il fait chaud.

Le grand diseur se tourna vers le juge d'un air perplexe.

– Marché conclu ! arrêta celui-ci en faisant un geste de la main pour calmer le public.

Les femmes encaissèrent le coup. Ce fut Birane qui versa des larmes en trépidant tel un épileptique :

– Qu'allons-nous devenir ? Ô Guéno, mon maître, qu'allons-nous bien devenir ?

*

Puis l'on se mit à gloser avec force exclamations au marché et au port de Thiéhel sur cette incroyable histoire qui venait de se produire à Anyam-Godo : un Blanc, un vrai de vrai, un Blanc – vous entendez, celui-là même qui avait épousé la fille de Guélâdio Bambi ! – venait d'être nommé premier ministre du Fouta-Tôro. Une descendante du grand Koly Tenguéla dans le lit d'un ignoble matelot, lactescent jusqu'au pénis et roux qui plus est ! Mais ce n'était pas tout ! N'aurait été que cela, les gens normaux auraient pu encore conserver un peu de bon sens et les collines tenir sur leur base. Mais que le beau Guélâdio Bambi, qui jusque-là n'avait jamais manifesté un signe d'idiotie ou de folie, eût décidé de confier à ce vendeur de coquillages et de perles les terres que son père avait conquises et que les deux oncles qui l'avaient précédé sur le trône avaient domptées et fait fructifier. Oui, cela avait l'air d'un canular, et pourtant c'était vrai : un Blanc venu d'un pays dont personne ne pouvait deviner l'emplacement et qui, un beau jour, avait jailli de la mer comme le font les dauphins et les poulpes était devenu le grand vizir, le distingué premier ministre du Fouta-Tôro ! Qu'est-ce que cela pouvait bien signifier, sinon un autre mauvais tour de Guéno annonçant par son époustouflante absurdité des événements plus graves et plus surprenants encore ?

Birane, comme tout le monde, finit par apprendre cette étonnante nouvelle. Comme tout le monde, cela le stupéfia d'abord, comme tout le monde cela l'inquiéta ensuite quant au sort du royaume et au triste avenir qui s'annonçait pour les Peuls. Comme tout le monde, il finit par s'en accommoder quand il fut établi que ce drôle de premier ministre, en échange de son titre, avait offert à l'empire des milliers de chevaux et même toute une armée de Portugais.

Puis un jour, alors qu'il s'approvisionnait en sel au port de Thiéhel, il entendit un groupe de piroguiers sérères et lébous relater leur récente visite à Anyam-Godo. Il s'approcha pour écouter et apprit avec beaucoup de déception que, là-bas, l'entrée du Blanc dans la cour des Tenguéla n'avait pas suscité la même indignation qu'à Guédé et dans les autres recoins de l'empire. Là-bas, l'on s'était plutôt réjoui d'avoir à ses côtés une légion d'excellents cavaliers maniant avec dextérité la bombarde et l'arbalète alors que les Ouolofs supportaient de plus en plus mal la suzeraineté peule, que les tribus maures du Trarza, du Brakhna et du Tagant opéraient des razzias vers le nord pour protester contre les taxes que leur imposaient les Dényankôbé et que l'empire du Mali, maintenant réduit à la portion congrue, nourrissait des velléités de revanche.

– Vous voulez dire qu'il ne s'est trouvé là-bas aucun Peul pour signifier à cette étrange créature que, si elle voulait régner, elle n'avait qu'à reprendre son bateau et s'en retourner chez elle ? demanda-t-il subitement, sans se gêner de se mêler à une conversation à laquelle personne ne l'avait convié.

– Non, personne, lui fut-il répondu.

– C'est incroyable, ça ! A-t-on oublié que ce sont ces mêmes Portugais qui ont soutenu les Mandingues contre nous lors de la bataille du Bambouk ?... Comment s'appelle-t-il déjà, cet infâme marchand de perles ?

– João ! João Ferreira di Ganagoga ! répondirent-ils en chœur.

*

De retour chez lui, il appela sa femme et lui dit :
– Prépare-moi un baluchon ainsi qu'une provision de patates sèches et de viande boucanée !

– Où mon homme compte-t-il se rendre de façon aussi subite sans prévenir et sans donner de raison ?

– Arrête tes questions idiotes ! Obéis !

Rella accourut vers les bambous sous lesquels Môro et Penda se tressaient les cheveux et s'effondra à leurs pieds.

– Je vous informe, mes chères, que Birane se prépare à s'en aller et il refuse de m'expliquer si c'est parce qu'il ne veut plus de moi ou si c'est parce qu'il est devenu fou.

Les deux sœurs se redressèrent et réunirent la petite famille pour une longue explication.

– Dis-nous, Birane, commença Môro, toi, le fils cadet qui a donné tant d'espoir au père et que mère Inâni voyait comme la nouvelle graine du clan, est-il vrai que tu t'apprêtes à monter à cheval et à disparaître à jamais en laissant derrière toi ta femme enceinte et tout le patrimoine de tes aïeux ?

– Mais vous n'avez rien compris ! Je ne compte pas disparaître, je compte seulement me rendre à Anyam-Godo rencontrer João Ferreira di Ganagoga !

– Tu vas rencontrer qui ? s'alarma Môro.

– João Ferreira di Ganagoga fut un partenaire et ami de notre père. Cet homme est aujourd'hui le premier ministre du roi Guélâdio Bambi. Je vais lui demander la libération de Diabâli.

– Dans ce cas, Birane, mon frère, je me charge moi-même de préparer ton baluchon !

Il sella son cheval et patienta quinze jours à Anyam-Godo avant d'être reçu.

– Bien, lui dit le Portugais, je vais commencer par envoyer des gens à moi à Arguin. Si Diabâli est toujours là, je vais essayer de le faire libérer discrètement et de lui trouver un asile vers le Songhaï ou le Gobir…

Puis il se ravisa et se tapa violemment le front.

– Merde, c'est hier que le *Santa-Anna* devait appareiller pour le cap Saint-Vincent ! Fais qu'il soit encore à Arguin, ô mon doux Jésus !

Môro et Penda attendirent une ou deux saisons avant de rejoindre leurs foyers conjugaux, dans l'espoir d'obtenir des nouvelles de Diabâli. Elles ne pouvaient laisser Birane et ses vingt ans dans une telle détresse et une telle solitude, avec une femme encore gamine quoique déjà enceinte, un tata en décrépitude, une écurie en ruine, un *lougan* à désherber et des milliers de bœufs confiés dans différents campements à des bergers de plus en plus cupides et négligents. Rella accoucha d'un garçon que l'on prénomma Dôya, en souvenir de cet ancêtre farouche et acariâtre dont l'ombre, malgré les années, traînait derrière chacun des membres du clan comme un ami fidèle et encombrant. Guédé sema et récolta le mil, enterra un *lam-tôro*, en installa un nouveau, initia dans les grottes des dizaines de jeunes gens, repoussa une razzia de Maures et fêta moult mariages et circoncisions. Puis les deux jeunes femmes s'en retournèrent dans leurs foyers. Birane pensa à la prochaine crue et, pour le moment, oublia Diabâli.

Un nouvel imam venu des pays maures avait pris la direction de la mosquée et, à Anyam-Godo, Guélâdio Tabâra avait remplacé Guélâdio Bambi. C'était ainsi au Fouta-Tôro : les crues remplaçaient les crues, les Dényankôbé se succédaient sur le trône, les guerres et les disettes alternaient au rythme des saisons, le pays, à chaque nouveau règne, s'agrandissait d'une nouvelle province avec des trésors nouveaux et des tribus nouvelles. Seul le grand tamarinier de Guédé ne variait point. Ses racines tenaient bon et ses branchages continuaient de se déployer malgré son grand âge. Majestueux et imperturbable, il avait, des siècles et des siècles, dominé les soubresauts de la nature et les convulsions humaines. Tout et tous, un jour ou l'autre, étaient passés sous son ombrage : les préparatifs de guerre et les conciliabules, les procès des conspirateurs et les châtiments des sorciers et des brigands, les cortèges des rois et les bergers en transhumance, les caravanes de sel et les colporteurs de kola et de poudre de malaguette, les bannis, les détrônés, les convois d'or et d'esclaves, les colonnes des Almoravides et les guerriers de Koly Tenguéla. Les acrobates venaient s'y produire et les prêtres y offrir les oboles. Sous son auguste bienveillance se nouaient les idylles et grandissaient les bambins. C'était là que les garçons dénudés venaient mesurer leur pénis et estimer l'évolution de leur taille en se comparant au tronc.

Le Peul dit : « Il faut vingt et un ans pour naître, vingt et un ans pour grandir, vingt et un ans pour vivre et vingt et un ans pour mourir. » C'était bien sûr au temps béni de Ilo Yalâdi, en ce pays disparu de Héli et Yôyo, où, paraît-il, tes pouilleux d'ancêtres vécurent vigoureux et radieux bien au-delà des cent ans. En ces temps-là, Guéno veillait comme un ami sur le destin des Peuls. Les pillages et les épidémies n'existaient pas encore. La vie durait aussi longtemps que les astres. Et puis, soudain, sans qu'on se l'explique, tout (les pierres, les collines, les êtres et les éléments) s'était mis à vibrer, à se distordre, à se cogner, à se fracasser. Le Peul fut projeté entre mers et cimes, entre déserts et forêts, dans un interminable cycle de ruines et d'exodes, d'errances et de privations, de querelles et de ruptures, de morts subites et d'agonies.

Bien fait, chacals ! *Yassam seïtâné a lissom*, que le diable vous emporte tous !...

– Ce n'est plus une famille, c'est un tas de pollen sous le vent ! pleurnicha Rella en disant au revoir à Môro et Penda.

– Qu'importe que nous soyons dispersés, pourvu que nous soyons nombreux et bien portants ! lui répondit Birane, en refermant le portail de lianes.

– Il est temps de faire quelque chose ! Tu ne vas tout de même pas abandonner les tiens aux envieux et au mauvais sort !

– Que faire d'autre ? J'ai prié le soleil, j'ai offert des oboles sous le grand tamarinier, j'ai accroché aux troncs des baobabs, des fromagers et des cailcedrats des centaines de cauris et de chiffons rouges. J'ai effectué une retraite de sept semaines dans la brousse, espérant l'apparition de Koumène, le nain à la barbe jaune. Au lieu de cela, c'est le bossu porteur de malheurs qui a jailli du néant. J'ai jeté des calebasses de sel dans les eaux de la mare à chaque fête du *lôtôri*. J'ai versé du sang d'iguane sur la termitière sacrée. J'ai fait tout ce que mère Inâni a recommandé avant de s'en aller chez Guéno.

– Tu n'as pas replanté le kolatier ni enterré un chacal vivant dans un coin du *lougan*. Et puis, ton bouc noir est devenu vieux, achètes-en un autre.

Il planta un kolatier au même endroit que l'ancien. Il offrit son bouc noir à un albinos du marché et s'en procura un plus jeune et plus vigoureux, donc plus apte à capter les forces maléfiques qui planaient sur le clan. Il alla jusqu'au village de Donaye pour consulter un nouveau devin. Celui-ci interrogea ses crânes de tortues et émit des paroles rassurantes :

– Votre horizon va s'éclaircir. Retourne chez toi ! Répands au milieu de la nuit des cauris et du sel au bord du fleuve, sacrifie une outarde dans la grotte de Thiéhel et les bienfaits de Guéno tomberont sur les tiens en même temps que les prochaines pluies.

– Peux-tu déjà me dire ce que sont devenus mes frères ?

– Abstiens-toi pendant sept jours de manger de la viande et de t'approcher de ta femme, ensuite, mets ceci (il lui donna de la chassie d'yeux de chien et de la poudre d'antimoine) sur ton visage et tu verras par toi-même.

Il fit comme indiqué et rêva d'un puits profond entouré d'arbres secs. Des caméléons et des scorpions grouillaient autour de la margelle. Des grenouilles grosses comme des caouanes sautaient à la hauteur des arbres et retombaient dans l'eau dans un abominable clapotement.

Il reprit le chemin de Donaye, affolé et tremblant comme un chiffon sous un vent d'orage, et raconta tout au devin.

– Regarde bien, implora-t-il, regarde tout au fond de tes crânes de tortues ! Ne me dis pas que toute la chance a fondu, qu'il n'y a plus rien à faire !

– Calme-toi, Peul ! Il n'y a jamais rien de définitif dans le monde insaisissable de Guéno. Disons que, pour l'instant, vos chemins divergent mais ils finiront par se rencontrer de nouveau quand le moment sera venu. Vos vies n'ont pas été faites pour tenir dans la même enceinte mais pour errer et s'entrecroiser. Pourquoi cette épreuve-là ? Moi, Dian, je ne le sais pas. Tu devrais demander à Guéno.

Rella remarqua l'air morose de Birane dès le portail de lianes.

– Cette fois, je ne te lâcherai pas, prévint-elle. Dans deux semaines, nous aurons fini de faucher et d'engranger le mil. Tu n'auras plus grand-chose à faire ici avant les prochaines pluies. Alors, pour une fois, tu vas devoir surmonter tes hésitations ; tu iras jusqu'à la grande eau salée pour sacrifier des tortues géantes et ensuite, tu passeras par le *rio* Farin pour retrouver cette source où Dôya Malal a enterré son *sassa* et sa lance. Depuis qu'il est mort, l'ancêtre, personne n'a effectué ce pèlerinage-là. Et tu t'étonnes que les malheurs nous pourchassent comme des nuées d'abeilles ? Va, six, sept mois, s'il le faut, je saurai me débrouiller toute seule jusqu'à ton retour. Je vais dès maintenant te préparer des boulettes de mil et de la viande séchée.

Ce fut à ce moment-là que la caravelle des Portugais accosta dans le port de Thiéhel ; il dut les héberger et les aider à écouler leurs pots d'étain et de cuivre, leurs ballots de cotonnade et de serge, leurs tonneaux de vin et leurs bonbonnes de gnôle.

– Encore un bon prétexte, n'est-ce pas ? lui reprocha Rella. Pourquoi ne pas les loger au caravansérail ou chez le *lam-tôro* ?

– C'est ici qu'ils ont l'habitude de descendre depuis que mon père s'est lié d'amitié avec João. Ils se sentiraient vexés, et moi, je dérogerais à une très vieille tradition. Père m'en voudrait de sa tombe et les voisins gloseraient sur mon manque d'hospitalité… Réfléchis un peu ! Après s'être reposés ici, les Portugais vont s'enfoncer à l'intérieur des terres pour s'approvisionner en esclaves et en or. Dans deux mois tout au plus, ils seront de retour. Alors, je profiterai de leur bateau jusqu'à la grande eau salée. Ce sera plus prudent que de m'aventurer tout seul à travers la brousse. Les chemins sont peu sûrs : partout, des pillards et des voleurs de bœufs ; partout des marchands d'esclaves !

Au fond, il avait raison. Elle se soumit cette fois-ci encore mais se jura de rejeter tous les arguments qu'il lui sortirait la prochaine fois. Les Portugais revinrent avec leurs colonnes d'esclaves et leurs ânes chargés d'or, de gomme arabique et d'indigo. Birane n'avait plus besoin de s'inventer des excuses : Rella était enceinte de trois semaines au moins.

Elle accoucha à terme d'un joli garçon que Birane prénomma Diabâli, du nom de cet oncle meurtrier que l'on avait ligoté et vendu pour cinq pots de gnôle.

« Sa vie sera longue, sa renommée traversera les fleuves ! » décréta le devin avec une conviction telle que, de ce jour, les parents lièrent tous leurs faits et gestes à l'essor du nouveau-né. « Il avait deux ans, Diabâli, quand le nouveau kolatier a produit ses premiers fruits ! s'extasiait Rella. – Et six quand la femme de Tori a accouché de son douzième enfant et dix quand Yéro Diam est monté sur le trône », renchérissait Birane. L'histoire de la famille se confondait dorénavant avec sa vie. Il représentait la table de la mémoire, l'estampe vivante, le fil généalogique du clan.

On le regarda grandir et embellir sans faire attention au reste. Quand, à son tour, il atteignit l'âge de sortir de la grotte, bien des choses avaient changé dans le tata et dans le royaume sans que l'on s'en fût aperçu. On constata à sa grande surprise que l'on avait déjà changé d'époque. Pris par le troupeau et par les menus travaux des champs, le regard fixé sur les caprices du fleuve et sur l'évolution de l'enfant prodige, on n'avait pas vu le temps s'écouler. C'est une barge large, trop large, le temps : on ne la sent pas remuer quand on s'assoit dessus !

Alors, Birane se réveilla un jour et s'observa dans le miroir que lui avaient laissé les Portugais : face à lui, quelqu'un qu'il ne connaissait pas, avec des joues creuses et un teint de cendre, une bouche édentée et une méchante calvitie en forme de cratère au milieu de ses cheveux devenus gris. « C'est ainsi donc ! » murmura-t-il sur un ton, somme toute, plus amusé que désolé. Il s'imagina de nouveau enfant : sautillant sous le grand tamarinier, courant dans le *lougan* derrière les sauterelles et les écureuils. Il revit son père ployer sous le grand âge, se plisser de partout. Il se souvint de ses quintes de toux, de ses délires, de ses vertiges, de ses chutes, de ses comas prolongés. Il entendit comme si Garga lui parlait de derrière le rideau de bambous les propos effrontés et décousus qui, à la fin, sortaient de sa bouche, une fois que l'énergie et la raison se furent échappées de lui. Il se souvint de ses derniers instants. De la présence discrète et affectueuse de João Ferreira di Ganagoga – aujourd'hui décrépit ou mort ou retourné sur la terre de ses aïeux puisque plus personne n'avait parlé de lui après le règne de Guélâdio Bambi –, de la profonde résignation de Inâni, de l'arrivée miraculeuse de Diabâli… « On croit que c'est toute une vie alors que c'est juste un plongeon ! » soupira-t-il avec lassitude, et pour la première fois il pensa à la mort.

Il quitta le bord du puits où il faisait sa toilette matinale et courut vers la grange. Il redescendit de là aussitôt et alla nerveusement s'asseoir sur les graviers bordant le kolatier. Il jeta un coup d'œil sur le taro, les gombos, les aubergines, les potirons et l'herbe haute du *lougan* ; embrassa du regard le tata couvert de mousse et les écuries à demi vides. Il secoua la tête et soupira :

– Ah, quelle époque ! Diabâli, as-tu des nouvelles de ton frère ?

– Tu me l'as demandé hier, père, et avant-hier aussi et avant-avant-hier…

– Et que m'as-tu répondu ?

– Qu'ils se portent bien, lui, sa femme et leurs enfants. Il nous a envoyé du miel et de la kola ainsi que ce taureau de sept ans que tu vois attaché là-bas dans le *lougan*.

C'était ainsi depuis que son fils Dôya s'était installé à Dagana où celui-ci récoltait de la gomme et tannait des peaux pour les vendre aux Portugais : il buvait plus que de raison, dormait mal, se levait avant le chant du coq, se démenait entre la grange et les écuries malgré l'obscurité. Il attendait impatiemment le réveil de la maisonnée, grondait, bousculait tout le monde pour qu'on ouvrît les portes, libérât les chevaux et donnât à manger à la volaille et aux ânes.

Comme Téli et Ilo et Tori et Môro et Penda en leur temps, Dôya s'en était allé aussi donc. Birane l'avait accompagné jusqu'au fleuve et avait fait une simple remarque : « Pourquoi faut-il que les mêmes choses recommencent, toujours ? » Il était rentré à la maison et s'était occupé normalement du bétail et des chevaux. Ce fut plus tard que son comportement devint insolite, ce qui dans l'immédiat n'inquiéta personne. Toutes ces malchances, toutes ces déchirures avaient dû l'angoisser un peu, il n'y avait là rien de plus normal. On se moqua de lui gentiment la première fois qu'il sortit avec une gaule de bambou dans la main et ses lanières chaussées à l'envers. « C'est bien que tu sois pressé de rejoindre les pâturages, Birane, mais pas au point que tu confondes ta lance avec un vulgaire morceau de bois », s'émut Rella. On rit moins le jour où, armée d'une fronde, il massacra une partie de la volaille, croyant avoir affaire à des moineaux venus picorer le niébé. On s'habitua à ce qu'il confondît en désherbant le *lougan*, la fétouque et les légumes ; à ce qu'il ordonnât à Diabâli de retrouver dare-dare la tabatière qu'il tenait ostensiblement dans la main. Ce ne devait être qu'une farce ou un trouble passager, vu que sa mémoire restait fidèle et qu'il se comportait normalement en présence des visiteurs. D'autant qu'un soir, alors qu'ils dînaient sous le kolatier, il partit d'un bon rire et dit : « Vous croyez tous que je suis devenu fou, n'est-ce pas ? Eh bien, détrompez-vous, c'était juste pour rire. Nous manquons de gaîté dans cette maison, n'est-ce pas vrai ? » Il se remit à rire régulièrement, à manger et à dormir sans se faire prier, à sarcler comme il se doit, à traire les vaches dans une écuelle sans trou ; à conter le soir et dans ses moments de détente, à broder de magnifiques fleurs de nénuphar et à effectuer dans les prés de longues promenades à cheval. La vie redevint agréable et Rella, la patiente, la perspicace, Rella qui n'oubliait jamais rien en profita pour reparler des tortues de mer et du fameux pèlerinage à la source du *rio* Farin.

– Nos tourments ne viennent pas de la colère de Guéno mais de celle de Dôya Malal. Sa tombe noircit de fureur, en ce moment, c'est cela qui torture le clan. Nous connaîtrons la quiétude quand tu te seras prosterné où il a enterré son *sassa* et sa lance. Alors seulement, Koumène apparaîtra et les bienfaits se tourneront vers nous. Au fils de réparer les oublis du père ! Marche sur ce chemin du *rio* Farin que Garga n'a pas su prendre ! Tu n'as plus aucun prétexte : tes enfants sont devenus grands et nous sommes en pleine saison morte, rien d'autre à faire que de traire le lait et de carder le coton ! Et ça, c'est le rôle des femmes ! J'ai déjà demandé à Demba, le tisserand, de t'accompagner.

La veille de son départ, Birane sortit l'hexagramme de coralline, hésita un long moment, l'attacha au cou de Diabâli et soupira :

– C'est toi que j'ai sous la main, c'est donc à toi qu'il est destiné.

*

Le Fouta-Tôro s'étendait et se consolidait pendant ce temps. Ses frontières devenaient stables, son territoire, sûr. Ses greniers débordaient de sorgho et de mil ; ses canaris, d'or et de sel, d'étain et de cuivre, d'ivoire et d'indigo. Son armée croissait, ses troupeaux pullulaient.

Ses cités se multipliaient tout au long du fleuve, ses marchés florissaient. Malgré leur fougue et leurs dissensions, les Dényankôbé avaient réussi à sauver leur trône des frondes et des invasions, des envieux et des revanchards, des conjurés et des usurpateurs. À présent, leur trône se dressait sur le plus grand État des pays des trois fleuves.

Guélâdio Bambi avait régné quatre ans, son frère Guélâdio Tabâra dix ans, leur cadet, Yéro Diam, de même (le falot Guélâdio Gafsîri dut passer les rênes à ce dernier après une petite année d'interrègne secouée de violences et de troubles). Yéro Diam renforça sa mainmise sur le Djôlof et le Fouta-Djalon ainsi que sur les provinces maures du Tagant, du Trarza et du Brakhna. Il réglementa la répartition des terres de décrue entre l'armée et les nobles et réactiva le trafic sur le fleuve. Ce fut sous ce règne-là que Birane entreprit son incroyable expédition.

On resta sans nouvelles de lui sept ans, huit mois et trois jours. Puis, par une belle journée de saison sèche, Rella, de la terrasse du tata, aperçut un vieil homme couvert de lèpre, affalé sur un mulet, longer la clôture de lianes et s'effondrer devant le portail. Elle reconnut Demba et comprit. Elle s'écroula sous le kolatier, versa quelques larmes quand elle sortit du coma. Aidée de Diabâli, elle reprit son esprit et ses forces, versa du lait à Guéno tout autour de la maison pour qu'il allège le deuil, jeta au vieil impotent des baies fraîches, des boules de mil et de la viande séchée par-dessus la clôture et le supplia :

– Par Guéno, dis-moi comment cela s'est passé ! Raconte-moi tout du début à la fin, y compris les plus pénibles épisodes. Ne fais pas attention à mon âge, je suis capable de tout supporter même si Diabâli n'était plus à mes côtés.

Le voyage et la maladie avaient éteint la voix du malheureux tisserand mais il fit un tel effort qu'elle parvint distinctement à Rella à travers les trouées de la clôture. Tout s'était bien passé jusqu'à la grande eau salée. Là, ils avaient prié Guéno et égorgé des tortues, et le dieu semblait avoir été content puisqu'une aigrette s'était envolée d'un buisson et que le ciel s'était coloré d'un bel arc-en-ciel sitôt qu'ils avaient terminé. C'était sur le chemin du *rio* Farin que les choses s'étaient gâtées. Birane avait perdu la tête pendant qu'ils traversaient le Sine-Saloum. Il s'était délesté de ses habits et avait pris la manie de donner des coups de poignard à tous les bœufs qu'ils croisaient en chemin. Demba avait appliqué sur lui quelques vieilles recettes magiques ramenées de son lointain pays mandingue et son état s'était amélioré. Seulement, au bord du fleuve Gambie, les démons, subitement, s'étaient réveillés en lui.

– Je fouillais la lande à la recherche d'amadou pour nous faire du feu. Il en a profité pour plonger dans les eaux, au milieu des caïmans et des hippopotames… « Je vois Koumène qui m'attend au fond ! », ce sont les derniers mots que je lui ai entendu dire.

– Et puis, toi ? demanda froidement Rella.

– J'ai pris son cheval, ses armes, son or et son cuivre et j'ai commencé à courir pour que la nouvelle soit fraîche. Mais il était écrit que le malheur était lié à nos pieds : sur le chemin du retour, au Sine-Saloum, on me dépouilla de tout et mit en captivité. Puis on me jeta dehors quand on se rendit compte de mon état. Il y a un mois que je traîne et maintenant je suis arrivé.

Il ne dit rien de plus, il monta sur son âne et gagna de lui-même les cavernes du *diéri* où l'on exilait les lépreux.

*

Rella ressentit un grand vertige lors de la veillée funèbre. Le mal acerbe et révoltant qui la maintenait rigide et lointaine, les yeux fixes et la lèvre inférieure tremblante pendant qu'elle recevait les condoléances, n'était pas dû à l'énorme affluence, ni à la foudroyante nouvelle qui lui était tombée sur la tête. Il venait de plus loin, de cette part obscure et oubliée de son être d'où, putrides et désordonnés, les souvenirs remontaient tout seuls, avec leur odeur de gaz âcre et leur goût de bile. Son regard promenait une lueur morne, sans émotion – comme si tout le feu qui la brûlait restait emprisonné à l'intérieur, avec sa flamme, sa fumée, ses étincelles –, sur les alentours. Elle voyait le *lougan*, le puits, le kolatier, le tata et sa concrétion de poussière et disséminés dans la foule comme des cauris sur une peau de cuir, Dôya, Diabâli ainsi que les nombreux petits-enfants que son fils aîné lui avait légués en si peu de temps (et qui, après coup, lui semblaient venus d'une seule traite comme chutent les papayes sous un vent d'averse). À présent, tout cela apparaissait non plus familier et troublant mais épuisant, répétitif, suranné, tout : les gens, les objets, les propos. Même la présence inespérée de Taï, venue avec son nouveau mari, n'arrivait pas à adoucir cette impression. La scène avait été suffisamment jouée pour retenir son attention. Et c'était comme si, à la longue, le niveau de la représentation avait baissé et que les personnages avaient perdu de leur mordant et les décors de leur somptuosité. Elle savait maintenant que les événements allaient se poursuivre de la même manière, irrémédiablement, comme au temps de Inâni.

La coutume voulait que l'on aménageât une simili-tombe pour un Peul mort loin des siens ou disparu dans les eaux. On égorgea donc un beau taureau noir, on l'ensevelit dans un coin du *lougan* et on dressa là-dessus un magnifique tertre de pierres. C'était là dorénavant qu'elle viendrait s'agenouiller puis divaguer et pleurer, comme si le corps de Birane s'y trouvait ; sans aucun doute, le geste le plus important qui lui restait encore à faire avant de s'éclipser à son tour.

Le jour venu, elle fit ses adieux à Dôya et à Taï, sans sangloter et sans leur demander s'ils comptaient revenir. Elle songea à marier Diabâli le Petit mais y renonça au dernier moment, de peur de déranger quelque chose dans le bon ordre du destin. « Déjà que Dôya avait dû prendre femme en l'absence de son père ! Déjà que son dernier fils a vu le jour exactement sept jours avant que Demba ne vienne annoncer la terrible nouvelle… Attendons de voir l'énigme qui en sortira ! » pensa-t-elle en refermant le portail de lianes et pendant que s'ébranlait pour Dagana la caravane de son fils aîné.

*

Mais quelque chose inquiétait Rella dans le comportement de son cadet, et c'était peut-être pour cela qu'elle appréhendait de le bousculer. Il y avait maintenant des lustres qu'il avait été circoncis et emmené dans les grottes pour s'initier à la signification du lait et aux mystères de Guéno. Elle l'avait vu peu à peu se modérer et se renfermer. Il s'était subtilement éloigné des jeunes de sa classe d'âge, détourné des hangars de boisson, du jeu de *soro*, des courses à cheval et des femmes. Il passait ses journées à s'occuper des bœufs, à s'activer dans le *lougan* ou à broder des chaussures et des bonnets sous le grand kolatier tout en fredonnant de vieilles chansons de berger. Broder, il avait toujours aimé cela. De tous, c'était celui qui avait le mieux intégré cet art difficile et noble que Birane s'était entêté à inculquer à ses enfants. « C'est une âme minutieuse et lente que j'ai eue là, s'alarma Rella. Pourtant, il y a de la force en lui, mais ce n'est pas celle de la guerre ou du commandement. Oh, mon Dieu, faites que… »

C'était vrai : il préférait les gestes simples et utiles aux démonstrations viriles, et Rella ne savait trop s'il fallait s'en consoler ou s'en inquiéter. Par exemple, il prenait beaucoup de plaisir à allumer du feu, à puiser de l'eau et arroser les plantes. En particulier, son attirance pour le jardinage avait été accentuée depuis ce jour où, à l'improviste, Dôya, sur la route du Ferlo où il partait s'approvisionner en cire et en peaux, avait fait au tata une halte de deux jours. Outre ses habituels cadeaux, ambre et perles, l'aîné, ce jour-là, avait sorti un sac contenant de drôles de graines, des boutures et des pépins : « Plantez-moi ça, s'était-il exclamé triomphalement, et vous ne mourrez plus de faim ! Ce sont les Portugais qui m'ont offert ces merveilles. Elles proviennent de tous les pays où ils ont accosté dans leurs longues pérégrinations à travers le monde… Regardez, ceci, c'est de la tomate, cela, du manioc ! Et voici le maïs, la mangue, le pois savon et le haricot d'Espagne ! Ces délices poussent comme des champignons sur notre bonne terre du Fouta. Venez un jour à Dagana, admirer mon jardin ! »

Diâbali en planta dans une bonne moitié du *lougan* et aménagea quelques arpents de potager sur les décrues prévues pour la culture du mil. Il allait s'y isoler, armé d'une *daba* et d'un arrosoir et prit une immense fierté à distribuer les germes de ces toutes nouvelles plantes à deux jours de marche à la ronde.

La nuit, il s'attardait longuement près de l'âtre, à marmonner des chants mystiques où il célébrait Guéno, ses vingt-deux *larédi*[1], les vingt-huit lunaisons et les dix-neuf clairières que le Peul devait traverser pour accéder à la sagesse et connaître enfin le véritable nom

---

1. Les demi-dieux du panthéon peul.

de la vache. Et puis, un beau soir, il se lava avec une décoction de feuilles de *guélôki* et s'offrit une fumigation de cheveux. Ensuite, il égorgea une chèvre et prit son *sassa* et sa lance.

– Où vas-tu, Diabâli Birane ?

– Je vais rencontrer Koumène.

– Si tu dis ça pour me faire pleurer, tu perds ton temps, il ne me reste plus de larmes.

– Je sais le coin de brousse où on peut rencontrer le dieu.

– N'essaie pas de jouer au fou, tu sais où cela mène !

Il s'enfonça dans la nuit, traversa la plaine, dévala des coteaux et encore des coteaux. Il traversa des buissons, des marais, des forêts de fromagers, des rangées de cailcedrats et de nérés et parvint au milieu de la nuit dans une clairière que seuls pouvaient atteindre le chant des grillons et la lumière des astres.

Un myste lui avait appris dans les grottes où et comment circonvenir les esprits. Il dressa à la hâte une hutte de fortune, s'installa à l'intérieur, prit un morceau de viande, passa sa main à travers le toit de paille et attendit.

Le lendemain, il dormit tard et se réveilla fourbu de migraines et de maux de jambes.

– Toi, au moins, tu auras vu Koumène vivant ! plaisanta sa mère.

– Je n'ai pas vu Koumène, je n'ai même pas vu le bossu, répondit-il sèchement. Mais tu me connais, tu sais que je recommencerai.

Six mois durant, il consacra ses jeudis nuit aux clairières et aux sources, aux marais et aux grottes. Ensuite, il s'en lassa et reprit la broderie et le jardinage, au grand soulagement de Rella qui avait fini par chasser de sa tête toute idée de pénitence, même le fameux pèlerinage dans le *rio* Farin.

– Si les dieux s'intéressent encore à nous, eh bien, qu'ils viennent nous trouver ici ! conclut-elle, péremptoirement.

Son fils l'inquiétait par moments par son mysticisme, ses extravagances et son extrême solitude. Mais elle se refusait à le rabrouer ou à le corriger. Elle était curieuse de voir comment se réaliseraient les prédictions du devin. On lui avait dit que son fils sortirait de l'ordinaire, alors elle l'avait regardé grandir en s'attendant au meilleur comme au pire. Aussi se contenta-t-elle de baisser les bras le jour où il se coupa les tresses et se rasa la tête.

– Tu crois que le dieu, il t'acceptera mieux ainsi ?

– Je ne veux plus de Koumène. J'ai trouvé la vraie voie. J'ai décidé de me faire musulman.

*

C'est que, entre-temps, déçu par ses six mois de retraite en brousse, il s'était mis à lorgner du côté de la mosquée, comme Birom l'avait fait quelques générations auparavant. Il était passé et repassé devant le portail et, maintes fois, s'était aventuré jusqu'à la haie vive de fougères entourant l'école coranique pour entendre les gamins psalmodier leurs versets et voir l'imam, nouvellement venu de Mauritanie, stimuler leur foi à l'aide d'un long fouet de *boïlé*. Chaque fois, il avait craché de dégoût et repris le chemin de la maison, le cœur rempli de honte. Et, un soir, l'imam qui, depuis le début, observait son manège l'avait suivi jusqu'aux silos à grain.

– Pourquoi tourner sans cesse autour de la maison de Allah ? lui reprocha-t-il. Entres-y une bonne fois pour toutes, puisque la miséricorde t'y attend.

– Je trouve ça tellement étrange ta religion, que je me suis approché pour voir. C'est ce qu'on fait au marché quand il y a des montreurs de singes.

– Sois sincère, mon Peul ! Tu n'es pas venu là pour te distraire mais bien parce que quelque chose t'attire. Oui, l'esprit de Dieu plane sur toi mais tu ne le sais pas encore.

– Ne compte pas me suborner ainsi ! Jamais, je ne me convertirai à une religion de mendiants. Je suis un Peul, moi !

– Je sais ! Allah te cherche depuis le berceau, ne le repousse pas !

– Écarte-toi de mon chemin, imam, n'ayant pas les mêmes âmes, forcément, nous n'avons pas le même dieu !

– Hé, attends !… Bon, à un de ces jours, et n'oublie pas que le meilleur jour pour un novice, c'est le vendredi… À la prière du *dor*, de préférence !

Il attendit trois semaines et passa la porte de la mosquée. Quatre mois après, il aborda sa mère qui bêchait dans le *lougan*.

– Mère, j'ai quelque chose à te dire.

– Que tu as rencontré le Prophète ?

– Non, que je dois prendre femme.

– Sur quelle malheureuse créature as-tu jeté ton dévolu ?

– Sur Hêri, la fille de mon oncle Diabâli ! C'est celle-là qui doit devenir ma femme.

*

À la mort de Yéro Diam, ce fut son fils, Gata Yéro, qui lui succéda, inaugurant ainsi l'arrivée au pouvoir des petits-fils de Koli Tenguéla. Ce fut vers la moitié de son règne que Diabâli épousa Hêri. À la même époque, Mamoudou, le *mansa* du Mali, leva une armée de Peuls du Mâcina pour tenter de libérer la ville de Djenné, toujours occupée par les Songhaïs. Il échoua de peu devant les renforts de Marocains armés de mousquets accourus de Tombouctou. Yéro Diam sut en tirer profit pour étendre ses frontières vers l'est. Ce fut sous sa clairvoyance et son incomparable ténacité que le Fouta amorça son apogée. À sa mort, Diabâli, sous l'œil perspicace de l'imam, avait, comme on dit, descendu le Coran, c'est-à-dire appris à lire, à écrire et à réciter de tête tous les versets du saint livre. Il s'était de même mis en accord avec les règles matrimoniales de Allah en épousant trois autres femmes : une Maure, une Ouolof et une Peule du Gâbou.

Elles lui donnèrent en tout douze enfants : sept garçons et cinq filles, comme au commencement du monde. « La vie recommence, exulta-t-il, j'ai eu droit à la même progéniture que mon ancêtre Dôya Malal ! » Pour être sûr que ni le malentendu, ni la jalousie, ni la haine ne viendraient briser ce rameau renaissant du clan, il les affubla tous du même prénom et veilla à ce qu'aucun ne sache le nom de sa véritable mère, « comme ça, vous serez unis comme les dents d'une même bouche », précisa-t-il. L'aîné Mamadou Dian, bien que né de Hêri, avait tendance à se prendre pour le fils de la Oulof Mame Coumba. La cadette Mamadou Mariama, la fille utérine de cette dernière, avait été allaitée par Souhaïre, la Maure, et éduquée par Déwo, la Peule venue du Gâbou. À Mamadou Bhôyi, le huitième de la lignée, qui lui demanda un jour s'il était de Déwo ou de Hêri, Diabâli, excédé, expliqua une fois pour toutes l'idée qu'il se faisait de la famille : « Vous êtes tous de moi, c'est ce qui compte. Votre degré de consanguinité dépend de votre ordre d'arrivée sur terre : ceux qui sont nés la même année, ce sont ceux-là qui doivent se sentir les plus proches. Vous êtes tous des descendants de Dôya Malal, vous êtes tous des Yalalbé et vous avez tous le même nom ! Alors, le Prophète auquel je vous ai consacrés veillera sur vous comme le Peul veille sur chaque taureau du troupeau. Vous verrez que, en chacun d'entre vous, c'est toute la lignée de Dôya Malal qui a ressuscité. Allah le veut ainsi ! »

1600-1640

Gata Yéro régna quatorze ans et laissa la place à son frère, Samba Sawa Lâmou. Samba Sawa Lâmou représenta la perle la plus lumineuse du long chapelet des Tenguéla. Ce fut le plus puissant de la dynastie, celui qui régna à l'apogée de l'empire. Trente-sept ans durant, plus de dix-neuf provinces et royaumes durent se prosterner sous ses lanières, chargés de leurs couronnes et trésors, de leurs tribus et armées. Tous les peuples entre les monts Assaba et les rivières du Sud lui devaient respect et obéissance. Tout – les fluides et les métaux, les êtres et les terres – de la Grande Eau Salée jusque dans les abords de Tombouctou entrait dans le recensement de ses biens. Le Fouta-Tôro, le Djôlof, le Walo, le Galam, le Diâkra, le Tazan, le Trarza, le Brakhna, le Sine, le Saloum, le Fouta-Djalon, le Khasso, le Bhoundou, le Badiar, le Solimana, le Bâgadou, le Daga, le Goundiour, le Wagadou, le Diakalel, etc., composaient ses trésors au même titre que ses greniers et ses écuries, ses silos de sel et ses verreries. « Mourir s'il le faut mais ne jamais s'exposer à la honte, disait-il. La mort vous soustrait à la risée des autres, la honte vous y laisse pourrir. » On raconte que ce fut lui qui imposa aux Peuls cette coutume encore en usage aujourd'hui chez certains de vos stupides bergers de remplir leurs caleçons de cailloux avant de se rendre à la guerre, ceci, afin de s'éviter l'humiliation de fuir devant l'ennemi.

Ce fut de loin le Dényanko le plus prestigieux. Son trône fut le plus haut, le plus stable, le plus florissant. Il n'eut à livrer aucune guerre, à n'engager aucune nouvelle conquête, à ne repousser aucun ennemi. « Avec les Tenguéla, ça a toujours été le fouet d'abord, le miel après. Avec lui, il n'y a eu que le miel », chantaient les griots au son de leurs luths. Il encouragea la culture de l'arachide et du manioc, de la tomate et du maïs ainsi que l'élevage des chevaux. En son temps, on transhumait en paix et mangeait à sa faim ; le mil débordait des silos et l'or brillait même au cou des servantes. Il favorisa le commerce des métaux et des esclaves avec les Portugais et les sultans du Maroc. Les Tenguéla, ces pillards de Guémé-Sangan, étaient devenus de vénérables seigneurs craints et écoutés de tous. Leurs sujets étaient à présent définitivement soumis, leurs armées aguerries, leurs provinces tenues. C'étaient maintenant des légendes, des idoles que l'on devait vénérer et chanter. Les liens entre les deux lignées cousines et rivales des Yalalbé s'étaient distendus au cours de l'ascension des premiers jusqu'à effacer la mémoire du sang et le souvenir de la parenté. « Guéno a jeté la chance d'un seul côté dans le clan des Yalalbé : à ceux de Diâdié Sadiga, la richesse et la gloire ; à ceux de Dôya Malal, la déchirure et le tourment ! » se mit à seriner Rella quand le serpent de la vieillesse commença à empoisonner son corps. Mais ce n'était pas uniquement le poids de l'âge qui lui faisait dire cela. La vie l'avait rendue amère, amère mais ironique. Elle avait appris à promener sur le monde un regard sceptique et désabusé avec tout de même une petite pointe d'humour volontaire et de résignation joyeuse. Un monde de plus en plus bruyant, désordonné, qui se limitait dorénavant à la comédie dérisoire et colorée se jouant à l'extérieur de la clôture de lianes. Maintenait qu'elle n'avait plus grand-chose à faire, cueillir les légumes ou carder le coton, elle s'étendait sur la terrasse ou sous le nouveau kolatier, pour voir défiler les soldats et les princes en se disant que c'était mieux que les choses se soient passées ainsi. « Ce sont eux qui ont le droit d'être puissants et heureux, ce sont eux qui le méritent, ce sont eux qui sont faits pour ça ! » soupirait-elle pour prévenir tout sentiment de regret ou de jalousie. Elle allait jusqu'à éprouver pour eux un sentiment de sympathie et d'admiration. Elle trouvait les soldats de mieux en mieux choisis et les princes plus beaux et richement vêtus les uns que les autres. Cela ne la gênait pas d'entendre tous les abus et toutes les exactions qu'ils commettaient ici et là. « Pense, ma douce maîtresse, qu'ils font trembler les campements et les cités avec leurs fusils et leurs chevaux ! » lui rappelait Sira, la servante que Diabâli avait fini par lui acheter pour prendre soin d'elle. « Normal, répondait-elle sagement, c'est à eux de s'imposer, ce sont eux les rois ! » – se disant au fond d'elle-même : « C'est ce qu'auraient fait mes enfants s'ils avaient été à leur place ! » Cela l'amusait que Sira lui rapporte les ragots du royaume. Et cela ne la surprenait ni ne la révoltait d'entendre que tel prince Dényanko avait accusé un *ardo* de conjuration ou de sorcellerie pour pouvoir lui arracher son troupeau ou qu'il avait fait châtier un dignitaire pour lui ôter sa belle épouse. Quant à la déplorable habitude qu'avaient les soldats de se surcharger de brides pour capturer tous les chevaux qu'ils rencontraient, elle en était tellement coutumière depuis le grand Koli Tenguéla que s'en écœurer n'aurait pas eu plus de sens que crier après la pluie qui tombe. De sorte qu'elle encaissa le coup comme si elle s'y était préparée depuis belle lurette quand ce fut son tour de subir l'arrogance des soldats et des prévôts.

Jusque-là, le tata passait pour un sanctuaire. Il n'avait pas la splendeur du palais du *lam-tôro* mais il en imposait tout autant. Personne n'avait osé y mettre le pied sans y avoir été invité et ce, des années après que le tertre de Garga eut disparu sous les ronces. La première fois que cela arriva, Rella pensa que ce n'était qu'un incident fortuit commis par une bande d'écervelés et qui resterait sans conséquence sur l'avenir. Elle ne comprit que deux décrues plus tard. La première fois donc, des soldats longeaient la clôture comme ils en avaient l'habitude avec leurs ânes, leurs chevaux, leurs tuniques, leurs tresses et leurs bracelets d'argent, en lançant des invectives, en chantant des hymnes de guerre. Puis, à la vue des papayers du *lougan*, l'un d'eux s'écria : « Tiens, des papayes ! » Aussitôt dix d'entre eux sautèrent en vol plané par-dessus la clôture de lianes et remplirent leurs *sassa* de papayes. Ils continuèrent à chanter sans faire attention à Sira qui leur jetait des mottes de terre et hurlait après eux : « Allez-vous-en, sauvages ! Vous êtes chez quelqu'un ici !... Chez Garga Birane, en personne ! – Laisse, Sira ! lui ordonna Rella. Des soldats de Grand Taureau ici, quoi de plus normal ! Ils ne font rien de mal, ils cueillent juste quelques papayes !... Garga Birane aurait été ravi de les accueillir, lui qui fut soldat de Koli Tenguéla !... » Elle avait prononcé assez fort cette dernière phrase pour les impressionner mais ils n'y firent pas attention non plus. Ils repartirent comme ils étaient venus en piétinant le taro et les pépinières apportées par Dôya. « Heureusement, se dit Rella, que ni Dôya ni Diabâli ne se trouvent à la maison. Impulsifs comme je les connais, que se serait-il passé, sinon, mon Dieu ? »

La seconde fois, ce ne furent pas des soldats mais des marchands de chèvres qui, sur la route du marché, passèrent se soulager dans le *lougan* et cueillir leur lot de légumes et de fruits. Rella s'arma d'un pieu, ses yeux se mouillèrent de larmes. Elle laissa retomber le pieu et admit qu'il ne servait à rien de s'énerver ; que le destin était maintenant tout tracé, durable, désagréable et rectiligne. Elle s'en était déjà rendu compte depuis longtemps, surtout depuis que Diabâli s'était fait bâtir une concession au quartier musulman et y avait emménagé avec ses quatre épouses et ses douze enfants pour, selon ses propres dires, « s'éloigner du passé et se rapprocher de Dieu ». Seulement, elle avait repoussé cette évidence dans un coin de sa tête comme ces esprits entêtés qui refusent d'admettre qu'ils ont une poussière dans l'œil. « Et puis, finit-elle par se dire, il n'y a rien de honteux à devenir comme les autres ! » De sorte que le jour où les gens du *lam-tôro* entrèrent pour lui demander une dizaine de bœufs, elle s'acquitta sans discuter de l'impôt, comme s'il en avait été toujours ainsi dans la maison de Garga Birane. À partir de là, elle décida de subir les tracas et les humiliations qui allaient se succéder à une cadence infernale sans ciller et sans même en informer Diabâli.

Cependant elle ne put s'empêcher de piquer une colère le jour où les soldats investirent les lieux pour brider les chevaux et les ânes. Elle prit son bâton de vieillesse et claudiqua vers le quartier musulman.

– Diabâli ! hurla-t-elle devant les badauds accourus. Ils ont pris les chevaux de ton père pendant que tu te prosternes devant les idoles des Arabes ! Un Peul qui s'agenouille est-il encore un Peul ? Va dire un mot à ces Dényankôbé d'Anyam-Godo ! Rappelle-leur que l'on ne traite pas comme ça un descendant de Dôya Malal, même quand il est devenu un déplorable *bismillâhi*. Va maintenant, sinon, je te renie !

Diabâli partit sur-le-champ, aussi bien pour obéir à l'ordre de sa mère que pour fuir la risée à laquelle celle-ci venait de l'exposer. À Anyam-Godo, personne ne le reconnut. Il dut se loger au quartier des esclaves et tourner plusieurs jours autour de la caserne où vivait le roi au milieu de ses troupes. Puis un jour, n'en pouvant plus, il tenta de forcer l'entrée.

– Que veux-tu, Peul ? lui demanda le garde.

– Je suis venu de Guédé pour voir le roi.

– Qu'as-tu de si important à dire au grand Samba Sawa Lâmou ?

– Les soldats ont pris mes chevaux. Je veux qu'on me les rende !

Un Diawando[1] passait par là. La discussion s'envenimant, il crut nécessaire de s'en mêler.

– Pourquoi tant de vacarme devant la maison de Grand Taureau ?

– Cet homme dit qu'il vient de Guédé pour reprendre ses chevaux enrôlés dans les écuries du roi. Jamais on n'avait vu ça. Je ne sais pas s'il est fou ou s'il veut nous provoquer.

– Comment t'appelles-tu, Peul ?

– Diabâli ! Diabâli Birane ! Moi aussi j'appartiens à la famille royale, on n'a pas le droit de me prendre mes chevaux comme à un vulgaire Wourankôbé[2] !

– Puisque tu es de la famille royale, tu dois connaître ton ascendance !

– Je suis le petit-fils de Garga Birane, lui-même petit-fils du grand Dôya Malal.

– Donne-moi de l'or, Peul, et j'arrange ton cas sur-le-champ ! dit le Diawando.

– Ôte-toi de mon chemin, misérable ! rugit Diabâli. Mon or, je le consacre aux plus pauvres qui sont les

1. Le clan des Diawambé, ou les « hommes rapides d'esprit », étaient les conseillers des rois peuls. Connus pour leur roublardise et leur esprit retors, tout le monde se méfiait d'eux.
2. Ou « hommes du campement », les membres de ce clan étaient un peu considérés comme les ploucs du Fouta-Tôro.

vrais protégés de Allah et non à des intrigants de ton espèce !

– Eh bien, ton proche avenir est sombre, Peul ! Je vais te faire avaler des épines et des braises, je vais te montrer ce que c'est qu'un Diawando !... Arrête cet homme, garde ! C'est le fils de Dôya Malal, ce voleur de bétail qui, la semaine dernière, a tué un berger à Walé-Dionto pour lui ôter son troupeau.

Diabâli fut arrêté, bastonné, enchaîné pendant un mois autour d'un tronc de cailcedrat avant que l'on ne réalisât la méprise. Quand il sortit de là, il n'avait plus ni turban, ni arme, ni monture. Ce fut en véritable hère qu'il parvint à rejoindre Guédé, en suivant les musiciens ambulants et les marchands de kola.

Rella ne versa aucune larme quand elle vit ses guenilles et sa gale. « Je le savais : le roi n'est pas un parent ! » se contenta-t-elle de regretter.

Ce furent les derniers mots qu'elle prononça avant de sombrer dans l'apathie.

*

De ce jour, Rella ne parla plus, ne mangea plus, ne sortit plus de l'enceinte du tata. Elle restait sur la terrasse ou sous le nouveau kolatier, les yeux fixés sur le puits comme si elle s'attendait à ce que quelque divinité en sorte pour que reprenne le cours normal des choses. Elle demeurait là jusqu'à ce qu'on la porte sur son lit de terre, sans frémir et sans battre des cils, insensible aux étreintes comme aux éclats du tonnerre. Diabâli abandonna son domicile pour s'occuper d'elle, aidé à tour de rôle par l'une de ses quatre épouses, bien qu'il n'y eût pas grand-chose à faire puisqu'elle refusait qu'on la coiffe ou qu'on la lave et que sa bouche restait obstinément close quand Sira lui tendait une louchée de lait ou de bouillie. Cela dura tout le mois précédant le *lôtôri*. Et c'était comme si Guéno la nourrissait en secret puisqu'elle ne maigrit ni ne tomba dans le coma. Le miracle se produisit par une belle journée d'harmattan inondée de lumière, remplie de tourbillons de fleurs séchées et de flocons de coton. Soudain, elle redressa le buste, leva le bras gauche, désigna le puits et ouvrit la bouche comme si elle voulait hurler ou s'esclaffer. Tout le monde pensa qu'elle était enfin guérie. Puis elle retomba comme une bûche, coupant court aux propos des optimistes.

On l'enterra au cimetière des femmes, malgré ses recommandations. Diabâli pensa que même sous un tertre de pierres, elle devait être plus proche de Allah que dans le *lougan*, à côté d'un trou où gisait la carcasse d'un taureau noir. Dôya n'y vit aucun inconvénient car il redoutait, par superstition, que l'âme du taureau ne la torture et que les malheurs continuent leur ronde autour du tata. Il arriva de Dagana avec femmes et enfants. En revanche, il n'y eut personne de HôréFondé, du Gâbou ou du Fouta-Djalon. « C'est comme si cette saison était définitivement close !… » se dit Diabâli.

Il attendit quarante jours, égorgea rituellement un bœuf et fit faire une prière à la mosquée pour accompagner l'âme de sa mère. Après quoi, il brûla le tata et saccagea l'incongru tertre abritant le taureau noir. Ensuite, il distribua aux fidèles de la mosquée tout l'or que Garga avait amassé en soixante-dix ans d'une vie moulue dans les épreuves et les combats. Puis il se rendit à Donaye où le troupeau familial avait été confié à des bergers Soyinâbé. Il en offrit une partie à une colonne de pèlerins en route pour La Mecque. Il garda pour lui une vache et un taureau, puisqu'il est dit qu'aucun Peul digne de ce nom ne peut vivre sans bétail. Il partit en Mauritanie où il offrit le reste du bétail à un marabout suffisamment réputé pour purifier sa foi et approfondir ses connaissances.

*

Quinze ans plus tard, une caravelle de quatre-vingt-dix bottes accosta dans le port de Thiéhel. Outre la gnôle, l'étain et le cuivre, les tissus de serge et de soie, elle contenait un équipage de douze hommes dont sept Portugais et cinq Noirs revêtus de hauts-de-forme et de redingotes. Ils débarquèrent leur camelote en conversant bruyamment en portugais puis louèrent des montures pour s'éloigner vers Guédé. On les vit apparaître sous les kapokiers, longer la mosquée, le *bantan* et le grand tamarinier sans demander leur chemin. Des badauds goguenards et des gamins en guenilles les suivirent jusque devant le tata. Ils furent stupéfaits de les voir s'arrêter brusquement devant la motte de terre où se tenait jadis le portail de lianes et d'entendre un des Noirs en redingote les apostropher dans une langue peule aussi claire et distincte que la leur :

– Y a-t-il eu dernièrement un incendie à Guédé ?

– Mais, des incendies, il y en a toujours eu à Guédé, lui répondit quelqu'un d'un air condescendant.

– Il date de quand, le dernier ?

– De la semaine passée, mais c'était au quartier des savetiers.

Il écarquilla ses petits yeux, les promena sur les alentours comme s'il sortait d'un long sommeil, en tentant de calmer son âne. Cela dura le temps d'un bâillement puis il grommela :

– Ce n'est peut-être pas là.

Gagnée par l'embarras, la petite escorte tournoya sur ses montures, échangea quelques mots en portugais.

– Ce n'était pas ici, le tata de Garga Birane ? demanda celui qui parlait le peul en ôtant son chapeau

199

pour s'éponger le front, découvrant une chevelure gri-sâtre rognée par la calvitie.

– C'était ! répondit simplement un albinos comme s'il y trouvait du plaisir. C'est au caravansérail qu'ils descendent maintenant, les Portugais… Raconte-lui, toi, continua-t-il en se tournant vers un gamin tondu aux narines bouchées par la roupie.

– Le mieux serait qu'il aille voir l'imam ! répondit le gamin. S'il veut que moi, Siddo, je le conduise, je n'y vois aucun mal.

– Tu es bien gentil, petit, je t'offrirai un berlingot.

On reprit le chemin inverse, par les sentiers sablon-neux souillés de bouse de vache et de melons pourris qui serpentaient entre les concessions en paille et les maisonnettes en torchis pour se diriger vers les fouilles où se tenait le quartier musulman. On s'arrêta devant une concession de cinq cases cernée de fougères avec une cour circulaire où, affalé sur une peau de chèvre, un homme brodait un boubou.

– Cet homme voudrait te parler, imam ! cria quelqu'un.

L'homme se redressa sur un coude et aperçut l'équi-page entouré d'une foule hétéroclite de curieux.

– Si c'est pour se loger qu'ils aillent chez le muezzin ou dans les dépendances du *lam-tôro* ! répondit-il mol-lement. Le caravansérail est entièrement pris : deux *zawia*[1] venues de Mauritanie et sur la route du Fouta-Djalon et du Gâbou l'occupent en ce moment.

– Ce n'est pas ça, imam ! Ces Portugais-là sont bizarres, il y a parmi eux quelqu'un qui parle le peul sans hésiter et sans cet accent plaintif et zézayant qui est le propre des Blancs.

– Excuse-nous, imam ! fit le Noir en redingote. Nous cherchions le tata de Garga et on nous a conduits ici.

L'imam posa son ouvrage et leva les bras aux cieux.

1. Confrérie maraboutique.

– Que la terre entière te loue, mon Dieu : ce que tu m'as montré en rêve, il y a dix ans, le voici enfin devant moi !...

Puis il interrompit son étrange soliloque et se tourna vers les visiteurs, les bras si largement écartés que l'on eût dit qu'il allait tous les embrasser.

– Entre, mon père Diabâli ! chanta-t-il comme s'il déclamait un psaume. Je savais que tu reviendrais mais pas sous un tel accoutrement !

*

La première semaine, on se contenta de s'effusionner et de pleurer. La deuxième, on réussit à surmonter sa douleur pour aborder l'indicible.

– Un coup, les inondations, un autre, la sécheresse et les Dényankôbé qui n'en ont jamais assez dans leur escarcelle surtout pour nous, gens de la mosquée ! Heureusement, je suis heureux en ménage : quatre épouses selon les règles de l'islam et douze enfants, sept garçons et cinq filles, comme cela s'est passé au début du monde, selon la genèse des Peuls. On dirait que, dans cette maison, les deux dieux ont fini par se mettre d'accord. Et as-tu remarqué, mon oncle, c'est ta fille Hêri qui est devenue ma première femme. Elle était haute comme un chat sur ses fesses quand ils t'ont enlevé... *Sallallâhou alaï ma Sallama !* Peut-être que l'enfer commence bien ici sur terre !...

– Retiens-toi, Diabâli, mon fils ! Le bonheur que je vis en ce moment efface toutes les malédictions du passé. Sache cependant que des dizaines de joies qui se bousculent pour entrer dans mon cœur, celle d'apprendre que mon frère Birane t'a donné mon nom est la plus forte. J'ai laissé une fille, j'ai retrouvé une belle-fille, n'est-ce pas mieux ainsi ?

À la troisième semaine, Diabâli le Petit égorgea des bœufs et des moutons et convia ses congénères musulmans à une grande fête pour leur présenter son oncle, « le seul père qui me reste ».

À la quatrième, à mots couverts, à coups de soupirs, ils arrivèrent à aborder le passé. Diabâli le Grand évoqua rapidement son séjour à Arguin, le *Santa-Anna*, les ports de Safi et de Massa puis son arrivée au Portugal par le cap Saint-Jean. Il montra ses horribles mains et dit : « Ça, c'est la mine d'étain ! » Il montra son dos et dit : « Ça, c'est Antonio Guimãraes Magalhães ! » La voix était sereine, le sourire inattendu. Les yeux chauffés par toutes sortes d'épreuves, toutes sortes d'ignominies, toutes sortes de haines, toutes sortes de turpitudes s'étaient pour ainsi dire refroidis, étaient devenus doux et clairs, paisibles, non injectés de sang. Ils s'ouvraient sur cette tranche obscure de sa vie avec le même détachement que ceux d'un enfant sur un visage inconnu. Antonio Guimãraes Magalhães était l'un des plus riches propriétaires terriens de la province de l'Algarve. Son domaine valait le double du territoire de Guédé et tout ce qui pouvait s'y trouver lui appartenait : le sol, le sous-sol, les rivières, les plantes, les cerfs et les dindons, les vipères et les hommes. Comme tous les mois, il était venu faire ses provisions au marché des esclaves de Faro et il était tombé sur Diabâli. Tout de suite, il l'avait conduit chez le prêtre qui lui avait coupé les tresses et donné un nouveau nom : Amilcar. Amilcar Guimãraes Magalhães ! Il pensait ne jamais pouvoir s'habituer à un nom aussi insensé. Mais après toutes ces années dans les mines et les champs, tous ces moments passés à se frotter aux dieux et aux gens du Portugal, ce sobriquet avait fini par intégrer son corps au même titre que les cicatrices en forme de nodules et d'étoiles qui imprimaient sa chair. Diabâli le Petit priait pendant que son oncle racontait cela. Il dit qu'il ne savait toujours pas combien de temps tout cela avait pris : son baptême, la fracture de son bassin dans un éboulement, sa tuberculose, son mariage avec une servante portugaise, son accès de mysticisme, la naissance de ses huit enfants. « Trente, quarante ans ? Dans ces cas-là, on ne prend pas la peine de compter le temps : on végète, c'est tout. » Il raconta que ce n'était pas la première fois qu'il venait mais que c'était seulement maintenant qu'il avait osé. Depuis qu'on l'avait affranchi, les bateaux le louaient pour servir d'interprète sur les côtes africaines puisque, outre le peul, il se débrouillait bien en sanadja, en hassania, en sarakolé et en sérère. Oui, oui, il aurait pu revenir et, comme tout le monde, vendre de la cire ou élever des bœufs. Mais son statut d'ancien esclave lui collait à la peau comme le nez au milieu de la figure : aucun Peul digne de ce nom ne l'aurait pris au sérieux et puis, à vrai dire, il ne se sentait plus capable de vivre dans une contrée où ne se dresse aucun clocher d'église : « La croyance, c'est comme la kola, quand on y a goûté, on ne peut plus s'en passer. » Au fond, il n'avait jamais eu d'autre choix que d'accepter son sort. Trois fois, il avait tenté de s'évader, trois fois, on lui avait prouvé que c'était vain : un Noir sur les routes était forcément un évadé. Mille fois, l'envie d'étriper les Blancs et d'émasculer les Arabes – « ces deux races de chiens, ces deux peuplades de sanguinaires ! » – lui était venue, mille fois, elle était retombée comme un épouvantail lâché par le vent. Non, jamais l'idée de se suicider ne lui était venue en tête. Malgré tout, il s'était obstiné à vivre, sans trop savoir pourquoi.

– Là-bas aussi, il y avait de l'air, conclut-il comme s'il devait s'en excuser… Je vois, mon jeune homonyme, que de ton côté non plus, la chance n'a pas soufflé fort.

– C'est comme si quelque chose nous poursuivait, oncle ! Quelque chose de coriace et de maléfique comme ces fleurs des bois dont on ne peut se détacher de l'odeur, une fois qu'on les a touchées.

– Ne me dis pas comme mon oncle Garga : « Ce, depuis Dôya Malal ! »

Il se tut après avoir dit cela et son regard errait derrière les cases, du côté des orangers et des manguiers qui se dressaient au-dessus des légumes du *lougan*. Il n'avait pas besoin d'en savoir plus sur les bouleversements mystiques de son neveu. Il connaissait parfaitement l'histoire de son propre grand-père pour deviner l'éloignement progressif de son neveu des mares et des grottes et son attrait incompréhensible pour le sanctuaire des *bismillâhi*, son apprentissage du Coran ; le rituel pèlerinage en Mauritanie ; le perfectionnement auprès des marabouts d'Atar, de Tichit et de Boutlimit et son retour à Guédé – retour qu'il avait lui-même accompli avec le bonheur que l'on sait – et son installation comme imam, maître d'école coranique et cadi des croyants.

– Ah, soupira-t-il, nous sommes une famille dans laquelle tout finit par se répéter, un jour ou l'autre.

Et Diabâli le Petit crut entendre sa mère, Rella. Il en ressentit un peu de vertige, secoua la tête et répondit :

– Allah fasse que, dorénavant, seuls les bienfaits reviennent !

– Le Christ y pourvoira sûrement… Le tata ?

– Ce n'est pas la foudre, c'est moi ! La mort de ma mère devait être la mort de tout et le début d'une nouvelle vie… Parle-moi de mes frères !

– Ils portent une croix au cou et ne comprennent rien aux bœufs. Mais ils savent dire père et mère et même prononcer le mot « lait » en peul. C'est tout ce que j'ai réussi à faire.

Une saison s'était terminée. On avait récolté et engrangé le mil, déterré le manioc et le taro. La période chaude s'annonçait. Les eaux du fleuve baisseraient, l'herbe de la plaine jaunirait. On allait de nouveau voir déambuler les cohortes de chasseurs, de colporteurs, de récolteurs de karité et de mil, et de bergers descendus du Ferlo et du *diéri* pour trois longs mois de transhumance. Le moment du départ approchait. La caravelle partie vers Bakel devait maintenant revenir si elle voulait regagner la mer avant que les courants ne faiblissent. Elle devait rapporter cent *dobras* d'or et huit quintaux d'indigo ainsi que trois esclaves mâles pour Diabâli le Grand contre son quota de verroterie et le récupérer au passage à Guédé, c'est ce qui avait été convenu. Trois mois, c'est largement suffisant pour surmonter les deuils les plus inimaginables.

Le jour du départ, ils ne crurent pas nécessaire de verser du lait et de se serrer les mains gauches, dans l'espoir de se revoir un jour. Voilà tout ce que dit l'oncle en montant sur le bateau :

– Si tu entends que je suis mort, ne verse pas une larme. Tente seulement de ne pas m'oublier !

Au milieu de la nuit, Diabâli fut réveillé par une bande d'ivrognes qui essayait de forcer son portail de lianes. Parmi eux, il reconnut son frère Dôya coiffé d'un chapeau de berger et bien plus éméché que les autres.

– Je suis simplement de passage, jeune frère, zézayat-il. Demain, je prends la pirogue pour Dagana. Ce qui fait que tu dois m'héberger cette nuit ainsi que les charmants compagnons que voici.

– Hors de chez moi, idolâtre ! hurla Diabâli en se saisissant d'un bâton.

– Tu violes les règles du *poulâkou*, Guéno te maudira, mon frère ! Ton domicile est le mien, tout comme le mien t'appartient. Mais je vois que tu as oublié les civilités depuis que tu t'es fourvoyé avec ce ridicule dieu des Arabes. Très bien, je m'en vais puisque tu me chasses, fais-toi bien à l'idée que je ne remettrai plus jamais le pied chez toi... Un dernier service, tout de même, avant que la barrière ne se referme entre nous : donne-moi un peu d'argent portugais pour me permettre d'arriver à Thiéhel et d'y veiller jusqu'au matin.

Diabâli hésita un peu avant de mettre la main à la poche.

– Tiens, fit-il en lui jetant quelques pièces. Je sais que je n'aurais pas dû, mais puisque c'est le prix que je dois payer pour me débarrasser de tes blasphèmes et de tes vices...

Il s'interrompit brusquement, courut vers sa case, fouilla nerveusement dans ses malles de bois puis retrouva Dôya sur la route.

– Tiens, prends ça aussi, mécréant, moi je n'en ai plus besoin !

Dôya se baissa pour ramasser l'objet tombé à terre. Il le regarda longtemps briller dans sa main sous la lueur blanche de la pleine lune.

C'était l'hexagramme de coralline.

*

À l'avènement de Bôkar Sawa Lâmou, le fils de son père, l'islam n'était plus une petite chose timide et discrète à l'usage de quelques bergers illuminés et de quelques colporteurs en extase. Il devenait une réalité visible et active, avec des mosquées un peu partout, des prédicateurs dans les ports et les marchés, des foules de prosélytes qui ne craignaient plus de célébrer bruyamment leurs fêtes et de brandir les chapelets et les corans. Les soldats avaient beau multiplier les sévices, augmenter les impôts et raffiner les vexations, les enclaves musulmanes commençaient à sortir de leur cocon, à grogner, à s'organiser en dépit de la résistance des traditions et de la férocité des Dényankôbé. Les révoltes se multipliaient dans les mosquées et dans les quartiers musulmans. Et la répression qui s'ensuivait était telle que de nombreux croyants émigraient vers la Gambie où les médersas devenaient presque aussi nombreuses que les bouquets de lauriers-roses.

Le *lam-tôro* étant lui-même musulman, bien que musulman timoré, à Guédé, les nombreuses frictions observées ici et là entre les *bismillâhi* et le pouvoir étaient moins fréquentes et, somme toute, assez vite contenues.

Seulement deux ans après la visite de Diabâli le Grand, les incidents se multiplièrent, plus fâcheux les uns que les autres, jusqu'à jeter la suspicion sur la communauté des mahométans et mettre en péril la vie de son imam.

Il y eut pour commencer cette malheureuse affaire survenue au marché, entre le pauvre Diabâli et un vendeur de poudre de malaguette. Diabâli avait demandé au marchand trois pots de cette précieuse denrée. S'étant aperçu que le malfrat avait expressément cabossé le fond de son instrument de mesure, Diabâli se plaignit de cette ignoble supercherie. Il s'ensuivit un bruyant échange qui ameuta quelques badauds.

– Voyez donc, fit le camelot, prenant la foule à témoin, ce que ça coûte de secourir un *bismillâhi* !… Va donc mendier chez les potiers, imam, au lieu de me faire perdre mon temps !

– Profitez-en, mécréants ! rugit Diabâli en brandissant son chapelet. Bientôt, il ne sera plus permis de voler, de mentir et de forniquer n'importe comment. La loi de Dieu approche, bientôt, ce sera le grand châtiment !

Bien entendu, les sournois et les espions eurent vite fait de rapporter l'incident au *lam-tôro*. Le soir même un détachement de la cavalerie se présenta devant le domicile de Diabâli pour lui signifier qu'il était convoqué sur-le-champ.

– Le voici donc, notre grand imam ! persifla le *lamtorô*. Qu'est-ce que j'entends ? Que tu t'apprêtes à soumettre le Fouta-Tôro au turban de l'islam et aux lois des mendiants et des prédicateurs ? Réalises-tu, si je te laissais faire, où pourrait nous mener ta folie ? Aurais-tu oublié l'hostilité que les Dényankôbé nourrissent à l'égard de notre religion ? Pourquoi crois-tu qu'ils nous ont laissé notre trône de Guédé ? Parce qu'ils nous respectent encore malgré leur victoire sur Eli-Bâna, et surtout parce que nos sangs se sont mêlés lorsque Koly Tenguéla a épousé mon aïeule Fayol Sall, la mère de l'illustre Yéro Diam.

– Est-ce à dire que je n'ai plus le droit de discuter le prix d'une poudre de malaguette ?

– Non ! Ni de flâner aux abords de la mosquée, ni de prédire sous le grand tamarinier, ni de houspiller les innocents pêcheurs de Thiéhel sous le prétexte qu'ils érigent des idoles et boivent de l'eau-de-vie. Je t'interdis de prendre la parole en public, Diabâli. À partir d'aujourd'hui !

– Mais, *lam-tôro* !

– C'est tout !

Pourtant, ce fut encore une fois au marché que les choses s'envenimèrent. Une bagarre éclata entre des élèves de l'école coranique et une bande de soldats ivres. Cela faillit tourner à la guerre civile. On déplora une dizaine de morts et plus d'une centaine de personnes tailladées au couteau.

Diabâli fut arrêté et jugé sous le grand tamarinier. On lui ôta le turban, les babouches et tout le reste, on ne lui laissa qu'un misérable cache-sexe. On l'allongea sur le sol, attaché à une planche. On le fouetta jusqu'à la mi-journée, on remplit ses plaies de piment et de poivre et on le laissa se reposer, le temps que le soleil décline. Puis on le fouetta de nouveau jusqu'à l'apparition de la lune. Son coma dura trois jours, ses escarres, trois mois et demi.

Il lui était désormais interdit de recevoir du monde chez lui, de rendre visite à quelqu'un, de prononcer un mot en public, de fréquenter un autre lieu que son domicile ou la mosquée... En outre, pour l'ensemble des musulmans de Guédé, la fête du mouton devait dorénavant se tenir en dehors de la ville ainsi que les autres cérémonies bruyantes comme le *maouloud* ou la nuit du destin.

Des jeunes gens armés de frondes assaillirent à plusieurs reprises le domicile de Diabâli, lapidèrent ses chèvres et ses poules, injurièrent ses épouses et sa descendance. L'imam se retira dans le jeûne et dans la lecture du Coran, insensible aux agressions comme aux supplications de ses épouses.

– Allons dans le Djôlof ! pleurait Mame Coumba.

– Plutôt dans le Trarza ! ripostait Souhaïre.

– La main des Dényankôbé est partout, leur expliquait Diabâli. Elle peut m'atteindre où elle veut : dans le Djôlof ou dans le Trarza. Il n'y a qu'un lieu où elle ne pourra jamais m'atteindre, c'est dans la prière et le recueillement.

– Et s'ils brûlaient ton chez-toi ?

– Et s'ils abattaient ta famille ?

– C'est que Dieu l'aura voulu. Nous ne sommes sur terre que pour ça : accomplir jusqu'au bout le destin qu'il nous a imparti.

– Au Fouta-Djalon, insista Hêri, il y a des montagnes qui protègent de tout. Il leur sera difficile de t'atteindre là-bas.

– Au Fouta-Djalon, contesta Déwo, il existe fort peu de musulmans. Les *arbé* peuls et les chefs dialonkés les malmènent comme ils veulent. Alors qu'en Gambie les musulmans affluent par milliers et bâtissent des cités tout au long du fleuve.

– Je suis l'imam de Guédé, pas de Gambie ou du Fouta-Djalon. Mon devoir est de rester ici, de propager la parole de Dieu et de veiller sur les fidèles.

– Dans la situation où ils t'ont mis, tu ne veilles plus sur personne, même plus sur les tiens.

– Elle a raison, Mame Coumba ! Rends-toi compte, tu es absolument seul.

– Je m'appuie sur Dieu ! trancha-t-il. Et quand on a Dieu avec soi, l'univers entier peut vous courir après.

Le lendemain, se produisit un terrible éboulement dans les fouilles qui causa de nombreux morts et blessés. La rumeur publique accusa le chef des orpailleurs, nouvellement converti, d'avoir saboté les fondations pour venger les musulmans. Une vieille tresseuse de nattes qui habitait une masure jouxtant la concession de Diabâli se rendit de son propre gré auprès du *lam-tôro* pour confirmer cela. « Ils se réunissent dans les grottes pour prier et comploter. Ils s'apprêtent à provoquer des émeutes », ajouta la traîtresse.

Le *lam-tôro* fit arrêter Diabâli et le conduisit lui-même à Anyam-Godo où on l'enferma trois longs mois en compagnie des voleurs de bétail, des grands criminels, des esclaves en fugue, des hommes suspectés de sorcellerie et des Portugais accusés d'avoir introduit dans le pays des balances trafiquées et du cuivre de mauvaise qualité.

Après quoi, on le frappa de nouveau en public et on lui demanda de choisir : la mort par sévices ou l'exil pour toujours. Cette fois, le fils de Birane ne broncha ni ne rechigna : il prit sa famille et ses biens et partit pour les médersas de Gambie.

On ne le revit plus jamais au Fouta-Tôro.

Quand, sous le règne de Bôkar Sawa Lâmou, Diabâli s'enfuit du Fouta-Tôro, ta grossière peuplade s'était définitivement enracinée aux pays des trois fleuves. Plus personne ne s'étonnait de voir tes bouviers en guenilles se battre au corps à corps avec les lions pour une vache déchiquetée ou enterrer leur génisse morte avec le même rituel et les mêmes cris de douleur que s'il s'était agi de leur fils aîné. Les Bambaras ne se tordaient plus de rire, les Mossis ne criaient plus de rage, les Diôlas ne se bouchaient plus les oreilles en t'entendant faire le poète pour de vulgaires bêtes à cornes. Les tribus les plus éloignées avaient fini par se familiariser avec ta silhouette famélique et tes innombrables excentricités. Tout au plus, se contentait-on, quand on n'avait rien d'autre à faire, de railler cette « race sans pareille » qui crevait de faim en s'empoisonnant avec du fonio et du lait tourné alors qu'elle avait tant de bonne viande à se mettre sous la dent. On en était arrivé à prendre pour de joyeux spectacles tes désastreuses et saisonnières transhumances. Cela distrayait du dur labeur des champs de s'arrêter un instant au bord du chemin pour t'entendre brailler : « Je suis le Peul malingre et fier ! Écartez-vous, hommes et bêtes ! Je suis le Peul aux mille troupeaux, je viens de l'Orient lumineux, je vais vers le Sud herbeux ! »

Le Sérère a raison : « À chacun sa part, c'est ainsi que le bon Dieu a créé le monde : la robe rayée au zèbre, la bêtise au Mandingue, les mœurs cinglées au Peul ! » Faar-dia ô kaïnak, *abominable petit berger !*

*

Tu n'aurais jamais dû quitter ce merveilleux pays de Héli et Yôyo. Tu y vivais, l'âme comblée et le ventre bien rassasié. Guéno t'avait gratifié d'une terre qui ignorait le séisme et la guerre, les méfaits de la disette, le poids de l'arbitraire, la folie et la mort prématurée et, dit-on, même les querelles de famille. Seulement, sacripan, tu te mis à enfreindre les règles du poulâkou. *Tu te mis à blasphémer, à négliger le bœuf, à profaner le lait filial et sacré. Tu devins lubrique et orgueilleux. Tu violas les interdits en te promenant nu, en te torchant avec des épis de céréales, en oubliant d'offrir les oboles, en forniquant n'importe où. Aussi la colère de Guéno ne tarda pas. Il te chassa de la vallée du Nil[1] avec des nuées de sauterelles et des jets de pierres et de métaux en feu.*

*

Par petits groupes, ton peuple traîna ses hordes de morveux, ses femelles narcissiques et chichiteuses et ses bœufs efflanqués vers le Tassili, le Hoggar ou l'Adrar des Iforas où l'on trouvait un peu d'herbe dans les panoramas déchiquetés. Le Sahara des hautes solitudes et des climats extrêmes acheva de façonner ton tempérament ascète et tes tendances d'illuminé. Qui,

1. C'est Inna Bassal, la déesse du Mal, qui chassa les Peuls de la vallée du Nil, selon les légendes. Plutôt les Perses, selon le professeur Aboubacry Moussa Lam.

de nouveau, te chassa de là ? Les Berbères ? Les Phéniciens ? Les Romains ? Ou tout simplement ton sens inné de la solitude et de l'errance ?

En tout cas, le hasard te mena vers l'oasis de Tichit d'abord puis vers le Hodh, puis progressivement vers l'Assaba, le Brakhna et le Tagant. Et comme toujours en toute innocence, par petites touches, par vagues successives qui deviennent vite un raz-de-marée qui déferle et envahit tout. C'est dans ces régions de la Mauritanie actuelle que tu commenças par te fixer. On y retrouve encore tes traces : les tertres de tes pierres tombales et les ruines de tes villages fortifiés à Haïré-Koro, à Haïré Tak-Tak, à Bêli-Mâro, à Tiâfal-Kossam, à Gârawol et ailleurs. C'était un pays peuplé essentiellement de Noirs plus ou moins apparentés : les Koros, les Karakos, les Bafours, les Soninkés, les Sérères, les Lébous. Mais à ton arrivée il y avait aussi des tribus berbères : les Sanadjas, les Lamtounis, les Djeddalas et les Addas. C'est dans ce creuset géographique et humain-là que va se forger ta nouvelle identité et va se déployer ta véritable histoire à travers le royaume du Tékrour d'abord et l'empire des Dényankôbé ensuite.

*

La dynastie des Tenguéla continuera de régner bien après la dispersion des descendants de Dôya Malal. Mais les signes avant-coureurs de sa décadence allaient se mettre en place dès le règne de Samba Sawa Lâmou.

En 1621, les Hollandais s'installèrent à Gorée. Ce qui mit fin au monopole qu'exerçaient les Portugais depuis leur apparition, vers 1448. La nouvelle situation, tu t'en doutes bien, compliqua sérieusement les affaires des Dényankôbé. Ils devaient dorénavant traiter non plus avec une mais deux races de Blancs, *chacune avec ses travers et ses noirs desseins, chacune avec ses propres machines de guerre et ses propres fourberies. Les Portugais, ce n'est pas qu'ils les aimaient beaucoup, mais ils avaient fini par s'en accommoder et même par oublier que, tout au début, ils avaient été les alliés de l'ennemi mandingue ; ce, depuis que Guélâdio Bambi avait nommé un premier ministre issu des leurs, alors que les Hollandais !... Et voilà qu'en 1651 les Anglais construisaient sur la Gambie le fort de Saint-James, et qu'en 1659 les Français posaient leurs pénates sur l'île de Saint-Louis du Sénégal. Le Sérère a raison, mon petit Peul : « Si un diable entre chez toi, prie et le bon Dieu viendra à ton secours. Si plusieurs diables entrent chez toi, ton unique secours, c'est d'en devenir un à ton tour. »*

*

Tant de Peaux-blêmes sur les côtes africaines et c'est toutes les mœurs de la vallée du Sénégal qui s'en trouvèrent bouleversées ! Le trafic de l'ivoire et de l'or allait s'intensifier et l'esclavage, jusqu'ici artisanal voire épisodique, prendre des proportions industrielles avec son armada et ses filières, ses courtiers et ses magnats, ses vigiles et ses financiers, ses ouvriers et ses contremaîtres. La chasse à l'homme fut telle que les insurrections se multiplièrent dans tous les pays des trois fleuves. Au même moment, des hordes arabes descendues de l'Atlas marocain tentaient d'imposer leur joug aux tribus berbères de Mauritanie. C'est de la conjonction de ces deux facteurs qu'allait naître le mouvement du *Sanadja Nasr El Dine*[1] qui prêchait

1. Ce mouvement, qui bouleversa profondément l'histoire de la vallée du Sénégal, est plus connu sous le nom de Chor-bouba, ou guerre des marabouts.

aussi bien auprès des Berbères que dans les enclaves
musulmanes du Fouta-Tôro et du Djôlof le retour à un
islam pur, pour se débarrasser d'un même coup et des
monarchies esclavagistes noires et des envahisseurs
arabes. Le comble, c'est que de part et d'autre du
fleuve Sénégal, le message fut fort bien compris. D'où
une succession de guerres saintes qui ébranlera forte-
ment la dynastie des Dényankôbé et conduira à l'ins-
tauration en 1690 de l'État théocratique peul du
Fouta-Bhoundou sous la direction du grand marabout
Malick Sy. La guerre des marabouts atteindra son
paroxysme sous le règne de Siré Sawa Lâmou, qui, en
1669, succédera à son frère Bôkar, et ne commencera
à refluer qu'à partir de 1674, à la mort de Nasr El
Dine. Mais elle aboutira à la fin de la suzeraineté
peule sur les pays ouolofs et ouvrira après Siré Sawa
Lâmou une longue crise de succession jusqu'à ce que,
avec l'émergence des royaumes théocratiques du
Fouta-Djalon, du Fouta-Tôro, du Sokoto, du Mâcina et
de l'Adamawa, les Peuls musulmans s'emparent défi-
nitivement du pouvoir.

Oh, mon Dieu, des paillards traditionnellement hos-
tiles au Coran et à l'ordre, devenus, on ne sait trop
comment, des sultans et des cheiks, des princes de la
vertu, de farouches gardiens de la morale et du droit !

Le Sérère a raison, mon petit Peul : « Histoire de
Peuls, histoire d'idiots, tu ne sais jamais comment ça
commence, tu ne sais jamais comment ça finit. »

Les seigneurs de la lance
et de l'encrier

1650-1700

L'or diffère du charbon même sous les yeux éteints
de l'aveugle, personne ne dira le contraire. C'est sûr,
mieux vaut la semoule que le sable, aussi vrai que le
trône de Guéno surpasse celui des rois. Sur terre, c'est
ainsi, Peul : les choses ont la même apparence, elles
n'ont pas la même valeur. Écoute ce que disaient les
vieux colporteurs d'antan : « Le marché de Guédé pour
la frime, celui de Diamwâli pour l'enchantement. » De
toutes ses innombrables bourgades, Diamwâli fut, de
l'avis de tous, la perle incontestable du Bhoundou. Elle
n'avait, certes, pas le prestige des cités fluviales toutes
proches de la demeure des Tenguéla. Ce n'était après
tout qu'un modeste relais caravanier (deux mille à trois
mille âmes tout au plus) aux ruelles bordées de baobabs, de bambous, de rôniers et de grands fromagers.
Mais son emplacement, à la confluence des routes du
Gâbou, du Mali, du Fouta-Djalon, du Gadiâga et de la
Mauritanie, en avait vite fait le lieu par excellence de
l'or et du cuivre, de l'étain et de la cire, des cotonnades
et de l'indigo. Les colonnes d'esclaves, les caravanes
d'ânes, de chevaux et de chameaux se bousculaient
constamment à ses portes. Imagine qu'on est à Diamwâli. Imagine que c'est sous le règne béni de Bôkar
Sawa Lâmou, le légitime successeur de son père. Imagine que c'est le milieu de la journée. Des hordes de

bergers affamés venus de l'est et du nord, attirés par sa légendaire prospérité, traversent ses sentiers et se chicanent avec ses habitants dont les *lougan* et les cours subissent les dommages des bœufs égarés. Des prédicateurs et des mendiants musardent d'une concession à une autre et, les yeux mi-clos, chantent les louanges du Prophète d'une voix frénétique et égrillarde, insensibles aux soldats qui les narguent en se soûlant de vin de raphia et d'eau-de-vie sous les hangars à boisson. Pour la deuxième fois de la journée, le muezzin appelle à la prière. Des femmes s'en revenant des champs avec leurs bottes de fonio ou de mil se font renverser par les cavaliers, les colporteurs se serrent contre les palissades de bambous pour sauver leurs ballots de kola et de néré. Des soldats agitent leurs gourdins au milieu de la cohue pour tenter de mettre un peu d'ordre.

Une clameur s'élève du marché dans le rayon des vendeurs d'épices.

– Arrêtez cet homme ! crie un cavalier revêtu d'un burnous de velours et coiffé d'un chapeau de berger.

Après avoir piétiné les sacs de piments et de poudre de malaguette, renversé les calebasses des laitières et semé la panique parmi les marchands de volaille et de cotonnade, l'homme en question réussit à s'extirper des hangars pour se faufiler entre les concessions, éventrant les palissades, saccageant les potagers de gombos et d'aubergines.

– Arrêtez cet homme ! répète le cavalier. Arrêtez-le donc !

La foule se contente de regarder l'individu s'échapper, poursuivi par les chiens. Mais la voix ferme du cavalier, manifestement habituée à se faire obéir, l'arrache à son inertie. Des voix s'élèvent des demeures, de la mosquée, des silos à grain, des écuries. L'on s'arme de pierres et de bâtons, de tessons de bouteille et de barres de fer.

– Au voleur ! Arrêtez cet homme, c'est un voleur !

Les plus jeunes jaillissent des hangars à la poursuite de l'individu. Celui-ci est loin maintenant, du côté des écuries. Sa robustesse et son incroyable agilité lui ont permis d'échapper à tout le monde, aux badauds, aux bergers, aussi bien qu'aux soldats. Il avance avec la vitesse et la force d'un buffle cerné dans une battue. Il franchit les obstacles les plus insurmontables, bouscule la foule, passe au milieu des troupeaux, insensible aux prises, aux crocs-en-jambe, aux coups de corne et aux ruades des chevaux. Seuls les chiens le talonnent. Au niveau du cimetière, ils réussissent à l'attraper par son boubou. Il chute, roule sur lui-même, parvient à se délester du boubou, découvrant son cache-sexe, ses amulettes et ses blessures, saute d'une tombe à l'autre et disparaît dans les bois, toujours poursuivi par les chiens.

– Il n'ira pas loin, dit quelqu'un. Reprenons nos occupations ! Les chiens le rattraperont ou un promeneur finira par le trouver.

On se retourne vers le cavalier du marché qui durant tout ce temps n'a même pas pris la peine de descendre de son cheval.

– Que t'a-t-il volé, mon noble, ce sinistre malfaiteur ?

– Je n'ai jamais dit que cet homme était un voleur. J'ai simplement dit de l'attraper, ce que personne dans cette ville n'a été capable de faire.

– Qui es-tu pour parler comme ça ? reprend le soldat qui, visiblement énervé, commence à dégainer son épée.

– Je suis Dian Sow, *ardo* des Férôbé, *diom-wouro* de Sabou-Siré. J'avais demandé à cet esclave d'aller dans les hangars pour m'acheter des épices et du sel et voilà qu'il s'est échappé.

– On lui met des chaînes, quand on veut garder son esclave !

– C'est un esclave de case, du genre que l'on ne doit ni attacher ni revendre. Il est né sous mon toit. C'est sa mère que j'ai achetée au marché des esclaves de Médine. J'ai assuré son éducation comme j'ai assuré celle de mes fils. Je comptais même en faire un de mes guerriers. Et voilà comment il me récompense !

– Va trouver le gouverneur du *saltigui* ! S'il nous en donne l'ordre, nous te ramènerons ton esclave avant la tombée de la nuit. Les esclaves, on les retrouve toujours, même si cela dure des mois.

– C'est bien ce que je compte faire. Le gouverneur est un ami.

À ce moment, la discussion est interrompue par l'arrivée de deux adolescents en guenilles tenant dans la main des écuelles de bois et chantant des psaumes comme le font tous les *tâlib*[1] attachés à l'enseignement d'un maître et obligés de mendier afin de se nourrir, pour preuve de leur soumission à Dieu. On oublie l'esclave et l'on se met à écouter leurs voix mélodieuses, si hautes et si enflammées qu'elles font couler des larmes même sur les joues des profanes et des mécréants.

Ils s'attardent devant l'étalage d'une vendeuse de lait qui, elle, s'empresse de détourner le regard.

– Ne nous ignore pas, ô noble femme peule ! supplie un des gamins. Pour l'amour de Dieu, offre-nous un peu de lait pour calmer notre faim !

– Mon lait n'est pas à donner, il est à vendre : une louche pour un cauri, une calebasse pour dix ! siffle impitoyablement la mégère.

– Offre à ces deux petits anges le lait qu'ils te demandent, ô femme au cœur dur, je te le paierai sur mes cauris ! s'éleva, derrière elle, une voix caverneuse. Allez, venez, les petits !

Deux hommes accroupis autour d'une calebasse de couscous de mil au lait leur font signe de s'approcher.

1. Élèves de l'école coranique.

222

– Ainsi donc, pour rencontrer les anges, pas besoin de monter jusqu'au Ciel ! Ô miracle, Dieu vous a mis sur notre chemin, seul lui pourra nous séparer.

Celui qui semble le plus âgé houspille la vendeuse de lait :

– Qu'attends-tu, diablesse, pour servir ces jeunes pieux ?

– Comment vous appelez-vous donc ? leur demanda-t-il quand ils eurent terminé leur repas.

– Voici mon grand frère Mamadou Birane, et moi je m'appelle Mamadou Garga ! répondit celui qui avait l'air le plus futé.

– Ah, parce que vous êtes frères ! Prodiges du Ciel ! Deux petites merveilles comme vous dans le même ventre de femme ! Seïdy, ne trouves-tu pas tout cela troublant ?

– En effet, mon aîné Sêry !

Le dénommé Seïdy se contente de sourire en égrenant son chapelet puis il psalmodie les premiers versets de la sourate de l'Adhérence en couvant les deux jeunes inconnus d'un regard protecteur.

– Qui vous a appris à louer notre Seigneur avec une telle dévotion ? les questionne-t-il ensuite.

– Notre maître Hamma Elimane Kane qui tenait sa médersa du côté du *bantan*. Hélas, il y a un an jour pour jour que le bon Dieu l'a rappelé à lui. Et depuis...

– Depuis ? s'impatienta Seïdy.

– C'est que ce n'est pas facile à expliquer, reprit le dénommé Mamadou Birane. Depuis que notre bien-aimé maître est mort, le nouveau maître n'arrête pas de nous maltraiter.

– Il nous a même arraché l'or que notre père nous avait fourni pour venir étudier au Bhoundou...

Il s'installe un court silence puis Sêry et Seïdy entonnent d'une même voix un verset de la sourate « La Secousse » :

Quand la terre tremblera d'un violent tremblement
ce jour-là, les gens sortiront séparément pour que
   soient montrées leurs œuvres
Quiconque fait un bien fût-ce du poids d'un atome,
   le verra,
et quiconque fait un mal fût-ce d'un poids d'un
   atome, le verra.

Leurs voix éraillées captivent l'attention. Certains les accompagnent en rythmant par des claquements de doigts, d'autres rient sous cape.

À ceux-là, Seïdy s'adresse rudement :

– Oui, ceux qui se gaussent de la parole de Dieu n'auront pas besoin d'attendre l'Au-delà pour brûler dans les flammes… Le règne de ces maudits Tenguéla et de leurs alliés bambaras ne va tout de même pas s'éterniser !…

– Inutile d'attirer sur nous le courroux des soldats ! recommanda Sêry. Le moment n'est pas venu. Les musulmans sont encore peu nombreux sur ces terres de luxure et de péché.

Il paye la marchande avec une poignée de cauris, prend sa lance et son sac et se lève.

– Notre tribu campe à deux pas d'ici. Voulez-vous nous accompagner, jeunes gens ?

– Vous pourriez nous aider à éclaircir quelques chapitres qui nous échappent, renchérit Seydi. Vous savez, tout musulmans que nous sommes, nous ne connaissons pas tout le Livre !

– Ainsi, nous pourrons vous fournir de la pâte de mil et de la viande séchée. Le chemin est long depuis le Mâcina, mais il doit bien nous rester quelques provisions.

– Alors, il faudra faire vite, pères, acquiesce Mamadou Garga, nous devrons rejoindre le maître pour la corvée de bois avant la tombée de la nuit.

Au campement, ils s'installent à l'ombre d'un néré.

– Comptez-vous rester ici, au Bhoundou ? fit Mamadou Garga.

– Non, nous comptons nous rendre au Fouta-Djalon si Dieu, le Protecteur, veut bien nous accorder cette grâce-là, n'est-ce pas, Seïdy ?

– Que le Très-Haut t'entende, Sêry ! Il y a maintenant trois mois que nous cheminons. Nous venons de Séwâré, dans le Mâcina. La vie est devenue précaire là-bas, à cause du manque de pâturages, des taxes des rois bambaras et de l'intolérance religieuse des *arbé*. Beaucoup de Peuls émigrent, les uns vers les prairies de l'est, les autres vers les montagnes du sud. Le Fouta-Djalon, c'est le nouveau paradis. On dit que les montagnes y sont verdoyantes et les sources abondantes.

– Oui, et nous avons dévié par le Bhoundou à cause des guerres incessantes que Bambaras et Peuls se font dans le Wassoulou.

– Combien de temps comptez-vous rester ici ?

– Nous avons juste décidé d'une petite halte pour nous ravitailler en céréales et en natron. Nous décampons demain au premier chant du coq. Dites-moi, ils vivent encore vos parents ?

– Notre grand-père est mort à la dernière décrue.

– *Miskine !* Et vous êtes arrivés tout seuls chez votre maître du Bhoundou ?

– Non, c'est notre grand-père qui lui a confié notre éducation religieuse. Ils ont combattu les infidèles ensemble et bâti la même confrérie religieuse sur le fleuve Gambie. Ensuite, ils ont décidé de se séparer pour propager la vérité du bon Dieu. Notre maître est venu avec nous au Bhoundou et notre père a créé une médersa au Sine-Saloum où il est mort l'année dernière.

– Je suppose que vous n'êtes pas particulièrement attachés à votre nouveau maître ?

– Non !

– Alors !

– Alors, quoi, père Sêry ?

– Alors vous ne commettriez aucun péché si vous partiez avec nous ?

– En vérité, non ! Mais c'est à Mamadou Birane de décider. C'est lui, l'aîné.

– Alors, c'est bon, nous partirons au chant du coq !

Ils sacrifient un agneau et remercient Dieu pour leur nouvelle et commune destinée. Puis ils dînent d'un plat de fonio arrosé d'une sauce de feuilles de baobab. Seïdy pose une dernière question avant d'aller se coucher :

– Dis-moi, Mamadou Birane, puisque c'est toi l'aîné, de quel clan vous réclamez-vous ?

– Du clan des Bâ, du sous-clan des Yalalbé.

– Nous, de celui des Barry.

– Comment s'appelait ce vénérable homme qui fut votre grand-père ?

– Le cheik Mansour !

– Il avait bien un nom peul ?

– Diabâli ! Diabâli, fils de Birane !

Pénétrer le Fouta-Djalon n'était pas chose aisée en ces temps-là. Il fallait escalader les pentes abruptes du mont Badiar, éviter de redoutables gouffres et précipices, franchir des encombrements de rochers, des barrières de bambous et de lianes, des réseaux de forêts-galeries aussi résistantes et denses que des lignes fortifiées. Le pays méritait bien sa réputation de bastion végétal et de sanctuaire des eaux vives et des mares. À l'inverse des régions latéritiques et pelées du Sahel, l'eau y coulait à profusion, en toutes les périodes de l'année. Saisonnière et convoitée ailleurs, ici, elle ruisselait partout, submergeait les prairies, débordait des cuvettes et des combes, bouillonnait dans les abîmes, se fracassait dans les cataractes dans un bruit de tonnerre et de foudre, ourdissant dans le moindre accident de terrain des pièges sournois et mortels. Les rapides se succédaient alignés comme des marches d'escalier, avec leurs bruits insolites et leurs repaires de diables et d'esprits malfaisants. Les fleuves somnolaient dans les plaines comme des reptiles paisibles et voraces, leurs eaux noirâtres et lourdes prêtes à engloutir aussi bien les âmes téméraires que les imprudentes petites gazelles. Des torrents affolés jaillissaient à l'improviste des flancs tranquilles des montagnes, rugissaient comme des barbares en guerre, emportant sur leur passage les pierres, les boqueteaux, les récoltes, les troupeaux, même les grands fromagers. Et les hyènes peuplaient les sombres recoins et, les nuits, les panthères veillaient au sommet des arbres, les lions aiguisaient leurs griffes dans la touffeur des hautes herbes. Effectuer une journée de marche, c'était s'exposer à perdre une vache pour le moins, sans compter les noyades et les chutes mortelles, les morsures de serpents, la menace permanente des boas et des fauves. En outre, c'était une terre constamment soumise aux secousses telluriques et aux incendies de brousse dus aux volcans mal éteints. Dans la brousse rôdaient les pilleurs de bœufs et les marchands d'esclaves ; dans les villages et les campements sévissaient les chefs dialonkés et les *arbé* peuls. Aux premiers, il fallait payer en cheptel, en cauris ou en or, parfois en droit de cuissage, pour être autorisé à traverser leurs terres, à profiter de leurs herbages, à puiser dans leurs puits. Aux seconds, il fallait céder des céréales et du sel, invoquer longuement les liens de lignage et la communauté de destins pour pouvoir bénéficier de leur protection. Alors seulement, ils vous recommandaient à leurs alliés autochtones, vous indiquaient les endroits les plus propices pour les nouveaux migrants. Dans tous les cas, il s'imposait de dissimuler sa foi quand on était musulman. La vue d'un Coran ou d'un chapelet, une prière trop haut poussée, et c'était le danger imminent. Certains n'hésitaient pas à vous décapiter, les plus indulgents à vous expulser de nuit après avoir alerté les chiens et les bandits de grand chemin.

La caravane arriva dans un endroit appelé Youkounkoun après un mois de calvaire. Un voyage éprouvant fait de haltes involontaires et de nombreux détours. Dix jours de marche ou de trot auraient normalement suffi pour relier Diamwâli à Youkounkoun. Mais en ces temps-là, seuls ceux qui avaient retenu la leçon de prudence des caméléons parvenaient à destination, les fougueux chacals trouvaient vite un traquenard pour arrêter leur course. Sêry et Seïdy savaient depuis le Mâcina qu'il valait mieux adopter la stratégie des premiers que des seconds s'ils voulaient préserver la vie de leurs familles ; leurs vingt chevaux, leurs trente ânes, leur millier de bœufs et leurs ballots de céréales et de sel. On arriva sain et sauf hormis les diarrhées, les entorses et les évanouissements – le lion que Sêry dut exterminer d'un coup de lance, le veau dévoré par un boa et les blessures heureusement légères provoquées par les flèches des guerriers coniaguis.

Ils campèrent non loin du village près d'une tribu peule partie du Djôlof, une décennie plus tôt. Simbé, son *ardo*, se montra plutôt jovial. Il leur parla longuement du pays, leur révéla les ruses qu'il fallait déployer pour esquiver les coupeurs de route et plaire aux chefs locaux.

– Vous pouvez rester là, si vous voulez, les autochtones deviennent affables et finissent par vous accepter une fois qu'ils se sont habitués à vous. Mais les plus beaux pâturages se trouvent loin d'ici, à ce qu'on m'a dit. Il faut marcher un ou deux mois vers la source des grands fleuves. Là-bas, les collines sont plus douces, la terre plus molle et l'herbe plus abondante, à ce qu'il paraît. Moi, je n'y ai jamais mis les pieds mais je connais quelqu'un qui a fait l'aventure jusqu'à la source qui donne le fleuve Gambie. Il paraît que là-bas, les oiseaux se comptent comme les gouttes d'eau, il faut bousculer le gibier pour se frayer un chemin, le mil pousse tout seul et il suffit de bâiller un peu pour que les fruits vous tombent dans la bouche. Là-bas, il ne fait ni chaud ni froid. Il pleut quand vous le voulez et le soleil éclate d'une douce lumière blanche dès que vous l'ordonnez. Ce n'est pas que l'envie ne me vient pas de changer de lieu mais pour l'instant je m'accroche à mes branchages du Badiar. Je suis comme ça : je me suffis de la première bouchée de fonio qui me tombe dans l'écuelle. Mais vous qui avez de l'ambition, vous devriez y aller, c'est l'endroit que choisissent la plupart des musulmans.

– Qui t'a dit ça, Simbé, que nous étions des musulmans ? s'indigna Sêry.

– Vous avez le crâne ras, c'est pour cela que vous ne vous décoiffez jamais. Quand quelqu'un a le crâne ras, c'est un *bismillâhi*.

– Les chefs dialonkés et coniaguis le savent-ils ?

– Ils le savent, mais j'ai su les amadouer.

Cependant un incident allait survenir quelques mois plus tard et les obliger à déguerpir avec leurs hardes, leurs chèvres et leurs vaches efflanquées. Avec vous autres, singes malingres et rouges, on a beau être gentil, les incidents surviennent quand même. « Reçois le Peul à dîner et il se glissera dans le lit de ta femme ! » Le Sérère a raison, il faut vraiment vous aimer pour partager le même air que vous, race d'incorrigibles canailles ! *Sédiro Poulâné héké*, n'as-tu pas honte, Peul ? Regarde un peu les méfaits dont sont capables les tiens ! Regarde donc !...

Un jour, accompagnés des garçons de leur âge, Mamadou Birane et Mamadou Garga se rendirent à la rivière pour se baigner. Ils y trouvèrent un groupe de jeunes Dialonkés qui se donnèrent des coups de coude et gloussèrent de rire en les voyant arriver. Puis ils les mitraillèrent de noyaux de fruits sauvages, déversèrent de l'eau sur leurs habits posés sur la berge. Les autres ripostèrent de même, il s'ensuivit une brève bagarre à l'issue de laquelle les Peuls, armés de leurs frondes, réussirent à chasser les jeunes Dialonkés. Ceux-ci se regroupèrent dans les broussailles et jetèrent des pierres en chantant dans un mauvais peul :

Peul, lanières trouées,
Peul, guenilles de gueux,
Peul, parfum de beurre rance,
Tes poux sont plus nombreux que tes vaches
Tu pues la misère et la bouse
Passe ton chemin de chien errant
Même si tu supplies les rois et les dieux
Tu ne dormiras pas au village.

Mamadou Birane bondit le premier et les autres tout de suite après lui. Ils poursuivirent les insolents jusqu'au pied d'une montagne et les arrosèrent de pierres en usant de leurs frondes. Les fuyards, malgré tout, réussirent à atteindre le sommet, sauf trois petits malchanceux, sur lesquels ils assouvirent leur colère à coups de poing et de pied. À ce moment arriva un groupe de Dialonkés armés de bâtons. Les Peuls s'enfuirent jusqu'à la rivière pour reprendre leurs habits. Dans la course, un garçon dénommé Dardaye tomba dans un ravin. Un des poursuivants s'abattit sur lui avec son gourdin avant qu'il ne se relève. L'homme avait la taille d'une gaule et la force de trois taureaux. Dardaye crut que sa dernière heure était venue. Il était au bord de l'évanouissement quand il réussit à se dégager et à sortir son couteau. Il visa la chair rebondie du ventre. Une trombe de sang lui éclaboussa le visage. L'homme émit un cri de bête et s'affala comme un ballot de kapok.

En les voyant revenir, Sêry comprit tout de suite. « Je ne sais pas quel crime vous venez de commettre, jeunes gens, je n'en connais pas non plus les raisons. Vous m'expliquerez cela plus tard et nous vous corrigerons si vous méritez qu'on vous corrige. Pour l'instant, partons d'ici ! »

*

Un mois plus tard, malgré les chutes, les tremblements de terre et les fauves, ils se retrouvèrent sains et saufs dans un village situé sur un haut plateau d'où glougloutaient neuf merveilleuses sources, entièrement peuplé de Peuls installés là depuis fort longtemps. Certains se disaient originaires du Mâcina, d'autres du Bhoundou, du Fouta-Tôro, du Djôlof ou du Gâbou. Le village s'appelait Donghol-Lingué. À leur agréable surprise, non seulement ses habitants étaient musulmans pour la plupart mais il abritait une hutte d'argile et de paille qui servait de mosquée. Ils furent reçus par l'imam, très heureux d'accueillir de nouveaux fidèles. Il leur indiqua un endroit où s'installer et une zone herbeuse où faire paître leurs bœufs. Il remarqua très vite les dons de Mamadou Birane et s'attacha à lui. Il lui accorda la faveur d'entretenir la mosquée et de le seconder à l'école coranique. Un an plus tard, Sêry fit part à son frère de son désir de partir. Un inconnu tout de blanc vêtu lui avait dit en rêve : « Traverse le Komba, le Koulountou et le Téné, marche sept jours sans t'arrêter. Une aigrette, un chacal et une outarde accompagnée de ses trois femelles viendront à ta rencontre. Puis un fromager géant se dressera devant toi. Du haut de ce fromager, un aigle glatira sept fois de suite avant de battre des ailes et de s'envoler vers l'est. Sous ce fromager, tu bâtiras un village. »

– Parles-en à l'imam, répondit Seïdy. S'il n'y voit pas d'inconvénients, nous partirons la semaine prochaine juste après la prière de vendredi… Quelle troublante coïncidence ! C'est la troisième fois que je rêve, moi aussi, d'un aigle juché sur un fromager.

L'imam sacrifia un taureau et organisa une nuit de prières pour leur faciliter le voyage. Il refusa cependant de leur laisser Mamadou Birane.

– Ce plateau sera un haut lieu de l'islam et ce jeune homme, un grand serviteur de Dieu. Son destin est ici, à mes côtés. Là où les fidèles ont besoin du musulman, là se trouve sa famille.

*

Au premier jour, ils aperçurent l'aigrette. Au deuxième, un chacal sortit des bois et leur servit de guide jusqu'à la rivière Komba. Au cinquième, une outarde et ses trois femelles picoraient dans la plaine humide de Kébâli sans prêter attention à leur présence. Au septième, aucun signe ne se manifestant, ils décidèrent de camper au bord d'un marigot, gagnés par l'abattement et la perplexité. Le soleil s'apprêtait à sombrer et de gros nuages s'amassaient dans l'horizon dentelé du sud.

– Ah, soupira Seïdy, nous manquons de pureté pour recevoir en entier les messages venus des cieux. Voilà ce que je pense : nous avons péché en cours de route et ce rêve s'est estompé.

– Tu as tort de parler ainsi, mon frère Seïdy. C'est en ruminant de mauvaises pensées que l'on voit se profiler le museau de l'hyène, porteuse de guigne. Les prodiges du dieu sont infinis. Nous n'avons pas le droit de douter, remettons-nous-en à ses mystères. Il nous a déjà accordé de voir l'aigrette, le chacal et l'outarde et la journée n'est pas encore finie.

Un bruit se fit entendre dans les branchages alentour. L'on se précipita sur sa sagaie, s'attendant à une panthère ou à une attaque de Dialonkés. Ce n'était que Mamadou Garga qui sortait d'on ne savait où, la tunique déchiquetée par les épines, le crâne recouvert de débris de végétaux.

– Je me suis permis de recompter le troupeau pendant que vous parliez. J'ai vu Pie Dorée, Gracieuse Échine et les autres, mais je n'ai pas vu Fougoumba.

– Ma bien-aimée Fougoumba, ma précieuse génisse ? gémit Sêry. Que l'on m'arrache plutôt les yeux ! Tous debout ! Allons la chercher avant que la nuit ne tombe !

Ils fouillèrent les ravins, les buissons, les cavernes, les étangs. Ils débouchèrent sur un marais couvert de nénuphars, de roseaux et de ces herbes tranchantes et hautes que l'on appelle *kalin*. Nouhou avança un pied et s'effondra, englouti par la vase jusqu'au menton.

– Attention, prévint-il, restez où vous êtes ! Ce sont des boues mouvantes capables d'engloutir un troupeau de buffles !

Il exécuta quelques contorsions pour essayer de se dégager et releva la tête pour empêcher les grenouilles et le margouillis de pénétrer dans sa bouche. À ce moment, il aperçut, à cinq coudées de lui, deux cornes entourées par une nuée de mouches qui affleuraient au-dessus d'une flaque d'eau couverte de bulles et dans laquelle sautillaient des têtards.

– Je crains que ce ne soit trop tard ! se résigna-t-il à murmurer.

On attacha de grosses cordes autour d'un tronc de balanites et les noua autour des hanches les plus valides. Sêry s'avança dans la vase et réussit à saisir Nouhou par la taille. Les autres tirèrent les cordes à l'unisson et l'on parvint à sortir le jeune homme.

– Pour Fougoumba, ce sera plus dur ! Il faudrait tout un village pour la sortir de là où elle se trouve, fit remarquer Seïdy.

– Tu veux dire que tu es déjà fatigué ? s'énerva Sêry. Tu n'aurais pas parlé ainsi s'il s'était agi de ta génisse à toi. Je refuse qu'on la laisse sans sépulture, dussions-nous tous y périr.

– Alors, attendons demain ! Peut-être qu'il passera de l'aide et avec la lumière du jour...

Sa phrase fut interrompue par un grand battement d'ailes. Cela provenait d'un bois épais situé derrière eux. Ils se retournèrent : un gigantesque fromager se dressait par-dessus les églantiers et les lianes. Ils versèrent des larmes en comptant les sept cris de l'aigle. Le volatile jaillit du feuillage et décrivit quelques courbes avant de s'engager dans la direction de l'est. Une pluie fine scintilla dans les couleurs du crépuscule tandis qu'ils priaient fiévreusement en ruisselant de bonheur.

– Tu as raison, mon frère, pleura Sêry. Fougoumba doit rester où elle est. Ce sera l'obole voulue par Dieu pour nous offrir ce précieux moment.

Au pied de l'arbre, ils bâtirent une mosquée et fondèrent un village qu'ils dénommèrent Fougoumba.

*

Fougoumba se dressa et grandit. Au fil des années, ses prairies ondulées fixèrent d'autres migrants venus avec leurs troupeaux du Mâcina, du Fouta-Tôro ou du Bhoundou. Le rayonnement de sa mosquée attira les érudits peuls mais aussi soninkés et mandingues, éparpillés jusque-là dans des hameaux isolés de peur de déplaire aux *arbé* et aux *manga*[1] qui régnaient d'une main de fer du mont Badiar à la rive droite du Tinkisso. On édifia des écoles coraniques et constitua des groupes savants. Prédicateurs et exégètes rivalisèrent d'ardeur pour transcrire et traduire le livre saint. La cité devint

1. Si les princes peuls se dénomment *arbé* (*ardo*, au singulier), leurs équivalents dialonkés portent le titre de *manga*.

un haut lieu de l'élevage mais aussi une étape obligée pour les marchands d'or et d'esclaves qui reliaient les réserves forestières (propices à la chasse à l'homme) et les fabuleuses mines d'or du Boûré aux ports négriers de la côte.

Bientôt, une nouvelle énigmatique commença à se propager et à enflammer les esprits. Tierno Mamadou Souaré, un saint soninké de la ville de Diâra, au Mâcina, aurait reçu en rêve la visite du Prophète. « Dieu accorde aux Peuls un vaste royaume dans les vallées du Balêwol[1], du Coroubal et de la Gambie. Ils doivent s'y rendre en masse, asseoir leur suprématie et propager l'islam », lui aurait-il fait savoir. De sorte que, tous les jours, des bergers, à pied ou juchés sur des chevaux et des ânes, surgissaient des collines, en longues files de pèlerins misérables mais heureux. Leur nombre était si impressionnant et leur foi si déterminée qu'ils n'hésitaient plus à brandir le Coran, à chanter des cantiques et à riposter aux attaques des autochtones.

C'est dans cette atmosphère de pérégrinations et de ferveur que Seïdy alla trouver son frère et lui dit :

– Merci d'avoir inscrit le nom de Dieu sur cette terre infidèle, ô mon aîné ! Merci de m'avoir associé à cette œuvre messianique. Mais je suis venu te dire que je dois m'en aller.

– Maintenant, au moment où la mosquée que nous avons bâtie fourmille de fidèles ! Mon frère serait-il devenu fou ?

– C'est sain d'esprit et de corps que je me présente à toi.

– Alors, c'est que tu m'en veux, n'est-ce pas ?

– Réfléchis au lieu de t'énerver, ô mon aîné ! Des mosquées, il n'en existe que deux : à Donghol-Lingué et ici, rien dans la vallée du Balêwol ! Je dois m'y rendre

---

1. Ou « fleuve noir », le nom peul du fleuve Sénégal.

pour en construire une, sinon comment veux-tu que la prédiction du saint se réalise ?

*

Seïdy s'enfonça dans la vallée du Baléwol où il fonda Timbo. Après avoir édifié les concessions, tracé les *lougan* et les vergers, délimité les pâturages et les parcs à bœufs, et badigeonné de terre d'ombre et de kaolin le minaret de la mosquée, il maria Mamadou Garga et lui confia la médersa, la charge de muezzin et la fonction de cadi. Timbo devint un gros bourg, qui comme toute œuvre humaine avait besoin, outre d'un chef, d'un juge, d'un prévôt, d'un mouchard et d'un bourreau. Voisine des puissants royaumes mandingues du Solimana et du Tamba, située à mi-chemin entre la cité florissante de Kankan et les ports négriers de Sierra Leone et de Basse-Guinée, son essor était tout tracé. S'y croisaient à longueur d'année les plus riches caravanes de kola et de sel, d'esclaves et d'or, de tissus et d'indigo. Musulmans pour la plupart, les négociants se réjouissaient d'y trouver des hôtes pour les nourrir et les désaltérer et une mosquée pour se recueillir. Très vite, son marché s'enrichit et s'étendit. On venait du Bhoundou, du Badiar, de Fougoumba, du pays kissi, de Benty, de Kakandy, de Ségou et de Tombouctou pour échanger la cire, les cotonnades, les épices, le henné, le séné d'Agadès, les peausseries et les pierres précieuses. Quand Seïdy mourut, la cité comptait trois caravansérails, dix écoles coraniques, de nombreuses écuries et quelques pèlerins qui s'étaient rendus à La Mecque à pied après avoir vendu bijoux et troupeaux. L'islam, cette religion du camelot et du berger, avait cessé d'être une incongruité ou une honte, en dépit de l'environnement hostile des Peuls-rouges et des Dialonkés. Cela n'empêcha pas Sêry, venu de Fougoumba pour

237

l'enterrement de Seïdy, d'exprimer sa profonde désolation : « Le destin est trop lent. Mon frère est mort avant d'avoir vu se réaliser la prophétie. Je ne la verrai pas non plus, inutile de survivre à Seïdy, je mourrai bientôt, moi aussi. Je ne verrai pas le prochain hivernage. »

Il s'en retourna à Fougoumba et mourut sept mois et sept jours après.

*

Sache, mon petit Peul, qu'avant de disparaître, Seïdy engendra Kîkala qui engendra Nouhou Sy et Mâliki Sy. Nouhou Sy engendra Sambêgou, qu'on appelait aussi Ibrahima Sambêgou, et Mâliki Sy engendra Yéro Pâthé, que l'on appelait aussi Ibrahima Sory. Ce seront les Seïdyâbé.

De son côté, Sêry engendra Hêry et Môdy. Hêry engendra Sâdio et Môdy engendra Samba. Ce seront les Sêryabé.

L'histoire du Fouta-Djalon appartiendra pour beaucoup à l'histoire de ces deux dynasties.

Aux Seïdyâbé, il reviendra la charge du pouvoir royal durant les cent trente ans de cohésion et de splendeur, de convulsions et de malentendus que connaîtra le pays jusqu'à ce vendredi de malheur où l'administrateur Beckmann viendra sonner le clairon et hisser le drapeau français sur la case royale de Timbo.

Les Sêryabé, quant à eux, seront les gardiens de la loi et leur fief, Fougoumba, le très sourcilleux siège du sénat.

Mais avant cela, mon petit gobe-mouches, il faut bien que je t'explique comment, à force de ruses, d'audace et d'ingéniosité, ta scabreuse ascendance réussit à implanter l'islam sur cette terre farouchement animiste du Fouta-Djalon et à fonder un des royaumes les plus brillants et les plus originaux de son époque...

La mère de Ibrahima Sambêgou s'appelait Djiba Djewba. Elle était la fille de Hammadi mo Lari Djewba, un Peul animiste de Tounkan nouvellement converti et qui vivait sous la protection du sage Tierno Samba de Bhouria. Son père, Nouhou Sy, était devenu si pauvre qu'à sa naissance il dut aller quémander une chèvre dans sa belle-famille de Tounkan pour pouvoir fêter le baptême. À son retour, il se noya dans la rivière Samoun, non loin de Timbo. Orphelin de père, comme le Prophète, Sambêgou grandit dans sa famille maternelle. Ce fut un enfant solitaire et doux qui préférait les troupeaux et l'exercice de la poésie à la bruyante compagnie des enfants de sa classe d'âge. Il se détourna tôt des jeux virils et passablement licencieux du *guêrêwol* et du *soro* pour se rapprocher des hommes d'âge mûr et des érudits. Son domaine de prédilection, c'était la lecture, l'écriture ainsi que ces longues et ardentes joutes où les élèves des écoles coraniques rivalisaient en récitant des psaumes. Sa piété précoce et sa singulière intelligence lui valurent de quitter Tounkan pour Bhouria où, durant de longues années, avec patience et ascétisme, il apprit la grammaire du peul et de l'arabe, maîtrisa le Coran et se familiarisa avec des œuvres théologiques comme le *Rissala*, le *Mouhayyabi*, l'*Akhlari* ou le *Dalaïlal Khaïrâti*. Le maître apprécia les bonnes manières et la fertilité d'esprit de l'élève. L'élève apprécia la profonde érudition, la patience infinie et la finesse pédagogique du maître. Sambêgou quitta les plaines alluviales de Bhouria avec le titre d'*alpha*[1] et un solide bagage d'exégète et de grammairien, de rhétoricien et de prédicateur, ainsi que la profonde affection de son maître spirituel. Devenu fin lettré, profond et rigoureux dans l'exercice de la foi, il s'en retourna à

---

1. C'est sous le titre maraboutique de *alpha* ou de *tierno* que les théocrates du Fouta-Djalon exerceront leur règne.

Timbo où sa renommée fit vite le tour de la cité. Pour subvenir à ses modestes besoins, il se loua comme berger auprès des familles à gros troupeaux. La journée, il s'isolait dans les pâturages et, pendant que les bœufs paissaient, composait des poèmes dans lesquels il chantait la gloire du Prophète, évoquait la magie des lieux saints et exhortait les vertueux à se débarrasser du joug des infidèles. Le soir, il allumait un feu de bois devant sa case pour enseigner aux marmots le message du livre saint. Il assista les veuves et les orphelins et accomplit des dizaines de miracles. Timbo s'intéressa à ses sermons et à ses prédications. Les étrangers de passage se mirent à recopier ses traités théologiques et ses poèmes pour les diffuser partout où devaient se rendre les caravanes de verroterie et de kola.

Puis un colporteur malinké le persuada de se rendre dans la ville sainte de Kankan pour parfaire ses connaissances auprès des nombreux érudits qui y vivaient. Il y mena pendant sept ans une vie ascétique et studieuse et noua des contacts utiles avec les confréries maraboutiques et les riches familles des négociants. Il y reçut le titre de *karamoko*, ce qui veut dire celui qui enseigne aux autres, en langue malinké. C'est de là que lui vint ce sobriquet de Karamoko Alpha qui ne le quittera plus jamais.

Après Kankan, il séjourna à Kolein où il acheva sa formation auprès de l'illustre maître Alpha Gourdho. Il revint tellement transformé que son cousin, Ibrahima Sory, ne le reconnut pas. Il était devenu un marabout réputé devant lequel tout Timbo s'inclinait. Un jour, le Prophète lui apparut alors qu'il gardait les troupeaux et lui dit : « Isole-toi des tiens et prie ! Alors, je t'accorderai la gloire de convertir les infidèles et de devenir le roi de ton pays. » Il fit l'ascension du mont Hélâya au sommet duquel, sept ans, sept mois et sept jours durant, il jeûna et pria pour le triomphe de l'islam dans l'ensemble du Fouta-Djalon.

*

Devenus nombreux et riches de leurs immenses troupeaux, tes loqueteux d'ancêtres rechignaient de plus en plus à payer les lourdes taxes dues aux chefs dialonkés et refusaient dorénavant de se cacher pour accomplir leurs obligations religieuses. D'abord passifs et soumis, ils s'étaient mis à se défendre et, maintenant, ils n'hésitaient plus à prendre l'initiative de la confrontation. Partout, les marabouts encourageaient leurs ouailles de leurs psaumes et de leurs prières enflammées et prêchaient sciemment la révolte. Il ne se passait plus un jour sans qu'un sanglant affrontement éclatât entre les « hommes du chapelet et du jeûne » et ceux « des libations et des transes ». Seulement, inorganisés et mal équipés, les premiers avaient beaucoup de mal à contenir les assauts des seconds. Dans la région de Donghol-Lingué, le Dialonké Toûfi et les Poulis[1] Yéro Yhôlo et Koumba Wâgarâri brûlaient les mosquées, dénudaient les bigotes et obligeaient les muezzin à boire de l'alcool et à dévorer du sanglier. Le grand fétichiste Djibéri, qui régnait sur un domaine allant de la région actuelle de Kindia en Guinée jusqu'au Sénégal oriental, lançait ses guerriers ivres à l'assaut des campements peuls pour prévenir toute implantation musulmane sur son vaste territoire. Dans la région de Kébali, le cruel Dian Yéro faisait la pluie et le beau temps. À Timbo, à Bhouria et à Fougoumba, les atrocités des fétichistes étaient telles que certains Peuls musulmans songeaient

1. Peuls-rouges : Peuls païens et peu métissés avec les autochtones.

241

sérieusement à regagner la terre de leurs aïeux au Mâcina, au Fouta-Tôro ou au Bhoundou.

C'est dans cette atmosphère d'extrême tension que survint l'affaire de Alpha Saliou Balla. Alpha Saliou Balla descendait d'une famille d'origine dényanko convertie depuis longtemps à l'islam. Né à Tioro, son père, le marabout Elimane Oumar, lui avait donné très tôt un solide enseignement coranique. Hélas, un terrible malheur vint s'abattre sur le destin du jeune prodige. Pour avoir assassiné un de ses cousins, il dut fuir ses juges et s'exiler à Tombouctou pour se repentir et approfondir ses connaissances auprès des Al Bekkaye, une grande famille maraboutique originaire du Maroc. Après un temps suffisant pour faire oublier son crime, il entreprit de retourner au Fouta par Diâba, Madina et Satadougou. Dans ces différentes localités, il réussit à convertir de nombreux fétichistes qui formèrent une bonne petite armée autour de lui. Il s'installa alors à Balla et, de là, entreprit courageusement d'envahir les rois mécréants de Koïn. C'est ainsi qu'il se retrouva pris au piège dans la caverne de Gnâkala par une coalition d'ennemis conduite par Pâthé Woulo Soumpoura, Ndiaddhal Gnâkala Silorbhé, Gâré Malipan, Daouda Guiri Sambia, Samba Limba Ndi Kaba dont les armées étaient plus nombreuses et mieux équipées. Sentant sa fin venir, il réussit à alerter Alpha Amadou de Kanka-labé. Celui-ci en fit part à Karamoko Alpha de Timbo et à Alpha Cellou de Labé. À trois, ils réussirent à dégager Alpha Saliou Balla du traquenard de Gnâkala ; ensuite, ils tinrent une réunion secrète au lieu-dit Lémouné-Tatoï au bord de la rivière Kankalabéwol. Il fut convenu de réunir les grands marabouts du Fouta afin de coordonner la lutte contre les idolâtres et de lancer définitivement le *djihad*.

– Seulement, fit remarquer Alpha Cellou, le *djihad*, c'est comme les longues traversées, cela se prépare longtemps avant. Les idolâtres ont de solides guerriers avec des arcs et des flèches, des catapultes et des sabres, des lances et des massues. Alors que nous, à part la prière et le jeûne !...

– J'ai une idée ! s'écria Alpha Amadou. Montons une caravane qui ira jusqu'au Fouta-Tôro pour y échanger des bœufs contre des chevaux et des fusils. Nos vallées regorgent de troupeaux et, à ce qu'on m'a dit, au Fouta-Tôro, les chevaux sont plus nombreux que les mouches et, avec un peu de persévérance, on peut obtenir des fusils auprès de ces mécréants de race blanche qui sillonnent le fleuve.

– Quoi ! Vous voudriez que l'on envoie des émissaires au Fouta-Tôro par les temps qui courent ! s'indigna Alpha Cellou. Ils n'auront pas atteint la forêt de Niokolo-Koba que ces bandes de Poulis, de Dialonkés et de Coniaguis les auront déjà mis en pièces. N'oubliez pas combien les idolâtres sont remontés contre nous depuis l'affaire de la caverne de Gnâkala ! Et si j'en crois les colporteurs rencontrés la semaine dernière, les sanglantes guerres de succession que se livrent les Dényankôbé et les incursions que ces mêmes Dényankôbé et leurs alliés, les Bambaras Massissinâbé, effectuent dans le Bhoundou pour troubler le nouvel État de la foi sont autant de périls pour les voyageurs, surtout les musulmans... Où pensez-vous trouver quelqu'un pour mener une telle expédition ?

– J'ai ma petite idée là-dessus, susurra malicieusement Karamoko Alpha. Chargez-vous de trouver les troupeaux et moi, je m'occupe de dénicher l'oiseau rare !

1726-1743

Surgi de la route de Halwâr, le jeune homme longea prudemment les fouilles, hésita quelques instants devant les silos et le *bantan* avant de se décider à pousser la porte de la mosquée. Depuis son arrivée à Guédé, il n'avait pris la peine ni de dépoussiérer ses lanières, ni de saluer les passants, ni de faire une petite halte pour boire un peu d'eau et demander son chemin. Assis sous les baobabs ou debout par petits groupes le long des palissades et des ruelles, les gens voyaient bien qu'il n'était pas d'ici, qu'il venait de loin, nerveux, préoccupé, manifestement mû par un dessein pressant ou grave, dont le poids, en tout cas, semblait trop lourd pour ses jeunes épaules. Serait-il de Guédé, les yeux dilatés, les index fébriles et les chuchotements touffus auraient tout de même accompagné ses moindres faits et gestes entre son apparition vers les fouilles et son entrée dans la mosquée. Ici ou ailleurs, sa taille élancée et son éclatante beauté ne pouvaient passer inaperçues, à plus forte raison, le long sabre avec sa gaine de cuir ciselé qui lui pendait le long de la jambe droite, son bâton de berger au-dessus des épaules et surtout le bonnet de cotonnade sur lequel était brodé, net comme un totem visible du ciel : *Allah Akbar,* Allah est le plus grand. C'est pourquoi les gens pensaient qu'il n'était pas d'ici, qu'il venait de loin, loin de la vallée du Sénégal, loin de la vallée de la Gambie et même de celle du *rio* Farin et du *rio* Grande. Cela se sentait qu'il ignorait tout des décennies de malheurs qu'avait connues le Fouta-Tôro et dont les douleurs étaient encore si vives que l'on se gardait de les évoquer, de peur de rallumer les haines. On avait naïvement pensé qu'avec la fin du Chor-bouba s'ouvrirait une ère de bien-être et d'accalmie, pareille que sous le règne de Samba Sawa Lâmou. Mais tu sais mieux que personne, petit Peul, ta race et son caractère de chien ! Tu sais à quel point vous êtes susceptibles et emportés, jaloux l'un de l'autre et emplis d'orgueil ! Les Dényankôbé, qui avaient déjà beaucoup de mal à se succéder sur le trône de leurs ancêtres, se retrouvaient soudain devant deux difficultés nouvelles : la prolifération des Blancs sur les côtes et la banalisation des *zawia* d'inspiration mauritanienne dans leurs cités. Ce qui fait que la paix conclue à l'issue de la guerre des marabouts fut brève. Les violences succédèrent aux violences – bon an mal an, pour un oui pour un non –, séparées par quelques éclairs de joie, quelques bouffées de trêve et de réconciliation.

En 1669, Siré Sawa Lâmou succéda à son frère Bôkar. La perte du Bhoundou en 1690 et l'imprudence avec laquelle il signa un traité commercial, à Diôwol en 1697, avec André Brüe, le commandant du fort de Saint-Louis (traité qui éclipsera progressivement les bateaux portugais dans le trafic fluvial et favorisera pour de bon l'implantation française), ne furent pas du goût de tout le monde. Les critiques s'envenimèrent jusque dans son entourage le plus proche. Qu'est-ce qu'il fit, l'idiot de Peul ? Eh bien, il destitua son neveu Samba Bôkar Sawa Lâmou du titre de prince héritier, oui ! Ce qui, tu t'en doutes, apportera bien plus de remous que de bienfaits. Samba Bôkar Sawa Lâmou dut s'exiler chez les Soninkés du Guidimaka d'où, avec ses nombreuses troupes d'ambitieux et de mécontents, il menaçait sans cesse le trône de son oncle. Ce qui n'empêcha pas Siré Sawa Lâmou de régner jusqu'à ce qu'il devînt aveugle en 1702. Il fut de ce fait écarté, selon la règle imposée sous Koly Tenguéla qu'aucun prince atteint d'une maladie visible à l'œil nu ne devait accéder au trône. Samba Bôkar Sawa Lâmou prit sa vengeance et régna jusqu'à sa mort, en 1707. Il fut remplacé par Sawa Dondé qui fut assassiné deux ans plus tard par Bôkar Siré, le fils de Siré Sawa Lâmou, ouvrant ainsi une crise de succession de près d'un demi-siècle qui, favorisée par l'immixtion de plus en plus affirmée des Français et des Maures dans les affaires intérieures du Fouta-Tôro, entraînera la chute des Dényankôbé en 1776 et l'émergence d'une dynastie musulmane, celle des Tôrobhé.

Bôkar Siré occupa le trône pour trois ans. Mais en 1710, son cousin, Guélâdio Djêgui, le destitua. Réfugié à Goumel, Bôkar Siré dépêcha son fils, le prince héritier, Mokhtar Gakou, à Meknès auprès du sultan Moulaye Ismaël (celui-là même qui faillit épouser la sœur de Louis XIV) pour lui demander de l'aide. Moulaye Ismaël lui expédia des troupes pour le remettre sur le trône en 1718. Il le perdit de nouveau en 1721, cette fois, au profit de son neveu, Boubou Moussa, le fils de Samba Bôkar Sawa Lâmou et de Moussa Yakhâré Koïta, une princesse soninké du Diâra. Boubou Moussa transféra la capitale de Diôwol à Toumbéré-Djingué (dans la vallée du Gorgol), desserra l'étau français et combattit les Maures du Brakhna, du Tagant et du Trarza qui repassèrent sous la domination des Dényankôbé. Les chroniques ont retenu de ce preux l'image d'un grand roi, de la trempe de Tenguéla Diâdié, de Koly Tenguéla, de Guélâdio Bambi, de Yéro Diam et de Samba Sawa Lâmou qui furent, sans conteste, les plus illustres de ses ancêtres : « Boubou Moussa resta le roi incontesté qui vainquit tous ses ennemis et dont la parole était écoutée par tous les gens de la terre, de la mer, de la droite et de la gauche, de l'orient et de l'occident et ce, jusqu'à sa mort[1]. »

À l'intérieur du Fouta-Tôro, il écrasa la rébellion des musulmans de Haïré-Ngâl, brûla la ville et réduisit ses habitants en esclavage. Mais de nouveau, Bôkar Siré délégua son fils à Meknès pour demander à Moulaye Ismaël non seulement de l'aider à reprendre le pouvoir mais aussi d'interrompre son soutien au redoutable Ely Chandora, l'émir maure du Trarza, l'ennemi héréditaire du Fouta-Tôro. Ce Ely Chandora se sentait constamment menacé sur son trône, aussi bien par les pressions des Dényankôbé que par les rébellions incessantes des tribus maures. À bout de peine, il avait demandé lui aussi l'appui du sultan du Maroc qui lui avait dépêché les Ormans, une armée de mercenaires originaires de la ville de Salé qui se mit très vite à outrepasser les ordres et à piller sans distinction et les Maures et les Noirs de la vallée du Sénégal auxquels ils imposèrent une taxe très impopulaire, le *moûdo-horma*. Pourtant, contre toute attente, Moulaye Ismaël laissa choir Ely Chandora et aida Bôkar Siré à remonter sur le trône en 1722… mais pas pour longtemps. Dorénavant, les deux rivaux se succédaient au rythme des saisons. Il dut de nouveau s'éclipser en 1723. Boubou Moussa eut juste un an pour savourer sa revanche : en 1724, c'est le tour de Bôkar Siré, renversé l'année suivante par son rival. Cette valse des rois meurtrit profondément la dynastie et le royaume. Les Dényankôbé y laissèrent beaucoup de leur force et de leur prestige. Exaspérés, inquiets, divisés, les Peuls vécurent là l'un des moments les plus tragiques de leur histoire. Le Fouta-Tôro n'était plus un pays mais une mangue coupée en deux : un morceau pour Boubou Moussa, l'autre pour Bôkar Siré.

1. S. Kamara, *Florilège au jardin de l'histoire des Noirs.*

Chaque jour, des assassinats, des émeutes, des conspirations ; dans chaque famille, le chagrin et le deuil, à chaque instant, le risque de basculer dans une guerre civile sans fin.

Bien fait ! « Quand deux Peuls se battent, offre-leur des armes au lieu de les séparer. Celui qui gagne le combat est juste un peu moins fripouille que l'autre », nous ont appris nos vaillants ancêtres. Tes fripouilles d'ânes bâtés de parents continuèrent donc à braire et à s'étriper…

En 1725, à peine revenu au trône, Boubou Moussa, après avoir par précaution transféré de nouveau sa capitale de Toumbéré-Djingué à Dôndou, fut néanmoins assassiné par Samba Guélâdio, le fils de Guélâdio Djêgui, frustré de n'avoir pas succédé à son père. Certaines sources disent par empoisonnement, d'autres par la magie noire. Son corps fut jeté dans le fleuve par un pêcheur du nom de Boubou Bhôyi. Celui-ci, sur les recommandations de Samba Guélâdio, alourdit d'abord le cadavre avec une pierre afin qu'il ne remontât jamais à la surface et y fixa un talisman afin que sa mémoire disparût à jamais. Samba Guélâdio rasa la ville de Dôndou et vendit ses habitants aux traitants français de Saint-Louis.

Konko Boubou Moussa fut néanmoins désigné pour succéder à son père. Samba Guélâdio mobilisa une puissante armée et s'installa de force sur le trône, empoisonnant une fois pour toutes l'atmosphère politique déjà fort viciée du Fouta-Tôro…

Mais tout cela, notre jeune homme ne le savait pas – comprends que les nouvelles étaient lentes à l'époque, elles allaient au rythme des chameaux et des ânes et n'effleuraient que peu les zones montagneuses et boisées –, il se serait montré plus discret, n'est-ce pas ? En trois quarts de siècle, les effets dévastateurs du Chorbouba et les rivalités meurtrières des princes Dényankôbé avaient profondément modifié le comportement des uns et des autres, en effet. Un accord tacite quoique terriblement fragile s'était établi entre les *bismillâhi* et les Dényankôbé : les premiers se montraient plus discrets et les seconds moins arrogants. Mais cela, je te l'ai déjà dit, notre jeune homme ne le savait pas…

En ce jeudi, veille de jour de marché et de longues prières, les fidèles étaient peu nombreux. Il trouva facilement où déposer son turban, son bâton, ses lanières et son sabre ainsi qu'une jarre d'eau pour se rafraîchir et accomplir ses ablutions. Il se mêla à la prière sans faire attention aux regards froids et presque hostiles qui le dévisageaient, de la même manière qu'il avait fait peu de cas de la mollesse avec laquelle on avait répondu à son salut.

Après la prière et le sermon, il avait attendu la toute dernière minute – certains se préparaient à rechausser leurs lanières et à rentrer chez eux – pour s'annoncer :

– Pardonnez-moi, musulmans, pardonnez-moi, ô communauté des humbles, de troubler votre quiétude ! Je suis un pauvre étranger à la recherche du couvert et du gîte.

Il avait dit cela sans baisser les yeux et sans trembler de la voix, comme on s'y serait attendu pour une personne de son âge, il voulait se faire passer pour un homme. Mais son ton dégageait quelque chose de sincère et de touchant qui contrastait avec l'air arrogant avec lequel il était entré. Les attitudes penchèrent de l'hostilité vers la curiosité. Un lourd silence plana cependant avant que l'imam n'ouvrît la bouche.

– D'où vient le Peul ?

– L'homme qui est devant vous vient de Timbo, fit-il en tâchant d'être poli.

– Vous savez en quel pays de cette terre se trouve une ville nommée Timbo, vous ? fit l'imam qui leva les bras en l'air, moqueur et embarrassé tout à la fois.

Cela souleva un tollé de sarcasmes que le jeune homme se dépêcha d'interrompre d'une voix douce mais ferme :

– Ceux qui ne savent pas où se trouve Timbo ne tarderont pas à le savoir !

– Dis-nous déjà si des Peuls y habitent ou si c'est un village de Pygmées ! ricana quelqu'un.

– Timbo est une cité du Fouta-Djalon, avança-t-il sans se laisser décontenancer.

– Se trouverait-il déjà une mosquée dans ce lointain endroit ? s'écria le muezzin.

– Ô mon père, vous pensez bien que c'est la première chose que le très saint Seïdy a songé à bâtir, avant les demeures, le marché et les écuries ! Et aujourd'hui, grâce à Dieu, nous avons non seulement notre propre mosquée mais dix écoles coraniques et une bibliothèque. Songez que, l'année dernière, nous avons compté notre troisième pèlerin, un Peul-rouge nouvellement converti qui n'a pas hésité à revendre son troupeau pour avoir accès aux lieux saints.

On commença à l'observer avec un peu plus de considération.

– Qui c'est ça, Seïdy ? ricana quelqu'un.

– Ce fut, sans doute, le plus noble des Peuls et le plus pieux des hommes. C'est à lui que Dieu a donné de fonder la cité sainte de Timbo. Tous les oracles indiquent que c'est son descendant, mon maître Karamoko Alpha, qui sortira les croyants du joug des fétichistes.

– Dis-moi, jeune homme, reprit l'imam sur un ton presque affectueux, c'est vraiment de Timbo que tu es venu jusqu'ici ?

– C'est bien cela, imam !

– Et je suppose que c'est pour vendre quelque chose que tu es venu jusqu'à nous, je me trompe ?… De l'or, du limon, des peausseries, de la cire, peut-être ? Selon

251

les colporteurs, qui veut trouver de la très bonne cire doit se rendre là-bas, chez vous, au Fouta-Djalon.

– Rien de tout cela. Des esclaves et des bœufs !

– Tu es venu jusqu'au Fouta-Tôro pour vendre des esclaves et des bœufs ?

Le jeune homme promena un regard suspicieux sur l'ensemble de l'assistance avant de se raviser.

– Vous êtes musulmans, moi aussi. Je me dois de vous faire confiance alors je vais tout vous dire.

Il parla jusqu'au milieu de l'après-midi sans impatienter personne. Quand il se tut, il se rendit compte qu'un grand cercle s'était formé autour de lui et que chacun, même les plus vénérables, cherchait à le saluer et à l'embrasser. L'imam le serra fort et dit :

– À présent que nous savons tes louables desseins, peux-tu nous dire ton nom, jeune homme ?

– Mamadou Tori !

– Tous les Peuls du Fouta-Djalon sont venus d'ailleurs. Toi, tes ancêtres sont d'où ? Du Bhoundou, du Mâcina, du Fouta-Tôro ?…

– Du Fouta-Tôro ! La place que tu occupes en ce moment, imam, c'est mon lointain aïeul qui l'occupait, voici quelques lustres. On l'appelait le cheik Mansour. Diabâli, de son nom peul !

– Eh bien, reprit le muezzin après un long et pénible souffle, puisque tu es notre hôte, c'est chez les Tall qu'il convient de t'héberger. C'est sur les ruines de ton regretté aïeul que cette famille-là a bâti sa demeure.

*

Dès qu'il se fut lavé et restauré, une petite servante vint le trouver dans la petite case du fond de la cour que les Tall lui avait désignée, elle lui annonça que l'imam désirait s'entretenir avec lui. Il le fit entrer et, avec une exquise déférence, déplia une belle peau de mouton pour l'inviter à s'asseoir.

– Je ne t'importunerai pas longtemps, jeune homme, je dois me préparer pour la prière du *al asr*. Je voudrais juste que tu me redises ce que j'ai entendu à la mosquée et éclaircir quelques points. Es-tu vraiment sûr qu'au Fouta-Djalon il y a maintenant plus de Peuls que d'autochtones ?

– Je le jure sur le saint livre !

– Et tu peux me jurer que, de tous ces parents, les musulmans sont aujourd'hui les plus nombreux ?

– Les dernières vagues venues du Mâcina, du Fouta-Tôro et du Bhoundou ont toutes renoncé à l'alcool, au port des tresses et à l'initiation dans les grottes.

– *Allah Akbar !...* En quel endroit as-tu laissé tes esclaves et tes bœufs ?

– Dans la plaine de Halwâr, aux bons soins de mes compagnons de route. Maintenant que Guédé m'a fait bon accueil, j'irai les chercher demain pour les troquer contre du papier, des livres, des chevaux et des fusils. Là-bas, ces biens sont fort rares. Et Dieu sait combien ces outils sont indispensables pour pénétrer le message divin et propager la foi !... Nous essuyons tous les jours les attaques des païens peuls et dialonkés, vous comprenez ? Nous devons défendre notre religion et nos familles et nos troupeaux avec. Deux lions mâles dans le même antre, forcément, l'un doit s'éclipser. Il n'y a plus aucun moyen d'éviter la guerre. Dieu seul sait comment tout cela finira.

– Ici aussi, mon brave, si cela peut te rassurer ! Ces mécréants de Dényankôbé réussiront-ils à s'éterniser ou bien alors les émules du Prophète finiront-ils par vaincre ? Laissons à Dieu l'épaisseur de ses mystères… Les Tall sont-ils des hôtes convenables ?

– Mon hôte, Ali Djenné Tall, c'est le miel fait homme. Sa demeure exhale la générosité et la foi. J'ai tout ce qu'il me faut ici : le couscous, le lait frais, les fruits mûrs et la joie.

– Puisque tu te sens si bien avec nous, reste donc. Au Fouta-Tôro aussi, il y a tant de païens à vaincre et de jeunes esprits à former. Rien ne t'empêche de l'accomplir ici, ce *djihad* auquel vous rêvez tant là-bas…

– Non, je dois retourner là-bas. Les Peuls n'attendent que moi pour faire parler la poudre.

– Alors, fête au moins l'Aïd-el-Kébir avec nous. C'est dans trois petites semaines et ces pluies tant redoutées des voyageurs, elles ne seront pas là avant deux mois, au moins. Ne t'en fais pas, nous saurons où loger les membres de ta caravane, si nombreux soient-ils.

Deux semaines plus tard, il le réveilla en pleine nuit, tellement ému qu'il avait perdu son turban en cours de route, et lui dit en sanglotant de bonheur :

– Devine ce qui se passe, pieux fils de pieux, devine ?… J'apprends que, la semaine dernière, les armées du Bhoundou ont repoussé un fort contingent d'envahisseurs : les Dényankôbé et leurs alliés bambaras y ont perdu un millier de guerriers… Hi hi !… Prions sans relâche, mon ami, prions, et bientôt, le nom de Dieu brillera sur tous les fronts des Peuls. Moi, je dis que vous avez bien fait de songer à déclarer le *djihad*. Aujourd'hui, le Fouta-Bhoundou, demain le Fouta-Djalon, le Mâcina, le Fouta-Tôro, après-demain, partout dans les pays des trois fleuves, tu ne crois pas ? Dieu est avec nous, tu comprends ? Elle est de notre côté, la source inépuisable de la lumière !…

Ils se tinrent par les mains et, accroupis au milieu de la petite case, ils entonnèrent des chants religieux malgré la nuit avancée. Avant de prendre congé, l'imam s'approcha du jeune homme et lui chuchota dans l'oreille :

– Ton hôte, Ali Djenné Tall, est un béni. Approche-toi de lui, recherche sa bénédiction ! Un grand saint est prévu parmi sa descendance. C'est un marabout venu de Meknès qui me l'a confié mais toi, ne le répète à personne !

*

Après avoir troqué ses trois cents esclaves et ses cinq mille bœufs contre des chevaux auprès des soldats des Dényankôbé, du papier auprès des Marocains, des fusils et de la poudre dans les caravelles des Français accostées à Thiéhel, Tori attendit la fin de l'Aïd-el-Kébir pour se préparer à regagner le Fouta-Djalon. La veille de son départ, il sollicita une entrevue avec son hôte, Ali Djenné Tall. Avec beaucoup de réticences, celui-ci, qui s'était depuis longtemps volontairement détourné des choses d'ici-bas, accepta d'abandonner quelques instants son chapelet, sa peau de prière et ses austères postures de pénitence et de méditation, pour venir l'écouter.

– Je m'en voudrais, ô très saint, de vous importuner longtemps. Je voudrais simplement, avant de vous quitter, profiter de votre bénéfique influence et vous demander de prier pour moi. J'ai été heureux sous votre toit. Votre hospitalité m'a fait du bien, votre piété davantage. Ces lieux sont apaisants et je ne dis pas cela parce que mon aïeul Diabâli les a habités. Je suis sûr que c'est vous qui avez apporté ici cette sensation de plénitude qui saisit l'étranger dès qu'il franchit la clôture.

Ali Djenné Tall ne répondit pas. Il l'entraîna dans sa propre case où ils passèrent la nuit à prier. Le lendemain, il lui serra longuement la main, récita quelques versets et cracha trois fois sur son crâne en guise de bénédiction. Puis il lui tendit une vieille tunique (de celles que les hommes d'âge mûr portent sous leur boubou) teinte d'indigo et empreinte de calligraphies arabes et dit :

– Prends ça ! C'est le seul cadeau qui soit digne de toi. J'espère qu'elle te fera du bien. Moi, c'est à force de la porter que j'ai appris le vrai nom de Dieu...

– Vous me la donnez vraiment ? s'enthousiasma Tori.

– Disons que, pour l'instant, elle est à toi. Mais un jour ou l'autre, il faudra bien que tu me la rendes. En attendant, continue d'œuvrer pour Dieu ! Le règne de la vraie religion approche. Mais moi, je ne le verrai pas. Toi peut-être...

– Vous pensez, grand saint, que le Fouta-Djalon aussi...

– Le Fouta-Djalon et tous les pays aux alentours ! Partout, la parole de Dieu finira par régner.

Ce fut tout. L'imam et un carré de fidèles accompagnèrent Tori et sa caravane jusqu'au fleuve Ferlo. L'imam y fit sacrifier un agneau pour leur faciliter la route et leur prodigua ses tout derniers conseils :

– Contournez le Bhoundou par le sud ! Selon les colporteurs, la guerre y sévit toujours. Furieux de leur dernière défaite, ces rancuniers de Dényankôbé ont redoublé leurs assauts contre la terre de la foi. Heureusement, chaque fois, la main de Dieu s'abat sur eux. Allez, bonne route ! Vous saluerez pour nous cet homme que tu appelles ton maître... ce...

– Karamoko Alpha !

– Eh bien, vous saluerez pour nous Karamoko Alpha et tous les parents du Fouta-Djalon. Dites-leur qu'ici nous prions tous pour que Dieu augmente la foi du Peul et l'aide à bâtir sur terre le grand royaume des fidèles !

Ils mirent près d'un mois à franchir les vallées fossiles du Ferlo, les termitières du pays bassari et les pentes boisées du mont Badiar. Les premières gouttes de pluie les trouvèrent aux abords du fleuve Kourognâki. Épuisés par le voyage et la malaria, ils décidèrent de camper quelques jours près du hameau de Hôré-Kourognâki avant de poursuivre leur chemin. Là, ils subirent une violente attaque des Dialonkés. Ils perdirent cinq hommes, vingt chevaux et comptèrent de nombreux blessés. Tori fit faire des brancards de fortune et, malgré les réticences de certains, remit au plus vite son petit monde sur la route.

– À présent, tous les villages doivent être au courant de notre présence. Les païens peuvent surgir de partout pour nous attaquer. Nous ne devons nous arrêter pour rien au monde avant d'atteindre Donghol-Lingué. À Donghol-Lingué, tout le monde est musulman et, à ce qu'on m'a dit, j'ai de la famille là-bas.

Tu penses bien que Donghol-Lingué n'était plus ce minuscule hameau que son grand-père Garga et son grand-oncle Birane avaient découvert, soixante-quinze ans plus tôt, en arrivant du Bhoundou. La recrudescence des migrations à la fin du XVIIe siècle avait depuis apporté beaucoup de sang neuf dans le clan fondateur des Alliâbé. C'était devenu un gros village de deux cents concessions au moins, avec sa mosquée, son école coranique, ses silos à grain, ses enclos et ses écuries.

Tori fit parquer les chevaux au bord de la rivière Donghôra et, avec un petit groupe de bergers, se présenta à l'entrée du village. Il tomba sur une jeune fille qui, un canari sur la tête, descendait à la rivière puiser de l'eau.

– Serais-tu du clan des Bâ, jeune fille de bonne éducation ?

– Non, je suis de celui des Diallo, mon noble et vénérable aîné. Tous les Alliâbé sont des Diallo et moi, je ressors des Alliâbé.

– Cela veut dire que tu es bel et bien de Donghol-Lingué et que tu vas pouvoir répondre à la question qui m'amène ici. Connais-tu quelqu'un se réclamant de la descendance de Mamadou Birane Bâ, un Peul du clan des Yalalbé venu du Fouta-Tôro au temps des grandes secousses ?

– Comment voulez-vous que je sache, même mon arrière-grand-père n'était pas né au temps des grandes secousses ?

– Il existe bien des Bâ qui vivent ici parmi vous, non ?

– Vous voyez ce grand arbre là-bas, dénommé *tellihi* ? Eh bien, poussez le pas jusqu'à son pied. Sur la gauche, vous trouverez un *sâré*. C'est là qu'habite la seule famille Bâ du village.

Son grand-père, Mamadou Garga, lui avait souvent parlé des parents de Donghol-Lingué, il n'aurait pas été un vrai Peul sinon, avec vos façons excessives de cultiver les liens de sang ! Avant de succomber sous la massue d'un fétichiste, son père Mamadou Téli lui lisait leurs lettres, les rares qu'il recevait, mais il était encore trop petit pour tout comprendre. Il se souvenait que son bon *soro*[1] promettait chaque année de rendre visite à son frère jusqu'à ce que les rhumatismes et le grand âge le clouent dans l'enceinte de Timbo. Le voyage avait été tout le temps reporté à cause des mariages, des circoncisions, des cérémonies religieuses ; ou alors parce qu'il avait trop plu ou fait trop chaud dans un pays où, de toute façon, voyager n'était jamais commode à cause des rivières, des montagnes, des coupeurs de route et des incessantes guerres que les animistes et les musulmans se livraient d'un bout à l'autre. Et les jours s'étaient dépêchés de passer, accumulant les naissances et les saisons, les famines et les intempéries. Et Mamadou Birane s'était éteint dans son sommeil, tout au bout de son âge, suivi quelques années plus tard par son jeune frère que la sénescence avait transformé, à la fin, en une petite chose toute recroquevillée qui, au lieu de rire ou de parler, émettait des rots de dromadaire et

1. Pépé, en langue peule.

d'inquiétants sifflements. Et depuis, seuls quelques rares messages délivrés par les marchands de kola et les prédicateurs servaient de lien entre les Yalalbé de Timbo et ceux de Donghol-Lingué.

Tori passa le *nârougol*[1], crispé et plein d'appréhension. Il prit le sentier bordé de touffes de citronnelle et orné de petits graviers qui menait vers le *tellihi*. Arrivé à la porte du *sâré*, il se racla trois fois la gorge pour s'annoncer avant de prononcer le rituel « *as salam alaïkoum* ».

– *Alaïkoum as salam* ! lui répondit une voix de l'intérieur de la case qui semblait la plus importante parmi les cinq disposées en demi-cercle autour d'un vieux kolatier.

Diabâli devait être son aîné de cinq ou six ans. Il était père de deux filles dont une en âge de se marier et d'un garçon de quatre ans auquel il avait donné le nom de Garga.

– Tu vois que nous non plus, nous ne vous avons pas oubliés. Je comptais me rendre à Timbo pour vous connaître enfin et renouer avec ce sang qui coule dans nos veines à nous aussi.

– Allah n'avait pas cette intention-là : nous réunir avant le jour d'aujourd'hui. Unissons nos cœurs, faisons le deuil du passé et, pour le reste, remettons-nous-en à l'implacable volonté du Créateur ! Dis-moi combien vous êtes !

– À part moi et mes enfants que voici, je ne sais trop quoi te dire. Mes tantes se sont mariées, j'ignore où, et mes oncles, ma foi, sont morts en bas âge les uns après les autres, emportés par le *rémé*[2], de sorte que je n'ai

---

1. Entrée étroite aménagée dans le haut des clôtures qui entourent les villages pour empêcher les animaux de passer.
2. Anémie falciforme, très répandue chez les Peuls du Fouta-Djalon.

connu que mon père, Mamadou Ilo, dont je suis l'unique garçon. À présent, mes trois sœurs vivent dans leurs foyers : la première à Bomboli, la seconde à Sankaréla et la troisième dans le Bhoundou. Je suppose qu'à Timbo, vous avez été plus gâtés par la chance.

– Ce qui est rare, c'est le grain. La maladie et la mort, Dieu les répand partout. Le choléra, la fièvre jaune et les armes sataniques des buveurs de *dolo*[1] ont décimé tous les enfants de mon grand-père. Mon père, Mamadou Téli, n'a laissé que deux enfants. Et mon aîné, je préfère ne même pas le nommer. Il a osé apostasier, le maudit ! On dit qu'à l'heure qu'il est, il vit comme un chien errant au pays de Sierra Leone, transfiguré par les blasphèmes et imbibé d'alcool. Qu'il y reste parmi les adorateurs des poteries et des masques et que Dieu l'y maudisse dix mille fois plutôt qu'une !

Ils burent le lait de bienvenue et remercièrent le bon Dieu et le Prophète pour ces inespérées retrouvailles, ce lait crémeux édulcoré de miel d'acacia et pour cette journée de plus quand les vies sont devenues plus vulnérables qu'un grain de pollen sous le vent. Puis Diabâli reprit :

– Ainsi donc, frère, Dieu t'a accordé le privilège de poser un regard sur le pays de nos aïeux ? Que Dieu m'accorde à moi aussi cette chance-là de voir le Fouta-Tôro avant que mes yeux ne se referment.

– Cela ne tient qu'à toi. J'y ai fait la connaissance d'un saint homme. Je compte lui rendre visite dès que le *djihad* sera terminé.

*

Grâce à Dieu, Tori termina sain et sauf sa périlleuse expédition. Malgré l'heure tardive, son arrivée mouve-

1. Bière de mil, en langue mandingue.

mentée à Timbo fut remarquée de tous. On attendit impatiemment la prière de l'aube pour voir de ses propres yeux ce hardi qui avait osé, à un âge aussi jeune, affronter tant de périls. Il se présenta à la mosquée et les murmures s'épaissirent, les regards admiratifs convergèrent sur lui aussi vite qu'une volée de flèches. La prière terminée, Karamoko Alpha le fit venir auprès de lui et, du haut de sa chaire d'imam et avec sa douce et rare voix dont les oreilles s'efforçaient de capter la moindre inflexion, s'adressa à l'assemblée par le truchement de son porte-voix[1] :

– Paix sur vous, musulmans ! Dieu soit loué, le messager de la communauté des fidèles est de retour parmi nous ! Le voici, assis à ma droite, notre grand Peul qui n'a pas eu peur des coupeurs de route et des fauves. Il est là, heureux d'avoir accompli sa mission, heureux d'être de nouveau parmi nous. À lui, les bénédictions du Ciel, amen !… Dis-nous, Mamadou Tori, fils de Mamadou Téli, fils de Mamadou Garga, comment s'est déroulée la mission qui t'a été confiée ?

– Le papier et les chevaux étaient bon marché, Karamoko. Les fusils, rares et fort chers : les Blancs rechignent à nous les vendre, de peur qu'on les retourne contre eux. Nous avons été reçus comme la mère reçoit ses fils après une longue absence. Tout s'est passé comme nous le souhaitions, Dieu fut à nos côtés à chaque instant du jour et de la nuit… Avec votre permission, grand imam, j'exposerai dès ce soir les détails de ma mission aux doyens de Timbo.

– Tu te doutes bien de l'intérêt avec lequel nous t'écouterons. En attendant, comment se portent nos parents

1. Chez les Peuls, les rois ne s'adressaient pas directement à la foule. Ils passaient par un porte-voix, généralement un griot, qui, en retour, chuchotait les propos des sujets dans l'oreille de son maître.

du Fouta-Tôro ? Nos compagnons musulmans y vivent-ils enfin en paix ou subissent-ils toujours les foudres des Dényankôbé ?

– À bien des égards, leur sort ressemble au nôtre. Leur nombre s'est accru, leur éducation s'est améliorée (il suffit de dénombrer leurs écoles coraniques et d'écouter la qualité des prédications émises par leurs érudits). Leurs mosquées dépassent les nôtres en style et en quantité. Mais il est affligeant de constater que ce berceau de l'islam pour les pays des trois fleuves est régi par une bande de dépravés porteurs de tresses et buveurs d'alcool.

– Dis-nous, Tori, homonyme du Prophète[1], à présent, qui règne là-bas, au pays des Dényankôbé ? Selon les colporteurs, le pays n'a plus connu de paix depuis le règne de Siré Sawa Lâmou, il y a plus de vingt-cinq ans. Qu'en est-il aujourd'hui ?

– La situation est plus confuse qu'au temps de Siré Sawa Lâmou. Les descendants de Samba Sawa Lâmou n'ont hérité ni de la grandeur ni de la magnanimité de leur illustre ancêtre. Entre eux, il n'y a plus que les complots et les coups de couteau, les poisons violents et les gris-gris. Le Fouta-Tôro ressemble à un homme ivre penché au bord du précipice. Sur la place publique, les partisans de Samba Guélâdio et de Konko Boubou Moussa excitent les haines et aiguisent les couteaux. Dans les coulisses, les musulmans s'agitent, impatients de se venger de la défaite que leur infligea Siré Sawa Lâmou en 1677 et de s'émanciper enfin du mépris et du fouet, des surtaxes et de l'ostracisme des Dényan-kôbé. Beaucoup seraient prêts à se lancer dans le *djihad* mais ils manquent de leaders et ces barbares de Dényankôbé sont bien plus difficiles à abattre que nos

1. Mamadou est la prononciation africaine du nom du prophète, Mohamed.

Poulis et nos Dialonkés à nous ! Dieu seul sait comment tout cela finira.

– Dieu en son inépuisable miséricorde n'abandonne jamais les purs. Il les aidera certainement à instaurer la vraie religion sur ces terres de luxure et de blasphème. Mais nous, serons-nous encore là pour jouir de l'heureux événement ?

*

Outre une bonne vingtaine de fusils difficilement acquis des mains d'un Français moins regardant que ses congénères, Tori avait ramené une telle quantité de chevaux que l'idée de lancer tout de suite le *djihad* s'imposa d'elle-même à Karamoko Alpha. Fort de son ascendant intellectuel et moral, il convoqua le fameux Sénat de Fougoumba où tout ce que le Fouta-Djalon comptait d'imams et de prédicateurs, d'érudits et de muezzin se rencontra dans le plus grand secret et jura de consacrer le restant de sa vie au triomphe de la Vérité et à l'anéantissement de l'idolâtrie. Parmi la fine fleur de l'intelligentsia foutanienne, répondirent à l'appel, ce jour-là, les prestigieux marabouts que voici : Alpha Cellou de Labé, Alpha Amadou de Kankalabé, Tierno Samba de Bhouria, Alpha Saliou Balla de Koïn, Tierno Souleymane de Timbi-Touni, Alpha Moussa de Kébâli, Alpha Sâdio de Fougoumba, etc. Pour s'assurer des faveurs divines, ils consacrèrent sept longs jours à jeûner, à prier et à traduire le saint Coran en langue peule. Après quoi, ils immolèrent un millier de bovins, un millier d'ovins et un millier de caprins afin que Dieu inocule ses prodiges dans leurs muscles et accorde à chacune de leurs balles la puissance du tonnerre et de la foudre.

– Maintenant que nous avons aiguisé notre foi et invoqué le secours du Protecteur, déclara Karamoko

Alpha, voyons si nos vœux ont été entendus ! Vous avez tous remarqué ce *doukoukké*, ce grand arbre au tronc noueux dressé à l'entrée du village ! Si chacun d'entre nous réussit à y loger une flèche, ce sera un heureux présage.

Ils sortirent leurs arcs et tirèrent à tour de rôle. Les flèches, au complet, atteignirent leur cible malgré l'énorme tension qui faisait crisper les échines et vibrer les avant-bras.

Ils se rendirent sans tarder dans le Kébâli, le fief du redoutable Peul-rouge Dian Yéro, pour se convaincre d'agir sous le bon augure. Ils le décapitèrent, massacrèrent l'ensemble de ses guerriers et s'emparèrent de ses esclaves et de ses biens. Le lendemain, ils allèrent à Hôré-Téné, pour surprendre une caravane de fétichistes dialonkés s'en revenant du Bhoundou : tous les hommes furent massacrés et toutes les marchandises saisies. Dopés par ces victoires, ils recrutèrent de nombreuses troupes et multiplièrent les attaques d'un bout à l'autre du pays. Leur audace suscita une grosse colère dans le camp ennemi. Surmontant leurs ataviques querelles entre bergers et paysans, Peuls-rouges et Dialonkés s'allièrent pour de bon et levèrent une puissante armée. Ils bâtirent une cité fortifiée sur les rives du fleuve Baléwol, à une demi-matinée de Timbo, où ils amassèrent leurs innombrables troupes en vue de l'assaut final contre les envahisseurs musulmans. Pour conjurer cette terrible menace, les soldats de la foi furent réunis sous le commandement unique du cousin de Karamoko Alpha, le très fougueux Ibrahima Sory, qui entoura la forteresse païenne. Au septième jour de siège, alors qu'on s'épiait de part et d'autre sans oser engager le combat, un éclaireur qui s'était aventuré trop près des murailles s'en revint avec une fournée de flèches plantées dans le dos. Ce fut le début de la bataille la plus sanglante entre « gens de la mosquée » et « gens des grottes et des forêts sacrées ».

Malgré les pluies de lances et de projectiles, les musulmans réussirent à défoncer les barricades. Dans les ruelles du village, « on se battit pied à pied, de case en case, blessant et tuant à coups de haches, de sabres, de flèches, de lances et de massues. Face à l'offensive, les infidèles étaient déterminés à résister jusqu'à l'ultime sacrifice et jusqu'au dernier homme. Au plus fort du combat, un homme du Bhoundou tira un coup de feu avec son fusil à pierre. La détonation retentit comme le tonnerre et les ennemis crurent que les musulmans avaient fait appel à leur Dieu qui leur avait instantanément répondu en envoyant la foudre. Ce coup de fusil sonna le glas dans les rangs des animistes qui l'entendaient pour la première fois. Ce fut la débandade et, malgré leur infériorité numérique, les croyants remportèrent la victoire[1] », selon les grands chroniqueurs.

On nomma ce sanglant champ de bataille, Talansan. *Ta-lan-san*, comme le premier cri du Fouta-Djalon naissant ! *Ta-lan-san*, le crépitement des balles, le fracas du séisme, du tonnerre, du volcan, de la foudre ou des pierres qui s'écroulent ! *Ta-lan-san*, l'effondrement du vieux monde !

*

C'est ainsi que tes hurluberlus d'ancêtres devinrent les maîtres du Fouta-Djalon, ces paillards invétérés, devenus soudain musulmans et bigots ! Peut-on imaginer une gazelle se métamorphoser en lionne, un brigand s'ériger en juge ? Ah, mon ignoble berger, c'est bien le Sérère qui a raison : « Regarde plutôt ce que fait le fou, des incongruités du Peul, ne te mêle jamais… »

1. E. H. M. Diallo, *Histoire du Fouta-Djallon*.

La réunion du Sénat de Fougoumba fut close après cela. Chacun des marabouts s'en retourna chez lui avec la consigne de continuer le combat dans son fief pour écraser les derniers foyers de résistance tout en gardant le contact avec les autres. Les années suivantes, des batailles moins importantes que celle de Talansan furent menées localement et gagnées sous la direction d'un marabout. Dans le Bhouria, Tierno Samba gagna la bataille de Soumbalako. Dans le Koïn, Alpha Saliou Balla triompha à Moukidjigui et à Malipan. Dans le Fougoumba, le Timbi-Touni et le Kankalabé, on ne rencontra aucune résistance notable. Il n'en fut pas de même dans la province de Labé.

Avant d'engager le combat contre les nombreux et puissants rois fétichistes qui continuaient de faire trembler les fidèles de sa région, Alpha Cellou, peu satisfait de sa formation religieuse qu'il jugeait rudimentaire, s'en alla quelques années dans le Bhoundou pour parfaire ses connaissances. Après cela, avec ses partisans recrutés dans ce pays, il franchit le mont Tamgué pour décapiter le chef peul-rouge Yéro Silatigui. Au mont Mali, il égorgea Manga Tanga, Mâma Kanni et Mâma Dâli, autres chefs peuls-rouges, démolit leurs idoles et édifia la mosquée de Mali. À Donghol Amoroyâbé, il assassina Mâma Amoro. À Kôbéyélata, il empala Mamadou Amadou. À Lèye-Donghôra, il écrasa Manga Moûmini. À Ngagnâka, il supprima Mama Samba. Dans chacune de ces localités, il fit brûler les idoles, construire des mosquées et ouvrir des écoles coraniques. Il réunit sous sa coupe tous les pays compris entre le Bhoundou et son village natal de Lèye-Bilel. Ensuite, il déménagea de là pour Popodra puis pour Dimbin. Voyant que cet endroit manquait cruellement d'eau, il se dirigea vers Donghol-Lingué du haut plateau duquel s'écoulaient les neuf sources formant la rivière Donghôra. Il acheta le terrain aux Alliâbé contre une esclave et une vache, y fit bâtir une grande mosquée et nomma l'endroit Labé.

*

Partout, les fétichistes furent contraints de se convertir en grand nombre. Les réfractaires furent chassés sur la côte, dans le Sangala, le Wontofan, le Soloma, le Firia ou repoussés dans les périphéries où ils furent soumis à moult contraintes et taxations. Chacun des grands marabouts s'occupa de bâtir des mosquées et des écoles coraniques, d'instaurer des lois, de répartir les titres et les terres de leur fief entre les grandes familles maraboutiques.

1750-1800

En 1743, l'expansion de l'élevage et la prolifération des minarets l'attestaient amplement d'un bout à l'autre du pays : le Fouta-Djalon était soumis. Dans son fief de Timbo, Karamoko Alpha consacrait son temps à prier, à jeûner, à offrir des oboles et à chanter les louanges de Dieu. Sa prophétie s'était réalisée, ses prières, exaucées abondamment et beaucoup plus vite qu'il ne pouvait l'espérer. Aucune dévotion ne pouvait être de trop pour tempérer son enthousiasme, discerner son humble condition de croyant et exprimer au Créateur sa gratitude pour avoir fait de lui l'instrument du destin. « Accorde-moi tes faveurs ! Arrose-moi de tes bénédictions, ô mon Dieu, comme tu déverses les eaux fraîches du Tominé sur la plaine aride de Timbi ! Illumine mon cœur, soutiens mon pauvre bras tant que je m'astreins à te craindre et à cheminer dans ta voie. "Mais si je me renfrogne, si je me détourne, parce que l'aveugle est venu à moi[1]", alors, mon Dieu, prive-moi de la vue. Si je m'égare, si je calomnie ou blasphème, paralyse mes membres, empêche-moi d'entendre et choisis à ma place un guide plus pur et plus clairvoyant pour mener les fidèles vers ta lumière ! » Mais s'il était trop pieux pour succomber aux délices de la vanité et

1. Sourate « Il s'est renfrogné ».

de l'autosatisfaction, il était suffisamment lucide pour savoir que l'œuvre qu'il avait entreprise n'en était encore qu'à ses débuts et que prier ne suffit jamais pour faire plaisir au bon Dieu. Il faut aussi savoir se lever et déployer les lances. Il se retirerait plus tard pour se consacrer à la prière et au jeûne. Pour l'instant, les Peuls avaient besoin de son ardeur au combat et de sa précieuse clairvoyance.

Caressant l'idée d'un grand royaume musulman, il écrivit ceci aux six autres chefs de *dîwal*[1] : « Dieu a décidé et voulu : le Fouta-Djalon a été consacré terre d'islam. En terre d'islam, nos enfants naîtront et grandiront puisque le Créateur, en son infinie mansuétude, nous a accordé la victoire. Aujourd'hui, les fidèles peuvent lire et prier sans crainte. Personne ne peut plus les obliger à nettoyer le sol sur lequel ils viennent de poser le front pour saluer l'Éternel. Mais dans les forêts, les fétichistes dialonkés attendent leur revanche ; sur les crêtes inaccessibles, ces débauchés de Peuls-rouges continuent de boire du *dolo* et de s'adonner à la luxure. Si nous voulons parachever l'œuvre que le bon Dieu nous a confiée, nous devons réunir nos sept *diwé* en un puissant État confédéral avec des lois communes et un chef unique, sous le regard du bon Dieu et sous les recommandations de son Prophète… » Après concertation, il fut convenu de se réunir de nouveau, à Timbi-Touni cette fois, le fief de Tierno Souleymane, pour désigner l'almami, le futur chef suprême du Fouta-Djalon. En sa qualité de doyen, c'est Tierno Souleymane qui aurait dû être choisi si l'on avait respecté les règles du *poulâkou*. Seulement, par sa bravoure, son sens politique, sa piété et son immense érudition, Karamoko Alpha avait, depuis le début, pris un sérieux ascendant sur l'ensemble de ses coreligionnaires.

1. Province (pluriel *dîwé*).

Tierno Souleymane ou Karamoko Alpha ? Le dilemme était si poignant qu'on évitait de l'aborder trop longtemps. Cependant, Alpha Cellou de Labé, qui avait un faible pour Karamoko Alpha, trouva un subtil subterfuge pour éviter l'écueil de la confrontation. La veille de l'élection, il s'en alla trouver ce dernier dans sa case d'hôte : « Demain, attendez que tout le monde se soit rassemblé avant de rejoindre le lieu de la réunion ! » Puis il se rendit chez Tierno Souleymane et lui dit : « Demain, ce serait plus commode de faire asseoir vos invités en forme d'abside et de réserver une place spéciale au milieu d'eux, c'est ainsi que s'asseyaient les compagnons du Prophète. » Dès que Karamoko Alpha se présenta, il s'empressa de lui indiquer le siège vacant et de l'inviter à s'y asseoir, comme s'il était déjà le roi : piégés par cette loi non écrite qui veut que les nobles Peuls n'expriment jamais leurs différends en public, chacun se garda bien d'ouvrir la bouche. Karamoko Alpha fut donc désigné almami sans heurts, sans polémique, sans tractation. Pour montrer qu'il ne gardait nul ressentiment, Tierno Souleymane offrit un taureau à chaque marabout. Karamoko Alpha égorgea le sien et en distribua la chaire, confirmant pour toujours son image d'être généreux et sobre.

On se rendit immédiatement à Fougoumba pour procéder à sa consécration. Le couronnement eut lieu dans la cour de la mosquée que, près de quatre-vingt-dix ans plus tôt, Sêry et Seïdy avaient bâtie de leurs mains sans être certains qu'elle serait épargnée des païens ne serait-ce que pour deux nuits. Chaque *dîwal* fournit un turban blanc de coton, long de quatre coudées. Alpha Mamadou Sâdio, le chef de Fougoumba, fut chargé de les ceindre sur la tête du nouvel élu en commençant par celui offert par le *dîwal* de Timbo. « Par la volonté de Dieu, le Très-Haut, l'Unique, dont Mamadou est le prophète, nous te nommons et sacrons chef suprême du

Fouta-Djalon, composé de sept *diwé*. Nous te devons tous respect, obéissance, nous, nos familles et les habitants. Ces neuf turbans symbolisent le pouvoir qui t'est confié. Veilles-y comme si c'étaient neuf canaris fragiles et remplis de précieux grains que l'on avait posés sur ta tête. Dans la communauté musulmane que nous sommes, que tous soient justes et francs. Si tous ne peuvent l'être, que les rois, eux, le soient », proclama-t-il. Alors, Karamoko Alpha fit asseoir les chefs des autres *dîwé* et ceint un turban blanc sur la tête de chacun d'eux après avoir prononcé ces mots : « Au nom de Dieu et par sa volonté, je te fais *alpha* (ou *tierno*) de… Tout le monde devra t'obéir, te respecter et te considérer comme son maître. Dans la communauté musulmane que nous sommes, que tous soient résignés et patients. Si tous ne peuvent l'être, que les gouvernés, eux, le soient. »

Ensuite, on procéda à l'adoption d'une Constitution inspirée du Coran et des hadiths et préconisant de respecter et de défendre toutes les traditions peules non contraires aux prescriptions de l'islam. Timbo fut désignée comme capitale et Fougoumba comme siège du Sénat, qui vote les lois et déclare la guerre sur proposition de l'almami. On fixa les prérogatives des *dîwé* et réglementa aussitôt le commerce, l'agriculture, la justice, l'enseignement, les mesures de poids, de capacité et de longueur. L'obligation de savoir lire et écrire fut décrétée (mesure étonnante pour l'époque, je te le concède, ô Peul, mon noble !) pour tout homme libre, au risque de se retrouver ravalé au rang d'homme de caste. Deux nouvelles provinces furent créées pour récompenser les deux grands généraux du royaume : Fodé-Hadjia, territoire coincé entre Timbo et le Solimana et peuplé en majorité de Malinkés, pour Ibrahima Sory, et Kébâli pour Alpha Moussa. En outre, il fut accordé à certains chefs de *dîwal* des privilèges particuliers.

Ancien maître de Karamoko Alpha, Tierno Samba de Bhouria reçut celui de porter son sceptre, de monter à cheval et de bénéficier du *diârôré*[1] en présence de l'almami. Au roi de Fougoumba, il fut accordé de s'asseoir sur le même tapis que le roi des rois. La province de Labé reçut le droit exceptionnel d'exécuter un condamné à mort sans avoir à le présenter dans la cour de Timbo. Quant au roi de Timbi-Touni, il fut le seul autorisé à porter un turban en présence de l'almami. En raison des exploits exceptionnels de Alpha Moussa dans les différentes phases du *djihad,* la province de Kébâli fut exemptée de tout combat direct et affectée exclusivement à l'intendance des armées.

La province de Kankalabé devint celle de l'asile et de la grâce. Son roi avait le privilège d'examiner à son unique discrétion les demandes d'amnistie. Il suffisait pour cela au meurtrier de se débrouiller pour atteindre son territoire et se mettre sous sa protection. Arrivé dans le village, il devait lancer l'appel du muezzin du haut d'un fromager désigné à cet effet. L'entendant, le roi de Kankalabé le faisait quérir pour écouter sa doléance. Après cette entrevue, il adressait un message à l'almami ainsi qu'au chef du *dîwal* auquel ressortissait le coupable. Puis il étudiait le cas et transmettait son avis à Timbo. La décision de l'almami, générale-ment favorable, était ensuite notifiée à l'intéressé qui rentrait chez lui, libre…

Après ça, il ne lui restait plus au Fouta-Djalon qu'à œuvrer et prospérer, fort de ses plaines bien arrosées et de ses nombreux érudits, de la force de ses lois et de ses vallons couverts de troupeaux.

Hormis le fait qu'il vivait dorénavant sous la domi-nation de ta pouilleuse de race, le pays souffrait, cepen-dant, de deux énormes tares qui le poursuivront tout au

1. Récital de poèmes élogieux à l'adresse du roi.

long de son histoire et finiront par l'ébranler : son organisation fédérale vite fragilisée par les manœuvres des Européens implantés sur les côtes et l'énorme déséquilibre économique et démographique qui régnait entre ses diverses provinces.

Si Timbo gouvernait, c'était Fougoumba qui détenait le privilège de couronner les almami, de voter les lois et de déclarer la guerre. En outre, Labé, à elle seule, totalisait la moitié de la population, la moitié de l'armée, la moitié du cheptel et de l'or ainsi que la moitié du territoire !…

Ajoute à cela l'excès de susceptibilité, le penchant à l'envie, le goût de l'intrigue et de la dissimulation propres à ta peuplade de pastoureaux et tu comprendras pourquoi, à l'instar du Fouta-Tôro, l'histoire du pays fut émaillée de sanglantes tragédies à cause des velléités de sécession et des crises de succession.

La première, tu t'en doutes, éclata dès la mort de Karamoko Alpha.

*

Pendant qu'au Fouta-Djalon l'almami s'occupait de réduire les derniers noyaux de fétichistes et d'asseoir les institutions du nouveau royaume, au Fouta-Tôro, on était encore loin de toute idée de *djihad*. Bien que méprisés et constamment floués malgré leur importance numérique, les musulmans demeuraient dans l'expectative. Profondément meurtris par l'animosité qui liait les princes Samba Guélâdio et Konko Boubou Moussa, de nombreux Peuls cherchaient à émigrer vers le Bhoundou ou le Fouta-Djalon. Le désordre engendré par la famine et l'insécurité leur rappelait les pires moments de la funeste guerre des marabouts.

Aie honte, Peul, regarde un peu le désastre que peut produire ta race de bohémiens !…

Après l'assassinat de son père, Konko Boubou Moussa fut néanmoins désigné pour lui succéder au trône. Samba Guélâdio l'en chassa et s'y installa de force. Le Fouta-Tôro sombra de nouveau. Ce fut une guerre civile de dix-huit ans qui entraîna la suspicion et la haine dans les familles, dans l'armée, partout. Paradoxalement, ce fut ce sombre épisode qui inspira aux griots les plus beaux hymnes de l'épopée peule. Dix-huit ans de combats et d'errances, de puits souillés de sang et de greniers vides !

La tradition a fait de Samba Guélâdio la figure parfaite du héros peul[1] : beau, orgueilleux, intrépide et autoritaire. Pourtant, il régna peu. Il passa une bonne partie de sa vie à faire la guerre. Il ne livra pas moins de quarante-cinq batailles. Son cheval s'appelait Oumoulatou, son fusil Boussé Larwaye. De nos jours encore, quand, dans les paillotes de la vallée du Sénégal, les guitares monocordes chatouillent le *Lâguia*, l'hymne que lui composa son célèbre griot, Séwi Malal Layane, les larmes s'écoulent comme le lait sur les joues des gracieuses et des nobles. Et en chœur, tout le monde en reprend le belliciste refrain :

Celui-là, c'est l'homme qui disait...
Par les prières de ma mère,
Par les prières de mon père,
Ne me tuez pas, bon Dieu, d'une mort honteuse
Celle de mourir dans mon lit
Parmi les pleurs des enfants
Et les gémissements des vieillards...[2]

1. I. Correra, « Samba Guélâdio. Épopée peule du Fouta-Tôro ».
2. B. Barry, *La Sénégambie du XVᵉ au XIXᵉ siècle*.

Tam-tams de sang, Voix de sang, ainsi que l'appelaient, en tremblant de peur, les colonnes de ses ennemis, ses tambours et ses chansons de guerre sèmeront près de deux décennies durant la terreur et l'affliction dans la vallée du Sénégal. En s'emparant du pouvoir en 1725, il commença par combattre les Ormans et leur inacceptable impôt, le *moûdo-horma*. Il régna une première fois de 1725 à 1735. Mais Konko Boubou Moussa, appuyé par ses oncles soninkés du Gadiâga et du Diâra, réussit à l'évincer. Il trouva refuge en Mauritanie où il s'allia avec un chef de guerre arabe, nommé Hel-Heyba. Pourvu d'une puissante armée de volontaires peuls et de mercenaires arabes, Samba Guélâdio rebondit du désert à la conquête du trône. Apprenant cela, Konko Boubou Moussa quitta sa capitale Dôndou pour venir à sa rencontre. À cette époque, un Anglais que la tradition retiendra sous le nom manifestement altéré de Idiri Sarluger sillonnait la région pour troquer des fusils contre des esclaves et de l'or. Il arrivait dans un village et demandait : « Qui est le roi de ce pays ? – Konko », lui répondait-on. Il se rendait dans le suivant et demandait : « Qui est le roi de ce pays ? – Samba », lui affirmait-on. Doué d'un sens inégalé des affaires, il se garda bien de prendre parti et partagea son arsenal en deux : une moitié pour chacun : « Eh bien, maintenant, battez-vous ! leur dit-il. Celui qui gagnera, celui-là prélèvera le tribut des Blancs naviguant sur le fleuve[1]. »

Le combat eut lieu à Diôwol, sur les sables de Bilbassi. Vaincu, Konko gagna le maquis où, au fil des mois, il réussit à monter une puissante armée. Il chassa Samba et régna cinq ans à son tour. Il percevait les tributs, prenait la part qui lui revenait, en donnait à son frère, le prince héritier Soulé Ndiaye Ier, et distribuait le reste aux guerriers selon leurs grades et leurs rangs.

1. S. Kamara, *Florilège au jardin de l'histoire des Noirs.*

Du désert où il se réfugia de nouveau, Samba recruta une armée encore plus puissante de Peuls et d'Arabes et attaqua Konko. Il fut victorieux et exila le vaincu dans la province du Tôro. Hélas, Samba était trop fougueux, Samba était trop autoritaire. C'était un roi héroïque et juste mais trop dur, trop exigeant, trop craint pour être aimé. Lassés de son despotisme, ses partisans rejoignirent le camp de Konko. Celui-ci récupéra le gros de l'armée du Fouta ainsi que des mercenaires maures du Trarza, et chassa Samba Guélâdio du trône. Celui-ci s'enfuit au Bhoundou où il s'installa à Diamwâli.

Konko savait que même dans sa retraite de Diamwâli Samba restait dangereux. Il réunit les princes et les officiers, il leur dit : « Aux dernières nouvelles, Samba attend la montée de la crue pour revenir au Fouta, pour semer le désordre. Nous devons l'en empêcher. Allons lui tendre une embuscade dans la province du Damnga ! »

Son demi-frère, Soulé Ndiaye Ier, installa ses soldats dans un triangle compris entre les tamariniers de Hôré-Kâdiéré, les rochers de Gassimbîri et les ravins de Ballel. Son second demi-frère, Siré Boubou, prit position à Lôbâli. Lui-même déploya ses forces dans la plaine de Dioubouroun, dans le Gadiâga, le pays de ses oncles soninkés.

Ils passèrent des mois à surveiller l'horizon sans rien voir d'autre que les migrations des tourterelles et les transhumances des bergers.

Puis, une voix fendit les airs, un homme juché sur un cheval blanc s'avança vers les troupes de Konko en chantant. C'était le griot Séwi Malal Layane qui déclamait le *Lâguia*. Mais ce n'était pas le *Lâguia* épique des grands jours. C'était un *Lâguia* du tourment et du deuil, une élégie qui déchirait les cœurs en relatant

avec force roulades et sanglots la mort de Samba Guélâdio.

Je te dois, à ce moment-ci du récit, les tristes détails
qui ont abouti à la fin de ce grand maître des chevaux
et des lances, de ce fils de Peul engendré dans la gloire
et nourri de noblesse et de lait pur. Imagine que durant
ces terribles moments de fracas et de défis, l'amour, en
sourdine, tissait sa mystérieuse toile. Oui, mon petit
chenapan, si invraisemblable que cela paraisse, tandis
que le cœur de son père noircissait de venin, celui de
Diyé Konko chavirait pour « le plus Peul des Peuls, le
plus splendide des chevaliers ». Peut-être que mieux
vaut croire en vos incongrus proverbes : « Dieu, en faisant les choses, ne cherche pas à se faire comprendre. »
Écoute bien, ce n'est pas un mensonge, la plus belle
des idylles se noua entre Samba Guélâdio et la fille de
son ennemi. Le secret, comme tous les secrets, finit par
s'éventer et pénétrer les oreilles des frères de Diyé.

Ceux-ci, fous de rage, menacèrent la jeune fille.

– Concourir à la perte des tiens ! Aurais-tu perdu la
tête, petite dévergondée ? Dis-nous en face, fille de
notre père : te serait-il possible de te vautrer dans le lit
de ce monstre et de regarder ensuite la lumière du jour
sans que la honte te brûle les yeux ? Va, tout de suite,
effacer les traces de ton forfait !

– Que dois-je faire alors pour mériter l'amour des
miens ?

– Le tuer !

– Le tuer ? Accordez-moi plutôt de me jeter dans le
fleuve !

– C'est toi qui as apporté la honte, c'est à toi de nous
en délivrer. Le sort de l'un de vous deux est scellé : tu
le tues ou toi, nous te tuons !

– Faites-le plutôt, vous, c'est vous les hommes, après
tout !

– Cet homme est invincible aux armes ! Seule une femme pourrait avoir raison de lui. Les vices dont tu as usé pour le séduire, sers-t'en à présent pour l'anéantir !

Diyé veilla sept nuits consécutives pour imaginer son diabolique projet. Alors, elle se rendit sous les gonakiers de Toumbéré-Djingué où les deux tourtereaux avaient l'habitude de cacher leur amour et se coula auprès de son amant.

– Il suffit que je me retrouve auprès de toi pour oublier tout le reste, le goût du miel comme l'odeur des fruits, lui susurra Samba en reniflant son *dioubâdé*[1] égayé d'ambre et d'or et sentant bon le myrte et le henné. Jamais l'amour ne m'avait si profondément pénétré.

– Je t'ai fait du *lalo*, Samba.

– Il ne fallait pas, bien-aimée, tu sais bien que je n'aime pas le *lalo*.

– Un homme qui aime du fond du cœur mange le *lalo* que lui prépare son amoureuse. Tu me bernes, Samba, tu ne m'aimes pas. Il y a peu, on parlait de nous au village de Diéri-Lombiri, et le hasard a voulu que j'entende les ragots des mégères : « Pourquoi, selon vous, Samba se délecte-t-il du *lalo* des autres femmes et jamais de celui de Diyé ? Parce qu'il ne l'aime pas, pardi ! »

Elle se roula dans la poussière, pleura de douleur et se griffa les seins.

– Guéno, mon Créateur, ôte-moi la vie tout de suite plutôt que de me laisser mourir à petit feu de honte et de jalousie !

– N'écoute pas ces langues de vipères, ô sublime génisse, ma nymphe des prés ! Elles n'ouvrent la bouche, celles-là, que pour détruire chez les autres le bonheur

---

1. Coiffure réunissant les cheveux en cime et caractéristique des femmes peules.

qu'elles n'ont jamais eu. Relève-toi, touche ma poitrine ! L'amour ne m'aurait pas autant brûlé s'il était feint. Ta présence en moi est si forte qu'en me voyant le premier inconnu dirait : « Celui-là, le rêve qui le porte, c'est le visage de Diyé Konko ; le souffle qui l'anime, c'est le sourire de Diyé Konko ! »

– Alors, goûte à ce *lalo*, pour preuve de ton amour !

– Ô femme, tu me mets devant un choix bien difficile. Ce sera pénible si j'accepte, tout aussi pénible si je n'accepte pas. Mes larmes couleraient dans tous les cas : à cause de ce plat insipide ou à cause du chagrin qui te ronge. Mais puisque je dois choisir, je choisis de sécher tes larmes à toi. Allez, donne-moi ce *lalo* !

Il vida l'écuelle de bois en grimaçant de dégoût puis salua sa bien-aimée et reprit la route de Diamwâli. Lentement, le poison commença à agir pendant qu'il galopait. Il ressentit les premières nausées aux termitières bordant la sortie de Toumbéré-Djingué. Les coliques et les vertiges ralentirent sa galopade. Les saignements et les vomissures l'achevèrent sous un baobab, à mi-chemin de Diamwâli.

C'est ainsi que finit « le plus Peul des Peuls », « le dompteur des rois et des destriers ». Ni par une balle ni par une lance, comme il l'avait toujours souhaité ! Par le poison de l'amour, le venin de la traîtrise !…

Le lendemain, voyant son cheval renifler son corps, des inconnus creusèrent un trou sous le baobab et l'enterrèrent à la sauvette. Des années plus tard, un berger qui passait par là découvrit un os déterré par les eaux de ruissellement.

– Voyons voir si le héros était aussi robuste qu'on le dit !

Il dégaina son sabre et, d'un coup sec, brisa l'os ; l'un des éclats rejaillit sur lui et lui troua le front. Il tomba raide mort. Épouvantée, une vieille femme témoin de la scène leva les bras aux cieux et s'époumona :

– C'est bien lui, Samba Guélâdio : vivant, il tue ;
mort, il tue aussi !

*

« Il atteint sa cible, il se réjouit, c'est le Sérère ! Il
abat la biche et pleure de l'avoir tuée, c'est le Peul ! »
Dieu seul sait comment il lui a pris de vous façonner !
On croit que l'art de la tapisserie est compliqué mais,
vous, vous êtes plus compliqués encore. On ne sait
jamais quel sentiment vous anime, jamais quelles seront
vos réactions, âmes de nomades, torturées par la mélancolie et le doute !

Figure-toi qu'en apprenant la mort de son pire
ennemi Konko Boubou Moussa hurla de douleur au
lieu de jubiler et de triompher : « C'est ma faute si ce
valeureux prince est mort loin de son trône et de son
pays comme un chien abandonné. » Il désigna le prince
héritier, Soulé Ndiaye Ier, comme son successeur, après
quoi, il se rendit à la mosquée, embrassa la religion de
Allah pour se repentir de son « crime » et prêta le serment de devenir, jusqu'à la fin de ses jours, le fidèle et
humble muezzin de ses anciens sujets. Pour se nourrir,
il mendiait de porte en porte, en bon musulman soumis
à l'astreinte et à l'humilité. Sauf que le mendiant qu'il
était devenu n'avait pas perdu tous ses réflexes prin-
ciers. Il ne demandait jamais moins d'une vache ou
d'un esclave. Dans les marchés du Fouta-Tôro, il est
encore fréquent d'entendre les vendeurs s'exclamer :
« Mais c'est une aumône de roi que tu me demandes
là, mendiant, de celles que demandait le muezzin
Konko ! »

*

Comme toute la race des Dényankôbé, Soulé Ndiaye Ier était beau, courageux, perfide et avare. Selon Shaykh Kamara, c'était aussi un grand original. Trois au moins de ses lubies auront fait la risée de ses contemporains. Il possédait un fusil qui ne le quittait jamais, il le gardait pour se baigner, pour faire l'amour aussi. Voilà, depuis, ce que les gens du Fouta-Tôro disent à propos de deux amis réputés fidèles : « Vous deux, vous êtes aussi inséparables que Soulé Ndiaye Ier et son fusil. »

Quand il voyait un de ses soldats ou un de ses esclaves avec une jolie femme, il l'apostrophait de la manière suivante : « Que fais-tu là, crétin ? Cette femme n'est pas faite pour quelqu'un comme toi. Dépêche-toi de la répudier et de l'offrir à ton roi ! » Parmi les nombreuses compagnes qui peuplaient son harem (et qu'il avait arrachées ici et là sans l'assentiment des parents et des proches), il se trouvait deux sœurs qu'il s'était mis dans la tête d'épouser coûte que coûte, quitte à enfreindre les usages. Voilà comment s'était produite cette incroyable bizarrerie.

Un jour, un de ses esclaves lui rapporta de Feddandé, dans le Bhoundou, une jeune et jolie jeune fille du nom de Fatimata Madioul.

– Tu m'en as souvent rapporté, à chaque fois, plus somptueuses encore, mais celle-là, par mon père et par ma mère, elle vaut, à elle seule, toutes les autres ! exulta Soulé Ndiaye.

– Mais tu n'as encore rien vu, ô mon maître, sa sœur est cent fois plus belle ! avança imprudemment le malheureux.

Soulé Ndiaye Ier suffoqua de colère et brandit son fusil.

– Et qu'est-ce que tu attends pour aller la chercher, esclave de malheur ?

Il fit venir Binta Madioul et l'épousa (secrètement) elle aussi. Grâce à ses nombreuses concubines et à son vaste palais, personne ne découvrit le pot aux roses.

Mais voici la lubie qui, de toutes, dénotait la nature du personnage. À une demi-matinée de cheval de Hôré-Kâdiéré (où, dès son accession au trône, il installa sa capitale) se trouvait un îlot désert du nom de Aali Samba. C'est sur cet îlot et sur cet îlot seulement que Soulé Ndiaye Ier faisait ses besoins naturels. Arrivé à Ballel, il descendait de cheval et ordonnait à sa suite de l'attendre là. Accompagné de quelques ministres, il prenait le bateau jusqu'à Aali Samba où il s'isolait pour déféquer à l'aise.

À Hôré-Kâdiéré, son immense résidence, entourée de murailles et de fossés, était réputée imprenable. « Chaque jour plus de mille guerriers y passaient la nuit, à tour de rôle. Leur tour n'arrivait qu'après un an ou six mois, à cause de leur grand nombre[1] », affirment les connaisseurs. Il y régna avec un despotisme tel que le pays replongea dans une guerre civile de cinq ans. La famine et l'anarchie mirent le royaume sens dessus dessous. Pour la première fois depuis Koly Tenguéla, deux obscurs princes, Boubou Gaïssîri et Diâyé Hôla, accédèrent brièvement au trône, violant ainsi le sacro-saint principe qui voulait que seuls ceux dont le père avait régné devaient prétendre au pouvoir. Les esclavagistes français et arabes intervenaient dorénavant directement dans les affaires du royaume. La violence et l'arbitraire entraînaient des exodes encore plus massifs qu'au temps de Samba Guélâdio. On allait à la chasse aux esclaves comme naguère on allait à la battue. Le désarroi entraîna nombre de Peuls à se convertir volontairement à l'islam pour profiter de la protection des marabouts, violemment hostiles à la vente de leurs congénères musulmans. L'ébullition gagnait les enclaves musulmanes. On comptait et recomptait les partisans, on collectait les armes. On trépignait d'en découdre

1. S. Kamara, *Florilège au jardin de l'histoire des Noirs.*

avec les Dényankôbé et avec leurs alliés français et arabes. On rêvait à un émule de Nasr El Dine, à un nouveau Karamoko Alpha sans se douter justement que, dans ce Fouta-Djalon tant admiré, une douloureuse tragédie se préparait.

En 1750, en dépit des conseils de son entourage, Karamoko Alpha monta une expédition, sa vingtième, au cœur du pays mandingue. Usé par les conquêtes, le jeûne et les longues veillées de prière, le vieux marabout pensait détenir encore suffisamment de forces pour continuer l'œuvre que le bon Dieu lui avait confiée. Il dévoila son rêve de porter le feu à l'est où, hormis l'enclave de la ville sainte de Kankan, l'islam restait encore une croyance ridicule et marginale, décriée par les gens du commun, redoutée dans les grottes sacrées, persécutée dans les palais. Il persuada le Sénat de Fougoumba de monter une armée de dix mille hommes, dont trois mille cavaliers armés de tromblons et de mousquetons. L'objectif était de traverser le fleuve Niger et de convaincre les fétichistes de se convertir, après avoir vidé leurs outres de vin de mil et brisé leurs idoles, ou de se soumettre. Tout se passa bien jusqu'à l'arrivée à Kouroussa. Malheureusement, le saint homme perdit l'esprit en traversant le fleuve Niger. Pris de panique, ses généraux annulèrent l'expédition, le ramenèrent à Timbo et confièrent l'intérim du pouvoir à son cousin Ibrahima Sory. En dépit des soins qui lui furent prodigués, son état empira inexorablement. Le fondateur du Fouta-Djalon rendit l'âme à la fin de l'année 1751, au bout d'une longue agonie.

Selon les prescriptions de la Constitution, le conseil des Anciens convoqua le Sénat à Fougoumba pour élire le successeur. On hésita longuement entre Ibrahima Sory et l'héritier légitime, Alpha Saliou, le garçon le plus âgé du défunt. Finalement, la candidature de ce dernier, qui n'avait alors que seize ans, fut écartée au profit de Ibrahima Sory qui, outre sa légendaire forte personnalité, avait déjà eu le mérite d'assurer avec succès un difficile intérim. État récent, menacé sur ses frontières par de nombreuses tentatives d'invasion, fréquemment mis en effervescence, à l'intérieur, par les révoltes des esclaves et par les tentatives de rébellions des résidus fétichistes, le Fouta-Djalon avait besoin d'un homme au caractère trempé. Et d'évidence, Ibrahima Sory était cet homme-là. Musulman pieux, fidèle collaborateur de feu Karamoko Alpha, c'était aussi un intrépide guerrier qui, bien avant son accession au trône, jouissait d'un grand prestige à travers le Fouta-Djalon. En onze ans de règne, il monta plus d'une trentaine d'expéditions victorieuses, ce qui lui permit d'élargir les frontières vers le Tamba, le Kharta et la Gambie et d'amasser une fortune colossale. Ce qui, comme tu le verras plus loin, ne manqua pas d'éveiller les jalousies.

Alpha Cellou de Labé mourut la même année que son mentor et ami, Karamoko Alpha. Ibrahima Sory Maoudho désigna Mamadou Dian, le deuxième de ses sept garçons – après que, pour de confuses raisons, l'aîné Tierno Sigon y eut renoncé –, pour le remplacer à la tête du Labé. Les chroniques retiennent de lui un chef courageux, honnête et généreux. Sitôt intronisé, il dut affronter de nombreuses incursions de la part des fétichistes les plus irréductibles qui voulaient profiter de l'interrègne pour reprendre leurs anciennes positions. Ce fut tout d'abord la bataille de Tôlou contre le Dialonké Sangara où Diabâli se distingua si brillamment que Mamadou Dian en fit le gardien de ses écuries et son confident. Il récompensa sa bravoure par un millier de têtes de bétail et un champ de mille pieds dans la zone inondable de la vallée du Donghôra. De ce jour, le nouveau prince nourrit pour l'obscur descendant de Dôya Malal une confiance totale et une profonde estime. De telle sorte que lorsque, quelques années plus tard, Komboro, un autre chef dialonké, descendit de Kouroun'ya pour massacrer les habitants de Sannoun, Mamadou Dian qui se trouvait souffrant confia le commandement de l'armée à un de ses frères, Souleymane, et lui imposa Diabâli comme second. Facilement délogé de Sannoun, Komboro fut poursuivi jusque dans son refuge où il fut décapité. On se saisit de ses biens et massacra sa famille et ses guerriers, à l'exception de Nanténin, sa petite fille de dix ans dont l'effroi émut si bien Souleymane qu'il lui sauva la vie, assura son éducation et l'offrit en mariage à Mamadou Garga, l'aîné de Diabâli.

*

En ce vendredi du début des années 1760, Timbo s'apprêtait à rejoindre la mosquée pour participer à la grande prière et ensuite assister au jugement hebdomadaire rendu par le nouvel almami lorsqu'un homme habillé d'un grand boubou en *leppi*[1] et coiffé d'un *poûto*[2] se présenta devant la porte ouest de la cité. Ne sachant dans quelle direction s'orienter, il attacha son bœuf porteur surchargé de ballots et de nattes à un manguier, réajusta la bouilloire[3] qu'il portait en bandoulière et planta d'un coup sec son bâton de berger dans le sol humide. Il s'essuya le front, se tourna ensuite vers le gamin tenant un grand bélier aux cornes torsadées qui l'accompagnait et lui dit en souriant :

– Quel chemin doit-on prendre, cette fois-ci ? Celui de droite ou celui de gauche ?

1. Épaisse cotonnade rayée de blanc et d'indigo.
2. Bonnet souple et conique finement brodé de fil jaspé.
3. Il était de bon ton de se déplacer avec une bouilloire pour faire ses ablutions en route.

– Avant-hier, à Bhouria, c'est celui de gauche qui nous a porté chance. Aujourd'hui, nous devrions miser sur celui de droite.

– Je ne peux rien faire d'autre, mon gamin, que de m'en remettre à ton flair. Si nous croisons une âme charitable par là, je t'offre une boule d'*akassa*, sinon je te pince les oreilles, tu acceptes ?

– J'accepte parce que je suis sûr que c'est par là notre chance.

Ils longèrent les haies vives de fougères et de citronniers, passèrent deux ou trois *sâré* vides d'habitants, se faufilèrent entre les poules et les biques, faillirent se faire mordre par une meute de chiens errants avant de déboucher sur une vieille femme qui binait dans son *lougan*. Le jeune homme se racla la gorge trois fois avant de s'annoncer :

– Des étrangers venus de loin vous saluent, ô mère du Fouta-Djalon !

– Le salut revient à vous aussi sincère et doux que vous me l'avez adressé ! Que puis-je faire pour vous, une vieille femme comme moi ?

– Connaissez-vous un endroit où nous puissions nous désaltérer et dormir ?

– Depuis le règne de Karamoko Alpha, c'était chez le coursier et le courtisan de la cour que l'on orientait les étrangers de passage. Je ne crois pas que cela ait changé sous l'avènement de Ibrahima Sory Maoudho. Allez droit devant vous ! Au fortin de l'almami, prenez sur votre gauche et continuez jusque sous les grands baobabs. Vous trouverez là un *sâré* un peu plus imposant que les autres, avec une grande écurie et une bibliothèque de style mauresque. Là, vous demanderez le dénommé Mamadou Tori et on vous le montrera.

Ils y trouvèrent une petite fille en train de balayer la cour.

– Dis-nous, jeune fille, si nous sommes bien chez Mamadou Tori, le très respecté !

– C'est bien le domicile de mon père, répondit la petite en tâchant d'élever la voix à cause des nombreux bruits qui provenaient de l'intérieur des cases. En ce moment, il se trouve au *hourgo*[1].

Elle étala des nattes sous l'oranger dressé au milieu de la cour et reprit :

– Que les étrangers veuillent attendre ici qu'il ait fini de se laver pour la prière du vendredi !

Tori surgit presque au même instant, drapé dans un éclatant boubou et sentant l'encens et le néroli.

– Djiba, ma fille, je ne sais pas d'où viennent ces étrangers ni ce qu'ils me veulent. Nous prendrons le temps de nous restaurer et d'en parler après la mosquée. Pour l'instant, prépare-leur de l'eau chaude et du savon, la grande prière risque de commencer sans nous. Et vous, femmes, retrouvez-moi vite mon chapelet, mes babouches et mon bonnet. Et toi, fainéant de Sabou, apprête trois montures avant que ne s'ébranle le cortège. Que dirait le Fouta si le plus proche courtisan de l'almami manquait à l'appel pour l'escorter à la mosquée ?

Il serra furtivement les mains des visiteurs et disparut dans une case.

Ils arrivèrent juste à temps, forçant sur leurs montures tandis que Sabou, le petit esclave, courait au-devant d'eux pour leur frayer un chemin à travers la nombreuse foule qui avait soudain envahi les sentiers et les cours.

Tori s'engouffra dans la case royale pour aider l'almami à mettre son burnous et son turban, puis à se jucher sur sa jument blanche délicatement harnachée.

---

1. Espace situé dans le *lougan* et clôturé de paille et qui sert de toilettes et de salle de bains.

Et les courtisans, les gardes, les griots, les marabouts, suivis d'une foule innombrable de gens anonymes tous à pied, se dirigèrent vers la mosquée en déclamant des poèmes en l'honneur du roi et du saint Prophète.

Après la prière et l'interminable séance du tribunal – l'almami jugeait ce jour-là un cas de sorcellerie, un crime pour adultère, un voleur de bœufs et un homme soupçonné d'apostasie –, Tori se pencha vers l'étranger.

– À toi, maintenant ! (Puis il s'adressa au porte-voix de l'almami :) L'homme qui est ici à côté de moi voudrait dire quelque chose.

– Eh bien, qu'il parle ! L'almami y consent et Timbo est prête à l'écouter.

– Pardonnez, ô croyants, à un inconnu de troubler votre quiétude et de rogner sur le temps précieux de l'almami...

– Notre tolérance t'est acquise, Peul ! Dis-nous tout de suite quel est ton nom et quelle est la raison de ta présence ici !

– Mon nom est Tierno Souleymane Baal et je suis du Fouta-Tôro. Je séjourne à Labé depuis quelques années auprès des grands marabouts de cette vénérable cité qui m'ont aidé à élargir mon esprit et à suivre sans me tromper la voix rectiligne de Dieu. À présent, je m'apprête à retourner chez moi pour propager le bon message et prier le Ciel pour qu'il me montre l'avènement d'un roi musulman avant de me refermer les yeux. Je tenais, avant de quitter cette terre de savoir et de piété, à visiter cette cité sainte de Timbo et à implorer le soutien de ses habitants et la bénédiction de l'almami. Au moment où je vous parle, Soulé Ndiaye Ier, le nouveau roi dényanko, saccage les mosquées et persécute les croyants plus encore que ne le faisaient ses ancêtres. Gageons que, cette fois, les musulmans ne resteront pas sans réagir. La fin de sa dynastie approche, c'est cela, sans doute, qui le panique et le rend si brutal. Son joug étouffe nos fidèles, parents, alors de grâce, aidez-nous !

Le porte-voix se pencha quelques instants vers l'almami puis il se redressa et reprit :

– Timbo et l'almami te disent bienvenue parmi les tiens, Peul de foi et de noble ascendance ! Almami Ibrahima Sory Maoudho me charge de te dire que vos maux sont les nôtres et que nous devons partager les balles et la poudre, l'espoir et l'humiliation jusqu'à ce que, là-bas comme ici, notre cause commune triomphe. Il a hâte de t'accueillir dans sa salle des audiences pour en parler plus concrètement. En attendant, tu logeras chez Mamadou Tori qui te devra le boire et le manger, la protection et le respect.

– C'est déjà fait, griot ! coupa Tori. C'est chez moi que notre hôte est descendu avec le garçon qui l'accompagne.

Ils quittèrent la mosquée pour goûter au fastueux repas que l'almami offrait habituellement à ses sujets après la prière du vendredi.

Le soir, Tori présenta à son hôte ses quatre épouses et ses douze enfants.

– Mon aîné, Mamadou Birane, tu le verras plus tard, quand il reviendra de l'école coranique. Il doit être de la même classe d'âge que ton garçon à toi.

– Pas du tout ! Cet enfant serait plutôt le tien… Viens ici, Tori, que je te présente à ton homonyme et oncle !… Je te jure, cet enfant n'est pas le mien, c'est celui de ton frère, Diabâli, celui de Donghol-Lingué !

– Je ne savais pas qu'il avait eu un autre garçon avant de mourir. Comment cela s'est-il passé ?

– Il est mort, la dernière saison des récoltes, éventré par une vache. C'était un grand ami. Avant de mourir, il m'avait dit : « S'il m'arrive quelque chose, je te confie mon dernier fils. Occupe-t'en, fais-en ton propre enfant ! Sauf si mon frère de Timbo s'y oppose. »

– On ne va pas contre la volonté des morts. Cet enfant est le tien. C'est comme s'il venait de ton sang à présent.

Tierno Souleymane séjourna à Timbo un an puis repartit au Fouta-Tôro, comblé de cadeaux et de bénédictions.

*

T'a-t-on déjà parlé de Tierno Souleymane Baal ? Alors, écoute l'itinéraire peu ordinaire de ce Peul aux longues tresses devenu soldat de l'islam. Tierno Souleymane Baal relevait de la tribu des Wodhâbé, du clan des Barry, du sous-clan des Bâkarnâbé qui, dans les temps lointains, habitaient Fittôbé dans le Mâcina. Sache qu'il était apparenté à Hammadi Lobbo Aïssata, le père du futur théocratique et mystique Chaïkou Amadou. Au début, comme tous les gens de sa tribu, c'était un Peul attaché à ses bœufs, respectueux de Guéno, buveur de *dolo* et hostile à l'islam. Dans son jeune âge, il émigra au Fouta-Tôro et s'installa à Bôdhé. Un jour qu'il faisait paître ses bœufs en brousse, il entendit une voix venant d'un buisson d'épines : « Jette tes gris-gris, Peul ! » Il fouilla les recoins du buisson mais ne vit rien d'autre qu'une tourterelle perchée sur un figuier. Il se dit qu'il s'était simplement laissé étourdir par la fatigue et continua son chemin. Le lendemain, la même voix se fit entendre au bord d'une mare : « Jette tes gris-gris, Peul ! Rallie-toi à la mosquée, réponds à l'appel de Dieu ! » Il leva les yeux et revit la tourterelle perchée sur un fromager. Il jeta ses gris-gris, se convertit à l'islam et gagna Hassaye, en Mauritanie, en quête de quiétude et d'instruction. Ensuite, il partit pour un long pèlerinage au Fouta-Djalon où, contre toute attente, l'islam venait de triompher.

À son retour, il sillonna le Fouta-Tôro pour défier les mécréants Dényankôbé et les notables peuls restés encore adorateurs des grottes en répétant inlassablement ces mots désarmants de franchise et de simplicité : « Quittez notre pays ou entrez dans notre religion ! » Il exhorta ses adeptes à enseigner le Coran et à prêcher contre le despotisme de Soulé Ndiaye Ier et contre le *moûdo-horma*, cet impôt impopulaire imposé sous Bôkar Sawa Lâmou par les guerriers ormans, et surtout contre l'abjecte propension des Arabes à vendre tous les Nègres qui leur tombaient sous la main, qu'ils soient musulmans ou non.

Un jour, il entra dans un village et trouva une bande de Maures venus prélever la maudite taxe.

– Pourquoi, mécréants, utilisez-vous un mortier à la place de la traditionnelle mesure du *sa* ?

– Parce qu'il nous plaît ainsi ! répondirent-ils. Et qui es-tu, Peul, pour nous parler sur ce ton ?

Furieux, le cheik arracha le mortier et fracassa le crâne de l'un d'entre eux. Une violente bagarre éclata. Les rescapés maures s'enfuirent chez eux et revinrent peu après avec une puissante armée qui surprit le cheik à Tchilône. Mais malgré leur avantage numérique, ils furent vaincus de nouveau. Un autre jour, en compagnie de Tori et d'un de ses élèves, un vigoureux garçon du nom de Aali Maïram, il vit dans un bateau un homme enchaîné qui lisait le Coran, au milieu d'un groupe de Blancs.

– Que t'arrive-t-il, ô serviteur de Dieu ? Quel diable a osé t'enchaîner ainsi, ô familier du Livre, émule du Messager ?

– Je me trouvais en affaires à Bakel, la cité où ces maudits Blancs viennent de construire un fort. Et là, les princes du lieu, des Peuls de la tribu des Ndaïgankôbé, m'ont arrêté et vendu aux propriétaires de ce bateau comme un vulgaire sac de piments ; maintenant, on me conduit à Saint-Louis avant de m'échanger à l'autre bout de la mer.

– Relâchez cet homme ! ordonna Tierno Souleymane. C'est un musulman, personne n'a le droit de vendre un musulman.

– Inutile de t'attirer des ennuis pour moi, Peul ! Tu vois bien que mon sort est scellé ! Tu ne peux rien, d'ailleurs, je m'en suis déjà remis à Dieu !

– Relâchez-le avant que je ne renonce à ma retenue de Peul ! rugit de nouveau Tierno Souleymane.

– Peul, ce que tu dis nous importe peu, ricana un des Blancs. Cet homme, nous l'avons acheté avec notre argent, il est à nous maintenant. Passe ton chemin, cette histoire ne te regarde pas !

– Je ne vous lâcherai pas avant que ce malheureux ne soit délivré de ses chaînes.

– Cet homme est notre bien, je te dis, nous l'avons acquis dans les règles. Nous avons le droit de sillonner le fleuve et de vendre ou d'acheter ce qu'on veut. Nous payons régulièrement la coutume[1] aux Dényankôbé, les princes de ce pays. Il faudrait que tu sois fou pour y voir un inconvénient.

– Alors, je vais vous faire la guerre !

– Nous sommes armés, je te préviens.

Les Blancs étaient au nombre de dix. Tierno Souley-mane et ses compagnons n'étaient que trois, munis seulement de gourdins et d'un misérable fusil à pierre. Aali Maïram qui, disait-on, avait la force de soulever un éléphant assomma les Blancs avant qu'ils n'aient eu le temps de se saisir de leur arsenal. Tierno Souley-mane Baal brisa les chaînes de l'inconnu et lui ordonna de partir.

1. Impôt que les Blancs payaient aux rois africains pour avoir le droit de commercer sur leurs terres.

Quelques mois plus tard, dans la province du Tôro, une pauvre veuve avec dix orphelins à charge vint se plaindre à lui. Alors qu'elle s'était rendue au marché de Ndiadier pour se procurer du *khount*, ce tissu maure très apprécié des femmes peules, les gardes du *lam-tôro* s'étaient précipités sur elle pour le lui arracher. Tierno Souleymane Baal exigea du *lam-tôro* la restitution de son bien à la malheureuse, en vain. Au lieu de cela, le *lam-tôro* dressa sa garde contre le pieux et ordonna qu'on le lui apporte, mort ou vif. Ce dernier réussit à s'échapper par miracle et à se réfugier dans la tribu des Diawbé-Diambo. Ces derniers lui offrirent une armée : l'inévitable bataille éclata à Kolé-Guédiaye et Tierno Souleymane Baal en sortit vainqueur. Le *lam-tôro* demanda l'aide de Mouhammad Al Habib, l'émir du Trarza, qui lui fournit une grande armée. Il fut néanmoins défait, cette fois-ci encore. Tierno Souleymane et ses Diawbé-Diambo durent néanmoins quitter le Tôro pour Kobbilo.

Son long périple à Pirr, dans le Djôlof, et au Fouta-Djalon forçait l'admiration des jeunes, piétistes le plus souvent, passionnés, pour la plupart, de voyages et d'exégèse, avides de *djihad*. Son érudition, sa droiture et sa témérité soulevaient la sympathie jusque dans le camp de ses ennemis. Mais alors quand ces trois hauts faits eurent été contés dans tout le pays, sa popularité atteignit les dimensions d'un mythe. Les Peuls brossèrent sur son compte les légendes les plus incroyables. On lui attribua nombre d'exploits et de guérisons miraculeuses. « Devant lui, les fauves perdent leur énergie et les serpents leur capacité de mordre, disait-on. Ses ennemis, à sa vue, adoucissent leurs sentiments, certains vont jusqu'à dénoncer eux-mêmes les mauvaises intentions qu'il leur arrive de nourrir contre lui. » Beaucoup voyaient en lui le nouveau prophète, l'homme que Dieu avait envoyé sur terre pour mettre fin aux injustices et alléger les douleurs des Peuls. Le seul capable de résister aux négriers arabes et français et de mettre fin à la tyrannie des Dényankôbé.

C'est un marabout vénéré des foules, craint des armées arabes et redouté des Dényankôbé qui, vers l'année 1765, décida de s'installer à Hôré-Kâdiéré, la nouvelle capitale, où ses nombreux partisans et sa célébrité de plus en plus grande ne pouvaient que semer l'inquiétude. Soulé Ndiaye Ier lui ordonna de quitter la ville :

– Je te donne deux jours pour t'éloigner de mes terres, néfaste marabout ! Au fond de ton cœur, tu n'es pas venu ici pour prêcher l'islam mais pour semer la discorde entre mon armée et moi et t'emparer du pouvoir.

Avec le caractère qu'on lui connaissait, Baal réunit ses partisans et voulut résister.

– Je ne me soumettrai pas à la volonté d'une brute de Dényanko, qui boit de l'eau-de-vie, affame les pauvres gens et qui, de surcroît, n'a rien trouvé de mieux que de s'allier à ces esclavagistes français et à ces sanguinaires d'Arabes. La terre appartient à Dieu, chacun a le droit d'aller où il veut !

Il savait pourtant qu'il n'avait aucune chance. Le rapport de forces lui était nettement défavorable et Hôré-Kâdiéré se trouvait bien loin des provinces centrales du Tôro et du Laaw où, malgré la cruauté du *lam-tôro*, se concentrait le gros des enclaves musulmanes. Tori et Aali réussirent difficilement à le persuader d'éviter la confrontation.

– Surmonte ta colère, ô cheik ! supplièrent-ils. Nous devons quitter ce nid de vipères et nous installer dans un endroit plus clément ! À Ndjiguilône, par exemple ! C'est dans cette cité que se trouve le pieux Dâra Dia, si pur et si admiratif devant vos bienfaits ! Dâra Dia ne nous refusera ni le sourire ni les terres pour faire paître nos bœufs, bâtir nos maisons et ensemencer les tubercules et le mil.

Ils gagnèrent donc Ndjiguilône où Tori, qui en avait largement l'âge, épousa sa première femme.

Mais sitôt qu'il apprit leur transfert à Ndjiguilône, Soulé Ndiaye Ier, bouillant de colère, fit convoquer Dâra Dia.

– J'ai interdit à tous mes sujets d'héberger ce cheik. Pourquoi l'as-tu fait ?

– Juste pour écouter ses conseils ! Ne te fie pas aux envieux et aux mauvaises langues, ô mon roi ! Cet homme est pacifique et sage. Tu devrais l'écouter au lieu de t'en méfier sans raison.

Soulé Ndiaye Ier hésita longtemps mais finit par se laisser convaincre.

– Eh bien, que ton hôte vienne me voir, j'écouterai ses propos et ses prédications.

Tierno Souleymane Baal arriva et après un long sermon demanda au roi :

– Combien as-tu de femmes ?

– Cent ! répondit fièrement celui-ci. Mais seulement trois parmi elles sont nées nobles et libres : une descendante des Sâboyebé, une des Yalalbé et une autre des Raniâbé.

Ces paroles blessèrent les Kolyâbé qui constituaient, depuis Koly Tenguéla, le gros de l'armée des Dényankôbé.

– Comment ? s'indigna leur chef, un certain Guélâdio Djêgui[1]. Tu oses insinuer que toutes les femmes que tu as épousées dans nos familles sont des esclaves ?

– Oui, elles sont toutes esclaves ! Vous, les Kolyâbé, vous êtes tous nos esclaves ! Vous servez les Dényankôbé comme vos ancêtres les ont servis. Toi, Sâténin,

1. À ne pas confondre avec le *saltigui* qui fut le père de Samba Guélâdio. Il ne s'agit là que d'une simple homonymie.

tu viens du Bélédougou ! Toi, Toumâni, tu viens du Kounadougou ! Toi, Diassi, tu viens du Bâgadou ! Toi, Yéro, tu viens du Badiar !... (Et ainsi de suite, il continua de citer les différents officiers et d'indiquer les pays où leurs aïeux avaient été capturés...) Nous vous avons tous eus comme part de butin !...

– Tu as osé dire cela, Soulé ?

– Oui, je l'ai dit.

– Aurais-tu peur de le répéter ?

– Je n'ai pas peur de ton long sabre et de tes yeux rouges, pourquoi aurais-je peur de le répéter ?

– Eh bien, prends garde aux tiens, fils des Dényankôbé. Ils risquent, un jour, de voir quelque chose qu'aucun œil humain n'a jamais vu.

Ce fut la bagarre. Soulé Ndiaye Ier tua Guélâdio Djêgui.

Furieux, les Kolyâbé émigrèrent à Diandiôli où ils entrèrent en rébellion. Les Wourankôbé, la fraction de l'armée restée fidèle, tenta de les faire revenir mais ceux-ci les chassèrent. Les Dényankôbé furent très affaiblis par cette défection.

Un jour qu'il s'en allait faire ses besoins, Soulé Ndiaye Ier prit le bateau à Bittel pour l'îlot de Aali Samba.

– Qu'est-ce que c'est que ça ? dit-il soudain en clignant des yeux et en mettant sa main en visière sur le front.

– Quoi ? répondirent ses hommes.

– Vous êtes sûrs que vous ne voyez rien ?

– Nous ne voyons rien d'autre que les remous de l'eau et les cygnes en train de picorer dans la vase.

– Vous êtes aveugles ou quoi ? Vous ne voyez pas ce monstre en train de foncer sur nous ?

Il sortit son fusil et tira sur le mirage. Le canon se brisa dans ses mains, il mourut.

*

Retiens bien que Soulé Ndiaye Ier laissa trente-trois
enfants, aussi bien garçons que filles. À sa mort,
l'armée imposa son homonyme et cousin pour lui succéder. Soulé Ndiaye II était un géant. Sa corpulence
était si énorme qu'il fut condamné toute sa vie à se
déplacer à pied, toutes les montures finissant par étouffer sous son poids. On raconte qu'un jour, excédé par
un âne qui broutait dans son champ, il le brisa en deux
d'un simple coup de canne.

C'était devenu maintenant une forme de coutume
dans cette dynastie en déclin de sortir les couteaux et
de se déchirer à chaque fois que le trône devenait
vacant. Les enfants et les frères de Soulé Ndiaye Ier se
dressèrent contre le nouveau roi et partirent en dissidence à Sâgné-Diêri où ils nommèrent un des leurs,
Sâboye Konko, comme successeur de son père. À la
mort de Soulé Ndiaye Ier, en 1765, les Dényankôbé
ouvrirent le dernier cycle de crise qui allait définitivement emporter la dynastie que leur aïeul, Koly Tenguéla, avait fondée à bout de bras en 1512. Divisés,
appauvris, plus que jamais sous la coupe de leurs alliés
français et arabes, marginalisés aux confins des provinces orientales, à la lisière des pays soninkés et mandingues, ils ne symbolisaient plus grand-chose pour les
Peuls. En vérité, ils n'avaient plus d'emprise réelle sur
le pays. La plupart des provinces se trouvaient à présent sous la coupe des partisans de Tierno Souleymane
Baal qui contrôlaient entièrement celles situées au centre
et en amont du fleuve. Au cours du long conflit qui
opposa Sâboye Konko et Soulé Ndiaye, Tierno Souleymane Baal en profita pour quitter Ndjiguilône pour
Kobillo d'où il sillonnait les quatre coins du royaume,
dénonçant plus haut que jamais le joug des Dényan-

kôbé et le *moûdo-horma* des Ormans. Tori avait alors quatre enfants dont l'aîné, Guitel, s'efforçait d'apprendre ses premières sourates.

C'est vers cette époque que, parallèlement aux sacs perpétrés par les Maures qu'il avait expressément armés, O'Hara, le gouverneur anglais de Saint-Louis, pilla le pays de long en large pour s'approvisionner en esclaves.

Le cheik rassembla ses partisans et leur dit :

– Les Dényankôbé sont au service des Blancs et des Maures. Nos ignobles princes se sont alliés aux pires diables que puissent redouter les Peuls. Mais, grâce à Dieu, nous les battrons tôt ou tard, leurs nombreuses armées n'y pourront rien. La victoire est au bout de la patience. Si je meurs dans ce combat, nommez à ma place un imam savant, pieux, ascète, qui ne s'intéresse pas à ce monde ; et si vous constatez que ses biens s'accroissent, destituez-le et dépouillez-le de ses biens ; s'il refuse d'abdiquer, combattez-le, chassez-le afin qu'il n'établisse pas une tyrannie dont ses fils hérite-raient. Remplacez-le par un autre, parmi les gens du savoir et de l'action, de n'importe quel clan. Ne laissez jamais le pouvoir à l'intérieur d'un seul clan afin qu'il ne devienne pas héréditaire. Mettez au pouvoir celui qui le mérite, celui qui interdit à ses soldats de tuer les enfants et les vieillards sans force, de déshabiller les femmes, à plus forte raison de les tuer.

Il déclara la guerre à la tribu arabe des Ulad Abdal-lah, triompha d'elle à Mbôya et mit définitivement fin au *moûdo-horma*. Ce geste tant attendu fit basculer dans son camp une foule innombrable de gens. Les musulmans virent en lui le sauveur qu'ils attendaient et les adeptes de Guéno, se convertissant en masse, un rempart contre les impôts et l'esclavage. Après Mbôya, c'était déjà lui le véritable maître du Fouta-Tôro. En 1776, il ne lui fallut qu'une simple chiquenaude pour proclamer l'instauration d'un État musulman, mettant ainsi fin à deux cent soixante-quatre ans de règne dényanko. Il commença par interdire tout commerce européen vers le Galam, ceci pour punir O'Hara de ses exactions passées. Hélas, la vie n'est jamais assez longue pour réparer toutes les injustices qui endeuillent le monde…

Un jour, au cours d'une de ses nombreuses campagnes de guerre, il vit une femme nue, en train de se laver au bord d'une rivière. Choqué, le saint homme tourna la tête et pleura :

– Ô Allah, implora-t-il, reprends-moi ce jour même !

Au crépuscule, les Arabes l'attaquèrent à l'aiguiade de Fori. Il reçut une flèche. On le traîna jusqu'à Toumbéré-Djingué où il expira.

*

Ses partisans s'en allèrent trouver Soulé Ndiaye II et lui dirent :

– Notre cheik est mort. Nous venons faire allégeance à ta personne parce que nous avons constaté que, de tous les Dényankôbé, tu es le plus sage et le plus vertueux. Cependant, pour que tu sois notre véritable roi, tu dois renoncer à l'alcool et aux gris-gris, devenir un vrai musulman et jurer de nous protéger contre les Français, les Maures et contre les gens de Sâboye Konko.

Il accepta volontiers et les suivit à Tchilône, dont il fit sa capitale. Des voix discordantes commencèrent à se faire entendre cependant au sein des musulmans : « Avons-nous bien fait, parents ? Confier notre sort à un prince dényanko à la foi douteuse et aux mains tachées de sang, est-ce bien cela le discernement du Peul ? Êtes-vous sûrs que nous sommes dans la voie tracée par Dieu ? Dans les flammes de l'enfer, nous tomberons si nous nous obstinons à côtoyer ce démon sous ses faux habits de serviteur de Dieu. Le Fouta-Tôro ne manque pas d'âmes pieuses, que l'on sache ! Tournons-nous vers une d'entre elles pour nous instruire et nous sauver ! » C'est ainsi que l'on songea à ce jeune homme que le très pur défunt avait ramené du Fouta-Djalon et qui, selon différents témoins, était devenu, à son tour, un homme mûr et un *hafiz* : quelqu'un qui récite le Coran d'un bout à l'autre avec la même facilité que le nouveau-né met à vagir ou à roter. L'on désigna quelques émissaires pour se rendre chez Tori le Petit : « De grâce, croyant, émule de notre très saint disparu, va voir vers l'est, va voir vers l'ouest, explore à gauche les prairies, ratisse à droite les landes, trouve-nous celui qu'il nous faut, révèle-nous celui qui sera notre "prince du Croissant" ! Un homme aux mains fraîches de piété et qui de toute cette agitation sur terre ne recherche que la bonté et la prière, il doit bien en exister, non ? »

Tori le Petit fit comme on lui dit. Il investit les villages et les villes, les landes désertes et les chemins isolés. Il passa à Guédé et, évoquant le bon souvenir de son homonyme, se fit héberger chez les Tall. Le vieux Djenné Tall avait été rappelé par le Clément et le Miséricordieux depuis belle lurette. Son petit-fils, Tierno Saïdou Tall, lui dit : « Rends-toi au village de Bomi ! Celui que tu cherches, c'est au village de Bomi que tu le trouveras. » Il se rendit au village de Bomi et trouva un marabout nommé Abdel Kader Kane : « Les Peuls m'envoient à toi pour que tu les enseignes et les guides ! Reprends, ô grand mufti, le royaume des fidèles laissé par Tierno Souleymane Baal ! » Il répondit non. Tori insista, il répondit non, puis il répondit oui, « à condition qu'ils ne me trahissent jamais, à condition qu'ils me jettent la pierre si moi, je les trahis ou si je m'éloigne de Dieu ! ». Il consentit enfin à le suivre et à accepter le titre d'almami du Fouta-Tôro.

L'almami Abdel Kader Kane appartenait à une vieille famille maraboutique originaire de la province du Tôro qui avait fui les persécutions des Dényankôbé pour se réfugier dans le Saloum. C'est là-bas, dans le Saloum, qu'il vit le jour, dans un endroit appelé Diamâ, avant de migrer après la mort de son père au Bhoundou où, à son tour, mourut sa mère. Il fréquenta la célèbre école de Pirr dans le Djôlof puis les *zawia* de Mauritanie et, tout comme Souleymane Baal, il fit le pèlerinage du Fouta-Djalon dont il s'inspira beaucoup durant ses trente ans de règne. Ce fut jusqu'au bout l'*insânil khalil*, l'homme parfait tel que le définit l'éthique musulmane. Voici ce que disait de lui le très saint et très vénéré marabout maure, le cheik Mohamed Abdoul Raabi : « Il comprenait très vite et était un homme de savoir, intelligent, indulgent et généreux. Parmi ses vertus, il était souriant sans rire, bon sans stupidité, beau sans ornement, généreux sans gaspillage, savant sans apparence et brave sans injustice. »

L'un de ses premiers gestes fut de redistribuer les *baïti*, ces terres vacantes tant convoitées. Il se heurta tout de suite aux grands propriétaires, en particulier, aux Akh de Rindiaw, aux gens de Ali Dôndou dans le Bosseya et à ceux de Ali Sidi dans le Yirlâbé. La situation du nouvel almami s'avérait d'autant plus délicate que ces trois familles constituaient les grands électeurs du *diaggordé*, le conseil législatif du nouvel État.

Abdel Kader s'installa à Tchilône, habitée à l'époque par la tribu peule des Lîdoubé qui, dès les premiers jours, vit d'un très mauvais œil la présence de cet intrus sur ses terres. Leur chef Tierno Mollé Ly et son acolyte, Elimane Thiodaye Kane, nourriront jusqu'à la fin une animosité particulière à l'égard de l'almami Abdel Kader. Le hasard voulut que, dès l'installation de celui-ci, un parent de Thiodaye Kane commette un assassinat. Tierno Mollé Ly cacha l'affaire à l'almami. « Que l'assassin et la famille de l'assassiné se réconcilient, moyennant un prix du sang, sans que l'almami le sache car, s'il le savait, il ferait exécuter le coupable. » Quand l'almami fut mis au courant, il demanda aussitôt l'application de la charia : soit la décapitation du coupable et la flagellation en public de Elimane Thiodaye Kane. « Alors, nous tuerons celui qui exécutera cette sentence », promirent les partisans de Thiodaye. Plus que jamais inflexible sur les principes, l'almami fit fouetter Thiodaye. Celui qui fut choisi pour tenir le fouet fut assassiné peu après et ce fut la guerre. Les Lîdoubé attaquèrent l'almami à Baït-Allah et le poursuivirent jusqu'à Anyam-Barga, tuant un bon nombre de ses partisans.

Voyant la folle agitation que cela suscitait, Soulé Ndiaye II retourna dans la province du Damnga avec son armée et sa famille. Il passa de l'autre côté du fleuve en face de Matam dans un endroit appelé depuis Fôndé Soulé Boubou, c'est-à-dire l'îlot de Soulé Boubou. Il arriva ensuite dans un village appelé Wâli-Diantan et trouva que ses habitants, la tribu peule des Diawbé, s'apprêtaient à récolter le sorgho. Il les terrorisa et s'empara de leur récolte. Dépités, ceux-ci rejoignirent les partisans de l'almami Abdel Kader. Soulé Ndiaye II se réfugia un temps au Guidimaka puis retourna dans le Damnga où il s'installa à Wâli.

Mais même affaibli et isolé dans ce coin perdu, il restait un Dényanko : cruel et velléitaire comme tous ceux de sa race. L'almami Abdel écrivit à un marabout de la région du nom de Tierno Bayla Sow, du village de Haïré, et lui ordonna de combattre Soulé Ndiaye II. Le marabout mobilisa une armée et construisit un fort à Goumal. Mais Soulé Ndiaye II tua Tierno Bayla et détruisit le fort. Ensuite, il remit à son oncle, Samba

Birama Sawa Lâmou, une armée et un cheval d'une valeur de sept esclaves pour qu'il aille à Sâgné-Diêri afin de mettre fin à la rébellion de Sâboye Konko. L'oncle fut mis en déroute par les partisans de Sâboye Konko et dut s'enfuir jusqu'à Wâli.

– Comment, gronda son neveu, tu t'es battu sur un cheval d'une valeur de sept esclaves sans vaincre ni mourir ! Tu n'as rien trouvé de mieux que de fuir devant ces gamins ! Tu es indigne d'être mon oncle !

Humilié, Samba Birama restitua le cheval et se rendit auprès de l'almami Abdel Kader auquel il prêta serment d'allégeance. Ce dernier disposait dorénavant de la plus puissante armée ainsi que du soutien du peuple lassé par les excès des Dényankôbé et les intrusions des Maures. Il décida d'en finir avec Soulé Ndiaye II. Ce fut la terrible bataille de Padhalal où, encore une fois et malgré l'infériorité numérique de son armée, Soulé Ndiaye II sortit largement victorieux.

– Face à face, nous n'arriverons jamais à bout de ce monstre ! pesta l'almami Abdel Kader. Tendons-lui un piège !

Il monta une embuscade à Bédenké, sur le chemin de Wâli, où Soulé Ndiaye II avait envisagé de fêter sa victoire. On lui tira dessus dès qu'il apparut. Il tomba dans un fossé et, de toute sa masse, son cheval s'effondra sur lui, le tuant sur le coup. Son fils, Bôkar Soulé, qui le remplaça fut le dernier Dényanko à porter le titre de *saltigui*. Affaiblis, les Dényankôbé ne régnaient plus que dans les provinces orientales les plus reculées.

Entre-temps, les Français avaient réussi à reprendre Saint-Louis aux Anglais. Abdel Kader les autorisa à commercer sur le fleuve contre une coutume annuelle de neuf cents livres sterling en plus des droits perçus pour chaque bateau de passage, à la condition stricte qu'aucun musulman ne soit vendu.

C'est vers cette époque qu'à Timbo un soldat frappa à la porte de Tori le Grand.

– Mets ton bonnet et tes lanières, Peul, le détenteur du grand Fouta désire te voir derechef !

– Et pourquoi l'homme à la crinière invisible voudrait-il me voir à ce moment indéfini où la nuit s'apprête à partir, alors que le jour n'est pas encore là ?

– Tu dois crever de sommeil pour me répondre de la sorte, n'est-ce pas ? Tu es le mieux placé pour savoir que les intentions de l'almami ne sont connues que de Dieu. Inutile de perdre ton temps dans tes écuries, je t'ai apporté une jument !

Ah, les rois, surtout ceux d'engeance peule ! Tu te doutes bien qu'il ne l'avait fait mander à une heure pareille que pour tester ses caprices de théocrate auquel nul ne peut rien refuser. Tu te doutes bien qu'il le fit poireauter dans la cour parmi les courtisans, les soldats et les esclaves bien après la prière de l'aube avant de l'introduire dans son sanctuaire.

– Demain, lui dit-il, sans prendre la peine de le saluer, tu conduiras une caravane en Sierra Leone et tu me ramèneras des armes avant la fin des récoltes !

Il s'apprêtait à se retirer quand le lion rugit de nouveau :

– Autre chose ! Tu laisseras ton fils ici, cette fois ! J'ai une autre mission pour lui. Je veux qu'il aille au Boûré, me chercher un peu d'or pour ce pauvre Abdel Kader Kane. Quelle piété, quel courage mais aussi quelle mauvaise posture ! J'ai parfois l'impression que les Dényankôbé, les Français et les Maures lui sont moins hostiles que ses alliés du *diaggordé*… Au fait, cette rizière de ces abrutis de Sokotoro, elle te plaît vraiment ?

– À quoi puis-je rêver d'autre, almami, sinon de mourir et entrer tout de suite au paradis ?

– Alors, elle sera à toi dès ton retour à condition de ne pas te laisser attaquer par ces bandits de Soussous et de Téménés comme la dernière fois !… Voilà comment tu procéderas lorsque tu auras vendu la cire et les bœufs à ces roublards d'Anglais : tu consacreras deux parts de l'argent sur trois aux armes et le reste au sel, aux tissus et à l'huile de palme. Et rappelle-toi bien que le tout doit arriver ici sans subir l'effet des pluies et la souillure de la poussière et des insectes.

L'almami venait de triompher au Kaarta et en Gambie. À quelle nouvelle bataille pouvait-il bien songer ? Et pour quand, mon Dieu ? Tori arrêta de se torturer l'esprit et se consacra à préparer son voyage. Il savait les routes de Sierra Leone particulièrement dangereuses à cause de l'épaisseur des forêts qui favorisait les coupeurs de route. Les Peuls qui passaient par là s'exposaient aux pièges diaboliques et aux furtives attaques des peuplades qu'ils traversaient. L'intense trafic que le Fouta entretenait avec les Anglais avait excité les convoitises. Les pillages s'avéraient si lucratifs que des villages entiers ne vivaient plus que de ça. Mis à part les lièvres et les phacochères, la région manquait cruellement de viande. Ce qui fait qu'à l'aller on cherchait à abattre leurs troupeaux et, au retour, à les dépouiller de leur sel, de leurs munitions et surtout de ces colliers de perles si prisés des femmes des côtes. Par expérience, on ne s'y aventurait que par caravanes de mille à deux mille personnes rompues aux grandes traversées et armées jusqu'aux dents. Depuis son odyssée au Fouta-Tôro, Tori avait multiplié les missions (à Siguiri, à Bissao, à Ségou, à Kakandy, à Tombouctou ou à Djenné) pour acheter de l'or, des armes, de l'ivoire ou des esclaves mais aussi pour porter des messages de l'almami aux marabouts ou aux rois. Aucune distance ne l'effrayait à présent, aucun effort ne le rebutait, aucun danger ne l'inquiétait. Bientôt, ce serait le tour de son fils Birane de prendre sa place. L'année précédente, il avait mené sa première caravane dans le pays kissi sans perdre une noix de kola et sans un seul blessé. Et si de lui-même, sans solliciter l'avis de personne, l'almami souhaitait lui confier d'autres missions, c'était toujours bon signe dans cette terrible cour de Timbo où la versatilité des princes et les manigances des courtisans finissaient par ruiner les plus belles carrières. Encore une ou deux expéditions comme celle-ci, et il lui laisserait la place pour lire le Coran, s'occuper de son cheptel et de ses terres, tenir compagnie à l'almami et l'accompagner dans ses épisodiques tournées à Fougoumba ou à Labé.

Il ne sut jamais quelle secrète campagne de guerre l'almami Ibrahima Sory Maoudho souhaitait encore mener après un règne de onze ans ponctué de brillantes victoires. À son retour de Sierra Leone, il trouva que Timbo régnait sous une folle agitation. Alpha Saliou, le fils de Karamoko Alpha, avait atteint l'âge adulte. Ses parents et ses partisans avaient réussi à regrouper autour d'eux les jaloux et les mécontents que les succès de Ibrahima Sory Maoudho avaient engendrés pour réclamer son retour au pouvoir au motif qu'il était le seul et unique successeur légitime de Karamoko Alpha. Le gros de l'armée se rangea derrière Ibrahima Sory tandis que celui des notables, mené par Alpha Mamadou Sâdio de Fougoumba, penchait pour Alpha Saliou. En dépit de sa puissance et de son énorme popularité, Ibrahima Sory dut s'incliner. Le conseil des Anciens couronna Alpha Saliou comme troisième almami du Fouta-Djalon et songea néanmoins à colmater les fissures que le pays venait de connaître. « À la suite de cette élection, une règle additive à la Constitution fut adoptée stipulant que le pouvoir sera dorénavant exercé, alternativement, par les descendants de Karamoko Alpha et les descendants de Ibrahima Sory Maoudho, chacun d'eux prenant la direction du pays au décès ou à la disparition de l'autre », indiquent les chroniques.

« Cette décision était un frein au pouvoir absolu des almami et à leur puissance excessive. D'emblée, deux partis politiques étaient créés, le parti Alphaya et le parti Sorya… Le conseil décida en même temps que cette alternance au pouvoir sera appliquée aux *dîwé* dans les mêmes conditions[1]. »

Alpha Saliou envisagea rapidement une expédition militaire pour rehausser son prestige et fortifier son nom. Son choix se porta sur le Sankarani, ce pays mandingue que son père se promettait de convertir de force lorsque la folie le saisit en chemin. Il investit la capitale et trouva que le roi, Bourama Condé, était absent. Il se saisit de son or et gifla son père, un octogénaire frappé de cécité.

– Je te donne un conseil, jeune homme, lui fit le vieillard, disparais avant que mon fils ne revienne !

Apprenant l'affront fait à son père, Bourama Condé monta une puissante armée, fonça sur Timbo, incendia la mosquée, déterra le corps de Karamoko Alpha et coupa son bras droit qu'il expédia en trophée à son géniteur. Pris de panique, le jeune almami s'enfuit à Bantinguel, laissant le champ libre à l'envahisseur, qui occupa Timbo plus de deux mois. Ne constatant aucune résistance, celui-ci entreprit de conquérir définitivement le Fouta-Djalon en marchant sur Fougoumba. Devant l'imminence de la catastrophe, le conseil des Anciens se ravisa et fit appel à Ibrahima Sory Maoudho. Celui-ci leva sans tarder une armée et se posta au bord de la rivière Siragouré pour barrer la route au Mandingue. La bataille fit rage, les eaux se mirent à rougir du sang

1. T. M. Bah, *Histoire du Fouta-Djallon.*

des nombreuses victimes. Bourama Condé regarda à gauche, il regarda à droite, il ne vit pas sa femme. Les larmes aux yeux, aussi bien à cause de son chagrin que de l'effet de la poudre, il se tourna vers son lieutenant.

– Où se trouve Sira ?

Ce qui, en langue mandingue, se dit : « *Sira lé ?* »

– Au fond de la rivière ! *(A na kouré !)* répondit celui-ci.

D'où le nom actuel de la rivière, Siragouré n'étant que la déformation peule des mots Sira et Kouré.

Bourama Condé et tous ses guerriers furent massacrés, sauf un qui, après avoir embrassé l'islam, créa le village de Diambourouya près de Kébâli et se fondit définitivement dans le milieu peul.

*

Il faut croire qu'à sa naissance le bon Dieu avait dû déposer une corbeille de faveurs dans le berceau de Ibrahima Sory. De tous les almami, son règne fut le plus long, le plus glorieux aussi : un intérim de près de trois ans, un premier règne de onze ans et un second qui ne s'achèvera qu'avec sa mort en 1791. Cependant, une autre tragédie l'attendait après la bataille de Siragouré.

Une nuit de l'année 1788, il frappa lui-même à la porte de Tori le Grand.

– Réveille-toi, Peul, et va de ce pas à Labé dire à Mamadou Dian de me joindre avec son armée à Sankaréla. On vient de m'annoncer que le Dialonké Takouba Yéro a attaqué Fougoumba.

Encore une fois, l'homme à la crinière invisible rua, de toutes ses forces, sur l'ennemi et sortit victorieux en emportant de nombreux captifs. Ce fut à la sortie de ce combat éclair que Mamadou Dian lui posa cette question étrange :

– En quel endroit aimeriez-vous mourir, almami ?

– Quels funestes propos, prince de Labé ! Dieu vient de me gratifier d'une nouvelle gloire, pourquoi me tourmenter pour rien ?

– Je veux juste plaisanter, almami, et je voudrais que vous me répondiez sur le même ton : avez-vous déjà choisi l'emplacement de votre tombe ?

– Bien sûr, comme tout Peul d'un certain âge ! C'est un endroit secret connu seulement du muezzin, quelque part dans le cimetière de Timbo, la terre de mon aïeul, Seïdy Barry.

– C'est bien par estime pour moi que vous m'avez nommé prince de Labé, n'est-ce pas ?… Alors, échangeons les lieux de nos futures tombes, ce sera le gage de notre éternelle amitié.

Ils partagèrent une noix de kola pour sceller cet étrange pacte puis chacun se mêla à son escorte pour rejoindre son fief.

*

De retour à Timbo, l'almami attentit la fin du mois de ramadan pour s'entretenir avec Tori dans le plus grand secret.

– Le trésor royal est en baisse. Les céréales s'épuisent, l'argent et les cauris ont bien du mal à entrer et, de l'or, il ne reste plus que le tiers de ce qu'il y avait l'an dernier. Les chefs des *dîwé* rechignent à ouvrir leur trousse. Ils ne songent qu'à leurs intérêts et font mine de ne rien entendre dès qu'il s'agit des affaires de tous. Timbo est trop petite pour assumer à elle seule la défense de l'ensemble des Peuls. Timbi-Touni ne s'occupe que de son commerce avec la côte, Fougoumba louvoie jour et nuit pour rogner les pouvoirs de l'almami, et Labé… Labé, ma foi, se considère comme un État dans l'État. C'est à peine si je ne dois pas supplier ses princes pour y prélever les impôts ou lever des armées. Crois-moi, brave Tori, la charge d'almami n'a rien d'une sinécure ! Nos cousins de Fougoumba ne se sont pas contentés de lui couper ses velléités tyranniques, ils lui ont enlevé tout moyen d'action. Ah si, au moins, j'avais un trésor suffisant, je me passerais bien de leurs mimiques et de leurs atermoiements, ces grands pingres des provinces !

– Je suppose que l'almami envisage une prochaine campagne pour renflouer son trésor, je me trompe ?

– Que puis-je faire d'autre, mon fidèle Tori ?

– Rien ! Prélever un nouvel impôt serait très mal vu des Peuls après deux années successives d'inondations et une épidémie de fièvre aphteuse. Sur quel pays avez-vous jeté votre dévolu : le Kaarta, le Solimana, le Kissi, le Nalou ?

– Rien de tout cela ! Sur le Gâbou !

– Mais, almami !…

– Je sais ! Il faudrait des mois de préparation et toute l'armée du Fouta pour venir à bout du Gâbou ! Seulement, cette fois – Allah me pardonnera sûrement ! –, je ne vais ni pour occuper ni pour convertir, juste glaner un peu d'or, d'esclaves et de cauris. Je viens à l'instant de recevoir l'accord de Fougoumba. Une colonne de Timbo, une de Timbi-Touni et une autre de Labé suffiront largement.

– Puis-je connaître la date du départ afin de prendre mes dispositions ?

– Cette fois, tu ne seras pas du convoi, Tori. Moi non plus d'ailleurs.

– Et qui donc… ?

– Mon fils Abdourahamane ! C'est maintenant qu'il doit se faire les dents si jamais il aspire à régner après moi. Et pour se faire les dents, il n'y a rien de mieux que ces animaux mandingues du Gâbou !

– Vous pensez qu'à vingt-six ans il peut conduire tout seul une armée jusqu'au Gâbou ?

– Ton fils Birane l'accompagnera. Je l'ai remarqué à Fougoumba. Contre Takouba Yéro, il s'est battu comme un lion. Nous deux, nos forces nous abandonnent, Tori : à nos descendants de faire leurs preuves !

– C'est ainsi, almami, Dieu nous a donné la faculté de voir et d'entendre, pas celle de mesurer le temps qui passe !… Hum !… N'aurais-je donc plus l'occasion de jouir à vos côtés des plaisirs d'un autre champ de bataille ?

– Tu as mouliné du sabre à mes côtés dans les plus grands combats. Tu as porté le fer contre toutes les races du monde : les Soussous, les Nalous, les Bagas, les Kissis, les Bambaras, etc. Plus d'une trentaine de victoires, cela devrait te suffire. Sauf que cela ne me déplairait pas de donner une correction à ce mécréant de Sangarâri qui vient piller mes villages puis se faufiler dans le Kaarta ou le Solimana. La prochaine fois qu'il s'introduira dans le Fouta, je ne m'en remettrai pas à Abdourahamane, je l'affronterai moi-même et tu viendras avec moi, Tori. Promis !

L'expédition du Gâbou fut montée deux mois avant l'Aïd-el-Kébir. On était en pleine saison sèche. L'almami accompagna son fils jusqu'à la porte ouest. Il lui serra longuement la main avant de lui tourner le dos. Puis, il s'arrêta, hésita un instant et retourna sur ses pas.

– Tiens, fils ! dit-il en ôtant l'amulette suspendue à son cou. Porte ça et ne t'en sépare plus jamais ! Moi, elle m'a sauvé la vie dans de nombreuses batailles. Sois sûr que toi aussi, elle te protégera. Où que tu sois, elle te protégera !

Timbo regarda les jeunes gens partir sous les ovations et les prières, ensuite, on se concentra sur les activités de la saison : la réparation des toits, le cardage du coton, les transhumances vers les vallées humides du

Baléwol et du Konkouré, les longues veillées de contes, de chansons et de danses et, bien entendu, les lectures du Coran et les prêches comminatoires des marabouts.

Puis, aux premières tornades de la saison des pluies, alors que le muezzin venait d'appeler pour la prière du *dor*, on entendit des chants religieux et des bruits de chevaux du côté de la rivière Samoun. Les échos s'intensifièrent à mesure que se déroulait la prière. Au moment où l'almami disait « *as salam alaïkoum* » pour clôturer celle-ci, une maigre colonne de guerriers hirsutes, de guingois sur des chevaux efflanqués, passa la porte ouest, s'arrêta de chanter et prit sans hésiter le chemin de la mosquée. Égrenant les chapelets tout en écoutant le sermon de l'almami, la foule les regarda entrer, bouche bée devant leur air sombre. Quand tout le rituel religieux fut achevé, le porte-voix s'adressa à eux d'une voix hésitante et triste :

– Vous voici donc de retour, ô jeunes aigles, que le Fouta avait lancés pour déchiqueter les yeux de l'ennemi ! Je cherche le prince Abdourahamane et je ne vois que vos airs alanguis et vos visages cloués par le deuil… Ô tourments, ô destinées !… Birane, ne laisse pas nos cœurs saigner davantage ! Nous brûlerons moins si, sans tarder, tu nous délivres de l'incertitude. Parle, détaille à Timbo les malheurs qui la frappent !

Et Birane raconta jusqu'à l'aube, interrompu seulement par les moments de prière, comment l'armée peule avait été vaincue et comment les Mandingues avaient capturé le prince Abdourahamane ainsi que deux mille de ses soldats pour les vendre comme esclaves aux Anglais.

Ibrahima Sory Maoudho se réfugia dans les prières et le jeûne, les tournées en provinces et les expéditions militaires pour atténuer la tragédie qui le rongeait.

Quand il eut repris ses esprits, il fit venir Birane et désigna du doigt le butin qu'il avait glané au Gâbou.

– Je n'y toucherai pas, c'est le sang de mon fils ! Où qu'il soit à présent, pour moi, c'est comme s'il était mort. Un prince de Timbo, esclave des Blancs, est-ce à dire que le Créateur a renoncé à tout bon sens ?... Ah, c'est bien toi le Dieu et, nous, les pauvres créatures ! Sur le trône ou sur le grabat, cela n'y change rien !... Prends cet ambre et cet or et rends-toi chez l'almami Abdel Kader Kane ! Dis-lui que j'ai bien reçu son message ! Dis-lui que le Fouta se réjouit d'apprendre que sa santé est bonne et sa foi toujours inébranlable ! Dis-lui que nous avons fêté sa victoire sur les Dényankôbé comme jadis nous avons fêté celle de Talansan ! Dis-lui bien que nous sommes persuadés qu'il aura raison de ces diaboliques Français et de ces perfides et cruels Arabes parce que c'est lui le noble et le pur et que Dieu est du côté des purs ! Dis-lui que dans nos prières comme dans nos sacrifices nous bénissons son rêve de punir ces grossiers païens du sud et d'en délivrer les innocents et les musulmans ! Transmets-lui nos salutations de croyants et de Peuls, ainsi qu'à sa famille et à ses biens sans que rien ni personne soit oublié, ensuite seulement, remets-lui ce modique présent. Puisqu'il en est ainsi, que le corps de mon enfant ravive les flammes de son règne et assure le triomphe de l'islam ! Et que, ici et là-bas, mille actions de grâce soient rendues au Pourvoyeur !

Birane entra au Fouta-Tôro par Guédé. Il trouva Tierno Saïdou Tall (le petit-fils de Ali Djenné Tall, le vieil érudit qui avait hébergé son père Tori) en grandes difficultés avec les populations de Guédé. Ascète et pieux comme son aïeul, Tierno Saïdou Ousmane Tall s'était construit chez lui une petite mosquée pour pouvoir prier en toute quiétude sans souffrir la compagnie des tièdes et des hypocrites qui venaient à la mosquée pour sauver les apparences, non pour le plaisir de satisfaire aux commandements de Dieu. Les gens de Guédé y virent un geste de vanité et de mépris. Ils le frappèrent, lui rasèrent la tête et le traînèrent devant l'imam qui quoique fort bienveillant à l'égard du fautif fit néanmoins détruire le sanctuaire pour ramener la paix dans la cité. Cependant, il prononça ces paroles qui, quelques décennies plus tard, se révéleront une véritable prophétie :

– Ô gens de Guédé, je détruis aujourd'hui la mosquée de Tierno Saïdou Ousmane Tall pour vous faire plaisir ! Sachez cependant que demain, grâce au sang qui coule dans ses veines, elle sera remplacée par des milliers d'autres et sur un territoire dix fois plus vaste que celui du Fouta-Tôro. Car l'homme qui est devant vous est né avant tout pour honorer et servir le Créateur.

Ces paroles apaisantes n'effacèrent cependant pas le dépit de Tierno Saïdou Tall. Quand Birane prit congé de lui, il ne manqua pas de lui confier sa résolution de quitter définitivement la ville.

Birane quitta Guédé et arriva à Ndjiguilône. Il trouva que Tori le Petit était parti en pèlerinage à La Mecque et que le jeune Guitel avait gagné Chinguetti pour parfaire sa piété et son éducation auprès des érudits de cette célèbre ville maure… Quant à l'almami Abdel Kader Kane, il venait d'engager une vigoureuse campagne contre les Maures avec l'assentiment et la complicité du plus savant d'entre eux, Diakâni Would Bana qui avait été son condisciple dans les universités de Mauritanie. Un jour, une caravane venue de ce désert pilla les habitants de Hôré-Wéendou, brûla leurs maisons et s'empara de leurs biens. Les Peuls ripostèrent, mirent les hommes en déroute et se saisirent de leurs biens et de leurs esclaves. La semaine suivante, le même scénario se reproduisit près de Guiraye. Puis ce fut

Gaol Gollêrê, Balel, Ouro-Diêri et bien d'autres endroits. C'est alors que l'almami décida de rétablir l'autorité sur les pays maures que le Fouta-Tôro avait perdue sous Bôkar Sawa Lâmou.

Il commença par soumettre le Brakhna puis, aidé de ses nouveaux suzerains, il attaqua Ali Al Kawri, le puissant émir du Trarza, qu'il décapita et dont il ramena triomphalement le trésor et les tambours de guerre comme trophées. Ensuite, il poussa plus loin vers l'est, brisa ces éternels rebelles de Haïré-Ngâl et conquit le Khasso, le Guidimaka, le Bhoundou et le Niâni.

Grisé par ces éclatantes victoires, l'almami se mit dans la tête de réaliser son vieux rêve, investir le pays des Ouolofs et les ramener sous la coupe des Peuls comme au bon vieux temps de Yéro Diam ou de Samba Sawa Lâmou. À Birane, venu, comme on dit, lui demander la route, il remit une quantité impressionnante de tissus et de barres de sel, de tapis maures et de poudre à canon.

– Ce sera à ta guise, mon jeune preux : ou, de tes mains propres, tu remets tout cela au lion de tous les lions qui protège et incarne le Fouta-Djalon, ou tu charges de cela un de tes guides pour me suivre. Par amour pour Ibrahima Sory Maoudho et par sympathie pour tes prouesses de guerrier et de voyageur, je te le dis à toi avant de l'annoncer à mes généraux : demain, dès la prière de l'aube, je jette mes armées sur le Walo et le Kayor. Ces idolâtres de rois ouolofs méritent une correction. Ces intrigants de Français les arment et les excitent contre nous et il ne se passe pas un jour sans entendre qu'ils ont brûlé une mosquée chez eux ou battu un imam.

En vérité, sa rage contre les souverains ouolofs n'avait rien de spontané. Il recevait souvent des messages pressants des marabouts de Kokki qui le suppliaient de venir au secours des enclaves musulmanes incrustées en pays ouolof : « Au Walo, disaient-ils, les soldats du Brak nous fouettent le dos quand ils nous voient prosternés pour nos dévotions à Dieu quand ils ne nous enchaînent pas tout bonnement pour nous vendre aux Français de Saint-Louis. Au Kayor, la situation est si grave que des Lébous islamisés ont dû s'enfuir au Cap-Vert sous la conduite de leur marabout éclairé, Dial-Diop. » Depuis, Amari Ngôné, le nouveau *brak*[1] du Walo, avait rejeté la soumission de ses prédécesseurs au Fouta-Tôro. Et voilà qu'on venait lui apprendre que le même Amari Ngôné avait mis à mort Tafsir Hammadi Ibra, l'ambassadeur qu'il lui avait dépêché en guise d'apaisement.

Birane écouta longuement l'almami et dit :

– Si le Fouta-Djalon est mon père, le Fouta-Tôro est mon oncle ! Habiller le premier reviendrait pour moi au même que de chausser le second. La bénédiction sera pareille où que mon devoir s'exerce. Je vais, de ce pas, écrire au grand monarque de Timbo car je suis sûr qu'il se réjouira de mon choix une fois que le guide lui aura remis la lettre… Voilà, je suis prêt à vous suivre partout où vous aurez décidé de porter le sabre contre les tyrans et les infidèles.

Ensuite, il entreprit sa désastreuse conquête de l'ouest. Il commença par ruiner le Walo. Le *brak*, le roi de ce pays, s'enfuit et trouva refuge auprès de Amari Ngôné, le roi du Kayor. L'almami s'empara de ses trésors, de ses deux filles (Aram Bakkar et Fatou Dioulit) ainsi que de ses deux nièces (Mariam Mbodj et Hanna Mbodj). Il fit de Mariam Mbodj sa concubine et partagea les autres entre ses différents marabouts. Il décida ensuite de poursuivre le *brak* au Kayor et de conquérir aussi ce pays. Le *brak* et le *damel* s'enfuirent de la capitale et réunirent leurs conseillers dans les confins

1. Titre du roi du Walo.

pour discuter de la meilleure façon de repousser l'agresseur. C'est alors qu'un Peul de la tribu des Wodhâbé qui habitait le Kayor se présenta à eux et dit au *damel* : « Moi, je connais une ruse pour vaincre cet ignoble *bismillâhi*. Rassemble ton armée à Boungowi et attends-moi là ! » Il se rendit auprès de l'almami, se présenta comme musulman et feignit de lui faire allégeance. « Je vois que tes armées ont faim et soif, lui dit-il. Pourquoi ne te rends-tu pas à Boungowi ? Làbas, il y a une grande mare et plein de tubercules et de fruits sauvages. Ils pourront y manger et boire à satiété. » Il les fit passer par un chemin détourné sur lequel on ne trouvait ni point d'eau ni nourriture. Ils arrivèrent à Boungowi épuisés. L'armée du *damel* les attaqua à coups de fusils, tua un grand nombre d'entre eux et retint l'almami en captivité deux longues années. Il refusa néanmoins d'exécuter son prisonnier, comme le lui recommandaient certains de ses conseillers, à cause du prestige que ce dernier avait acquis dans tous les pays des trois fleuves mais aussi à cause des fortes communautés musulmanes dorénavant implantées aussi bien au Kayor qu'au Walo. Il le libéra au bout de deux ans et lui offrit une caravane de deux cents chevaux et lui fournit une escorte pour qu'il puisse regagner le Fouta-Tôro.

Sur le chemin de Tchilône, il fit une halte inopinée à Halwâr. Il se présenta au *bantan* du village et, devant ses compagnons ahuris, ordonna aux badauds qui y étaient réunis :

– Emmenez-moi sur-le-champ chez l'enfant qui vient de naître !

– Mais, almami, lui fut-il répondu, Halwâr n'a connu aucun nouveau-né depuis bientôt quatre mois.

– Si ! s'écria un gamin débouchant de nulle part, juché sur un âne. Adama, la femme de Tierno Saïdou Ousmane Tall, vient de mettre au monde un garçon !

L'almami se précipita chez les Tall, prit l'enfant dans les bras et s'écria en frétillant d'émotion : « Merci mon Dieu de me montrer, avant de mourir, le visage de ton plus grand serviteur ! »

Ce bébé, ce sera le futur conquérant, El Hadj Omar.

*

Un jour que tous les deux chevauchaient pour leur plaisir dans la plaine de Timbo, l'almami Ibrahima Sory Maoudho s'adressa ainsi à Tori le Grand :

– Demain, tu iras à Labé, dire à Mamadou Dian de venir me rejoindre avec deux mille guerriers. Sangarâri a encore fait parler de lui. En ce moment, il brûle les villages, capture nos bœufs et dénude nos jeunes femmes. Cette fois, je dois ravager son royaume, je dois abattre la bête !

Ce fut leur dernière bataille à tous les trois. Transpercé par une flèche, Mamadou Dian fut évacué mourant à Timbo où il s'éteignit dans d'atroces souffrances. Il fut enterré à l'endroit du cimetière que l'almami s'était lui-même choisi. Ce fut une perte énorme qui endeuilla les recoins les plus éloignés du Fouta-Djalon. Ibrahima Sory se déplaça en personne pour présenter ses condoléances à la province de Labé. Le mystère voulut qu'il mourût sur les terres de son ami et qu'il y fût enterré selon le pacte qu'ils avaient scellé. Et ce n'était pas tout.

Pendant que son cadavre était encore chaud, son second fils Sâdou, qui l'accompagnait, se saisit de sa couronne et l'essaya sur sa tête.

– Comment me trouvez-vous ?

– Elle est juste faite pour toi ! lui répondirent ses courtisans.

– Alors, je la garde ! conclut-il placidement.

Coiffé de la couronne et brandissant le sceptre royal, il conduisit la foule au cimetière, mettant ainsi le Fouta devant le fait accompli. À Alpha Ousmane, le nouveau prince de Fougoumba, qui tenta de protester, il asséna cette sentence, devenue depuis fort célèbre :

– *Bhâwo Sory ko Sâdou ! Mo yeddî ko pinting è pâta !* (Après Sory, c'est Sâdou ! À qui le nie, le boulet et le fouet !)

Connus pour leurs diaboliques ruses, les notables de Labé cherchèrent, cependant, à le piéger pour se dépêtrer de l'embarras.

– La tradition veut que ce soit l'almami qui dirige la prière du vendredi et en lise le sermon. Il nous suffit d'intervertir les pages du texte pour confondre ce jeune prétentieux et couronner celui qui mérite de l'être, Alpha Saliou, le fils de Karamoko Alpha.

Sâdou était jeune mais c'était un grand érudit. Il comprit le piège et servit aux fidèles un si bon sermon qu'il souleva l'enthousiasme des foules. On le conduisit sur-le-champ à Fougoumba et l'investit comme quatrième almami du Fouta-Djalon, laissant les princes de Timbo et le pays profond dans l'ignorance la plus totale.

Après cela, Sâdou rentra fastueusement à Timbo devant une impressionnante escorte de soldats, de marabouts et de griots.

– Ôte ce turban ! lui ordonna Alpha Saliou. Personne ne te l'a donné, tu l'as volé. C'est mon héritage à moi. C'est moi l'héritier du Fouta. Si ton père a régné, c'est parce que j'étais trop jeune.

– Les droits de ton père se sont fondus dans ton incroyable veulerie ! tonna l'almami Sâdou. Tu as cessé d'être almami le jour où tu t'es enfui de Timbo, laissant les orphelins et les indigents à la merci des barbares.

– Vous êtes tous deux des princes Seïdyâbé et dignes héritiers de ce trône !… tenta de s'interposer Tori.

– Tais-toi, hypocrite ! lui cracha Alpha Saliou. Tu as assisté à cette imposture sans réagir, sans même me prévenir. Qui a fait de toi ce que tu es ? Mon père ! C'est lui qui t'a éduqué après la mort de ton père. C'est à lui que tu dois les hauts faits qui t'ont grandi. Et maintenant, te voilà porteur de bouilloire de ceux qui veulent le déposséder de son œuvre !

– Mon père a autant œuvré pour le Fouta que le tien ! Et ce brave Tori qui est là, entre nous, ne mérite certainement pas tes insinuations. Karamoko Alpha l'a certes éduqué, mais c'est Ibrahima Sory Maoudho qui en a fait un homme.

– Tu n'as pas à me parler comme ça ! s'emporta Tori. Ce n'est pas toi, l'almami, tu n'es plus rien aux yeux de Timbo. L'honneur commande qu'on se réclame de ce qu'on vaut et non de ce que fut son père.

Vexé, Alpha Saliou quitta la capitale pour son *marga*[1] de Dâra non sans avoir laissé planer une terrible menace :

– Ce que tu viens de dire, Tori, j'aimerais bien te l'entendre répéter quand, sous les prochains jours, j'aurai repris mon royaume.

*

Mais ce n'était qu'une menace de Peul. Votre race n'est qu'une horde de chiots bruyants qui aboient, qui aboient mais qui ont de la peine à mordre. Car Sâdou régna cinq ans sans que rien vienne effleurer son règne hormis le souffle des laudateurs et les présents des subordonnés.

Cependant à Dâra, les proches parents et les amoureux d'intrigues flattaient l'orgueil de Saliou : « Tu dois reprendre le trône ! Sans cela, tu ne pourras relever la tête

1. Hameau de villégiature, dit aussi village de sommeil.

nulle part au Fouta-Djalon. Si tu restes sans réagir, cela confirmerait ce que les gens disent de toi : "Un prince sans force et sans caractère qui a fui devant Bourama Condé et qui s'aplatit devant Sâdou." Tu te doutes bien que ce n'est pas ainsi que l'on honore la mémoire d'un père, surtout quand il s'agit du sien. »

À Fougoumba, Alpha Ousmane, qui n'avait rien oublié de l'humiliation que lui avait fait subir Sâdou, excitait la haine de son entourage et imaginait les intrigues les plus perfides.

*

Les deux factions se coalisèrent et décidèrent de passer à l'attaque. Surpris sur sa peau de prière, l'almami Sâdou fut décapité par un esclave dénommé Mardiougou. Après avoir accompli sa basse besogne, Mardiougou porta la main droite de la victime comme trophée à son maître, Alpha Saliou. La réaction de celui-ci fut encore plus déconcertante que celle de Konko Boubou Moussa devant la mort de Samba Guélâdio. Ah, vous autres Peuls, seul le bon Dieu peut comprendre un esprit aussi mal tourné que le vôtre !… Alpha Saliou prit le membre ensanglanté et alla trouver Alpha Ousmane et ses conjurés qui attendaient les nouvelles dans la cour de la mosquée.

– Voyez l'œuvre de vos lâches conseils et de vos intrigues, vieillards dont le dehors est propre et dont le cœur est sale… Cette main tranchée d'almami Sâdou, je jure qu'elle a toujours correctement accompli ses ablutions, qu'elle a copié de tête sept corans entiers et qu'elle ne s'est jamais posée sur la femme d'autrui… Regardez cette main, vieillards, c'est vous qui la serriez en l'appelant « almami ». C'est vous qui avez comploté pour la mort de mon frère comme vous comploterez pour la mienne… Ce sont les démons du pouvoir qui ont eu raison de ce noble prince. Puisse le Providentiel faire en sorte d'épargner ce maudit trône à sa descendance comme à la mienne !

Il rentra à Dâra et ne remit plus jamais les pieds à Timbo.

Mais le mal était fait. Pour la première fois, des Peuls avaient versé le sang des Peuls. L'effroi et la honte assombrirent pour longtemps les cieux de Timbo. Entre *sorya* et *alphaya* naquit une animosité dont le temps n'a pas encore fini d'éteindre toutes les braises. *Alphaya* et *sorya* sont pourtant nés du même sol et du même ancêtre : Seïdy, le mystique du Mâcina qui avait enjambé maints rivières et pays avant de fonder Timbo. Mais, va savoir pourquoi, mon petit Peul, Dieu les a faits si différents, si rivaux, si irréconciliables ! D'un côté, la beauté et la ruse ; de l'autre, le prestige et la force. D'un côté, la réserve et la suspicion ; de l'autre, le défi et la rage. D'un côté, la soif de savoir ; de l'autre, l'appétit du gain. D'un côté, le sens de la profondeur ; de l'autre, le plaisir de l'action. D'un côté, la sérénité du noble ; de l'autre, la passion de l'orgueilleux…

Les extrémistes *alphaya* profitèrent de la confusion qui régnait alors pour déposséder Tori de tous ses biens et l'expulser, lui et les siens, de la capitale. Ils se réfugièrent dans un hameau du nom de Hélâya où ils s'improvisèrent bergers le jour et marabouts le soir pour grappiller la pitance.

C'est bien ça, la maisonnée peule : une atmosphère viciée par les chuchotements et les regards obliques, les rancœurs et les malentendus, les coups bas et les crocs-en-jambe. Horde de cabotins ! Engeance de cagots et de papelards !

Car là-bas derrière les montagnes, dans les vallées limoneuses du Fouta-Tôro, régnait le même esprit de défi et de conjuration.

Tu te doutes bien que le fiasco de son expédition au Walo et au Kayor affaiblit considérablement le prestige de Abdel Kader Kane. À son retour, le *diaggordé*, le conseil des Anciens, avait désigné Hammat Baal, un parent de Souleymane Baal, à sa place. À Tchilône, on avait même pillé sa maison et emporté ses biens. Heureusement, il lui restait encore suffisamment de charisme pour s'imposer. Contrit, Hammat Baal abdiqua, prêta allégeance à ses pieds et implora son pardon…

Seulement, sa droiture morale, la rigueur de sa foi, son extrême sévérité dans l'application de la loi islamique avaient fini par susciter beaucoup de ressentiments et de jalousie.

Peu après son retour au trône, il fit couper les mains de deux cousins de Ali Dôndou qui venaient de commettre un vol. Alors Ali Dôndou se jura de concourir à sa perte, quitte à requérir le secours du diable. Il savait que, cette fois, les circonstances se montraient particulièrement favorables pour son noir dessein. La position de l'almami était délicate à tous les points de vue. Sa mésentente avec les grands électeurs venait d'atteindre un point de non-retour. Ses relations avec Saint-Louis étaient devenues exécrables : jugeant la coutume qu'il leur imposait trop élevée et les conditions de leur navigation sur le fleuve trop restrictives, les Français venaient de lui envoyer une expédition punitive de douze bateaux (douze villages brûlés et six cents personnes appartenant pour la plupart à la classe dirigeante des Tôrobhé déportées aux Antilles).

Et voilà que, peu de temps après avoir châtié les parents de Ali Dôndou, Kane investit le Bhoundou et fit exécuter son roi, l'almami Séga, pour venger les grands marabouts de ce pays, souvent victimes de ses caprices et de ses exactions. Après quoi, il imposa au trône son propre candidat, Hammadi Pâthé, au détriment de l'autre prétendant, le très populaire Hammadi

Aïssata, qui, en réaction, se dépêcha de s'allier au roi bambara du Kharta.

Ali Dôndou n'eut aucun mal à se coaliser avec les Bambaras du Kharta et les partisans de Hammadi Aïssata. La bataille eut lieu à Lougguêli-Pôli-Bodhêdji. Abdel Kader Kane fut vaincu. Ses alliés l'abandonnèrent en plein champ de bataille pour se réfugier en Mauritanie. Il s'enfuit à Toulel d'où il fut rapidement délogé. Il ne lui restait plus qu'à errer d'un endroit à un autre, suivi d'un dernier carré de fidèles. Un jour, juste après la prière de l'aube, les Bambaras le surprirent à Goûrîki en train de lire le Coran. Il ne s'interrompit pas pour autant.

Vibrante et chaude, sa voix continua de s'élever pendant qu'ils le décapitaient.

1800-1845

À Timbo, après le retrait dû au dégoût de Alpha Saliou, le parti Alphaya imposa son puîné, Abdoulaye Bademba, qui se dépêcha de nommer des *alphaya* à la tête de toutes les provinces, de réorganiser la justice pour punir les nombreux crimes et délits que la crise politique avait entraînés dans le pays. Et il tenta sans succès de réinstaurer la confiance entre les deux camps. À Labé, il déposa Abdoulaye, le fils de Mama-dou Dian, et nomma à sa place son oncle Souleymane, celui-là même qui avait combattu à Sannoun avec Dia-bâli. Dépité, le perdant se retira à Wôra en emportant tous les biens de la province (or, argent, bétail, esclaves, etc.). C'est ainsi que, sans le vouloir, l'aîné de Diabâli allait participer à l'affaire la plus sordide et la plus retentissante de l'histoire du Fouta-Djalon. En effet, Karîmou Tiâgué, le fils de son prédécesseur, s'opposa violemment à la désignation de Souleymane. Celui-ci, qui en nourrit un vif ressentiment, se présenta une nuit dans le *sâré* de Garga, le fils de son ancien compagnon d'armes, Diabâli.

– Garga, sors, retrouve-moi dehors sans réveiller ta femme et sans te faire entendre des voisins !

– Il y a eu un incendie ou quelqu'un est-il mort ? s'inquiéta Garga.

– Rien de tout cela, fiston ! Mais j'ai un brûlant secret à te livrer.

Il le retrouva sous l'oranger de la cour en compagnie d'un jeune homme massif et courtaud tenant une petite chaudière en terre où rougeoyaient des braises, qu'il reconnut tout de suite comme son esclave Kamé.

– Puisqu'il ne s'agit ni du feu ni de la perte d'un homme illustre, je suppose que c'est un cyclone ou un tremblement de terre. Ne restez pas muet, dites-moi si je me trompe, prince de Labé !

– Suis-nous en silence, tu comprendras plus tard !

Ils passèrent devant le fort du prince de Labé, puis devant la mosquée, la grande médersa et le lieu des supplices.

– Mais c'est vers chez Karîmou que l'on se dirige ! remarqua Garga, tendu, plein d'appréhension. Qu'avez-vous de si important à lui dire à l'heure des brigands et des mauvais esprits ?

– J'ai décidé de le supprimer, si tu veux tout savoir. De nombreuses rumeurs me sont parvenues selon lesquelles il viserait à m'assassiner pour s'emparer de la province. Je ne le tue pas de gaîté de cœur, crois-moi, mais au point où on en est, c'est lui ou c'est moi.

– Et pourquoi penser à moi et pas à tes guerriers et à tes espions ? Et pourquoi l'incendie et pas la noyade ou le poison ?

– Les guerriers manquent de tact. Les espions ne m'inspirent pas confiance, ce ne peut être le cas du fils d'un ami avec lequel j'ai partagé les jeux d'enfance, l'épreuve de la circoncision et l'euphorie des champs de bataille, je me trompe ?... La noyade, les poisons finissent un jour ou l'autre par livrer leurs secrets. Avec tous ces feux de brousse, les incendies sont si courants en saison sèche qu'il ne viendrait l'idée à personne de penser qu'il ne s'agit pas d'un accident.

Bien vu : on songea naturellement à un accident lorsque l'on retrouva sous les cendres le corps sans vie de Karîmou. Ce n'est que deux ans après que le secret éclata au grand jour. Comme cela se produisait souvent pour les esclaves, Kamé reçut un jour une sévère punition pour une faute plutôt bénigne. Pour se venger de son maître, il alla tout raconter à la cour de Timbo qui, ahurie par l'importance de l'affaire, l'affranchit sur-le-champ.

Prévenu par Tori, qui avait encore quelques oreilles amies dans l'entourage des princes, Garga eut le temps de s'enfuir et de se mettre sous la protection du prince de Kankalabé ; ce dernier réussit à le faire gracier. Mais traumatisé par le péché et épouvanté à l'idée de subir la vengeance des descendants de la victime, il se joignit à une caravane de pèlerins qui s'en allait à La Mecque. Juste avant de mourir, sénescent et démuni dans son patelin de Hélâya, Tori reçut une lettre de lui où il indiquait qu'il s'était définitivement établi aux lieux saints. Il la concluait ainsi : « Vous ne m'en voudrez pas, n'est-ce pas ? Quel meilleur endroit qu'ici pour expier mes péchés ? »

Souleymane eut moins de chance. Il fut arrêté, destitué de son titre de prince de Labé au profit de son frère, Môdy Billo, et conduit à Timbo où il fut mis aux fers. Au bout d'un an, la cour constata qu'il avait copié de tête et de la calligraphie la plus soignée un coran tout entier. Abdoulaye Bademba en fut si touché qu'il le gracia sur-le-champ et le remit sur le trône de Labé.

Avant de regagner son fief, il fit sacrifier des bêtes et, humblement, se présenta un vendredi à la mosquée pour remercier l'almami et implorer le pardon du bon Dieu et du Fouta. Il était encore allongé au sol en guise de repentir quand un jeune cavalier déboucha bruyamment de la porte est de Timbo, attacha sa monture devant la mosquée, fit irruption dans la cour et poussa délicatement du coude pour s'infiltrer dans la salle des grandes prières. Il tâcha de s'asseoir dans un coin et de rester discret mais son front en sueur et sa respiration haletante perturbèrent vite l'assistance et attirèrent les regards. S'apercevant de ce dérangement inattendu, le porte-voix de l'almami se précipita vers le pénitent toujours couché à terre pour l'aider à se relever et s'écria pour détourner l'attention du public du jeune inconnu :

– Redresse-toi, Souleymane, prince de Labé ! Le peuple de Timbo le souhaite et l'almami le veut ainsi. Un homme de ton rang n'a pas à s'agenouiller ou à baisser le front, se fût-il rendu coupable de blasphème ou d'apostasie. Du fond de ton cœur, tu as demandé pardon à Allah, aux fidèles et au roi, cela suffit bien pour un héritier du vertueux Alpha Cellou, ami et compagnon d'armes du saint Karamoko Alpha. Relève-toi, ô prince, ta place ne se trouve pas sur un vil tapis de poussière mais sur les trônes les plus élevés, sur les selles des plus magnifiques destriers !

Souleymane se releva, baisa longuement la main de l'almami et rejoignit le rang des dignitaires en frétillant d'une émotion difficile à contenir, même dans la carapace d'un noble de Labé. Il s'ensuivit un moment de silence glacial. Les remous cessèrent dans l'assistance. On s'épongea le front, on s'éventa avec un pan de son boubou pour se soulager de l'air sec harcelé par le feu vif de l'harmattan. Puis le porte-voix jeta un regard insistant vers l'endroit où s'était assis l'inconnu et parla d'un ton nettement allusif :

– Eh bien, puisque c'est tout pour aujourd'hui, orientons-nous maintenant vers le fortin où l'almami nous convie au traditionnel déjeuner du vendredi !

L'inconnu se décida enfin à se lever. Il se racla trois fois la gorge et parla avec cet accent mélodieux et traînard caractéristique des Peuls de l'est :

– Je salue les gens du Fouta-Djalon ! Je salue Abdou-laye Bademba, le pieux, le vertueux que Dieu leur a choisi pour les mener ici-bas, vers l'harmonie et dans l'au-delà, vers le salut éternel ! Mon nom est Abdi Sow. Je viens de Sokoto. Je chevauche depuis bientôt deux mois pour remettre à votre souverain un message de Ousmane Dan Fodio, le très béni nouveau souverain de ce pays. Eh oui, parents du Fouta-Djalon, dans les pays de l'est aussi, ce sont les Peuls que Dieu a choisis pour faire triompher la justice et l'islam. Le très saint Ousmane Dan Fodio a vaincu les idolâtres à la bataille d'Alkalawa et fondé le califat de Sokoto. Aujourd'hui, on peut y prier et jeûner sans s'attirer les foudres des despotes haoussas, noupés, kanouris ou yoroubas. On peut y promener librement ses bœufs, traverser les rivières et les fleuves sans s'acquitter d'un taureau et chanter les louanges de Dieu aussi haut qu'on le veut.

Il sortit une lettre de sa poche, qui passa de main en main jusqu'au porte-voix qui la déposa délicatement sous les pieds de l'almami.

C'est ainsi, mon petit Peul, que le Fouta-Djalon apprit la naissance du royaume de Sokoto. La distance et les périls du chemin n'apportaient par ici que des nouvelles vagues et clairsemées de la parentèle de l'est. Quelques cercles restreints avaient bien entendu parler de ce Ousmane Dan Fodio, de ses prédications enflammées et de ses nombreux conflits avec les rois haoussas et kanouris. De là à imaginer que ce Peul ascète et fleg-matique finirait par imposer et l'islam et la souverai-neté peule sur les cités yoroubas et haoussas et sur les puissants États kanouris !...

Mais tu comprendras tout cela mieux quand je t'aurai dit qui est Ousmane Dan Fodio. Commence par retenir que son nom est une altération haoussa de Ousmane Dème Fôdouyé. Les Dème, tu ne peux l'ignorer, ne sont qu'un sous-clan des Bâ. Car Ousmane Dan Fodio est un Bâ issu d'une famille émigrée trois siècles plus tôt du Fouta-Tôro pour s'installer dans les pays haoussas du Gobir et du Sokoto. Il est né à Déguel, vers la moitié du XVIIIᵉ siècle, d'un père, Mohamed Fodio, scribe et chef religieux d'une enclave musulmane peule. Son enfance fut solitaire et pieuse à l'image de celle de Karamoko Alpha. À douze ans, le hasard lui fit rencontrer un grand marabout touareg du nom de cheik Djibril Targui qui, voyant en lui un surdoué, devint volontiers son mentor et lui enseigna la grammaire, le droit ainsi que l'exégèse du Coran. À vingt ans, il écrivit *Kitab el Farq*, un violent pamphlet contre la cruauté et la tiédeur musulmane des chefferies haoussas. À vingt-trois ans, il parcourut l'ensemble de la région et ses prédications enflammées attirèrent des foules de plus en plus nombreuses et zélées. Curieusement, ses violentes diatribes contre les rois haoussas ne l'empêchèrent pas de devenir le précepteur de Youmfa, un prince du Gobir auquel il prédit la mort prochaine de son père, le roi Bounou Nafata. Apprenant cela, Nafata tenta de limiter son influence puis prépara un attentat auquel il échappa de peu. Seulement quand Youmfa hérita du trône, les relations entre l'élève et le maître ne s'améliorèrent pas, non plus. Dans un accès de colère, le jeune roi monta une expédition punitive contre une communauté musulmane peu pressée de payer ses impôts. En retour, Ousmane Dan Fodio fit libérer l'ensemble de ses esclaves. Furieux, Youmfa braqua un mousqueton sur son ancien maître mais le coup ne partit pas. « C'est un miracle ! » se dit Ousmane Dan Fodio. « C'est un miracle ! » acquiescèrent des foules et des foules de musulmans et de nouveaux convertis.

Comme le prophète Mohamed au temps de l'Hégire, il monta un gigantesque exode vers Goudou. De cette cité, il galvanisa ses troupes et les lança dans le plus gigantesque *djihad* de toute l'histoire de l'Afrique de l'Ouest. Il brisa les puissants royaumes haoussas et yoroubas, mena la guerre jusque chez les Touaregs et chez les Kanouris du Bornou. Sacré « commandeur des Croyants » pour tous les fidèles de l'est, il distribua des étendards à ses meilleurs généraux afin qu'ils hissent le symbole de la foi aussi loin que leur permettait leur ardeur à servir le bon Dieu. En 1807, son empire mesurait mille cinq cents kilomètres d'est en ouest et six cents kilomètres du nord au sud. Mais très vite, malade et épuisé par les guerres, le sultan se détourna des farces du pouvoir pour se consacrer à son activité favorite, l'écriture de la poésie et la lecture du Coran.

Son fils Amadou Bello et son frère Abdoullah se partageaient l'administration de l'empire. Bello régna sur le Gobir, le Zamfra, le Kano, le Katsina, le Zaria, le Bauchi, l'Adamawa, le Daoura, le Hadéija, l'Aïr et le Gwari. De son côté, Abdoullah contrôla toutes les principautés du sud : l'Aréwa, le Dendi, le Kamba, le Yaouri, le Gourma, le Noulé et l'Ilorin.

Ousmane Dan Fodio fut sans conteste le plus prestigieux de tous les théocrates qui se sont succédé dans les pays des trois fleuves. Il a laissé le souvenir d'un grand érudit, mais surtout celui d'un réformateur avisé et d'un excellent administrateur. Sa renommée était déjà faite dans les cours et les mosquées bien avant son triomphe d'Alkalawa. Ce fut sans doute la raison pour laquelle, après avoir pris connaissance de son message, l'almami Abdoulaye Bademba désigna une délégation de cent personnes avec des nattes du Liban et de la soie, des milliers de têtes de bœufs et une quantité impressionnante d'or et de cire pour raccompagner le jeune cavalier et présenter les hommages et les bénédictions du Fouta-Djalon à cet émule du Prophète auquel Dieu avait accordé d'éclairer de sa foi ardente et loyale les obscures vallées du Bas-Niger et de la Bénoué.

Le nouvel almami traîna tout au long de son règne la dureté de cœur, l'esprit vindicatif, l'ascétisme intransigeant et l'orgueil irascible de ses aïeux. À part cela, Abdoulaye Bademba fut un bon roi. Ses succès furent éclatants dans tous les domaines et les chroniqueurs, même de nos jours, le citent en exemple de bonté, de piété et d'équité. Cet homme juste et généreux finira pourtant assassiné après treize ans de bons et loyaux services.

Voici comment : Perçus comme illégitimes par le conseil des Anciens, les *sorya* n'en bénéficiaient pas moins du soutien des armées et d'une réelle popularité, notamment auprès des jeunes. Ils n'avaient digéré ni l'assassinat barbare de l'almami Sâdou ni leur marginalisation du pouvoir. Ils décidèrent donc d'éliminer Abdoulaye Bademba et d'imposer un des leurs. Ils lui tendirent une embuscade sur la route de Fougoumba alors qu'il s'y rendait pour préparer une expédition contre un royaume voisin. L'almami réussit à s'enfuir mais fut rattrapé à Kétiguia sur le fleuve Téné où il fut massacré avec un grand nombre de ses partisans. Son fils Boubakar Bademba fut laissé pour mort dans une termitière après avoir reçu sept coups de couteau dans le ventre. Ayant repris connaissance, il se traîna jusqu'à la case d'une vieille femme qui le cacha et le soigna. Il gagna ensuite le Fouta-Bhoundou où, après la décapitation de Abdel Kader Kane, Hammadi Aïssata avait finalement accédé au trône. Là-bas, il se lia d'amitié avec le jeune Bôkar Sâda, le fils de ce dernier, qui avait le même âge que lui.

Impuissants devant l'animosité qui depuis la mort de Ibrahima Sory Maoudho déchirait impitoyablement les Seïdyâbé, les anciens de Fougoumba ne purent rien faire d'autre que d'avaliser les volontés du clan *sorya*. Abdoul Gâdiri, un autre fils de Ibrahima Sory Maoudho, fut donc couronné sixième almami du Fouta-Djalon. Il commença par ramener le pauvre Birane à Timbo et par lui restituer les bœufs, les chevaux, le *sâré* et les terres que les *alphaya* avaient confisqués à son père.

Souvent en guerre dans des contrées lointaines, c'est à lui que l'almami Abdoul Gâdiri avait confié la charge de veiller sur les écuries et la poudrière et de recevoir, en son absence, les étrangers de passage. Il n'avait jamais assez de temps pour s'occuper de tous ses troupeaux et de toutes ses terres à fonio et à riz que sa situation de confident du roi lui avait permis d'accumuler. Il faisait partie des dix ou douze personnalités qui comptaient le plus à Timbo. Il était invité aux parties de chasse de l'almami et se flattait fort de compter parmi les quelques rares élus conviés à assister aux veillées religieuses de Mamadou Diouhé, un prestigieux marabout récemment arrivé de Mauritanie et fort bien vu de Abdoul Gâdiri.

Un jour, par une épouvantable disette due à une invasion de criquets, un étrange visiteur juché sur un vieil âne, accompagné d'un interprète originaire du Fouta-Tôro du nom de Boukari, se présenta devant l'entrée de son *sâré*. Birane, comme la plupart des notables de Timbo, se trouvait à ce moment-là à la mosquée où l'on lisait une longue lettre de l'almami annonçant son éclatante victoire contre les idolâtres de Sangarâri. On le fit patienter malgré la pluie sous les bananiers bordant le chemin. C'était un Blanc ! Des Blancs, Birane n'en avait vu qu'un seul dans sa vie. Quand il était encore jeune, vivait à Timbo un Anglais marié à une femme peule à laquelle il avait fait une flopée de gamins tellement rouges qu'on les chassait des jeux et des fêtes avec le même dédain que l'on mettait à éloigner les albinos et les chiens. Puis un beau jour, il avait abandonné sa famille et s'était enfui en Sierra Leone d'où il avait pris le bateau pour rejoindre définitivement son pays. Après avoir longtemps hésité sur l'éducation à donner à ces « gamins d'un autre monde », Timbo s'était résignée à les circoncire proprement avant de les convertir aux rites de la bonne religion. Hormis les moments d'école coranique et de corvées de bois mort, ils s'étaient terrés toute leur enfance dans la case de leur mère pour éviter le soleil qui laissait des brûlures sur leur peau de cire mais aussi les injures tonitruantes et les pierres que l'on s'empressait, sans trop savoir pourquoi, de jeter sur eux. Finalement, ils avaient grandi comme tout un chacun et s'étaient révélés excellents musulmans et très bons pères de famille. Birane s'en était méfié quand même jusqu'au bout. Et pourtant, eux, c'étaient pour ainsi dire des gens d'ici. Alors que celui-là avec son âne à bout de souffle et les lézardes que les grosses griffes de la brousse lui avaient imprimées de la tête aux pieds !…

— Je ne peux recevoir ce Blanc chez moi ! fit-il à Boukari sans réussir à dissimuler sa profonde nervosité. Tu imagines, un mécréant sous mon toit, c'est le tout-Timbo qui me rigolerait au nez ! D'abord que vient-il faire ici ?

— C'est le gouverneur de Saint-Louis qui l'envoie vers votre almami pour lui offrir un fusil et lui proposer de commercer avec lui. Après tout, votre commerce avec *rio* Nunez n'est pas florissant et les routes de Sierra Leone sont peu sûres, alors qu'en passant par le Bhoundou, qui est votre allié, il faudrait à peine deux mois à vos caravanes pour arriver à Saint-Louis.

— Il verra ça avec l'almami à son retour de la guerre. Moi, tout ce que je peux lui dire, c'est que je ne peux pas l'héberger.

– Alors, le Blanc te propose dix grains d'ambre pour que tu nous trouves un autre logis.

Birane hésita un peu puis il songea à Diouma Mâbo, un esclave tisserand qui habitait à l'autre bout du village.

– C'est bon, fit-il, qu'il donne les dix grains !

Le lendemain, à son grand étonnement, le Blanc lui fit parvenir deux mains de papier. Pour le remercier de quoi ? De son hospitalité ! Il en ressentit un peu de honte et regretta d'avoir été si rude. Il fit préparer du riz et du lait et, accompagné de son serviteur Sâra, porta le repas jusque chez le tisserand. Le Blanc le remercia et lui donna dix autres grains d'ambre.

À cause de la saison des pluies qui s'annonçait, le Blanc précipita son départ et ne voulut pas attendre le retour de l'almami. Birane l'accompagna jusqu'à la rivière Samoun mais refusa obstinément de lui serrer la main au moment de le quitter. Il se contenta de lever la sienne et de lui dire :

– Adieu, Blanc. Et surtout bonne route !

Il attendit qu'ils eussent atteint l'autre berge puis il héla Boukari pour lui poser la question qui le démangeait depuis le début :

– Au fait, comment il s'appelle ton compagnon ? Là-bas, on leur donne bien aussi un nom, non, à ces êtres couleur de feu ?

– Gaspard ! Il s'appelle Gaspard Théodore Mollien[1] !

*

De retour de Sangarâri, Abdoul Gâdiri éleva Birane à la fonction d'émissaire et de conseiller. C'est aussi à lui qu'il déféra l'honneur de conduire les émissaires

1. Explorateur français (1796-1872). Il découvrit les sources du fleuve Sénégal, celles de la Gambie et de la Falémé.

du Fouta-Djalon à Hamdallaye pour le couronnement de Chaïkou Amadou, le nouveau roi de ce pays. Car, mon petit singe rouge, dorénavant incrustée partout, ta vile race que l'on connaissait surtout pour ses cérémonies du lait dans les grottes sacrées s'était mise à reproduire des califes et de saints toutes les trois ou cinq saisons. Dopé par les exploits de Malick Sy, Karamoko Alpha, Tierno Souleymane Baal, Abdel Kader Kane et Ousmane Dan Fodio, un obscur berger du Mâcina venait de fonder un État musulman au nez et à la barbe des fougueux *arbé* peuls et des puissants rois bambaras de Ségou.

Chaïkou Amadou doit sa bonne étoile à deux étranges événements survenus bien avant sa naissance. Pour commencer, accepte, mon petit Peul, que nous nous reportions trois siècles plus tôt et que nous nous transportions vers les terres saintes de l'Orient. Vers 1495, l'Askya Mohamed, empereur des Songhaïs, y effectue ce fastueux pèlerinage au cours duquel le gouverneur de La Mecque, le chérif Hassanide Moulaye Al Abbas, lui fit cette bouleversante révélation :

– C'est toi, Mohamed, souverain du Tékrour[1], que Allah a désigné pour représenter le onzième calife de l'orthodoxie musulmane parmi les douze annoncés par le Prophète. Oui, c'est toi ! Voilà ce que disait le prophète Seïdyna Mohamed, le Purifié, le Très-Béni : « Après moi, il y aura à la tête de l'islam douze imams, c'est-à-dire douze califes orthodoxes : cinq seront de Médine, deux de l'Égypte, un de Sam, deux de l'Irak et deux du Tékrour. » Or, les dix premiers ont déjà régné. Il ne reste plus que ceux du Tékrour.

– Et qui en sera le douzième, ô croyant de la plus haute sainteté ?

1. Les Arabes appelaient improprement Tékrour tous les pays de l'Afrique de l'Ouest.

338

– Cela, les augures ne me l'ont pas dit.

L'Askya prit congé, amer et profondément troublé de ne pouvoir assouvir l'immense curiosité qui le dévorait. Sur le chemin du retour, il rencontra, au Caire, le très mystique Abdourahamane Sayoutiyou dont la piété et la science impressionnaient aussi bien les novices que les grands turbans de l'Euphrate au Niger et de l'Atlas à la mer Rouge.

– Le très vénéré gouverneur de La Mecque m'a fait l'honneur de m'annoncer que je serais selon les divinations le onzième calife de l'islam. Pourrais-tu, ô cheik, m'indiquer le nom du Glorifié que Dieu a prévu pour me succéder ?

– Cet homme n'est pas encore né, son père non plus. Pas plus que le père du grand-père de son arrière-grand-mère. Quand son étoile brillera, toi et moi ne serons plus que cendres et poussières dans les alvéoles de la terre et nos noms, une traînée de brume blanche dans la frêle mémoire des hommes.

– Dis-moi au moins son nom !

– Le même que celui du Prophète !

– Dieu soit loué, ainsi donc c'est un autre Ahmed[1] qui entretiendra la flamme de l'islam au pays des trois fleuves quand moi, Mohamed, je ne serai plus de ce monde !

Il convoqua immédiatement ses secrétaires et leur fit écrire la lettre qui suit :

> De la part du Prince des croyants, vaillant guerrier qui fit périr les négateurs de Allah, Askya Mohamed fils d'Aboubakari, à son héritier doué de qualités dignes d'éloges, ceint pour l'exécution de la loi de Allah, actif, investi de la dignité de Commandeur des croyants,

1. Mohamed ou Ahmed en arabe, Mamadou ou Amadou en peul, ne sont que les différentes variantes du nom du Prophète.

Ahmed, à qui Allah prêtera main-forte, salut et considération des plus distinguées

À ton intention auguste je destine tout ce qu'il y a de
plus brillant et de plus estimable pour attester que je
reconnais en toi le bien « signé ». Je t'annonce pour
que tu t'en réjouisses que tu seras le sceau des rempla-
çants orthodoxes. Allah te fera triompher de tes anta-
gonistes. Tu seras le soutien des élus. Je te demande
une bénédiction, c'est une manière de te reconnaître
comme le chef de file du groupe auquel je demande à
Allah d'appartenir le jour du jugement.

Gloire à Dieu et hommage à toi et à tous ceux qui
s'inspireront de tes actes pour honorer notre modèle et
seigneur Mohamed, l'homme parfait. Puisse Allah excuser mes vœux et te faire parvenir cette lettre de telle
manière qu'il lui plaira[1].

Presque simultanément, un événement tout aussi
déconcertant se produisait dans les taupinières des pays
bambaras. Un beau matin, le sorcier du roi annonça à
son maître cette terrifiante nouvelle :

– Je viens de consulter les cauris et les masques.
Regarde comment je frétille à cause de ce que les
esprits m'ont révélé. Les nuages du malheur planent
sur toi, ton royaume et ta descendance, ô grand *fama* !
Une drôle de foudre se prépare à s'abattre sur ton
trône, à brûler tes récoltes, à décimer ta descendance et
à détruire tes grimoires et tes gris-gris.

– Et qu'attends-tu, maudit sorcier, pour me sacrifier
des buffles, des chiens noirs et des albinos ?

– Il n'y a rien qui puisse empêcher cela. Les tourbillons du malheur emporteront sûrement ta descendance. Cependant, les dieux t'accordent une faveur : tu
ne seras plus sur terre quand le désastre se produira.

– Qui osera cela, ruiner le trône des Bambaras, qui ?

1. A. H. Bâ et J. Daget, *L'Empire peul du Mâcina*.

– Ces maudits Peuls, ô mon roi ! C'est par la main de ces vilains singes rouges que la malédiction anéantira tes greniers et ton trône. Ces bergers aux pieds grêles, ces rustres bohémiens, mangeurs de *cram-cram* et de lait ! C'est d'eux que viendra le criminel. Le malfaiteur n'est pas encore né mais ses ancêtres, eux, sont déjà là, à un jet de pierre de ton palais. Ce sont des Barry émigrés du Fouta-Tôro il y a peu et installés dans la région de Wouro Nguiya, entre Dogo et Banguita, au campement de Foïna. C'est un de leurs descendants, *fama*, qui abattra ton palais et subjuguera ton peuple de « fiers gorilles aux poitrines larges et velues ».

– Qu'attends-tu, idiot, pour me les amener ? Je veux tous les Barry de Foïna ici, les dos lézardés, les derrières rougis au feu et ligotés les uns aux autres comme les bûches d'un même fagot.

En un clin d'œil, femmes et enfants, vieillards et estropiés furent traqués comme du gibier, ficelés, bastonnés et traînés par les chevaux jusque dans l'enceinte du palais.

– Qu'on les décapite sans tarder et sans prendre pitié ! ordonna le roi.

Ses guerriers sortirent leurs épées et leurs dards, leurs garrots et leurs flèches empoisonnées et se ruèrent sur les malheureux Peuls en chantant des chants funèbres. À ce moment-là, le regard du roi fut attiré par un jeune homme, un certain Hammadi, qui avait l'air si calme et si résigné au milieu de l'agitation et des pleurs ! C'était le Peul tel que le définit la cruelle imagerie bambara : timide et malingre, rouge comme une peau imbibée de garance. Sauf que la maigreur de celui-ci dépassait l'imagination. Il était si décharné que, pour un peu, on aurait perçu aussi distincts que les traits de son visage ses vaisseaux et ses entrailles.

– Celui-là, ricana le roi, il ne lui reste pas d'ici au crépuscule pour mourir sans qu'on le touche. Allez, sortez ce maladif de ma cour ! C'est faire peu cas de ma puissance que d'imaginer un tel fantôme démolir mon royaume. Sortez-le d'ici, qu'il aille mourir loin de mes terres !

On le surnomma Hammadi Dadhi Foïna (Hammadi le rescapé de Foïna). C'est le lointain ancêtre de Chaïkou Amadou.

Comme le Prophète et comme le très saint Karamoko Alpha, Chaïkou Amadou fut un orphelin. Son père, Hammadi Boubou mourut quand il n'avait que deux ans. Son grand-père maternel, Alpha Gouro, se chargea de l'éduquer et de l'initier au Coran. Au sortir de l'adolescence, il découvrit Abdel Kader El Djilani. Littéralement transporté par ce grand mystique bagdadi du XIᵉ siècle, il rêva de réformer la société, d'introduire plus de rigueur dans la vie religieuse, de libérer les croyants aussi bien des cagots conservateurs et illettrés de Djenné que du joug des *arbé* peuls et des fétichistes bambaras. Peut-être avait-il déjà en tête le projet fou de bâtir sur ces terres de sciences occultes, de balafres et de masques, la *dîna*, cet État idéal, tout de pureté et de foi, entièrement soumis à la loi de Dieu, baigné de sa lumière, inspiré de sa sainteté.

Devenu un marabout réputé, ce brillant agitateur d'idées fut vite reconnu notamment parmi les jeunes et les hommes les plus instruits du pays. Ce qui fait que, dès le début, les idolâtres lui vouèrent une haine féroce et la mosquée de Djenné se méfia de lui. D'ailleurs, ce sont ses relations avec cette dernière qui se dégraderont les premières. C'est vrai qu'il nourrissait depuis toujours un saint mépris pour les notables de cette bourgade qui tiraient sans vergogne leurs prestiges et leurs avantages de leur douteuse ascendance et non de leur savoir et de leur piété. Une tradition non écrite voulait que l'on se regroupe en trois rangées lors des prières : les métis afro-marocains d'abord, puis les marabouts et les commerçants, ensuite seulement les autres. Un jour, Amadou quitta la dernière rangée pour la deuxième et, la fois suivante, il s'installa au milieu des plus hauts dignitaires de la première. Ce geste indécent lui valut les foudres de l'aristocratie. Il lui fut interdit, ainsi qu'à ses partisans, de prêcher à Djenné et de fouler la mosquée. Il se retira à Roundé-Siré, où il fit bâtir une mosquée et une école coranique. Quelques semaines plus tard, drapés dans leurs belles couvertures de laine, ses étudiants se rendirent au marché de Simaye pour troquer du lait contre des céréales et du miel. Les apercevant, le prince du Mâcina, *ardo* Guidâdo, s'étouffa de colère et s'adressa à ses soldats :

– Les voici, les potaches de ce misérable noircisseur de planchettes qui a dévié du chemin de Guéno et qui maintenant se met à contester le pouvoir de mon père. Allez les houspiller et les malmener et ramenez-moi une de leurs couvertures pour que je crache et marche dessus pour bien leur signifier mon ascendance sur eux.

Amadou fit tuer le prince. Ulcéré, le roi du Mâcina, *ardo* Amadou, demanda l'aide à Da Monzon roi de Ségou, Guélâdio Hambodêdio *ardo* du Kounâri, Faramoso roi des Bobos et Moussa Coulibaly roi du Monimpé. Cette puissante coalition de Peuls, de Bobos et de Bambaras fut néanmoins mise en déroute à la bataille de Noukouma. Pourtant l'ennemi alignait plus de cent mille soldats alors que les partisans de Amadou n'étaient que 313 en tout. 313 comme l'armée du Prophète lors de la bataille de Bedr ! Voyant cela comme un miracle divin, les Peuls à tresses et les Bambaras buveurs de *dolo* se convertirent par dizaines de milliers et rejoignirent l'armée de Chaïkou Amadou qui soumit facilement les chefs païens et les conservateurs de Djenné à son autorité. Il institua l'empire musulman du Mâcina et fonda une nouvelle capitale au milieu des escarpements rocheux du Kounâri. Il la voua entièrement

343

à la méditation et à la prière et l'appela Hamdallaye, ce qui veut dire « louanges à Dieu » !

Le lendemain de sa victoire de Noukouma, des messagers venus de Sokoto se présentèrent à lui.

– Gloire à toi, ô Chaïkou Amadou ! Oui, *chaïkou*, c'est dorénavant le titre par lequel on devra t'appeler. C'est le titre que le Commandeur des croyants, le très saint Ousmane Dan Fodio, t'a décerné avant de mourir. Il y a trois mois, il nous a remis cette lettre et nous a dit : « Partez vers l'ouest jusqu'au pays du Mâcina. En ce moment même, un Peul comme vous et moi, auréolé par Dieu et marqué du signe de la prophétie, est en train d'y guerroyer pour instaurer la cité de la charité et de la foi. Nul doute que Dieu affaiblira pour lui les sceptiques et les mécréants. Dites-lui que je lui accorde cet étendard du Prophète ainsi que le titre de *chaïkou*. Vous lui remettrez aussi de main à main la lettre que voici et qu'un marabout touareg m'a remise à tort, pensant sans doute qu'elle m'était destinée. Dites-lui que c'est pour lui et non pour moi que ce message fut écrit et que lui seul pourrait en percer l'énigme. »

– Et comment vous l'aurait-il remise puisque, selon vous, il est déjà mort ? demanda Amadou.

– C'est à Saye, ô *chaïkou*, où nous fûmes attardés par la maladie d'un des nôtres, qu'un cavalier nous rejoignit pour nous annoncer la triste nouvelle. Un homme aussi pur mourir de la lèpre ! Dieu en ses infinis mystères a vraiment le talent de troubler l'esprit des hommes, n'est-ce pas, mon grand *chaïkou* ?

*

Birane revenu de Hamdallaye, l'almami Abdoul Gâdiri le convoqua et lui dit :

– Je veux que tu sois pour moi ce que ton père a été pour feu mon père, l'almami Ibrahima Sory Maoudho.

J'ai besoin de ta longue expérience de guerrier et de voyageur. La présence d'un aîné amical et circonspect me rassurera en ce moment périlleux. Je te fais mon émissaire et mon conseiller ; à ton fils Dôya, je confie les écuries royales et le commandement de mes jeunes cavaliers. Aide-moi à voir clair et je te laisserai ramasser à ta guise l'or, les titres, les cheptels et les esclaves. Tu penses bien que si nous, les *sorya*, nous avons réussi à nous remiser sur le trône, c'est pour ne plus le quitter.

Il était bien naïf de parler ainsi. Huit ans après, il reçut une balle dans la tête et dut se réfugier chez les Soussous du Faranta. Naturellement, le fidèle Birane l'y suivit pour, avec l'aide de leurs généreux hôtes, le soigner de tout son cœur et veiller à entretenir son moral. C'était, bien sûr, un coup des *alphaya* qui, de longue date, préparaient activement leur retour.

Tu te souviens de Boubakar Bademba, celui que l'on avait laissé pour mort dans une termitière et qui avait réussi à se réfugier dans le Bhoundou ? Eh bien, lors de son long séjour dans la cour de l'almami Hammadi Aïssata, les Dényankôbé et leurs alliés bambaras attaquèrent le Bhoundou. Il revint au prince Bôkar Sâda d'organiser la riposte et, naturellement, il y convia son ami et hôte, le prince du Fouta-Djalon, Boubakar Bademba. Alors que l'ennemi, harcelé de partout, commençait à se replier, ils visèrent en même temps un fuyard et Boubakar Bademba tira le premier pour l'abattre.

– Tu te crois plus adroit que moi, n'est-ce pas ? lui fit Bôkar Sâda, vivement déçu de n'avoir pas tiré le premier. Alors, dis-moi, pourquoi as-tu fui ton pays comme un méprisable déserteur pour venir te réfugier chez nous ?

– Je n'ai pas fui le combat, j'ai fui la trahison ! tenta de lui faire comprendre Boubakar Bademba qui, aussitôt la guerre terminée, s'en alla trouver l'almami Hammadi Aïssata.

– Père, je prends congé, je rentre au Fouta-Djalon.

Hammadi Aïssata le couvrit de cadeaux et lui donna une escorte. Il l'accompagna jusqu'à la sortie de la cité et lui tendit un talisman et un coq.

– Grâce au pouvoir magique de ce talisman, il te suffira de toucher une partie de ton corps avant de tirer sur l'ennemi : sois sûr que c'est cette partie-là que ta balle atteindra. Quant à ce coq, tu verras par toi-même qu'il sera le seul à chanter dans tous les villages que tu traverseras ; en l'entendant, tous les autres se tairont. C'est le signe que tu auras raison de tous ceux qui se mettront au travers de ton destin. Rassure-toi, mon fils, qu'ils le veuillent ou non, tu régneras !

Il arriva à Timbo à la tombée de la nuit. En traversant la plaine bordant la cité, il trouva une lionne qu'il abattit d'un coup de fusil. Sa mère qui, dans sa case, préparait le dîner remercia le bon Dieu puis, avec un grand soupir de soulagement, s'adressa à sa servante :

– Mon fils Boubakar est revenu !

– Comment pouvez-vous dire ça, ma bonne maîtresse ? ! Vous savez bien que votre fils est mort à la bataille de Kétiguia.

– Ce coup de feu est celui de mon fils. Personne au monde ne tire comme ça au fusil.

*

Boubakar Bademba rassembla aussitôt ses partisans et leur annonça ces sombres paroles-là, restées jusqu'à nos jours intactes dans la bouche des lettrés et des griots :

– Ceux qui ont tué mon père, je les tuerai. Ceux qui l'ont trahi, je les tuerai. Ceux qui ont aidé ceux qui

346

l'ont trahi, je les tuerai. Ceux qui ont aidé ceux-là qui ont aidé, je les tuerai !

Et ce n'étaient pas des paroles en l'air puisqu'il réussit à blesser Abdoul Gâdiri et à l'évincer du pouvoir. Après quoi, il s'en alla trouver son vieil oncle Boubakar Zikrou qui attendait la mort dans son *marga* de Hêriko et lui dit :

– Je suis venu te remettre la couronne laissée par mon père, Abdoulaye Bademba, en attendant que j'aie l'âge de la porter sans qu'elle m'écrase la tête.

– Le destin est bien coquin en ce qui nous concerne, mon neveu ! Toi, tu es trop jeune et moi, trop vieux pour monter sur le trône. Tout ce que je souhaite aujourd'hui, c'est prier le bon Dieu et mourir en paix.

– Te débiner serait un déshonneur pour l'ensemble des *alphaya*, oncle ! Tu dois porter la couronne que le Fouta-Djalon a offerte à ton père Karamoko Alpha ! Tu auras avec toi ma sincérité totale et l'appui de mes partisans.

Boubakar Zikrou accepta à contrecœur. Mais sitôt qu'il fut investi, il reçut du Faranta un paquet contenant deux grains de riz, un morceau de charbon, une balle et une pincée de poudre.

– Que peut bien signifier cette énigme ? demanda-t-il au doyen de ses conseillers. Que veut nous dire Abdoul Gâdiri ?

– Il veut nous dire que quand le riz aura été moissonné, la savane ravagée par les feux de brousse, les balles et la poudre parleront à Timbo pour vous départager.

Trois mois après, Abdoul Gâdiri délogea le vieux roi qui eut juste le temps de regagner Hêriko pour mourir. Trois mois s'écoulèrent et Abdoul Gâdiri mourut à son tour, des séquelles de ses blessures. Malgré la farouche résistance de Birane, les *alphaya* revinrent au pouvoir en la personne de Boubakar Bademba qui, après moult

347

péripéties, succédait enfin à son père. Il imposa, comme jadis son géniteur, des *alphaya* aussi bien dans les rouages de Timbo qu'au moindre échelon des provinces mais se garda bien, allez savoir pourquoi, de retirer son *sâré* à Birane ou de le chasser de la capitale. Il le laissa jouir de ses biens et de ses mouvements à sa guise et se prit même d'affection pour le jeune hôte qu'il hébergeait à ce moment-là ; lequel, en échange du gîte et du couvert, assurait l'éducation coranique de son fils Diabâli. C'était un jeune surdoué originaire du Fouta-Tôro qui après avoir suivi les enseignements des célèbres érudits de Labé-Sâtina était arrivé à Timbo pour s'initier à la voie *tidjania* auprès du grand maître Abdoul Karim qui lui-même avait adhéré à l'ordre lors d'un long séjour en Mauritanie. Il s'appelait Omar Saïdou Tall. C'était le fils de Tierno Saïdou Ousmane Tall, le prodigieux bébé de Halwâr que, à son retour de la défaite de Boungowi, l'almami Abdel Kader Kane s'était empressé de saluer et d'honorer.

Peu de temps après cela, une caravane de commerçants mandingues venue du Libéria se présenta devant le fortin et demanda à parler à l'almami. Le porte-voix les interpella sitôt qu'ils furent introduits dans la salle d'audience :

– Dites donc qui vous êtes et ce qui vous amène !

– Je suis Fanta Mâfing Kaba, fils de Mory Oulen Kaba, et voici mes compagnons de route ! Nous venons du Libéria où nous nous rendons chaque année pour troquer de l'or et du riz contre de la kola et des armes, après quoi, nous reprenons tranquillement le chemin de Kankan où nous sommes nés et où nous attendent nos pères et nos mères, nos femmes et nos enfants. Seulement, cette année, nous avons dû faire le détour par Timbo.

– Pour faire quoi à Timbo ? Pour vous enquérir de notre santé ou pour nous vouloir du mal ?

– Pour remettre aux gens de cette ville quelque chose qui leur revient. La feuille appartient à l'arbre même quand elle se trouve égarée dans la crinière du lion.

Quoi donc ?

L'homme sortit un objet luminescent qu'il déposa délicatement aux pieds de l'almami.

Le porte-voix s'abaissa sans le quitter de ses yeux furibonds et réprobateurs. Il se releva puis marmonna entre les dents, au bord de s'étrangler de colère :

– Qu'est-ce que cela veut dire ?

– C'est un talisman (comme s'il pouvait se faire que ce fût autre chose) !... Pas n'importe quel talisman, celui de l'almami Ibrahima Sory Maoudho ! Approchez, voyez par vous-mêmes, anciens de Timbo !... Lisez ce qui y est écrit et vérifiez si je mens : *« Allah mi houli, mi houlâ maïdé ! Min Almâmy Ibrahima Sory Maoudho, guidho dioulbé è djom Fouta ! »* (Je crains Dieu, je ne crains pas la mort ! Moi, almami Ibrahima Sory Maoudho, l'Ami des fidèles et le Maître du Fouta !) N'est-ce pas le talisman du lion à la crinière invisible avec ses grains d'ambre et ses cauris ? N'est-ce pas celui qu'il avait remis à son fils Abdourahamane avant la désastreuse expédition du Gâbou ?

– *Lâ ilâ ilâllâhou*, c'est lui, il n'y a pas de doute, c'est bien lui ! soupirèrent-ils tous d'une même et lugubre rumeur.

– C'est bien lui ! acquiesça à son tour le porte-voix de l'almami, amené par ce stupéfiant coup de théâtre à se montrer plus avenant. Installe-toi sur la peau de mouton que voici, Mandingue ! Tu y seras plus à l'aise pour ôter de nos esprits la curiosité qui les tourmente. Mais, de grâce, fais vite, le Fouta a hâte de savoir ce qu'est devenu son prince.

La nouvelle s'étant rapidement ébruitée dans les ruelles et dans les arrière-cours de Timbo, tout le monde (les vieilles et les enfants, même les gens des hameaux et les voyageurs de passage) se regroupa dans la cour et autour de la palissade de la mosquée pour écouter. L'étranger parla jusqu'à l'aube et ce qu'il dit fut si captivant que ce jour-là les coqs oublièrent de chanter et le muezzin d'appeler à la prière. À force de parodies et de mimes, de figures et d'allégories, il réussit à faire comprendre, dans son mauvais peul, au Fouta en larmes ce qui était arrivé à son prince.

Après l'horrible traversée des mers, Abdourahamane avait été vendu à l'encan dans une foire à esclaves du Mississippi. Un certain Thomas Foster, fermier de son état dans le comté de Natchez, s'en était porté acquéreur pour un baril de poudre. Durant trente-neuf ans, il subit les morsures du fouet et de la faim, les supplices de l'humiliation et les durs travaux des champs. Cela ne lui fit oublier ni la noblesse de son sang ni son doux pays du Fouta-Djalon. Pieux musulman et fin lettré (il maîtrisait parfaitement le peul et l'arabe), il se prit un jour d'écrire au sultan du Maroc (dans son esprit, une simple bouteille à la mer rien que pour alléger le cafard). Son cas émut fortement le roi qui, contre toute attente, s'adressa au président des États-Unis pour lui demander sa libération. Ce qui fut fait aussitôt. Mais Abdourahamane n'était pas satisfait pour autant : ses femmes, ses fils et ses petits-fils restaient, eux, toujours esclaves. Il se tourna vers l'American Colonization Society, une organisation philanthropique du Nord, pour tenter d'obtenir leur affranchissement. Mais menacé par les esclavagistes du Sud qui voyaient d'un très mauvais œil tout le tapage fait autour de ce « Nègre prétentieux », il quitta précipitamment les États-Unis pour le Libéria.

– Il y attendait la saison sèche et l'arrivée des premières caravanes pour rejoindre Timbo, conclut l'étranger en essuyant une larme, lorsqu'il est mort, le trimestre dernier... La vieillesse ! Il avait soixante-cinq ans, vous comprenez !... Alors, la communauté peule du Libéria nous a remis ce talisman et nous a dit : « Ô Mandingues, à votre retour à Kankan, faites le détour jusqu'à Timbo et remettez ceci à l'almami du Fouta en personne ! Les Peuls vous en seront reconnaissants et Dieu vous remerciera sûrement. »

Le lendemain, l'almami fit résonner la tabala du deuil, célébra la prière de l'absent et sacrifia mille taureaux noirs splendides et haut encornés pour accompagner l'âme du défunt.

*

Birane pleura longuement la mort de Abdoul Gâdiri et, avant de se retirer à Hélâya pour lire le Coran et broder, confia ceci à son fils, Diabâli :

– Après Boubakar Bademba, je ne connaîtrai aucun autre roi. Toi, tu seras amené à en côtoyer encore. Alors, deux conseils, mon fils : Reste avec les *sorya*, il est dangereux de faire la girouette au beau milieu des fauves. Choisis ton camp une fois pour toutes et surtout obéis sans état d'âme ou bien alors, fuis ! Autre chose : Prends soin de ton cou, dans la cité des Seïdyâbé, cet organe vaut moins cher qu'un vulgaire morceau de manioc !

À Hélâya, il reçut la visite de Omar Saïdou Tall.

– Mon maître Abdoul Karim me propose de l'accompagner en pèlerinage sur la tombe de cheik Tidjâni à Fès. Mais avant cela, nous passerons d'abord visiter la cité nouvelle de Hamdallaye que Chaïkou Amadou a consacrée aux gens de la vertu et de la foi. Demain, je vais à Halwâr faire mes adieux à mes parents. Malheureusement, mon maître qui devait m'accompagner pour intercéder auprès d'eux l'autorisation d'effectuer ce périlleux voyage est un peu souffrant. J'irai donc seul au Fouta-Tôro, ensuite je le retrouverai ici pour que nous gagnions le Mâcina.

Birane lui offrit des bœufs et de l'or. Il renifla longuement pour s'empêcher de pleurer et lui dit :

– Là-bas à Fès, n'oublie pas de prier aussi pour moi. Je suis devenu vieux, tu sais. Je ne me crois plus digne de la miséricorde divine, j'ai trop fréquenté les griots et les rois ! Va à Fès, Omar, alors, peut-être, Dieu, par ta pureté à toi, consentira à alléger le grand nombre de péchés qui me font ployer le dos !

*

Boubakar Bademba trôna en tout près de dix-sept ans. Son long règne, entrecoupé de quelques chutes au gré des crises qui ensanglantaient épisodiquement les *sorya* et les *alphaya*, fut marqué par une longue éclipse de soleil. Affolés, les gens affluèrent vers les cimetières et les mosquées, pensant que le jour du Jugement dernier était arrivé. Puis ce fut un violent tremblement de terre. Surpris au lit, Birane fut enseveli sous sa masure de Hélâya. Il fallut trois jours aux esclaves pour sortir son cadavre des décombres et, ensuite, le transporter dans le carré couvert de plantes à fleurs et de champignons que Seïdy, en fondant Timbo, avait réservé à Garga pour le repos de son âme et celui de sa descendance.

De retour du Fouta-Tôro, Omar Saïdou Tall fit égorger un taureau pour accompagner son âme et réunit une centaine de ses fidèles pour réciter le Coran autour de sa tombe. Après quoi, il confia à son bienfaiteur, l'almami Boubakar Bademba, son intention de rejoindre Hamdallaye où son maître Abdoul Karim, fatigué d'attendre son retour, l'avait déjà précédé. C'est là à Hamdallaye que son destin bascula et avec lui, celui de toute l'Afrique de l'Ouest. C'est là qu'il dut renoncer à

Fès et se décida à accomplir ce fameux pèlerinage à La Mecque dont les péripéties et les conséquences bouleversèrent l'existence de tant de croyances et de peuples.

Car, à son arrivée à Hamdallaye, il apprit que son maître Abdoul Karim venait de décéder. Il y assista à la naissance de Amadou Amadou, le petit-fils de Chaïkou Amadou. Le roi du Mâcina, auquel Abdoul Karim avait beaucoup vanté les mérites de son disciple, présenta le bébé à Omar Tall pour qu'il lui accorde sa bénédiction. Celui-ci avança la main pour caresser la tête du nouveau-né. Le bébé recula violemment comme si on lui avait fait toucher du feu. Il se mit à vagir si fort que Chaïkou Amadou s'en inquiéta et dit :

– Je te confie mon petit-fils, Omar Tall, fils du Fouta-Tôro. Jure-moi de ne jamais lui faire du mal !

– Ai-je une tête à crever l'œil de celui qui m'a appris à voir, je veux dire, à rendre le bien que l'on m'a fait par un présent aussi abject que celui du mal ? Si je nourris quelque mauvaise intention que ce soit à l'endroit de ton petit-fils, que Dieu fasse qu'en quittant ici je ne dépasse pas le village de Baboye.

– Eh bien, que Dieu t'entende, Omar ! Que Dieu t'entende !

Ce dialogue occulte et prémonitoire entre deux grands érudits peuls, ambitieux et doués aussi bien l'un que l'autre d'un extraordinaire pouvoir de divination, signalait déjà, à mots couverts, la terrible tragédie qui se préparait à ensanglanter le Mâcina. Car, mon petit Peul, à peine une décennie plus tard, El Hadj Omar, après avoir détruit le royaume bambara de Ségou, envahira le Mâcina et fera exécuter son jeune roi, Amadou Amadou. Et que devint-il après cela, mon petit Peul ? Il disparut dans les grottes de Djiguimbéré. Et où se situaient ces grottes de Djiguimbéré ? À l'entrée de Baboye.

Ce village que, selon son serment, il ne devait pas dépasser si jamais il faisait du mal au petit-fils de Chaïkou Amadou ! Ô mystère !

*

Après cette étrange conversation, Omar renonça donc à Fès et se jeta de toute son âme sur les pistes enchantées de l'Orient. À défaut de pouvoir se recueillir sur la tombe de cheik Tidjâni, là-bas, il aurait peut-être la chance de rencontrer son plus éminent disciple, le cheik Al Ghali, qui, après la disparition du grand maître, s'était juré de porter le message de la toute nouvelle confrérie au cœur même de l'islam. Il se joignit à une caravane de colporteurs qui allait à Kong. De là, il traversa les pays haoussas et séjourna sept mois à Sokoto où il eut l'occasion de briller et d'amasser d'immenses fortunes. Suffisamment nanti pour se payer une escorte et traverser sans encombre les pays touaregs, le Fezzan et le Soudan égyptien, il franchit la mer Rouge à Dougounab et pénétra l'Arabie par Djedda. Il fut en butte dès cette première étape au rejet et aux quolibets des Arabes dans l'esprit desquels tout « visage de poix », si distingué soit-il, est voué à l'ignorance et à la servitude, et naturellement impénétrable aux subtilités aériennes de la religion et de la science. Au *fondouk* d'une université islamique où, après une longue errance dans les rues, il réussit à se faire admettre, il dut affronter le mépris d'une bande de prétentieux qui mirent en doute ses connaissances et allèrent jusqu'à nier la sincérité de sa foi.

– Ce nom, Omar, que tu portes avec tant de fierté, qui nous dit que tu ne l'as pas usurpé en chemin, à Khartoum ou à Abou-Hammed, par exemple ?

– Oui, nous avons du mal à nous laisser convaincre que la lumière de Dieu a déjà effleuré des régions aussi ténébreuses et lointaines que celle qui t'a vu naître.

Nous savons maintenant que beaucoup de pèlerins venus de là-bas et qui se présentent devant nos cités ne sont que de superbes analphabètes qui désirent se revêtir du manteau de *hadj* juste pour amasser la gloire et la fortune avant de s'en retourner aux tam-tams et aux masques.

– Oui, n'importe qui peut apprendre à balbutier la *Fâtiha*. De là à devenir un vrai musulman…

– Puisqu'il a l'air si sûr de lui, ce « visage de poix », qu'il nous montre donc ce dont il est capable !… Ne reste pas sans répondre, Omar ! Tu veux visiter la Kaaba, alors récite-nous la sourate « Le Pèlerinage » !

– «Le Pèlerinage », c'est trop pour un illettré du Tékrour. Sait-il seulement « L'Enveloppante » ou « L'Astre nocturne » et même la très élémentaire « Les Fibres » ?

– J'ai refusé jusqu'ici de répondre à vos provocations car je considère que l'on ne doit pas s'engager sur le chemin de Dieu en recourant au jeu puéril du défi et de la concurrence mais, comme vous insistez, je vous propose un jeu. À chacun d'entre vous de m'interroger sur les thèmes de son choix. Seulement si j'y réponds correctement, l'auteur de la question devra quitter le divan que vous vous êtes abusivement réservé pour me rejoindre sur les modestes nattes où vous m'avez installé. Ensuite, ce sera à mon tour de vous interroger et si personne ne répond à mes questions, j'occuperai tout seul ce merveilleux divan.

L'exercice dura toute la nuit et porta sur les domaines les plus divers : la grammaire, la théologie, le droit islamique, la médecine et l'astronomie. Ils n'eurent pas le temps de monter se coucher. L'aube les surprit dans la même pièce, les jeunes Arabes emmêlés sur les nattes, ronflant d'un sommeil profond, et Omar, étendu sur le divan, égrenant paisiblement son chapelet.

Ce fut sa première victoire en terre sainte. On s'inclina devant l'étendue de son savoir, reconnut avec force psaumes et salamalecs l'ardeur de sa foi. On le couvrit de cadeaux et monta une grande caravane pour le conduire en pèlerinage à La Mecque. Mais ce triomphe n'était que provisoire. D'autres difficultés l'attendaient, plus âpres et plus sournoises encore. Après La Mecque, il se rendit à Médine où résidait le cheik Al Ghali. Celui-ci, bien que touché par l'extrême sollicitude du jeune homme, montra beaucoup de réticences à s'ouvrir à lui. Cela ne découragea pas Omar. Pendant un an, il se mit humblement au service de son maître. Il lui distribua les énormes richesses glanées dans les cours et dans les mosquées du Fouta-Tôro, du Fouta-Djalon, du Mâcina et du Sokoto. Pendant un an, il lui servit de scribe et de chambellan. « ... il poussa l'humilité jusqu'à aller faucher de l'herbe pour le cheval de cheik Mohamad Al Ghali et ramasser du bois mort pour faire sa cuisine. Il couchait dans son antichambre et mangeait les restes de ses plats... Vers la fin de l'année, le cheik Al Ghali projeta d'aller à La Mecque pour le pèlerinage. El Hadj Omar obtint l'autorisation de l'accompagner[1]... » Après cette toute première faveur, le maître lui offrit un exemplaire du *Djawahiral-ma'ani*, l'œuvre dans laquelle, avant de mourir, le cheik Tidjâni avait consigné l'essentiel de sa doctrine. Dans la foulée, prenant en compte sa patience et son extrême dévouement, il l'invita à s'exprimer devant une assemblée de savants. Omar réussit brillamment le test. Al Ghali lui décerna le titre de *moqqaddem* mais se refusa obstinément à lui accorder la *baraka*, ce rituel qui aurait fait de lui un dépositaire consacré de la voie

1. *Ibid.*

tidjane. Cette simple marque de sympathie déclencha pourtant une violente hostilité dans l'entourage du cheik. Un jour, au cours d'une des nombreuses discussions savantes auxquelles il était souvent convié, un des disciples déclara perfidement :

– «Ô science, toute splendide que tu sois, mon âme se dégoûtera de toi quand tu t'envelopperas de noir ; tu pues quand c'est un Abyssin qui t'enseigne[1]. »

Cela fit rire longuement l'assistance. Omar laissa passer l'orage et répondit avec tout le flegme que peut montrer un Peul :

– «L'enveloppe n'a jamais amoindri la valeur du trésor qui s'y trouve enfermé. Ô poète inconséquent, ne tourne donc plus autour de la Kaaba, maison sacrée de Allah, car elle est enveloppée de noir. Ô poète inattentif, ne lis donc plus le Coran car ses versets sont écrits en noir. Ne réponds donc plus à l'appel de la prière car le premier ton fut donné, et sur l'ordre de Mohamed notre Modèle par l'Abyssin Bilal. Hâte-toi de renoncer à ta tête couverte de cheveux noirs. Ô poète qui attends chaque jour de la nuit noire le repos réparateur de tes forces épuisées par la blancheur du jour, que les hommes blancs de bon sens m'excusent, je ne m'adresse qu'à toi. Puisque tu as recours à des satires pour essayer de me ridiculiser, je refuse la compétition. Chez moi, dans le Tékrour, tout noirs que nous soyons, l'art de la grossièreté n'est cultivé que par les esclaves et les bouffons[2]. »

Pour oublier ce désagrément et s'aérer l'esprit, Omar se rendit en pèlerinage à Jérusalem. De là, il poussa l'aventure jusqu'à Damas. Il apprit que le fils du sultan de cette ville était frappé d'une folie telle que de tout l'Orient aucun médecin ni aucun marabout n'avait pu

1. *Ibid.*
2. *Ibid.*

le guérir. Il demanda au sultan de lui laisser tenter sa chance. On l'emmena près du malade.

– Tu me connais, n'est-ce pas ? lui demanda-t-il.

– Bien sûr ! répondit le fou. Tu es Omar, fils du Fouta-Tôro.

– Pourquoi t'a-t-on emprisonné ici ?

– Ils disent que je suis fou mais toi tu sais que ce n'est pas vrai, n'est-ce pas ?

– Non, tu n'es pas fou. Tu ne l'as jamais été et même si tu l'avais été, tu ne le seras plus jamais.

Il murmura un verset et cracha trois fois sur la tête du jeune homme.

– Enlevez-lui ses chaînes, fit-il.

On lui enleva ses chaînes et il reprit aussitôt ses esprits.

Ce miracle qui fit le tour de l'Orient acheva de modifier les sentiments du maître envers l'élève. Al Ghali lui accorda sa *baraka*, l'investit calife des *tidjani* pour les pays du Tékrour, l'embrassa longuement et dit : « Va balayer les pays ! »

El Hadj Omar séjourna en tout deux ans et demi au Moyen-Orient. Enfin heureux d'obtenir ce qu'il était venu chercher, il se rendit une dernière fois à La Mecque pour accomplir son troisième pèlerinage avant de retourner chez lui.

Il brilla dans les mosquées et les universités du Caire, grossit son escorte tout au long des pistes reliant les cités du Soudan et arriva au Bornou avec le prestige et la somptuosité d'un messie longtemps attendu. Il demeura plusieurs mois dans ce pays où il prêcha la nouvelle doctrine et attira à lui une foule considérable de fidèles dont un des princes les plus éminents du royaume. Le souverain du Bornou vit cela d'un très mauvais œil. Déjà effarouché par les critiques véhémentes que, dans ses envolées, l'encombrant pèlerin proférait contre le relâchement des mœurs et les excès du pouvoir, il adopta dans un premier temps une franche hostilité. Il monta contre son hôte plusieurs attentats auxquels celui-ci échappa miraculeusement. Cependant, pour calmer ses partisans et pour contenir son influence de plus en plus grandissante, il se montra, ensuite, bien plus accueillant. Il le couvrit de cadeaux, lui offrit en mariage une de ses filles nommée Mariatou (qui lui donnera son fils Makki) mais fut néanmoins très soulagé de le voir quitter ses terres pour celles lointaines de ses « cousins » de Sokoto. Il y séjournera près de huit longues années. Il y composera sa fameuse œuvre *Souyouf-al-Saïd*, participera à la célèbre bataille de Gawakouké où les Peuls écrasèrent une puissante coalition d'assaillants haoussas, touaregs et kanouris et accomplira tant et tant de miracles qu'il attirera à lui l'animosité et la jalousie de Al Bekkaye, le mufti de Tombouctou, en visite à Sokoto. D'ascendance marocaine, celui-ci qui exerçait une très forte influence morale dans les cours de Sokoto et de Hamdallaye était de rite *quadria*. Il prit pour une offense l'irruption dans sa chapelle de ce jeune homme plus instruit que lui, auréolé du titre rarissime de *hadj* et se réclamant de surcroît d'une autre confrérie que la sienne. Il multiplia à son égard les provocations les plus sournoises et fit tout pour le brouiller avec les gens de la mosquée et les habitués de la cour. Il le questionnait comme s'il avait été son élève et remettait son savoir en cause à tout bout de champ. El Hadj Omar confondit le vieux mufti avec une telle aisance que celui-ci écourta son séjour et regagna derechef son sérail de Tombouctou. Il réussit habilement à retourner en sa faveur l'opinion de la cour. Amadou Bello finit par se laisser convertir à la Tidjania. En fin de compte, leurs liens étaient devenus si étroits qu'une nuit celui-ci le réveilla et lui tendit un papier : « Je t'offre mon royaume, ami des croyants et serviteur de Dieu. Garde ce testament ! Quand je mourrai, montre-le au Sénat. Il ne pourra alors qu'avaliser la décision que j'ai prise de faire de toi mon unique successeur. »

Comme gage de son sérieux et de sa sincérité, il lui offrit deux épouses : une noble de Sokoto dénommée Aïssatou Diallo qui lui donnera son fils Amadou, puis sa propre fille, Mariama, qui lui donnera ses fils Habib et Mokhtar. Quand il mourut en 1837, ce fut en toute bonne foi que El Hadj Omar brandit le fameux testament et exigea d'être couronné. Mais Atikou, le frère du défunt, appuyé par la majorité du Sénat, récusa le document : « Ce royaume n'est pas la propriété de Amadou Bello mais celle de notre père Ousmane Dan Fodio. As-tu un testament d'Ousmane Dan Fodio ? » El Hadj Omar dut admettre que non. « Alors quitte mon pays, cela m'évitera de te créer des ennuis ! » poursuivit le nouveau souverain.

Il quitta donc Sokoto pour Hamdallaye. Chaïkou Amadou l'accueillit avec le même enthousiasme qu'à l'aller. Mais dans son entourage, il flottait comme un air de mépris et de suspicion. Pour commencer, El Hadj Omar trouva à son arrivée une lettre de Al Bekkaye, un long poème aux apparences élogieuses mais qui se terminait perfidement ainsi : « Tu es le fils d'esclave le plus instruit qu'il m'a été donné de rencontrer. » Mais ce n'était pas tout. Le mufti de Tombouctou avait infiltré partout des agents chargés de discréditer la personne de Omar et la doctrine de la Tidjania. El Hadj Omar ne voulait pas d'une confrontation sous le toit de son bienfaiteur Chaïkou Amadou. Il préféra donc continuer sa route. Seulement, l'hostilité du Mâcina était loin d'être un cas isolé. Partout, sa bruyante escorte, son prosélytisme et l'irruption toute nouvelle de sa doctrine *tidjania* inquiétaient les mosquées et les palais. À Ségou (royaume qu'il mettra à feu et à sang une décennie plus tard), naturellement méfiant vis-à-vis de tout ce qui était peul et à plus forte raison musulman, le roi bambara le jeta en prison. Mais le sort voulut que la sœur du souverain s'amourachât de lui et parvînt à le faire libérer au bout de quelques mois. En ce laps de temps, il réussit la prouesse de convertir le prince héritier Tokoro Mari. En ces temps-là, à Ségou, la pratique de l'islam était punie de peine de mort pour les gens de la cour. Pour tromper la vigilance du roi et des grands prêtres, il lui suggéra de coudre ses tresses dans son bonnet pour camoufler son crâne ras de nouveau converti et de boire du miel en faisant croire que c'était du *dolo* pendant les cérémonies de libations.

Tous les souverains ne lui étaient pas hostiles, cependant. À Kangaba, Alpha Kaba, le roi de Kankan, vint à sa rencontre, se convertit spontanément à la Tidjania et le convia à se rendre dans sa ville pour enseigner et prêcher partout où bon lui semblait.

De Kankan, il écrivit une longue lettre à l'almami de Timbo pour lui narrer sa longue aventure et lui annoncer son arrivée imminente dans le Fouta-Djalon. Il ne reçut aucune réponse car au nom de la règle de l'alternance, en son absence, un *sorya* du nom de Yaya (clan qui lui sera hostile jusqu'au bout) avait succédé pour deux ans à Boubakar Bademba. Celui-ci, par chance, revint au trône dès l'arrivée de l'hivernage et l'invita à séjourner avec sa suite au village de Diégounko, avant de l'y rejoindre avec sa cour pour passer le mois de ramadan. Ce fut une période d'écriture et de méditation. C'est là que El Hadj Omar acheva *Ar-Rima*, son œuvre la plus accomplie. C'est aussi probablement là que lui vint l'idée de lancer son fameux *djihad* qui le conduira, dix années durant, à porter le fer de Saint-Louis du Sénégal à Tombouctou. En effet, il y fut rejoint très tôt par de nombreux Peuls du Fouta-Djalon, du Fouta-Tôro et du Bhoundou mais aussi par des

Malinkés de Kankan et même des Yoroubas islamisés de Sierra Leone. S'il n'avait encore eu l'occasion de tirer aucune balle, il avait de quoi constituer une armée et se préparer à la guerre.

*

Diabâli suivit les conseils de son défunt père et s'acoquina avec un turbulent jeune prince *sorya* du nom de Amadou. Il l'assista de son affection et de ses conseils et, dans le plus grand secret, sillonna les quatre coins du pays, afin de rameuter des guerriers et des partisans. Comme tu t'en doutes, la sournoise rivalité entre *sorya* et *alphaya* n'avait pas cessé pendant ce temps. En 1838, chassé du pouvoir, Boubakar Bademba dut se réfugier à Dâra. Diabâli appuya en vain la candidature de son poulain. Mais le conseil des Anciens, tout en saluant le retour légitime des *sorya* au pouvoir, invalida la candidature de ce dernier au motif qu'il n'obéissait pas au sacro-saint principe peul qui veut que seuls les princes dont les pères ont régné doivent accéder au pouvoir. On lui préféra son oncle Yaya ; il régna deux pauvres années avant de subir les foudres des *alphaya* qui réussirent à ramener Boubakar Bademba. Yaya se retira dans son *marga* et y mourut un an après. Dans cette terrible bataille qui ensanglanta les ruelles de Timbo, Diabâli fut blessé au genou. Un forgeron réussit à extraire la balle et tenta en vain de cautériser la plaie. Celle-ci s'infecta et, très vite, gangrena l'ensemble de la jambe. Son fils aîné Birom, pour subvenir aux besoins de la famille, ne trouva rien de mieux que de se joindre à la bande d'un jeune prince encore plus turbulent que Amadou, un autre *sorya* du nom de Oumar qui se répandait dans les villages pour extorquer tout ce qui pouvait lui tomber sous la main : le fonio et les bijoux, les troupeaux et les esclaves. Au bout d'une année de cette douteuse activité, il amassa une jolie petite fortune qui lui permit d'agrandir le *sâré*, de multiplier ses troupeaux, de s'acheter des terrains de culture dans deux ou trois provinces et de s'enorgueillir des plus belles écuries de Timbo après celles de l'almami. Puis il bâtit la plus grande médersa et se convertit en marabout pour enseigner la parole de Dieu aux enfants gâtés et aux princes de sang.

Comme je te l'ai dit, mon petit Peul, le prince Oumar était un homme violent et ambitieux qui mena dans sa jeunesse une vie turbulente et dissolue. Il commit de nombreux crimes et délits que sa condition de prince laissa impunis. Il manifesta dès sa plus tendre enfance son ambition de monter un jour sur le trône. Il alla consulter les devins qui lui firent savoir que pour ce faire il devrait d'abord sacrifier un homme, en l'occurrence, un de ses cousins, du nom de Bôry. Un soir, il invita celui-ci à une course à cheval et, au beau milieu de la course, l'abattit d'une balle dans la tête. Son père, l'almami Abdoul Gâdiri, ordonna qu'il soit décapité pour venger la victime. Mais la mère de celle-ci, la propre sœur de l'almami, le pria de n'en rien faire : « Laissez-lui la vie sauve, almami ! supplia-t-elle. Si vous le tuez, je perdrai du coup deux de mes enfants : mon fils et mon neveu. Si Oumar a tué Bôry involontairement, il n'en supportera aucune conséquence ici-bas comme dans l'au-delà. Dans le cas contraire, par Dieu, sa progéniture paiera son crime ! » Le Sérère a raison, mon petit Peul : « Dieu peut faire quelque chose pour ceux que la mère a maudits. Il ne peut rien pour ceux que la tante a maudits. » Comme je te le montrerai plus loin, la plupart des descendants de Oumar mourront assassinés.

À la suite des nombreux troubles survenus après la mort de son père, il trouva préférable de s'exiler. Il trouva refuge au Fouta-Bhoundou auprès de Bôkar Sâda qui avait, depuis, succédé à son père, l'almami

Hammadi Aïssata. Là-bas, il reçut une solide formation intellectuelle et militaire. Il apprit à connaître les hommes et à comprendre les subtilités du fonctionnement d'une cour royale.

À la suite de l'accord intervenu entre les partisans de l'almami Boubakar Bademba et ses adversaires, le camp *sorya* lui dépêcha une mission au Bhoundou pour le prier de revenir prendre possession de l'immense fortune laissée par son père et se préparer éventuellement à s'emparer des rênes du pouvoir. Dès son retour, il s'installa à Sokotoro, la capitale de sommeil de son clan. Sa générosité et ses largesses y attirèrent bientôt tout ce que le Fouta comptait de griots, de courtisans, d'aventuriers, de conspirateurs, d'ambitieux, etc. Il devint, avant même sa nomination en 1845, un puissant chef de bande, craint aussi bien à Timbo que dans les recoins des provinces.

C'est alors que l'almami Boubakar Bademba décida une expédition militaire contre le Badon, dans le nord du pays. À Labé, où il fit halte, un escadron de *sorya* l'attendait. Les notables de la ville réussirent de justesse à éviter la catastrophe. L'almami abandonna son projet d'expédition au Badon pour faire demi-tour vers Timbo. Des *sorya* encore plus nombreux l'accueillirent avec des tirs à l'arc et des coups de feu. L'almami, dont la bravoure était connue de tous, riposta de toutes ses forces. Il fut blessé et son frère Ibrahima tué. La confrontation dura plusieurs jours et l'hécatombe fut telle que les deux camps décidèrent de se réconcilier et d'appliquer le principe de l'alternance prévu par la Constitution. Ce fut une véritable catastrophe qui sema la désolation chez les gens du commun et souleva l'indignation des chevaliers et des clercs. Tierno Sâdou Ibrahim, un influent marabout de la province de Labé, n'hésita pas à adresser aux deux belligérants un « mémorandum de réconciliation », mémorandum que, de son bastion de Diégounko, El Hadj Omar se dépêcha de signer.

> Aujourd'hui, les divisions ont atteint leur but et les armées de l'ignorance déploient leurs bannières. L'honnêteté a disparu, la corruption a atteint le gouvernement et la religion. Les gouverneurs et leurs auxiliaires sont terrorisés, les juges et les savants sont troublés... Chacun s'occupe de sa propre personne... Il est impossible de changer cet ordre de choses avant que nous ne nous soyons réconciliés. Pour cette raison, nous vous pressons de renouer les contacts entre vous et d'arriver à un accord. Ce n'est que de cette façon que nous pourrons être sauvés, trouver la réussite et reprendre le chemin du bien. Vous êtes les descendants d'un seul homme. L'un et l'autre de vos groupes méritent, sans conteste, le respect. Dieu vous a généreusement accordé le pouvoir au Fouta. Exprimez votre gratitude en l'exerçant de manière responsable, sans quoi vous risquez fort de le perdre[1].

Voyant que malgré cela les tueries continuaient de plus belle, El Hadj Omar se présenta à Timbo et, au prix d'un long conciliabule, parvint à réconcilier les deux almami. C'était la première fois que les deux Omar se rencontraient et ce fut, comme on s'en doutait, particulièrement houleux. Ces deux grands trublions de l'histoire peule n'avaient pas en commun que la passion du pouvoir et le nom. Ils partageaient aussi le même puritanisme, la même force de caractère, le même orgueil démesuré et, comme tu le verras plus loin, mon petit Peul, la même destinée tourmentée. Deux caractères aussi semblables prédisposent naturellement aux différends et aux frictions. Ces deux êtres-là ne pouvaient respirer le même air sans produire des étincelles.

1. D. Robinson, *La Guerre sainte d'al-hajj Umar*.

Ils se brouillèrent tout de suite, à la faveur d'un bien curieux incident.

Quelques jours avant la visite de El Hadj Omar, le grand poète Tierno Samba Mambaya se présenta à Timbo et exprima son désir de parler à Almami Oumar.

– Almami, lui dit-il, sitôt que je m'en serai retourné dans mon village de Mambaya, ce pèlerin de Diégounko viendra vous voir. Il vous tendra la main et vous appellera « Homonyme ». Refusez de lui serrer la main et de répondre à son appel. Le Fouta-Djalon tout entier tomberait dans son escarcelle, sinon. Cet homme est revenu de La Mecque avec des pouvoirs illimités et l'appétit qu'il a pour votre pays dépasse tout entendement… N'oubliez pas, almami, si vous lui serrez la main, si vous l'appelez « Homonyme », le Fouta-Djalon perdra en un instant et la protection de ses grisgris et la force de ses armées. Il ne lui resterait plus qu'à le ramasser comme l'on se saisit d'un fruit tombé par terre.

La suite se passa comme Tierno Samba l'avait prédit. El Hadj Omar entra à Timbo suivi d'un impressionnant cortège. Il fonça directement au palais et tendit la main à l'almami Oumar.

– Je te salue, ô Homonyme, fils des Seïdyâbé et détenteur du Fouta !

L'almami se détourna et répondit avec dédain :

– L'almami du Fouta-Djalon n'a pas d'homonyme. Il n'a ni ami ni égal sur terre. Il est au-dessus des marabouts et des princes, seul Dieu lui est supérieur.

Les superstitieux affirment que l'almami offrit à son hôte un éventail magique alors que le vent d'est soufflait ce jour-là. Ce qui fit que El Hadj Omar se détourna du Fouta-Djalon pour jeter son dévolu sur les royaumes du Haut-Sénégal et du Niger. Retiens cependant que l'accueil de l'almami Oumar ne le découragea point. Il usa de son expérience accumulée au Bornou, au Sokoto et au Mâcina ainsi que de l'immense prestige qu'il exerçait auprès des gens du commun et des clercs pour réconcilier les *sorya* et les *alphaya*.

Le principe de l'alternance fut de nouveau accepté par les deux partis. Il fut octroyé à Boubakar Bademba de régner encore un an avant de céder la place. Deux ans plus tard, il se réinstalla sur le trône mais mourut trois pauvres mois après, victime des séquelles de ses blessures.

Oumar retrouva légalement le pouvoir : à la fin de l'année 1845, il fut officiellement couronné neuvième almami du Fouta-Djalon.

*Pour les uns, tu es pillard, un éternel envahisseur ;
pour les autres, un mythe, un pharaon, une insoluble
énigme. Pour nous Sérères, tu n'es qu'un misérable
vagabond, un bohème de rien du tout. Les griots
chantent ton audace et ta ruse. Nous, nous ne te louons
guère. Tu terrorises les lions, tu n'obéis jamais aux
rois, dit-on. Eh bien, pour nous, tu ne seras jamais
qu'un esclave poussiéreux et malodorant ; le plus vil
des esclaves : celui du bœuf. Prince en haillons, guerrier famélique, le bœuf est ton seul maître. Le bœuf,
c'est ton univers, c'est toute ta raison d'être. À lui, tu
immoles et dédies. À lui, tu cries merci. Ton futur à toi
se lit dans les lunules des sabots, non dans le reflet des
étoiles.*

Ô solitude ! Ô mélancolie !

*

Yassam seïtâné a kissom, *que le diable t'emporte,
Peul ! Ah, ces temps bénis de jadis où l'on vivait sans
toi !... Non, il a fallu que Dieu t'envoie à nous : toi, tes
faux airs de pharaon, ton odeur de glaise, tes innombrables larcins et tes hordes de zébus qui perturbent
nos villages et détruisent nos semences.* **Rô ho Yaal !**
Qu'avons-nous fait au Ciel pour mériter une telle puni-

tion ? Depuis, tu chemines, te propages partout comme si tu étais un gaz, comme si toutes les terres t'appartenaient. Qui t'a fait si mouvant, si insaisissable ? ! Gardien de bovidés aujourd'hui, bâtisseur d'empires le lendemain ! Obscur marabout ce moment-ci, calife l'instant d'après ! Hôte le matin, maître le soir ! Jusqu'où ira ta folie, bête des bois, nuisible puceron ?

Tu ne te doutais pas, n'est-ce pas, que Dieu, en ses infinis mystères, avait prévu encore plus fou, plus mythomane, plus cruel, plus aventurier, plus hautain et plus hâbleur que toi... Depuis les côtes où il faisait semblant de somnoler, l'homme blanc suivait attentivement tes stupides visées messianiques et tes fébriles agitations. Il n'ignorait rien et de tes guerres fratricides et de tes querelles de voisinage. Il attendit sagement que tu t'emmêles dans tes propres pièges et t'épuises de tes propres forces. C'est ce qu'il fit avec les autres peuplades aussi : les Maures, les Ouolofs, les Fons, les Mandingues, les Zoulous et les Hottentots, les Kongos et les Ashantis[1]... Il ne lui restait plus qu'à suivre tes traces et à ramasser un à un tes empires comme on le fait du bois mort.

Bien fait, fanfaron ! Hypothétique fils d'Abraham !

Oui, le Sérère a raison et bien raison : « Si dans la nuit noire, une femme se vante de sa beauté, attends que vienne le jour avant de faire ses éloges. »

---

1. Après avoir perdu leurs colonies américaines (les États-Unis pour le Royaume-Uni, le Brésil pour le Portugal et Saint-Domingue pour la France), les puissances européennes se réunirent à Berlin en 1885 pour procéder au partage de l'Afrique. Malgré les farouches résistances de ses rois, le sort colonial du continent était d'ores et déjà scellé.

Les furies de l'océan

1845-1870

Oumar a laissé le souvenir d'un almami brutal mais vénéré, cupide mais généreux, esseulé mais courageux, haï mais craint. Les premiers temps de son règne furent plutôt doux. Soucieux de faire oublier sa jeunesse mouvementée fortement ternie par l'assassinat de son cousin, il apparut d'abord comme un souverain sinon scrupuleux, du moins convenable aux yeux de la morale et des lois. À la mort de Boubakar Bademba, il exerça ses deux ans de mandat puis laissa volontairement le trône à Ibrahima Sory Dâra, le fils de celui-ci. Il ne pouvait donner meilleur gage aux notables des provinces et aux anciens de Fougoumba qui connaissaient bien sa réputation d'homme avide de richesses et de prince obsédé par la force. Après des années de diatribes et de tueries, le Fouta-Djalon apprécia ce geste magnanime et, amulettes et chapelets à l'appui, pria pour une nouvelle ère sans séisme, sans disette, sans émeutes et sans assassinats. Hélas, la trêve ne dura que ce que duraient les serments dans cette maison de fous des Seïdyâbê. Sauf que, cette fois, le coup de griffe ne vint pas du grand fauve mais bel et bien du doux petit agneau. Ibrahima Sory Dâra tendit aussitôt au nouvel almami une embuscade alors qu'il se retirait à Soko-toro, son village de sommeil. Oumar y perdit un bon nombre de ses partisans et frôla lui-même la mort. Il

373

entra dans la clandestinité et, pendant six longs mois, rallia à sa cause les soldats et les jeunes et prépara sa revanche. Le parti Alphaya subit une terrible répression. Pour se venger, celui-ci extermina tous les *sorya* de Timbo. Par son ampleur et par sa durée, le conflit atteignit le drame d'une véritable guerre civile. Il s'étendit sur de longues semaines de fusillades et de mêlées, de coups de couteaux et d'incendies. Timbo y laissa ses enclos et ses récoltes ainsi que la moitié de ses demeures et de ses résidents. Au plus fort des troubles, la ville cessa d'ailleurs d'être la capitale. Pour échapper à la violence, chaque clan se barricada dans son village de sommeil : les *sorya* à Sokotoro et les *alphaya* à Dâra. Une fois de plus, El Hadj Omar sortit de son bastion de Diégounko pour offrir ses bons offices. Le principe de l'alternance fut de nouveau reconnu. Oumar reprit le pouvoir mais se garda bien de le restituer cette fois. Il régna sans discontinuer jusqu'en 1856 date à laquelle, et pour des raisons que je t'expliquerai plus tard, mon petit Peul, il se retira au profit de son rival.

El Hadj Omar quant à lui, dès qu'il quitta Timbo, se convainquit de la nécessité de lancer le *djihad*. Il se prépara aussitôt à visiter le Fouta-Tôro pour demander la bénédiction des siens et mobiliser de nouvelles recrues. Il y avait maintenant plus de vingt ans qu'il n'avait pas foulé le sol natal. Il laissa la cité de Diégounko sous la garde de ses fidèles peuls et mandingues, haoussas et yoroubas et, avec quelques cavaliers, se dirigea vers le Fouta-Tôro, suivant étrangement le même chemin que, trois siècles plus tôt, avaient emprunté les hordes de Koly Tenguéla.

Il fit une première escale à Touba. Cette ville, fondée quelques décennies plus tôt dans le nord du Fouta-Djalon par un clan maraboutique soninké, était devenue un centre religieux réputé dans tous les pays des trois fleuves. Déjà fortement appuyé par les Peuls du Fouta-Djalon, les Malinkés de Kankan et les Yoroubas de Sierra Leone, il pensait diversifier sa base vers des pays comme le Khasso ou le Kaarta où les marabouts soninkés étaient très influents. Il trouva que Karmokoba, le fondateur de la cité, s'était déjà éteint. Il demanda à Tassilima, son fils qui lui avait succédé, de se convertir à la Tidjania et de rejoindre la guerre sainte.

– « Je suis un Diakanké, répondit celui-ci. Un Diakanké n'est pas un guerrier mais un pacifiste. Un Diakanké, bien plutôt, cherche à se dominer lui-même, à combattre les tentations afin de rester pur et proche du créateur...[1] »

Il le houspilla tout son content et conclut de la manière suivante :

– Pour servir Dieu, rien ne sert de faire la guerre, il suffit simplement de prier. Je ne vois pas pourquoi vous, les Peuls, vous vous agitez tant.

*

L'accueil du Fouta-Tôro fut tout aussi glacial que celui des *sorya* de Timbo. Son prestige de pèlerin suscita de nombreuses jalousies dans les milieux maraboutiques et son ascendance modeste, le mépris des conseillers et des princes (dans un pays où, de tradition, la naissance avait toujours primé sur le reste). Chez le peuple, en revanche, partout (au Bhoundou, au Djôlof et au Sine-Saloum aussi), il fut reçu à bras ouverts. Il attira à lui des milliers de Peuls, Sérères, Ouolofs et Mandingues désireux non seulement de se convertir mais de le suivre dans la folle aventure qu'il rêvait de tenter.

1. D. Robinson, *La Guerre sainte d'al-Hajj Umar*.

Le Fouta-Tôro vivait une instabilité chronique depuis l'assassinat de Abdel Kader Kane. Des almami anonymes et falots s'y succédaient dans la plus belle anarchie, opposés par les manigances du Diaggordé et manipulés par les Français et les Maures. Le dicton selon lequel « aux Blancs, le royaume des eaux ; aux Noirs, celui des terres » ne signifiait plus grand-chose. Les Français ne se contentaient plus de sillonner le pays dans leurs fantomatiques caravelles et de pilonner les ports, rivés aux culasses de leurs canons comme des statues de cire. Ils avaient monté une redoutable cavalerie armée d'arquebuses et de mousquets et qui s'aventurait jusque dans les hautes terres pour réprimer les révoltes, piller les caravanes et capturer des esclaves. Les Maures, de leur côté, n'étaient pas les moins actifs. À l'arrivée de El Hadj Omar, deux coalitions se disputaient le trône : les Wann de Boumba et les Ly de Diâba. Et qui soutenait les Wann ? Un marabout maure du nom de Sidi Al Moukktar Al Kounti[1].

En dépit de la méfiance et de l'hostilité des cercles dirigeants, El Hadj Omar parvint à réunir autour de lui les notables du centre et de l'est du pays. Il les supplia de se joindre à lui, soit tout de suite, soit plus tard quand le *djihad* aura été lancé. Il fut plutôt écouté. Des hommes aussi influents que Tierno Oumar Baïla renoncèrent à leur confort et à leurs privilèges pour se convertir et le rejoindre dans l'aventure. Mais c'est surtout chez les gens du commun qu'il trouva les oreilles les plus attentives. Leur soutien lui permit de jouer un rôle dans la déposition de l'almami régnant, Ibrahima Baba Ly. Curieusement, les Français, qu'il combattra violemment quelques années plus tard, n'étaient pas encore

1. Il fut le professeur de Mamadou Diouhé, le futur fomenteur de la « révolution des Houbbous », la fameuse insurrection qui ensanglantera le Fouta-Djalon quelques années plus tard.

perçus comme des ennemis. Il les rencontra par deux fois à Podor et à Bakel. Il ne leur cacha pas son intention de fonder un vaste royaume musulman « pour favoriser le commerce et la paix ». Il semble même que les Français l'accueillirent avec beaucoup de courtoisie et le comblèrent de cadeaux.

Comme quoi, mon petit Peul, quand il n'y a aucune proie à prendre, les fauves aussi peuvent coexister sans se menacer de leurs griffes.

*

Sur le chemin de retour vers le Fouta-Djalon, sa longue escorte et ses nombreux chevaux semèrent la panique dans les villages et entraînèrent la colère de tous les monarques des pays des trois fleuves. Que signifiait donc ce bruyant étalage de force et jusqu'où voulait-il aller, ce pèlerin hier à peine connu des voisins et qui se faisait passer soudain pour le bras droit du Prophète ? Alerté par ses agents de l'objet de tant de déferlement à ses frontières, l'almami Oumar, dans un premier temps, refusa l'entrée de son royaume à son remuant homonyme. « Quelqu'un qui cherche la voie de Dieu n'a pas besoin de s'encombrer d'autant de guerriers et de chevaux. Ta religion est un prétexte, Omar Saïdou Tall, ce que tu veux, c'est le Fouta-Djalon. Seulement, le Fouta-Djalon n'est pas à convertir, il est bien plus musulman que toi. » Il s'écoula quelques mois, puis les devins de la cour s'en vinrent trouver l'almami pour lui reprocher son injustifiable méfiance : « La décision que vous avez prise n'est pas une sage décision. Affronter ce *hadj* ne nous apportera rien de bon. On dit que son chapelet est redoutable et que ses sortilèges attirent la malédiction sur tout ce qui fait mine de lui résister. Avez-vous seulement songé à la popularité dont il jouit chez nous ? Quand il prend un de nos chemins, une foule de cent mille personnes au moins se bouscule derrière lui implorant qui, la bénédiction, qui, une guérison miraculeuse. C'est le genre d'homme qu'il vaut mieux avoir dans son camp. Si vous le ménagez, cela le gênera peut-être de s'emparer de votre royaume, dans le cas contraire, il aurait toutes les raisons de vous déclarer la guerre avec neuf chances sur dix que votre peuple bascule de son côté. » Oumar surmonta ses réticences et lui ouvrit ses frontières. Il demanda au roi de Labé d'aller à la rencontre de El Hadj Omar avec une fastueuse escorte pour l'accueillir et lui transmettre les hommages de l'almami et ceux du Fouta. Les deux suites se joignirent à Diountou où fut offerte une grandiose réception. L'honneur revint au grand marabout Tierno Gassimou de faire l'éloge de El Hadj Omar et de prononcer le discours de bienvenue. Il en fut très ému. Les larmes aux yeux, il regarda cette belle élite du Fouta-Djalon venue l'accueillir : ses bonnets de soie, ses beaux chapeaux coniformes, ses boubous indigo brodés de satin et d'or, ses longues lances effilées finement ciselées ; alentour, les champs où somnolaient les épis de maïs et de mil, les plaines où s'étiraient les rivières aux eaux pétillantes et argentées, les pittoresques hameaux de guingois sur les sommets brumeux des hauteurs, les prés verdoyants et escarpés, les terrasses de plantes à fleurs alignées comme des amphithéâtres le long des pénéplaines, les vallons, les cascades, les raidillons enlacés bordés de *koura*, de *telli*, de manguiers et d'eucalyptus. Il écrasa une larme et dit : « Dieu vous a donné le savoir, ô Peuls du Fouta-Djalon ! Il vous a façonnés dans la foi, vous a baignés dans la sagesse et dans les bonnes manières. Votre islam est le plus sûr de tous les pays des trois fleuves. Ici, j'ai rencontré trente-trois marabouts : trente m'étaient inférieurs, deux m'étaient égaux et un m'était supérieur. Vos muezzin sont dévoués et vos prières bien sincères.

Regardez, musulmans, le pays que le bon Dieu vous a donné en récompense ! Regardez ces torrents et ces prairies ! Si ce n'est pas ici le paradis, c'est que ce n'est pas loin ! »

Il poursuivit son chemin vers Labé, multipliant sur son passage les miracles et les ovations, les séminaires et les conversions. En franchissant le Donghôra, cette rivière que, près de deux siècles plus tôt, Sêry et Seïdy avaient franchie avant lui, son attention fut attirée par une toute jeune fille qui puisait de l'eau en jetant des coups d'œil apeurés sur la foule impressionnante et nombreuse qui traversait le pont.

– Approche-toi, petite fille, et donne-moi de l'eau à boire !

Il but l'eau qu'elle lui tendit, s'en aspergea rituellement le front, émit une brève prière et murmura en levant les bras aux cieux :

– Merci, mon Dieu, de m'avoir permis de croiser la source de la poésie et de la foi.

– Vos paroles sont soudain bien mystérieuses pour nous, ô El Hadj ! Pourriez-vous consentir à nous éclairer ?

– Inclinez-vous, idiots ! gronda-t-il. Repentez-vous aux pieds de cette enfant, suppliez-la, demandez sa bénédiction ! Elle porte dans son ventre les germes d'un grand saint.

Et tu sais de qui il s'agissait, mon étourdi petit Peul ? De la future mère du saint de Labé, Tierno Aliou Boubha'ndiyan. Le grand poète, le grand mystique, l'auteur d'œuvres aussi célèbres que *Poèmes peuls* ou *Maquaaliida As Sadti*, dont le rayonnement, au début du xxe siècle, dépassera vite le Fouta-Djalon pour s'étendre à l'ensemble des pays des trois fleuves.

*

On l'hébergea à Sâtina. Il connaissait bien l'endroit. Adolescent, il y avait effectué une partie de ses études. Un jour qu'il s'y promenait, il tomba sur un petit garçon du nom de Amadou. Il descendit de cheval et courut derrière lui, à la grande stupéfaction de son escorte.

– Viens avec moi, mon garçon ! s'écria-t-il. J'ai quelque chose à te remettre de la part de cheik Ahmed Tidjane !

Il l'entraîna à sa résidence et lui tendit un chapelet.

– Voilà, soupira-t-il, j'ai rempli ma mission. À toi de remplir maintenant la tienne, jeune homme, car il est écrit que c'est toi et personne d'autre qui serviras le mieux la Tidjania au Fouta-Djalon.

Ce garçon, Tierno Amadou Dondé, deviendra le grand propagateur de la Tidjania.

À Dâra-Labé, il fit la connaissance de Môdy Saliou Dâra qui mit sa personne, sa famille, ses serviteurs et ses biens à la disposition de la nouvelle secte. À Timbi-Touni, Dieu mit sur son chemin un certain Alpha Ousmane qui commandera plus tard sa toute première armée, celle qui lui ouvrira les portes de Ségou, les remparts de Hamdallaye et les sanctuaires de Tombouctou. Ensuite, il arriva à Timbo. L'almami l'hébergea à Diôlâké, à trois ou quatre kilomètres de là. Il trouva que son ancien élève, Diabâli, avait été emporté par sa gangrène. Il se rendit dès qu'il le put au cimetière pour se recueillir longuement sur sa tombe. De là, il demanda une audience à l'almami Oumar et lui exprima son intention de quitter Diégounko pour un autre endroit moins peuplé et moins montagneux.

– Il me faut quelque chose de plus spacieux, de plus dégagé, se justifia-t-il. Je n'ai aucune intention belliqueuse à votre égard ni à l'égard de qui que ce soit. Bâtir une grande cité capable d'accueillir mes ouailles, voilà mon seul objectif ! Ma destinée, c'est de louer le bon Dieu et de propager son message, non de m'armer de haine et de semer le trouble.

– Je me disais aussi que vous n'étiez pas à vos aises dans ce réduit de Diégounko, qu'il vous fallait quelque chose de mieux, à la hauteur du grand savant que vous êtes. Aussi, je vous suggère de vous engager plus à l'est. Là-bas, entre les fleuves Sénégal et Tinkisso, vous trouverez un de ces grands arbres que l'on appelle *linguéhi*. Sous cet arbre, vous verrez une horde d'antilopes accroupies sous une pyramide de crottes. Là, vous conduirez votre peuple, là, vous bâtirez votre royaume !

C'était évidemment un marché de dupes. Dans ta très féline et très déroutante race, les promesses sont sans lendemain, les serments, des serments d'ivrognes et les accords, des marchés de dupes.

Galapiats !

Car, tu t'en doutes sûrement, misérable Peul que tu es, chacun de ces deux Omar avait une idée derrière la tête. Pour le natif du Fouta-Tôro, l'heure était venue de s'éloigner de Timbo pour allonger la distance entre ses rêves de bâtir un royaume et l'hostilité sournoise des *sorya*. Il n'avait, tout bien réfléchi, plus grand-chose à gagner au Fouta-Djalon. Il y avait maintenant trois ans que son bienfaiteur, Boubakar Bademba, avait disparu. Son fils, Ibrahima Sory Dâra, qui aurait dû le protéger à son tour avait été écarté du pouvoir et apparemment pour longtemps par cette brute de Oumar. Celui-ci, de son côté, avait pesé et soupesé les bienfaits et les avantages d'une telle affaire. Il avait beau se cacher derrière son turban de pèlerin et son chapelet de *tidjania*, les véritables intentions de El Hadj Omar n'échappaient plus à personne, surtout pas à ces vieux singes de monarques pour lesquels tout homme riche ou savant ne peut aspirer qu'à une chose : accéder à la place confortable de roi. Installé plus à l'est, il éloignait avec lui les risques de retourner les foules contre la cour de Timbo. Parallèlement, il stabilisait à son insu cette frontière de l'est où les incursions mandingues étaient fréquentes et mortelles. En effet, sur ces terres mandingues vassales du Fouta-Djalon depuis Karamoko Alpha, le lignage des Sakho avait réussi au début du XIXe siècle à se tailler un redoutable petit royaume, celui de Tamba, qui détournait souvent à son profit les impôts et les caravanes d'or venant de Ségou et du Boûré.

Avant d'ouvrir les bras à son nouveau destin, El Hadj Omar se rendit une dernière fois au domicile de Birom. Celui-ci était absent, parti sans doute avec une escouade de soldats réprimer un pillage ou une rébellion. Il s'adressa à sa femme par-dessus la haie de bambous sans même prendre la peine de descendre de cheval :

– J'ai ici quelque chose qui m'appartient ! Veux-tu bien monter dans ton grenier pour me le retrouver ?

– Je vous assure, cheik, que la dernière fois que vous êtes venu ici nous présenter vos condoléances, vous n'avez rien oublié chez nous. Je suis sûre de ce que j'avance. Je me souviens parfaitement de l'ordre que m'avait donné mon homme après votre départ : « Vérifie dans la cour et à l'intérieur des cases, assure-toi que le cheik n'a rien oublié. C'est si courant d'oublier sa bouilloire, son chapelet ou sa peau de prière ! »

À ce moment, Dôya Malal, son dernier fils qui n'avait pas encore deux ans et qui traînait sur les graviers de la cour, un morceau de manioc dans le bec, la tira par son pagne et dit :

– Ne t'en fais pas, mère. Je sais, moi, ce que me veut le marabout.

Sous les yeux effarés de tous, l'enfant redescendit du grenier avec une vieille étoffe rongée par les mites et épaissie par la poussière. El Hadj Omar la lui prit des mains, caressa la touffe de ses cheveux et marmonna :

– Voici le plus énigmatique des gamins ! Dieu lui a appris à voir ce qu'on ne lui a pas montré et à entendre ce qu'on ne lui a pas dit. Que le Ciel lui épargne de voir et d'entendre toutes les choses inouïes que, bientôt, les Peuls, malgré eux, devront voir et entendre !

C'était la mystérieuse tunique que, en son temps, Ali Djenné Tall avait offerte à Tori le Grand, un an, sept mois et sept jours avant la naissance du Fouta-Djalon.

*

Avec ses chevaux et ses ânes, ses canaris de céréales, ses ballots d'or et d'indigo, ses centaines d'esclaves et ses milliers de guerriers et plus de quatre siècles après Koly Tenguéla, El Hadj Omar quitta donc les contreforts du Fouta-Djalon, s'orientant, lui, vers les plaines fluviales de l'est. Il passa les falaises de Kolen et les gorges du Sénégal. Il longea les cataractes du Tinkisso, campa plusieurs semaines dans les maquis de Bissikrima. Puis il redoubla de courage et reprit sa marche. Il erra un jour, trois jours, sept jours… entre les lits des deux fleuves. Au quinzième jour, un groupe d'éclaireurs aperçut une dizaine d'antilopes prenant le frais sous un grand *linguéhi*. À leur côté droit, se dressait un immense tas de crottes rangées en pyramide et si méticuleusement qu'on eût dit une œuvre humaine.

Il alla voir Guimba, le roi du Tamba, et obtint de lui l'autorisation de s'installer là, contre paiement d'un tribut en cheptel et en or. Il commença par bâtir la mosquée au pied même du *linguéhi*, puis son *tata*, puis les médersas, les demeures des marabouts, des notables, des soldats, des commerçants et des serfs. Là, il se blottit auprès des siens et de la divine providence pour lire et écrire en paix afin de peaufiner sa doctrine. Soulagé, au bout du compte, de s'être éloigné du guêpier de Timbo, il y attendit en vain que l'Histoire, pour une fois, consentît à se faire belle, que son *Dar-es-Salam*, ce fameux palais de la foi auquel Dieu avait décidé de sacrifier sa terrestre et pitoyable existence de créature humaine, émergeât avec la facilité et la spontanéité d'une volvaire sortant de terre et semant, tout en déployant ses lamelles, les ovations des fidèles et la terreur contrite des païens. Mais les événements, malgré ses prières, restèrent obstinément mauvais, cotonneux de gros nuages noirs et pisseux comme les yeux d'un chien mort, dégoulinant de venin et de boue.

Par précaution, il aménagea une grande armurerie, fit fortifier la ville et lui donna un nom. Dinguiraye cumulait la solidité de Ségou et la majestueuse, la mystique élévation de Hamdallaye. Guimba s'en inquiéta. Il lui envoya son griot. Impressionné par la personnalité du savant et par le monde prestigieux qui l'entourait, celui-ci, du nom de Diéli Moussa, renonça derechef aux fétiches et au *dolo* et embrassa volontairement l'islam. Ses compagnons tentèrent longuement de l'en dissuader mais il fit la sourde oreille et refusa de retourner dans le Tamba avec eux. Il demanda à El Hadj Omar un emplacement pour bâtir sa demeure, une jeune vierge pour l'aider à changer de vie et un terrain inondable pour cultiver son champ. Fou de rage, Guimba envoya des émissaires pour reprendre son bien, son serviteur, celui que les devins avaient rituellement choisi pour le suivre dans le malheur et dans la poisse et entretenir, quoi qu'il advienne, son honneur et sa gloire. El Hadj Omar les refoula en les menaçant du canon de son fusil.

– Vous me voyez, moi qui ai voué mon existence à servir le Prophète, vous me voyez, chiens galeux, livrer un musulman loyal et franc à de grossiers païens mangeurs de phacochères et de vers ? Que Dieu m'arrache les yeux si cela se faisait !

– Mais qui es-tu pour me parler comme ça ? lui fit dire Guimba.

– Je suis l'homme que Dieu a envoyé sur terre pour régénérer le monde ! répliqua-t-il sans plaisanter.

Guimba surmonta sa colère et lui répondit comme suit :

– Hé, mon petit marabout prétentieux, je t'ai accordé une terre vaste et fertile pour que tu puisses exercer ta religion de mendiants et voilà comment tu me récompenses ! Rends-moi aujourd'hui mon griot sinon, demain, je ne saurais répondre de moi. Surtout arrête de te procurer des armes ! Es-tu là pour déclamer tes ridicules versets ou bien pour me faire la guerre ? Retiens que je saurais y faire face si jamais c'était le cas ! Retiens aussi qu'à partir de maintenant je double le tribut que tu me dois, chien plus galeux que ceux qui aboient sans se forcer !… Ceci pour t'apprendre à te montrer plus respectueux quand tu traites avec plus grand que toi !

– Je refuse de te livrer les protégés de Allah que sont mes vertueux disciples. Et tiens-toi bien, bête païenne, j'arrête là de te payer tribut !

Guimba, pour toute réponse, envoya une expédition punitive. Elle fut impitoyablement écrasée. Alors, le roi de Tamba prit, en personne, le commandement de l'ensemble de son armée. Il fut vaincu encore une fois et pourchassé jusqu'à sa capitale qui fut assiégée trois mois. Épuisé par la famine et les maladies, il réussit, par ses tambours, à alerter son voisin Bandiougou, le roi de Ménien. Celui-ci mobilisa ses troupes et fonça avec ses chants de guerre sur l'armée de siège. El Hadj Omar riposta de toutes ses forces et remporta la victoire. Mais dans la mêlée, Guimba et Bandiougou réussirent à s'enfuir et à se barricader dans le Ménien. El Hadj Omar s'empara des terres et des esclaves de

Guimba mais ne put s'accaparer de la grande quantité d'or emportée par le fugitif. À la saison des pluies, s'apercevant de l'existence de cet immense trésor, Bandiougou mit à mort son protégé et s'appropria ses épouses et ses biens. El Hadj Omar somma le scélérat de les lui restituer : « Cet or est mon butin. C'est moi qui ai vaincu Guimba. C'est à moi que reviennent ses épouses et ses biens, toutes les traditions s'accordent là-dessus. » Bandiougou ne répondit même pas. El Hadj Omar attendit la saison sèche pour marcher contre lui. Il saccagea sa capitale et le fit décapiter sur-le-champ, s'offrant du même coup les inestimables sites aurifères du Boûré qui firent, en d'autres temps, la richesse et le prestige du fabuleux empire du Mali. Il annexa les deux royaumes à la cité de Dinguiraye.

Ce fut le tout premier noyau du vaste et éphémère empire qu'il se taillera à corps perdu, par la prière et par l'exaltation, par le cauchemar et par le sang.

Au Fouta-Djalon, l'almami Oumar dut faire face à un nombre impressionnant de guerres, de rébellions et de conspirations. Il répondit à chaque fois avec le sang-froid et la détermination reconnus aux *sorya* et, en premier lieu, à son propre grand-père, l'almami Ibrahima Sory Maoudho. Certes, il se rendit vite impopulaire en multipliant les impôts et les sanglantes répressions. Mais ce fut tout de même un grand almami, persévérant, courageux et autoritaire. Il réorganisa l'administration et l'armée, institua des bataillons de gardes du corps, de sentinelles, de fusiliers et veilla à placer ses proches dans les secteurs délicats et stratégiques. Il nomma Birom juge et traita le petit Dôya Malal avec le même paternel intérêt que son fils préféré, Bôkar Biro.

Guerrier dans l'âme, comme tout *sorya* qui se respecte, il livra de nombreuses batailles dans le Solimana, le Firia, le Kissi, le Sangaran… Il rencontra plus de difficultés à réduire les nombreuses rébellions intérieures causées par sa douzaine d'impôts, la cruauté de ses soldats et la cupidité des courtisans et des princes qui se répandaient dans les villages pour terroriser les pauvres gens et les déposséder de leurs biens. Dans le Timbi-Touni, un obscur marabout du nom de Ilyassou Ninguilandé fit décapiter le roi de la province et incita les foules à se soulever contre les despotes de Timbo, les princes abusifs et les prévôts véreux. La révolte fit plusieurs morts et défia les autorités pendant plusieurs mois, notamment dans les provinces de Labé et de Timbi-Touni avant de se faire massacrer à son tour. Presque simultanément le même scénario se reproduisit à Gadha-Woundou, dans la province de Labé. Un autre marabout du nom de Tierno Aliou Téguégnen se tailla un fief à lui et encouragea tous les mécontents à s'y rendre pour abattre l'injustice et la tyrannie que symbolisait le régime des almami. D'ailleurs, les émeutes, les diatribes véhémentes et les sanglantes agitations dans le Labé et dans le Timbi-Mâcina étaient loin d'être son seul sujet de préoccupation : les Blancs, qui affectaient n'avoir d'yeux que pour la Sénégambie et la Sierra Leone, se tournaient maintenant vers le royaume de ses aïeux en se pourléchant les babines. À présent, des hordes d'ethnologues enjoués, de géologues reluisant de philanthropie, de studieux linguistes, de sages vendeurs d'armes, d'innocents hydrographes, de dresseurs de chevaux, de médecins de la vérole et de l'impuissance, de représentants en boussoles et en tapis, de consuls guillerets et d'ambassadeurs pleins d'égards et de componction, prenaient d'assaut les cimes du Tamgué et du mont Badiar, essaimaient dans les vallées de la Falémé et du Téné, vantaient la beauté de la femme peule, sympathisaient avec les griots et les nobles, inondaient les chefs de province de soieries et de parfums, s'inclinaient devant les gueux et courtisaient les almami, jurant à qui voulait l'entendre de leur bonne foi et de leur volonté de paix…

En 1851, il reçut, avec beaucoup d'enthousiasme, la mission Hecquart, tandis que son collègue Ibrahima Sory Dâra exprimait publiquement sa réprobation et se montrait particulièrement hostile, refusant même de recevoir l'envoyé de Saint-Louis dans son *marga* de Dâra. N'empêche, pour la première fois, la France reçut l'autorisation officielle de commercer dans le Fouta-Djalon.

Mais l'irrédentisme des provinces et le soupçonneux tourisme des hommes blancs, ce n'était rien tout cela à côté de ce que lui préparait son propre maître de Coran, l'ami de son père : Mamadou Diouhé lui-même ! L'homme qui l'avait éduqué et circoncis ! Celui qui avait épousé sa mère après la mort de l'almami Abdoul Gâdiri ! Diouhé avait apprécié en lui ses dons pour les études et le surprenant courage qu'il avait manifesté dès son plus jeune âge. Mais son maître s'était appliqué à les corriger tous les deux lorsqu'il s'était mis à entraîner son ami Birom à le suivre dans les provinces pour profiter de son statut de prince. Aussi, il avait assisté avec une incroyable appréhension à son couronnement même s'il ne fit rien pour l'empêcher, prenant naïvement pour des foucades de jeunesse ce qui se révélera comme sa véritable nature. Il essaya comme il put de rectifier le tir, d'adoucir les mœurs du jeune monarque. Il passa des conseils aux reproches puis aux blâmes publics, enfin aux protestations écrites et aux prêches incendiaires. En vain ! Dépité, il partit avec famille et disciples s'installer à Lâminya, dans la province de Fodé-Hadjia. Et voilà que sitôt que l'autre danger, celui de El Hadj Omar, avait été écarté, on apprenait que Lâminya était entrée en rébellion et que nombre d'esclaves mais aussi de Peuls et de Dialonkés libres y accouraient, attirés par sa réputation d'homme sérieux et vertueux, pour demander sa protection contre les actes ignobles de l'almami. Ces fanatiques, réunis dans une communauté fortement solidaire, réclamaient l'expulsion de l'almami, la promotion des bonnes mœurs, le retour aux principes de Karamoko Alpha qui avaient nourri la prodigieuse révolution de 1727. Ils passaient leurs nuits à chanter, à tue-tête, les louanges du bon Dieu et du Prophète autour d'un grand feu. Dans leurs chants revenait le même refrain disant à peu près ceci : « *Ouhibbou Rassouloullâhi mou wahhidi...* » D'où le surnom sous lequel ils rentreront dans l'histoire du Fouta-Djalon : les Houbbous ! La « révolution des Houbbous » dura près d'une trentaine d'années. Par deux fois, elle provoqua la fuite des monarques de Timbo, mit en déroute les armées de Samory et du Fouta-Djalon réunies et approfondit pour de bon le fossé qui n'avait cessé de s'élargir entre les Peuls et leurs souverains depuis la mort de Ibrahima Sory Maoudho.

Pourtant, malgré sa légendaire intransigeance, Oumar n'usa pas tout de suite de la force. Diouhé n'était pas n'importe qui. C'était un marabout respecté dans tout le Fouta. Et puis, comme je te l'ai dit plus haut, il avait été son maître de Coran ; surtout, c'était à présent le mari de sa mère !

Bientôt, on apprit qu'une querelle de voisinage entre les Houbbous et les gens de Lâminya avait fait un mort. L'almami pensa que c'était là la meilleure occasion pour entrer en contact avec le marabout réfractaire. Il appela Birom et lui dit :

– Choisis des chevaux et des hommes et va tout de suite à Lâminya voir cette vieille mule de Diouhé. Fais-lui comprendre que je suis prêt à pardonner son crime et, mieux encore, à oublier qu'il s'est rebellé contre les lois et contre les hommes nés pour diriger ce pays, s'il abandonne Lâminya pour rejoindre Timbo. Dis-lui que je suis disposé à lui faciliter l'avenir : une plus grande médersa que celles de Djenné ou de Tombouctou ; de l'or, des esclaves, des vergers, des troupeaux de bœufs, autant de chevaux qu'il a de cheveux sur la tête, des champs à perte de vue.

Birom s'y rendit en compagnie des vieillards les plus vénérés et des savants les plus prestigieux de Timbo. Mais Diouhé fut catégorique :

– Je ne rejoindrai Timbo que quand le vol, le libertinage et la corruption auront cessé. Dis-le à l'almami ! Qu'il me tue s'il le veut ! Je suis un musulman ! Le musulman n'a pas peur des hommes, il n'a peur que du bon Dieu ! Mes disciples et moi appartenons au bon Dieu, pas à l'almami !

Il resta hermétiquement sourd aux supplications de Birom et conclut ainsi avant de le congédier :

– Qu'il se le tienne pour dit, ce gamin incapable de se moucher tout seul et auquel on a eu le malheur de confier un sceptre ! Et s'il veut que je le respecte, eh bien, qu'il commence par se respecter lui-même. Qu'il fasse siennes les vertus de ses ancêtres !

Oumar n'avait plus le choix. Il convoqua le Sénat à Fougoumba et demanda l'autorisation d'entrer en guerre contre les Houbbous.

– Ce sont des musulmans comme nous, lui fut-il répondu. Un musulman ne lève pas les armes contre un autre musulman, selon nos lois. Ce ne sont pas des rebelles, en vérité. Ce sont vos propres excès qui les ont poussés à Lâminya !

Il fut dégoûté mais essuya dignement l'affront. Puisque les provinces ne voulaient pas lui porter secours, alors il se contenterait de Timbo. Il envoya de nouveau Birom mais cette fois chez son collègue *alphaya* Ibrahima Sory qui se morfondait depuis plus de cinq ans dans son village de sommeil de Dâra.

– Les Houbbous deviennent de plus en plus puissants. Tous les jours, ils achètent des armes, montent des embuscades contre nos prévôts et nos soldats et menacent ouvertement Timbo. Les Sêryabé n'en ont cure. Après tout, ce n'est pas Fougoumba que l'on menace. Tu es un Seïdyâbé. J'en suis un aussi. Dans nos veines, coule le même sang. Par la barbe de nos communs aïeux, je te propose d'unir nos forces pour venir à bout des Houbbous ! Pour te prouver ma sincérité, je me retire aujourd'hui même du trône, j'y reviendrai dans deux ans quand tu auras fini ton tour.

Il tint parole ; du moins, il fit semblant. Il se retira pour deux ans à Sokotoro, son village de sommeil. Enfin, une entente entre *sorya* et *alphaya* ! Elle était naturellement factice et circonstantielle, comme toute promesse de Peul ; surtout, elle ne régla rien. Fanatiques, aguerris, fortement armés et terriblement rusés, les Houbbous mirent en pièces toutes les armées que Timbo leur présenta. Les Houbbous se montraient si menaçants que les risques d'une invasion des hommes blancs en devenaient presque secondaires. Aussi, en 1860, la mission Lambert, partie elle aussi de Saint-Louis à travers le Fouta-Tôro et le Bhoundou, subit moins de tracasseries, bien que ce fût sous le mandat de l'almami Ibrahima Sory Dâra. De son *marga* de Sokotoro, Oumar reçut cordialement le visiteur et, devant une assistance médusée, lui décerna ces éloges, particulièrement édifiants dans la bouche d'un monarque de Timbo :

– « Des lieux où le soleil se lève et de ceux où il se couche, du côté de la droite et du côté de la gauche, je reçois journellement des envoyés. Mais aucun ne me fait le plaisir que me cause celui qui vient de la part du gouvernement de Saint-Louis, car lui aussi est un grand chef, un puissant monarque. Comme moi, il est connu à l'orient et au couchant, au nord et au midi et, partout, on l'aime, car il ne veut que la justice. Je prie Allah de maintenir entre nous une étroite amitié et de bonnes relations commerciales… Il faut espérer que Allah exaucera mes vœux[1]. »

Il faut croire, mon petit Peul, que l'épineuse question des Houbbous avait profondément secoué le mental des Seïdyâbé. Car, lorsque Lambert leur proposa de

1. T. M. Bah, *Histoire du Fouta-Djallon* (fraction inédite).

ratifier la toute récente cession de l'État de Boké à la France par le chef Nalou, qui n'était que leur humble vassal, les deux almami apposèrent leur signature sans se couper les mains pour se punir de leur forfait ni même pousser un petit soupir de remords.

*

Le pensait-il vraiment ou était-ce une ruse pour s'emparer à nouveau du pouvoir ? Oumar mit la trop longue invincibilité des Houbbous sur le compte de la faiblesse de Ibrahima Sory Dâra. De sa retraite de Sokotoro, il lui vint soudain l'envie de prouver à Timbo et aux provinces la véracité du mythe selon lequel un *alphaya* valait neuf princes et un *sorya*, deux *alphaya*. Comment ? En brisant enfin le dos de ces satanés Houbbous !

Dès son retour au pouvoir, il se rua de toutes ses forces sur la forteresse de Lâminya. Prévenu à temps par ses guetteurs et ses espions, le futé marabout vint à sa rencontre à Talikélen. L'armée de Oumar fut mise en déroute et poursuivie bien plus facilement encore qu'au temps de Ibrahima Sory Dâra. Venant à sa rescousse, celui-ci croisa les assaillants à Hêriko et fut rapidement vaincu, à son tour. On vit alors ce qu'on n'avait jamais vu depuis la désastreuse invasion de Bourama Condé : Timbo sans chef et les deux almami en fuite.

Oumar se réfugia à Koïn et Sory Dâra à Bantinguel. Les Houbbous pendant des mois, sans rencontrer aucune résistance, occupèrent Timbo qui ne dut son inespérée délivrance qu'aux caprices de la fatalité. Mamadou Diouhé mourut subitement d'une crise cardiaque selon certains témoins, de l'occultisme des Seïdyâbé selon les superstitieux. Désormais sans chef et sans but précis, les Houbbous évacuèrent d'eux-mêmes la ville. Le hasard voulut qu'au même instant Bademba, le frère

393

de Ibrahima Sory Dâra, qui s'en revenait d'une expédition du Gâbou, lançât ses forces contre les partants. Les Houbbous furent vaincus et dispersés. Bademba s'en alla fièrement annoncer aux deux almami qu'ils pouvaient regagner Timbo. Ils pensèrent tous que c'en était fini. Eh bien, ils étaient bien naïfs. Certes, pour la première fois, les Houbbous avaient ployé sous les armées de Timbo. Mais comme c'étaient tous des durs à cuire avec une âme de rebelle et un moral de fer, les survivants se rassemblèrent autour de Abal, le fils du défunt, et se barricadèrent dans les monts Fitaba, à la frontière des pays mandingues, où un certain Samory Touré commençait à faire parler de lui. Là, ils bâtirent une forteresse qui se révélera imprenable aussi bien pour les soldats des almami que, plus tard, pour ceux de Samory appelés à la rescousse. À tour de rôle, les deux almami multiplièrent les assauts et les pièges pour déloger les rebelles ; ils essuyèrent chaque fois les plus cuisants revers.

*

L'almami Oumar ne grimaça point après la prise du Ménien et de Tamba par son dangereux homonyme, El Hadj Omar. Au contraire, il lui adressa des renforts, des femmes à marier pour ses nombreux guerriers et des présents de toutes sortes. Son secours fut d'ailleurs déterminant dans le siège de Tamba. Au juste, il n'avait plus aucune raison de se montrer hostile à l'égard de son homonyme. Éloigné de Timbo et assuré de pouvoir se tailler un empire vers les contrées de l'est, il ne représentait plus le moindre danger. De son côté, El Hadj Omar avait tout pour se réjouir. Sa victoire retentit comme une nouvelle hégire. De partout, des jeunes gens affluèrent, prêts à prêcher et à combattre à ses côtés. Il en fut tout grisé. Dans un de ces élans mystiques dont il était coutumier, il affubla Tamba du sobriquet de Dabatu, ce qui veut dire « l'excellente » (le même que le Prophète, après l'Hégire, avait trouvé pour Médine !). « Son armée grossit immédiatement dans des proportions colossales, car le bruit de cette victoire se répandit en imposant la terreur, et tous les hommes aventureux n'hésitèrent plus à se ranger sous les ordres d'un tel chef[1]. » D'une lettre du 25 avril 1853 que le commandant Rey adressa au gouverneur de Saint-Louis, il ressort le même constat : « Il [El Hadj Omar] est partout regardé comme un messie musulman et il est probable qu'avant deux ans il sera maître des deux rives du Sénégal[2]. »

Mais la vallée du Sénégal était trop étroite pour les rêves démesurés de El Hadj Omar. C'est sur l'ensemble des pays des trois fleuves qu'il comptait bâtir son *Dar-el-Islam* tant rêvé, autrement dit la « Maison de l'islam ». Le Tamba et le Ménien soumis, à présent sa gourmandise allait vers le Kharta. Au milieu du XIXe siècle, ce puissant royaume bambara dominait tout le Haut-Sénégal. Son roi, surnommé à juste titre Foula-taga, « le tueur des Peuls », y semait la terreur et contrô-lait les caravanes d'or vers Saint-Louis et Saint-James. Je te l'ai déjà dit, mon petit Peul, le Fouta-Tôro som-brait dans un profond déclin depuis la mort de l'almami Abdel Kader Kane. Les rois s'y succédaient dans la plus totale anarchie et les Maures ainsi que les Français s'y mouvaient comme bon leur semblait. Après avoir édifié de nombreux forts le long du fleuve, ceux-ci avaient fini par s'intéresser au Bhoundou en s'installant à Sénédébou. Protégé jusqu'ici par le mariage de l'almami Bôkar Sâda et de la fille du roi du Kharta, ce pays-là s'était mis à s'affaiblir à son tour

---

1. D. Robinson, *La Guerre sainte d'al-Hajj Umar.*
2. *Ibid.*

après la mort de son almami en 1852 et la guerre civile qui s'était ensuivie. Un des héritiers de Bôkar Sâda avait d'ailleurs fait appel aux troupes de El Hadj Omar, preuve de l'importance que celui-ci prenait soudain dans les monarchies des trois fleuves.

Presque simultanément, les princes khassonkés firent de même dans l'espoir de se dégager de l'étau bambara. Se saisir du Kharta revenait à empocher aussi le Fouta-Tôro, le Bhoundou, le Khasso et le Galam mais aussi à se heurter aux ambitions des Français qui, fait unique dans toute l'Afrique de l'Ouest, avaient maintenant largement étendu leur commerce à l'intérieur des terres. Après les guerres napoléoniennes, ils s'étaient dépêchés de reprendre pour la énième fois Saint-Louis aux Anglais. Ils avaient vite fait de réaménager le fort de Bakel. En mars 1854, une flottille française s'était emparée de Podor et, le mois suivant, un escadron avait rasé le Dimar, la province la plus orientale du Fouta-Tôro, et emporté de nombreux otages. Les bouleversements dans la région étaient tels que Protet, le gouverneur de Saint-Louis, avait décrété un embargo sur les armes à feu. Le vieux royaume du Khasso, où depuis deux siècles régnait une dynastie métisse peule-soninké, était maintenant réduit à quelques villages.

El Hadj Omar se doutait bien des immenses possibilités qui s'offraient à lui dans le Haut-Sénégal. Tous ces facteurs ne pouvaient que lui servir. Surtout que, d'un autre côté, le Bhoundou et le Fouta-Tôro subissaient comme une insupportable humiliation les périodiques sacs des Bambaras. Ce qui entraînait de longues périodes de famine ; certains durent vendre leurs fils les plus valides pour pouvoir nourrir le reste de la population. Exténués par les invasions, dégoûtés de la cupidité et de l'ignominie des pâles figures qui les gouvernaient, les Peuls rêvaient d'un nouveau Tierno Souleymane Baal, d'un autre Abdel Kader Kane. Leur espoir, naturellement, se tournait vers El Hadj Omar. Son éclatante victoire contre les païens malinkés avait été vécue comme une providentielle délivrance. Lui et eux priaient ardemment pour que cessent l'opprobre et la déchéance et qu'arrive l'avènement d'un ordre nouveau. Surtout que leurs affinités ne s'arrêtaient pas là, elles se prolongeaient dans la chaleur revigorante et inexplicable de la parenté ethnique, se fortifiaient dans l'irrépressible ferveur de la connivence religieuse. Au Fouta-Tôro comme au Bhoundou, même pendant son absence, les cellules *tidjania* s'activaient, les mécontents se multipliaient, les complices de la mosquée et de l'aristocratie recrutaient discrètement et assuraient le relais avec Dinguiraye.

En 1854, El Hadj Omar décida de passer à l'action. Ses troupes venaient de s'étoffer de nouvelles recrues venues surtout du Fouta-Tôro et du Bhoundou, mais pas suffisamment pour affronter Niôro, la capitale du Kharta, ou les Français dans leur fort de Sénédébou. Il choisit de faire un détour par la crête de Tambaura et de frapper le maillon faible, le Bambouk. Le Bambouk était un petit royaume peuplé de Malinkés, qui, à force de subir l'assaut de ses voisins, s'était replié dans les falaises de Tambaura ; à flanc de montagne, ses habitants avaient édifié des tours de guet et des villes fortifiées. Les terres y étaient chiches et fort disputées. En revanche, l'or ruisselait dans les torrents et dans les sillons creusés par les éléments le long des vallées et des pentes. Les résidents pouvaient y survivre dans une parfaite autarcie et même – curieuse et vieille tradition de cet endroit – recevoir et protéger les esclaves en fuite et les monarques déchus.

Lentement – rien ne servait de courir : la saison des récoltes était dans trois mois et, plus le temps passait, plus sa légende embellissait aux yeux des Français et des rois du Kharta – El Hadj Omar s'infiltra sur ce terrain accidenté, rafla au passage les forts de Sir-manna et de Farbanna et attendit le temps qu'il faut, pour empocher l'or et l'indigo et se servir à volonté en céréales et en esclaves. Il fit une retraite spirituelle d'un mois, renforça sa foi et pensa aux échéances nou-velles.

Et ce fut comme si Dieu l'avait entendu. Car, durant son séjour dans le Bambouk, le « petit marabout de Halwâr » prit définitivement l'ascendant sur les dynas-ties peules de la vallée du Sénégal à la suite d'un incident intervenu à son insu dans le Fouta-Tôro. Un certain Mamadou Hammat avait mis à mort un traitant français du nom de Malivoine, mandaté par le comp-toir de Saint-Louis. Les Français s'étaient alors saisis d'une multitude d'otages qu'ils menaçaient d'exécuter si on ne leur livrait pas le meurtrier, ce que refusait obstinément l'almami Mamadou Wann de Boumba. Certains proposaient de livrer Hammat pour éviter les représailles. D'autres soutenaient l'almami et, rappe-lant les vertus du *poulâkou*, affirmaient que mieux valait la mort que la honte : « Vous imaginez ! Livrer un Peul par la barbe et par le sein à ces bandits de Fran-çais ! Personne d'entre nous ne mériterait son nom, après cela. » La controverse entre les deux camps s'envenimant, les sages proposèrent le voyage de Fara-banna : « Allons voir El Hadj Omar ! El Hadj Omar est le plus avisé ! Il saura nous tirer de l'embarras. » Et ce fut comme un inopiné acte d'allégeance. Car trois mille habitants du Fouta-Tôro guidés par leur almami se rendirent dans le Bambouk pour recueillir le juge-ment de Omar. Cela lui donna un tel prestige que les princes belligérants du Bhoundou se présentèrent à leur tour pour demander son arbitrage.

Ce n'était plus le petit jeune homme de Halwâr qui avait réussi à se faire un nom en s'aventurant jusqu'à La Mecque. C'était l'émir, le messie. L'homme qui ne recevait ses ordres que de Dieu, l'éminence aux pieds desquels, dorénavant, les sujets comme les monarques devaient s'incliner pour marquer leur respect et leur obéissance. Il incorpora dans son armée les unités des almami du Fouta-Tôro et du Bhoundou. Il usa des mêmes méthodes pour vaincre les réticences du Khasso, du Goy et du Guidimaka. Tous ces petits royaumes furent annexés à Dinguiraye et désignés comme tremplins pour sauter sur le Kharta. Il demanda des armes aux Français. Ceux-ci refusèrent au nom de l'embargo malgré les bons offices de Ali Ndar, un maçon bambara installé à Saint-Louis. Cela ne le gênait pas trop, en vérité. Il était de toute façon déjà suffisamment armé et pouvait aisément se ravitailler auprès des Anglais de Sierra Leone et de Gambie. N'empêche qu'il vécut très mal ce refus. Son orgueil de Peul y vit un défi et une singulière humiliation. De là datent sans doute la profonde aversion qu'il nourrira pour les Français et les raisons des longues et sanglantes batailles que lui et ses descendants auront à leur livrer par la suite. Pour l'instant les deux ennemis s'observaient, avec dédain certes, mais sans encore recourir à l'usage des armes. Les Français ne réagirent pas quand, vers la mi-novembre 1854, il brûla la ville rebelle de Makha qui avait refusé de renier son allégeance au Kharta. Cette attaque était du reste symbolique pour le fils du Fouta-Tôro qu'il était. Car son roi, Barka Batchili, n'était autre que le fils de Samba Yâcine qui avait, près d'un demi-siècle plus tôt, participé à l'assassinat de l'almami Abdel Kader Kane.

En janvier 1855, à la bataille de Kholou, il prit en étau l'armée bambara et, supérieur en nombre et en puissance de feu, il sema la mort en son sein et amassa deux mille prisonniers. Avant d'aller plus loin vers le cœur du Kharta, il envoya son ami Alpha Oumar Baïla piller les entrepôts commerciaux des firmes bordelaises

du Khasso et du Gadiâga. Pire, il épargna volontairement les marchands africains avant de décréter le boycott des marchandises françaises. Il leur adressa même
un message pour les inciter à le rejoindre.

L'attaque des entrepôts français fut la première
confrontation directe entre colons et djihadistes, la
fracture, le point de non-retour. Le fil ténu qui reliait
les deux camps fut rompu là. Ce serait la guerre, le lan-
gage de la poudre et du sabre dorénavant. Les Français
refusèrent de livrer les esclaves et les déserteurs qui
cherchaient refuge dans leurs forts. El Hadj Omar, à
son tour, n'arrêta plus de harceler les musulmans de
Saint-Louis pour les inciter à choisir entre les Français
et lui.

Il faut croire que sur la côte aussi son influence était
devenue considérable, car ses sermons et ses mises en
garde produisirent rapidement leur effet. Son boycott
du commerce de la gomme et des peaux s'avéra plus
efficace que le fameux embargo sur les armes. Et les
Français commençaient à redouter la propagation de
plus en plus manifeste des idées omariennes du Haut-
Sénégal vers les pays ouolofs. Faidherbe essaya de la
contenir à sa manière. Lui, que la France avait nommé
dans les terres ténébreuses d'Afrique pour faire briller
le soleil de la civilisation et propager la parole du
Christ, allait tout faire pour étouffer la voix des mis-
sionnaires, contenir l'action des ecclésiastiques. Le
gouverneur de Saint-Louis, symbole qu'il l'eût voulu
ou non de la chrétienté et de l'Occident, ira jusqu'à
réduire l'église à une simple aumônerie et interdire aux
prélats de prêcher en dehors des cercles, tu t'en doutes
bien, mon petit Peul, encore fort restreints des métis et
des Blancs. Mieux, là où Tierno Souleymane Baal et
Abdel Kader Kane avaient échoué, Faidherbe, lui, allait
réussir : ancrer profondément l'islam aussi bien dans
les terres que dans l'esprit des Ouolofs. Il se livrerait à

ce qu'il faut bien appeler une véritable promotion de la religion concurrente en nommant des marabouts dociles dans les impôts et dans les tribunaux et en octroyant des dizaines de bourses de pèlerinage à La Mecque — tout cela, bien entendu, dans l'espoir d'endiguer la poussée de El Hadj Omar.

*

Seulement si stratégiques qu'ils furent, les pays ouolofs n'intéressaient pas El Hadj Omar. Pour l'instant, son souci se résumait ainsi : briser le Kharta, le reste, on verrait après. Certes, les Français n'avaient cessé de l'exaspérer : après l'embargo sur les armes à feu, ils avaient construit les forts de Podor et de Sénédébou et dangereusement agrandi celui de Bakel. Ils ne payaient même plus à l'almami du Fouta-Tôro la coutume annuelle qu'ils lui devaient. Il savait que tôt ou tard leurs deux rotules se frotteraient, comme on dit chez vous autres abrutis de Peuls. Mais pas sur les côtes, dans le Haut-Sénégal, en tout cas dans l'immédiat ! Si des accrochages devaient se produire, alors ce serait sur les berges du Sénégal ou de la Falémé. Et des accrochages, il y en eut en ce début d'année 1855 !

Pour se venger des nombreux griefs qu'il nourrissait contre Faidherbe, El Hadj Omar fit arrêter les courriers de Saint-Louis et mit le feu à un navire français arrimé dans le Goy. Faidherbe, en réponse, fit raser à la canonnière les camps omariens situés au bord du fleuve. Mais ses troupes qui s'aventurèrent sur la terre ferme subirent de lourdes pertes.

Il attendit septembre et la fin de la saison des pluies pour attaquer de nouveau. El Hadj Omar, qui s'occupait dans le Kharta à multiplier les percées et à consolider ses positions, ne vit pas venir le coup. Avec six canonnières et mille deux cent cinquante hommes, il détruisit Goudjourou, la ville qui abritait les entrepôts des djihadistes. Avec l'accord de Diouka Diallo, le maître de la ville, il bâtit un nouveau fort à Médine et le confia au mulâtre Paul Holle, réputé intraitable avec les djihadistes. Puis il arrêta un djihadiste du nom de Salif Bôkar, un notable bien connu au Fouta-Tôro. Il le fit exécuter et brûler sur la place publique de Podor. Ce geste symbolique et brutal ancra son image d'homme ferme et autoritaire dans l'esprit des gens aussi bien au bord du fleuve que dans l'intérieur des terres. Et c'était ce qu'il cherchait : terroriser les djihadistes tout en se montrant conciliant avec les chefs locaux. Cela finira par payer à la longue, puisqu'il les réussira ses fameuses colonies d'Afrique occidentale ! Faidherbe avait compris que c'était ainsi qu'il pouvait avoir les Noirs, en déployant une stratégie à double face : celle du jour et celle de la nuit, le chaud et le froid, la caresse et la pince.

La carotte et le bâton, pour parler comme les Blancs !

*

Pendant ce temps, l'avancée dans le Kharta progressait, variable selon les saisons, mais inéluctable. Ayant perdu une à une leurs péripéties, les Bambaras se replièrent vers leurs places fortes du centre. À chaque clan de défendre sa propre ville : les Dénibalen à Yélimané, les Monsiré à Niôro, etc. « Lors de son mouvement vers Niôro, début avril, Omar reçut des serments d'allégeance à chaque étape de son parcours. Dans le village de Tagno, il enregistra la soumission d'un important prince Massassi. À Dioka, centre de la branche Massassi des Bakari, il ne trouva que des maisons abandonnées. Enfin aux abords immédiats de la capitale, il reçut la soumission de la plupart des membres survivants de la famille royale bambara. Mamadou

Kandia (le monarque du Kharta) fit serment d'allégeance et se plia aux démarches nécessaires pour devenir musulman[1]. »

« Mamadou Kandia jura obéissance à Omar ; puis, on lui rasa la tête et on lui donna un bonnet. Chaque païen qui fit profession de foi eut le crâne rasé et reçut le bonnet[2]. »

Il ne lui restait plus qu'à brûler les fétiches sur la place publique, à interdire l'alcool et le jeu de cartes, à instituer la prière et l'aumône, à limiter à quatre le nombre des épouses…

Mais le Bambara n'est pas un fantomatique gardien de biques, lui, un singe malingre et rouge, lui. Il a du jus, lui. Il ne vient pas des légendes précambriennes et des brumes de l'horizon, lui. Il vient de la terre, lui. Il est concret et palpable, lui. Il s'apparente aux gorilles et aux hippopotames, lui, pas aux autruches et aux bovidés, lui. Il ne pige rien aux prophéties et à l'ascétisme, lui. Son blasphème à lui, c'est justement quand il n'y a pas assez à boire, à manger et à forniquer. Il boit son *dolo* à sa guise, lui, saute les femmes quand il veut et autant qu'il en veut sans en référer aux tartuffes et aux dieux uniques. Perdre la terre de ses aïeux, il finirait toujours par s'y résigner, aidé par les cérémonies de danses et les libations, mais se soumettre à une vie aussi affligeante et maigre, jamais !

« Non, imposer moins de cinquante femmes, ce n'est pas une vraie religion, ça ! D'ailleurs, nous n'avons nulle envie de devenir des musulmans, encore moins des Peuls. Que Dieu garde nos saines jeunes filles à nous de devenir de vulgaires femelles peules qui, une calebasse sur le front, vont de village en village en fredonnant : "Voici du lait, voici du lait !"… » s'écrièrent-ils

1. *Ibid.*
2. *Ibid.*

en se saisissant de leurs armes. Fanatiques et toujours avides de nouvelles conquêtes, les Omariens étaient disséminés sur l'ensemble du territoire et les Bambaras avaient l'avantage de connaître parfaitement le terrain. Ils attaquèrent Niôro et Kolomina et prirent les Peuls en otages. Soupçonnant certains des leurs d'espionnage au profit de l'ennemi, les marabouts massacrèrent quatre cents Peuls pendant que les Bambaras faisaient le siège. À Kolomina, un prince bambara, Guélâdio Dessé, retint prisonnier Alpha Oumar Baïla après lui avoir fait subir des pertes inestimables. Il fut libéré in extremis, par une colonne amie arrivée à l'improviste. Quant à son geôlier, les traditions disent mieux que tout quel sort que les djihadistes lui réservèrent : « L'immonde fut tué, traîné, jeté dans une carrière d'argile, l'immonde qui ne sera jamais propre[1]. »

Vaincus au centre, les Bambaras eurent l'astucieuse idée de transférer les combats vers le sud. Ils savaient que là-bas il pleuvait beaucoup : cela mouillait les canons et la poudre, et les cours d'eau en crue ne pouvaient que gêner considérablement le passage des cavaliers. Ils résistèrent aux Peuls à Guimbané, les malmenèrent rudement à Kabandiari. À Karéga, ils étaient à deux doigts de la victoire lorsque El Hadj Omar en personne réussit à renverser le cours de la bataille au tout dernier moment. « Les prises de guerre furent énormes : selon Mage, les talibés obtinrent chacun de dix à douze prisonniers. » Les Bambaras qui le pouvaient s'enfuirent, les uns dans le Fouladou, les autres dans les forts que tenaient les Français, et demandèrent la protection de Faidherbe.

El Hadj Omar pouvait s'installer. Il fit bâtir un palais de pierres à Niôro sur le même modèle que celui de

1. *Ibid.*

Dinguiraye. Il y fit entasser ses trésors et ses provisions en vue des nouvelles batailles qui s'annonçaient.

*

Revigoré par sa totale mainmise sur le Kharta, El Hadj Omar pouvait maintenant lancer son *djihad* sur Ségou. Mais avant cela, il décida d'une grande tournée vers ses provinces de l'ouest. Il trouva que les choses avaient bien changé. De simples et innocents marchands de verroterie ne tirant que pour riposter et ne se mêlant qu'épisodiquement des affaires des autochtones, les Français s'étaient mués en une véritable armée d'occupation. En plus des forteresses de Sénédébou, de Podor et de Bakel, il y avait maintenant celle plus immense encore de Médine. Ce renard de Faidherbe n'avait pas choisi son emplacement par hasard. Elle avait expressément été bâtie là pour servir de barrière entre ses possessions de l'est et celles de l'ouest. C'était une forteresse imprenable située tout près du *tata* de Diouka Diallo auquel le reliait un étroit passage entouré de deux hautes murailles. El Hadj Omar ne pouvait tolérer cette monstruosité. Si c'était vraiment pour le commerce, Podor et Bakel auraient largement suffi à Faidherbe. Non, Médine n'était pas un simple asile de camelots mais un véritable nid d'espions pour l'empêcher de communiquer avec le Fouta-Tôro et le Bhoundou, surveiller ses agissements au Kharta et au Fouta-Djalon et deviner ses intentions sur Ségou et sur le Mâcina.

Il devait faire sauter ce verrou, ce pernicieux symbole de l'arrogance et de la provocation. C'était une question d'honneur mais aussi une question de survie.

*

405

Il choisit le mois le plus chaud de l'année, celui où les eaux du fleuve sont suffisamment basses pour gêner le mouvement des canonnières. Le 20 avril 1857, quinze mille djihadistes armés de mousquets entourèrent Médine et ses dix mille habitants. Ils furent délogés une fois, deux fois, trois fois… mais réussirent, malgré tout, à reprendre leurs positions en vociférant de sombres imprécations : « Al Hajji appelle ses amis de Niôro, du Fouta, du Bhoundou et des Guidimakas. Dieu est grand, il est pour nous ; Mahomet est le vrai prophète de Dieu ; c'est Mahomet qui est venu le dernier, il nous donnera la victoire[1]. » Le mulâtre Paul Holle, pour leur répondre, afficha ceci à l'une des portes du fort : « Vive Jésus ! Vive l'empereur Napoléon III ! Vaincre ou mourir pour son dieu et son empereur[2] ! » Mais ils n'en avaient cure des grimaces d'un mulâtre, chrétien et mangeur de cochon. En vérité, celui qui leur crevait le cœur, c'était Diouka Diallo, le parent qui les avait trahis pour rejoindre ces mangeurs de porc de Français. « Ô vous le descendant du roi du Khasso, vous le fils de Demba, ce chef dont les Blancs imploraient la protection, à quel degré d'abaissement vous êtes descendu. Vous n'êtes plus qu'un captif, vous avez déshonoré votre famille[3]. » À quoi Diouka Diallo répondait, sur un ton hardi et goguenard : « Si je suis le captif des Blancs tant mieux, il me plaît d'être leur captif ; les Blancs sont généreux ; ils sont bons ; ils ont pitié des malheureux ; ils protègent le faible ; jamais ils n'arrachent une femme à son mari, ni les enfants à leur mère ; ce n'est pas comme votre Al Hajji qui est un voleur.

» Pourquoi votre faux prophète me poursuit de sa haine ? Avant ses attaques, je faisais le *salam* ; seul des

1. *Ibid.*
2. *Ibid.*
3. *Ibid.*

enfants de Awa Demba, je ne buvais aucune liqueur fermentée, mais aujourd'hui, dites-le à Al Hajji, en mépris de sa personne et de sa doctrine, je bois non seulement du vin mais aussi du *sangara*[1]. » Et il concluait ainsi avant de leur lancer ses flèches enflammées et ses abeilles tueuses : « Dites-lui à votre Al Hajji que si sa religion-là est vraie, il sera le premier à mettre les pieds en enfer[2] ! »

Avec une intrépidité inouïe, les assaillants maintinrent leur siège jusqu'à la montée des eaux. Alors Faidherbe vint de Saint-Louis avec deux canonnières et huit cents hommes. Il démantela les tranchées et mit les assaillants en fuite.

La légende de « l'homme aux quatre yeux » était née. Les badauds et les griots racontèrent partout que Dieu, qui est du côté des braves, avait doté Faidherbe d'un organe de la vue absolument prodigieux. Ses lunettes lui permettaient de distinguer les âmes errantes et les rêves des autres, les pays du fond des mers et les sombres créatures qui grouillaient sur la lune. « Ses philtres dépassent le pouvoir de nos imams et ses magies, mon vieux, sont plus redoutables que nos sorciers à nous. D'ailleurs, Faidherbe n'est pas un catholique comme les autres. Il est né à La Mecque d'un père français et d'une mère arabe. C'est là-bas, à La Mecque, qu'il a eu une altercation avec ce morveux de El Hadj Omar et c'est pour cela qu'il est venu ici pour le moucher et lui apprendre le respect. »

Ces perfidies, mieux que les canons peut-être, balayèrent définitivement les ambitions de El Hadj Omar dans la vallée du Sénégal. Il lui restait toujours Dinguiraye et le Kharta pour exciter ses disciples et affûter les armes. Dorénavant, il n'avait plus le choix :

1. Eau-de-vie.
2. D. Robinson, *La Guerre sainte d'al-Hajj Umar.*

le *Dar-el-Islam* lui dictait de suivre le vent de l'est et de s'abattre sur Ségou et sur le Mâcina.

Faidherbe, quant à lui, n'avait pas encore ces visées-là. Son souci, c'était de consolider ses positions au bord du fleuve et de se ménager le respect des foules, le reste on verrait après. De retour de sa victoire de Médine, il s'arrêta à Matam et dit : « Je suis venu m'installer ici que vous le vouliez ou non ! » Les habitants lui tirèrent dessus, il s'enfuit. Il revint quelques jours plus tard et répéta : « Je suis venu m'installer ici que vous le vouliez ou non ! » Cette fois, les gens de Matam ameutèrent toute la région, formèrent une grosse armée qui repoussa le Français jusqu'à Mogo-Haïré. Faidherbe monta sur son bateau et fit mine de s'enfuir vers Bakel. « Le Blanc a pris la fuite ! Le Blanc a pris la fuite ! Le Blanc est un trouillard ! » s'exclama-t-on, soulagé. C'est alors que le navire, soudain, fit demi-tour et canonna à l'aveuglette. Il embarqua comme otages les garçons robustes et les fils des notables et ordonna que l'on enterre les morts. Puis il nomma un nouveau chef et bâtit le fort de la ville. C'est là, probablement, entre une petite belote et une longue partie de chasse, que germa dans sa tête une idée si saugrenue qu'elle lui survécut plus de quatre-vingts ans : réunir sous un même toit les Peuls et les Sérères, les Diôlas et les Mandingues, les Soninkés et les Ouolofs, les Conia-guis, les Bassaris, les Pépets, les Bahioums, les Ballan-tos, les Mandiaks et tracer au cordeau la Colonie française du Sénégal.

*

El Hadj Omar réunissait sur lui tous les défauts de votre race de vachers : roublard et fanatique, suscep-tible et emporté, rancunier et méfiant, têtu comme une mule, absolument invivable. Je te concède qu'il fut beau puisque les lieux communs s'accordent à vous attribuer cette qualité-là malgré vos faces de sajous et vos airs de paludéens. Voici ce que disait de lui l'explorateur français Paul Soleillet : « Au témoignage de tous ceux qui l'ont vu, il était d'une beauté remarquable. Ses yeux étaient expressifs, sa peau dorée, ses traits réguliers. Sa barbe était noire, longue, soyeuse, partagée au menton. Il n'avait ni mouche ni moustache[1]. » C'était surtout un homme à la foi intense dont tout l'être était tendu vers ce but messianique et sombre : semer la terreur et la mort s'il le faut, livrer sa propre vie aux sacrifices les plus extrêmes pour aimer et servir Dieu. Sans doute à force de méditer et de jeûner, il était parvenu à soumettre ses pulsions à une discipline impossible à atteindre pour une simple créature humaine ; et les traits de son visage, à cette sérénité parfaite digne des plus grands soufis. « Il ne parut pas avoir plus de trente ans. Personne ne l'a jamais vu se moucher, cracher, suer, avoir ni chaud ni froid. Il pouvait rester indéfiniment sans manger ni boire. Il ne parut jamais fatigué de marcher, d'être à cheval ou immobile sur une natte. Sa voix était douce et s'entendait distinctement aussi bien loin que de près. Il n'a jamais ni ri ni pleuré, jamais il ne s'est mis en colère. Son visage était toujours calme et souriant[2]. »

Cet homme-là ne pouvait se laisser abattre, fût-ce par une déroute aussi sanglante que celle de Médine. Il commença par établir son bastion à Koundian pour relier ses possessions du nord à celles du sud. Il multiplia les fatwas et les prêches pour redonner le moral à ses disciples et les persuader de son ardeur et du caractère inéluctable de sa mission sur terre : « Je jure par Celui à qui appartient le trône et qui créa les sept cieux

1. Cité par D. Robinson, *op. cit.*
2. *Ibid.*

et les sept terres, que mon armée provient de lui-même, qu'il me l'envoya spontanément sans que je la lui eusse demandée et qu'au surplus, nul infidèle, nul brouillon ou mauvais musulman ne pourra la désorganiser jusqu'au jour de sa rencontre avec l'imam Muhammadyya, le Mahdi[1]. »

*

Ségou, son or, ses inépuisables réserves de céréales ! Le Mâcina des grandes prairies et des grandes chaloupes chargées de cotonnades et de pierres précieuses, la porte de Tombouctou, la dernière marche vers les pays haoussas et mossis ! Tous les conquérants du monde avaient dû rêver de cela : faire défiler leurs armées dans cette fabuleuse boucle du Niger riche en légendes et en épopées, en troupeaux et en orfèvreries : les Mandingues comme les Songhaïs, les Peuls comme les sultans du Maroc. En ce début de l'année 1858, El Hadj Omar ne se contentait plus de l'envisager, il en bavait de désir, il en trépignait d'impatience. Dinguiraye et le Kharta étaient certes d'excellents bastions pour ses visées expansionnistes mais endroits étroits, peu fertiles et surtout éloignés des côtes et des riches zones fluviales, ils ne pouvaient constituer le cœur d'un vaste empire. Il s'était déjà choisi les hommes et les armes, le lieu et le jour pour abattre Ségou. Mais son orgueil de Peul ne lui permettait pas de quitter ces fripons de Français sur le goût amer d'une défaite. Avant d'aller plus à l'est, il se devait de revenir vers eux, les défier en poussant les Peuls à rejoindre le *djihad*.

Il sillonna ses possessions de l'ouest en prenant toutefois soin d'éviter les forts français. Il avait maintenant gagné en prestige, en soldats et en assurance

1. *Ibid.*

depuis la dernière fois. Au Bhoundou, l'almami, à sa vue, s'enfuit pour se réfugier chez les Blancs. Au Fouta-Tôro, les Français, appuyés par l'almami Wann et les grands électeurs du Diaggordé, faisaient des pieds et des mains pour susciter un courant qui lui soit hostile. Cela ne l'empêcha pas de destituer ledit almami. Alors, le fils de Halwâr imagina le *fergo* le plus fou jamais sorti de la tête malade d'un Peul. Se revendiquant de plus en plus comme l'héritier de Tierno Souleymane Baal, partout où il passa il exhorta les gens à faire quoi (je te le demande en mille, mon petit Peul) ? Tout bonnement à quitter la terre de leurs aïeux. « Sortez, ce pays a cessé d'être le vôtre. C'est le pays de l'Européen, l'existence avec lui ne sera jamais bonne[1] », leur dit-il sans rire et sans que son bonnet lui tombe de la tête.

– Nous avons ici un grand paralysé, c'est pour cela que nous ne pouvons pas partir avec toi, lui fut-il répondu.

– Quel est ce paralysé, musulmans ?

– La plaine inondée ! Dis-nous comment la porter sur notre dos et nous te suivrons au bout du monde !

– Les plaines sont plus larges et plus humides là où j'ai décidé de me rendre.

– « Laisse-nous maintenant en paix. Ceux qui le désireront te suivront, ceux qui ne seront pas d'accord avec toi resteront ici. Celui qui décidera de partir, à son retour, nous retrouvera ici[2]. »

Ces paroles blessèrent le cheik qui asséna avec dédain :

– « Celui dont le père était bon, et lui aussi qu'il vienne ; celui dont le père était mauvais, mais lui bon qu'il vienne ; celui dont le père était bon mais lui mauvais, qu'il ne vienne pas[3]. »

1. *Ibid.*
2. *Ibid.*
3. *Ibid.*

Fin avril, dix mille partirent du Bhoundou pour le Niôro. Au début de la saison des pluies, il se retrouva à la tête de quarante mille habitants du Fouta-Tôro dont le *lam-tôro,* Hammé Ali, l'un des plus réticents du début. Cet exode bouleversa de fond en comble la vie au Fouta-Tôro. Il s'ensuivit une famine telle que cinq mille autres personnes durent se traîner en Casamance et en Gambie pour échapper à la mort.

Faidherbe restitua à Mamadou Wann son titre d'almami et encouragea en vain les désertions. De nombreuses escarmouches éclatèrent entre les migrants et les Français. Mais en octobre 1859, voyant que Guémou, la nouvelle ville forte des Omariens, bloquait le commerce de la gomme et empêchait les nouvelles recrues de déserter, « l'homme aux quatre yeux » fit canonner la ville et raser ses décombres.

*

Fin 1856, bien avant de se ruer vers Ségou, El Hadj Omar avait pris la précaution de conquérir le petit État malinké du Dianguirdé, placé à la frontière sud-est du royaume bambara, et d'y installer une colonne de mille cinq cents hommes, sous la direction de son fidèle Alpha Ousmane. Fin diplomate, il eut la courtoisie de justifier son acte auprès du nouveau roi bambara Tokoro Mari, ce jeune prince que, quelques années plus tôt, il avait réussi à convertir secrètement. Le roi lui fit savoir qu'il n'y voyait aucun inconvénient et lui rappela fort aimablement ses intentions amicales. En revanche, l'attitude de Amadou III du Mâcina fut franchement hostile.

Mais un tragique incident allait quelques mois plus tard ensanglanter le trône de Ségou et fournir à El Hadj Omar le prétexte qui lui manquait pour y loger le *djihad*.

Tokoro Mari s'était donc secrètement converti à l'islam, comme je te l'ai déjà dit, mon petit Peul. Il avait des tresses cousues à son bonnet, de sorte que quand il couvrait son crâne rasé il avait l'air d'un authentique bambara méprisant la race des bergers et crachant sur la figure des *bismillâhi* ; lors des cérémonies de libations, il se faisait verser du miel en faisant croire que c'était du *dolo*. Naturellement, ici comme au Fouta-Djalon, comme au Fouta-Tôro, comme dans toutes les cours de la vie terrestre, les notables ambitieux et les princes pressés de régner s'activaient dans les coulisses pour hâter leur arrivée au pouvoir.

Son frère Bina Ali tuait le temps au bord du fleuve à voir passer les barques et à taquiner l'anguille, lorsque son griot vint le prévenir.

– Que fais-tu là, grand prince, à te salir les mains dans la vase ? Abandonne ce pitoyable hameçon, va hériter du trône de tes pères !

– Quoi, mon grand frère Tokoro est mort ?

– C'est comme si.

– Mets des choses claires dans ta tête, griot, si tu ne veux pas que Bina Ali ne te l'enlève !

– Tokoro n'est pas un Bambara !

– Quoi ?

– C'est le pet d'un *bismillâhi* qui encense le siège sacré d'où tes ancêtres ont régné. Je poursuivais un lièvre quand je l'ai aperçu entre les lattes des bains en train de se laver. Son crâne est ras et son pubis est nu. Je crois bien que c'est du miel qu'il buvait lors des rituels sacrés.

Les choses se passèrent très vite. Tokoro fut dénoncé devant les anciens. « La nuit, ils allèrent l'arrêter… Ils lui dirent : "Tu as trahi le pays et le peuple… Nous avons fait des sacrifices, mais tu es allé faire alliance derrière le pays jusqu'à te convertir. Tu as souhaité le bonheur pour toi tout seul ?"[1] »

1. *Ibid.*

Tokoro fut décapité, son corps jeté dans le fleuve, alourdi d'une meule pour qu'il disparût à jamais et des murailles de Ségou et de la mémoire des vivants. Son frère Bina Ali fut aussitôt désigné comme son successeur. Dorénavant pour El Hadj Omar, les choses étaient claires : un pur idolâtre fier de ses cauris et de ses masques régnait au pays des idolâtres.

Le sabre de l'islam pouvait, en toute légalité, briller et s'abattre sur lui.

*

En septembre 1859, de Niôro, il poussa vingt-cinq mille soldats et dix mille femmes et enfants vers les berges du Niger. Son avancée fut d'autant plus rapide qu'il se savait invincible : n'avait-il pas l'avantage des armes et, surtout, la supériorité de la foi ? Il détenait deux obusiers et quatre canons arrachés aux Français, il avait des boulets, des obus, beaucoup de mousquetons et de poudre et un nombre impressionnant de chameaux, de forgerons et de charpentiers. Il pouvait transporter le matériel qu'il voulait, réparer ses pièces et produire des balles comme il le voulait. De sa base de Dianguirdé, il marcha sur Nyamina puis sur Sinsani sans rencontrer beaucoup de résistance. Puis il fonça sur la garnison de Diabal qu'il détruisit. L'avancée fut facile. Mais le cheik dut calmer les ardeurs de ses troupes tentées par la vantardise et le relâchement : « Jusqu'à maintenant, cela n'a été qu'un jeu pour vous, vous n'avez pas encore vu la guerre. Les fils des chefs ne sont pas encore venus, vous n'avez pas la moindre idée de ce que vous réservent les grands de Ségou[1]. »

Il connaissait le terrain. Il savait ce qu'il disait. Il était passé par là en allant à La Mecque. Il y avait été

1. *Ibid.*

fait prisonnier à son retour. Le plus dur était devant eux. Entre le 5 et le 9 septembre, vingt-cinq mille Peuls et trente-cinq mille Bambaras conduits par le prince Tata se heurtèrent dans la plaine de Woïtala. Pendant plusieurs jours, les Bambaras de l'intérieur des remparts et les Peuls, des broussailles et des marais alentour, se contentèrent de se toiser et d'échanger des injures. Les uns exhibaient les tambours sacrés et les masques. Les autres priaient avec ferveur sous le commandement de leur cheik qui, suspendu comme une chauve-souris au sommet d'un arbre, égrenait son chapelet dans une posture qui donnait le frisson.

Le premier assaut lancé par les Peuls fut violemment contrecarré. Leurs attelages furent saccagés et beaucoup prirent la fuite. El Hadj Omar les houspilla pour les en dissuader : « Où voulez-vous aller après cela, retourner à Niôro ? Ne savez-vous pas que vous périrez tous en route, de faim ou par les attaques de Ségou qui vous poursuivent ? Je vous le dis, il faut mourir ici ou vaincre[1]. »

Le cheik n'était jamais aussi convaincant que dans ces situations-là. Il réconforta ses troupes, occupa un village de forgerons où il remit sur pied ses attelages et son artillerie. La chance fut de son côté cette fois. Aux cris de « Dieu est avec nous, anéantissons les païens ! », ils déployèrent des échelles et escaladèrent les murailles. On dénombra trois mille tués dans le camp des fétichistes. Tata, en noble bambara, se fit sauter avec la poudrière. Il ne restait plus qu'à tendre la main pour cueillir le fruit Ségou.

El Hadj Omar s'installa au milieu de la plaine pour recevoir la capitulation des généraux et l'allégeance des notables comme des humbles, des profanes comme des grands initiés.

1. *Ibid.*

*

Après Nyamina, quelque chose d'inouï se produisit. Bina Ali fit allégeance au Mâcina. Les traditionnels ennemis de la vallée du Niger surmontèrent leurs divergences pour faire face à la redoutable armée de l'intrus venu du fleuve Sénégal. Pour cela, Ségou accomplit le sacrifice le plus élevé que l'on pouvait lui demander. Il accepta d'édifier des mosquées, de recevoir des instructeurs peuls du Mâcina ; il promit de raser les crânes de ses habitants, de détruire ses idoles et de bannir à jamais le parjure et l'alcool.

Pauvre royaume de Ségou ! Cet islam tant honni qu'il avait du mal à repousser par la porte l'étranglait maintenant par la fenêtre !

*

Ce pacte inadmissible entre le vampire et l'agneau mit El Hadj Omar dans une colère que son flegme de Peul et son contrôle de soufiste eurent bien du mal à cacher. Peut-être avait-il déjà des visées sur le Mâcina depuis son retour de La Mecque. Ils n'avaient certainement pas échappé au fin calculateur qu'il était, ses splendides ports, ses riches pâturages et son site unique tout près de Tombouctou et de Ségou, à peine plus éloigné du Sokoto et du Fouta-Djalon. On y priait dans sa religion, on y parlait dans sa langue. Hamdallaye avait été consacrée au maître de l'Insu comme de l'Attesté alors qu'elle n'était encore habitée que par les singes et les geckos. Quel meilleur relais entre les Peuls de l'aurore et ceux du soleil couchant ! Après le grand Chaïkou Amadou, cette terre-là ne pouvait être qu'à lui. Lui seul pouvait la sentir et l'aimer, et prolonger la fervente impulsion mue par son vénérable fondateur. Il

pouvait, maintenant que Amadou III avait franchi l'irréparable, ouvrir les yeux et s'avouer cette intention que
son instinct avait nourrie tout en la cachant à son âme.
Jusque-là, il ne pouvait attaquer le Mâcina comme il ne
pouvait le faire pour le Fouta-Djalon, le Fouta-Bhoundou
ou le Fouta-Tôro. Ces pays étaient habités par des
Peuls, comme lui. Et ces Peuls étaient musulmans comme
lui ! La diabolique entente entre Ali et Amadou le libé-
rait de ce genre de scrupule. D'autant que l'insolent
jeune homme de Hamdallaye l'abreuva d'une missive
sans goût et sans aucun respect pour son âge quand il
partit se reposer à Sinsani après la bataille de Woïtala.
Voici ce que disait ce torchon :

> Nous avons remarqué que tu as pénétré dans Sinsani
> sans que nous le sachions et sans en avoir l'autorisa-
> tion. Nous sommes mécontents, surtout du fait que l'on
> te considère partout pour ta sagesse… Sache que nous
> avons combattu le Ségou depuis le règne de Chaïkou
> Amadou, et que nous l'avons sans cesse vaincu, que
> nous avons tué ses anciens et ses chefs, brisé leur pou-
> voir, rasé leurs villes, réduit en esclavage leurs femmes
> et leurs fils. Leur puissance a jusqu'à présent décliné,
> elle est réduite en poussière ; maintenant ils se sont
> convertis à la vraie religion et se sont placés sous notre
> domination[1].

Le cheik répondit pour la forme et sur le même ton
désagréable. Mais voilà que, quelques jours plus tard,
ses espions mirent la main sur une lettre secrète que Al
Bekkaye, le mufti de Tombouctou, venait d'adresser
à Ali :

> Ali, tu dois comprendre que le problème est sérieux,
> puisque toi et les tiens êtes païens alors que votre

---

1. *Ibid.*

ennemi est musulman. Je m'inquiète des conséquences qui résulteront de l'aide que je pourrais vous apporter et même dans l'hypothèse où je n'interviendrais pas en votre faveur, de vous préserver et de vous défendre, et de demander à Dieu de ne pas vous abandonner… Ali, je t'aiderai par tous les moyens dont je dispose… ainsi ton règne demeurera tout au long de ta vie…[1]

Dès lors, sa conviction était faite : si le petit insolent de Hamdallaye, l'hypocrite de Tombouctou et le cafre de Ségou s'étaient ligués contre toute logique humaine, c'était pour l'empêcher de poursuivre le *Dar-el-Islam* que Dieu lui avait commandé de bâtir.

Rien ne l'empêchait dorénavant de les poursuivre tous les trois de ses malédictions et de ses foudres.

*

Et c'était comme si Dieu maniait expressément les événements en ce sens… En décembre 1860, il reçut un ultimatum de Amadou Amadou : « La Boucle du Niger m'appartient… Quitte mes terres ou alors, bats-toi[2] ! » Ce qu'on craignait dans les pâturages, une guerre fratricide entre Peuls et Peuls, ce qu'on redoutait dans les mosquées, un affrontement entre musulmans et musulmans, était maintenant inévitable. Car le jeune roi du Mâcina ne se contenta pas d'adresser un ultimatum. Il massa presque aussitôt près de quinze mille cavaliers et fantassins sur la berge en face de Sinsani. Dans un premier temps, on se contenta de se regarder pendant deux mois et d'échanger des injures. Mais en février, un détachement d'Omariens entendit des coups de feu dus à un simple entraînement. Ils

1. *Ibid.*
2. *Ibid.*

franchirent le fleuve et furent aussitôt éliminés. Le cheik ne pouvait plus retenir ses hommes plus longtemps. Le jour suivant, il donna l'ordre à ses troupes de traverser le cours d'eau en deux endroits différents. L'effet de surprise et la puissance des canons lui donnèrent la fameuse victoire de Tio. Les Peuls s'enfuirent vers le nord-est, les Bambaras vers le sud-ouest.

Le 9 mars, serein et droit sur ses deux jambes comme s'il revenait chez lui après une agréable promenade, El Hadj Omar pénétra dans le palais de Ségou. Voici ce qu'en disent les chroniques : « Lorsque le cheik pénétra dans les appartements d'Ali, il y trouva son repas inachevé. Le bol était en or, le porte-savon était en or, la moquette était tissée d'or, sa canne était en or… Il trouva des réserves d'or en telle quantité que personne n'est encore parvenu à en compter la valeur…[1] »

La prise de Ségou fut une césure dans l'histoire de l'Afrique de l'Ouest et un événement de portée mondiale. À Paris, la revue *Tour du Monde* salua la victoire sur le « centre de résistance le plus énergique que le fétichisme idolâtre oppose encore à l'islamisme dans le Soudan occidental ». Au Maroc, le calife de la Tidjania laissa éclater sa joie sans limites : « La prise de Ségou marqua la fin du paganisme et, dès lors, la lumière de l'islam brilla d'un vif éclat. Le cœur de chaque musulman fut rempli de joie et de bonheur et celui de chaque païen fut en proie à la crainte et à la douleur[2]. »

Le mois suivant le cheik repoussa aisément trente mille soldats du Mâcina. Après quoi, il rasa le palais de « l'immonde païen qui ne sera jamais propre » et le remplaça par deux autres, agrémentés de tourelles et de jardins et surtout oints de la bénédiction divine : le sien et celui de son fils, Amadou. Il édifia des mosquées et

1. *Ibid.*
2. *Ibid.*

bâtit des garnisons d'un bout du pays à l'autre et régna sans encombre jusqu'en 1862.

Il n'eut pas besoin de prélever des impôts. L'or de Ali suffisait largement pour entretenir son armée et son administration et nourrir les flatteries des griots et les bassesses des courtisans.

Il aurait pu régner davantage s'il avait été moins torturé par le sens du défi et de l'illumination, moins bousculé par le destin. Au début de la saison sèche de l'année 1862, comme s'il devait accomplir de ses mains la sinistre prophétie de Chaïkou Amadou, il décida d'envahir le Mâcina. Pour la première fois, il se confia à quelques conseillers. Tous y virent une marque de folie. Mais la plupart se turent par peur, par sympathie ou simplement par habitude. D'autres, comme le *lamtôro* Hamma Ali, profitèrent de la nuit pour sauter les murailles de Ségou et rejoindre le camp des parents peuls du Mâcina.

Il laissa à son fils Amadou mille cinq cents soldats et la consigne d'administrer Ségou. Il déploya les trente mille restants, entre les rives du Bani et du Niger. Le Mâcina réagit en positionnant les cinquante mille de son armée : Amadou III à Djenné et son général, Bâ Lobbo, à Poroman. La tragédie devait éclater, cette fois. Plus rien ne pouvait la contenir. Ce sera la célèbre bataille de Thiâyawal et ses cinq jours d'enfer. Voilà ce qu'en dira un de ceux qui auront la chance d'échapper à cet incessant déluge de jets de flammes et de balles : « ... l'intensité des combats fut telle que la terre trembla, et que la sueur des chevaux entraîna la crue du fleuve[1]. » On dénombra trente mille morts du côté des Mâcinankôbé et, pour ainsi dire, seulement dix mille du côté de El Hadj Omar. Ali, le roi de Ségou réfugié au Mâcina, fut facilement capturé et exécuté. Grièvement

1. *Ibid.*

blessé, Amadou III fut évacué dans une pirogue en direction de Tombouctou. El Hadj Omar donna l'ordre à Alfa Baïla de le poursuivre. Il fut rattrapé à Mopti où il fut exécuté et enterré à la sauvette. Le cheik, qui n'avait rien oublié de la défection du *lam-tôro* Hamma Ali, se chargea lui-même de sa mise à mort.

Le fils de Tierno Ousmane Saïdou Tall pouvait enfin réaliser ce rêve que, probablement, il nourrissait depuis cette occulte et prémonitoire rencontre que, sur le chemin de La Mecque, il fit avec le petit Amadou III sous les yeux inquiets de son grand-père : caresser et posséder le Mâcina.

Le 17 mai, monté sur son plus beau cheval, le Coran dans la main droite et le sabre dans celle de gauche, il entra dans Hamdallaye sous les prières et les ovations.

*

Sa main s'abattit sans pitié sur les notables et sur la famille royale qu'il exécuta pour la plupart. Il laissa la vie sauve à Adja, la veuve de Amadou III, mais la traita si rudement que Al Bekkaye s'en émut au travers d'une lettre :

> J'ai entendu dire que tes hommes lui [à Adja] ont infligé le traitement réservé à une esclave qu'ils ont justifié leur conduite en prétendant qu'il s'agissait d'une païenne. Y a-t-il quelqu'un parmi tous les Peuls, ne parlons pas de la famille de Sékou Amadou, qui soit païen[1] ?

Il confisqua leurs biens et leurs archives puis il s'assura de l'allégeance des marabouts et des régiments. Il bâtit comme demeure une immense forteresse de pierres. Après quoi, il institua officiellement son fils

1. *Ibid.*

Amadou Chaïkou comme calife de tous les territoires cueillis au fil de ses campagnes, de Tombouctou jusqu'au Fouta-Tôro. À son fils aîné Makki furent confiées les archives fort réputées du Mâcina ; à son neveu, Tidjâni, la redoutable tâche de relater par le menu la bataille de Thiâyawal. Il multiplia les légions et les émissaires dans toutes les directions du monde pour dicter aux peuples l'ordre de rentrer dans le *Dar-el-Islam* qu'il venait de dresser à la force de son seul poignet et de se soumettre corps et âme à l'autorité de son tout nouveau calife, Amadou : en Sierra Leone, chez les Mossis, chez les gens de Kong et jusqu'à la ville saharienne de Walata dont beaucoup de Maures et de Touaregs, c'est vrai, avaient embrassé sa cause. Il ne restait plus qu'un dernier geste à opérer pour parachever l'œuvre que le bon Dieu lui avait confiée : bouter au-delà des mers les Blancs mangeurs de porc qui se pavanaient sur les côtes en vivant sur le dos des Nègres. Il voulait imiter Ousmane Dan Fodio, c'est-à-dire laisser les affaires temporelles à son héritier pour se consacrer à la seule chose audible à l'oreille de Dieu : la prière et la méditation. Car dans son esprit, la volonté de Dieu était faite, la grande maison des croyants agréée, sa victoire définitivement acquise. Cet homme intelligent et mystique, de toutes les fibres de son âme tendu vers les cimes et les précipices de son incroyable destin, avait un talent fou pour se moquer des réalités. Pour lui, seules comptaient la volonté et la foi. S'il fut un penseur et un guerrier hors pair, il fut, en revanche, un piètre administrateur. Courageux et débordant d'énergie, toujours aux avant-postes les plus périlleux du front, il confia au gré de son humeur les territoires conquis à ses fils et à ses neveux sans les y avoir préparés et sans avoir su prévenir et apaiser les sourdes rivalités qui les opposaient.

C'est cela qui le perdra.

En 1864, l'humiliation de la défaite, ajoutée aux exactions des nouveaux régnants, exacerba les rancunes et les haines aussi bien chez les Peuls, les Bambaras que chez les Arabes de Tombouctou. À Ségou comme au Kharta, de violentes insurrections éclatèrent. À Hamdallaye, Bâ Lobbo, Al Bekkaye et les Touaregs regroupèrent une armée de dizaines de milliers de combattants qui parvint sans se faire remarquer à atteindre les murailles de Hamdallaye et commença un siège qui dura de juin 1863 à février 1864. Après avoir épuisé les céréales et la viande, on se mit à dévorer les chevaux puis les chiens, les rats et puis bientôt les cadavres. Épuisés, démoralisés mais soumis à la dure loi de fer de El Hadj Omar, les assiégés refusèrent de se rendre. Si incroyable que cela puisse paraître, en janvier, Tidjâni réussit à s'échapper pour aller demander de l'aide aux Dogons, aux Tombos et aux Peuls de l'est du Mâcina, tous réputés particulièrement hostiles aux Barry de Hamdallaye. Avant son retour, les assiégeants décidèrent de passer à l'action. Début février, ils enfoncèrent les portes de la ville et marchèrent sur le palais. Par la force de leurs prières selon certains, par une porte dérobée selon d'autres, El Hadj Omar et une centaine de ses partisans réussirent à se dégager pour aller à la rencontre des troupes de Tidjâni. Ils accoururent vers les falaises de Déguembéré, à quelques encablures de Boylo.

Ils n'eurent même pas le temps de souffler. Ils se précipitèrent dans une grotte en voyant arriver leurs poursuivants qui se dépêchèrent d'y mettre le feu. On était le 6 février 1864, un mercredi du mois de ramadan de l'an 1280 de l'Hégire.

C'est ainsi que disparut El Hadj Omar. En sautant avec ses barils de poudre, selon les gens du Mâcina.

En montant au Ciel, selon ceux du Fouta-Tôro.

*

Il ne faut pas croire pour autant, mon petit Peul, que ce tragique épisode avait mis fin à la folle équipée des Tall. Ces têtes brûlées, perpétuellement tiraillées entre la fougue et l'illumination, sauront, si incroyable que cela te paraisse, remonter le cours de l'histoire, brider les événements et dompter le sort. Oui, dans un sursaut digne des héros et des dieux, ils reviendront aussitôt dans les ruines de Hamdallaye pour, à coups de sermons et de fusils, remettre la chance de leur côté. Rappelle-toi que Tidjâni, le neveu de El Hadj Omar, s'était esquivé pour aller chercher du secours avant que les armées de Bâ Lobbo et de Al Bekkaye n'attaquent. Rappelle-toi que les Dogons, les Tombos et les Peuls de l'est du Mâcina avaient une vieille revanche à prendre sur les Barry du Mâcina. Eh bien, c'est avec enthousiasme que ceux-ci fournirent à Tidjâni ce qu'il leur demanda. Avec une armée de dix mille à quinze mille hommes, celui-ci reflua vers Hamdallaye, à la suite de très longs et très violents combats, rétablit le pouvoir des Tall sur le Mâcina après avoir tué Al Bekkaye ainsi que Yirkoye Talfi, un des généraux de Bâ Lobbo. Ensuite, il transféra la capitale à Bandiagara où il régna jusqu'à sa mort. Son fils Mounir lui succéda.

Amadou à Ségou et Mounir à Bandiagara, le pouvoir des Tall sur la boucle du Niger s'exercera dans le chaos : querelles dynastiques et tentatives de sécession, soulèvements populaires et répressions sanglantes. Mais il se perpétuera tout de même, jusqu'à l'arrivée des Français en 1898.

1870-1896

Tandis que son homonyme Tall se démenait avec les tribus et royaumes de l'est, l'almami Oumar tenait d'une main de fer le Fouta-Djalon de ses aïeux. Réunis dans leur fief de Dâra, les *alphaya* pouvaient toujours comploter dans l'ombre et les nombreux mécontents de Timbo et des provinces maudire en secret la lourdeur de ses impôts et la cruauté de ses gardes, il n'en avait cure : son pouvoir était suffisamment solide. Son autorité s'exerçait pleinement d'un bout à l'autre du pays sauf, bien sûr, dans cette maudite forteresse de Fitaba contre laquelle, une à une, ses légions étaient venues se fracasser comme les folles vagues de la mer contre les rochers impavides.

Ce qui fait qu'en 1870, lassé par ses nombreux échecs devant la détermination fanatique des Houbbous et désireux de reconquérir sa popularité et son prestige gravement émoussés, il décida de monter une expédition dans le Gâbou, réputé riche en or, en céréales et en cheptel, et d'attaquer le redoutable roi de ce pays, Dianké Wâli. Celui-ci disposait d'une puissante armée et résidait à Kansala, une ville fortifiée qu'aucun ennemi n'avait encore réussi à pénétrer.

Apprenant cela, le prétendant *alphaya*, Ibrahima Sory Dâra, qui se morfondait dans sa capitale de sommeil en attendant que son règne arrive, éclata de rire et

425

dit : « Cupide comme tous les siens, le *sorya* se rend au Gâbou, attiré non par la gloire mais par les richesses de ce pays. Il risque de ne pas en revenir vivant : à trop écouter son ventre, on finit par avaler des braises. » « C'est de la jalousie, répondit Oumar devant ses partisans. Ibrahima Sory Dâra est le prototype même du *alphaya :* prétentieux, supérieur, maniéré, entêté. Vous verrez, dès que je serai parti d'ici, il tentera d'attaquer les Houbbous. Or, je suis l'unique rempart contre ces fanatiques, plus entêtés que lui. Il sera massacré à coup sûr s'il commet l'erreur de marcher contre eux en mon absence. »

Ces paroles résonneront plus tard dans les oreilles de leurs descendants comme la voix sans recours de deux funestes prophéties : Oumar ne reviendra pas vivant du Gâbou et Ibrahima Sory Dâra perdra la vie en tentant d'attaquer les Houbbous.

*

La bataille de Kansala fut sans aucun doute la plus rude et la plus meurtrière de toutes celles qu'ont connues les pays des trois fleuves. La forteresse tomba en ruine et les plus braves guerriers peuls et mandingues y perdirent la vie. Mais avant de te raconter les péripéties de cette terrible tragédie, je te demande de revenir en arrière, une vingtaine d'années plus tôt.

Vers 1850, au moment même où El Hadj Omar œuvrait à la fortification de Dinguiraye, le roi de Labé, Alpha Ibrahima, appuyé par son général Alpha Môlo et une armée de six mille hommes, avait, au nom du Fouta-Djalon, attaqué le *berekolon,* le rempart le plus solide du royaume du Gâbou, et ravi la princesse de ce pays, Koumantcho Sâné, dont il avait fait son épouse ; elle lui donnera un fils, celui qui deviendra l'illustre Alpha Yaya Diallo. En 1858, les forces conjointes de

Labé et du Bhoundou avaient de nouveau assiégé Tabadian, une autre forteresse du Gâbou, et assassiné son seigneur, Sissan Farandin, mettant Kansala, la capitale du royaume, à portée de main des convoitises du Fouta-Djalon. Les almami de Timbo allaient enfin pouvoir investir ce bastion mandingue qui s'était libéré de la domination des Keïta et avait imposé sa volonté durant près de quatre siècles (plusieurs fois interrompus, c'est vrai, par les velléités de mainmise du Fouta-Tôro et les nombreuses incursions du Fouta-Djalon, entre autres) dans la vallée de la Gambie. Le hasard allait d'ailleurs les y aider et de la plus belle manière.

Au Fouta-Djalon comme au Gâbou, deux branches royales alternaient au pouvoir, tous les deux ans : les Mâné à Pacana et les Sâné à Sama. Cette année-là, les Sâné avaient volontairement gardé secrète la disparition du roi Mansa Sîbo dans le but d'usurper le pouvoir. Le prince héritier de la branche des Mâcinankôbé qui attendait son tour à Pacana avait fini tout de même par l'apprendre et avait réagi violemment pour reprendre son dû. Déroutés, les Sâné avaient fait appel à leur « belle-famille » de Labé qui alerta aussitôt Timbo et le Bhoundou. Voilà le contexte dans lequel se déroula la bataille de Kansala.

*

L'almami Oumar monta une armée de trente mille soldats dont douze mille cavaliers. Il arrêta son plan de bataille et ordonna à Alfa Ibrahima, le roi de Labé, de prendre le commandement de l'expédition. Celui-ci consulta les meilleurs marabouts de sa province, tous conclurent à une victoire. Pensif, l'un d'entre eux ajouta cependant : « Oui, mais un seul d'entre vous reviendra vivant mais j'ignore s'il s'agit de toi ou bien de l'almami. »

L'expédition s'ébranla vers l'estuaire de la Gambie avec ses lanciers, ses archers, ses cavaliers armés de fusils et ses griots poussant des chants de guerre et des psaumes à la gloire de Allah. Toujours sur ses gardes, Dianké Wâli dépêcha un éclaireur sur les crêtes du mont Badiar. Celui-ci aperçut l'armée peule et accourut, affolé, vers son maître. Il ramassa une poignée de sable qu'il déversa devant lui, puis une deuxième, puis une troisième.

– Que signifie ce pitoyable manège ? lui demanda Dianké Wâli.

– Maître, peux-tu compter ces grains de sable ?

– Non.

– Alors fuyons, les Peuls sont encore plus nombreux que ça !

– Plutôt mourir ! Fuir, laissons cela à ces ridicules cynocéphales de Peuls qui se blottissent de peur derrière leurs bêtes à cornes et prennent la poudre d'escampette dès que, dans sa tanière, le lion se met à s'ébrouer… Qui est le lion, griot ?

– C'est toi, ô roi du jour et de la nuit ! Le renard regorge de cruauté et de rusé, le renard te craint, ô maître des choses claires et des grands mystères ! La panthère qui bondit entre ciel et terre, la panthère qui arrive à déloger le phacochère et l'hyène tachetée, la panthère te craint. Le buffle, même le buffle et sa rage aux cornes, le buffle te craint.

– Qui est le trouillard ?

– C'est le Peul et son gourdin ! Le Peul tout seul, c'est rien, c'est le gourdin qui fait sa force. Le Peul est un misérable insecte : pieds grêles, torse de guêpe ; les bras, la même taille que les mandibules de la sauterelle ! Pardonne-moi, ô tonnerre, de m'être égaré. Ils n'ont qu'à valoir tous les grains de sable de l'univers, ils détaleront aussitôt que tu ouvriras la bouche. Tu verras, tu n'auras même pas besoin de gaspiller tes balles sur ces misérables individus.

– Chante mon nom, griot, mais avant, sers-moi à boire !

Les Peuls, avec une foudroyante impulsion, se ruèrent dans les cités du Gâbou. Ils asservirent des milliers d'hommes et de femmes. Ils profanèrent les idoles et les forêts sacrées, démantelèrent les tatas et les hauts-fourneaux, firent fuir les soldats, firent sauter les poudrières et empoisonnèrent les puits. Les pays des trois fleuves n'avaient jamais vu un tel désastre. Dans cette tristesse, dans ce tableau détrempé de larmes et de sang, de fumées et de cendres, on vit des saints marabouts blasphémer et de vaillants soldats perdre l'esprit et retourner leurs armes contre eux-mêmes. Dianké Wâli regarda ses habitations en ruine et ses greniers calcinés puis se tourna vers son griot.

– Tu as vu, griot ?

– J'ai vu !

– Qu'est-ce que tu as vu, griot ?

– J'ai vu ce qu'ont fait les Peuls. Entre eux et les criquets, je préfère encore les criquets : certes, ils sont moins nombreux mais ils sont plus nuisibles encore.

– Tu crois comme eux que Dianké Wâli est vaincu, c'est vrai ce que je dis, griot ?

– Celui qui vaincra Dianké Wâli ne peut émaner de la race mortelle des hommes encore moins de ces vagabonds de Peuls gringalets qui tiennent à peine debout sur leurs jambes. Ces gens sont des mangeurs de fonio et des buveurs de lait. Comment veux-tu qu'ils viennent à bout d'un grand gorille comme toi, repu d'igname et désaltéré au *dolo*. Le canari vaut moins que le fer, tout de même !

– Que dois-je faire, griot ?

– Ce que feraient ton père et ton grand-père s'ils se pavanaient encore sur terre !

Dianké Wâli rassembla sa famille et son dernier carré de fidèles et se barricada dans Kansala. Ceinte d'une muraille de pierres haute de la taille de cinq adultes, la cité s'avéra très difficile à prendre. Avec ses fusils, ses catapultes et ses frondes ; ses jets de flammes et ses marmites de résines bouillantes, Dianké Wâli repoussa un à un les assauts des Peuls en vociférant des injures et des malédictions :

– Héritez plutôt de votre maigreur et de vos poux ! Le Gâbou est mon legs à moi, le Gâbou n'est pas fait pour vous, race de bâtards, sans père et sans demeure !

De l'autre côté des murailles, au milieu des canonnades et des volées de pierres et de flèches enflammées, les griots des almami répondaient avec le même véhément dédain :

– Tes cris n'impressionnent que tes sordides masques ou alors les serpents, les albinos et les chiens noirs que tu as coutume de leur sacrifier. Certainement pas de nobles Peuls ! Nous connaissons ta race de hâbleurs ! Les cantines dont vous vous vantez ne contiennent que des têtes de poissons. Nous allons abattre tes murailles et t'obliger à embrasser la foi, grossier païen !

– Plutôt mourir que d'entrer dans votre religion de pouilleux et de mendiants ! Éloignez-vous de mes terres, abjects noircisseurs de planchettes !

– Tu ne veux pas profiter de la chance qu'on t'offre pour te délivrer de la suie de jurons et de péchés qui encrasse ta pauvre âme ? Eh bien, nous allons t'enchaîner après avoir brûlé ta cité et nous te conduirons à Timbo pour que tu nous portes sur le dos et pour que tu laboures nos champs.

– Les dieux en créant le monde n'ont pas prévu ce jour-là où Dianké Wâli besognerait pour une horde de vachers aux guenilles sentant le fumier et aux dents pourries par le taro chaud !

– Tu n'en as plus pour longtemps à fanfaronner, Mandingue ! Race de démons et de reptiles puants ! Nous allons bientôt arracher ton esprit des marais stagnants dans lesquels la punition divine l'avait engoncé. Mort à toi et à tes abominables fétiches !

– Vous, les gardiens de vaches. Moi, le seigneur mandingue !

– Toi, l'immonde païen ! Nous, les doux martyrs de la noble cause !

– Chiens errants ! Que les dieux fassent pleuvoir les épidémies et les foudres sur vos villages et vos mosquées !

Le Sérère a raison : « Entre le Mandingue et le Peul, c'est comme entre l'eau et le feu : les méfaits de l'un égalent la nuisance de l'autre. » La bataille de Kansala fut sanglante dans un camp comme dans l'autre. Le désastre fut tel que la capitale du Gâbou changea de nom dans la bouche de la postérité pour porter celui de Touraban, ce qui, en mandingue, veut dire l'« extermination de la race ». Comme pour Samba Guélâdio, les scribes du Fouta-Djalon et les griots mandingues y ont consacré de très belles épopées. En prêtant l'oreille, on peut, de notre époque, entendre les joueurs de kora fredonner cette complainte :

> *C'est ici que le long fer noir*
> *A fini les hommes*
> *Ceux qui égrènent le chapelet*
> *Et ceux qui manient la gourde d'alcool*
> *Se sont mariés avec la mort ici*
> *C'est ici le Kansala de l'extermination...*[1]

*

1. B. Barry, *La Sénégambie du XVe au XIXe siècle*.

Au bout de trois jours de siège, les Peuls décidèrent d'en finir. Ils firent entrer en jeu les colonnes gardées en réserve au pied du mont Badiar. Malgré les balles et les résines bouillantes, ils arrivèrent à franchir les murailles et à pénétrer dans la cité, fusillant et dépeçant avec une furie insoupçonnée. Sentant la défaite, Dianké Wâli se hissa sur le toit le plus haut de la ville et s'écria :

– Maudits Peuls ! Vous avez vaincu Kansala mais vous ne la gouvernerez pas ! J'ai demandé à mes gris-gris et à mes masques de vous maudire : Vous mourrez tous avant ce soir !

Et il fit sauter ses poudrières au milieu de ses épouses et de ses soldats. La fine fleur de l'armée peule qui avait réussi à s'introduire dans ses palais ou à s'agripper à ses murailles périt avec lui.

Ce fut une malédiction étonnante dans son accomplissement et à peine différée dans le temps. Certes, ils ne moururent pas tous avant le crépuscule. Mais une semaine plus tard, alors que, sur le chemin du retour, ils escaladaient le mont Badiar, avec leur butin en or et leurs quinze mille esclaves, ils périrent pour la plupart d'une foudroyante épidémie de fièvre jaune. On offrit à Birom le privilège de se faire enterrer tout près de l'almami Oumar.

Dôya Malal et Bôkar Biro pleurèrent pendant des jours. Môdy Pâthé, le fils aîné de l'almami, sécha leurs larmes et dit :

– Ils ont été proches dans la vie, maintenant, les voilà proches dans la mort... Ton père a été d'une parfaite loyauté avec le mien, Dôya Malal. J'espère que tu en feras de même quand, bientôt, mon tour sera venu de le remplacer.

– Rien de plus incertain que l'avenir, répliqua sombrement Bôkar Biro. Qui sait si les murailles de Timbo seront toujours là et si nous serons encore en vie ?

*

Mais Dieu, dans son extrême magnanimité, se porte, sans faute, au secours des innocents ! Dôya Malal, les princes Môdy Pâthé et Bôkar Biro, Alpha Ibrahima de Labé et son général Alpha Môlo furent du petit lot des rescapés. Le roi de Labé nomma son général gouverneur des terres nouvellement conquises avec l'arrière-pensée d'épauler davantage Timbo dans son épuisant combat contre les Houbbous. Ces fanatiques religieux ne se suffisaient plus de brailler leurs psaumes et de repousser avec furie les armées des almami. Dorénavant, ils sortaient souvent de leurs prières et de leur forteresse de Bokéto pour se muer en véritables bandits de grand chemin, qui coupaient les routes de Sierra Leone, ratissaient les pays soussous du Firia et du Solimana et terrorisaient les provinces de Timbo et de Fodé-Hadjia. Cela gênait considérablement et le mouvement des troupes de Samory Touré et le commerce des Anglais. Ceux-ci, qui tenaient à leurs liens avec le Fouta-Djalon, ne parvenaient plus à masquer leur inquiétude. En 1872 puis de nouveau en 1873, ils mandatèrent un certain Blyden à Timbo pour fournir des armes et exprimer leur soutien ferme contre la sédition des Houbbous. Blyden fut d'autant plus favorablement reçu que la mort de Oumar, conjuguée à la pression de plus en plus forte de ces derniers, favorisait à Timbo une atmosphère de consensus et de réconciliation. Avec l'aide de la province de Labé, Ibrahima Sory Dâra réussit sans peine à lever une armée comprenant aussi bien des *alphaya* que des *sorya*. Parmi ces derniers, Bôkar Biro, le propre fils de Oumar, accompagné de son fidèle Dôya Malal. Il marcha sur Bokéto, la capitale des Houbbous, vers les premiers jours de 1873. Mais, prévenus de son arrivée imminente, ceux-ci se dispersèrent dans les montagnes et les forêts du Fitaba, le laissèrent avancer le plus profondément avant de l'encercler au bord du marigot Monguédi. L'almami fut capturé et ses soldats mis en déroute. Abal le désarma, jeta sa couronne par terre et lui intima l'ordre de se constituer prisonnier et de le suivre. En bon prince yanké, il refusa. Il fut tué sur place à coups de bâton, son corps protégé par la magie étant censé être impénétrable au fer. Mis au courant, son dévoué griot, Karfa, ainsi que ses quatre fils sortirent de leur refuge pour venir se faire massacrer sur son corps.

Ibrahima Sory Donghol Féla, le frère de Oumar, succéda à son homonyme de Dâra comme douzième almami du Fouta-Djalon. Souviens-toi qu'enfant, Donghol Féla, tout comme son grand frère, l'almami Oumar, avait été l'élève de Mamadou Diouhé. En outre, le fondateur des Houbbous avait été aussi son beau-père puisqu'il avait épousé leur mère après la mort de leur père, l'almami Abdoul Gâdiri. Et tu connais toutes les superstitions que drainent vos étranges habitudes de vachers ! Le beau-père est comme un père, on lui doit amour et respect. Pour rien, l'on ne peut s'opposer à la volonté du maître de Coran. Dans un cas comme dans l'autre, la malédiction divine se dépêcherait de frapper, sinon… Pour prévenir tout mauvais sort, Ibrahima Sory Donghol Féla se détourna donc des Houbbous qui avaient été l'obsession de ses deux prédécesseurs et concentra son intérêt sur les conquêtes extérieures. Il monta, entre autres, une gigantesque expédition contre les Soussous du Moreya. Mais, prévenus, ceux-ci abandonnèrent leurs cités et se dispersèrent au fond de la brousse tant que dura sa présence dans la région. Cet épisode ridicule émoussa son prestige et le déconsidéra beaucoup aux yeux des notables. Ulcéré par sa déconvenue, il développa à outrance son orgueil de *sorya* et son naturel impulsif et cassant. Ses relations avec le

Sénat de Fougoumba se compliquèrent dangereusement. Un à un, ses proches collaborateurs s'éloignèrent
de lui. Ses parents et ses amis firent le vide autour de
lui à commencer par ses neveux, Môdy Pâthé et Bôkar
Biro. Pour tout arranger, Tierno Abdoul Wahhâbi, le
président du conseil des Anciens, passa du parti Sorya
au parti Alphaya, rien que pour lui nuire.

À Labé, un événement somme toute banal allait, peu
après, générer un terrible drame et ajouter à l'atmosphère délétère qui entourait son règne :

Devenu âgé et fort usé par ses excessives campagnes
militaires, le prince de Labé, Alpha Ibrahima, présenta
sa démission au nouvel almami et le supplia de nommer à sa place son fils aîné Môdy Aguibou, un jeune
homme érudit et pieux dont la courtoisie et le discernement contrastaient avec l'arrogance et la brutalité de
son cadet et fringant cavalier, Alpha Yaya, celui-là
même qui, quelques mois après son investiture se tournera contre lui et causera sa mort.

Alpha Yaya est cet enfant dont je t'ai déjà parlé, né
de l'union entre Alpha Ibrahima et Koumantcho Sâné,
cette princesse mandingue qu'il avait capturée au
Gâbou lors d'une des nombreuses expéditions qu'il y
conduisit, seul ou avec les almami du Fouta-Djalon et
du Bhoundou. Un jour que Alpha Ibrahima flânait par
là-bas à la recherche d'esclaves et d'or, Alpha Yaya et
sa mère furent retenus en esclavage près de sept longues
années. On raconte que lorsqu'il revint dans la cour de
son père, vers l'âge de onze ans, il avait presque oublié
la langue des Peuls. Est-ce pour cette raison ou à cause
de l'origine étrangère de sa mère qu'il vécut une
enfance relativement marginale par rapport au reste de
ses frères ? Lorsque Alpha Ibrahima accéda à la tête de
la province, lui, c'est le district de Kâdé, le plus péri-
phérique du Labé, qui lui fut alloué. C'était déjà un
jeune homme solitaire et taciturne, peu doué pour les

études mais sportif et fort élégant. Il maniait admirablement le fusil et la lance et pouvait rester des journées entières sur le dos d'une jument. Coléreux et impulsif, il avait peu d'amis et passait l'essentiel de son temps parmi ses soldats, à se bagarrer de village en village, à extorquer les biens de ses sujets et à dépouiller les caravanes. La légende affirme que de toute sa vie il ne sourit que trois fois : le jour où il tua son frère, le jour où Timbo lui donna l'ordre d'exécuter Alpha Gassimou (un ancien prince de Labé entré en rébellion et dont je te parlerai un peu plus loin) et celui où ses sbires assassinèrent Môdy Saliou Gadha-Woundou, un autre de ses frères qui lui faisait de l'ombre. Il mena une vie si rustre et causa à son père tant et tant de soucis que celui-ci s'en confia à ses marabouts et à ses devins : « C'est le seul de mes garçons dont l'avenir m'inquiète. Dites-moi ce que je dois faire pour le remettre dans le droit chemin ! – Ne vous en faites pas ! lui fut-il répondu. Sa renommée sera bien plus grande que la vôtre ! » En effet, pour des raisons que je t'expliquerai plus tard, de toutes les figures historiques du Fouta-Djalon et alors qu'il ne fut jamais que l'un des princes les plus ordinaires de la province de Labé, Alpha Yaya Diallo est de loin le plus célèbre. Le Sérère a raison et bien raison : « Dieu a créé plein de lions inconnus et plein de frêles ouistitis qui se prennent pour des lions ! » Peut-être vaudrait-il encore mieux, mon petit Peul, supporter tes scabreuses légendes que de s'essayer au jeu tronqué et aux coulisses nauséabondes de l'histoire…

On sait rien que par la forme de son bourgeon que l'épine sera pointue… Alpha Yaya manifesta très vite un goût certain pour les fastes et pour les intrigues du pouvoir. Quand, dans son fief de Kâdé, il apprit que c'était son demi-frère et aîné Aguibou que son père avait choisi pour lui succéder, il lança, dédaigneux, à son entourage : « Cet indolent qui tient à peine debout, une plume dans la main ? Avec une lance de commandement, c'est toute la province qui s'effondrerait avec lui ! » À Kâdé comme à Labé, tout le monde savait l'appétit avec lequel il lorgnait sur le trône laissé vacant par son père. Seulement il savait mieux que quiconque qu'il avait peu de chances d'y accéder. Il n'était que le troisième, voire le quatrième, dans le rang de la succession et, ma foi, chef de l'obscur district de Kâdé, sa renommée ne dépassait pas encore le pourtour de la case de sa mère. Mais voilà qu'un jour, fatigué de tourner en rond autour des buissons et des singes de son lointain fief, il prit la décision de tuer son frère et de s'emparer du pouvoir. Il commença par suborner sa jeune épouse, Taïbou : il la couvrit d'or et promit de l'épouser, une fois le forfait commis. Ensuite, il soudoya deux bons fusils de la garde de Aguibou qui se tapirent un soir à l'entrée de sa concession et abattirent celui-ci alors qu'il revenait de la mosquée après la prière du *maghreb*.

Le secret, cependant, s'ébruita jusqu'à arriver à Timbo, aux oreilles de l'almami Ibrahima Sory Donghol Féla. Prévenu à temps par ses très nombreux affidés, Alpha Yaya courut se réfugier dans la province de Kankalabé où, comme le voulait la coutume, l'asile lui fut accordé. Il y séjourna un bon moment jusqu'à ce que ses partisans, à coups de magouilles et de pots-de-vin, réussissent à persuader Ibrahima Sory Donghol Féla de le gracier. Il alla s'enterrer dans son fief de Kâdé où il attendit près de dix ans avant de refaire parler de lui.

Avant cela, Taïbou vint l'y rejoindre pour réclamer son dû.

– Maintenant que tu as obtenu ce que tu voulais, épouse-moi !

– Reviens le lundi prochain !

Le lundi suivant, il l'attendait au détour du chemin et l'étrangla avec une ficelle.

*

Vers 1873, l'almami Ibrahima Sory Donghol Féla fut déposé au profit du candidat *alphaya,* Amadou.

Amadou était le frère de Ibrahima Sory Dâra. Il était un jeune prince plutôt pauvre. En raison des très nombreux héritiers qu'avait laissés son père, Boubakar Bademba, il n'avait eu droit qu'à un esclave et à quelques bœufs. Néanmoins, après l'assassinat de son frère Ibrahima Sory Dâra par Karamoko Abal, il avait confié à Alfa Gassimou, un jeune prince de Labé, son intention de briguer le trône. « Toi, almami du Fouta-Djalon ? lui avait rétorqué celui-ci avec un incroyable dédain. Commence d'abord par t'acheter un boubou ! » Depuis, une rancune tenace couvait entre les deux hommes. Maintenant que le hasard l'avait hissé au pouvoir, Amadou se jura de faire payer à Alfa Gassimou (devenu entre-temps prince de Labé après l'assassinat de Aguibou) son incroyable mépris. Seulement, comme lui, il était du parti Alphaya, il se garda donc de l'écarter au moment de la traditionnelle valse des chefs de province à laquelle ont l'habitude de procéder les nouveaux almami et préféra attendre. Il fit bien car l'occasion d'assouvir au grand jour sa vengeance ne tarda pas. En effet, désireux de régner en maître et de faire taire toute velléité de concurrence et de contestation dans sa province, Gassimou en arriva à tuer son propre demi-frère, Abdoulaye, dont la mère justement se trouvait être une cousine des almami. Amadou le limogea aussitôt pour le remplacer par Alpha Souleymane. Mais il se garda bien de le mettre aux arrêts et de le faire condamner : il était tout nouveau au trône alors que Gassimou, homme puissant dont la renommée dépassait largement les limites de sa province, restait redoutable, même dans les coulisses du pouvoir. Mais après quelques péripéties aussi mouvementées qu'alambiquées, Gassimou réussit à reprendre son trône. C'est alors que Amadou eut l'idée d'envahir le pays soussou du Kolissoko ; officiellement, pour convertir les mécréants ; en vérité, pour renflouer son trésor et éventuellement profiter de l'occasion pour éliminer son ennemi. Traditionnellement, dans ce genre d'expédition, il revenait au prince de Labé d'assurer le commandement général de l'armée. Gassimou fut donc chargé de réunir les armes et de conduire les guerriers. Prévenus par des colporteurs de l'arrivée imminente des armées peules, les Soussous, comme à leur habitude, cachèrent leurs biens et s'enfuirent ne laissant dans les villages que les vieillards et les paralytiques. L'almami partit les rechercher en vain dans les forêts et les grottes. Son dépit fut plus grand encore quand il apprit que Gassimou avait profité de l'abattement général pour déserter avec ses troupes, sans doute prévenu du sort qui l'attendait. « Il s'est enfui, le maudit, dites-vous ? fulmina l'almami. Eh bien, de ce jour, il n'arrêtera plus de courir jusqu'au lieu où il doit mourir. »

Gassimou traversa le Konkouré et démolit aussitôt le pont qui surplombait ce grand fleuve pour protéger sa fuite. Pressé de le rattraper, l'almami traversa à la nage mais perdit une bonne partie de son armée au milieu des eaux. Il dut rebrousser chemin car, à son arrivée à Bantinguel, il apprit que les *sorya* avaient profité de son absence pour prendre le pouvoir. Il abandonna la route de Labé et se dirigea aussitôt vers Timbo.

Car dès qu'il avait été destitué, Ibrahima Sory Donghol Féla avait regagné son village de sommeil dans l'intention de préparer son retour. Il réunit autour de lui suffisamment de forces, alla à la rencontre de Amadou à Pelloun-Taba, dans les environs de Timbo, le vainquit et remonta sur le trône. Pour une énième fois et, sous la pression des anciens, les deux almami furent réconciliés et la règle de l'alternance bi-annuelle, rétablie. Son retour au pouvoir coïncida avec l'arrivée à Timbo de la mission Gouldsburry. Car, mon petit Peul, les Anglais, qui avaient déjà noué des contacts avec le Fouta-Djalon depuis les temps de l'almami Ibrahima Sory Maoudho, commençaient à s'inquiéter du soudain intérêt des Français pour ce pays dont les provinces les plus méridionales frôlaient presque leurs possessions de Freetown. Le docteur Gouldsburry, gouverneur de la Gambie, fut donc chargé de renouer les contacts avec Timbo et, comme on dit chez les diplomates, sonder les intentions de ses dynastes. Le 22 janvier 1881, en compagnie de son second, le lieutenant Doumbleton, et d'une centaine de tirailleurs armés, il quitta la Gambie, traversa le mont Badiar, rendit une visite de courtoisie au prince de Labé et arriva à Timbo le 23 mars. Ibrahima Sory Donghol Féla le reçut le 30 du même mois ; il lui accorda, avec une extrême facilité et sans nullement se soucier des accords conclus avec la France par ses prédécesseurs, ce qu'il demandait : la signature d'un traité d'amitié et de commerce avec l'Angleterre. Mais l'Anglais, peu coutumier de l'esprit sibyllin et des perverses subtilités du monde peul, commit une grosse gaffe. Excité par l'imprévisible succès qu'il venait de remporter, il fit défiler sa troupe en l'honneur de l'almami. Celui-ci vit cela comme une manœuvre d'intimidation et écourta aussitôt le séjour de son hôte. Ce qui suscitera dès lors un profond malaise dans les relations pourtant jusque-là fructueuses entre Timbo et les Anglais. Malaise dont ces coquins de Français sauront tirer le meilleur profit puisque le Fouta-Djalon, dont les almami, surtout les *alphaya*, étaient plutôt sensibles au charme anglais, finira par

tomber dans l'escarcelle d'une toute nouvelle colonie :
la Guinée française.

*

Puis il vint à Timbo, sans aucun doute, le personnage
le plus étrange, le plus illuminé et le plus entêté de tout
le long défilé d'hommes blancs qui se fut déployé, en
cent ans, dans le territoire du Fouta-Djalon. C'était un
jeune Auvergnat aigrefin et ambitieux qui, après avoir
eu maille à partir avec toutes les polices de France,
s'était retrouvé au Portugal où il avait fini par acquérir,
on ne sait trop comment, un titre de noblesse. Son
nom ? Olivier de Sanderval. Entre 1877 et 1880, Olivier
de Sanderval avait installé un comptoir sur les rivières
que contrôlaient alors les Portugais. C'est là que lui
était venue la lubie la plus incroyable jamais entendue
aux pays des trois fleuves : acheter des terres aux chefs
nègres et s'offrir une vaste colonie privée. Ce projet
fou possédait pourtant déjà ses croquis et ses plans, son
budget et son calendrier. Il s'agissait de tracer une
ligne de chemin de fer qui relierait les côtes à Tombouctou en perçant à travers les montagnes du Fouta-
Djalon pour charrier par-ci la percale et la gnôle ;
par-là, l'ivoire et l'or, les peausseries et la cire. Mais lis
ceci, mon petit Peul, pour te faire une idée de tout ce
qui pouvait se passer dans la tête d'un tel bonhomme.

Pour pénétrer ces ténèbres que les légendes de l'Histoire vraie protègent contre notre curiosité, par des
récits terrifiants, pour créer un centre français dans ces
terres peu connues, je me proposais (1877) de trouver
quelque part en Afrique un empire primitif où des tribus puissantes dont les maîtres et les peuples ardents à
la vie, curieux sans en avoir conscience des forces de
progrès qui mènent l'humanité, seraient aptes à recevoir

les enseignements de notre civilisation. Je me proposais de trouver un peuple qui, vierge de nos erreurs, pratiquerait, sans hésiter, les lois toutes faites dont la découverte et la discussion nous ont coûté des siècles d'efforts. D'après les connaissances que j'ai recueillies à la côte, le Fouta-Djalon était la contrée habitable, l'empire bien ordonné par où je devais entrer et qui pouvait servir de base à mon pouvoir[1].

Ayant eu vent de la visite de Gouldsburry, Sanderval se démena pour trouver un laissez-passer et monta aussitôt une caravane pour Timbo. Les Anglais, qui ne manquaient pas d'espions non plus, se dépêchèrent de prévenir les almami contre cet ignoble aventurier français au passé lourd et aux intentions douteuses. Ibrahima Sory Donghol Féla le cueillit dès son arrivée et le retint de force deux longs mois. L'énergumène en profita pour sympathiser avec les notables et les princes et s'informer sur le pays. Voici ce qu'il nota dans ses carnets avant de rejoindre les côtes :

De ce premier pas au milieu des Noirs, chez eux, hommes et choses s'offraient devant moi tels que je les avais coordonnés d'après mes renseignements. La conviction s'imposa avec évidence à mon esprit que le temps des explorations était passé, l'entité nègre n'était plus à scruter, elle se manifestait clairement, les chefs étaient curieux des causes de notre force. Il me suffisait de comprendre pour me faire comprendre. Il fallait sans perdre un instant organiser mes tribus, fourmilières laborieuses ou guêpiers de frelons, toutes formées d'hommes proportionnés au climat et prêts à suivre nos conseils. Pour eux, nous pouvons mettre en plus grande valeur, ce riche continent où notre avenir se préparait.

1. Olivier de Sanderval, cité par T. M. Bah, *Histoire du Fouta-Djallon*.

> Le Fouta devait être le centre à portée de la côte d'où
> mon action s'étendrait vers l'intérieur...
> Le Fouta avait toutes les qualités que possédaient les
> pays lointains et il avait, en plus, ce précieux avantage
> d'être à notre portée[1].

Son idée de chemin de fer effrayait les anciens mais
semait chez les jeunes un intérêt fébrile et troublant,
comme devant une femme de rêve qui attire et effraie
en même temps. Les princes Môdy Pâthé et Bôkar Biro
réussirent à lever les réticences de leur oncle. Ils le per-
suadèrent de libérer le malheureux Français et de lui
accorder ce qu'il demandait : ouvrir les portes du Fouta-
Djalon à la machine de l'homme blanc.

*

Le succès d'Olivier de Sanderval suscita les plus
fous espoirs à Paris. Méfiante à l'égard de l'aventurier
auvergnat qu'elle soupçonnait, à juste titre, de tra-
vailler pour son propre compte, voire pour celui du
Portugal, la France décida de prendre elle-même les
choses en main. Début 1881, le ministre de la Marine
chargea le docteur Bayol d'approcher les almami.
Celui-ci quitta Paris aussitôt. Il accosta à Boké courant
mai 1881 et arriva à Timbo le 23 juin 1881. En raison
de la règle de l'alternance, Ibrahima Sory Donghol
Féla venait de se retirer au profit de l'*alphaya* Amadou.
Le ministre se prévalait d'une lettre du président de
la République française, d'une autre du gouvernement
du Sénégal et d'une troisième de cheik Saad Bouh, un
célèbre marabout maure ami du Fouta-Djalon qui le
recommandait chaudement aux autorités du pays. Il
avait fait tout ce chemin pour proposer au Fouta-Djalon

1. *Ibid.*

de lui céder tous ses États vassaux de la côte et de soumettre son propre royaume sous le protectorat de la France en échange d'une solide rente annuelle et de l'appui de la marine française contre les convoitises des autres puissances européennes. Rien que cela !

L'almami Amadou refusa de le recevoir et lui fit dire ceci : « Chacun chez soi. Le Fouta-Djalon appartient aux Peuls et la France aux Français. » Mais Ibrahima Sory Donghol Féla, qui n'avait pas oublié la parade militaire de Gouldsburry, le convainquit non seulement de signer le traité pour contrebalancer les visées des Anglais mais d'envoyer un ambassadeur à Paris, en la personne d'un éminent conseiller de la cour dénommé Mamadou Saïdou Sy.

Deux traités de protectorat liaient maintenant le Fouta-Djalon : un avec l'Angleterre, l'autre avec son ennemi héréditaire, la France. Pendant des années, les almami reçurent les rentes des uns et des autres et laissèrent leurs caravanes sillonner aussi bien les routes de Freetown que celles de Saint-Louis ou de Boké. Forts de leur réputation de renards machiavéliques et rusés, les aristocrates de Timbo surent pour un moment tirer leur avantage des cruelles rivalités qui opposaient les Français et les Anglais. « Les Blancs se déchirent pour nos beaux yeux, se disaient-ils. Eh bien, faisons croire à chacun d'entre eux que le cœur du Fouta bat pour lui. Les choses sont très bien comme elles sont. D'un côté, gardons notre vieille souveraineté, de l'autre, empochons la rente des Blancs. Comme ça, nous pourrons acheter des armes pour écraser ces diables de Houbbous. » Car près de trente ans après leurs premières insurrections, de leur forteresse de Bokéto, les Houbbous restaient, et bien avant la menace des Blancs et les constantes émeutes des esclaves, le souci principal des almami. Bokéto, c'était la ville qui voyait et qui ne pouvait être vue. Elle se dressait au sommet d'un dôme entouré de failles et de vallonnements, de marais et de torrents. Le site croulait sous une végétation luxuriante de lianes et de bambous, d'osiers et de houx, d'arbres à haute futaie. Dans cette jungle infranchissable, ces satanés Houbbous avaient imaginé tout un labyrinthe de pièges diaboliques faits de piliers, de traverses et de cordages. Les armées de Timbo venaient y tomber une à une comme des masses de carpes saisies dans la nasse. Ce n'est qu'en 1883 que le Fouta-Djalon réussit à anéantir ce mouvement qui, en trente ans, avait affaibli son économie, miné ses institutions et considérablement diminué le prestige de ses almami. Et encore, il leur fallut pour cela recourir plusieurs fois aux forces de Samory Touré.

Je te disais, il y a peu, mon petit Peul, que lorsque après la mort de son père Abal commença à édifier Bokéto, aux confins des pays mandingues, un certain Samory Touré commençait à y faire parler de lui. Eh bien, Samory Touré est ce colporteur mandingue qui, au moment où, de retour du Gâbou, l'almami Oumar périssait dans le Badiar, avait réussi, entre le Niger et le Sankarani, à se tailler un puissant royaume sur les décombres de l'empire du Mali. Du Ouassoulou, le berceau de son nouvel État, il se dirigea vers les mines d'or du Boûré où il se heurta très tôt aux troupes françaises de Gallieni et d'Archinard en marche vers Ségou, Hamdallaye et Tombouctou. Ce qui l'obligea à détourner ses ambitions vers le sud. Très vite, il envahit le Baléya et le Ouladou, deux petits États mandingues vassaux du Fouta-Djalon. Ibrahima Sory Donghol Féla protesta en vain. Samory continua sa route et investit facilement la province foutanienne de Fodé-Hadjia où il se fit bâtir un tata à quelques encablures de Timbo. Cette fois-ci, la menace s'avérait bien plus sérieuse qu'aux temps de Birama Condé. Les armées de Samory étaient nombreuses et fortes. Elles représentaient incontestablement la plus grande puissance militaire des pays des trois fleuves depuis la disparition de El Hadj Omar. Et elles étaient réputées pour leur courage et pour leur cruauté. Elles massacraient tout sur leur passage, saccageaient les villages, brûlaient les récoltes, violaient les jeunes vierges, mutilaient les enfants et les vieillards, emmuraient vivants ceux qui leur résistaient, éventraient les femmes enceintes et pilaient les nourrissons. Plongés dans leurs éternelles querelles dynastiques et affaiblis par des décennies de combats contre les Houbbous, les Seïdyâbé comprirent vite qu'ils devaient négocier. L'almami Amadou proposa d'envoyer une ambassade. Et comme dans vos sociétés d'imams et de marabouts rien ne se fait sans le gri-gri et le chapelet, ses conseillers lui répondirent : « D'accord, mais alors profitez-en pour lui offrir ce bonnet et ce destrier blancs travaillés par nos soins. S'il porte le bonnet, c'est que nous aurons réussi à annihiler en lui toute mauvaise intention à notre égard. Et s'il monte le cheval, dans le sens où se tournera l'animal, c'est dans ce sens-là qu'il poursuivra sa route. »

– *Paki*[1] ! s'écria Samory quand on lui présenta les cadeaux.

Puis il porta le bonnet et se hissa sur le destrier. Celui-ci hennit trois fois et se tourna vers l'est. C'est ainsi que le Fouta-Djalon fut sauvé de la conquête et de la destruction. Samory évacua le pays et s'orienta vers les pays des Tomas et des Mandingues. Il fit part au Fouta-Djalon de ses intentions pacifiques et signa un traité qui permettait à ses troupes de venir y échanger des esclaves contre des bœufs qu'elles allaient ensuite troquer contre des armes chez les Anglais de Sierra Leone. Au fond, Timbo et lui avaient les mêmes intérêts. Ils redoutaient tous les deux l'encerclement pro-

---

1. Onomatopée dont usait abondamment Samory Touré.

gressif de leurs royaumes par les Français qui, après Médine et Niôro, venaient de prendre Bamako. Ils étaient tous musulmans et avaient tout intérêt à s'entendre. D'ailleurs, le marabout et le conseiller politique de Samory n'était autre qu'un Peul originaire du Fouta-Djalon, du nom de Alpha Ousmane. De ce jour, les deux royaumes échangeront des esclaves et des bœufs, des denrées et des ambassades, ils s'épauleront mutuellement et tenteront en vain de résister aux Français, jusqu'à l'effondrement final.

C'est naturellement contre les Houbbous que les deux alliés allaient se tourner d'abord. Sur ce problème-là aussi, leurs intérêts étaient absolument identiques. Car si les insurgés défiaient Timbo, ils coupaient les routes de la Sierra Leone et gênaient considérablement les ravitaillements de Samory. Après plusieurs tentatives, Kémoko Bilali, un des généraux de Samory, réussit à encercler Bokéto. Mais les hommes de Abal refusèrent de se soumettre malgré un an de siège. C'est alors qu'il imagina le stratagème qui allait enfin avoir raison d'eux. Il scinda son armée en deux. Il demanda à la première d'alerter son collègue Lankan Nfali pour lui demander du secours tout en continuant le siège. Avec la seconde, il se présenta devant les portes de Bokéto et feignit tout bonnement d'implorer l'asile : « Abal, ouvre-moi ! hurla-t-il. Je n'ai plus envie de me battre pour ce cruel Samory et pour ces véreux almami de Timbo. Je veux rejoindre tes troupes, je veux me battre avec toi ! » Les renforts de Lankan Nfali submergèrent Bokéto tandis que, de l'intérieur, Kémoko Bilali retournait ses armes contre ses hôtes.

C'est ainsi que finirent les Houbbous.

« Karamoko Abal est exécuté avec ses généraux d'armée, ses frères ainsi que ses enfants adultes. Samory est obligé d'exhiber les membres de Karamoko Abal jusqu'en Sierra Leone pour assurer les caravanes que

le chemin est désormais libéré du pillage des Houbbous. À cette occasion, un hebdomadaire de Sierra
Leone se fait l'écho de cette victoire de Samory qui, en
mettant fin aux dégradations des Houbbous, assure,
selon ses termes, le progrès du commerce et de la civilisation[1]. »

La disparition de Abal ne ramena pas pour autant la
paix tant attendue. À la fin des années 1880, deux prestigieux marabouts allaient tenter de canaliser le mécontentement général pour abattre le pouvoir despotique
des almami et résister à la pénétration européenne : le
Wâli de Gomba dans la province actuelle de Kindia et
Tierno Ndâma dans le nord du Labé. Mais c'était juste
pour la frime. Un pathétique baroud d'honneur, une
lamentable pantalonnade de Peuls ! Le destin avait
parlé, ta race de bergers préhistoriques, fiérots et vindi-
catifs ne pouvait plus rien. La loi des nouveaux temps
devait, sans faute, s'appliquer dans son univers aussi.

*

Revenu une nouvelle fois sur le trône en 1888 par la
grâce de l'alternance, la première décision de Amadou
fut de nommer un nouveau chef de province à Labé en
la personne de Alpha Ibrahima Bassangha, le leader de
la fraction *alphaya*. Le turbulent Gassimou mobilisa
une armée et vainquit celui-ci à Bantinguel. Amadou
ordonna alors à Alpha Tiêwîré, le chef *sorya* de Labé,
de venir au secours de Bassangha. Gassimou fut mis
en déroute, cette fois, et s'enfuit à Médine, dans le
Khasso. De là, il poursuivit jusqu'à Kayes, où il rendit
visite au colonel Archinard qui commandait les troupes
françaises au Soudan. Celui-ci lui proposa de mettre
des hommes et des armes à sa disposition pour le réins-

1. B. Barry, *La Sénégambie du xvᵉ au xixᵉ siècle.*

448

taller au pouvoir à Labé. Sur ces entrefaites, survint le terrible carnage que les troupes d'Archinard commirent sur la ville de Niôro. Malgré l'extraordinaire percée des Français en direction de la boucle du Niger, la plupart des Peuls du Haut-Sénégal restaient encore fidèles à Amadou, le fils de El Hadj Omar, qui régnait toujours à Ségou. Supportant mal le joug français, les gens de Niôro se révoltèrent contre Archinard qui signa là la première grande boucherie de l'ère coloniale.

– À voir la brutalité avec laquelle tu as émasculé tous ces hommes, décapité tous ces enfants et éventré toutes ces femmes enceintes, je ne veux plus de ton aide, colonel, lui cracha à la figure Alfa Gassimou. Je rentre à Labé. Puisqu'il faut mourir, je préfère que ce soient les miens qui me tuent, ce sera plus régulier ainsi.

– Comme tu voudras, prince ! C'est à toi de savoir ce que tu veux : le pouvoir ou les mains propres.

– Je préfère vivre sans pouvoir que de redevenir prince de Labé sous ton égide. Tu ferais aux miens pire que ce que tu viens de faire. Vous, les Blancs, vous n'êtes plus des inconnus : on sait maintenant tout le volume de fiel qui dégouline dans vos cœurs.

– Arrête ton cirque, prince ! Combien de malheureux as-tu décapités pour régner sur ta province ? Et qu'est-ce qui t'a poussé à courir jusqu'à moi, sinon l'instinct du criminel ? Les almami de ton pays prennent les têtes des hommes pour de la vulgaire cochonnaille. Il suffit que vous jetiez un œil sur leur femme pour qu'ils vous la tranchent. Tu crois que je ne sais pas ?… C'est pareil pour Amadou de Ségou, pour Tiéba, pour Samory, et pour les roitelets ouolofs. Tous, vous êtes des bêtes assoiffées de pouvoir et de sang. Et c'est bien pour cela que nous sommes là : pour arrêter vos pitreries de Nègres !

– Vous n'êtes qu'une horde de bandits sans honneur et sans loi !

– Et vous, des peuplades primitives armées de flèches et terrées dans les grottes !

– Nous n'avons envahi personne, nous ! Nous ne tuons que pour nous défendre !

– C'est faux ! Vous tuez par instinct, par vice, par goût de la chair humaine et nous seulement pour les besoins de l'Histoire. Avoue que ce n'est tout de même pas pareil, mon petit Nègre !

Alfa Gassimou maudit Archinard et s'en retourna affronter son destin à Labé. Ses ennemis laissèrent aussitôt entendre qu'il avait profité de son séjour à Kayes pour vendre le Fouta-Djalon aux Français. Cette accusation, ajoutée à ses nombreuses inconduites antérieures, le fit condamner à mort pour intelligence avec « les païens aux oreilles rouges, les pires ennemis de l'islam ». Aussitôt arrêté, il sera fusillé en 1892 par Alpha Yaya, le nouveau prince, que, après son tumultueux couronnement, Bôkar Biro installera à Labé.

*

Absorbés par les guerres contre les Houbbous et par leurs fastidieuses querelles dynastiques, les almami ne se rendirent pas tout de suite compte que leur sort était scellé. Ce n'est que plusieurs années après la mort de Abal qu'ils réalisèrent l'ampleur du désastre. Quand ils sortirent leur nez des forêts de Bokéto, ils découvrirent que les Français, après le Sénégal, venaient, sans demander leur avis, de créer une colonie sur leurs terres vassales de la côte : la colonie française des Rivières du Sud, avec Conakry comme capitale et le bon docteur Bayol comme gouverneur. Hormis Boké, les Blancs y disposaient, à présent, de trois autres nouveaux forts solides et puissamment armés : Benty, Dubréka et Boffa. Les impôts qu'ils devaient verser aux almami en échange commencèrent par s'espacer puis par disparaître sans aucun motif. Pendant ce temps, venues de Conakry, de Saint-Louis ou du Soudan, les missions se succédaient à Timbo pour maintenir la pression et laisser sentir la menace. Mais ce qui aggrava davantage l'amertume des almami, ce fut la hargne avec laquelle ils harcelaient leur allié Samory Touré, l'homme qui leur avait permis de se débarrasser des Houbbous. Pour toutes ces raisons et pour bien d'autres, il flottait dans l'esprit des Peuls un sentiment franchement anti-français. Des actions de représailles éclatèrent un peu partout dans le pays. C'est ainsi par exemple qu'en 1886, alors qu'il traversait le Timbi-Touni, un ambassadeur venu de Boké, le docteur Fouque, fut pillé par des inconnus, arrêté, attaché nu à un arbre et bastonné copieusement. Il ne dut la vie sauve qu'à un notable de Fougoumba qui passait par là. C'était déjà, quoi qu'il en soit, tard et bien tard. Comme une grive dans la tendelle, le Fouta-Djalon se trouvait en plein piège, mais le Fouta-Djalon ne le savait pas encore…

Ils se croyaient malins, tes pouilleux d'ancêtres, plus malins que tous les autres, plus malins que les Blancs eux-mêmes. Ils croyaient utiliser les Français et les Anglais les uns contre les autres, continuer à empocher l'argent des uns et des autres, sans rien donner en retour. *Prrr !* Ils étaient sans doute les seuls à ne pas savoir que depuis 1888, à Paris, et les Anglais et les Portugais avaient officiellement reconnu les droits inaliénables des Français sur le royaume du Fouta-Djalon. En 1889, continuant leur politique d'encerclement, ceux-ci fondèrent le poste de Kouroussa puis obligèrent Samory à signer un traité par lequel il leur attribuait toute la rive gauche du Niger séparant ainsi définitivement les deux royaumes alliés. Repoussé vers les vastes forêts des Tomas, coupé du bétail du Fouta-Djalon et des armureries de Sierra Leone, Samory y trépignait et exultait comme un buffle en cage. Très vite, avec leurs vieilles astuces, les almami lui trouvèrent un circuit clandestin de ravitaillement. Mais très vite, les Français le démantelèrent en construisant deux nouveaux postes sur les terres mandingues : Héramakono et Faranah.

À la fin des années 1880, la question n'était plus de savoir si les trois derniers États indépendants des pays des trois fleuves, c'est-à-dire le Fouta-Djalon des almami, le Wassoulou de Samory Touré et le Ségou de Amadou Tall, allaient tomber sous le joug français. Mais quand ?

Ce jour de l'hivernage 1890, Dôya Malal se trouvait à Kolen où il était venu amasser les impôts de la couronne quand mourut l'almami Ibrahima Sory Donghol Féla. Le tambour de deuil résonna alors qu'il venait de terminer la prière du crépuscule. Il entendit distinctement les neuf frappes rauques espacées dans le temps et comprit qu'il n'avait plus une minute à perdre. Il sella aussitôt un hongre et fila sans prendre la peine de prévenir sa suite. Il savait qu'un danger imminent se préparait dans la capitale, que sitôt le défunt souverain enterré le sang coulerait à Timbo. À la mort de leur père, l'almami Oumar, Môdy Pâthé et Bôkar Biro n'avaient pas atteint cet âge infatué et consistant où l'on peut prétendre au trône. Ce n'était plus le cas. Chacun d'eux possédait maintenant la carrure, le tempérament, le nombre de soldats, les barils de poudre et le bestial appétit du pouvoir qu'il faut pour faire un grand roi, c'est-à-dire un homme peu ou prou vertueux mais craint des nobles et admiré des foules. C'étaient tous les deux des princes *sorya* ! Un *sorya* ne renonce pas au trône, on le sacre ou bien on le tue. Une fois leur oncle enterré, seul un miracle du Ciel pourrait les empêcher d'aiguiser les couteaux et de s'étriper. Il savait, lui, Dôya Malal, que ce maudit jour viendrait inéluctablement, qu'il était depuis belle lurette inscrit au Ciel. Il l'avait nettement perçu dans le regard des deux demi-frères le jour où, tous les trois, ils avaient refermé la tombe de leur père dans le cimetière de Dombiyâdji. Il avait en vain tenté de calmer l'orgueil démesuré de l'un et la fougue de l'autre, le mépris de l'aîné et les ambitions précoces du cadet. Alors, il s'était résigné à se taire et à laisser la fatalité s'occuper des choses. Quelques siècles plus tôt le vieux Koïné avait fait face aux jumeaux Birane et Birom. Il avait cependant pris le soin d'amasser des armes en cachette durant toutes ces années de rancœurs et de suspicions, de menaces et de filatures, de fébrile et angoissante attente. Car son choix était déjà fait, probablement bien avant que l'almami Oumar ne les mette sur le dos d'un cheval puis les circoncise, Bôkar Biro et lui. « Puisque, ce jour-là, il faudra mourir ou régner, alors je serai du côté de celui qui aura partagé mes jeux d'enfance et mêlé son sang au mien le jour où le couteau nous a rendus propres, je serai du côté de Bôkar Biro. » Il s'était dit cela parce que, dans ces cas-là, il faut absolument choisir. Sinon, il les aimait bien tous les deux. C'étaient tous des fils de l'almami Oumar, celui qui avait protégé et anobli son père Birom, celui qui lui avait donné le statut de prévôt et de juge et appris le métier des armes, l'homme qui l'avait traité comme son propre fils.

Oui, c'étaient, tous les deux, des *sorya* bon teint, courageux, susceptibles et fougueux qui s'étaient illustrés, en compagnie de leur père, sur tous les champs de bataille. Et comme tels, des teigneux, des têtes de mule, des butés, des cabochards, capables d'y laisser leur vie ou celle de leur mère plutôt que de se renier ! Ils différaient au physique comme au mental mais c'était avant tout des princes de Timbo, nés pour dicter et mépriser, se pavaner et se faire obéir ! Môdy Pâthé était mince, Bôkar Biro, costaud. Celui-ci regorgeait de ruses et de fines subtilités, celui-là bouillonnait de colère et d'énergie. L'un avait la souplesse athlétique du félin, l'autre la force imprévisible du buffle... Le lion du Fouta, le tonnerre de Néné Diâriou[1], celui-là, c'était Bôkar Biro ! On raconte qu'une fois il jeta une pierre à un chien errant : par ricochet, il abattit un papayer. C'était un monstre, je te dis, mon petit Peul : du repas le plus copieux, il ne faisait que trois bouchées. Quand il grondait à Timbo, on l'entendait jusque dans les recoins de Yimbéring !...

C'était écrit : ils n'étaient pas nés pour s'entendre, ces deux-là. Ils devaient se battre un jour ou l'autre. Les choses s'étaient mises à mal tourner dès leur retour du Gâbou. Imbu de son droit d'aînesse, Môdy Pâthé avait accaparé à lui seul l'immense trésor laissé par son père, refusant de partager l'or, le bétail et les esclaves aussi bien avec ses frères qu'avec ses demi-frères. Il expulsa ces derniers de Sokotoro, Nénéya et Hélâya, les traditionnels fiefs des *sorya*, pour s'y installer avec ses laudateurs et ses gardes. Bôkar Biro et le dénommé Ibrahima exprimèrent leur mécontentement un peu plus fort que le reste de la fratrie. Pour les dissuader d'aller plus loin, il fit massacrer ce dernier à coups de bâton par ses soldats et partit se réfugier dans le Labé. Sur l'intervention de l'ensemble des chefs de province, l'almami Amadou lui accorda le pardon et l'autorisa à revenir à Sokotoro. C'est vrai que, assuré d'une richesse à nulle autre comparable, soutenu par les notables, notamment par Tierno Abdoul Wahhâbi, le doyen du conseil des Anciens, bien vu des Français de la côte, il pouvait se croire invincible.

Plus pauvre, moins apprécié dans les hautes sphères du pouvoir – seul le prince de Fougoumba lui consentait un peu d'estime –, Bôkar Biro était néanmoins

1. Ainsi s'appelait la mère de Bôkar Biro.

craint. On le savait énergique, déterminé, ambitieux. C'était un guerrier dans l'âme qui ne se déplaçait jamais sans ses cinq cents gardes bien armés. Quand il exprima son désir de briguer la couronne, Néné Diâriou s'arracha les cheveux et le dissuada en vain :

– Renonce, fils ! sanglota-t-elle. Efface-toi devant ton aîné ! Il a avec lui la richesse et les voix les plus éminentes du Fouta. Ne l'affronte pas, il te tuerait ! Incline-toi pour cette fois-ci. Apprends à attendre et ton tour viendra, sûrement !…

– Mère, tu vois mon cou ? C'est là qu'il se trouve, le pouvoir. Il faudra me le couper pour m'empêcher de régner. Les dés sont jetés, mère, tes larmes n'y pourront rien. Si je tue Môdy Pâthé, je monterai sur le trône et tout le Fouta verra que tu auras été une bonne mère et une bonne épouse. Si Pâthé me tue, il tuera mon frère Aliou ainsi que mon fils, Môdy Sory, et les musulmans commenceront à douter de ta bonne conduite sur terre.

– Je t'assure qu'on peut vivre très heureux sans s'asseoir sur un trône. Renonce, je t'offre deux cents vaches laitières !

– Non !

– Deux cents esclaves : cent hommes et cent femmes !

– Je suis prince de ce royaume. Je dois répondre présent quand l'heure de commander arrive, au risque de faire mentir le sang de mes aïeux…

Dôya Malal chevaucha jusqu'au matin. Il trouva Bôkar Biro dans son hameau de villégiature de Tiâtiako. Le lendemain de l'enterrement, un valet vint leur annoncer que Môdy Pâthé se trouvait déjà à Bhouria pour solliciter son investiture officielle. Bôkar Biro réunit aussitôt ses troupes pour y foncer. Mais les sages de cette ville s'étaient donné le mot : quand il se présenta devant ses portes, on lui fit croire que son demi-frère avait gagné Fougoumba pour y recevoir la couronne. Il appela son courrier le plus rapide : « Va dire à Alpha Ibrahima que j'arrive ! Je veux qu'il m'accueille avec le tambour royal et tout le peuple de Fougoumba ! Cette couronne me revient, c'est sur ma tête qu'il doit la poser s'il tient à garder la sienne. »

Pâthé fut couronné à Bhouria et Biro à Fougoumba. Deux almami pour le même trône, deux lions affamés sur la même proie ! À coup sûr, l'un devait éliminer l'autre. Dans les chaumières, les gens du Fouta-Djalon s'étaient déjà préparés à l'avènement d'une nouvelle tragédie avant que les deux protagonistes ne convergent à Timbo avec leurs griots et leurs guerriers. Les deux armées s'empoignèrent sous le fromager dressé devant la porte ouest de la ville. L'avantage tourna vite au profit de Bôkar Biro. Abandonné par ses partisans, Pâthé réussit à se cacher dans un grenier. Une vieille femme le dénonça contre une mule et un bracelet d'argent.

– C'est bon, admit-il, sois l'almami et moi, le grand frère de l'almami ! Laisse-moi la vie sauve que je puisse au moins adorer Dieu !

Bôkar Biro était au bord des larmes, il décida d'accorder la grâce à son frère. Alpha Ibrahima de Fougoumba s'y opposa de toutes ses forces : « Comment, grand naïf ?... Si tu le gracies, ne compte plus sur mon soutien, menaça-t-il. Quand la panthère est blessée, on l'achève ou l'on se prépare à sa propre mort. »

Alors, Ngâliba, le chef des armées, reçut l'ordre d'exécuter le malheureux avec une balle en or, la seule digne de pénétrer le corps d'un prince du Fouta.

Épouvanté par cet assassinat, le pays se soumit au nouvel almami avec une humilité et une résignation qu'on ne lui avait jamais connues. Cependant, dans les sphères du pouvoir, les craintes et les ressentiments allaient se transformer très vite en rumeurs malsaines et en secrètes conjurations qui allaient miner le Fouta-Djalon et précipiter définitivement sa chute. Il est vrai que le tempérament de Bôkar Biro allait favoriser ce climat néfaste et l'isoler progressivement des relais traditionnels du pouvoir. Son génie fut de s'appuyer sur les jeunes, les gens de condition modeste et les esclaves affranchis ; sa tragédie, sa volonté de démanteler le pouvoir fédéral, si boiteux, si vulnérable devant le péril de l'homme blanc, et d'imposer à sa place un pouvoir fort et centralisé...

Nationaliste intransigeant mais brutal, autoritaire, n'hésitant pas à aller jusqu'au bout de ses décisions les plus incompréhensibles, il s'aliéna très vite la sympathie des chefs de province et suscita de nombreuses inimitiés dans son propre camp. Aussitôt arrivé au pouvoir, il destitua tous les princes *alphaya* et imposa dans la moindre province les candidats *sorya* de son choix, sans respecter les préséances et les hiérarchies. À Labé, par exemple, il imposa brutalement son ami Alpha Yaya au mépris de l'avis fort réticent des anciens de cette ville. À Timbo, outre l'hostilité naturelle des rivaux *alphaya*, il devait affronter la rancœur de ses propres demi-frères surtout celle de Abdoulaye et de Sory Yilîli, qui ne lui pardonneraient jamais l'assassinat de Môdy Pâthé ainsi que les réticences des doyens pour la manière désinvolte avec laquelle il était parvenu au pouvoir. Son autorité ne reposait que sur deux éléments, en vérité : son courage sans limites et le soutien de Alpha Ibrahima de Fougoumba. Mais très vite ce second appui allait se dérober sous ses pieds à la faveur d'une anecdote des plus dérisoires survenue en 1895.

Un notable du village de Kâla, Tierno Hamdjata, possédait dans son *gallé*[1] une jolie concubine du nom de Koumba Djiwal ainsi qu'un cheval qui faisait l'admiration de tous les bons cavaliers du Fouta. Abusant de ses prérogatives de chef de province, Alpha Ibrahima arracha à Tierno Hamdjata et la concubine et

1. Sérail.

le cheval. Celui-ci s'en plaignit à la cour de Timbo. Choqué par tant de désinvolture, Biro mit en demeure le chef de Fougoumba de restituer ses biens au plaignant. Alpha Ibrahima refusa. Bôkar Biro prit alors la décision qui allait le mener à sa perte et ruiner le Fouta-Djalon : il suspendit le coupable de ses fonctions et détacha les districts de Kâla et de Dalaba de Fougoumba pour les rattacher directement à Timbo. Alpha Ibrahima jura de se venger et jeta, dès ce jour, tout son poids et tout son prestige dans le camp ennemi.

Le vieux renard réussit à mettre dans le coup Alpha Yaya, le roi de Labé, et une bonne partie du conseil des Anciens. Il fut décidé d'attirer l'almami dans une embuscade à Bantinguel et de procéder à l'intronisation de son demi-frère et rival, Môdy Abdoulaye, sitôt qu'ils l'auraient éliminé.

L'almami y perdit une grande partie de son escorte mais il réussit à s'échapper et à gagner la province de Timbi-Touni dont le roi, Tierno Maâdiou, lui était resté fidèle. Son fils Môdy Sory, Dôya Malal, son conseiller, Karamoko Dalen, son marabout et Môdy Saïdou, son secrétaire, l'y rejoignirent pour l'aider à monter une armée et préparer la riposte.

Était-ce un hasard ? Beckmann, le tout nouveau commandant français de Dubréka, rôdait dans le coin. Il se fit un plaisir de sauter à cheval et de venir constater par lui-même l'état de désespoir du souverain.

– Je vous offre une colonne de tirailleurs et je vous aide à gagner Timbo et à vous réinstaller sur votre trône, majesté ! proposa-t-il perfidement.

– C'est une affaire entre Peuls, cela ne te regarde pas, Blanc. Je préfère être tué par mes propres parents que de demander le secours d'un inconnu qui ne cherche qu'une chose : terrasser les Peuls et s'accaparer le pays de leurs pères !

Le Français le persuada cependant d'accueillir deux de ses observateurs dans son escorte. Puis il se précipita à Dubréka pour adresser un rapport au gouverneur de Conakry :

> Le Fouta est au bord du chaos. L'occasion est unique pour nous. Il est temps d'arrêter de tergiverser avec les almami et de leur soumettre un ultimatum : nous ne reconnaîtrons le nouvel almami ou nous n'accepterons le retour de l'ancien qu'à la seule condition qu'ils nous autorisent enfin à établir un poste à Timbo. Il faut agir et avoir des troupes prêtes à marcher. On nous pardonnera difficilement cette question du Fouta qui languit depuis des années. Le Commerce est désireux de nous voir profiter des événements pour établir solidement notre autorité dans ce pays[1].

Pressé d'en découdre avec les conjurés, Bôkar Biro quitta aussitôt le Monoma pour rejoindre Timbo avec son impressionnante colonne de guerriers peuls, soussous et de dialonkés.

Informé du mouvement qu'il venait d'amorcer, l'almami Abdoulaye, Alpha Yaya, Alpha Ibrahima et Sory Yilîli lui barrèrent la route dans les falaises de Pétel-Djiga. La bataille fut rude mais largement victorieuse pour lui. Alpha Yaya prit la fuite. Et Alpha Ibrahima de Fougoumba et Sory Yilîli se faufilèrent dans la brousse, déguisés en griots.

Môdy Abdoulaye se réfugia à Nounkolo. Bôkar Biro se chargea lui-même de l'y chercher. Il l'arrêta mais, contre toute attente, le traita avec beaucoup d'égards et le fit conduire sous bonne escorte à Timbo, sans doute pour atténuer l'immense terreur que tous ces sanglants événements avaient semée dans le pays.

1. T. M. Bah, *Histoire du Fouta-Djallon.*

Son prestige rehaussé par cette éclatante victoire, il s'empressa de rétablir son autorité aussi bien à Timbo que dans les provinces dont les chefs furent instamment conduits à lui pour réitérer leur soumission et recueillir son pardon. Seuls Alpha Ibrahima de Fougoumba, Sory Yilîli et Alpha Yaya refusèrent d'obtempérer. Ils se retrouvèrent à Labé où ils prirent la décision qui allait définitivement sceller le destin du Fouta-Djalon : faire appel aux Français pour en finir avec Bôkar Biro.

*

Sory Yilîli prit le chemin de Siguiri où stationnait une compagnie militaire du Soudan français après avoir proféré cette sinistre sentence qui reste aujourd'hui encore collée à son nom comme, dans les temps anciens, le sceau de l'infamie sur le front du criminel : « Si je fais ce que je me prépare à faire, plus personne ne parlera du Fouta-Djalon. » Alpha Ibrahima retourna discrètement dans son fief pour mener campagne contre Bôkar Biro. Car si ce dernier avait bel et bien réussi à reprendre son trône et à rétablir une autorité indiscutable, le pays profond vivait dans la terreur et dans l'incertitude. À Conakry, bien sûr, les Français étaient au courant de cette situation grâce à leurs nombreux espions et aux déclarations de fidélité qui émanaient dorénavant des différents coins du pays.

Bénéficiant désormais du large soutien des chefs de province mais plus que jamais aux aguets, Beckmann demanda et obtint du gouverneur de Conakry l'autorisation de se rendre à Timbo pour exiger de Biro l'installation d'un poste français. Il quitta Dubréka avec une colonne de tirailleurs commandée par un capitaine français du nom de Aumer. Mais à la frontière, il se ravisa, y laissa par prudence les troupes et avança sur

Timbo, accompagné du capitaine Aumer et d'un simple peloton.

Le 18 mars 1896, ce petit monde entra dans Timbo, drapeau tricolore et clairon en tête. Aussitôt reçu par le souverain, Beckmann réitéra sa demande. « Ma réponse est simple, lui dit l'almami. Promène-toi du nord au sud du Fouta. Partout où tu verras un lopin de terre ayant appartenu à ton père, installe-toi et érige ton poste. Sinon, va voir ailleurs ! »

Échaudé par cette réponse, Beckmann se plaignit de la dureté de ton de l'almami. « Beckmann, répondit celui-ci, j'ai vu passer à Timbo de nombreux Français : Hecquart, Lambert, Bayol, Briquelot, Audéoud, Plat, Alby, etc. Aucun n'a fait preuve d'autorité, aucun n'a tiré un coup de feu. Nous avons signé avec vous un traité de commerce, nous nous en tenons à cela. Sache que les Peuls sont fiers, ils résisteront avec la dernière énergie pour conserver leur indépendance. Les Anglais, eux, ne changent jamais leurs traités. Les Peuls ne comprennent pas pourquoi les Français changent tout le temps. »

La guerre était à deux doigts d'éclater dans les rues de Timbo. Excédée, la population fourbit les armes, hurla des injures, jeta des pierres sur l'armée étrangère et brûla le drapeau français. Pour se protéger, Beckmann fit sonner le clairon et tirer des coups de feu en l'air. La situation était explosive, tout pouvait basculer d'un instant à l'autre. Bôkar Biro n'avait rien à y gagner. Il savait que s'il avait vaincu ses ennemis et retrouvé son trône, la situation de son royaume n'était guère brillante. Les Peuls étaient plus que jamais divisés. La méfiance régnait entre le pouvoir central et les provinces, les haines grandissaient entre les familles princières. Inquiets et terrorisés, les gens du commun ne savaient plus à quel saint se vouer. Jamais une invasion étrangère n'avait été aussi propice. Après avoir mûrement réfléchi, Bôkar Biro fit appeler Beckmann et lui signa volontiers son papier.

Satisfaite, la mission se retira le 10 avril 1896. Beckmann rentra à Dubréka et, d'un geste triomphateur, adressa aussitôt au gouverneur de Conakry le précieux document. Celui-ci fut bien étonné quand il le fit traduire. L'almami n'avait pas apposé sa signature en vérité. Il s'était contenté d'annoter ceci au bas de la page :

> *Alhamdou lillâhi*, louange à Dieu, l'Unique ! De la part de l'almami Bôkar Biro fils de l'almami Oumar au gouverneur, salut le plus respectueux. Le but de la présente est de vous informer que nous avons reçu vos envoyés, le commandant Beckmann et le capitaine Aumer. Nous avons bien entendu ce qu'ils ont dit mais nous leur avons fait savoir que nous ne pourrions leur donner une réponse affirmative qu'après avoir vu le gouverneur et le gouverneur général et qu'après entente avec tous les notables du pays et qu'alors seulement tout ce qui serait décidé serait mis à exécution. *Salut à celui qui suit le sentier droit !*[1]

Le 18 mai, le gouverneur général, après avoir pris connaissance de la vraie teneur du document, écrivit ceci à Conakry :

> Vous verrez que c'est plutôt une réserve formelle ou un ajournement qu'un assentiment. Je pense avec vous et je l'ai écrit au Ministre qu'en novembre prochain il en faudra finir avec tous ces atermoiements et la duplicité de Bôkar Biro qui ne craint pas de faire publier partout au Soudan et en Casamance qu'il se refuse à signer tout traité et qu'il nous a forcés à nous retirer de Timbo[2].

1. *Ibid.*
2. *Ibid.*

C'est dans cette atmosphère surchauffée, toute de périls et de craintes, de violentes haines et de sombres machinations que mourut l'almami, Amadou, précipitant le camp *alphaya* lui aussi dans le chaos et dans la tourmente et ajoutant à l'invraisemblable cacophonie qui secouait le pays. Son fils alpha Oumar et son neveu Oumar Bademba sortirent les couteaux pour se chipoter sa succession à la tête des *alphaya*. Avec sa coutumière spontanéité, sa franchise âpre et son sens très rudimentaire de la diplomatie, Bôkar Biro prit fait et cause pour Alpha Oumar jusqu'à lui donner une résidence à Timbo et l'enrôler dans sa cour.

Oumar Bademba en fut profondément ulcéré. Il prit cela comme une monstrueuse injustice et décida de se venger de Bôkar Biro en rejoignant ses ennemis. Renforcés par ce soutien inattendu, les conjurés décidèrent d'en finir et se répartirent les rôles. Pendant que Sory Yilîli arrivait à Siguiri, Oumar Bademba se tourna vers Beckmann, le très goulu, le très retors, le très impatient administrateur de Dubréka. Beckmann qui n'en demandait pas tant multiplia les contacts avec les notables à travers son fidèle interprète, David Lawrence, excitant l'animosité des plus hostiles, noyant de promesses et de cadeaux les plus tièdes. Parallèlement, il harcela le gouverneur de Conakry pour le pousser à donner enfin l'ordre d'occuper le Fouta. Les Français n'avaient plus à s'embarrasser de scrupules. Les chefs les plus prestigieux du pays les incitaient à le faire. Voici, par exemple, la lettre que, quelques jours plus tôt, le gouvernement Ballay avait reçue de Alpha Yaya :

> Je remercie Dieu, Dieu le Grand, le seul Dieu, le Miséricordieux, et Mohamed, son prophète. Cette lettre est écrite par Alpha Yaya, fils d'Alpha Ibrahima, pour s'informer des nouvelles du gouverneur et tous les notables de Labé s'associent à moi à cet effet. C'est

bien grâce à vous que je suis en ce moment tranquille et jouissant d'une bonne santé. Je suis, jour et nuit, avec tous mes sujets à votre disposition. Vous êtes le seul maître absolu de mon pays et nous sommes tous entre vos mains. L'almami Bôkar Biro m'envoya dernièrement, par un messager, l'ordre de le rejoindre. Mais je lui ai répondu que dorénavant, il me laisse tranquille, que mon chef actuel se trouve à Conakry. J'apprends que Bôkar Biro a l'intention d'assembler ses partisans dans le Fouta pour essayer de m'enlever le pouvoir de Labé. Je me mets entièrement entre vos mains, ainsi que tout ce que je possède. Mais il faut que vous m'assistiez pour que j'aie l'autorité suffisante pour commander tous les pays qui m'appartiennent : Labé, Niokolo-Koba, Valendé, Voyokadi, Baguicé, Kabado, Kamoro, Vabica, Koula, Samboula, Kantora, Diamar, Firdou et autres, etc. Moi, Alpha Yaya, je vous donne tous ces pays dont je suis maître en ce moment, avec toute ma famille et mes sujets[1].

Bôkar Biro était au courant de ce qui se tramait contre lui mais il ne bougea pas de Timbo. Il resta dans son palais comme un animal en cage, fustigeant la trahison des siens, maudissant l'arrogance des Français. Il fit exécuter tous les notables de Timbo qui leur étaient favorables. Il attacha au poteau les ambassadeurs de Beckmann. Au tout dernier moment, son frère Aliou apparut à l'improviste et le dissuada de les fusiller.

*

Beckmann reçut Oumar Bademba et exulta de jouir enfin, et à si peu de frais, d'une aussi inestimable caution. Il ne lui manquait plus que l'ordre officiel du gouverneur Ballay pour marcher sur Timbo. Il dut

1. *Ibid.* (fraction inédite).

patienter encore un peu car celui-ci se trouvait à Saint-Louis, où il assurait l'intérim du gouverneur général, parti en cure en Auvergne. À la mi-octobre, il reçut enfin l'autorisation tant attendue. Le 25, guidé par Oumar Bademba, il quitta Songhoya avec une colonne de tirailleurs commandée par le capitaine Aumer. Le 3 novembre, il entra dans Timbo. L'almami était absent. Au même moment, partait de Siguiri une autre colonne de tirailleurs commandée par le capitaine Piess et guidée par Sory Yilîli. Avant d'entrer dans Timbo, celle-ci occupa Sokotoro et confisqua tous les biens de l'almami. Face aux troupes rassemblées devant le palais, Beckmann fit lever le drapeau tricolore et annoncer officiellement la prise de Timbo et son inscription sur la liste des possessions françaises d'Afrique. Il expédia aussitôt par Kankan ce télégramme de satisfaction au gouverneur général de Saint-Louis :

ADMINISTRATEUR BECKMANN À GOUVERNEUR SAINT-LOUIS PAR KANKAN. TRÈS URGENT. SOMMES ARRIVÉS TIMBO 3 NOVEMBRE PELOTON AUMER ET MULLER. VILLE ÉVACUÉE. PAS DE RÉSISTANCE. PELOTON SPIESS ARRIVÉ PREMIER SOKOTORO A PRIS POSSESSION TOUS BIENS BÔCAR BIRO QUI SERAIT PRÈS DE FOUGOUMBA ET DISPOSÉ D'APRÈS RENSEIGNEMENTS VAGUES À MARCHER SUR TIMBO. SPIESS REJOINT TIMBO LE 3 LAISSANT POSTE SOKOTORO POUR GARDER SEUL LE PASSAGE BAFING ROUTE KOUROUSSA FARANAH. ALPHA IBRAHIMA FOUGOUMBA ADVERSAIRE BÔCAR BIRO ENTRE LE 6 À TIMBO AVEC NOMBREUX GUERRIERS. N'AI PU AVISER CONAKRY[1].

Comme prévu, le 6 novembre, Alpha Ibrahima de Fougoumba rentra à Timbo avec de nombreux guerriers et monta sur une estrade pour annoncer la nouvelle ère : « Prions Dieu et résignons-nous à sa nouvelle

1. *Ibid.*

volonté, parents ! Dieu donne la couleur qu'il veut aux jours sortis de ses moules. Hier le Noir, aujourd'hui, le Blanc ! Au tout début les Coniaguis ! Après les Coniaguis, les Bagas, après les Bagas, les Nalous, après les Nalous, les Soussous, après les Soussous, les Mandingues, après les Mandingues, les Peuls, après les Peuls, les Français et après la fin du monde ! Alors viendra le jour du Jugement dernier quand sonnera le clairon du bon Dieu, celui qui est supérieur à tous les autres… » Le hasard voulut que, juste à ce moment-là, le clairon se fît entendre du côté de la plaine où campait la troupe française. Beckmann foudroya l'assistance de son regard d'oiseau de proie et ricana : « D'ici là, c'est notre clairon à nous qui gouverne. Qu'on se le tienne pour dit ! »

*

Le télégramme de Beckmann disait vrai : l'almami était absent de Timbo. Seulement, il n'était pas à Fougoumba mais quelque part dans la province de Labé. Plus que toutes les autres, la trahison de son ami Alpha Yaya l'avait profondément ulcéré. En dépit des nombreux problèmes qui l'assaillaient, cette forfaiture prenait le pas sur tout le reste. Cet homme lui devait tout. C'est lui qui l'avait sorti de son trou de Kâdé, réhabilité de ses nombreux crimes de jeunesse et imposé à la tête de la plus puissante province du pays au détriment de ses autres frères et malgré la farouche hostilité de la plupart des notables. Il devait éliminer le traître ! Il imagina donc un subterfuge. Il fit annoncer dans tout le Fouta son intention de se rendre en pèlerinage sur la tombe de son père à Dombiyâdji, dans le Badiar, ce qui devait obligatoirement le faire passer par Labé. Par l'intermédiaire du roi de cette province, il fixa un rendez-vous à Alpha Yaya à Timbi-Touni pour qu'il l'accompagne. Doutant des bonnes intentions de l'almami, Alpha Yaya s'avança jusqu'à Sanion à la frontière du Labé et du Timbi-Touni avec une puissante armée prête à le défendre s'il était attaqué. Le 8 novembre, sur la route de Timbi-Touni, Bôkar Biro fit une halte à Bambéto où la nuit l'avait surpris et en profita pour peaufiner les détails de l'exécution de son plan. Le 9 au matin, un messager de sa mère vint lui annoncer l'occupation de Timbo. Il décida aussitôt de rebrousser chemin et de marcher sur sa capitale pour déloger les envahisseurs.

– Père, lui dit Môdy Sory, réfléchis à deux fois avant d'affronter les Blancs, leurs armes sortent tout droit de l'enfer et leur traîtrise dépasse l'entendement. Les rois les plus illustres se sont brisés contre ces démons. Regarde ce qu'est devenu le grand El Hadj Omar, imagine la détresse de son fils Amadou aujourd'hui obligé de s'enfuir chez nos parents du Sokoto ! Ton ami Samory ne manque ni de bravoure ni de génie, n'empêche, à l'heure où je parle, il est confiné à la lisière de la jungle sans armes et sans provisions, condamné à pester de rage comme un buffle tombé dans les rets. Les Blancs sont nombreux, père, et nous, nous sommes seuls. Le Fouta nous a abandonnés !

– Si tu as peur, dis-le-moi, tonna le grand lion, je m'adresserai aux bâtards et aux esclaves !

– Dans mes veines, coule ton sang, c'est un sang qui ne connaît pas la peur. Voici, il y a peu, ce que je disais à Beckmann : « Le jour où les Français rentreront dans le Fouta, je serai la victime du devoir, ce jour-là. » Aujourd'hui, je n'ai aucune raison de changer d'avis. Je mettrai mon pied là où tu auras mis le tien. Je me battrai à tes côtés comme, jeune, tu l'as fait aux côtés de mon grand-père, l'almami Oumar. Si je ne peux pas vaincre, je me battrai pour mourir. Je suis prince du

Fouta. Jamais un prince du Fouta ne fera la corvée des Blancs !

– C'est ce que je voulais entendre…

Il se tut quelques instants puis se tourna brusquement vers ses autres compagnons.

– Et vous ?

– Notre devoir est d'être aux côtés de l'almami sous la fraîcheur comme sous le crépitement des balles, répondit Tierno Abdoul Wahhâbi, le président du conseil des Anciens.

– Vous avez vu mon cou ? C'est ce qu'ils veulent. Soit ! Je le leur offre. Mais je vois d'ici la triste lumière du lendemain de ma mort. Un océan de malheurs submergera le Fouta, ce jour-là. La femme peule sera dénudée et battue. L'homme peul baissera le front pour supporter le fardeau de l'homme blanc… Ah, *monné*, cet insupportable goût d'aloès qui châtie mon palais, cette cruelle amertume d'avoir été trahi par les miens ! Ils en paieront les conséquences pour les siècles à venir. Le turban que je porte, ce n'est pas à eux que je le dois. Je suis almami par la volonté de Dieu. C'est moi l'almami du Fouta. L'almami ne se révoque pas. L'almami règne ou meurt.

– Maintenant allons à Timbo, ô mon père ! Préparons-nous au grand sacrifice, mourons pour la terre de nos pères ! Pour ma part, dès cet instant, je remets à mes épouses leurs camisoles de deuil.

Avant de partir en guerre, l'almami se devait de convoquer les notables du pays. Bôkar Biro savait que, cette fois-ci, personne ne viendrait. Il sacrifia au rite malgré tout comme si les gens étaient restés les mêmes, comme si la vie sentait pareil qu'avant… Alpha Yaya, qui se pavanait à quelques encablures de là, ne daigna pas recevoir le messager. Avec une soixantaine de partisans, l'almami Bôkar Biro prit le départ pour Timbo. De son côté, Beckmann, qui le croyait à Fougoumba, avait mis en branle ses troupes vers lui. La rencontre eut lieu à Porédaka, au petit matin du 14 novembre 1896.

L'armée française était escortée par Sory Yilîli qui, à la vue des rangs clairsemés de Bôkar Biro, indiqua à distance les têtes à abattre. La première décharge s'abattit sur le prince Môdy Sory qui tomba inanimé. Armés de fusils artisanaux et peu nombreux, les survivants continuèrent cependant à affronter les tirs des canons et des mousquetons. Cinquante d'entre eux tombèrent sans penser un seul instant à s'enfuir. Sory Yilîli qui savait que les balles ne pouvaient pénétrer le corps de l'almami suggéra d'abattre sa monture. L'animal se cabra et retomba sur la jambe de l'almami. Celui-ci réussit à se dégager du champ de bataille et à s'engouffrer dans la forêt-galerie d'une rivière voisine, malgré sa fracture. Il s'y cacha dans un fourré. On le chercha jusqu'à ce que Sory Yilîli intervienne auprès de Beckmann : « Inutile de perdre notre temps. La forêt est trop épaisse et l'endroit est truffé de gouffres et de grottes. Son intention est de rejoindre Nafaya, dans le Tinkisso, où il dispose de nombreux guerriers en réserve et d'une quantité impressionnante de fusils et de munitions. Ce qu'il faut, c'est couper toutes les routes menant vers Nafaya. S'il y arrive avant nous, je crains que nous ayons à le payer. »

Profitant de la nuit, Bôkar Biro claudiqua à travers la brousse, se nourrissant de racines et de baies sauvages. Épuisé par sa blessure qui commençait à enfler et à puruler, il s'effondra près du village de Bôtôré et fut recueilli par un forgeron du nom de Sâdou Bilima Kanté qui le soigna et le cacha dans son grenier. Le lendemain, Môdy Amadou, le frère de Oumar Bademba, débarqua dans le village avec un groupe de soldats : « Je sais que le fugitif Bôkar Biro est ici parmi vous. De deux choses, l'une : ou vous me le rendez ou je vous enferme chacun dans sa case et je mets le feu dessus. » Terrorisés, les habitants finirent par avouer et indiquer la case du forgeron. On trouva Bôkar Biro en train de manger du manioc que venait de lui préparer son hôte. Il sortit aussitôt son fusil et tira mais il fut vite maîtrisé et abattu. Môdy Amadou coupa sa tête et la transporta à Timbo. Ligotée comme un fagot de bois, Néné Diâriou, la mère de l'almami, fut contrainte de la porter sur la sienne pour traverser tout Timbo et de la présenter à Beckmann. Pour bien prouver que Bôkar était fini et bien fini, on l'obligea ensuite à faire de même à Conakry, devant le gouverneur Ballay.

Les partisans et proches parents de l'almami furent exécutés. Ses trois plus jeunes fils – l'aîné n'avait pas encore quinze ans – réussirent à s'échapper au Soudan français où ils se fondirent parmi les Bambaras.

C'est ainsi que finit le royaume du Fouta-Djalon.

Ta bâtarde de race ploya, trembla un bon coup et se ressaisit. Elle jeta un œil humide sur sa terre soumise et humble et sur les guêtres de l'occupant, puis, invoquant la fatalité, décida de se faire une raison. Ce n'était pas la première fois qu'elle s'inclinait, après tout, sous les coups de boutoir de l'inimitié et de la guigne ! Si Allah lui avait envoyé ça, c'est que Allah avait ses raisons. Elle songea à ses traces obscures et à ses poussiéreuses mythologies, à ses dieux perdus et à ses improbables origines, à ses déplorables conquêtes et à ses dynasties aux destinées plus shakespeariennes les unes que les autres. Tout cela lui paraissait soudain si loin, si futile, si étranger, si incompréhensible ! Elle se frotta les yeux et supputa longuement sur les aléas de l'Histoire et le cirque de l'existence.

Elle se dit qu'il n'était peut-être pas plus mal de changer de saisons et de maîtres. Les choses devaient bien un jour s'arrêter à force de reproduire tout le temps les mêmes soleils et les mêmes pluies, de réveiller dans les bouches ce goût suranné de fatigue et de mort que l'on s'efforçait depuis longtemps de repousser et d'oublier. Maintenant que l'incendie avait cessé, l'on devait apprendre à survivre sous le poids des eaux qui avaient servi à l'éteindre. À chaque époque, sa façon. L'on avait vu passer la monnaie en cauris et les prières dans les grottes, la mode du port des tresses et les habits en peaux de bêtes, l'on avait vu finir les razzias et les grands exodes, les feux de volcan et les temps des grandes secousses, les chutes spectaculaires des comètes et les apparitions de Koumène. Et maintenant, c'était la fin des Peuls.

Elle se dit que puisque son monde à elle s'était définitivement évanoui, elle devait se préparer à l'ébauche du nouveau, celui de la Guinée française. Conakry devait compter alors deux mille âmes tout au plus, outre les prélats et le gouverneur, les soldats, les métis et les tirailleurs, essentiellement des indigènes plus amusés que terrorisés, plus ahuris que soumis devant le nouvel ordre des choses. La seule épicerie du coin servait aussi de banque, de poste et de guichet pour les billets de bateau. Une route boueuse reliait le port au palais du gouverneur et quelques sentiers larges de deux coudées serpentaient hasardeusement entre les amas de détritus où s'abattaient les vautours, les rares pavillons coloniaux et les cases en forme de meules où s'entassaient les Nègres. Il y avait une seule boulangerie et pas encore de prison. Au début, on s'était contenté d'enchaîner les voleurs et les insoumis aux arbres tout au long des rues, puis on les avait distribués ici et là : un groupe pour le port, un autre pour la léproserie ou pour les dépendances du palais. Puis on avait pensé aux casemates de la garnison où les tirailleurs souffraient inutilement de mycoses et les munitions d'humidité. C'était un sous-sol d'étroites pièces à la géométrie quelconque, rangées le long d'un couloir où le lichen noircissait les murs, où les égouts et les eaux de mer ruisselaient de partout. « Par le figuier et l'olivier ! Et par le mont Sinaï ! Et par cette cité sûre ! Nous avons certes créé l'Homme et dans la forme la plus parfaite. » La nuit, l'on entendait les pas des gardes, le cliquetis de leurs armes, les hurlements des hyènes et des chiens, les bruits épouvantables des prisonniers devenus fous. « Ensuite nous l'avons ramené au niveau le plus bas, sauf ceux qui croient et accomplissent les bonnes œuvres. » Des numéros avaient été hâtivement inscrits à la craie bleue et sans aucun ordre sur les portes de tôle gondolée. « Ceux-là auront une récompense jamais interrompue. » Tout au fond du couloir, là où les murs avaient été directement taillés dans la roche, se trouvait le numéro 12. « Après cela, qu'est-ce qui te fait traiter la rétribution de mensonge ? Allah n'est-il pas le plus sage des juges ? » C'est de là, du numéro 12, que provenaient les prières. Ils étaient quatre dans cette pièce mal éclairée par la lumière blafarde d'un étroit soupirail et accompagnaient les versets que déclamait celui qui avait l'air le plus jeune, en remuant la tête. Puis celui qui avait une écharpe au cou s'arrêta de bouger et dit :

– Nous sortirons d'ici, nous retournerons chez nous, au Fouta-Djalon ! Mettez vos mains sur le cœur, jurez-le tous !

Ils jurèrent et l'homme à l'écharpe reprit :

– «Tout ce qui est dans les cieux et la terre glorifie Allah. Et c'est Lui, le Puissant, le Sage. »

Les gardes étaient brutaux et cyniques mais ils étaient leurs seuls liens avec l'extérieur et le tas de grains de riz que Bôry entretenait dans un coin de la pièce, la seule chose qui les reliait au temps. Avec les gardes et avec ce calendrier, ils pouvaient sans peine reconstituer les événements en suivant le cours du temps.

Un jour, Bôry scruta longuement son tas de grains de riz et dit :

– Il y a deux cent quatre-vingt-dix-sept jours que nous sommes ici et exactement deux cents jours que Néné Diâriou, la mère de l'almami, a été libérée. La pauvre, elle n'a pas eu le courage de revoir Timbo. Elle est allée directement enfouir son chagrin à Sira-Kouma, son village natal.

Une autre fois, de retour de l'infirmerie, il s'affala sur sa paillasse et se tourna vers le mur pour ne pas montrer ses larmes.

– La pauvre, elle est morte la semaine dernière. Porter la tête de son fils de Timbo à Conakry, aucune mère ne pouvait longtemps survivre à cela !

Le trois cent soixante-dix-huitième jour, il annonça, bouillant de colère :

– Tierno Ibrahima Dalen, le marabout de l'almami, a réussi à se faire libérer… Vous ne me demandez pas ce qu'il est devenu ?… Interprète de peul et d'arabe auprès du gouverneur Ballay ! Ah, si Bôkar Biro avait su ça !

Au quatre cent soixantième jour, on ouvrit la porte en pleine nuit et on poussa dans la salle un groupe de voleurs de bœufs. Le gardien alluma un mégot de cigarette, lança quelques mauvaises blagues et crut devoir s'excuser tout en éclairant le visage des brigands avec sa torche de paille :

– Vous allez devoir vous serrer, il n'y a plus de place ailleurs.

– Dites-le aux grenouilles et aux rats, ce sont eux qui occupent le plus de place ici, ricana celui qui s'appelait Alpha.

– Nous sommes les compagnons de l'almami. On n'a pas à nous mêler aux voleurs de bœufs ! protesta vainement Dôya Malal.

Le lendemain, l'on profita de la lumière de l'aube pour scruter les nouveaux arrivants. Ils étaient au nombre de trois. L'un avait perdu son pied droit et le plus jeune portait une balafre à la joue. Ils avaient des tignasses de troubadours, sentaient la chique et les lianes de brousse et portaient tous des traces de coups.

– Ce sont les gardes, ça ? demanda Alpha qui pensait naïvement que l'on pouvait être taquin en n'importe quel endroit du monde.

– Que ce soient les gardes ou les fantômes venus de la mer, cela ne regarde que nous ! grogna le plus gros, celui qui portait des boucles d'oreilles et un bracelet au poignet.

– Pardonnez, parents ! Ce n'est pas pour vous vexer, juste pour vous parler un peu. Nous sommes appelés à vivre ensemble pour un bon moment, nous devons forcément nous parler.

Ils restèrent de marbre tous les trois, à raidir le cou, à se ronger les ongles, à regarder d'un commun mouvement les toiles d'araignée du soupirail. Cela ne découragea pas Alpha qui prit une voix plus douce, pensant que cela les rendrait plus affables :

– Moi, je m'appelle Alpha. Les autres s'appellent Bôry, Djibi et Dôya Malal. Comme je l'ai dit tout à l'heure, nous sommes les derniers compagnons de l'almami. Maintenant, vous savez qui nous sommes. Vous pouvez nous dire vos noms si vous le voulez, sinon…

Il voulait dire « sinon ça ne fait rien » mais sa phrase resta en suspens un bon nombre de minutes puis le plus jeune, celui qui avait une balafre à la joue, murmura :

– Moi aussi, je m'appelle Dôya Malal. Descendre jusqu'au fond de l'enfer et y trouver un homonyme, c'est vraiment ce qu'on appelle le hasard !

– Dis-moi, homonyme, serais-tu de Timbo, toi aussi ?

– Non, je n'ai rien à voir avec les almami.

– De Labé ?… De Timbi Madina ?… De Koïn ?… Alors je ne peux pas deviner, je n'ai jamais été plus loin que ça.

– Ça nous aiderait tous si tu arrivais à lui faire dire d'où il vient, fit le gros.

476

– Parce que vous ne le connaissez pas non plus ? s'étonna Dôya Malal.

– Dans notre métier, on n'a pas besoin de ça, savoir d'où l'on vient. Chez nous, moins vous parlez et plus on vous prend au sérieux.

– Comment faites-vous pour vous nommer ?

– Chacun vient avec son sobriquet en même temps que ses lassos et ses armes.

– Vous vous êtes bien rencontrés quelque part ? s'amusa Alpha.

– Ah ça, oui ! Mais pas au Fouta-Djalon !

– Nous ne connaissons pas le Fouta-Djalon, nous n'y avons jamais mis les pieds ! s'énerva le jeune homme à la balafre.

– Si vous n'êtes pas du Fouta-Djalon, d'où pouvez-vous être ? se hasarda Djibi.

– Regardez du côté de la Gambie ! Nous ne sommes pas du même village, mais ce qui est sûr, c'est que nous venons tous de la vallée de la Gambie.

– C'est en Gambie qu'ils auraient été vous chercher ?

– Non, rigola le gros, ce serait plutôt nous qui serions venus à eux… Nous flânions du côté du Bôwé, vous comprenez, et puis nous nous sommes laissés tenter par les beaux cheptels de Boké. C'est là que nous nous sommes fait prendre, il y a trois mois de cela.

– On nous a jugés le mois dernier, expliqua le jeune homme à la balafre.

– Et vous en avez pris pour combien ?

– Pour toujours, pardi ! s'esclaffa l'unijambiste.

– C'est dans l'île de Fotoba que nous finirons nos jours, reprit le balafré. Ici, nous ne faisons que passer. Le temps qu'ils aient fini la prison souterraine qu'ils sont en train de creuser là-bas dans la roche ! Vous, vous serez bientôt libres, les gardes nous l'ont dit. Normal : vous, on vous a pris en train de vous battre contre les Blancs ; nous, en train de voler des bœufs.

C'est cette semaine-là que commença la pluie. Il se mit à tomber une bruine régulière et douce qui ajoutait au désarroi et à la lassitude et poussait à méditer ou à somnoler. Mais cela dura des semaines, des mois, des années peut-être. Ce qui fait que très vite, les fossés se remplirent et les puits débordèrent ; des terrasses et des murs s'effondrèrent, des gamins et des chiens se noyèrent, emportés par les eaux de ruissellement. Apitoyés, les gardiens distribuèrent des hamacs et des sacs de sable. Cela ne changea pas grand-chose. Cela ne pouvait changer grand-chose. Au numéro 12, on s'était, il y a bien longtemps, habitué à la chaleur et à l'humidité, à l'ankylose et à la crasse, au bannissement et aux rats.

Au trois cent quatre-vingt-quinzième jour, Bôry apporta d'autres nouvelles fraîches.

– Môdy Saïdou, le secrétaire de l'almami, a été libéré il y a plus de six mois. Mais les Blancs lui ont interdit de retourner au Fouta-Djalon.

La vie s'écoula ainsi dorénavant au rythme de la pluie, par la grâce de la pluie, dans la mélodie même de la pluie ; inscrite dans la pluie, détachée du temps. Et c'était comme si les paroles insensées des hommes, le frôlement des souris contre les parois des murs, les bruits des brodequins et des portes, provenaient des trombes, s'égouttaient des toitures et des palmiers, ruisselaient des tuyauteries et des murs.

– Môdy Saïdou et ses gens se sont installés à l'entrée de la ville, ils ont bâti un nouveau quartier. Ce quartier s'appelle Dixinn.

Ça, c'était au quatre cent vingtième jour ou au cinq centième. Car les dates aussi provenaient de la pluie comme les soupirs, les bâillements, les ronflements bestiaux, les quintes de toux, les mauvaises idées et les élans de cœur. Même les résidus de la mémoire et le refoulement des envies !

Au cinq cent vingtième jour, Bôry recompta ses grains de riz et dit :

– Le Blanc a nommé Sory Yilîli l'almami des *sorya* et Oumar Bademba, celui des *alphaya*.

Les bateaux arrivaient malgré la pluie. On entendait leurs moteurs gronder et le son lugubre de leurs sirènes faire vibrer les murs.

– Les trois fils cadets de l'almami se sont enfuis vers Kayes pour échapper au carnage. Oh, malheur, ils vont devenir des Bambaras !

Maintenant l'odeur âcre du charbon provenait de là-haut, non plus de l'autre côté du couloir, à croire qu'ils avaient monté les cuisines dans les bureaux pour pouvoir faire du feu.

– Si l'almami avait réussi à atteindre Nafaya, les choses ne se seraient pas passées ainsi. C'est à Nafaya que l'attendaient ses guerriers et ses armes… Maintenant la question est de savoir si l'année prochaine, les Blancs seront encore là.

Puis un beau jour, le jeune homme à la balafre s'approcha de Dôya Malal.

– Tiens, prends ça, homonyme ! lui dit-il.

– Qu'est-ce que c'est ?

– Regarde toi-même et dis-moi ce que c'est !

– C'est un bijou !… Ou alors un gri-gri !

– Garde-le ! Là où je vais, je n'en aurai pas besoin. À Fotoba, on n'a besoin que de son corps pour pourrir debout sur ses deux jambes et mourir.

Dôya Malal projeta l'objet d'une main à l'autre, le scruta longuement et demanda :

– Tu ne veux pas me dire ce que c'est ?

– À vrai dire, je ne le sais pas moi-même.

À cause de l'eau, on arrêta les génuflexions et on se contenta de prier dans la tête. C'était écrit : après les Coniaguis, les Bagas puis les Nalous, puis les Soussous, puis les Mandingues, puis les Peuls puis les Français. Après les Français, la fin du monde !…

— Dis-moi, homonyme, tu l'as ramassé dans une grange ou bien c'est là-bas, dans le Bôwé, que tu l'as arraché à une de tes victimes ?

— C'est mon père qui me l'a donné. Il l'a lui-même reçu de son père. Cet objet appartenait à un de mes ancêtres du Fouta-Tôro. Si j'en crois les griots, il serait le premier Noir à avoir planté de la tomate et du maïs dans les pays des trois fleuves. Mais à quoi pouvait bien servir cet objet ? Je n'en sais rien. Même si j'avoue que, jusqu'ici, il m'a plutôt porté chance. Enfin, jusqu'à il y a trois mois…

— Il t'a laissé là un drôle d'héritage, homonyme !

Il regarda de nouveau l'objet puis le porta à son cou.

— Il te va très bien, homonyme !

— Alors, pour moi, ce sera un bijou. Pas un talisman !

— Garde-le ou vends-le aux Blancs. En Gambie, les Anglais offrent mille cauris pour une poterie, trois mille pour un masque.

C'était l'hexagramme de coralline.

Djibi, Alpha et Bôry décidèrent de gagner la Sierra Leone. Dôya Malal, lui, allez savoir pourquoi, choisit de rester ici dans l'air hydrique de Conakry, sur sa terre spongieuse cernée par la mer, noyée sous les eaux.

« Ah, si cette pluie pouvait cesser, que je puisse mourir en paix ! »

Il trouva un guide pour Dixinn, il le suivit en serrant dans sa main son hexagramme de coralline.

Il avança dans les eaux de ruissellement sans faire attention aux grenouilles et aux cadavres de chiens. Quelque part, il se sépara de Djibi, Alpha et Bôry qui prirent le chemin du port où un bateau viendrait un jour les porter vers les mangroves de Sierra Leone.

« Ah, si cette pluie pouvait cesser, que je puisse mourir en paix ! »

*

Il quitta l'île de Tombo en pirogue et traversa un long no man's land de palmiers et d'épiniers enserré par la mer. Il déboucha sur une petite bourgade et quelqu'un lui dit que c'était Dixinn. Un îlot d'habitations au milieu des bambous. Les paillotes et les maisonnettes en tôle étaient si récentes qu'elles n'avaient pas encore reçu leur première couche de peinture. Un gamin vint à sa rencontre, se saisit de son *sassa* et de ses hardes. Môdy Saïdou l'attendait dans une pièce, assis sur une natte près d'une caisse vide de savons de Marseille où étaient posés son chapeau, ses lanières et sa couverture. Il lui offrit un bain et lui servit à manger. Le gamin se montra de nouveau et le conduisit dans une maisonnette à persiennes isolée sous les bambous. Il foula son perron à deux marches, passa sa porte à double battant et décida de ne plus en sortir. Il s'étala sur les nattes et écouta la musique des grillons, des grenouilles et des frelons.

Le lendemain, une femme soussou lui présenta une écuelle de riz avec de l'huile de palme, du *soumbara* et du gombo.

– Le prince Alpha Oumar qui s'était réfugié chez Tierno Ndâma s'est rendu aux Blancs ! Mais ne vous en faites pas, vous retournerez tous au Fouta ! Le chemin appartient à Dieu, le chemin n'appartient pas au Blanc ! Tu entends, le Peul ?…

Prenez garde, vraiment l'homme devient rebelle,
dès qu'il estime qu'il peut se suffire à lui-même
 (à cause de sa richesse)
mais c'est vers ton seigneur qu'est le retour…

« Ah, si cette pluie pouvait cesser, que je puisse mourir en paix ! »

La pluie cessa un vendredi matin.

L'après-midi, la femme soussou lui apporta son repas.

– Hier, en balayant sous ton lit, j'ai ramassé quelque chose… Tu me le donnes ?… Pourquoi tu ne réponds pas ?… Si tu ne dis rien, cela veut dire que tu me le donnes… Est-ce que tu m'entends, le Peul ?… Le Peul, il n'entend plus, fit-elle pour elle-même avant de se glisser au-dehors.

Il mangea de bon appétit en regardant à travers les persiennes la tache lumineuse du soir ainsi que la plaie purulente de grisaille et de pourpre que le soleil creusait dans les sphères de l'ouest. Il écouta les battements d'ailes des charognards sur la toiture de tôle, puis la musique des frelons et les longs coassements des grenouilles.

Sur la même peau de chèvre où il venait de prier, il s'étala de tout son long, la tête tournée vers La Mecque.

Il éternua trois fois et mourut.

ÉPILOGUE

Dans un premier temps, devenu résident français à Timbo, Beckmann décida de faire respecter la Constitution du Fouta-Djalon : Oumar Bademba pour les *alphaya* et Sory Yilîli pour les *sorya* devant alterner au pouvoir tous les deux ans. Alpha Yaya fut désigné roi du Labé et du Gâbou et Alpha Ibrahima fut maintenu à la tête de la province de Fougoumba.

Lorsqu'il succéda à Oumar Bademba, vers la fin de 1897, Sory Yilîli entreprit une sanglante répression contre les derniers survivants de la famille et des partisans de Bôkar Biro. Ceux-ci, pour se venger, lui tendirent une embuscade et l'exécutèrent sans sommation.

Oumar Bademba, quant à lui, regretta amèrement d'avoir fait appel aux Français. Pris de remords, il consacra le reste de sa vie à jeûner, de 1897 à 1926, date de sa mort. En 1898, il adressa une lettre à Samory pour lui demander de l'aider à se débarrasser des Français. Mais celui-ci fut arrêté la même année et les Français découvrirent la fameuse lettre dans ses documents. Il fut immédiatement destitué de ses fonctions. Le traité de protectorat fut annulé et le Fouta-Djalon placé directement sous l'autorité du gouverneur de la Guinée française. Le règne des almami continuera formellement, cependant, jusqu'en 1957, quand l'Assemblée territoriale de la Guinée française supprimera définitivement la chefferie traditionnelle.

Accusé d'avoir détourné à son profit le considérable cheptel et les quinze kilos d'or laissés par Bôkar Biro, Beckmann fut destitué à son tour et rapatrié de force en France dans des conditions particulièrement dégradantes.

Déporté au Gabon en 1898, Samory Touré y décédera en 1900.

Capturé puis extradé à Conakry sur ordre du gouverneur, le wâli de Gomba sera condamné à mort en 1911 et mourra d'épuisement dans sa cellule en 1912.

Tierno Ndâma sera déporté à Louango, au Congo, en 1901 où il s'éteindra l'année suivante. Sa tombe a été découverte en 1992 par le chercheur guinéen El Hadj Maladho Diallo. Il est question de rapatrier ses restes en Guinée.

Pris de remords, à son tour, et excédé par les exactions des nouveaux maîtres, Alpha Yaya entra en dissidence et organisa un vaste mouvement de résistance. Arrêté en 1905, il fut déporté dans un premier temps au Dahomey puis à Port-Étienne (Mauritanie) où il s'éteindra en 1912. C'est son hymne qui a donné l'hymne national de la République de Guinée. Lui et Samory Touré sont les deux héros officiels de ce pays. Leurs restes ont été rapatriés en 1968.

Bôkar Biro Barry, lui, n'est toujours pas héros national !

Annexes

Bibliographie

Amadou Hampâté Bâ, « La Genèse de l'homme selon la tradition peule » et « De la culture des Peuls du Mali », revue *Abbia*, nᵒˢ 14-15, 1966.

Amadou Hampâté Bâ, Jacques Daget, *L'Empire peul du Mâcina*, Les Nouvelles Éditions africaines, Abidjan, 1984.

Abdourrahamane Bâ, *Le Tékrour, des origines à la conquête par le Mali (VIᵉ-XIIIᵉ siècle)*, thèse de doctorat, Paris VII, Jussieu, 1984.

Oumar Bâ, *Le Foûta Tôro au carrefour des cultures*, L'Harmattan, Paris, 1977.

Thierno Mamadou Bah, *Histoire du Fouta-Djallon*, édité en partie par SAEC, BP 555, Conakry, 1998.

Boubacar Barry, *La Sénégambie du XVᵉ au XIXᵉ siècle*, L'Harmattan, Paris, 1988.

Henri Bocquené, *Moi, un Mbororo*, Karthala, Paris, 1986.

Issagha Correra, « Samba Guélâdio. Épopée peule du Fouta-Tôro », *Initiatives et études africaines*, nᵒ 36, Université de Dakar, 1992.

Alpha A. Diallo, *Kalevala e Fulbeya*, Alfa Africanus Éditions, Budapest, 1983.

El Hadj Maladho Diallo, *Histoire du Fouta-Djallon*, L'Harmattan, Paris, 2001.

Cheik Anta Diop, *Nations nègres et cultures*, Présence africaine, Paris, 1979.

Marguerite Dupire, *Peuls nomades*, Karthala, Paris, 1996.

Boubou Hama, *Contribution à la connaissance de l'histoire des Peuls*, Publication de la République du Niger, Niamey, 1968.

Shaykh Kamara, *Florilège au jardin de l'histoire des Noirs*, CNRS éditions, Paris, 1998.

Shaykh Kamara, *La Vie d'El Hadj Omar*, Éditions Hilal, Dakar, 1975.

Aboubacry Moussa Lam, *De l'origine égyptienne des Peuls*, Présence Africaine-Khepera, Paris, 1993.

Gaspard Mollien, *L'Afrique occidentale en 1818*, Calmann-Lévy, Paris, 1967.

Siré Mamadou Ndongo, *Le Fantang. Poèmes mythiques des bergers peuls*, Karthala-Ifan-Unesco, Dakar-Paris, 1986.

David Robinson, *La Guerre sainte d'al-Hajj Umar. Le Soudan occidental au milieu du XIXᵉ siècle*, Karthala, Paris, 1988.

Christiane Seydou, *Bergers des mots*, Classiques africains, Paris, 1991.

Christiane Seydou, *Silamaka et Poullôri*, Armand Colin, Paris, 1972.

Alfâ Ibrahîm Sow, *La Femme, la vache, la foi*, Julliard, Paris, 1966.

Studies in the History of the Sokoto Caliphate, The Sokoto Seminars Papers, edited by Y. B. Usman, PO Box 7680, Lagos, 1979.

L'univers peul a été l'objet de très nombreuses études. Il ne s'agit ici que d'une bibliographie succincte. Je renvoie ceux qui voudraient en savoir plus à la « Bibliographie générale du monde peul », de Christiane Seydou, *Études nigériennes*, n° 43, Niamey, 1977.

Cartes

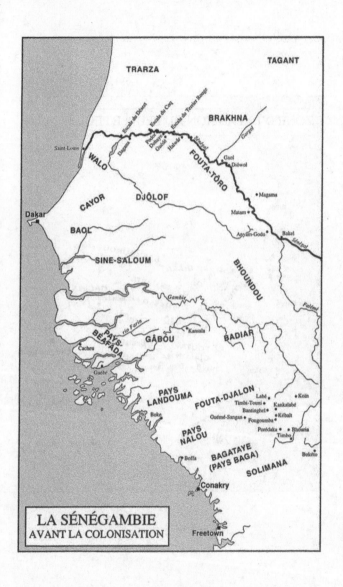

LA SÉNÉGAMBIE
AVANT LA COLONISATION

ZONE D'EXPANSION DU PEUPLE PEUL

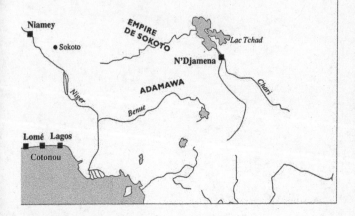

Capitale actuelle	■	**Dakar**
Ville	●	Guédé
Pays		**DIÂRA**
Fleuve		*Gambie*

Niamey

● Sokoto

EMPIRE
DE SOKOTO

Lac Tchad

N'Djamena

ADAMAWA

Niger

Benue

Chari

Lomé Lagos

Cotonou

Remerciements

Aux professeurs Djibril Tamsir Niane, Diouldé Laya, Aboubacry Moussa Lam, Dramani Youssoufou, Saïdou Kane, Thierno Ba ; à feu Mme Hélène Heckman ; à Henri Bocquené, Kadri Yaya, Abou Mahamane, Thierno Saïdou Touré, Awad, Pierre Ndiaye, Fatou Diom, Alhassane Seck, Mamadou Sall, Soulèye Bassoum ; à l'alkali de Garoua et à celui de Ngaoundéré (Cameroun), qui tous, à un degré ou à un autre, m'ont ouvert leurs archives matérielles ou orales.

À Afrique en Créations, au Centre national des Lettres, au Celtho de Niamey et à la fondation suisse Pro-Helvétia dont les précieux soutiens m'ont permis d'effectuer mes recherches.

Table

COMPOSITION : NORD COMPO MULTIMÉDIA
7 RUE DE FIVES - 59650 VILLENEUVE-D'ASCQ

Cet ouvrage a été imprimé en France par
CPI Bussière
à Saint-Amand-Montrond (Cher)
en juillet 2014.
N° d'édition : 100188-5. - N° d'impression : 2010384.
Dépôt légal : août 2009.

Éditions Points

Le catalogue complet de nos collections est sur
Le Cercle Points, ainsi que des interviews de vos
auteurs préférés, des jeux-concours, des conseils
de lecture, des extraits en avant-première...

www.lecerclepoints.com